TOM EGELAND

Der 13. Jünger

GOLDMANN
Lesen erleben

Buch

Unmittelbar vor dem Tod der Archäologieprofessorin Victoria bekommt ihr Freund und Kollege Bjørn Beltø von ihrem Sohn einen Umschlag mit einem Schlüssel und einem Brief. Sie fordert ihn darin auf, sich endlich auf eine Professur zu bewerben und ein Rätsel zu lösen, das sie ihr Leben lang belastet hat. Beltø weiß nicht, wovon sie spricht, doch dann findet er heraus, dass Victoria in den Siebzigerjahren an einer Ausgrabung in Israel teilgenommen hat, die ohne ersichtlichen Grund von den Behörden gestoppt wurde. Niemand weiß, wonach damals gesucht und was gefunden wurde. Geleitet wurde die Ausgrabung von einem israelischen Archäologen namens Moshe Mendelssohn – doch der verschwand kurz darauf unter mysteriösen Umständen. Seine Tochter Rebecca erhofft sich nun von Beltø neue Erkenntnisse zum Schicksal ihres Vaters. Sie glaubt, dass er damals bei seinen Ausgrabungen etwas entdeckt hat, das die Grundfesten der Bibel erschüttern würde, wenn es ans Licht käme …

Tom Egeland

Der 13. Jünger

Thriller

Aus dem Norwegischen von
Maike Dörries und Günther Frauenlob

GOLDMANN

Die Originalausgabe erschien 2014 unter dem Titel
»Den 13. Disippel« bei Aschehoug, Oslo.

Dieses Buch ist auch als E-Book erhältlich.

1. Auflage
Taschenbuchausgabe September 2017

Umschlaggestaltung: UNO Werbeagentur München
Design: Marius Renberg (www.mariusrenberg.no)
Coverfoto: Raymond Mosken
Redaktion: Sibylle Klöcker
AG · Herstellung: eS
Satz: Uhl + Massopust, Aalen
Druck und Bindung: GGP Media GmbH, Pößneck
Printed in Germany
ISBN 978-3-442-48597-0
www.goldmann-verlag.de

I

Oslo
(Tel Aviv)

Victoria

1

Sie weiß, dass sie sterben wird. Ich sehe es in ihrem Blick, bald ist es so weit, denkt sie.

Das Ende der einen Sache ist der Beginn einer anderen. Dieser Gedanke hat mir immer gefallen. Sogar der Tod bringt uns weiter, nicht in den Himmel, bewahre, aber vielleicht zu etwas, das wir uns nicht richtig vorstellen können.

Ihr Kopf ruht auf zwei Kissen. Die Haut spannt über dem Schädel. Ich halte ihre Hand und drücke sie vorsichtig, sie fühlt sich klamm und zerbrechlich an. Sie dreht den Kopf zur Seite und sieht mir in die Augen. Resignation liegt in ihrem Blick, aber keine Angst. Ihr Mund ist halb geöffnet, die Lippen blutleer. Sie sieht genauso aus wie Mama, bevor sie eingeschlafen ist.

Plötzlich hustet sie und reißt die Augen auf, ich lese die Verzweiflung in ihrem Blick: *Bjørn, ich muss dir etwas sagen!*

»Schhh«, flüstere ich, beuge mich zu ihr vor und streichle ihr über die Wange. Ihre Lippen formen eine lautlose Botschaft, aber die Worte wollen sich nicht von der Zunge lösen. Alles, was ich höre, ist das leise Zischen der Sauerstoffschläuche, die in ihrer Nase stecken. Sie seufzt, tief und rasselnd. Ich lege mein Ohr dicht an ihre rissigen Lippen.

Leises, kaum hörbares Stöhnen. Sie will so gerne etwas sagen, schafft es aber nicht.

»Lass uns später darüber sprechen«, sage ich leise.

Ihre Augen werden blank, wir wissen beide, dass es kein Später geben wird.

Hör mir zu, sagt ihr flehender Blick, *es ist wichtig*! Es gelingt ihr, den Arm etwas anzuheben. Eine mit weißem Tape befestigte Kanüle steckt in ihrem Handrücken. Aus dem Infusionsbeutel über dem Bett tropft ein Cocktail aus Beruhigungs- und Schmerzmitteln in ihren Körper, die Hoffnung, das Unausweichliche aufschieben zu können.

»Schhh«, hauche ich.

Sie gleitet in ein traumloses Dunkel. Eine Maschine überwacht den schwächer werdenden Puls. Sie zuckt zusammen, ihre Augenlider zittern, dann öffnen sie sich langsam. »... *oshe* ...«, murmelt sie. Ich verstehe nicht, was sie sagt. *Oshe*? Ich beuge mich dichter über sie: »Was hast du gesagt?« Sie versucht es zu wiederholen, aber heraus kommt nur ein Stöhnen, dann holt sie tief Luft.

»... *oshe*!«

Victoria war viele Jahre meine engste Kollegin und eine Art Freundin. Ich schreibe »eine Art«, weil wir nie privat etwas miteinander unternommen oder sonst irgendwas getan haben, was Freunde eben tun. Trotzdem war unser Verhältnis immer geprägt von Vertrautheit und Wärme, Humor und Zuneigung. Ich habe in Victoria immer eine gute Freundin gesehen, und ich glaube, sie empfand das genauso. Sie ist viel älter als ich, Professorin für Mittelalterarchäologie und führende Expertin für altnordische Baukultur. Ich selbst bin Privatdozent und wohl nur Experte für meine eigenen Komplexe und Wahnvorstellungen. In all den Jahren war Victoria eine Alliierte, eine Wissenschaftlerin, die mir den Rücken gestärkt, und eine Schulter, die mir Trost gespendet hat. Mehr als jeder andere hat sie mich zu motivieren versucht, mich um eine Professur zu bemühen, aber ebenso lange habe ich ihre Aufforderungen ignoriert. *Professor Bjørn Beltø*. Lächerlich.

Die Tür geht auf. Jakob, ihr Sohn, schiebt sie mit dem Rücken auf. Jakob war es, der mich angerufen hat, als sie eingeliefert wurde. Er kommt gerade aus der Teeküche und hat zwei Pappbecher Kaffee geholt. Seine Hände zittern so, dass der Kaffee auf den Boden tropft. Er reicht mir einen der Becher und stellt den anderen auf den Bettwagen. Jakob betreibt in seiner Freizeit Krafttraining, er sieht aus wie ein gut gebauter, kanadischer Grizzly. Doch im Augenblick ist er einfach nur ein verwirrter, kleiner Junge, der im Begriff ist, seine Mutter zu verlieren.

Ich sollte etwas Tröstendes sagen, aber was? Wir wissen beide, dass sie sterben wird. Es ist allenfalls noch die Rede von Stunden oder Tagen.

»Mama?«, sagt Jakob. »Hörst du mich?«

Sie bewegt ihren Kopf etwas auf ihn zu.

»Mama, wir sind hier. Bjørn und ich sind bei dir. Papa kommt bald.« Seine Stimme ist kraftlos.

Sie versucht sich aufzurichten, aber es gelingt ihr nicht. Sie stöhnt. Jakob und ich sehen uns fragend an.

»Was sagst du, Mama?«

Es ist nicht Jakobs Blick, den sie sucht, sondern meiner. Sie strengt sich an, das Wort hervorzupressen: »… *oshe* …«, stöhnt sie.

Dann dreht sie sich zu ihrem Sohn, als wollte sie noch mehr sagen, aber die Kraft hat sie bereits verlassen.

»Mama!«, sagt Jakob.

»Wir finden das noch raus«, sage ich. In erster Linie, um Victoria zu beruhigen. Es ist klar, dass sie uns etwas sagen will, etwas Wichtiges, aber sie schafft es nicht.

Embolischer Infarkt, hat der Arzt gesagt, der vor einer Weile hier war. Ein Partikel hat sich in einer Ader gelöst, ist mit dem Blut weitergeströmt und hat sich irgendwo im Hirn festgesetzt.

Ich versuche mir vorzustellen, was sie denkt. Sie weiß, dass sie sterben wird. Wir haben das alle vor uns – wir warten alle auf den Tod, müssen uns mit der Gewissheit versöhnen, dass das Herz irgendwann seinen letzten Schlag tut und man sich dann dem Dunkel hingeben muss.

II

Ich habe Menschen sterben sehen.

Und schon einmal habe ich eine Kollegin auf ihrem letzten Weg begleitet, habe ihre Hand gehalten, als ihr Herz zu schlagen aufhörte. Als Student war ich wahnsinnig in sie verliebt gewesen. Sie hieß Grethe und war meine Professorin und Freundin.

Das ist jetzt fünfzehn Jahre her. Im Spätsommer desselben Jahres entdeckten französische, britische und amerikanische Archäologen einen Sarkophag unter dem Steinboden der uralten Kirche Le Lieu, im Volksmund bekannt als Die Ruhe Christi, in Béziers in Frankreich. Ich war nicht dabei. Ich hatte damals andere Sorgen. Aber ich weiß, was für einen Fund sie gemacht haben. In dem Sarkophag lag das Skelett eines Mannes, der vor zweitausend Jahren gelebt hatte. Der Rest ist nicht schwer auszurechnen. Die Sensation wurde ganz bewusst totgeschwiegen, was nicht anders zu erwarten war.

Ende der Geschichte, dachte ich damals. Aber dem war natürlich nicht so.

Alles bewegt sich in Kreisen. Nichts endet jemals.

Es geht alles irgendwie auf andere Art und Weise weiter.

III

Eine Stunde später kommt Victorias Mann.

Ragnvald hastet durchs Leben, als liefe er immer der Zeit hinterher, was er auch tut, und so hetzt er auch dieses Mal – viel zu spät – ans Sterbebett seiner Frau. Er kommt von einer Sitzung in London. Ragnvald leitet einen lukrativen Betrieb, der Ventile für die Ölindustrie herstellt. Er strahlt Autorität aus. Männlichkeit. Silbergraue Haare. Markantes Gesicht voller Falten, aber trotzdem attraktiv. Seine Armbanduhr ist eine exklusive Patek Philippe. Das Jackett von Armani. Wie sein Sohn ist er groß, kräftig gebaut und muskulös.

»Gibt es was Neues?«, fragt er außer Atem. Er muss die Treppen hochgerannt sein.

»Sie …«, beginnt Jakob, und seine Stimme versagt. In Anwesenheit seines Vaters bringt er kein Wort heraus.

»Der Arzt hat versprochen, noch einmal zu kommen, sobald du da bist«, sage ich.

»Oh, du bist auch da?«

Der Unterton ist unfreundlich, als wäre ihm erst jetzt aufgefallen, dass auch ich am Krankenbett sitze. Er setzt sich auf die Bettkante und streichelt Victorias Wange. Sein Gesicht verändert sich, fast unmerklich. »Victoria?«, flüstert er in ihr Ohr. »Ich bin's. Vic? Ich bin jetzt da.« Sein Gesicht wird weich, ein Zucken am Mundwinkel. Die Augen werden schmaler, glänzen. Die Lippen zittern. Hinter der stählernen Fassade scheint es also doch ein sanfteres Wesen zu geben, denke ich. Dieses Wesen muss es sein, das Victoria liebt. Den Unsichtbaren. Noch einmal streicht er ihr über die Wange. »Alles wird gut, Vic.«

Die Intimität wirkt fremd, dieser hingebungsvolle, zärtliche kleine Junge hinter dem harten Panzer. Die Illusion fällt augenblicklich in sich zusammen, als er den Blick hebt und bellt: »Gibt's hier keinen Kaffee?« Jakob springt auf, wie immer gehorsam, und entschwindet in die Teeküche. Ragnvald steht ebenfalls auf und tritt ans Fenster. Schwer zu sagen, ob er die Aussicht bewundert oder sein eigenes Spiegelbild. Sein Rücken ist breit wie eine Felswand.

Victoria hat mir erzählt, dass er demonstrativ das Haus verlassen hat, als Jakob zum ersten Mal seinen Lebensgefährten mitbrachte. Er hat Jakobs Freund nicht begrüßt, ihm nicht die Hand gegeben, kein Wort gesagt und ihn kaum eines Blickes gewürdigt. Erst am nächsten Tag kam er zurück.

Jakob balanciert drei Becher in den Händen. Ragnvald und ich nehmen ihm jeweils einen ab. Victoria wimmert leise. Wir drehen uns in einer synchronen Bewegung zu ihr um. Ihre Augen sind geschlossen. Sie ist nicht da.

Der Brief

1

Morten: »Sag es ihm!«

Jakob: »Nicht jetzt!«

»Doch!«

»Nein!«

Jakobs Blick weicht aus, Morten hat etwas von einem Auftragskiller.

Ich: »Wovon redet ihr eigentlich?«

Peinliche Stille.

Ich (vorsichtig): »Was sollst du mir sagen, Jakob?«

Jakob und Morten tauschen gereizte Blicke.

Morten: »Es geht um seine Mutter. Und um dich.«

Jakob und Morten wohnen zusammen in einer Zweizimmerwohnung, nicht weit entfernt vom Krankenhaus und der weiß gestrichenen Villa von Ragnvald und Victoria. Die Wohnung ist so minimalistisch eingerichtet, dass man glauben könnte, sie wären im Begriff auszuziehen.

Wir stehen auf dem winzigen Balkon. Es ist später Abend. Jakob holt ein Päckchen Zigaretten hervor, seine Hände zittern, als er sich eine anzündet. Im Krankenhaus haben die Ärzte Victoria für weitere Untersuchungen abgeholt – MRT und CT und wie sie alle heißen. Ragnvald und Jakob haben sie über Nacht nach Hause geschickt. Ragnvald hat ein Taxi genommen, und Jakob hat mich auf dem Gepäckträger seines Rades mitgenommen, weil er mir seinen Lebensgefährten vorstellen wollte.

Morten ist Arzt. Klein und drahtig. Mit stechendem Blick, oder nein, das ist zu hart: mit intensivem Blick. Ich kann ihn nicht richtig einschätzen. Er ist gerade aus Afrika zurück, wo er für Ärzte ohne Grenzen gearbeitet hat. Er läuft die ganze Zeit mit einem Lächeln auf den Lippen herum und wirkt etwas überheblich, als wüsste er Dinge, von denen wir keine Ahnung haben, die er aber auch nicht mit uns teilen möchte.

Jakob ist Architekt und das genaue Gegenteil von Morten. Er hat den Körper eines Bauarbeiters, die Haltung eines Wolkenkratzers und den Blick eines Hundewelpen. Die wenigsten Menschen würden auf die Idee kommen, dass die beiden ein Paar sind. Keiner der beiden wirkt schwul oder auch nur feminin. Im Gegenteil. Morten ist in seiner Maskulinität fast militant.

»Jetzt sag es endlich!«, fordert Morten.

Ich erinnere mich noch an den Tag, als Victoria an meine Bürotür klopfte und mir erzählte, Jakob habe bei seinem letzten Besuch zu Hause verkündet, dass er schwul sei und mit Morten zusammenziehen wolle. Ragnvald war so außer sich über diese Mitteilung, dass Victoria im Nachhinein mehr mit der Überreaktion ihres Mannes als mit dem Outing ihres Sohnes beschäftigt war. Sie kenne Ragnvald nicht wieder, sagte sie mir. Und dass sie nicht verstünde, wieso sie das nicht eher begriffen hätte. Das Einzige, was sie daran ein bisschen traurig stimmte, war die Tatsache, dass sie nun nie Großmutter werden würde. Denn weder Jakob noch Morten wollten Kinder.

Morten nimmt eine Zigarette aus Jakobs Päckchen und zündet sie an. Jakob sieht ihm in die Augen. In seinem Blick liegt Hilflosigkeit, als flehte er seinen Freund an, ihn zu befreien.

Morten: »Sie will, dass du ihn Bjørn gibst.«

Ich: »Was geben?«

Jakob scheint kurz davor zu stehen, einen Zusammenbruch zu erleiden oder einen Wutanfall zu bekommen, es ist schwer zu sagen.

Ich: »Es gibt etwas, das ich bei deiner Mutter und deinem Vater nicht verstehe.«

Jakob sieht mich fragend an.

»Sie sind so unterschiedlich«, sage ich. »Trotzdem haben sie über vierzig Jahre zusammengehalten.«

»Unterschiedlich?« Morten verdreht die Augen. »Das hast du aber diplomatisch ausgedrückt.«

Jakob lächelt traurig. »Mama und Papa? Ich glaube, sie liebt alles, was an Vater anders ist. Und ja, er ist anders. Sie ist Akademikerin und Forscherin. Ständig auf der Suche, alles hinterfragend. Papa ist Geschäftsmann, zielbewusst, ein Karrieremensch, der seine Firma aus dem Nichts zu einem millionenschweren Betrieb aufgebaut hat.«

»Und so einen liebt sie?«, frage ich.

»Verstehst du denn nicht? Morten hat das auch nie verstanden. Dabei liegt es doch auf der Hand. Gegensätze ziehen sich an, heißt es. Außerdem sind sie beide extrem ehrgeizig. Das war immer so. Papa hat nicht die Professorin der Archäologie geheiratet, das ist sie mit den Jahren erst geworden. Er hat ein Hippiemädchen geheiratet, das damals Archäologie studiert hat. Ich glaube, Papa fand das irgendwie charmant. Sie war so herrlich anders. Statt sich eine hübsche, angepasste Frau aus dem politisch konservativen Flügel zu suchen, verliebte er sich in eine Radikale. Mit den Jahren haben sie sich vermutlich auseinandergelebt, schon möglich.«

Jakob ist ein wandelndes Lexikon für schlaue Lebensweisheiten.

»Und trotzdem halten sie noch immer zusammen«, sage ich.

Jakob nickt. »Ja, trotzdem.«

Morten: »Der Brief.«

Jakob: »Ich weiß nicht …«

Morten: »Jakob! Also ehrlich!«

Jakob sieht mich an. »Ich muss dir etwas sagen.« Wie ein Echo von Victorias unausgesprochenen Worten. »Mutter hat …«

Einen Augenblick fürchte ich, er könne in Tränen ausbrechen. Ich kann nur schlecht mit den Zusammenbrüchen anderer Menschen umgehen, werde dann immer schrecklich hilflos. Zum Glück sucht er nur nach den richtigen Worten.

»Vor vielen Jahren hat Mama mir etwas gegeben. Einen Umschlag, einen Brief.«

Ich wedele eine Mücke weg und warte auf die Fortsetzung. Sie ist kurz.

»An dich.«

Er inhaliert den Rauch der Zigarette und behält ihn eine ganze Weile in der Lunge, bevor er durch die Nase wieder ausatmet. Morten lächelt schelmisch. Er weiß, dass er gewonnen hat, und genießt den Triumph.

»Ein Brief? An mich?«, frage ich. »Warum hat sie ihn mir nicht selbst gegeben?«

»Weil sie wusste, dass du den Umschlag öffnen würdest.«

Sie kennt mich gut.

»Sie hat mich gebeten, ihn dir erst zu geben, wenn sie tot ist.«

Ich weiß wirklich nicht, was ich sagen soll. Wenn sie tot ist? Das klingt so verdammt schwülstig. Ich kenne Victoria als eine ziemlich pragmatische Frau. Und warum warten, bis sie tot ist?

»Seltsam, nicht wahr?«, sagt Morten und sieht mir tief in die Augen. Sein Blick ist beklemmend intim.

»Warum warten, bis sie tot ist?«, frage ich.

Jakob zuckt mit den Schultern. Die kurze, schnelle Bewegung verrät, dass er nicht nur verwirrt ist, sondern auch ein bisschen eifersüchtig auf die Vertrautheit zwischen seiner Mutter und mir.

Mit der Schuhspitze schiebe ich eine Zigarettenkippe hin und her, sehe zu Jakob.

»Also. Victoria hat dir vor Jahren einen Brief anvertraut, den du an mich weitergeben sollst, wenn sie tot ist?« Meine Zusammenfassung klingt wie eine Frage, zweifelnd.

»Ja.«

»Einen Brief?«

»Einen versiegelten Umschlag. Ich weiß nicht, was drin ist.«

Er weicht meinem Blick aus, ihm ist die Situation ebenso unangenehm wie mir.

»Wir haben ihn natürlich nicht geöffnet«, sagt Morten.

»Aber warum …«, beginne ich, um gleich wieder ins Stocken zu geraten.

»Ich habe natürlich gefragt«, sagt Jakob. »Aber sie wollte nicht mehr sagen.«

Er nimmt einen letzten Zug, lässt die Kippe auf den Balkonboden fallen und tritt sie aus.

»Jakob!«, murmelt Morten.

»Sie hätte den Umschlag auch Vater geben können oder einem gemeinsamen Kollegen von euch. Aber sie hat ihn mir gegeben.«

»Hast du ihn hier?«, frage ich.

»Ja.«

Pause.

»Kann ich ihn sehen?«

»Natürlich«, sagt Morten.

Jakob antwortet nicht. Sie ist ja auch noch nicht tot.

»Jakob!«, sagt Morten fordernd.

»Sie hat doch gesagt …«

»Der Umschlag enthält etwas Wichtiges! Das ist doch klar.«

»Wir wissen nicht, ob …«

»Mein Gott, natürlich wissen wir, dass der Inhalt wichtig ist! Warum sollte sie dich sonst bitten, ihn aufzubewahren und Bjørn zu geben?«

»Sie hat mich gebeten, ihn ihm erst zu geben, wenn sie tot ist«, sagt Jakob ausweichend.

»Aber du hast doch selbst gesehen, wie verzweifelt sie war. Es ist ihr letzter Wille«, sagt Morten.

»Aber …«

»Es ist deine Verantwortung, falls der Brief etwas beinhaltet, das Bjørn oder wir erfahren sollten, bevor sie für immer von uns geht.«

»Wenn sie einen Brief hinterlassen hat«, sage ich, »muss es etwas sein, von dem sie *will*, dass wir es wissen.«

Warum ist es so wichtig für mich zu wissen, was Victorias Umschlag beinhaltet? Ich kann es nicht sagen. Nur dass es so ist. Gemeinsam mit Morten mache ich weiter Druck, bis Jakob widerstrebend unserem Drängen nachgibt. Meine Argumente sind gut, alle handeln von Victoria, nicht von mir. Ich kann quälend überzeugend sein, und in Morten habe ich einen schlagkräftigen Alliierten. Er stößt Jakob sanft an. Und diese Berührung krönt unseren gesammelten Einsatz. Ohne ein Wort geht Jakob durchs Wohnzimmer und weiter ins Schlafzimmer. Durch den Türspalt sehe ich ihn in einer Schublade wühlen. Mit einem höflichen Lächeln sehe ich Morten an, der breit grinst. Jakob kommt mit dem Umschlag wieder nach draußen, hält ihn zögernd in der Hand.

Morten: »Jetzt mach schon.«

Jakob sagt: »Ist sicher in Ordnung, oder?«

Langsam reicht er mir den Brief.

II

Ich wohne im zehnten Stock eines Hochhauses im Betzy Kjelbergs vei in Grefsen. Vor dem Fenster flimmern die Lichter der Großstadt, hinter mir liegt die Marka, Oslos großes Naherholungsgebiet, und um mich herum habe ich Wände, die mir Sicherheit geben. Ich schalte das Licht ein. Und den CD-Spieler. Die Wiener Philharmoniker, dirigiert von Lorin Maazel. Ich setze mich mit dem Brief an den Küchentisch. Ein weißer, gefütterter Umschlag. Versiegelt. *An Bjørn Beltø.* Darin liegt etwas Schweres, Flaches. Eine Münze oder vielleicht ein Schlüssel. Meine Hände zittern, als ich den Umschlag aufreiße. Und ganz richtig: Es ist ein Schlüssel. Er klebt an einer Karte mit einer handschriftlichen Nachricht:

Oslo, November 2004

Liebster Bjørn,
vermutlich hast du die Nachricht bereits erhalten. Falls nicht, wirst du es bald erfahren. Dann wirst du wissen, was es mit dem Schlüssel auf sich hat. Wenn irgendjemand diesem Mysterium auf den Grund gehen kann, dann du. Für mich ist es zu spät. Es gibt für alles Gründe, aber damit will ich dich nicht belästigen. Für mich haben sie so schon zu viel kaputt gemacht. Lieber Bjørn, wenn du wüsstest, wie sehr ich dich schätze. Du wirst immer einen ganz besonderen Platz in meinem Herzen haben. Mein Freund, ich wünsche dir ein gutes Leben.

In Liebe,
deine Freundin & Kollegin
Victoria

PS: Du erinnerst dich an unsere Gespräche über eine Professur? Ich hoffe, du bist Professor, wenn du das hier liest!

Der Ton ist typisch für sie, verspielt und neckend. Aber eigentlich sagt sie nichts. Im Gegenteil.

Nachricht? Was für eine Nachricht?

Mysterium? Was für ein Mysterium?

Gründe? Was für Gründe?

Und dann die Sache mit der Professur, natürlich musste sie noch einmal mit diesem Thema kommen. Victoria muss immer das letzte Wort haben. Selbst im Tod noch.

Erst jetzt kommen die Tränen. Zu Hause, hinter verschlossenen Türen, kann ich mich meiner Trauer hingeben. Ich heule Rotz und Wasser. Draußen, umgeben von Menschen, kann ich meine Gefühle nicht zeigen, da wirke ich auf andere sicher kalt und fokussiert auf all die praktischen Dinge, die erledigt werden müssen. Aber hier, allein in meinen eigenen vier Wänden, bin ich ganz ich. Ich sehe Victoria vor mir – lachend, lächelnd, nachdenklich. Und das wird es bald nicht mehr geben. Ein nicht zu ertragender Gedanke.

III

Jakob ruft an, während ich im Bad stehe und mir die Zähne putze. Ein Anflug von Panik: Victoria ist tot! Aber dann wird mir klar, dass er nur neugierig ist.

»Ein Schlüssel«, sage ich.

»Für was?«

»Davon stand da nichts.«

»Nur ein Schlüssel?

»Und ein kurzer Brief.«

»Was schreibt sie?«

»Sie verweist auf etwas, das ich irgendwann erfahren werde.«

»Was?«

»Mehr Informationen, hoffe ich. Und eine Erklärung, was ich mit dem Schlüssel soll.«

»Das sieht Mama gar nicht ähnlich.«

Ich höre ihm an, dass er mehr wissen will, aber er ist zu höflich, um zu fragen. Ich betrachte mich im Spiegel, bin unrasiert und unglaublich blass. Zahnpastaschaum im Mundwinkel. *Wie du wieder aussiehst, Mann,* zischt der Spiegel mich an.

»Sie schreibt, wenn jemand diesem Mysterium auf den Grund gehen kann, dann ich«, sage ich.

»Da hat sie sicher recht. Aber was für ein Mysterium?«

»Davon schreibt sie wiederum nichts.«

»Merkwürdig.«

»Und sie schreibt, dass es für sie zu spät ist und dass es für alles Gründe gibt.«

»Weißt du, was sie damit meint?«

Ich weiß nicht, was ich antworten soll.

Hat dir schon mal jemand gesagt, dass du wahnsinnig blass bist? Ich strecke dem Spiegel an der Wand die Zunge heraus.

»Sie schreibt, dass sie ihr schon zu viel kaputt gemacht haben, dass sie mich damit aber nicht belästigen will.«

»Sie?«

»Die Gründe, denke ich.«

»Und das sagt dir nichts?«

»Überhaupt nichts. Tut mir leid. Dir?«

Wir teilen uns das Schweigen für ein paar Sekunden. Dann fragt er, ob ich am nächsten Tag ins Krankenhaus komme. Ich verspreche es. Er sagt Gute Nacht und legt auf.

IV

…oshe…

Ich wälze mich im Bett herum und drehe und wende dieses eine Wort. *Oshe… Galosche…* Der Verkehr unten auf der Ringstraße ist leise zu hören, ein gleichmäßiges, fernes Rauschen. *Brosche…*

Ich schlafe ein, ohne eine Antwort zu finden.

Das Geheimnis

1

Ein Schlüssel ohne Schloss. Ein Brief ohne Sinn. Ich weiß nicht, wo ich anfangen oder wonach ich suchen soll.

Jakob sitzt auf der Bettkante und hält Victorias Hand, als ich die Tür zum Krankenzimmer öffne.

Er weint. Sie ist tot, schießt mir durch den Kopf. Aber dann sehe ich, dass ihr Arm sich bewegt. Jakob wischt die Tränen ab, schluchzt ein paar Mal und sieht mich verlegen an. Unten auf der Straße startet ein Lastwagen. Ich ziehe einen Stuhl an das Bett, der Gummipfropfen des einen Beines quietscht laut über den Linoleumboden. Victoria zuckt zusammen. Ich ergreife ihre freie Hand und streichele sie. In der Stille lauschen wir dem gleichmäßigen Piepsen des Sauerstoffgerätes. Die Zeit vergeht langsam. Victoria liegt, klein wie ein Spatz, zwischen uns. Ihre Augenlider zucken, sie stößt röchelnde Laute aus, ihr Kopf kippt in meine Richtung. Eine Sekunde lang begegnen sich unsere Blicke, und tief, ganz tief darin erahne ich sie. Gleich darauf ist sie wieder verschwunden.

»... *oshe* ...«, stöhnt sie.

Ich wundere mich, dass Ragnvald nicht da ist, will aber nicht fragen. Ein Arzt schaut herein. Mit seinen zerzausten Haaren sieht er aus, als käme er direkt von einem Stelldichein mit einer Krankenschwester in der Besenkammer. Als wäre Victoria nicht anwesend, fasst er die letzten Untersuchungsergebnisse zusammen (nicht so gut), die Messwerte (nicht so gut) und die Prognosen (nicht so gut).

Der Arzt geht wieder. Die Stunden vergehen. Wo bleibt Ragnvald? Jakob und ich sitzen links und rechts an Victorias Bett und hoffen, dass sie noch einmal zu Bewusstsein kommt. Wenigstens einen kurzen Augenblick. Sie atmet tief durch die Nase. Jeder Atemzug klingt wie der letzte.

Jakob und ich gehen nacheinander runter in die Cafeteria, um etwas zu essen. Gegen vier Uhr kommt Ragnvald, und ich verabschiede mich. Jakob bleibt mit seinem Vater sitzen.

II

In den letzten Jahren hatten Victoria und ich jeweils die Schlüssel zum Büro des anderen, hauptsächlich aus praktischen Gesichtspunkten. Zum Beispiel, wenn man auf einer Konferenz irgendwo auf der Welt ist und unbedingt den Titel einer Doktorarbeit braucht, die in einem Stapel auf dem Schreibtisch liegt. Oder wenn man zu Hause arbeitet und eine wichtige Visitenkarte in der Schreibtischschublade vergessen hat. Auf diese Weise haben wir uns einige Male gegenseitig aus der Klemme helfen können.

Victorias Büro ist wesentlich aufgeräumter und besser organisiert als meins. Die Bücher in den Regalen sind thematisch und alphabetisch sortiert, die Aktenordner chronologisch. Mir fällt auf, dass es für 1978 zwei Ordner gibt. Der eine ist wie alle anderen nur mit der Jahreszahl beschriftet. Auf dem anderen steht ISRAEL 1978. Israel. Ich ziehe ihn heraus. Ein Pass fällt zu Boden, rot und verblichen, fleckig. Ich blättere ihn durch.

Das Interessanteste darin sind die Einreisestempel nach Israel von 1977 und 1978. Im Ordner finde ich ein paar zusammengeheftete Blätter von einem Notizblock, auf denen Victoria stichwortartige Notizen zu einer archäologischen Ausgrabung gemacht hat. Dahinter fünf Briefe eines Archäologen aus Jerusalem, der nur mit M~ signiert ist und mehrfach auf eine zukünftige Ausgrabung verweist, auf die er sehr gespannt ist. Auf einem dünnen blauen Blatt mit einem Äskulapstab als Logo meine ich eine handschriftliche Rechnung auf Hebräisch zu erkennen. דליימ אפור, גולק בוהא. Eine auf Englisch verfasste Erklärung der Universität Oslo bestätigt, dass Victoria dort als Archäologin angestellt ist. Ich finde ein paar Bilder mit einer jungen Victoria inmitten einer Gruppe von Frauen und Männern, vermutlich Archäologen an einer Ausgrabungsstätte. In der Zeit eingefrorene Augenblicke. Der Mittelteil des Ortsnamens auf einem der Fotos ist beim Abziehen des Klebestreifens mit der oberen Schicht des Fotopapiers verschwunden, übrig sind nur noch das K am Anfang und ein M am Ende. Offenbar hat Victoria 1978 an einer Ausgrabung in K---M in Israel teilgenommen, zusammen mit dem Archäologen M~. Das hilft mir auch nicht viel weiter.

Ich begebe mich in mein eigenes Büro und google israelische Ortsnamen, die mit K beginnen und auf M enden. Kiryat Yam? Kfar darom? Kissufim? Kramim? Kfar Blum? Kapernaum? Kfar Menahem? Kiryat Anavim?

Wenn jemand diesem Mysterium wirklich auf den Grund gehen kann, dann du. Für mich ist es zu spät. Es gibt für alles Gründe.

Ich rufe Jakob aus dem Büro an und frage, ob wir uns bei seinem Vater treffen können.

»Worum geht's?« Seine Stimme ist überraschend scharf.

»Es geht um deine Mutter.«

»Ja?«

»Und was du weißt.«

»Aha?«

»Stimmt was nicht?«

Stille.

»Jakob?«

»Es ist nichts. Oder – ich versteh das nicht. Ich wurde gerade kontaktiert …«

»Kontaktiert?«

»Von jemandem, der etwas Wichtiges über Mutter mitzuteilen hätte.«

»Was?«

»Etwas aus der Vergangenheit.«

»Du weißt nicht, worum es geht?«

»Nein.«

»Wer hat dich kontaktiert?«

»Das kann ich dir nicht sagen.«

»Wieso nicht?«

»Weil er darauf bestanden hat.«

Mir liegt ein weiteres *Wer* auf der Zunge, aber ich beherrsche mich. Zumindest weiß ich jetzt, dass es ein Mann war.

»Ach, vergiss es einfach«, sagt Jakob. »Wenn es relevant ist, werde ich dir davon berichten, nachdem ich ihn getroffen habe. Aber weshalb hast du eigentlich angerufen?«

Wieder diese mitleidige Resignation über die Nervensägen im Leben.

»Ich bin auf ein paar Unterlagen und Fotos gestoßen. Von deiner Mutter.«

»Aha, was für Fotos?«

»Von ihrer Arbeit. Ich dachte mir, das könnte deinen Vater und dich interessieren.«

Jakob gibt mir die Adresse seiner Eltern und sagt, er werde seinen Vater vorwarnen, dass wir zu Besuch kämen.

III

Meine Schritte knirschen auf dem Kiesweg, als ich von der ruhigen Seitenstraße abbiege, die nach Kirschblüte und Gegrilltem riecht. Ich steige die Schiefertreppe hoch, klingele und höre so etwas wie das Glockenspiel von Notre Dame. Im angrenzenden Garten kläfft eine giftige kleine Töle, die sich für den Schrecken der Nachbarschaft hält. Nach einer Weile öffnet Ragnvald die Tür. Finsterer Blick, kein Lächeln, kein Händedruck.

»Jakob ist noch nicht da«, sagt er abweisend.

Ich rechne fast damit, dass ich draußen warten muss, bis Jakob kommt, ehe er mich reinlässt. Der Nachbarhund kläfft irgendwo im Gebüsch. Ehe ich noch etwa sagen kann, fragt er: »Was haben Sie gefunden?«

»Ein paar von Victorias Unterlagen.«

»Aha?«

»Älteren Datums.«

»Alte Unterlagen von Victoria?« Er mustert mich mit nachdrücklich fragendem Blick.

Mir wird erst jetzt bewusst, dass Jakob seinem Vater vermutlich noch nichts von dem Umschlag mit dem Schlüssel und der Karte erzählt hat. Folglich weiß er auch nicht, was ich hier will.

»Ja. Ich habe Unterlagen, Notizen und Fotos von Victoria gefunden und mir gedacht, dass Sie sie vielleicht sehen wollen.«

Ehe ich weiterreden kann, verändert sich Ragnvalds Gesichtsausdruck. »Was treiben Sie eigentlich, Beltø?«

»Ich …«

»Warum wühlen Sie in Victorias Vergangenheit herum?«

Ich weiß nicht recht, was ich darauf antworten soll. Aus Loyalität Jakob und Victoria gegenüber will ich ihm nur ungern von ihrem Gruß aus der Vergangenheit erzählen. Zumindest nicht, solange ich selber nicht mehr weiß.

»Ich wühle nicht in ihrer Vergangenheit herum«, sage ich leise. »Ich bin beim Durchgehen einiger Arbeitsunterlagen darauf gestoßen.«

Das ist keine direkte Lüge, auch wenn es die Wahrheit ein wenig verschleiert.

»Was haben Sie mit Victorias Unterlagen zu schaffen?«

Mein Gewissen meldet sich. Er hat vollkommen recht. Sie ist noch nicht tot. Aber ich tue so, als ob.

»Bevor sie krank wurde, hat sie mir einen Karton mit Unterlagen zum Archivieren gegeben«, lüge ich. »Da haben sich offenbar ein paar persönliche Papiere untergemogelt.«

Aus seinem Blick spricht größte Skepsis, aber er sagt keinen Ton. Damit erspart er mir, mir weitere Lügen ausdenken zu müssen.

»Darf ich …« Ich signalisiere mit einem kurzen Nicken, dass ich gerne eintreten würde.

Allergnädigst öffnet er mir die Tür. Auf dem Flur ziehe ich die Schuhe aus. Wir durchqueren eine große Halle mit geschlossenen Türen und gehen eine breite, geschwungene Treppe ins obere Stockwerk hoch. Das Wohnzimmer ist dunkel und üppig möbliert. Burgunderfarbene Samttapete, vergoldete Stuckleisten, Perserteppiche, Rokokosalon, Kronleuchter. Ich kann mir schwerlich vorstellen, dass Victoria auch nur ein Wörtchen mitgeredet hat, als es um die Inneneinrichtung ging.

»Persönliche Papiere?«, fragt er.

Ich setze mich. Begreife Victorias Beziehung zu diesem Mann überhaupt nicht. Er ist so anderes als sie. Großwildjäger, Amateurschütze, Freimaurer, begeisterter Anhänger von Pferdesport und Glücksspiel. Ragnvald gehört zu den Männern, die sich mit einem frisch gebügelten Taschentuch in der Brusttasche dekorieren. Ist es diese Andersartigkeit, die sie angezogen hat, wie Jakob glaubt? In den frühen Siebzigern, als sie sich kennengelernt haben, war sie Radikale, während er ein Stockkonservativer war. Das hat sie mir mal mit einem resignierten Lachen erzählt. Trotz all der frappierenden Unterschiede hat sie offensichtlich etwas in ihm gesehen, für das ich blind bin.

Zwischen den Tischbeinen kommt eine braune Katze zum Vorschein. Sie sieht aus wie ein Biber. Victoria hat mir von ihr erzählt. Wenn ich mich recht entsinne, heißt sie Fax. Ich habe ein angestrengtes Verhältnis zu Katzen. Sie hassen mich.

Die Eingangstür geht auf und knallt im nächsten Moment so fest zu, dass das Porzellan klirrt.

»Tut mir leid!«, ruft Jakob. »Der Wind!«

»Du bist spät«, sagt Ragnvald.

Jakob nimmt den Fahrradhelm ab, als er das Wohnzimmer betritt.

»Morten kommt nicht?«, frage ich.

»Er ist ins Fjell gefahren. Zur Jagd.«

Ragnvald murmelt etwas, ich verstehe *auch gut*, bin mir aber nicht sicher. Wir begeben uns weiter ins Esszimmer und setzen uns an den großen Tisch. Ich klappe den Ordner auf und nehme zuerst den Pass heraus.

»Mutter hat einen Brief an Bjørn geschrieben«, erklärt Jakob.

»Mehr eine Karte als einen Brief«, füge ich hinzu. »Mit einem Schlüssel.«

»Was für ein Schlüssel?«, fragt Ragnvald.

»Das versuche ich herauszukriegen.«

Ragnvald bedenkt Jakob und mich mit einem vorwurfsvollen Blick, als hätten wir etwas verbrochen.

»Aus den Unterlagen geht hervor, dass Victoria 1977 und 78 mehrmals in Israel gewesen ist«, sage ich.

»Ja, sie hat an einer Ausgrabung teilgenommen.« Ragnvalds Stimme ist trotzig und kalt. »Ist das nicht die Hauptbeschäftigung von euch Archäologen?«

»Wissen Sie, was sie dort gefunden oder wonach sie gesucht haben?«

Er schüttelt den Kopf. »Im Laufe des Herbstes 77 und Frühjahres 78 war sie drei-, viermal dort. Die letzte Reise hat sie Mitte Juli angetreten, sie ist dann ein paar Monate dort geblieben.«

»Wissen Sie, wo genau sie war?«

»Auf biblischem Boden.«

»Auf biblischem Boden?«

»So hat sie es gesagt.«

»Erinnern Sie sich noch, wo in Israel die Ausgrabung stattgefunden hat?«

»Sie hat das bestimmt erzählt. Auf jeden Fall ist sie nach Tel Aviv geflogen, von dort waren es dann noch ein paar Stunden mit dem Wagen.«

»Aber wonach sie gesucht haben, hat sie nicht erzählt?«

»Ein Grab, soweit ich das verstanden habe.«

»Wessen Grab?«

»Dazu hat sie nichts gesagt.«

»Und Sie haben nicht gefragt?«

»Victorias Arbeit hat mich ehrlich gesagt nie sonderlich interessiert.«

»Wissen Sie noch, wann genau sie zurückkam?«

»Im Spätsommer. Viel früher als geplant. Mitte September. Das Projekt war geplatzt. Victoria war enttäuscht, daran erinnere ich mich gut. Schwer enttäuscht.«

»Haben Sie erfahren, was geschehen ist?«

»Nein.«

»Warum ist sie nach Hause gekommen?«

»Die israelischen Behörden haben sich eingemischt und die Arbeit gestoppt.«

Ich blättere in den zusammengehefteten Seiten aus ihrem Notizblock, finde darin aber keine weiteren Anhaltspunkte.

Also zeige ich ihnen die fünf Briefe von diesem M~.

»Kennen Sie einen Archäologen, mit dem sie zusammen in Jerusalem gearbeitet hat? Sein Name beginnt mit M. Er schreibt von einer Ausgrabung, die …«

»Sie glauben doch wohl nicht im Ernst, dass ich mich an die Namen von Victorias Mitarbeitern aus den Siebzigern erinnere?«

»Nein, natürlich nicht.«

»Und was spielt das für eine Rolle?«

Mein Blick wandert hilfesuchend zu Jakob, aber dort ist keine Hilfe zu erwarten. Ich wedele mit dem blauen Blatt mit dem hebräischen Text und dem Äskulapstab herum und zeige ihnen die Fotos von Victoria und ihren Kollegen. Erkennen sie irgendwelche Gesichter darauf wieder? Jakob und Ragnvald blättern die Fotos durch. Keiner von beiden erkennt irgendwen.

»Vielleicht finden wir ja etwas in ihrer Schublade«, sagt Jakob mit einem Nicken in Richtung Eingangshalle und Treppe.

Ragnvald schneidet eine resignierte Grimasse. Ich schaue Jakob fragend an. Ihre Schublade?

»Mutter hat eine Kommode«, erklärt er. »Auf dem Dachboden. Sie bewahrt darin alles Mögliche auf. Lauter altes Zeug.«

IV

Schräg einfallende Lichtsäulen. Die Luft ist warm und stickig. Es riecht irgendwie nach Gewürzen. Der Dachboden ist erstaunlich aufgeräumt: Pappkartons, Koffer, Kleiderständer mit Kleidern in durchsichtigen Plastikhüllen, Schränke und Kommoden. Eine Regalsektion mit Ragnvalds Pokalen aus den Jahren im Osloer Schießclub. Alte Angeln und Jagdtrophäen.

Goldenes Sommerlicht sickert durch die Dachluke. Jakob öffnet ein Fenster, um frische Luft hereinzulassen, und zeigt mir eine Mahagonikommode. Er zieht eine Schublade auf. Sie ist randvoll mit Papieren, Briefen, Formularen und Fotoalben.

»Wenn das, was sie mir mitteilen will, so streng geheim ist, wird sie es wohl kaum in einer Schublade auf dem Dachboden aufbewahren«, sage ich halb fragend.

»Aber vielleicht einen weiteren Hinweis? Mama konnte nichts wegwerfen. Vater ist da komplett anders, völlig unsentimental. Ich glaube, er hat nicht ein einziges Bild behalten, das ich im Kindergarten für ihn gemalt habe. Mama hat ihre alle aufbewahrt.«

Wir nehmen die Papiere und Fotos aus der ersten Schublade heraus. Stapelweise alte Weihnachtskarten. Protokolle von Jahrestagungen irgendwelcher Fördervereine. Zeichnungen. Ein vergilbtes Foto von Jakob auf einer Rodelbahn und auf einem Sprungbrett. Eine Erinnerung an den nächsten Impftermin. Ein A4-Kalender aus Pappe, das Jahr 1983 mit Geburtstagen, Sitzungen und Urlauben in winzig kleinen Kugelschreiberbuchstaben. Vergessene Augenblicke.

Wir sitzen in der drückenden Hitze des Dachbodens und blättern uns durch die Vergangenheit von Victoria und ihrer Familie.

Ragnvald sitzt am Esstisch, als wir vom Dachboden herunterkommen, er hat Victorias Unterlagen vor sich ausgebreitet. Noch genauso verbissen wie vorher. Ich verstehe nicht, woher seine Verbitterung rührt. Er hat Kopien von allem gemacht, was ich mitgebracht habe, ohne mich zu fragen, ob das für mich okay ist. Aber es sind schließlich nicht meine Unterlagen. Streng genommen gehören sie seiner Frau, er hat ein größeres Anrecht darauf als ich. Auch wenn ich sie gefunden habe. »Ich habe das eine oder andere davon an einen israelischen Freund gefaxt«, sagt er. »In der Hoffnung, dass er etwas dazu sagen kann.«

Er fragt, ob er die Fotos bis auf Weiteres behalten darf, um in einem Fotolabor Abzüge davon machen zu lassen.

V

Ragnvald und Jakob sitzen über Victorias Unterlagen gebeugt, als ich mich gegen neun Uhr verabschiede. Es ist ein heller Abend, irgendwo wird gegrillt, es duftet nach Pollen, ein Kind schreit. Die Nachbartöle kläfft. Jakobs Rad lehnt an einem Busch. Als ich auf die Straße trete, klingelt mein Handy. Auf der anderen Straßenseite steht ein schwarzer Mercedes mit laufendem Motor. Durch die getönten Scheiben kann ich nicht erkennen, wer darin sitzt, aber ich sehe das gelbblaue Diplomatenkennzeichen. Das passt ins Viertel. Ich schaue auf das Display: unbekannte Nummer.

»Beltø«, antworte ich.

»Bjørn Beltø?«, fragt eine rostige Altmännerstimme. »Guten Abend. Mein Name ist Joachim Wangberg. Ich arbeite am Institut für Archäologie und Sozialanthropologie in Tromsø. Ich habe alles gelesen, was Sie geschrieben haben, mit großer Begeisterung.«

Lob macht mich verlegen. Nicht dass ich es nicht zu schätzen wüsste, aber ich weiß nie, wie ich darauf reagieren soll.

»Ich habe gehört, dass Victoria einen Schlaganfall hatte«, fährt er fort. »Wie furchtbar! Wie geht es ihr?«

Ich sage, dass wir das Beste hoffen. Was so weit stimmt, aber keine sehr erschöpfende Antwort ist.

»Terje Storberget hat mir Ihre Nummer gegeben.« Terje ist

ein gemeinsamer Kollege. »Ich habe ihn sofort angerufen, als ich davon erfahren habe. Wir haben Ende der Siebzigerjahre eng mit Victoria zusammengearbeitet.«

»Was genau hat sie eigentlich in dieser Zeit gemacht?«, frage ich. »Erinnern Sie sich, warum Victoria 1978 in Israel war?«

»Tja, was hat sie gemacht? Sie stellen Fragen! Sie war mehrmals dort. 77 und 78 muss das gewesen sein. Wir haben uns damals das Büro geteilt, bevor ich meine Stelle im Zentralinstitut für Denkmalspflege angetreten habe.«

»Wissen Sie etwas über die Ausgrabung?«

»Interessant, dass Sie das fragen. Victorias Geheimniskrämerei hat mich ziemlich verunsichert. Es gab da so Gerüchte, wie Sie sicher wissen. Zum Beispiel, dass sie PLO-Agentin wäre und …«

»PLO-Agentin? Victoria?«

»Natürlich ist das alles Nonsens! Fragen Sie Terje, der wird Ihnen das Gleiche sagen. Völliger Nonsens! Ich habe sie nach bestem Gewissen verteidigt. Aber enttäuscht war ich schon, dass sie sich partout nicht in die Karten hat gucken lassen.«

»Das heißt, sie hat nie erzählt, wonach sie gesucht oder was sie gefunden haben?«

»Es war die Rede von einer archäologischen Ausgrabung. Offenbar auf biblischem Boden. Etwas von historischer Bedeutung. Aber worum genau es ging, wollte sie nicht verraten. Als wäre es ein Staatsgeheimnis.«

»Wissen Sie, wo in Israel die Ausgrabungsstätte war?«

»Das wollte sie auch nicht sagen.«

»Mmh, dann sind Sie genauso schlau wie ich.«

»Vielleicht habe ich trotzdem etwas für Sie. Der Leiter der Ausgrabung hieß Moshe Mendelssohn. Ich habe mehrere Telefonanrufe für Victoria von ihm angenommen. Ein israelischer Archäologe. Ich erinnere mich an den Namen wegen des schönen Klanges. Moshe Mendelssohn.«

VI

Erst als ich meine Wohnungstür aufschließe, geht mir der Zusammenhang auf.

Endlich weiß ich, was Victoria mir zu sagen versucht hat, was sie verzweifelt versucht hat herauszupressen.

…oshe…

Den schwierigen Konsonanten M hat sie nicht aussprechen können.

Die Signatur unter den Briefen.

M~

…oshe…

Moshe…

Moshe, das hat sie versucht zu sagen.

Einen Namen.

Moshe Mendelssohn.

Das Mysterium

1

Moshe Mendelssohn verschwand unter geheimnisvollen Umständen im September 1978.

Ich bin zu Hause in meiner Hochhauswohnung in Grefsen. Das Kinn auf die Hand gestützt lese ich einen Artikel in der Onlineausgabe von *The Jerusalem Post*. Mendelssohns Schicksal ist Thema eines Featureartikels über rätselhafte Vorfälle innerhalb akademischer Kreise in Israel.

Der Archäologe Moshe Mendelssohn arbeitete am Institute of Biblical Archaeology an der Hebräischen Universität Jerusalem, als er von palästinensischen Terroristen entführt wurde. Er war auf dem Weg von Jerusalem in Judäa nach Kapernaum in Galiläa. Zuvor war er Hals über Kopf von einer Ausgrabung zurück zur Universität gefahren, hatte ein paar Kollegen kontaktiert und war dann in seine Wohnung in Ramat Denya in Jerusalem gefahren. Er hatte seine Frau zum Essen eingeladen. Am späten Abend war er dann in Richtung Kapernaum aufgebrochen. Dort ist er aber nie angekommen, und seither hat niemand mehr von ihm gehört. Einige Tage später druckte die Zeitung *Haaretz* ein Bekennerschreiben der Terrorgruppe *Söhne des Halbmonds*, die behauptete, die Ausgrabung in Kapernaum würde gegen die Interessen Palästinas verstoßen. Die Terroristen stellten nie irgendwelche Forderungen, und es wurde angenommen, dass Moshe Mendelssohn kurz darauf liquidiert worden war.

Ohne konkreten Grund bin ich mir sicher, dass es das Schicksal Moshe Mendelssohns ist, das Victoria aufgeklärt haben möchte. Für mich ist es leider zu spät, schrieb sie. Für mich auch, fürchte ich. Immerhin sind fünfunddreißig Jahre vergangen. Andererseits gehöre ich nicht zu den Menschen, die etwas aufgeben, ohne es wenigstens versucht zu haben. Aus der allgemeinen Verwirrung entsteht mein ganz persönliches Forschungsprojekt: Recherchen zu Victoria, dem Brief, dem Schlüssel und Moshe Mendelssohn. Die Archäologen müssen 1978 etwas wirklich Außergewöhnliches gefunden haben.

Das Unmögliche stachelt mich an. *Wenn jemand dieser Sache auf den Grund gehen kann, dann du.*

Hätte ich nur gewusst, welcher Sache es auf den Grund zu gehen galt.

Auf einem wissenschaftlichen Kongress in Florenz über Codierungen und Verschlüsselungen in Mittelalter und Renaissance kam ich vor Jahren in Kontakt mit einem israelischen Archäologen namens Ben Goldberg. Ein lustiger Kerl. Er ist Forschungsleiter einer der archäologischen Sektionen der Hebräischen Universität. Wir haben seit damals sporadisch Kontakt gehalten. In aller Eile schreibe ich ihm eine E-Mail und frage ihn, ob er Moshe Mendelssohn kennt und weiß, was 1978 bei der von ihm geleiteten Ausgrabung freigelegt werden sollte. Irgendwo muss man ja anfangen. Wahrscheinlich kann er mir nicht helfen. Aber Fragen kostet ja nichts.

Ich erledige ein paar Telefonate und treffe einige Verabredungen für den nächsten Tag. Dann putze ich mir die Zähne und nehme eine Dusche, bevor ich ins Bett gehe. Wie so oft träume ich von Papa.

II

»Bjorn?«

Einer der Vorteile meines urnorwegischen Namens ist, dass man sofort merkt, wenn man einen Ausländer am Telefon hat.

Wie jetzt.

Im Hintergrund höre ich Verkehrslärm. Das Knattern von Mopeds. Hupende Autos.

»Bjorn? Hier ist Ben. Ben Goldberg.«

Er hat mich geweckt. Aber das sage ich nicht. Es ist erst halb acht.

»Danke, dass du anrufst«, sage ich verschlafen.

»Ich habe deine Mail bekommen.«

»Kannst du ein bisschen lauter sprechen?«

»Ich rufe aus einer Telefonzelle an.«

»Gibt es in Jerusalem noch Telefonzellen?«

»Halt mich nicht für paranoid ...« Er lacht leise. »... aber ich will nicht per Mail antworten. Oder übers Handy.«

»Nicht?«

»Du weißt doch, wie das ist.«

»Eigentlich nicht.«

»Unsere Geheimdienste hören mit.«

Ich lache, weil ich das für einen Scherz halte.

»Hast du irgendwelche Informationen über diesen Moshe Mendelssohn? Kannst du mir da weiterhelfen?«, frage ich.

»Ich weiß nicht viel über den Fall. Wie du geschrieben hast, ist Moshe Mendelssohn 1978 verschwunden. Die offizielle Version lautet, dass er von palästinensischen Terroristen entführt und getötet wurde.«

»Und die inoffizielle?«

»Es gibt verdammt viele Gerüchte. Schwer zu sagen, was man glauben soll und was nicht.«

»Aber?«

»Es heißt, er habe etwas gefunden.«

»Und was?«

»Das ist die entscheidende Frage.«

»Wonach hat er denn gesucht?«

»Ich weiß nichts über die Ausgrabung 1978. Alle Gesuche, Genehmigungen, Dokumente und Hinweise sind verschwunden.«

»Verschwunden?«

»Ja, im Sinne von … weg. Nach deiner Mail habe ich einen Blick ins Archiv geworfen. Aber da ist nichts! Alles ist weg.«

»Dann weiß niemand, wonach die damals gesucht haben?«

»Nein.«

»Oder was sie gefunden haben?«

»Nein.«

»Was ist mit den Archäologen, mit denen er zusammengearbeitet hat?«

Eine Sirene übertönt seine Antwort.

»Ich habe dich nicht verstanden …«

»Ich kann dir nicht helfen, Bjorn. Tut mir leid. Aber ich will dir einen Gefallen tun. Weil du gefragt hast.«

»Gefallen?«

»Aber halte mich aus der Sache raus, sollte etwas daraus werden, okay?«

Sollte etwas daraus werden?

»Ich verstehe nicht …«

»Ich muss jetzt los. Eine Sitzung.«

III

Ich versuche mehrmals, Jakob anzurufen. Er antwortet nicht. Ist etwas mit Victoria passiert? Ich schicke ihm eine SMS und bitte ihn, mir so schnell wie möglich zu antworten oder mich zurückrufen. Er tut es nicht. Dann wähle ich noch einmal Mortens Nummer, schließlich suche ich Ragnvalds Nummer heraus und rufe auch ihn an. Keiner der drei meldet sich. Ich rufe im Krankenhaus an und bitte darum, in Victorias Zimmer durchgestellt zu werden. Ich sehe sie vor mir im Bett liegen, blass, mit eingefallenen Wangen. Nachdem es eine ganze Weile geklingelt hat, meldet sich wieder die Zentrale. Ich bitte darum, mit dem Stationszimmer verbunden zu werden, wo sich endlich jemand meldet. Victorias Zustand ist unverändert. Und der Sohn oder der Ehemann sind heute noch nicht aufgetaucht.

Die Nachricht finde ich äußerst beunruhigend.

Ich kenne Ragnvald nicht gut, aber Jakob ist ein Gewohnheitsmensch mit gewissenhafter Hingabe. Dass er seine sterbende Mutter heute noch nicht besucht hat, kann nichts Gutes bedeuten. Im Gegenteil. Eine andere Erklärung fällt mir nicht ein. Es muss etwas passiert sein.

Ich google Ragnvalds Firma und rufe dort an. Die Zentrale teilt mir nüchtern mit, dass er heute noch nicht im Haus war. Als ich andeute, dass es um seine Frau geht, ist der kühle Ton plötzlich weg. Sie haben schon den ganzen Tag versucht, Ragnvald zu erreichen, aber er gehe weder ans Handy, noch sei er zu Hause zu erreichen. Sie machen sich Sorgen, weil er sonst die Zuverlässigkeit in Person ist.

Ich steige in Bolla ein und fahre zu ihnen nach Hause. Bolla ist mein Auto, eine alte Ente. Zuerst fahre ich zu Jakob. Er reagiert nicht auf mein Klingeln. Ich versuche es bei den Nachbarn, aber auch die sind nicht zu Hause. Dann fahre ich zu Ragnvald und parke hinter seinem stattlichen Audi. Bolla sieht verdammt mickrig aus.

Jakobs Fahrrad lehnt noch immer an den Büschen in der Einfahrt, das heißt, dass er noch da sein muss. Oder das Fahrrad dagelassen hat. Beides kommt mir irgendwie merkwürdig vor.

Alles ist still. Ich gehe zur Schiefertreppe. Der Nachbarhund kommt angelaufen und wedelt mit dem Schwanz, als würde er mich kennen. Ich gehe die Treppe hoch. Klingele. Der Hund beginnt zu bellen. Ich warte. Klingele noch einmal. Kein Laut. Ich klopfe fest an die Tür. Drücke die Klinke herunter. Abgeschlossen.

Das ist seltsam, Bjørn, sagt Papa.

Es kommt vor, dass Papa und ich miteinander reden.

Das verstehst du doch wohl selbst? Sehr seltsam.

Stimmen im Kopf. Ich wollte das nie wahrhaben, aber sie sind wirklich da. Manchmal. Jetzt ist es nur Papa, mit dem ich rede.

Versuch es auf der Rückseite des Hauses, sagt er.

Ich weiß natürlich, dass es nicht wirklich Papa ist, der mit mir redet, sondern eine Art Selbstgespräch. Papas Stimme ist nur eine Verlängerung meiner eigenen Fantasie. Ich rede mit Papa, wie andere mit Gott oder Jesus reden. Meistens tue ich, was er sagt. Das ist am besten so. Es ist ein bisschen, wie an Gott zu glauben. Wenn es ihn nicht gibt, spielt es keine Rolle. Aber wenn es ihn gibt... dann hat man wenigstens ein bisschen an ihn geglaubt.

Beunruhigt gehe ich um das Haus herum in den Garten. Ich steige über eine große Leiter, die auf dem Rasen liegt, gehe zur Terrasse mit Gasgrill und Hollywoodschaukel hoch und klopfe fest an die Terrassentür. Ich spähe durch die Glasscheibe nach drinnen.

Und dann sehe ich ihn.

Menashe Frum (I)

ZWISCHENSPIEL

TEL AVIV,

ISRAEL

Als Menashe Frum an diesem leicht bedeckten Vormittag unmittelbar nach der morgendlichen Sitzung zum Abteilungsleiter Tzafir Drach bestellt wurde, erwartete er eine wohlverdiente Abmahnung für den gelinde gesagt elenden Aufsatz, den er geschrieben hatte, einen Beitrag über die divergierenden islamischen Auslegungen der Suren des Koran zur Ermordung Ungläubiger. Er hatte daran gearbeitet, als seine Ehe definitiv zum Teufel gegangen war und er kaum geschlafen hatte. Sie hatten gestritten, geweint und weiter gestritten. Wie von einem schadenfrohen, hinterhältigen Jahve inszeniert, war der Abgabetermin für den Aufsatz just der Tag, an dem Tamar sich endgültig entschlossen hatte, ihn zu verlassen. Sie hatte ihn zum allerersten Mal bei der Arbeit angerufen und ihm mitgeteilt, dass sie ausziehe, weil es so nicht weitergehen könne. Menashe hatte Kopfschmerzen, er saß mitten im letzten Korrekturdurchgang seines Textes und war mit den Gedanken woanders. Wo willst du denn hin?, hatte er gefragt. Fehler. Großer Fehler. Sie hatte kommentarlos aufgelegt, und wäre da nicht der Aufsatz gewesen, der um Punkt 15 Uhr auf Drachs Schreibtisch liegen musste, wäre er auf der Stelle nach Hause gefahren, um noch einmal mit ihr zu reden. Vielleicht hätte er die Katastrophe so noch abwenden können. Oder auch nicht. Als der Text endlich ausgedruckt war (um 14.42 Uhr), er ihn in den von der Abteilung bevorzugten Kunststoffumschlag mit schwarzen Spiralringen abgeheftet und bei Tzafir Drachs frecher Sekretärin abgegeben hatte (um 14.56 Uhr), war Tamar längst nicht mehr in der Wohnung, die sie acht Jahre lang geteilt hatten. Später zeigte sich, dass sie mit einem Taxi direkt zu diesem Arschloch Yosef gefahren war, der sich drei Monate zuvor wie ein verführerischer Flaschengeist in Tamars trostlosem Leben materialisiert hatte.

Menashe war sich schmerzlich bewusst darüber, dass sein Aufsatz nicht bestehen würde. Er hatte über die Sure 2, Vers 191 (*Und erschlagt sie, wo immer ihr auf sie stoßt*) und die Sure 9, Vers 5 (*Erschlagt die Frevler, wo ihr sie findet*) geschrieben und aufgezeigt, wie buchstäblich radikale Islamisten einen Text auslegen, der sich im Kontext der vorangehenden und folgenden Verse gelesen auf einen Verteidigungskrieg im Jahr 630 bezog, als Muslime von Feinden angegriffen wurden, die selber kein Erbarmen zeigten. Auch wenn viele Muslime die USA und den Westen wegen ihrer Kriegserklärung gegen den Terror als erbarmungslosen Feind erachteten, könne keine der Suren auf die heutige kosmopolitische Situation bezogen werden. Im Gegenteil, die Sure 9, Vers 5 sei in einem Zeitabschnitt verfasst worden, als ein kleiner muslimischer Volksstamm ein Friedensabkommen mit den umliegenden jüdischen, christlichen und heidnischen Stämmen vereinbart hatte, das permanent gebrochen worden war. Er hatte die Worte *zeit-* und *situationsabhängig* unterstrichen und hinzugefügt, dass bestimmte extremistische Imame und Mullahs ebendiese Suren heranzögen, um den Mord an westlichen Bürgern zu rechtfertigen. Nicht weniger wahnhaft als die Katholiken, die seinerzeit ausgewählte Bibelstellen zur Rechtfertigung von Kreuzzügen, Sklaverei, Inquisition, Folter und Mord missbraucht hatten. Der Koran werde in alle möglichen Richtungen ausgelegt und an den jeweiligen Zweck angepasst, den er bestätigen sollte, hatte er angemerkt. Menashe Frum, Meister der Binsenweisheiten. Richtigen Schund hatte er abgeliefert, ausgewalzt auf über fünfzig Seiten. Darum rechnete er mit Kritik, möglicherweise sogar mit einer formellen Abmahnung, als er an die Tür des Abteilungsleiters Tzafir Drach klopfte und hereingebeten wurde.

*

Drach stand mit dem Rücken zur Tür und schaute aus dem Fenster. Wenn er einen schlechten Tag hatte, konnte Tzafir Drach jeden dazu bringen, sich persönlich schuldig zu fühlen für die Intifada, den Gaza-Krieg und den Mord an Jitzchak Rabin. Wie oft hatte Menashe gedacht, dass Drach aussah wie aus einem Granitblock gemeißelt, grob und kantig.

»Setzen Sie sich«, sagte Tzafir Drach, ohne sich umzudrehen.

Menashe setzt sich auf die vordere Stuhlkante vor den Schreibtisch.

Drach drehte ihm noch immer den Rücken zu.

Das verheißt nichts Gutes, dachte Menashe, räusperte sich und zog den Hals ein.

»Schon mal was vom Mendelssohn-Fall gehört?«, fragte Drach.

Menashe, der auf eine kalte Dusche eingerichtet war und bereits die ersten Worte seiner jämmerlichen Verteidigungsrede auf der Zunge hatte, brauchte ein paar Sekunden, sein Gehirn umzustellen. Mendelssohn-Fall? Mendelssohn? Was für ein Fall? In seiner Verwirrung versäumte er zu antworten.

Tzafir Drach drehte sich um. Er war ein Schrank von einem Mann, der die Luft im Raum verschob, wenn er sich bewegte.

»Der wunde Punkt der Abteilung!«

Menashe wagte es nicht, etwas zu sagen. Er wusste nichts von einem wunden Punkt. Er arbeitete jetzt seit acht Jahren am Institut, sie hatten ihn damals gezielt angeworben. Ihm war nicht ganz klar, wie sie auf ihn gekommen waren, nahm aber an, dass es etwas mit seinem Militärdienst und seinem Engagement für HaAvoda zu tun hatten. Mendelssohn? Wunder Punkt? Bezog sich Drachs Frage nach dem Mendelssohn-Fall auf seinen Aufsatz? War Mendelssohn möglicherweise ein ehemaliger Mitarbeiter, der in Unehren entlassen worden war, nachdem er einen ähnlich elenden Aufsatz geschrieben hatte?

Drach setzte sich. »1978. Vor Ihrer Zeit. Moshe Mendelssohn leitete eine archäologische Ausgrabung in Kapernaum. Bis er spurlos verschwand. Sie finden die Akte im Archiv.«

Menashe sagte noch immer nichts. Keinen Mucks.

»Wir haben gründliche Arbeit geleistet. Oz Eisner war der leitende Ermittlungsbeauftragte des Instituts, aber weder wir noch die Polizei konnten den Fall je lösen.«

Eisner war der mächtige Direktor der Abteilung.

Menashe schwieg weiter.

»Ich komme gerade aus einer Besprechung mit Eisner«, sagte Drach. »Wir wollen Sie als Leiter einer neuen Untersuchung.«

»Eine. Neue. Untersuchung?«

»Das System …«, sie nannten es nur das System, obgleich die Überwachung der digitalen Kommunikation des Instituts einen Namen hatte: EchelCom, »… hat eine merkwürdige Anfrage abgefangen. Der norwegische Archäologe Bjørn Beltø – Sie wissen, wer das ist – hat eine Anfrage an seinen Kollegen geschickt, einen gewissen Ben Goldberg an der Hebräischen Universität. Bezüglich Moshe Mendelssohn. Sie finden alles in der Akte.«

Menashe verstand immer noch nicht ganz, worauf Drach hinauswollte, hielt aber geflissentlich die Klappe. Bjørn Beltø? Der blasse Kerl, der erst über die Ruinen vom Turm zu Babel und dann über die vierundzwanzig Kisten mit Buchrollen aus der Bibliothek in Alexandria gestolpert war?

»Warum?«, warf Tzafir Drach in den Raum. »Warum nur wird dieser Fall nach fünfunddreißig Jahren wieder ausgegraben?« Er schaute Menashe tief in die Augen. »Finden Sie das heraus.«

Sirenengesang

I

Der Tod ist selten sanft. Selbst für denjenigen, der hochbetagt in seinem Bett einschläft, ist der Tod endgültig und in seiner Natur brutal. Ich habe Angst vorm Sterben. Wer hat das nicht? Über meinem Schreibtisch in meiner Wohnung in Grefsen habe ich ein Haiku von Michikaze aufgehängt:

Heute ziehe ich Sommerkleider an	*Kyō zo haya*
für eine Reise in eine Welt	*minu yo no tabi e*
die ich nicht kenne	*koromogae*

Nicht mehr sein. Was für ein Abgrund.

Die einen suchen Trost in der Hoffnung auf die himmlische Ewigkeit. Oder in dem Glauben an Wiedergeburt und ein neues Leben. Warum nicht? Es heißt, Energie würde nie verschwinden, sondern nur in einen neuen Zustand übergehen. Wenn die Seele also eine Art Energie ist, geht sie dann auch in einen neuen Zustand über? In ein neues Bewusstsein? Vielleicht findet sie ja einen ungeborenen Körper. Wer weiß. Genau genommen ist es nicht das unendliche Vakuum des Todes, das mir Bauchschmerzen bereitet, sondern die Abwesenheit aller Freuden des Lebens. Diese kurz aufflackernden Glücksmomente. All das zu verlieren – Sonnenschein und Sommertage, Lachen und Musik, Bücher und Liebkosungen.

Die Furcht vor dem Tod treibt uns durchs Leben. Wir alle machen den eitlen Versuch, ihm zu entkommen, ihn zu überlisten. Noch einen Tag, eine Stunde.

Alle diese Augenblicke.

Und dann: nicht mehr sein.

II

Ich sehe Jakob durch die Terrassentür. Er liegt in verrenkter Haltung auf dem Wohnzimmerboden in einer Blutlache, die in den Perserteppich und die darauf verstreuten Papiere eingezogen ist. Sein Mund steht offen. Das Gesicht ist schwarz; es dauert ein wenig, ehe ich begreife, dass das Schwarze getrocknetes Blut ist. Ich schlage mit der flachen Hand gegen die Scheibe. »Jakob!«, rufe ich. Rüttele am Türgriff. Lauter: »Jakob!« Er rührt sich nicht. *»Jakob!«* Ich fummele das Handy aus der Gürteltasche. Meine Hände zittern. Wie war noch der Notruf? Ich zittere so heftig, dass ich kaum die 112 tippen kann. Drücke das Telefon ans Ohr.

Es dauert eine kleine Ewigkeit, bis jemand antwortet. Was machen die denn da?

»Polizeinotruf«, sagt eine gutgelaunte Stimme mit glucksendem Unterton, als hätte ich sie aus einer lustigen Unterhaltung gerissen.

Bei einem Notruf soll man zuerst seinen Namen und die Adresse nennen, aber ich bin viel zu aufgeregt, um einen klaren Gedanken zu fassen. »Es ist ein Mord geschehen!«, rufe ich.

»Ein Mord?«, fragt die Stimme. Der amüsierte Unterton wird von Skepsis abgelöst.

»Ich kann ihn sehen, er liegt auf dem Boden, ich sehe ihn durch das Fenster.«

»Bleiben Sie ganz ruhig«, sagt die Stimme. »Mit wem spreche ich?«

Ich schreie meinen Namen und die Adresse in das Mikrofon.

»Bleiben Sie, wo Sie sind, wir sind unterwegs.«

Ich schaue durch das Fenster. Erst jetzt geht mir auf, dass die über den Boden verstreuten Papiere die Kopien der Unterlagen sind, die ich gestern dabei hatte.

Victorias Unterlagen.

III

Wenige Minuten später höre ich fernen Sirenengesang. Ich laufe an die Straße und winke sie auf das Grundstück, zuerst einen Streifenwagen, dann zwei Krankenwagen, danach drei weitere Polizeiwagen. Ein paar Polizisten laufen hinters Haus, zwei hämmern gegen die Eingangstür und rufen »Polizei«, ein dritter kommt mit einem Rammbock angelaufen, mit dem sie die Tür aufbrechen. Die zwei Polizisten gehen hinein. Ich werde von einem Beamten zurückgehalten, der mich zur Seite zieht, damit wir nicht im Weg stehen. Zwei Zivilfahrzeuge der Polizei kommen. Der Beamte, der an mir vorbeigeht, löst ein Mikrofon von der Brusttasche und sagt: »Fox 2-2 an U-05. In Alarmbereitschaft.« Es vergehen noch ein paar weitere Minuten. Hektische Aktivität, Sirenen und sensationslüsterne Nachbarn. Eine Polizistin in Zivil kommt auf mich zu. Sie stellt sich als Siri Schau vor, Kriminalkommissarin. Sie trägt ihren Dienstausweis an einem Band um den Hals. Ein bisschen mollig, Sommersprossen, um die vierzig. Unter anderen Umständen hätte ich sie vermutlich für ein gutmütiges Mädel vom Land gehalten.

Sie begrüßt mich mit Handschlag. »Hallo? Alles in Ordnung mit Ihnen?«, fragt sie in leicht abgeschliffenem Oppland-Dialekt. Ihre Fürsorge treibt mir die Tränen in die Augen. Sie sieht, dass ich zittere. »Kommen Sie«, sagt sie. »Setzen wir uns in mein Auto.«

Siri Schau (I)

ZWISCHENSPIEL

Sie dachte: Er sieht ganz anders aus, als ich ihn mir vorgestellt hatte. Auf den Fotos in der Zeitung wirkte er immer so verschüchtert, als wünschte er sich mit ganzer Seele an einen anderen Ort. Besonders fotogen ist er nicht. Manche Menschen sind in der Realität viel attraktiver als auf Fotos. Bjørn Beltø ist ein solcher Mensch.

Sie öffnete die Tür im Fond des Volvos, *passen Sie auf Ihren Kopf auf*, und schloss sie hinter ihm. Dann nahm sie selbst auf dem Fahrersitz Platz und sah ihn über den Rückspiegel an. »Sie sind es doch, oder? Der berühmte Bjørn Beltø in meinem Dienstwagen«, sagte sie im Versuch, die Situation etwas aufzulockern.

Er nickte betreten, als wäre er sich selbst nicht sicher, wer er war.

»Ich habe Ihr Buch gelesen.«

»Wirklich?«

»Das über Jesus …«

»Ach, das …«

»Und dann habe ich noch das über Luzifer angefangen …«

Etwas Unausgesprochenes schob sich zwischen sie. Er fingerte nervös an seiner Brille herum.

»Und jetzt sitzen wir hier«, schloss sie.

Ein Wirrwarr von Stimmen kam durch den Polizeifunk.

»*Victor 3-0 an U-05.*« Unverständliche Codes. »*Null-eins an sämtliche Einheiten …*« Elektronische Signale. Sie drehte die Lautstärke herunter.

»Können Sie mir erzählen, was passiert ist?«

»Passiert?« Er breitete die Arme aus. »Ich weiß nicht, was …« Seine Stimme versagte.

Sie lächelte beruhigend. »In welcher Beziehung stehen Sie zu dem Opfer?«

»Ich kenne sie über eine Kollegin.«

Sie zuckte zusammen. »Sie?«

»Jakob und seinen Vater.«

»Vater?«

»Ja, Ragnvald. Jakob wohnt hier nicht mehr, das ist sein Elternhaus. Die Eltern …« Seine Stimme versagte erneut, er starrte leer vor sich hin und räusperte sich ein paar Mal.

»Sind beide …?« Sie brachte ihre Frage nicht zu Ende. »Entschuldigen Sie mich einen Augenblick«, murmelte sie, nahm das Mikrofon von der Mittelkonsole und bat die Kollegen, Ragnvald zu suchen.

Über Funk vermeldete der Einsatzleiter, dass sie eine verschlossene Tür öffnen müssten. Dann dröhnte etwas.

»Hier ist noch einer!«, meldete eine Stimme.

Zwei, dachte sie. Unfassbar.

»Sagen Sie mir, was Sie wissen? Fangen Sie einfach am Anfang an«, sagte sie freundlich.

»Ich weiß nichts. Ich habe sie den ganzen Tag telefonisch zu erreichen versucht. Erst Jakob und dann Ragnvald. Vor einer halben Stunde bin ich zu Jakobs Wohnung gefahren. Er war nicht da, deshalb bin ich dann hierher.« Er hielt inne. »Und habe Jakob durch die Terrassentür gesehen.«

»Sie waren nicht im Haus?«

»Die Türen waren verschlossen.«

»Warum haben Sie versucht, sie anzurufen?«

»Das ist eine lange Geschichte. Victoria, meine Kollegin, hatte einen Schlaganfall. Sie ist Jakobs Mutter, Ragnvalds Frau. Sie liegt auf der Intensivstation. Die Papiere auf dem Boden sind von ihr. Die Ärzte glauben nicht, dass sie ... nun ja ...«

Durch das Autofenster sahen sie, dass eine Bahre aus dem Haus getragen wurde. Die Sanitäter schoben die Trage in einen Rettungswagen und fuhren los. Unten an der Kreuzung schalteten sie das Blaulicht ein.

Siri Schaus Handy klingelte. Sie warf einen Blick aufs Display, entschuldigte sich bei Beltø und nahm das Gespräch entgegen. Als sie fertig war, sah sie ihn an.

»Haben Sie eine Idee, wer dahinterstecken könnte?«

Er zögerte kurz. »Nein, keine Ahnung.«

Er weiß etwas, dachte sie. »Bjørn?«

Unruhiger Blick.

»Wissen Sie etwas?«

»Es ist nur, dass ...« Er setzte die Brille auf und nahm sie gleich wieder ab. »Nein, das ist unwahrscheinlich.«

»Was?«

»Victoria hat 1978 an einer archäologischen Ausgrabung in Israel teilgenommen. Dort muss irgendetwas passiert sein, was ich herauszufinden versuche. Aber ... das kann doch nicht im Zusammenhang mit dieser Sache hier stehen, oder?«

»1978?«

»Sie hat damals mit einem israelischen Archäologen zusammengearbeitet, der spurlos verschwunden ist.«

»Auch 1978?«

»Ja, aber ich weiß wirklich nicht, ob es da einen Zusammenhang geben kann.«

»Was glauben Sie?«

»Vielleicht, ich weiß es nicht.«

»Ich muss Sie etwas fragen, Bjørn: Haben Sie mit Jakob, Ragnvald oder Victoria noch irgendeine Rechnung offen?«

»Ich? Eine Rechnung offen?«

Sie hielt ihn mit den Augen fest.

»Wollen Sie damit andeuten, dass ich Jakob und Ragnvald umgebracht habe?«

»Bjørn, entschuldigen Sie, das ist mein Fehler, ich dachte, Sie wüssten das. Nur Ragnvald ist tot. Jakob lebt. Sein Zustand ist kritisch, aber er lebt.«

*

Sie war zurück in ihrem Büro im Präsidium in Oslo-Grønland. Der Himmel über der Stadt war eine tiefblaue, wolkenlose Kuppel. In der Ferne war der Fjord zu erahnen. Dort sollte sie jetzt eigentlich sein, gemeinsam mit Mann, Sohn und Hund auf ihrer kleinen Yacht »Hebe«. Stattdessen saß sie an ihrem Schreibtisch und hielt den vorläufigen Bericht der Spurensicherung in den Händen. Und einen Stapel Fotos vom Tatort. Sie hatte mit dem Chirurgen gesprochen, der Jakob operiert hatte, und mit dem Rechtsmediziner, der Ragnvald obduzieren sollte, und versuchte jetzt, die einzelnen Informationsbruchstücke zu einem Gesamtbild zusammenzusetzen. Jeder Mord hatte sichtbare und unsichtbare Zusammenhänge, Verbindungen. Es kam darauf an, das Wichtige zu erkennen und das Unwesentliche erst einmal außer Acht zu lassen. Sie warf einen Blick in Jakobs Krankenakte: geb. 17.5.79. Ullevål Krankenhaus, Oslo. Er hatte mit einem Bauchschuss auf dem Wohnzimmerboden gelegen. Aber er lebte. Die Schussbahn zeigte, dass die Kugel von unten in seinen Körper eingedrungen war. Er hatte eine Weile dort gelegen, vermutlich seit dem vorangegangenen Abend. Beim Sturz war er auf seine rechte Hand gefallen, die sich auf die Wunde gepresst hatte, wodurch die Blutung eingedämmt worden war. Möglicherweise hatte ihm das das Leben gerettet. In seiner linken Hand hatte er eine Beretta 92F, 9x19 mm Parabellum-Pistole gehalten. Hatte er auf sich selbst geschossen? In den Bauch? Unwahrscheinlich. Aber noch war alles möglich. Zum Beispiel, dass ihm der Täter die Waffe in die Hand gedrückt hatte, damit es so aussah, als hätte er sich selbst erschossen. Aber auch das erschien ihr eher unwahrscheinlich, passte alles irgendwie nicht zusammen. Ragnvalds Schicksal war ein noch größeres Rätsel. Er hatte in seinem Büro auf einem Stuhl gesessen. Blutergüsse und Schlagverletzungen im Gesicht. Todesursache: noch ungewiss. Vermutlich innere Verletzungen, aber noch war das nicht bestätigt. Vier Hemdenknöpfe waren abgerissen, der Knoten des Schlipses gelöst worden.

Die Bürotür war von innen abgeschlossen, der Schlüssel steckte im Schloss, die Fenster waren zu. Er musste sich mit anderen Worten selbst eingeschlossen haben, nachdem er überfallen wurde und bevor er gestorben war. War er vor den Eindringlingen geflohen? Warum hatten sie die Tür nicht einfach aufgebrochen? Bekamen sie Panik, nachdem sie auf Jakob geschossen hatten? Das nächste Rätsel waren die Ausgangstüren, die alle verschlossen waren. Hatten die Täter abgeschlossen, als sie das Haus verlassen hatten? Und wie waren sie ins Haus gekommen? Hatten sie einen Schlüssel? Es gab keine Einbruchsspuren. Ein Küchenfenster stand auf Kipp, war aber mit einem Haken von innen gesichert. Auf dem Dachboden stand ein Fenster offen, und im Garten lag eine Leiter. Waren die Täter über dieses Fenster eingestiegen, oder hatten Ragnvald und Jakob sie selbst hereingelassen, weil sie sie kannten? Oder weil sie dazu gezwungen wurden? Die ganze Tatortsituation war unlogisch. Verwirrend.

Ihr Sohn rief an. Erik. Sie hatte versprochen, ihn zum Fußballtraining zu fahren. Ihr Mann, der Vorsitzende des Vereins, war auf einem Seminar in Bolkesjø, was sie vergessen hatte, als der Notruf eingegangen war. Sie rief die Mutter eines Mitspielers an und fragte, ob diese Erik mitnehmen könnte.

Sie hatte sich eine Reihe von Punkten notiert, denen sie nachgehen wollte. Bjørn Beltøs verschlungene Theorie war auch dabei, laut der die Täter, so, wie es sich anhörte, im Altertum zu suchen waren, in der Zeit Jesu. Sie musste lächeln. Ein schiefgelaufener Einbruch war die deutlich plausiblere Spur. Ragnvald und Jakob hatten vermutlich ungebetene Gäste überrascht. Bestimmt war es so simpel. Aber noch hielten sie sich alle Möglichkeiten offen, wie es den Journalisten gegenüber immer hieß. Geldeintreiber. Verwandte. Sie hatte vergeblich versucht, Jakobs Lebensgefährten Morten zu erreichen, der irgendwo im Gebirge unterwegs war. War jetzt überhaupt Jagdsaison? Sie notierte sich, dass sie auch dieser Frage nachgehen musste. Die anderen gingen die privaten Finanzen der beiden Opfer durch und die Buchhaltung von Ragnvalds Firma.

*

Siri Schau hatte ihr Examen an der Polizeihochschule mit der etwas vagen und idealistischen Vorstellung gemacht, jetzt wichtig zu sein, »etwas bewegen« zu können, wie es in jener Zeit populär hieß. Jetzt, siebzehn Jahre später, war ihr bewusst, wie naiv dieser Traum gewesen war. Die Polizeiarbeit war nicht so, wie sie sie sich vorgestellt hatte. Aber trotz allen Frustes – fehlendes Geld, mangelhafte Ausrüstung und permanente Unterbesetzung – hatte sie sich als tüchtige Ermittlerin profiliert. Der Leiter des Dezernates für Gewalt- und Sexualdelikte hatte Siri Schau als analytisch, aber auch empathisch eingestuft und sie zur Hauptkommissarin befördert.

Das Ermittlerteam hatte eine kurze Besprechung um 16 Uhr. Nach dem Statusbericht wurden die verschiedenen Theorien diskutiert und die Aufgaben verteilt. Sie spürte die Unsicherheit. Dieser Fall war anders. Es gab mehr Fragen als Theorien, mehr Unklarheiten als Logik.

Sie brütete über den vorläufigen Berichten, als jemand vom

Empfang anrief und ihr mitteilte, dass unten Besuch für sie warte. Ihre erste Reaktion war Genervtheit. Vermutlich ein Journalist. Die schreibende Zunft wurde immer aufdringlicher. Dann fiel ihr ein, dass sie Bjørn Beltø gebeten hatte, für eine offizielle Befragung ins Präsidium zu kommen, weil er am Tatort verständlicherweise viel zu aufgeregt gewesen war. Hoffentlich hat er sich inzwischen etwas gesammelt, dachte sie.

Seine Theorie, dass die Geschehnisse in Israel 1978 der Auslöser für die Gewalttat sein könnten, machte sie etwas ratlos. Wenn sie etwas nicht gebrauchen konnten, dann eine fünfunddreißig Jahre alte kalte Spur. Noch dazu in einem anderen Land. Sie glaubte nicht an seine Theorie, wollte sich aber trotzdem anhören, was er zu sagen hatte.

Sie fuhr mit dem Fahrstuhl nach unten und holte ihn ab.

»Wie geht es Jakob?«, fragte er.

»Darüber reden wir später.«

»Ist er tot?«

Sie fuhren mit dem Fahrstuhl nach oben und fanden ein leeres Vernehmungszimmer. Auf dem Tisch standen Mineralwasser und eine Thermoskanne mit Kaffee. Sie nahm seine Personalien auf.

»Ist Jakob tot?«, wiederholte er.

»Nein, aber sein Zustand ist kritisch. Ich habe vor einer Stunde mit dem Arzt telefoniert.« Sie blätterte durch ihr Notizbuch und fasste zusammen: »Schussverletzung im Unterbauch, hoher Blutverlust, wenn auch keine lebensbedrohlichen Verletzungen an vitalen Organen, leichte Kopfverletzungen und ein paar oberflächliche Wunden am Oberkörper.« Sie klappte das Notizbuch zu. »Wissen Sie, ob er Links- oder Rechtshänder ist?«

»Darauf habe ich nie geachtet.«

Sie winkte ab.

»Woran ist Ragnvald gestorben?«, fragte er.

»Das wissen wir erst nach der Obduktion.«

Sie bat ihn, noch einmal alles durchzugehen, was in den letzten Tagen passiert war. Er wiederholte, dass eine Kollegin, Frau und Mutter der beiden Opfer, mit einem Gehirnschlag im Krankenhaus lag.

»In diesem Zusammenhang«, sagte er, »war ich gestern Abend zu Hause bei Ragnvald und Jakob, um einige von Victorias alten Unterlagen durchzusehen.«

»Sie waren gestern Abend dort?«

»Ja, ich ...«

»Warum haben Sie nichts davon gesagt, als wir miteinander gesprochen haben?«

»Sie haben nicht gefragt.«

»Wann sind Sie gekommen, und wie lang sind Sie geblieben?«

Er musste nachdenken. »Gekommen bin ich so gegen sieben und gefahren um neun.«

Der Rechtsmediziner hatte den vermutlichen Todeszeitpunkt zwischen 21 und 23 Uhr eingegrenzt, aber das musste nichts heißen.

»Sie haben also Ragnvald und Jakob aufgesucht, um Victorias alte Papiere durchzusehen?«

»Ja. Ich glaube, es sind die Kopien der Unterlagen, die um Jakob herum auf dem Boden lagen.«

Sie hatte sich schon gefragt, was es mit diesen Unterlagen auf sich hatte. Laut Kriminaltechnik handelte es sich um Kopien von Briefen, Notizen, Tabellen und Dokumenten, in denen es um eine wissenschaftliche Expedition Ende der Siebzigerjahre nach Israel ging.

»Waren Sie die ganze Zeit nur mit diesen *Papieren* beschäftigt?« Die Art, wie sie »Papiere« betonte, klang so, als fände sie den Vorgang als solchen bereits verdächtig.

»Mehr oder minder.«

»Und was sind das für Papiere?«

»Unterlagen aus der Universität. Und ein paar Sachen, die wir oben auf dem Dachboden in einer Kommode gefunden haben, Victorias Briefe und Dokumente, Tabellen, Bilder, ein Pass. Solche Dinge.«

»Und darin geht es um …?«

»Die archäologische Ausgrabung in Israel, über die ich mit Ihnen gesprochen habe.«

1978, das war so unendlich lang her. Was für einen Zusammenhang sollte es zwischen der alten Ausgrabung und dem aktuellen Verbrechen geben?

»Woher stammen die Papiere?«

»Aus einer Aktenmappe in ihrem Büro an der Uni. Ragnvald hat alles kopiert, damit er und Jakob sich das Material in aller Ruhe anschauen konnten. Fehlt was?«

»Warum sollte etwas fehlen?«

»Weil sie möglicherweise Informationen beinhalten, die die Einbrecher gesucht haben. Falls Unterlagen fehlen, könnte uns das zeigen, in welcher Richtung wir suchen müssen.«

Sie dachte: ein äußerst konspiratorisch veranlagter Mann. Aber bei seinem Hintergrund war es nicht weiter erstaunlich, dass er die seltsamsten Theorien hatte.

»Haben Sie die Originale?«

»Ja.«

»Dann müssen wir die mit den Kopien vergleichen. Warum haben Sie die Unterlagen aus der Universität mitgenommen?«

Er zögerte. »Das ist nicht ganz so leicht zu erklären.«

»Versuchen Sie es.«

»Victoria hat versucht, mir etwas mitzuteilen. Ich habe sie nicht verstanden. Es war aber deutlich zu spüren, dass es etwas Wichtiges war, etwas, das ihr auf dem Herzen liegt und das mit der Vergangenheit zu tun hat. Vermutlich etwas mit Israel 1978.«

Eine gelinde gesagt unpräzise Spur, der man kaum folgen konnte.

»Was ist mit den Bildern?«, fragte er.

»Welche Bilder?«

»In der Mappe waren alte Fotos von der Ausgrabung. Ich habe Jakob und Ragnvald die Originale überlassen.«

»Das werde ich natürlich überprüfen. Aber soweit ich weiß, war nie die Rede von Fotos. Können Sie die Fotos beschreiben?«

»Es waren fünf oder sechs Stück. Standardgröße, 10x15 cm, würde ich sagen. Zwei davon zeigten Victoria allein. Die übrigen waren Gruppenfotos von Victoria gemeinsam mit den anderen Archäologen.«

»Kannten Sie jemanden der abgebildeten Personen?«

»Als das Bild aufgenommen wurde, war ich zehn Jahre alt. Außerdem handelt es sich bei den meisten davon sicher um Israelis.«

»Haben Sie bei der gemeinsamen Durchsicht etwas Interessantes gefunden?«

»Mehr Fragen als Antworten. Das ist eine lange, komplexe Geschichte.«

Tell me about it…

»Ist gestern Abend sonst noch etwas Besonderes passiert oder gesagt worden?«

»Jakob hat mir erzählt, dass er von einem Mann kontaktiert wurde, der angeblich wichtige Informationen über Victorias Vergangenheit hat. Er wollte mir aber nicht sagen, *wer* das war.«

»Wissen Sie, ob sie sich getroffen haben?«

»Nein. Aber ich hatte das Gefühl, dass ein Treffen kurz bevorstand.«

»Kurz – wie: gestern Abend?«

»Das kann ich nicht sagen.«

»Haben Sie eine Idee, wer das gewesen sein könnte?«

»Nein.«

»Nicht mal eine Theorie?«

»Nein, tut mir leid.«

»Kamen Ihnen die beiden irgendwie unruhig vor?«

»Nein. Abgesehen davon, dass sie sich Sorgen um Victoria gemacht haben.«

»Ist jemand gekommen, während Sie dort waren? Oder hat jemand angerufen?«

»Nein.«

»Und Sie sind gegen neun Uhr gegangen? Ist Ihnen in der Nachbarschaft jemand aufgefallen?«

»Nein. Oder, Moment mal. Da stand ein Auto mit Diplomatenkennzeichen. Ein schwarzer Mercedes.«

»Woher wissen Sie, dass es ein Diplomatenfahrzeug war?«

»Der Wagen hatte ein CD-Schild.«

»Haben Sie auf die Nummer geachtet?«

»Nein, nur auf das gelbe Diplomatenzeichen.«

»Und Sie sind direkt nach Hause gefahren?«

»Ja.«

»Haben Sie ein Alibi für den Rest der Nacht?«

Normalerweise war sie nicht so direkt. Normalerweise hätte sie gefragt: Waren Sie im Laufe des Abends noch mit anderen zusammen … oder so ähnlich, doch jetzt platzte die Frage einfach aus ihr heraus. Sie sah seinen flackernden Blick. Er fühlte sich verdächtigt, was er in gewisser Weise ja auch war. Schließlich galt jeder, der mit einem Mordopfer in Verbindung stand, als potenzieller Verdächtiger. Beltø war aber viel zu schmächtig, um zwei Muskelprotze wie Ragnvald und Jakob außer Gefecht zu setzen. Wobei er theoretisch natürlich Helfer gehabt haben könnte.

»Eine reine Routinefrage«, fügte sie hinzu. »Wir versuchen die Bewegungsmuster aller Menschen aufzuzeichnen, die irgendetwas mit dem Fall zu tun haben.«

Das waren die Worte, die sie normalerweise benutzte. *Bewegungsmuster* statt *wo waren Sie. Am Wohnsitz* statt *zu Hause. Männliche Person* statt *Mann.*

»Ich war um halb zehn zu Hause und bin eine Stunde später ins Bett gegangen. Allein.«

Der Nachsatz verleitete Siri Schau zu einem winzigen Lächeln.

»Haben Sie Schlüssel für das Haus?«

»Nein. Victoria und Ragnvald wohnen dort. Ich war vorher noch nie da. Können Sie mir sagen, wie die Ermittlungen laufen?«

»Wir folgen zur Zeit noch verschiedenen Theorien«, sagte sie ausweichend. Verschiedene Theorien? Wenn das wenigstens stimmen würde. Sie traten auf der Stelle.

»Welchen?«

»Ich kann leider nicht ins Detail gehen.«

Auf ihrem Block hatte sie sieben Punkte notiert:

1) Einbrecher (wurden sie von R und J überrascht?)
2) Eindringlinge, die nach irgendetwas anderem gesucht haben. (Wonach?)
3) Geldeintreiber (R's Finanzen überprüfen / hat er eine Akte?)
4) Verwandte von R und J. (Wer? Warum?)
5) Jakobs Lebensgefährte (Morten überprüfen! Jagdsaison?)
6) Bjørn Beltø / fachbezogen (Israel 1978. Papiere überprüfen)
7) Erbe? (überprüfen, ob V. große Geldsummen hinterlässt)

»Trug Ragnvald noch seine Armbanduhr?«, fragte Bjørn Beltø.

»Ja. Warum?«

»Eine Patek Philippe. Ich weiß nicht, was so eine Uhr wert ist, aber sicher hunderttausend Kronen. Vermutlich noch mehr.«

Patek Philippe! Natürlich. Dass sie daran nicht gedacht hatte. Das schwächte die Einbruchstheorie. Außerdem hatte Ragnvald mehr als dreitausend Kronen in bar in seinem Portemonnaie gehabt. Weder das Geld noch seine Kreditkarten waren angerührt worden. Was waren das für Einbrecher? Oder waren sie von Ragnvald und Jakob überrascht worden und hatten Panik bekommen? Hatten sie deshalb alle Wertsachen und das Geld zurückgelassen?

»Sie sehen keinen Zusammenhang mit Victorias Geschichte?«, fragte er.

»Wie sollte Ihrer Meinung nach so ein Zusammenhang aussehen?«

»Irgendetwas, auf das sie 1978 gestoßen ist.«

»Können Sie mir ein Beispiel nennen?«

»Etwas von historischer Bedeutung. Etwas Antiquarisches. Aus dem Altertum. Ein Gegenstand von unschätzbarem Wert.« Er lächelte. »Haben Sie *Der Malteser Falke* von Dashiell Hammett gelesen?«

»Ich habe den Film gesehen. Aber Beltø, Sie glauben doch wohl nicht wirklich, dass Ihre Kollegin den Falken gefunden hat, den ein Ritterorden als Beigabe in das Grab des spanischen Königs gelegt hat?«

Beltø musste lachen. »Nein, natürlich nicht. Den goldenen Falken gibt es gar nicht, der ist erdichtet. Ich meine, dass die Archäologen etwas Ähnliches gefunden haben könnten. Etwas von unschätzbarem Wert.«

»Einen … Schatz?«

»Schatz klingt so banal nach Gold und Edelsteinen. Alles ist möglich, vielleicht auch eine Reliquie. Aber ich spreche nicht von einem Schatz im buchstäblichen Sinne.«

»Nicht?«

»Ich denke eher an Informationen.«

»Informationen?«

»Wissen, über das Victoria all die Jahre verfügt hat. Im Geheimen.«

Sie sah ihn lange an. Er schwieg.

»Haben Sie einen Vorschlag?«, fragte sie schließlich.

»Nein.«

Schaumschläger, dachte sie.

»Das leuchtet mir nicht ein«, sagte sie. »Warum sollte Victoria einen Fund von 1978 geheim halten? Eine Erkenntnis? In der Archäologie geht es doch gerade um das Aufdecken von Wissen.«

»Genau das ist der Punkt. Warum sollte Victoria dieses Wissen zurückhalten? Geheim halten? Und warum löst ein Fund aus dem Jahr 1978 in unserer Gegenwart eine solche Gewaltorgie aus?«

Sie runzelte die Stirn. Ihrer Meinung nach schien es absurd, dass etwas, das vor über 35 Jahren in Israel passiert war, mit einem Überfall in Oslo im Jahr 2014 in Zusammenhang stehen sollte.

»Außer die Täter wollten etwas aus Ragnvald und Jakob herauspressen.«

»Informationen?«

»Genau, Informationen. Über etwas, von dem beide nicht die Spur einer Ahnung hatten«, sagte Beltø.

»Ich will ehrlich zu Ihnen sein. Ich kann mir nur schwer vorstellen, dass der Überfall tatsächlich mit einem archäologischen Fund in Israel vor fünfunddreißig Jahren zu tun hat.«

»Es kann natürlich ein Zufall sein. Jakob wurde *zufällig* erschossen – umgeben von den Papieren seiner Mutter –, und Ragnvald ist rein *zufällig* zum gleichen Zeitpunkt gestorben, nachdem wir rein *zufällig* begonnen haben, in Victorias Vergangenheit zu graben.«

»Ja, stimmt, das alles kann wirklich ein Zufall sein.«

»Nun …«

»Das Leben ist voller Zufälle.«

»Trotzdem …«

»Wie auch immer sind das Themen, auf die wir bei unseren weiteren Ermittlungen noch ausführlich eingehen werden. Das verspreche ich Ihnen. Wenn es einen Zusammenhang gibt, finden wir das heraus. Dann wäre es allerdings nützlich zu wissen, auf was die Täter es abgesehen hatten. Die Ausgrabung in Israel oder der verschwundene israelische Archäologe ...«

»Moshe Mendelssohn. Ich weiß nicht viel mehr, als ich Ihnen bereits gesagt habe. Ich habe auf der Webseite von *The Jerusalem Post* einen Artikel gefunden. Mendelssohn war Forschungsleiter der bibelarchäologischen Abteilung der Universität Jerusalem. Während der Ausgrabung wurde er von palästinensischen Terroristen entführt. Das behaupten jedenfalls die Terroristen und die Polizei. Er ist auf dem Weg von Jerusalem nach Kapernaum verschwunden. Niemand hat seither von ihm gehört.«

»Seit 1978? Das werden wir natürlich überprüfen.«

»Es gibt noch etwas. Ich weiß aber nicht, ob das wichtig ist.«

»Raus damit!«

»Jakob ist schwul.«

Das wusste sie bereits, was sie sich aber nicht anmerken ließ.

»Ragnvald hat Jakobs Neigung nie akzeptiert«, sagte Bjørn. »Im Gegensatz zu Victoria hatte Ragnvald nur wenig sozialen Umgang mit seinem Sohn oder dessen Partner Morten.«

»Was wollen Sie damit andeuten? Glauben Sie, dass der Lebensgefährte seinen eigenen Freund angeschossen und dann dessen Vater getötet hat?«

»Nein, nein, das war nur ein Gedanke. Weil Sie um Ideen gebeten haben. Und noch etwas anderes: Ragnvalds Betrieb verkauft Produkte an die Ölindustrie. Vielleicht hat er Konkurrenten, die irgendetwas versucht haben? Vielleicht war es ja ein Versuch missglückter Industriespionage?«

Siri Schau runzelte die Stirn und machte sich Notizen. Endlich etwas Handfestes. *Follow the money.* Sie sagte nichts, fügte ihrer Liste aber zwei neue Punkte hinzu:

1) *Wagen mit CD-Kennzeichen überprüfen*
2) *Industriespionage??? Wirtschaftliche Motive?*

Schließlich hob sie den Blick. »Sonst noch etwas?«

Er schüttelte den Kopf.

»Die Medien werden sich im Laufe des Abends sicher bei Ihnen melden«, sagte sie. »Es wäre gut, wenn Sie nicht zu viel sagen würden.«

*

Nachdem sie Beltø nach unten zur Pforte gebracht hatte, ging sie in die Einsatzzentrale. Ein Kommissar brachte ihr den vorläufigen Bericht der Tür-zu-Tür-Befragung. Mehrere Nachbarn hatten von Männern mit osteuropäischem Akzent gesprochen, die in der Gegend an den Türen geklingelt hatten. Die Einsatzzentrale hatte mehrere Anzeigen und besorgte Anrufe registriert. Die Osteuropäer waren nicht bedrohlich aufgetreten, hatten aber offensichtlich überprüft, ob jemand zu Hause war. Öffnete jemand die Tür, hatten sie sich als Missionare der Kirche Jesu Christi der Heiligen der Letzten Tage ausgegeben. Siri hatte Probleme, da einen Zusammenhang zu sehen. Wenn die Osteuropäer wirklich nur friedlich in der Nachbarschaft herumliefen und klingelten, warum dann plötzlich diese Gewalt bei Ragnvald und Jakob? Hatte niemand die Tür geöffnet, als sie geklingelt hatten? Weshalb die Einbrecher glaubten, die Luft sei rein? Was war dann passiert?

Zwei Ermittler waren damit beschäftigt, alle Überwachungskameras in der Gegend zu überprüfen. Die Rätsel wurden immer zahlreicher. Die Kriminaltechniker hatten keine Spuren eines Einbruchs gefunden. Alle Fenster im Erdgeschoss waren geschlossen. Die Türen ebenso. Und vor den Fenstern gab es keine verdächtigen Spuren. Das Silber und der Schmuck waren unberührt. Ebenso der 65-Zoll-Bildschirm, ein hochmodernes Tivoli-Radio, ein PC, ein Laptop und ein Tablet. Ganz zu schweigen von Ragnvalds teurer Uhr und dem Bargeld.

Trotzig googelte sie den Namen Moshe Mendelssohn und fand den Artikel in *The Jerusalem Post*. Ein seltsamer Fall, da musste sie Beltø recht geben. Aber einen Zusammenhang sah sie trotzdem nicht …

Das Versprechen

I

Ich verlasse das Polizeipräsidium mit dem bedrückenden Gefühl, mich in einem klebrigen Netz von Ereignissen verfangen zu haben, die ich nicht überschaue. Im Laufe der Vernehmung ist mir aufgegangen, dass ich ein potenzieller Verdächtiger bin. Natürlich. Der smarte Mörder, der nach der Tat selber die Polizei alarmiert und ihnen bereitwillig die obskursten Verdächtigungen und Theorien vor die Füße wirft, um von sich abzulenken. Na ja. Ich kann mir nicht vorstellen, dass die Polizei mich verdächtigt, hinter dem Überfall zu stehen, das ist zu weit hergeholt. Ich bin ein Wicht. Ragnvald und Jakob wiegen beide locker über neunzig Kilo. Reine Muskelmasse, kein Fett. Aber ich habe den aufkeimenden Zweifel in Siri Schaus Blick gesehen. Sie scheint zu spüren, dass ich nicht alles gesagt habe, wahrscheinlich stand es mir auf der Stirn geschrieben. Aber ich will einfach nicht alles mit der Polizei teilen, möchte nicht, dass sie in Dingen herumschnüffeln, die streng genommen eine Privatangelegenheit zwischen Victoria und mir sind. Der Brief. Der Schlüssel. Die Polizei würde das Ganze nur noch komplizierter machen. Da bin ich mir sicher. Sie sind rücksichtslos, wenn sie erst einmal in Gang gekommen sind. Darum habe ich nicht die ganze Wahrheit gesagt. Ich habe ihnen von der Ausgrabung in Israel erzählt, von Moshe Mendelssohn. Das muss reichen. Den Rest müssen sie selbst herausfinden. Ganz davon abgesehen findet Siri Schau die Israel-Spur offenbar nicht sonderlich heiß.

Möge sie recht haben. Denn wenn die Täter tatsächlich auf der Jagd nach Informationen über Victoria und den alten Fall waren, ist ziemlich klar, welcher Name noch auf ihrer Liste steht.

Meiner.

II

Ein Archäologe gräbt nicht vorrangig in Erde und Sand, sondern im Unbekannten.

Wir wissen selten, was wir tatsächlich finden werden oder welche Bedeutung unser Fund hat. Archäologie ist ein Fach ohne Fazit, hat Papa immer gesagt. Er war auch Archäologe. Wir trotzen der Zeit. Wir rekonstruieren das Gestern. Wenn wir Glück haben, stoßen wir auf Schatzkammern voller Pfeilspitzen, Schmuckstücke, Werkzeuge, Münzen, nichts unbedingt Wertvolles, aber jeder Gegenstand erzählt eine ganz eigene Geschichte. Zum Beispiel das fünfhundert Jahre alte, freigelegte Skelett einer Frau mit einem Kind in ihren Armen, ein eingefrorener Augenblick der Zeit.

Vielleicht will Victoria genau deshalb, dass ich ihrer Geschichte auf den Grund gehe.

Sie will mir ganz offensichtlich etwas mitteilen. Ich verstehe nur nicht, wieso sie das so geheimnisvoll und kryptisch tut. Wir waren immer ganz offen zueinander. Ich habe ihr alles erzählt, was es über mich zu erzählen gibt. Über die Frauen in meinem Leben, die ich geliebt und verloren habe: Diane, Beatriz, Monique, Angelica, ich könnte die Reihe endlos weiterführen. Ich habe ihr alles erzählt, was ich in Rennes-le-Château und im Grab der Alten Kirche Le Lieu in Béziers erlebt habe. Ich habe ihr von der ägyptischen Mumie des Mannes erzählt, der als Moses in die Geschichte einging. Von dem Skelett eines Wesens namens Oûäh, das wir in den Ruinen einer Tempelpyramide im irakischen al-Hilla gefunden haben, ursprünglich bekannt unter dem Namen Babylon. Ich habe ihr alle Geheimnisse über die Bibliothek in Alexandria und die mächtige Medici-Familie anvertraut.* Und jetzt das hier. *Wenn irgendjemand diesem Mysterium auf den Grund gehen kann, dann du.* Schon möglich. Aber es wäre nett zu erfahren, welchem Mysterium ich auf den Grund gehen soll.

Ich weiß, das ist ungerecht. Victoria wird ihre Gründe haben, bestimmt. Ich weiß nur nicht, welche. Mein Frust entspringt meiner Trauer, der Ungewissheit. Victoria liegt im Sterben. Wir haben uns immer sehr nahegestanden. Ich habe mich immer wieder gefragt, ob ich in sie verliebt bin. Warum jetzt, so kurz vorm Ende, diese Geheimnistuerei?

III

»Victoria …«, sage ich so leise, dass ich mir nicht sicher bin, ob ich es ausgesprochen oder nur gedacht habe. Eine Träne rollt über meine Wange.

»Victoria? Hörst du mich? Victoria?«

Sie wimmert. Für mich ist das Antwort genug.

---

* Alle Ereignisse, auf die verwiesen wird, sind in *Frevel, Der Pakt der Wächter, Das Luzifer-Evangelium* und *Das Nostradamus-Testament* geschildert.

Im Koma zu liegen – halb im Traum, halb wach – ist, wie sich in einer riesigen, dunklen, leeren Halle zu befinden. Am entferntesten Ende der Halle führt eine angelehnte Tür raus in die Wirklichkeit. Es zieht dich zu dem Licht, ruft dich, aber du kannst dich nicht bewegen, bist so schwer, so schwer. Ab und zu dringen Stimmen durch den Türspalt, aber du bekommst nicht zu fassen, was sie sagen. Dann gleitet die Tür zu, und du versinkst in stummer Finsternis, kannst nicht sprechen, die Worte bleiben in der Dunkelheit hängen, und du bist kraftlos, müde und unendlich schwer.

Meine dicken Brillengläser beschlagen, ich greife Victorias Hand, drücke sie vorsichtig.

»Ich werde der Sache auf den Grund gehen, versprochen. Ich bin sogar schon etwas vorangekommen. Moshe: Den Namen hast du versucht, mir mitzuteilen, nicht wahr? Moshe.«

Ihr Atem geht gleichmäßig und kaum hörbar.

»Was hast du dich nicht getraut mir zu sagen? Was habt ihr dort in Israel gefunden? Was versuchst du, mir zu erzählen?« Ich streichele ihre Hand. »Sei beruhigt, meine Liebe, ich werde es herausfinden. Versprochen.«

Ein Versprechen. Aber auch ein Trost. Falls sie mich in ihrer Dunkelheit hören kann.

Die Suche

I

Still spinne ich mein Netz aus Worten und Erinnerungen.

Zeit, habe ich einmal gelesen, ist eine Kette aus Augenblicken. Ich denke an die alte Standuhr in der Stube des Sommerhauses meiner Großmutter in Fuglevik. Als Kind habe ich diese Uhr geliebt. Ich habe mich in ihr wiedererkannt. Sie ging nie richtig. Glücklich und unberührt lebte sie in ihrer eigenen Zeit. Dreizehn Minuten nach elf konnte sie in fröhlichen Glockenklang ausbrechen. *Ding-dang-dong*! Noch heute identifiziere ich mich mit dieser Uhr. Zwei aus der Zeit gefallene widerspenstige, störrische Esel.

Ich bin nie Professor geworden. Es gibt Wichtigeres. Ich lege keinen Wert darauf, mich mit eitlen Titeln zu schmücken. Selbst *Privatdozent* hat genau genommen den Anklang akademischer Grandeur. Aber Victorias Brief – dieses Wispern aus der Vergangenheit, die Erinnerung an die Vergänglichkeit des Lebens, alles Gewesenen – hat eine unterschwellig glimmende und gekränkte Glut angefacht. *Erinnerst du dich an unsere Gespräche über eine Professur*? Natürlich erinnere ich mich daran, Victoria! Du hast dich stellvertretend für mich gekränkt gefühlt, konntest einfach nicht begreifen, wieso das Institut mich jedes Mal ignorierte, wenn eine Professorenstelle frei wurde. Victoria und ich kannten beide die Gründe. Als Kind war ich nie Teil der Clique der Seitenstraße, in der ich aufgewachsen bin. Ich war immer der Sonderling hinter dem Zaun, der nur zuguckte. Stück für Stück rutschte ich in die Rolle des blassen Clowns, der etwas zu laut über seine eigenen Witze lachte. Geduldet, nie geliebt. Daran hat sich bis heute nichts geändert. Die Universitätsleitung hat mich nie in die Arme geschlossen, weil ich mich mit gar zu seltsamen Dingen beschäftigt und mich nicht an die strikten akademischen Spielregeln gehalten habe. Was soll's, mir geht jede fachliche Eitelkeit ab. Ich bin insgesamt nicht eitel. Sollen die ihren Kram machen, denke ich, dann kann ich mich in Ruhe um meinen Kram kümmern.

Ich halte mich aber nicht für ein unschuldiges Opfer akademischer Missachtung. In all den Jahren war es hauptsächlich der Institutsleiter und Dekan Trygve Arntzen, der mich kleingemacht hat. Zu Boden gedrückt. Wo ich seiner Meinung nach hingehöre.

Mein Stiefvater.

Das ist eine lange Geschichte. Dekan Trygve Arntzen, ein selbstgerechter und selbstherrlicher Bremsklotz in meinem Leben und meiner Karriere, ein Treibanker in meinem Dasein. Er war über dreißig Jahre mit meiner Mutter verheiratet, trotzdem haben wir nie ein vertrauliches Verhältnis aufgebaut. Victoria kennt die Geschichte. *Ich hoffe, du bist Professor, wenn du das hier liest!*, schreibt sie. Typisch Victoria. Ich weiß, dass es von Herzen kommt. Nicht wegen des Titels, sondern weil sie überzeugt ist, dass ich die Anerkennung, den fachlichen Nimbus, verdient habe. Und deshalb denke ich: Wenigstens den Versuch bin ich ihr schuldig. Ich hasse es zu betteln oder mich aufzudrängen, aber Victoria hat ja recht. Ich darf es mir nicht gefallen lassen, ungerecht behandelt zu werden. Ich bin kein Howard Carter, kein Austen Henry Layard, aber ich habe vermutlich mehr Meriten in meinem Lebenslauf vorzuweisen als so mancher Schreibtischprofessor.

Es gibt zwei Wege, Professor zu werden. Entweder bewerbe ich mich auf eine freie Stelle, oder ich beantrage eine Höherstufung meiner jetzigen Position zum Professor. Wenn meine wissenschaftliche Produktion und meine fachlichen Meriten als ausreichend angesehen werden, setzt sich eine Kommission mit drei Sachverständigen zusammen – gerne international –, um meine Qualifikation zu beurteilen. Darauf wird es hinauslaufen.

Sie werden ablehnen.

Was meinst du, Papa? Soll ich es probieren?

Was hast du zu verlieren?, fragt Papa. Immer der Vernünftige.

Professor Bjørn Beltø. Ha.

Aber ich werde mich bewerben. Dann habe ich es wenigstens versucht. Wenn schon nicht für mich, dann für Victoria.

II

Am nächsten Morgen werde ich lange vor dem Amoklauf des Weckers wach. Ich checke mein Handy, aber im Laufe der Nacht sind keine Nachrichten gekommen. Ich habe erfolglos versucht, Morten zu erreichen. Ich bin nicht sicher, ob er überhaupt schon weiß, was mit Jakob und Ragnvald geschehen ist. Streng genommen fällt das wohl in den Zuständigkeitsbereich der Polizei. Trotzdem würde ich gerne mit ihm sprechen. Ich habe so viele Fragen. Zu Jakob, zu Ragnvald und Victoria. Ich habe ihn angerufen, Nachrichten auf seinem Anrufbeantworter hinterlassen und SMS geschickt. Selbst bei Ärzte ohne Grenzen hab ich es probiert, aber nirgends eine Spur von Morten.

Jakob hat gesagt, er sei auf der Jagd. Gibt es im Fjell denn wirklich keine Mobilverbindung?

Ich schaue aus der Küche nach unten auf die Straße. Kann keine verdächtigen Fahrzeuge mit CD-Kennzeichen entdecken, keine Männer in grauen Trenchcoats, die an einem Laternenpfahl lehnen und drei Tage alte Zeitungen lesen.

Aber ich fühle mich trotzdem nicht sicher. Der gefährlichste Feind ist der, den man nicht sieht.

III

»Sie hat dich immer sehr gemocht.«

Lillemor Prøitz stellt ihre Porzellankaffeetasse mit einem lauten Klirren auf die Untertasse. Ich treffe sie zum ersten Mal. Sie ist (ein *war* bringe ich einfach nicht über mich) Victorias engste Freundin. Sie sieht aus wie eine in die Jahre gekommene Reedersgattin, mit Perlenkette, Haarspange und Klunkerringen, die Reichtum und altes Geld ausstrahlen, aber ich weiß, dass sie wie Victoria in ihrer Jugend eine aufrührerische Seele war. Victoria hat mir von zwei, drei Tage dauernden Partys erzählt mit Wein, Hasch und Freejazz, freiem Sex, tiefschürfenden Diskussionen und Blumen im Haar. Aber es ist lange her, dass Lillemor Prøitz ihren BH verbrannt hat, auf Rockkonzerte und Demonstrationen gegangen ist und Bob Dylan auf Vinyl gekauft hat. Das grauweiße Haar schimmert bläulich. Die Schminke ist mit sicherer Hand aufgetragen. Wie Victoria wird sie als junge Frau verflucht attraktiv gewesen sein, das sieht man in ihren Augen, in den Furchen ihres Gesichts und auch noch an ihrem verwelkenden Körper.

Lillemor Prøitz hat ihr gesamtes Berufsleben als Hirnchirurgin gearbeitet und sich erst vor Kurzem als Oberärztin und Professorin eines medizinischen Spezialgebietes der neurobiologischen Forschung zurückgezogen. Sie hat mit Skalpell und Laser in dem Klumpen herumgestochert, der uns zu dem macht, was wir sind.

»Und jetzt …« Sie seufzt, und der Seufzer bringt all die Trauer zum Ausdruck, die einen Menschen beim Verlust eines Freundes ergreift. Bei der Erkenntnis, dass die Zeit einen geliebten Menschen unwiederbringlich zu sich geholt hat.

»Haben Sie sie besucht?«

»Ein Mal. Gestern.« Sie schüttelt ratlos den Kopf. Zögert. »Sie ist nicht mehr da, Bjørn, nicht mehr bei uns. Wahrscheinlich ist es das Beste so, nach dem, was mit Ragnvald und Jakob passiert ist.«

Staubwolken tanzen in der Vormittagssonne. Eine gigantische Standuhr nimmt Anlauf und verkündet die Uhrzeit.

»Sie sind ihre engste Freundin«, sage ich. »Das hat sie immer gesagt.«

»So was sagt sich so leicht.« Ihre Augen füllen sich mit Tränen. »Aber bei mir und Victoria hat das wirklich gestimmt. Vom Kindergarten an, die gesamte Studienzeit hindurch und auch danach. Wir sind beide etwas ruhiger geworden, nachdem wir geheiratet hatten, jede führte ihr eigenes Leben, aber das Band war die ganze Zeit da.«

»Darf ich ganz offen sein?«

»Aber natürlich, mein Lieber.«

»Ich verstehe diese Ehe nicht.«

Ein fragendes Lächeln.

»Sie sind so unterschiedlich«, sage ich.

»Oh ja, das sind sie.«

»Was hat sie in ihm gesehen? Victoria war so ein lebendiger Mensch, spontan und intensiv. Ragnvald wirkt auf mich eher kantig und unterkühlt. Verstehen Sie, was ich meine?«

»Verstecken wir uns nicht alle hinter irgendwelchen Fassaden? Auch Sie und ich. Ragnvald hatte viele Seiten. Der kühle

Unternehmer war nur eine davon. Victoria machte etwas mit ihm, das war schön zu sehen. In ihrer Gegenwart verwandelte er sich von einer Sekunde auf die andere. Steif und korrekt im einen Moment, im nächsten tauschte er zärtliche Kosewörter mit Victoria. Es war ihm niemals peinlich, auch nicht in Gesellschaft anderer. Und dass sie so unterschiedlich waren, heißt nicht, dass sie einander nicht geliebt haben.«

»Verstehe«, sage ich, nicht allzu überzeugt.

Sie nimmt die Tasse mit Daumen und Zeigefinger und trinkt einen Schluck. Die langen, spitzen Fingernägel sind tiefrot lackiert.

»Sie haben gesagt, dass Sie mit mir sprechen wollen?«, fragt sie.

»Ja, aber ich weiß nicht genau, was es ist, über das ich sprechen möchte.«

Sie lacht kurz.

»Victoria hat mir einen Brief hinterlassen«, fahre ich fort.

»Einen Brief?«

»An mich adressiert. Ein sehr kurzer Brief mit einem Schlüssel im Umschlag.«

»Was für ein Schlüssel?«

»Das weiß ich nicht.«

»Was schreibt sie?«

»Sie schreibt, dass, wenn jemand dem Mysterium auf den Grund gehen kann, dann ich.«

»Was für ein Mysterium?«

»Genau das ist die Frage.«

»Sonst hat sie nichts geschrieben?«

»Doch, dass es zu spät für sie ist. Dass alles seine Gründe hat, aber sie mich damit nicht belasten will. Und dass das, worauf immer sie verweist, schon genug in ihrem Leben kaputtgemacht hat.«

»Typisch Victoria.«

»Sie hat versucht, mir einen Namen ins Ohr zu flüstern.«

»Aha?«

»Moshe.«

Das Funkeln währt so kurz, dass vermutlich die wenigsten es überhaupt bemerkt hätten. Aber ich habe es gesehen. Der Name sagt ihr etwas.

Ich schweige. Auf manche Menschen hat Stille eine äußerst effektive Wirkung. Längst nicht jeder erträgt es, wenn sich die Stille zwischen zwei Menschen schiebt. Aber Lillemor Prøitz hat eine starke Psyche, sie durchbohrt mich mit ihrem stahlblauen Blick, und ich spüre förmlich, wie sie den Weg zu meinem Gehirn findet und in meinen Gedanken blättert, um aufzudecken, was der hinterhältige Bjørn Beltø im Schilde führt.

»Moshe«, wiederhole ich.

»Tut mir leid. Ist mir nicht bekannt.«

Sie lügt.

Lillemor Prøitz ist ein guter Mensch, eine ehrliche und rechtschaffene Frau, die in ihrem Leben nie mehr gelogen hat als unbedingt notwendig, kleine Notlügen, um nicht zu verletzen oder zu enttäuschen, weshalb diese zum Himmel schreiende Lüge sofort zu erkennen ist.

»Moshe Mendelssohn«, fahre ich fort. »Israelischer Archäologe. 1978 spurlos verschwunden.«

»Wie, verschwunden?«

»Er wurde von palästinensischen Terroristen entführt.«

»Du liebe Güte.«

»Victoria war während dieser Zeit in Israel und hat für ihn oder mit ihm zusammengearbeitet, ich weiß es nicht so genau … Ich hatte gehofft, dass sie Ihnen vielleicht von ihm erzählt hat, zumindest, was damals passiert ist.«

»Das ist so lange her, möglicherweise hat sie ihn erwähnt, ich erinnere mich wirklich nicht daran, tut mir leid.«

»Erinnern Sie sich an die Ausgrabung?«

Ich bin ein geschickter Vernehmer. Ich sehe ihr an, dass sie einsieht, dass ich, ohne auch nur die Stimme zu heben, dabei bin, sie in die Ecke zu drängen.

»1978? Sie war mehrmals dort. Im Sommer 78 war sie für ein größeres archäologisches Projekt engagiert worden.«

»Wissen Sie genauer, wo in Israel?«

»Wo? Helfen Sie mir auf die Sprünge. Sie hat es mir bestimmt gesagt. Aber das ist fünfunddreißig Jahre her, mein Guter«, fügt sie mit einem Lächeln hinzu. »Sie können von einer alten Dame nicht erwarten, dass sie sich an alle so lang zurückliegenden Ereignisse erinnert.«

Lillemor Prøitz ist mindestens so geschickt wie ich. Jetzt, wo sie die Kontrolle zurückgewonnen hat, gehen ihr die Lügen leichter von der Zunge. Sie erinnert sich. Und ob sie sich erinnert. Sie will es mir nur nicht mitteilen.

»Ich versuche herauszufinden, was sie damals bei der Ausgrabung entdeckt haben oder was es mit Moshe Mendelssohns Verschwinden auf sich hat – aber vor allen Dingen, was Victoria gerne von mir aufgeklärt hätte.«

»Sie sind doch selber Archäologe. Ich geh mal davon aus, dass sie gefunden haben, was Archäologen halt so finden, wenn sie in der Erde graben. Werden keine Kataloge von den Ausgrabungen angefertigt?«

»Normalerweise schon. Aber diese Ausgrabung ist nicht wie andere. Ich bin mir sicher, dass sie etwas gefunden und danach den Mantel des Schweigens darüber ausgebreitet haben.«

Sie sieht mich an. Musternd. Ein schelmisches Lächeln ist auf dem Weg von den Augen zu den Mundwinkeln. *Wir wissen beide, dass wir uns verstellen*, sagt ihr Blick. *Sie wissen, dass ich etwas verschweige, und ich weiß, dass Sie das wissen. Und Sie wissen auch, dass ich Ihnen die Antwort, auf die Sie warten, nicht geben kann. Leider. Aber auch ich habe meine Gründe.*

»Victoria war sehr fahrig und nervös, als sie aus Israel zurückkam«, sagt Lillemor Prøitz, um mir wenigstens den kleinen Finger zu reichen. »Ich habe damals vermutet, dass sie ohne böse Absicht etwas mitgenommen hat, das ihr nicht gehörte. Sie hat sich nie dazu geäußert. Wohl, weil ich nicht interessiert genug war. Ich war damals gerade mit unseren Zwillingen schwanger. Und kurz darauf wurde Victoria schwanger und bekam Jakob, und damit nahm das Leben für uns beide eine neue Wendung.«

»Sie haben Zwillinge?«, frage ich, um irgendwas zu sagen.

»Zwei Jungs. Eineiig, sie ähneln sich wie zwei Wassertropfen. Casper und Claus.« Sie lächelt stolz. »Aber sie haben an zwei unterschiedlichen Tagen Geburtstag, ist das nicht drollig? Casper wurde am 1. Juli fünf Minuten vor Mitternacht geboren und Claus zehn Minuten später. Casper ist Zahnarzt, Claus Bioingenieur.«

Ich bleibe noch auf ein paar weitere Tassen Kaffee und versuche vergeblich, etwas aus ihr herauszukitzeln. Was verschweigt sie mir? Warum will sie nicht sagen, was sie weiß?

Gerüchte

I

Mein Büro ist nicht groß, genaugenommen nur eine Kammer, aber zum Denken braucht man auch nicht so viel Platz. *Privatdozent Bjørn Beltø – IAKG* steht auf dem Türschild. Institut für Archäologie, Konservierung und Geschichte. Sie haben den Namen geändert, als ich mich gerade an den letzten gewöhnt hatte. Ein Schreibtisch, ein Bürostuhl mit fünf Rädern, zwei verschließbare Archivschränke, Bücherregale voller Wissen, vergessener Ordner, Abhandlungen und wissenschaftlicher Journale.

An der Tür steht eine Kiste voller Bücher, Vorträge und wissenschaftlicher Artikel, die ich bestellt habe. Texte, die Victoria in renommierten Zeitschriften publiziert hat. Ich schließe auf, schiebe die Kiste ins Büro und beginne zu lesen. Sie hat viel geschrieben. Ihre Abschlussarbeit hatte zum Thema: *Häuser und Gemeinschaftsbauten: Kritische Analyse kultureller und technischer Zusammenhänge und Entwicklungslinien in der nordgermanischen, angelsächsischen und norrønen Baukultur.*

Die Liste ihrer Publikationen ist lang. Als sie Professorin für Mittelalterarchäologie wurde, quittierte sie das mit einem zwanzigseitigen Artikel in der Zeitschrift *Modern Archaeology* über *The Norse Stave Church: How Pagan Temples Turned Christian Through the Creative Use of Architecture, Wooden Iconography, and the Development of Building Techniques from Post to Stave Churches.*

Ich muss ganz zurück in die frühen Achtzigerjahre, um auf eine Abweichung in ihrer großen wissenschaftlichen Produktion zu stoßen. Zwischen 1981 und 1983 hat sie drei Artikel über Themen publiziert, die vorsichtig gesagt nichts mit ihrem Fachgebiet zu tun hatten. Der erste Artikel behandelte jüdische und neuchristliche Grabbräuche in den Jahren 100 v. bis 100 n. Chr. Der zweite die Konflikte, die zwischen unterschiedlichen Fachdisziplinen wie Theologie und Archäologie entstehen, wenn archäologische Funde biblischen Beschreibungen widersprechen. Der dritte Artikel handelte von den Arbeitsbedingungen israelischer Archäologen unter Menachem Begin und seiner rechtsorientierten Likud-Partei in den Jahren 1978–1983.

Ihr nächster Artikel war erst 1985 publiziert worden: *Von Palisadenkirchen und Pfahlkirchen zu Stabkirchen – verschiedene Entwicklungstheorien*. Schon eher ihr Terrain.

II

Von meinem Büro sind es nur ein paar Schritte über den Flur zu Professor Terje Storberget. Er wird in einem Jahr pensioniert, hat sein Lebenswerk aber noch nicht annähernd vollendet. Die *Norwegische Archäologische Geschichte* ist als vier-, fünfbändiges Werk geplant, doch noch niemand hat bisher auch nur ein Wort davon gelesen, und die Verlage stehen nicht gerade Schlange, um sich die Rechte zu sichern. Der Professor hat mich mehrmals zu motivieren versucht, den Staffelstab, um nicht zu sagen Staffelstift, zu übernehmen, sollte er sterben, bevor er sein Werk vollendet hat.

Ich klopfe an und werde hereingebeten. Er sitzt mit dem Rücken zu mir und klickt ein Word-Dokument weg, als ich zur

Tür hereinkomme. Wenn jemand den Text liest, bevor er wirklich fertig ist, wird niemals ein Buch daraus, hat er mal gesagt, als ich ihn gebeten habe, ein paar Seiten lesen zu dürfen.

»Gibt es was Neues aus dem Krankenhaus?«, fragt er und lehnt sich in seinem wackeligen Bürostuhl zurück. Er ist dünn und groß, hat noch immer lange Haare.

Ich nehme einen Stapel Masterarbeiten vom Stuhl und setze mich. »Es sieht nicht gut aus.«

Er seufzt tief. Seine Augen werden feucht. Auch er ist ein Freund von Victoria. Die beiden kennen sich noch aus dem Studium und arbeiten seit Anfang der Siebzigerjahre zusammen. Terje ist wenige Jahre vor ihr Professor geworden.

Ich erzähle ihm von dem Schlüssel und dem Brief und all den unausgesprochenen Dingen. Terje amüsiert sich, sieht dabei aber traurig aus.

»Das ist so typisch Victoria. Ich fürchte aber, dass ich dir nicht helfen kann. Das sagt mir alles gar nichts.«

Erst als ich die drei Artikel erwähne, die sie Anfang der Achtziger geschrieben hat, dämmert ihm etwas. Er zieht die Stirn kraus.

»Kann das … nein …«

»Was?«

»Das hat sicher nichts zu bedeuten. Das ist so lange her. Die Siebziger. Du weißt, wie diese Zeit war. Politik und Widerstand.«

»Ist damals etwas passiert?«

»Nein. Nicht wirklich. Victoria hat sich überwacht gefühlt. Ende der Siebziger. Bestimmt aus gutem Grund. Der Polizeiliche Geheimdienst PST hat garantiert eine Akte über sie.«

»Wurde sie mal verdächtigt, PLO-Agentin zu sein?«

Sein Lachen ist laut und herzlich. »Ja, stell dir das vor! Victoria! Der POT, wie der Überwachungsdienst damals hieß, war wirklich paranoid.«

»Warum haben die Victoria überhaupt observiert?«

»Victoria und ich standen damals der kommunistischen Partei nahe.«

»Wurdest du auch überwacht?«

»Nicht dass ich wüsste. Nicht mal die Stasi hätte uns damals alle überwachen können. Aber es würde mich nicht überraschen, wenn ich auch eine Akte hätte.«

»Warum haben die sich ausgerechnet für Victoria interessiert?«

»Ende der Siebziger war sie ein paar Mal im Nahen Osten.« Er amüsierte sich wieder. »Es kursierten hier an der Uni damals die wildesten Gerüchte. Sie arbeite für die Fatah, für die PLO oder die PFLP. Alles natürlich nur Unsinn. Sie sympathisierte mit den Palästinensern. Aber Terrorismus und Gewalt waren Victoria zuwider und sind ihr noch immer zuwider. Trotzdem gab es einige, die meinten, sie hätte etwas zu verbergen.«

»Und was sollte das sein?«

»Sie wollte nie darüber reden. Ehrlich gesagt habe ich keine Ahnung, was sie damals da unten gemacht hat.«

»Ich habe gesehen, dass sie einige wissenschaftliche Paper über den Nahen Osten geschrieben hat. War sie nicht deshalb dort? Ich hatte den Eindruck, ihre Aufenthalte wären fachlicher Natur gewesen, hätten etwas mit Archäologie zu tun gehabt.«

»Ja, natürlich. Aber selbst mir kam es ziemlich merkwürdig vor, dass sie sich plötzlich auf Bibelarchäologie stürzte und sich für die Arbeitsbedingungen israelischer Kollegen starkmachte.«

»Der Nahe Osten ist nicht unbedingt der geeignete Ort, um über norrøne Mittelalterarchäologie zu forschen.«

»Nicht wahr? Das eine hat mit dem anderen nichts zu tun. Ich erinnere mich, dass sie eine gewisse Zeit lang sehr interessiert an Bibelarchäologie und jüdischen Riten war. Aber das hat sich dann gegeben. Sie verfolgte wohl die Theorie, dass der Nahe Osten die Wikinger, die da unten auf Raubzug waren, beeinflusst hat oder etwas in der Richtung.«

»Als da wäre …?«

»Was weiß ich!«, unterbricht er mich mit einem Lachen. »Ich habe keine Ahnung! Und ich habe es auch nie erfahren. Victoria wusste es vielleicht selber nicht. Sonst hätte sie es bestimmt publiziert. Stattdessen war sie damals äußerst misstrauisch, daran erinnere ich mich noch. Sie behauptete, der POT höre ihr Telefon ab. Wir wussten nicht, wie ernst wir das nehmen sollten. *Jeder* fühlte sich damals überwacht. Das war etwas, worauf man fast stolz war. Victoria behauptete, man habe ihr vergangene Telefonate vorgespielt, wenn sie den Hörer abnahm. Sie fühlte sich wirklich überwacht.« Er schüttelt den Kopf. »Du weißt, wie das war.«

»Könnte sie recht damit gehabt haben?«

»Wer weiß? Warum nicht? Dass sie den Kommunisten nahestand und in den Nahen Osten fuhr, hat den POT wahrscheinlich neugierig gemacht. Aber das sind alles nur Spekulationen. Um ehrlich zu sein, habe ich sie nie wirklich für voll genommen, wenn sie von dieser Überwachung geredet hat. Ich bin davon ausgegangen, dass sie sich nur interessant machen wollte.«

III

»Lieber Bjørn, meinst du das ernst?«

Trygve Arntzen steht in der Tür meines Büros. Früher war er mal mein Stiefvater. Nach Mamas Tod haben wir in gegenseitigem Misstrauen die Stahltüren zu unserer beider Leben verschlossen. Aber er ist nicht nur der Witwer meiner Mutter und der Vater meines Halbbruders, er ist auch mein Chef. Daran kann ich nichts ändern.

Er hat meine Bewerbung für die Professur gelesen. Sonst wäre er niemals gekommen. Ich habe sie per E-Mail an das Institut geschickt. Heutzutage geht alles so schnell.

Ob ich das ernst meine? Sowohl der Ton als auch die Stimme – ein angenehmer, testosteronsatter und autoritärer Bass – signalisieren das uneingeschränkte Selbstvertrauen des Machtmenschen.

Ich antworte nicht. Die Frage ist rhetorisch. Natürlich ist die Bewerbung ernst gemeint. Das weiß er ganz genau. Ich bewerbe mich nicht um eine Professur, wenn ich das nicht auch so meine. Ich hätte bis zu seiner Pensionierung warten können, die bald bevorsteht. Vermutlich nimmt er die Bewerbung deshalb persönlich. Als Zeichen. Ich lebe als Privatdozent ausgezeichnet, das ist es nicht. Aber ich schulde Victoria den Versuch. Und mir schulde ich es auch.

»Du hast meine Bewerbung bekommen«, stelle ich fest.

»Das habe ich. *Professor?*«

»Ich dachte, dass ich es versuchen sollte.«

»Du interessierst dich doch sonst nicht für Titel?«

»Es ist auch nicht der Titel, auf den ich es abgesehen habe.«

»Was dann?«

»Die Anerkennung.«

»Mein Gott. Ich weiß nicht, was ich sagen soll.«

»Du brauchst überhaupt nichts zu sagen.«

»Du kennst die Bürokratie. Solche Hausberufungen sind nicht einfach. Als Akademiker bist du …« Er findet nicht die Worte, um der Verachtung Ausdruck zu verleihen, die sich in all den Jahren als mein Stiefvater aufgestaut hat. Schließlich entscheidet er sich für: »Nun ja … etwas umstritten.«

»Die Entscheidung liegt ja nicht bei dir.«

»Natürlich nicht. Aber mein Wort wiegt trotzdem schwer.«

Ich weiß, an welches Wort er denkt. Es hat vier Buchstaben.

»Ich mache mir keine falschen Hoffnungen. Und du darfst dich gerne gegen meine Berufung starkmachen.«

»Ich habe nicht gesagt, dass ich das vorhabe. Ich wollte nur andeuten, dass gewisse Prozeduren und Routinen eingehalten werden müssen.«

»Du schuldest mir nichts. Aber ich glaube, ich habe Anspruch auf eine externe Evaluierung. Auf eine Auswahlkommission mit drei Sachverständigen, gerne international zusammengesetzt. Sie sollen meine Qualifikationen und wissenschaftlichen Meriten beurteilen.«

Trygve Arntzen ist ein gewiefter Schachspieler. Für ihn ist das Leben eine Abfolge kalkulierter Züge. Springer schlägt Bauer. Königin schlägt Turm. Deshalb weiß ich, was er denkt. Kann er meine Bewerbung ablehnen? Sie blockieren? Wie würde meine Gegenreaktion aussehen? Würde ich mich an die Medien wenden? Ärger machen? Könnte sein Ruf beschädigt werden, wenn er die Auseinandersetzung verliert? Am liebsten würde er meine Bewerbung bestimmt zusammenknüllen und in den Papierkorb werfen, mal davon abgesehen, dass das bei einer E-Mail ziemlich schwierig werden dürfte.

»Ich wollte mich nur erkundigen, ob du deine Bewerbung aufrechterhältst.«

Ich habe fast so etwas wie Mitgefühl mit ihm. Ist das alles, was er auf Lager hat? Er scheint sich schlecht vorbereitet zu haben.

»Natürlich«, sage ich. »Ich halte meine Bewerbung aufrecht.«

Gut, Bjørn!, flüstert Papa.

IV

»Was meinen Sie, was das für ein Schlüssel ist?«

Der Mann vom Schlüsseldienst sieht den kleinen Schlüssel verwirrt an. Er hält ihn ins Licht, dreht und wendet ihn mit Kennermiene.

»Ich habe keine Ahnung, wofür dieser Schlüssel ist«, sage ich.

»Sie haben einen Schlüssel und kommen zu mir, weil Sie nicht wissen, wofür er ist?« Er sieht mich über den Rand seiner Brille hinweg an. »Und woher soll ich das wissen?«

»Können Sie aus der Marke oder Form des Schlüssels irgendetwas ableiten? Was könnte das für ein Schlüssel sein?«

»Ein Dorma, für ein ganz normales Zylinderschloss. Viel mehr kann ich Ihnen nicht sagen. Doch, zur Größe. Für einen Haustürschlüssel ist er zu klein, um es mal so zu sagen.«

»Was sonst …?«

»Da gibt es viele Möglichkeiten: Vorhängeschloss, Archivbox, Metallschrank, Garderobe, Dachbox für ein Auto, Koffer, Aktentasche. Aber das sind alles nur Vermutungen.«

»Der ist aus den Siebzigern – hilft das?«

»Nein, tut mir leid.«

V

Spät am Abend ruft mich Victorias Schwester an. Ich hatte nicht die geringste Ahnung, dass sie eine Schwester hat. Vielleicht nicht erstaunlich, da Edvarda seit sechsundzwanzig Jahren in Buenos Aires lebt. In ihrem Teil der Welt ist es jetzt Nachmittag. Sie ruft mich an, weil sie in einer norwegischen Onlinezeitung etwas über Jakob und Ragnvald gelesen hat. Sie hat bereits mit Lillemor Prøitz gesprochen, die ihr vorgeschlagen hat, auch mich anzurufen. Ich erzähle ihr, dass die Ärzte Jakob in ein künstliches Koma versetzt haben, er aber nicht mehr in Lebensgefahr schwebt. Es ist möglich, dass ich seinen Zustand etwas schönrede, aber ich will nicht, dass Edvarda sich Sorgen macht. Wir kommen ins Plaudern. Sie vertraut mir an, dass ihr Kontakt zu Victoria in den letzten Jahren nicht so gut war – eine Erbstreiterei nach dem Tod ihrer Eltern, weil sie sich nicht einigen konnten, wer die Sammlung der Hamsun-Erstausgaben bekommen sollte. Bis in die Neunziger hätten sie aber eine sehr gute Beziehung gehabt.

»Darf ich Sie etwas fragen, auch wenn das vielleicht etwas persönlich ist?«, frage ich.

»Selbstverständlich.«

»Können Sie mir sagen, was Ihre Schwester an Ragnvald interessant fand?«

Sie lacht, fängt sich aber schnell wieder. »Geld! Oder genauer gesagt ökonomische Sicherheit. Wir sind in einfachen Verhältnissen aufgewachsen, hatten immer wenig Geld. Victoria hat Ragnvald in den frühen Siebzigern kennengelernt, damals studierte sie noch. Er kam aus einer schwerreichen Familie. Wirklich schwerreich.«

»Davon hatte ich keine Ahnung. Ich dachte, er hätte sich sein Vermögen selbst erarbeitet.«

»Ragnvald? Oh nein. Aber sein Betrieb läuft gut. Für Victoria war er der sichere Hafen. Sie wusste wohl, dass man als Archäologin nicht reich wird.«

»Sie meinen also, dass sie sein Geld geheiratet hat?«

»Nein, so schlimm war es auch nicht. Sie war verliebt. Aber als diese Liebe vorüber war, waren es sein Reichtum – und

Jakob –, die sie in der Ehe gehalten haben. Davon bin ich überzeugt. Sie würde das aber bestimmt abstreiten.«

Ich frage sie, was sie über Victorias Auftrag 1978 in Israel weiß, aber auch sie hat leider keine Ahnung davon. Schließlich sagt sie aber doch noch etwas Verblüffendes: Victoria ist Katholikin.

»Unsere Eltern waren gläubige Katholiken«, sagt Edvarda. »Victoria wurde in den Sechzigern zwar ziemlich alternativ, ich glaube aber nicht, dass sie ihren Glauben ganz aufgegeben hat. Sie hat mir beispielsweise anvertraut, dass sie nach ihrer Rückkehr aus Israel zur Beichte gegangen ist. Ich glaube, die Zeit in Israel hat den Glauben in ihr wieder geweckt. Dass sie dort etwas erlebt hat, das sie zurück in den Schoß der Kirche gebracht hat.«

»Was?«

»Ich kann nur raten, aber es scheint irgendetwas passiert zu sein, vermutlich hatte es mit der Ausgrabung zu tun. Ich weiß es nicht, sie wollte nicht darüber sprechen.«

Victoria, eine Katholikin? Ich fass es nicht. Für mich war sie in all den Jahren immer Atheistin und Humanistin. Hat sie trotzdem einen Keim Sehnsucht nach dem Göttlichen in sich getragen? Ich kenne viele, die hin- und hergerissen sind zwischen Zweifel und Glaube, zwischen Überzeugung und Fragen. Aber die meisten von uns kommen wohl irgendwann zu einem Schluss. Oder nicht? Ist die Sehnsucht so groß wie die Skepsis? Kämpft die Hoffnung gegen die Logik? Sorgen wir ein Leben lang dafür, dass die Tür zu unserem Kinderglauben immer ein Stück weit offen steht – zu der bedingungslosen Überzeugung von Gottes Güte, Jesu Barmherzigkeit und glücklichen Lämmern unter Löwen? Ich selbst glaube an keinen Gott. Ich glaube nicht an Propheten, nicht an religiöse Mythen, nicht an Dogmen. Dabei habe ich keine Probleme mit dem *Glauben*. Der Glaube wohnt im Herzen des Menschen und ist etwas sehr Persönliches. Es ist die institutionalisierte Religion, mit der ich Schwierigkeiten habe. Die Kirche mit ihren Schlussfolgerungen, ihren lockenden und drohenden Priestern und Pastoren. Sie stellen dich vor die Wahl: paradiesisches Glück oder ewige Qualen? Mich stoßen sie damit nur ab. Ich verschließe mich, werde bockig. Die Rituale der Religion erreichen mich nicht, die magische Zauberschau, in der ausladende Hüte, Tauben, Laser- und Raucheffekte ersetzt sind durch Weihrauch, Kreuz, Liturgien und allmächtige Zauberkünstler mit Talar und Handyverbindung nach oben. Das heißt aber nicht, dass es nicht auch in mir so etwas wie Sehnsucht und offene Fragen gibt. Ich bin wie alle anderen. Die Religion hat kein alleiniges Recht auf die Suche des Menschen nach etwas Großem. Der Glaube erfüllt diese Sehnsucht mit Göttern, Mythen und Hirngespinsten. Ich selbst lese die Bibel mit Begeisterung. Sie enthält fantastische Geschichten, Abenteuer, Allegorien, Lebensregeln und kluge Schlussfolgerungen. Nicht mehr.

Victoria? Eine vom Glauben abgefallene Katholikin? Welche Sehnsüchte waren in ihr herangewachsen?

Der Katholizismus ist wie Glasmalerei – farbenfroh und faszinierend, aber zerbrechlich und durchschaubar. Es gibt in der katholischen Kirche an die zehntausend Heilige. Was tun die alle? Victoria und ich hätten diese Fragen diskutieren können, als sie noch gesund war. Aber das haben wir viel zu selten getan. Ich bin einfach davon ausgegangen, dass wir uns in diesem Punkt einig waren, beide von Skepsis durchdrungen, von den säkularen Werten, von der Sehnsucht der Gottlosen nach logischen Antworten, wo es keine Antworten gibt.

Menashe Frum (II)

ZWISCHENSPIEL

Wir wollen, dass Sie das herausfinden.

Mit Tzafir Drachs Autorisierung war es überhaupt kein Problem, die Mendelssohn-Akte aus dem Archiv zu bekommen. Normalerweise dauerte die Sicherheitskontrolle Stunden. Jetzt konnte er den direkt ausgehändigten Ordner mit an seinen Platz nehmen und mit der Lektüre beginnen.

Was sollte er herausfinden?

Es war wirklich ein dubioser Fall. Moshe Mendelssohn war angeblich von einer unbekannten Terrororganisation entführt worden. Laut dem damaligen Agenten des Nachrichtendienstes, Oz Eisner, gab es keine Gruppierung mit dem Namen *Söhne des Halbmondes*. Eisners Abschlussbericht, datiert vom 20. Februar 1980, legte unmissverständlich dar, dass Mendelssohns Verschwinden mit dem archäologischen Fund einer Grabkammer in Kapernaum zusammenhängen musste. Der Bericht verwies auf eine Unterakte, WYNYR-3021, die nicht in der Stammakte abgelegt war.

Menashe Frum stieß einen tiefen Seufzer aus. Er war wenig motiviert für diesen Auftrag. *Diesen Auftrag?* Ehrlich gesagt war er zu gar nichts motiviert. Er hatte überlegt, sich krankschreiben zu lassen, hatte aber keinen Nerv, einen Arzt aufzusuchen. Er hatte im Moment einfach zu viel um die Ohren: die Trennung von Tamar, die Arbeit, das Leben, und überhaupt.

Noch vor zehn Jahren hatte er für sein politisches Engagement gebrannt. Jetzt war er erfüllt von schmerzlicher Gleichgültigkeit. Und obgleich er im Grunde ein überzeugter Zionist und begeisterter Anhänger von Herzls Vision eines jüdischen Staates war, spürte er, wie die Politiker den Bezug zur Realität verloren. Sie repräsentierten in seinen Augen nicht mehr die Nation Israel. Sie schienen vor allem anderen von ihren persönlichen politischen Ambitionen angetrieben zu sein. Es ging nur noch darum, die internen Machtkämpfe zu gewinnen und sich mit Blick auf die Zukunft geschickt zu positionieren. Opportunisten. Wankelmütige. Wo war ihr Idealismus geblieben? Die Visionen? Der ehrlich empfundene Nationalismus? Mit den Jahren war Menashes flammender Kampfgeist zu einer schwach glimmenden Glut zusammengefallen. Golda Meir. Jitzchak Rabin. Moshe Dayan. Ja, selbst Shimon Peres. Visionäre, starke Führungspersönlichkeiten. Er vermisste sie. Er vermisste jemanden, der Israel mit ebenso sicherer wie fester Hand in die richtige Richtung lenkte. Und mit Israel meinte er nicht nur die Nation oder den Staat, sondern ebenso das Konzept. *Eretz Israel*, Gottes gelobtes Land. *Ha'Aretz HaMuvtahat*. Er vermisste jemanden, der Festigkeit und Stärke mit Kompromissbereitschaft und Demut in sich vereinte.

Aber eigentlich, dachte er, vermisse ich vor allen Dingen meinen eigenen felsenfesten Glauben daran, dass alles, was wir tun, recht ist.

*

Er brauchte einige Stunden, um die alten Berichte durchzublättern und sich Stichworte zu machen. Obgleich nur wenige Jahrzehnte alt, waren sie wie ein Hauch aus vergangenen Zeiten. Maschinengeschrieben mit blauem Durchschlagpapier. Er versuchte, sich ein Bild von Oz Eisner zu machen. Als er die Ermittlungen im Mendelssohn-Fall leitete, dürfte er etwa in

Menashes Alter gewesen sein. Obgleich der Fall nie aufgeklärt worden war, hatte ihm das einen Karriereschub beschert. Es gibt also noch Hoffnung, auch für die Taugenichtse unter uns, dachte Menashe.

Aber der Sinn des Auftrags erschloss sich ihm nicht. Ein kalter, fünfunddreißig Jahre alter Fall. Ein Fall, der bis in den letzten Winkel geprüft und zu den Akten gelegt worden war. Es gab keine neuen Hinweise, außer der Mail eines Archäologen, der am Arsch der Welt wohnte, in Norwegen.

Wir wollen, dass Sie das herausfinden.

Aber was, bitte schön?, hätte er am liebsten gerufen.

*

Nachdem er die nahtlose Observierung von Ben Goldberg und Rebecca Mendelssohn angeleiert und eine intensivierte Telefon- und Internetüberwachung von Yinon Dorn, Gabriella Horwitz, Orit Sarfati, Amir Sobol, Dana Werfel und Golda Zinn angeordnet hatte – die einzigen noch lebenden Teilnehmer an Mendelssohns Ausgrabung 1978 –, loggte er sich im digitalen Archiv der Universität ein und bestellte die Akte WYNYR-3021. Große Teile des historischen Archivs waren inzwischen digitalisiert, aber über 25 Jahre altes Material stellte häufig ein Problem dar. So auch in diesem Fall. WYNYR-3021 war nicht einsehbar. »Wenden Sie sich bitte an die Information«, stand dort. Da blieb ihm wohl nichts anderes übrig, als den langen Weg ins Archiv zu gehen, um die Unterakte WYNYR-3021 persönlich abzuholen.

Aber auch dort stieß er auf Probleme. WYNYR-3021 war, wie sich zeigte, unter der Direktive 234-b einsortiert, die besagte, dass die Aushändigung des Materials nur mit Genehmigung des Abteilungsdirektors stattfinden konnte.

»Hören Sie«, sagte er resigniert, »ich bin Agent Menashe Frum, mein Einstellungscode lautet MK-19272, ich *arbeite* hier, verdammt noch mal.« Er klatschte seinen Ausweis auf den Tresen. »So geheim kann die Akte doch gar nicht sein!?«

Der Archivar wich einen Schritt zurück und deutete mit seinen Blicken an, dass das sehr wohl der Fall sein konnte.

Menashe probierte es mit Tzafir Drachs Persilschein, worauf der Archivar darauf hinwies, dass Drach nur Abteilungsleiter sei und damit keine Vollmacht erteilen könne.

»Wollen Sie mir ernsthaft sagen, dass ich Abteilungsdirektor Oz Eisner persönlich aufsuchen muss, damit mir die Unterlagen zu einem Fall ausgehändigt werden, den zu ermitteln er mich persönlich beauftragt hat?«, fragte Menashe.

Der Archivar nickte nur.

Was war nur aus dem Institut geworden – ein bürokratisches Labyrinth aus Formalitäten und Dienstbeflissenheit.

Entnervt nahm Menashe den Aufzug in den dritten Stock und schnürte den Schlips etwas enger, ehe er an die Tür zum Vorzimmer des Abteilungsdirektors klopfte. Wenige Minuten später bat der Direktor ihn in sein Büro. Menashe war nicht wohl in seiner Haut. Oz Eisner eilte der Ruf voraus, ein äußerst ruppiger und strenger Zeitgenosse zu sein. Doch nun zeigte sich Eisner von seiner freundlichsten Seite, bot ihm einen Kaffee an und lud ihn ein, sich mit ihm in den »Salon« in einer Ecke des absurd großen Büros zu setzen. Menashe erklärte ihm, dass Tzafir Drach ihn gebeten habe, den Mendelssohn-Fall noch einmal genauer unter die Lupe zu nehmen, und dass er ihn, Eisner, nun leider um eine Genehmigung bitten müsse, um die Unterakte WYNYR-3021 ausgehändigt zu bekommen.

»Selbstverständlich kriegen Sie die Genehmigung«, sagte Oz Eisner. »Aber lassen Sie mich Ihnen vorher noch darlegen, was Sie in dieser Unterakte finden werden und warum das Institut nach wie vor an diesem alten Fall interessiert ist.«

Rebecca

1

Sie steht vor meinem Büro. Ich komme gerade aus dem Krankenhaus, wo Victoria sich mit jedem Herzschlag an ihr irdisches Leben klammert. Es ist kurz vor neun Uhr. Ich muss eine Vorlesung vorbereiten, auf die ich keine Lust habe.

Und sie steht da und wartet auf mich.

Ich zucke innerlich zusammen und denke spontan: Die ist von *denen* geschickt worden, obwohl ich nach wie vor nicht weiß, wer *die* sind. Aber ich weiß gut, zu was *sie* im Stande sind.

Jetzt reiß dich aber mal zusammen, sagt Papa.

Das Auffälligste an ihr ist ihr Haar. Wallend lang und kastanienbraun mit einem leicht rötlichen Schimmer. Oder doch eher schwarz mit bronzenem Einschlag? Ich und Farben… Inmitten der Kaskade aus Locken ein schmales Gesicht mit Stupsnase und nussbraunen, von Eyeliner eingerahmten Augen.

Als sie mich erblickt, zuckt auch sie zusammen. Ich bin ein ungewöhnlicher Anblick für jemand, der mich noch nie gesehen hat. Kreideweiß vom Kopf bis zu den Zehen. Albino.

Ihre Reaktion verrät mir, dass sie tatsächlich auf mich wartet. Auf mich und niemand sonst.

Ich nähere mich ihr mit langsamer werdenden Schritten.

Sie hat einen ganz leichten Silberblick, der ungehindert den Weg in meine Hypophyse findet. Ich tippe, dass sie Mitte dreißig ist, aber das ist nur eine Vermutung. Sie ist nicht sehr groß, mit knabenhaft schlanker und graziler Figur.

Ehe sie etwas sagen kann, komme ich ihr zuvor. »Worum geht es?« Als brächte es mir einen Vorteil, wenn ich die Initiative ergreife. Ich ahne nichts Gutes. Frauen, die mich aufsuchen, haben die unangenehme Tendenz, Probleme anzuschleppen, in die ich überhaupt nicht reingezogen werden will.

»Bjørn Beltø?«

Mein Name purzelt wie Kiesel zwischen ihren tiefroten Lippen hervor. Ich befinde mich in einem Zustand ungeduldiger Abwehr und prickelnder Neugier.

»I am sorry to …«, murmelt sie.

Ich habe keine Ahnung, welche Worte sie gerade nicht findet. *Disturb you? Inconvenience you? Come without an appointment?* Sie vollführt eine kreiselnde Handbewegung, als beherrschten wir beide eine bislang unbekannte Form von Zeichensprache. Ihre Armbänder und Armreifen klirren munter.

»My name is Rebecca.«

Ihre Hand ist so winzig in meiner. Die langen, spitzen Nägel sind in derselben Farbe wie die Lippen lackiert. Man kann mir nicht vorwerfen, ich wäre unaufmerksam.

»We need to talk«, sagt sie.

Tun wir das? Ohne zu antworten, schließe ich mein Büro auf und räume den Stuhl frei, der seit geraumer Zeit als Ablage für Masterarbeiten dient, die mitzulesen ich mich bereit erklärt habe. Sie setzt sich und schlägt die Beine übereinander. Hohe Stiefeletten, schwarze Nylonstrümpfe mit dezentem Muster. Nichts entgeht meinem wachsamen Blick.

»Ich kenne Sie und Ihren ausgezeichneten Ruf vom Hörensagen«, beginnt sie in ihrem leicht gebrochenen und formellen Englisch. Ich lasse mich durch die Schmeicheleien nicht einlullen, versuche über ihren Akzent herauszubekommen, woher sie kommt. Schließlich kommt die erlösende Erklärung: »Ich bin Archäologin.«

»Ah?«

»Und arbeite am Archäologischen Institut der Hebräischen Universität.«

Ich kann nicht sagen, wie sie meinen Gesichtsausdruck einordnet. *Glotzend* umschreibt es vermutlich am ehesten. Ich ahne den Grund ihres Besuches.

»In Jerusalem«, fügt sie hinzu.

»Ich weiß, wo die Hebräische Universität ist.«

»Ben hat mir von Ihrer Mail erzählt.«

»Ben Goldberg?«

»Wir sind enge Kollegen. Er sagte, er hätte versprochen, Ihnen einen Gefallen zu tun.« Sie bemerkt meinen fragenden Blick und fügt hinzu: »Der Gefallen war, mich zu kontaktieren.«

Ihre Stimme klingt leicht rauchig, wie die einer Nachtclubsängerin.

»Sie nehmen den weiten Weg von Jerusalem hierher auf sich, um mich zu treffen?«

»Ja ... ich ...«

»Wäre es nicht weniger aufwendig gewesen anzurufen?«

»Doch ...«

»Oder mir eine E-Mail zu schicken?«

»Das ist nicht so einfach zu erklären.«

Ich habe die Bezeichnung *hübsch* schon immer als nichtssagend empfunden, eine inhaltslose, starre Charakterisierung. Deshalb fiele es mir in Bezug auf sie niemals ein, einen derart banalen Ausdruck zu gebrauchen. Sie ist nicht hübsch im üblichen Sinn. Ein Fotomodell oder einen Schauspieler mag man als hübsch bezeichnen – mangels präziser beschreibender Worte – wegen symmetrischer Gesichtszüge, hoher Wangenknochen oder einem unausgesprochenen Versprechen im Blick. Rebecca ist anders. Das fragende Lächeln und der leichte

Silberblick verleihen ihrem Gesicht eine Ausstrahlung unterdrückter Sinnlichkeit, als versuche die seriöse Akademikerin die Zigeunerprinzessin in sich zu bändigen, die sich freikämpfen und ihre Leidenschaft ausleben will.

»Ben war sehr beunruhigt«, sagt sie.

»Beunruhigt?«

»Es kursieren so viele Gerüchte.«

»Worüber?«

»Über alles! Was passiert ist.«

»Ich habe keine Ahnung, wovon Sie reden.«

»Ben glaubt, dass wir überwacht werden. Vom Geheimdienst. Eingehende und ausgehende Mails. Telefonate. Post.«

»Er wirkte in der Tat sehr misstrauisch, als wir telefoniert haben.«

»Ich glaube, er hat recht.«

»Wieso sollte der israelische Geheimdienst ein archäologisches Institut überwachen?«

»Das kommt wohl ganz drauf an, was gefunden worden ist.«

»Gefunden?«

»Sie wissen schon … 1978.«

»Denken Sie an Moshe Mendelssohn? Ich kann Ihnen wirklich nicht folgen. Tut mir leid. Wer soll was gefunden haben, und wo?«

»In Kapernaum«, murmelt sie.

»Was ist mit Kapernaum?«

»Kapernaum war Jesu Wirkungsstätte in Galiläa.«

»Das weiß ich. Aber ich weiß nicht, worauf Sie hinauswollen. Ich habe bei Ben angefragt, ob er mir eventuell mit Informationen zu einem Archäologen namens Moshe Mendelssohn und zu einer Ausgrabung weiterhelfen kann, an der er beteiligt war.«

»Genau. In Kapernaum.«

Ich glaub es nicht. Sie weiß etwas.

»Was ist in Kapernaum passiert? Was haben sie gefunden?«

Sie schüttelt den Kopf, blinzelt ein paar Mal schnell nacheinander.

»Die Ausgrabung hat vor fünfunddreißig Jahren stattgefunden«, helfe ich ihr auf die Sprünge.

»Ja.«

»Und Sie wissen nicht, was dort gefunden wurde?«

»Nein.«

»Oder was mit Moshe Mendelssohn passiert ist?«

Sie schüttelt den Kopf.

»Und trotzdem kommen Sie von Israel hierher, um mich zu treffen.«

»Ja.«

»Ich weiß noch weniger als Sie.«

»Aber Sie sind sozusagen – das Verbindungsglied.«

»Wozu?«

»Zur Vergangenheit.«

Ich fühle mich in keiner Form als Verbindungsglied zu was auch immer. Ich tue so, als müsste ich scharf nachdenken, und streiche mir mit den Fingerkuppen übers Kinn. Ich hätte mich rasieren müssen.

»Ich habe eine Frage«, sage ich.

»Die da wäre?«

»In welcher Weise geht Sie all das etwas an?«

Sie zuckt fast unmerklich zusammen, aber einer wie ich, der die geringsten Nuancen der Körpersprache zu deuten weiß, registriere, dass die Frage sie wie ein Faustschlag auf den Solarplexus getroffen hat.

»Mein Nachname ist Mendelssohn. Ich heiße Rebecca Mendelssohn.«

»Sind Sie mit Moshe Mendelssohn verwandt?«

Ihre Augen füllen sich mit Tränen. »Moshe Mendelssohn war mein Vater.«

II

»Ich war vierzehn Jahre, als mein Vater verschwand«, erzählt sie. »Aber ich erinnere mich intensiv daran. Ich war immer Papas Mädchen. Wahrscheinlich bin ich deshalb Archäologin geworden. Der Sommer, als er verschwand, war ungewöhnlich heiß. September 1978. Mama und ich haben ihn kaum gesehen. Er leitete die Ausgrabung in Kapernaum, ein paar Stunden nördlich von Jerusalem. Begonnen hatten die Arbeiten im Jahr zuvor, unmittelbar vor Chanukka. Mama und ich mussten uns allein versorgen, Papa kam und ging. Er war so enthusiastisch, gespannter als je zuvor. An dem Tag, als er verschwand, hatte er Mama aus Tiberias angerufen, dass er außerplanmäßig nach Jerusalem kommen würde. Als Grund nannte er einen Fund auf der Ausgrabungsstätte, wegen dem er erst einmal die Universitätsleitung konsultieren müsse, ehe sie weitermachen könnten. *Ihr könnt euch nicht vorstellen, was wir gefunden haben*, sagte Papa, verlor aber kein Wort darüber, was es war. Damals hat mich das Ganze nicht sonderlich interessiert, aber in den folgenden Jahren habe ich viel darüber nachgedacht. Über all die Tempelrittermythen, aber das waren nur Vermutungen. Am Telefon hat Papa Mama nichts von dem Fund gesagt, da bin ich sicher, auch wenn ich nur Mamas Teil des Gespräches hören konnte. ›Fahr vorsichtig, Mosh‹, damit hat sie sich von ihm verabschiedet. Mosh war ihr Kosename für ihn. Papa ist direkt zur Universität gefahren, wo er fast den ganzen Tag verbrachte. Ich habe nie rausbekommen, mit wem er dort gesprochen hat, ist das nicht eigenartig? Und dann kam er nach Hause, aber er hatte keine Zeit für mich. Im Nachhinein verletzt mich das, weil es die letzte Gelegenheit war, mit ihm zu reden. Natürlich ist es dumm von mir, so zu denken, Papa konnte schließlich nicht wissen, dass er entführt werden würde oder verschwindet. Mama und Papa sind zur Feier des Tages an dem Abend in ein Restaurant gegangen. Ich denke schon, dass er ihr von dem Fund erzählt hat, aber sicher bin ich mir nicht. Sie hat nie darüber geredet. Ich habe geschlafen, als Mama nach Hause kam. Papa hat sich direkt vom Restaurant auf den Weg nach Kapernaum gemacht, ist dort aber nie angekommen. Das haben wir erfahren, als am nächsten Morgen ein Kollege anrief und wissen wollte, wo er denn bliebe. Mama lag noch im Bett, darum bin ich ans Telefon im Flur gegangen. Uns war gleich klar, dass was passiert sein musste. Glücklicherweise waren Onkel Razi und Razeen im Laufe der Nacht gekommen, sie schliefen im Wohnzimmer, wie immer, wenn sie in Jerusalem waren und es spät wurde. Später am Tag wurde Papas verlassenes Auto am Straßenrand ein gutes Stück nördlich von Jerusalem gefunden. Mama rief bei allen Leuten an, von denen sie glaubte, dass sie etwas wissen könnten. Niemand hatte eine Ahnung. Ein paar Tage später fuhr Onkel Razi mit uns zu der Ausgrabungsstätte. Mama und ich hatten beide das Bedürfnis, sie zu sehen. Einfach nur sehen. Aber der ganze Bereich war weiträumig abgesperrt. Wir wurden an einer Wegsperre ein paar Kilometer entfernt zurückgeschickt. Einige Tage später kam abends ein Polizist bei uns vorbei, er hieß Liron Golan. Er teilte uns mit, dass eine unbekannte palästinensische Gruppierung, die sich *Söhne des Halbmondes* nannte, ein Bekennerschreiben an die Zeitung *Haaretz* geschickt hatte. Sie hätten Papa entführt, schrieben sie. Am nächsten Tag stand ein Artikel in der Zeitung, in dem die Terroristen behaupteten, Papa betriebe antipalästinensische archäologische Forschung, was immer das heißen sollte. Sie behaupteten, Papa hätte eine Ausgrabung geleitet, deren Ziel der Beweis sei, dass die Palästinenser keinen berechtigten Anspruch auf das historische oder gegenwärtige Israel hätten. Was soll man dazu sagen? Die Behauptung war nicht nur falsch, sondern auch völlig absurd. Papa war säkularer Jude mit großem Respekt für die Palästinenser und einem differenzierten Blick auf alle Themen vom Zionismus bis zu den Ansprüchen der Palästinenser. Mama war Palästinenserin, er war mit einer Palästinenserin verheiratet! Die israelische Polizei konnte die Behauptungen in der *Haaretz* weder bestätigen noch dementieren. Sie stellte breite und gründliche Ermittlungen an. Ohne Erfolg. Papa wurde nie gefunden. Einige Monate später ging die Polizei davon aus, dass Papa umgebracht worden war. Es gab keinen triftigen Grund für die Entführer, Papa als Geisel zu behalten, ohne etwas erreichen zu wollen. Aber es war nie eine Forderung gekommen. Die einzige Handlung war ihr Schreiben an die *Haaretz*. Mama ist daran zerbrochen. Ein Jahr später hat sie sich das Leben genommen. Sie konnte nicht mehr. Was soll ich also sagen? Ein Teil in mir hat akzeptiert, dass ich meinen Vater niemals wiedersehen werde. Aber ein anderer wird sich niemals mit dem Ausgang der Ereignisse abfinden. Das macht einen monoman, ich geb's zu. Aber so ist es nun mal. Seit fünfundzwanzig Jahren untersuche ich Papas Verschwinden. Natürlich nicht in Vollzeit, verstehen Sie mich nicht falsch, ich habe schon auch ein Leben und eine Karriere. Aber ich habe versucht, den Fall von allen Seiten zu beleuchten. Ich bin ein paar Mal nach Kapernaum gefahren, aber die Ausgrabungsstätte ist nach wie vor abgesperrt. Es wurde eine Betonkonstruktion darüber errichtet. Offiziell heißt es, das sei eine Basisstation für Mobiltelefone, aber das glaube ich nicht. Das ist eine Militäranlage. Ich habe etliche Kollegen von damals ausfindig gemacht und mit ihnen gesprochen. Keiner von ihnen weiß, auf was Papa dort gestoßen ist. Es ist kaum zu glauben, keiner von ihnen! Das Einzige, was sie sagen konnten, war, dass es sich um eine Grabstätte handelt. Eine Krypta. Aber was für eine Relevanz kann so eine Grabstätte haben? Wenn es tatsächlich ein Grab war, auf das sie gestoßen sind, muss es etwas extrem Wertvolles enthalten haben. Oder eine unglaublich wichtige Person? Jesus' sterbliche Überreste? Ich habe keine Antwort gefunden, bin viele Jahre auf der Stelle getreten. Als Ben Goldberg mich jetzt anrief und von Ihrer Anfrage erzählte, tat sich plötzlich eine neue Tür auf. Darum habe ich den weiten Weg von Jerusalem nach Oslo auf mich genommen. Ohne vorherige Verabredung. Mit nichts weiter als einem Funken Hoffnung im Gepäck. Ich kann diese Chance doch nicht ziehen lassen.«

III

Ein paar lange Sekunden sitzen wir einander schweigend gegenüber.

»Warum«, fragt Rebecca Mendelssohn schließlich, »haben Sie Ben nach meinem Vater gefragt?«

Ich würde gerne mit einer Antwort beitragen, die Licht auf das Rätsel wirft. Aber ich habe keine.

Ich weiß zu wenig.

Also erzähle ich ihr von Victoria.

Dass ich den Namen von Rebeccas Vater von ihr habe.

Dass sie mir einen Schlüssel und eine Bitte hinterlassen hat.

Dass sie offenbar damals an Moshe Mendelssohns Ausgrabung in Kapernaum beteiligt war.

Rebecca schnappt nach Luft. »Sie war bei Papas Ausgrabung dabei?«

»Alles deutet darauf hin.«

»Sie stand in keiner der Akkreditierungslisten. Ich höre zum ersten Mal von ihr. Das ist fantastisch!«

IV

Wir alle haben eine Vergangenheit. Manchmal holt sie uns ein, ob wir es wollen oder nicht. Alle tragen wir unser Päckchen mit uns herum. Unsere privaten Naturkatastrophen. Von allen anderen vergessene Ereignisse, die aber in uns weiterleben, Tag für Tag, Jahr für Jahr; innere Erdbeben und Vulkanausbrüche, Tornados und Tsunamis, Überschwemmungen und Lawinen.

Für mich ist das mein Vater, der von einer Felswand zu Tode gestürzt ist.

Für Rebecca: das Verschwinden ihres Vaters.

Von Kindesbeinen an war es mir verhasst, andere zu enttäuschen. Bis zum heutigen Tag tue ich mich schwer damit, schlechte Nachrichten überbringen zu müssen. Und so sitzen wir noch eine Weile wortlos einander gegenüber, ehe ich meinen Mut zusammennehme und ihr die Fakten unterbreite.

»Es tut mir leid, aber Victoria wird Ihnen nicht helfen können.«

»Warum ...«

»Sie liegt im Sterben.«

Rebecca beißt sich auf die Unterlippe. Ein paar Sekunden verstreichen. Ihre Enttäuschung ist fast greifbar.

»Das ist eine traurige Nachricht.« Kurze Pause. »Können wir sie trotzdem besuchen?«

»Ich denke schon. Aber das wird nichts nützen.«

»Vielleicht ...«

»Es ist niemand mehr da, mit dem Sie reden könnten, Rebecca. Sie hatte einen Hirnschlag und liegt im Koma.«

Ihr Atem geht stoßweise. Bitte jetzt nicht weinen, denke ich.

Ich erzähle ihr von dem Überfall auf Ragnvald und Jakob.

»Glauben Sie, dass es da einen Zusammenhang gibt?«, fragt sie.

Ich breite in einer ratlosen Geste die Arme aus.

»Kann es einen Zusammenhang geben?«, wiederholt sie ihre Frage.

»Die Polizei geht nicht davon aus.«

»Oh, Bjørn.«

»So sorry.«

Sie hebt den bleischweren Blick.

»Bjørn«, sagt sie leise, »wollen Sie mir helfen?«

Diese Frage wurde mir schon öfter gestellt. Immer von Frauen. Was an mir lässt sie glauben, ich könnte alle Probleme der Welt lösen?

»Please«, flüstert sie. »Helfen Sie mir?«

V

Ich weiche ihrer Frage aus, indem ich sie auffordere, mehr von sich zu erzählen.

Und sie erzählt.

Lad sie nach Juvdal ein, schlägt Papa vor. Witzbold.

Rebecca leidet ganz offensichtlich an Paranoia. Sie ist überzeugt davon, dass sie überwacht wird. »Vom Mossad?«, ziehe ich sie auf. Sie lacht nicht. Sie weiß nicht, von wem, aber sie hat permanent das Gefühl, dass ihr jemand folgt. Das Gefühl kommt mir irgendwie bekannt vor.

»Am Flugplatz in Tel Aviv hat es angefangen«, sagt sie. »Die Blicke am Ticketschalter. Im Wartesaal. Das Gefühl, beobachtet zu werden.«

Ich sollte ihr eine meiner Pillen anbieten.

»Ich weiß, was Sie denken«, sagt sie. »Sie halten mich für überspannt.«

Ja, genau das denke ich.

»Das Gleiche nach meiner Landung hier in Gardermoen. In der Ankunftshalle. Später im Zug. Diese Blicke …«

»Das hat sicher alles eine natürliche Erklärung«, sage ich. *Ausgerechnet ich.* Der Kaiser der Paranoia.

»Ich habe gute Gründe zu glauben, dass ich mir das nicht einbilde. Zu viel aus der Vergangenheit – und Papas Verschwinden – sagen mir, dass jemand mich beobachtet. Und das schon seit Jahren. Geräusche in der Telefonleitung. Briefumschläge, die über Wasserdampf geöffnet wurden. Kleine Zeichen.«

»Wer?«

»Glauben Sie mir! Ich bin nicht überspannt!«

Sie hört sich an wie ich an einem schlechten Tag. Und darum beschließe ich, die Rolle als Held und Retter zu übernehmen. Ich nehme Papa beim Wort und lade sie ein, mit mir ins Ferienhaus nach Juvdal zu fahren. Großzügig und ziemlich irrational. Die ehemalige Sennhütte gehört Kristin, einer Freundin von mir, die sie nie benutzt.

»Juvdal«, erkläre ich ihr, »ist der beste Ort für klare Gedanken, in jedwede Richtung.«

Und nicht minder wichtig: Wenn sie tatsächlich observiert wird, haben sie in der Sennhütte keine Chance, sich unbemerkt anzuschleichen.

Die Zweisamkeit mit einer attraktiven Frau ist nicht mein vorrangigstes Motiv. Oder mache ich mir selber was vor? Ich rede mir ein, dass wir eine ruhige Umgebung brauchen, um uns in die Materie einzuarbeiten. Rebecca scheint eine Menge Dinge zu wissen, die mir bei der Erforschung von Victorias Vergangenheit weiterhelfen könnten. Wir können uns gegenseitig weiterhelfen.

Ich bitte Rebecca, sitzen zu bleiben, während ich zu Professor Terje Storberget gehe und ihn frage, ob er meine Vorlesungen übernehmen kann. Meinen direkten Vorgesetzten erzähle ich was von Überstunden abfeiern. Sie sind wahrscheinlich froh, mich los zu sein. Ordnungshalber rufe ich Kriminalkommissarin Siri Schau an und erkundige mich, ob es okay ist, wenn ich ein, zwei Tage aufs Land fahre. Sie klingt nicht begeistert, kann mir aber schwerlich verbieten zu fahren. Aber sie bittet mich, ihr vorher noch Victorias Ordner mit den Originalunterlagen im Präsidium vorbeizubringen.

Von Rebecca sage ich ihr nichts. Es gibt schließlich Grenzen.

Siri Schau (II)

ZWISCHENSPIEL

Sie holte Bjørn Beltø unten an der Pforte ab. Er hatte die Mappe mit den Originalpapieren unter dem Arm. Dieses Mal ging sie mit ihm in ihr Büro.

»Sie sind auf dem Weg nach …« Sie hatte bereits vergessen, wohin er wollte.

»Nach Juvdal. Haben Sie die alten Fotos von Victoria gefunden?«

»Ja, sie waren in Jakobs Jacke, in der, die er anhatte. Sie lag die ganze Zeit im Krankenhaus.«

Sie musterten sich abwartend.

»Nur der Ordnung halber würde ich mit Ihnen gerne die Papiere durchgehen – also Originale und Kopien vergleichen«, sagte sie.

Sie ging Blatt für Blatt durch und verglich die Kopien mit den Originalen. Alles schien da zu sein. Die Briefe, die Notizen, die Tabellen und eine Quittung auf Hebräisch. גולק בוהא, דליימ אפור. Dann blätterte sie durch den alten Pass. Das Porträt von Victoria zeigte eine auffallend hübsche Frau. Was war vor 35 Jahren in Israel passiert? Eigentlich glaubte sie nicht an diese zweifelhafte Spur. 1978 in Israel – das war wirklich zu weit hergeholt. Andererseits war es gut, die Bestätigung zu bekommen, dass der Angriff auf Ragnvald und Jakob nichts mit den Unterlagen und dem alten Fall zu tun hatte.

Bjørn Beltø ergriff zum Abschied ihre Hand. Er lächelte und wünschte ihr Glück. »Rufen Sie einfach an … also … wenn Sie irgendwelche Fragen haben«, fügte er hinzu und wurde rot. Er war wirklich unbeholfen. Trotzdem war da aber auch noch etwas, das sie nicht greifen konnte. Sie glaubte nicht, dass er etwas mit dem Überfall zu tun hatte, aber die ganze Wahrheit sagte er auch nicht. Er hielt etwas zurück.

Sie begleitete ihn nach unten. Als sie wieder zurück in ihr Büro kam, wartete bereits ein Kollege auf sie, der sie informierte, dass von Jakobs Lebensgefährten Morten noch immer jede Spur fehlte. Dafür hatte die Kriminaltechnik eine interessante Neuigkeit: Die Waffe, mit der auf Jakob geschossen worden war, gehörte Ragnvald. Er war seit vielen Jahren aktiver Sportschütze und hatte im Keller seines Hauses einen vorschriftsmäßigen, abschließbaren Waffenschrank. Ragnvald musste die Pistole entweder selbst geholt haben, oder es hatte ihn jemand gezwungen, sie aus dem Schrank zu nehmen. Eine dritte Möglichkeit war, dass sie bereits irgendwo gelegen hatte. Konnte er sich bedroht gefühlt haben? Hatte er sich und seinen Sohn zu beschützen versucht? Wie war die Pistole dann aber in Jakobs Hand gekommen? Hatte er sich am Ende damit selbst in den Bauch geschossen? Unwahrscheinlich. Niemand schießt sich selbst in den Bauch. Außerdem deuteten die Wunde und der Einschusswinkel darauf hin, dass aus kurzer Distanz auf ihn geschossen worden war, von unten. Die Waffe konnte sich maximal einen Meter über dem Boden befunden haben.

Das Szenario, von dem sie derzeit ausgingen, war, dass Unbekannte ins Haus eingedrungen waren, um Ragnvald und Jakob zu bedrohen und zu misshandeln. Beide Opfer waren muskulöse, kräftige Männer, die sich gewehrt hatten. Daher die Verletzungen. Vermutlich war Ragnvald mitten im Tumult nach unten gerannt, um die Waffe zu holen. Vielleicht weil gerade Jakob mit den Tätern kämpfte. Die Verletzungen, die

Jakob und Ragnvald hatten, waren als solche typisch für das brutale Vorgehen professioneller Geldeintreiber, weshalb sie zwei Männer abgestellt hatten, um sich im Rocker- und Inkasso-Milieu umzuhören. Aber auch andere Möglichkeiten hielten sie sich offen. So hatte Siri selbst das Auswärtige Amt kontaktiert, um sich nach dem Auto mit dem CD-Kennzeichen zu erkundigen. Darüber hinaus hatte sie um Unterstützung des Dezernats für Wirtschaftskriminalität gebeten, um Ragnvalds private Finanzen und die Bücher seiner Firma unter die Lupe zu nehmen.

Beltøs Theorie von einem Zusammenhang mit einer archäologischen Ausgrabung 1978 war auf der Prioritätenliste weit nach unten gerutscht.

*

Gegen Abend erreichte sie endlich einen von Ragnvalds besten Freunden, der gerade von einer Geschäftsreise nach Argentinien zurückgekommen war. Er war Vizedirektor in Ragnvalds Firma und seit dreißig Jahren Ragnvalds fester Jagdpartner. Sie fuhr in einem der Zivilwagen zu ihm nach Hause. Er war sichtlich aufgebracht über den Mord und trank Whiskey auf Eis. In der Brusttasche seines Blazers steckte ein rotes Taschentuch. Freimaurerring. Er bot ihr einen Drink an, aber sie lehnte ab. Sie setzten sich an den Küchentisch. Die Taxfree-Tasche mit den Flaschen stand noch auf der Anrichte.

»Ragnvald war so widersprüchlich«, erzählte er.

Ambivalent, notierte sie sich.

»Einerseits totaler Snob, arroganter Drecksack«, fuhr er fort. »Ich kann es nicht anders sagen, als es war. Er wusste das selbst ganz genau. Und glauben Sie mir, er konnte wirklich ein Arsch sein. Entschuldigen Sie den Ausdruck. Andererseits war er aber auch ein freigebiger, großzügiger Mensch. Der reinste Mäzen. Durch die Firma spendete er hohe Beträge für Forschung und

Sport, Kunst und Kultur. Er half Angestellten, die in ökonomische Schwierigkeiten geraten waren. Ein Gutmensch. Bis dann wieder alles kippte und er sich anderen gegenüber wie die Axt im Walde aufführte. Das war einfach so. Deshalb: widersprüchlich.«

Er redete weiter über Ragnvalds schwierigen Charakter und seine Vorlieben für Aston Martin, klassische Musik – speziell Haydn und Wagner –, handgerollte kubanische Habanos, Cognac aus Angoulême, handgenähte Schuhe von J. Lobb aus England und Frauen.

»Frauen?«, hakte Siri nach, etwas schärfer als beabsichtigt.

»Verstehen Sie mich nicht falsch, aber ich will Ihnen gegenüber offen und ehrlich sein. Victoria tut das ja nicht mehr weh. Die Arme. Jetzt nicht mehr. Er war ein Bel Ami, man kann es nicht anders sagen.«

»Ein was?«

»Ein Libertin, Schürzenjäger, Frauenheld. Nennen Sie es, wie Sie wollen.«

»Wusste Victoria davon?«

»Über solche Dinge haben wir nicht gesprochen. Aber sie war eine kluge Frau.«

Wurde R von einem eifersüchtigen Ehemann überfallen?, notierte sie sich auf ihrem Block.

»Die beiden wirken so unterschiedlich«, sagte sie. »Was hat die Ehe zusammengehalten?«

»Gewohnheit? Fassade? Ich kannte Victoria nicht allzu gut, aber Ragnvald hat sie über alle Maßen geschätzt. Gleichzeitig war da aber auch so etwas wie Verbitterung.«

»Verbitterung?«

»Ja, als hätte er etwas gegen sie in der Hand.«

»Was könnte das sein?«

»Ich habe nie gefragt.«

»Waren seine Affären von längerer Dauer?«

»Nein, nie. Sobald er seinen Willen bekommen hatte, war die Spannung vorbei. Er hatte es nicht auf Affären abgesehen. Er bezeichnete sich als Jäger. Es ging ihm ums Jagen, und wenn er dann eine Eroberung gemacht hatte, war er gleich wieder auf der Jagd nach neuer Beute.«

»Können Sie mir Namen nennen?«

»Die Liste ist lang. In der Regel verheiratete Geschäftspartnerinnen. Frauen von Kollegen. Töchter von Freunden. Mütter von jüngeren Angestellten. Ragnvald kannte keine Grenzen, hatte keine Hemmungen. Keine Moral. Als müsste er sich etwas beweisen. Sogar bei meiner Frau hat er es versucht. Sie ist jetzt tot, Gott hab sie selig, aber das sagt doch schon etwas, oder? Immerhin sind wir beste Freunde. Waren. Trotzdem ist er Marie nachgestiegen.«

Sie konnte sich nicht zu der Frage durchringen, ob Ragnvalds Bemühungen von Erfolg gekrönt gewesen waren.

*

Am nächsten Morgen musste sie zu einer Besprechung mit dem Vizepolizeipräsidenten. Sie wusste nicht, warum. Eigentlich hatte sie keine Zeit für so etwas. In ihrem Büro hängte sie die Jacke an den Haken und loggte sich in die Datenbank ein, als es an der Tür klopfte. Ein jüngerer Ermittler hatte etwas Interessantes im Archiv gefunden: Ragnvald war 1987 als Zeuge in einem Mordfall verhört worden. Ein 57-jähriger Mann war in seinem Haus in der Nähe von Oslos misshandelt und ermordet worden. Und damit nicht genug: Derselbe Mann war 1960 wegen sexueller Übergriffe auf Ragnvald angeklagt, aber freigesprochen worden.

Das ist doch etwas, dachte sie. Sie bat den Kollegen, so viele Informationen wie nur möglich über die beiden alten Fälle zusammenzutragen, und lobte ihn für seinen Einsatz.

Der Vizepolizeipräsident stand ungeduldig von einem Bein

aufs andere tretend in seinem Vorzimmer, als sie ein paar Minuten zu spät angelaufen kam. Im Büro warteten zwei Männer. Der eine war vom PST, Martin, sie waren zusammen auf die Polizeischule gegangen. Den anderen hatte sie nie zuvor gesehen.

»Wir haben Besuch von einem israelischen Kollegen«, sagte der Vizepolizeipräsident förmlich und in steifem Englisch. »Siri Schau – Menashe Frum.«

»Good afternoon, ma'am. Thank you for seeing me.«

Sein Händedruck war fest. Er war ein kleiner, gedrungener Mann mit Hornbrille und schütterem Haar, jedoch buschigen Augenbrauen und kräftigem Bartwuchs.

»Menashe Frum ist wegen eines Falls nach Norwegen gekommen, in dem er gerade in Israel ermittelt«, sagte der Vizepolizeipräsident zögernd, als wisse er auch nicht mehr als das. Sie setzten sich an den Besprechungstisch. Der Vizepolizeipräsident schenkte Kaffee ein.

»Wir wollen Frum natürlich nach besten Kräften unterstützen«, sagte Martin. Er hatte sie mal auf einem Fest nach dem Examen angebaggert. Sie wusste nicht, wieso sie ausgerechnet jetzt daran dachte.

»Ich bin dankbar, dass Sie sich mitten in einer hektischen Ermittlung die Zeit nehmen, mit mir zu sprechen«, bemerkte Menashe Frum formell.

Ich wurde von meinem Chef herzitiert, dachte Siri Schau, da blieb mir wohl kaum eine andere Wahl.

»Ich bin eigentlich aus einem ganz anderen Grund in Oslo«, sagte Frum, ohne weiter ins Detail zu gehen, »wurde dann aber von meinem Abteilungsleiter in Tel Aviv angerufen, dass eines der Objekte hier in Oslo in einen Mordfall verwickelt ist.«

Objekte?

Sie sah von Frum zu Martin. Dass er an dieser Besprechung teilnahm, konnte nur bedeuten, dass der Sicherheitsdienst das norwegische Pendant zu Menashe Frums *Abteilung* in Tel Aviv war. Was wiederum bedeutete, dass Frum kein gewöhnlicher Polizist war, sondern dem israelischen Geheimdienst angehörte.

»Welches *Objekt* denn?«, fragte sie, dabei wusste sie die Antwort bereits.

»Bjørn Beltø.«

*

Nach dem Treffen beim Vizepolizeipräsident las sie den vorläufigen Obduktionsbericht von Ragnvald. Er hatte äußere Verletzungen am Körper und im Gesicht. Traumata. Schlagverletzungen. Drei lockere Zähne. Gebrochener Kieferknochen. Hämatome am ganzen Oberkörper. Die Todesursache war aber eine massive Hirnblutung, vermutlich ausgelöst durch einen Schlag auf den Kopf. Sie legte den Bericht des Rechtsmediziners in die blaue Ablage für aktuelle Fälle und nahm die Mappe mit den Unterlagen, die der junge Børre, wirklich ein vielversprechender Ermittler, über das Gerichtsverfahren 1960 und den Mordfall 1987 zusammengetragen hatte. Er hatte nicht nur die offiziellen Dokumente von Polizei und Gericht herausgesucht, sondern auch Kopien von Zeitungsartikeln beigelegt. 1960, las sie, war Ragnvald auf der lokalen Polizeidienststelle aufgetaucht und hatte seinen Sportlehrer wegen wiederholter sexueller Übergriffe angezeigt. Der Lehrer wurde in Untersuchungshaft genommen und angeklagt. Im Gericht stand Aussage gegen Aussage. Es gab keine Beweise und nur wenige Indizien. Nur Ragnvalds tränenerstickte Behauptung, dass sein Lehrer sich an ihm vergangen und ihn zu »unaussprechlichen« Dingen gezwungen habe, wie es in einer Zeitung hieß. Das Urteil fiel 1962: Der Lehrer wurde freigesprochen. 1987 wurde der Sportlehrer tot in seinem Haus gefunden. Routinemäßig war auch Ragnvald zum Verhör einbestellt worden. Inoffiziell galt er wegen des vorhandenen Rachemotivs als potenzieller Verdächtiger. Die Kollegen kamen aber nicht weiter, weder bei Ragnvald noch bei den anderen Verdächtigen. Der Mord war nie aufgeklärt worden.

II

Juvdal
Oslo

Die Sennhütte

I

Sie steht am Küchenfenster, reglos, stumm und schaut über das Tal und den Wald und die Berggipfel, die am Himmel kratzen. Ich stehe ebenso still am Herd und betrachte sie. Sie hat die Arme um den Oberkörper geschlungen. Wir haben etwas mehr als fünf Stunden hierher gebraucht. Mein Auto ist nicht das schnellste. Bolla wird inzwischen mehr oder weniger von Klebeband und Willensstärke zusammengehalten.

Es gibt nur eine Zufahrt nach Juvdal, einen schmalen Waldweg, der sich zwischen Hügeln und Felsnasen hindurchschlängelt, vorbei an rauschenden Stromschnellen und zugewucherten, von riesigen Fichten und silbergrauen Kiefern gesäumten Pfaden. Zehn Minuten lang standen wir sichtgeschützt hinter ein paar Büschen an einer Ausweichbucht, um sicherzugehen, dass uns keiner von Rebeccas eingebildeten Verfolgern auf den Fersen war – keine Agenten mit verspiegelten Sonnenbrillen, keine Entsandten des Vatikan in getarnten Papamobilen, kein reitendes Heer von Mönchen in knöchellangen Kutten. Die einzigen Fahrzeuge, die an unserem Versteck vorbeifuhren, waren der Bus 221 der Linie Setesdal Express, ein blauer Ford County Traktor und ein paar Volvos.

»Siehst du?«, sagte ich zu ihr.

»Das muss nicht heißen, dass sie nicht irgendwo in der Nähe sind«, antwortete Rebecca.

Wir setzten die Fahrt durch Juvdal fort, vorbei an der Stabkirche und den Silberminen, über die alte Brücke und den schmalen Weg den Talhang hinauf. Nachdem ich Bolla auf halber Höhe unter ein paar Laubbäumen abgestellt hatte, habe ich mich in einem Anflug von Übermut angeboten, Rebeccas schweren Koffer den steilen Pfad hinauf zur Hütte zu tragen. Ich selbst habe nur eine Umhängetasche mit den allernötigsten Sachen dabei.

Das größere Schlafzimmer habe ich Rebecca überlassen. Wobei es, ehrlich gesagt, nicht sehr groß ist. Ich habe den Verschlag am Ende des Flurs bezogen. Von dort ist es nicht so weit, falls Rebecca im Dunkeln aufwacht und nach mir ruft.

II

Ich mache eine Führung über die Alm. Das Konzept des Außenklos amüsiert Rebecca grenzenlos. Sie lacht die ganze Zeit und kriegt sich gar nicht wieder ein. Später nehme ich sie mit hoch zum Denkstein – einem gigantischen Findling, den die Eiszeit vor zehntausend Jahren hier hinterlassen hat. Wir setzen uns auf den Felsen mit Blick über das Tal, den Wald und die Berge. Der Wind zerrt an ihrem Haar. Die Stromschnelle zieht sich als silbergraues Band durch die Talsohle. Die Brücke heftet die beiden Flussufer wie eine Klammer zusammen. Ich erzähle ihr die Geschichte der Juvdaler Stabkirche und von dem müßigen Streit der Dorfbewohner darüber, ob die Kirche nun 1180 oder 1210 errichtet wurde. Wir folgen einem Adler mit dem Blick, bis er hinter dem Bergkamm verschwindet.

Irgendwann klettern wir vom Denkstein herunter und spazieren zurück zur Hütte. Ich koche Kaffe, und wir setzen uns auf die morsche Holzbank an der Sonnenwand. Für Notizen habe ich das aufgeladene Tablet mit nach draußen genommen. Was für Notizen? Bislang haben wir nichts außer Fragen, Verwirrung und Unsicherheit. Wir einigen uns darauf, die zentralsten Fragen aufzulisten.

»Was hat dein Vater in Kapernaum entdeckt?«, fange ich an.

»Hängt sein Verschwinden mit dem Fund zusammen, oder hat es ganz andere Gründe?«, fährt Rebecca fort.

»Warum hat Victoria – inkognito – an der Ausgrabung teilgenommen?«

»Vielleicht aus dem simplen Grund, dass sie keine Arbeitserlaubnis hatte? Oder wollten sie ihre Identität vor den Behörden geheim halten? Wenn ja, warum?«

»Woher kannten sich Victoria und dein Vater? Gibt es irgendwelche Schnittstellen in ihrer beider Leben?«

»Wieso wurde der archäologische Fund als streng geheim eingestuft?«

»Was hat das Militär mit der Sache zu tun?«

»Wer könnte heute etwas über die Angelegenheit wissen?«

Rebecca und ich schauen uns mutlos an. Fragen, Fragen, Fragen …

III

Irgendwo muss man ja anfangen. Also rufe ich eine Freundin in der Personalabteilung der Universität an und bitte sie, in Victorias Personalakte alles nur Erdenkliche herauszusuchen, was sie in den Jahren 1977 und 1978 gemacht hat. Sie weist mich mit freundlicher Geduld darauf hin, dass sie Feierabend hat und zu Hause in der Küche steht und kocht. Sie verspricht mir aber, gleich am nächsten Vormittag nachzuschauen. Danach schreibe ich eine Mail an die Norwegische Archäologische Gesellschaft und erkundige mich, was sie über Victorias Aktivitäten Ende der Siebzigerjahre wissen. Rebecca schreibt von ihrem Tablet aus eine Nachricht an Bens geheime gmail-Adresse und bittet ihn, in allen ihm zugänglichen Archiven in Israel nach Informationen über Victoria zu suchen.

Der Anfang wäre gemacht.

Ich muss die ganze Zeit an Jakob und Ragnvald denken. Was mit ihnen passiert ist. Wer hinter dem Überfall stehen könnte und warum. Die Fragen und die Ungewissheit nagen an mir. Rebeccas Ankunft hat eine neue Tür aufgestoßen: Was, wenn der Diplomatenwagen nicht zufällig auf der anderen Straßenseite geparkt hat? Was, wenn in dem Fahrzeug jemand saß, der nur darauf gewartet hat, dass ich endlich verschwinde? Was, wenn das israelische Agenten waren?

IV

In der Dämmerung schlendern wir zurück zum Denkstein. Rebecca mag den Platz. Wir klettern auf den Felsen und setzen uns. Unten im Tal flackern vereinzelt Lichtpunkte.

Rebeccas Hand liegt nur wenige Zentimeter von meiner entfernt. Ihre ist golden, meine kreideweiß.

»Du bist ganz schön blass«, sagt sie.

Ich lache. Laut und aufrichtig. Eine genetische Fehlschaltung hat mich so schneeweiß werden lassen. Mir sind alle Leute sympathisch, die über meine Hautfarbe Scherze machen können.

»Als ich klein war, haben sie mich Isbjørn genannt.« *Eisbär.*

Auf ihrer Stirn bildet sich eine Falte. Ich erkläre ihr, was der norwegische Name Bjørn bedeutet: Bär.

»Hat dich das getroffen?«, fragt sie.

»Mama hat gesagt, dass die anderen das bestimmt nett meinen. Aber das stimmte nicht.«

Ich schaue unsere Hände an. Wenn ich meine Finger ein winziges Stück zur Seite bewege, könnte ich ihre Hand berühren.

Wir sitzen nebeneinander da, so dicht, dass ich die Wärme ihres Körpers spüre, und teilen die Stille.

»Ich habe über etwas nachgedacht«, sagt Rebecca. »Papa war eine Art Amateurtheologe, er hat sich umfassend mit allen möglichen religionsphilosophischen, theologischen und mythologischen Fragen auseinandergesetzt. Nicht nur innerhalb des Christentums, auch im Judentum. Midrasch, Kabbala, Aggada und so weiter. Dem Einfluss des Okkultismus innerhalb der Religionen. Vor seinem Verschwinden hat er an einem Aufsatz gearbeitet, wer das Neue Testament geschrieben hat.«

»Und wer war das?«, frage ich halb scherzend.

»Ich frage mich, ob er in dem Zusammenhang vielleicht auf etwas gestoßen ist, das …« Sie sucht nach den richtigen Worten. »Irgendetwas, das bewiesen hat, dass etwas mit der Bibel und den Evangelien nicht koscher ist.«

»Was sollte das sein?«

»Ich kann nur raten – vielleicht etwas, das das gesamte christliche Verständnis des Neuen Testamentes über den Haufen wirft?«

»Das Fach Theologie ist darauf ausgerichtet, die Bibel zu verstehen und zu erklären. Auch deren Fehlbarkeit. Da wäre es schon merkwürdig, wenn ein Amateur etwas aufdeckt, woran Experten seit zweitausend Jahren arbeiten.«

»Aber warum ist er dann verschwunden?«, platzt sie heftig heraus.

Ich warte etwas mit meiner Antwort.

»Das versuchen wir ja herauszufinden.«

Sie atmet durch die Nase, ihr Atem geht ruckartig. Ich würde sie gerne in den Arm nehmen.

»1988 habe ich einen sonderbaren Brief bekommen«, sagt sie. »Von einem anonymen Archäologen, der behauptete, bei Papas Ausgrabung in Kapernaum dabei gewesen zu sein.«

»Ein *anonymer* Archäologe?«

»So ist es.«

»Wieso anonym?«

»Dazu äußerte er sich nicht, und ich habe nie Kontakt zu ihm herstellen können.«

»Was wollte er?«

»Er hat behauptet, Papas Fund hätte etwas mit dem Propheten Daniel zu tun.«

»Der Daniel aus dem Alten Testament?«

»Ja.«

»Das kann nicht sein. Daniel hat zu Zeiten König Nebukadnezars II. in Babylon im Exil gelebt …«

»600 Jahre vor Christus, ich weiß! Ich weiß das alles! Das entbehrt jeder Logik. Ich zeige dir später den Brief, hab ein Faksimile auf meinem Tablet abgespeichert.«

»Babylon ist ziemlich weit entfernt von Kapernaum.«

»Der Brief war nicht logisch. Und ich habe mit allen Archäologen gesprochen, die an der Ausgrabung beteiligt waren. Keiner von denen hat je etwas von diesem Brief gehört oder von der Verbindung zu Daniel.«

»Viele der theologischen Kontroversen in der Bibelforschung sind bekannter Stoff: Das synoptische Problem, alle Abweichungen … Matthäus und Lukas gründen sich auf Markus und die Logienquelle Q. Das Ende des Markus-Evangeliums wurde von jemand anderem geschrieben und später hinzugefügt, und so weiter.«

»Was meinst du damit: von jemand anderem geschrieben?«

»Die ältesten Originaltexte von Markus enden mit dem achten Vers im 16. Kapitel, wenn die Jünger Jesus' leeres Grab entdecken. *Und sie gingen hinaus und flohen von dem Grab, denn Zittern und Entsetzen hatte sie ergriffen. Und sie sagten niemand etwas, denn sie fürchteten sich*, heißt es da. Die zwölf restlichen Verse gibt es in den älteren Handschriften nicht. Das, was dort über die Auferstandenen und die Verkündigung steht, über das Reden in Zungen und Giftschlangen, Handauflegen und Himmelfahrt, wurde nachträglich hinzugefügt.«

»Könnte Papa etwas in der Art aufgedeckt haben?«

»Wie?«

»Ich weiß es doch nicht.« Sie hält inne. »Woran glaubst du, Bjørn?«

»Glauben?«

»Gott? Jesus?«

»Nein, in dem Sinne habe ich keinen Glauben. Wie sieht es mit dir aus?«

»Ich schleppe mein jüdisches Päckchen mit mir herum, aber wirklich glauben tu ich auch nicht. Zumindest nicht an den Schöpfergott aus der Bibel.«

»Aber vielleicht an einen anderen Gott?«

»Ich bin säkulare Jüdin. Papa war auch säkularer Jude, wenn er überhaupt an irgendetwas geglaubt hat. Mama war palästinensische Muslimin. Ich glaube an keinen Gott. Und dennoch … Ich schließe nicht aus, dass es im Universum verbindende Kräfte gibt. Ich glaube an Richtig und Falsch. Aber ich glaube nicht an verurteilende Götter, die in unser Leben eingreifen.«

»Oder Propheten.«

»Darf ich sagen, dass ich an den Menschen glaube?«

Wäre ich ein mutigerer Mann gewesen, hätte ich mich zu Rebecca rübergebeugt und sie geküsst. Danach war mir gerade.

Aber so ein Mann bin ich nicht. Ich will sie, aber ich weiß nicht, wie ich das anstellen soll. Es gab einige Frauen in meinem Leben, so ist das nicht, aber nie was Dauerhaftes. Vielleicht habe ich sie, unbewusst, weggestoßen?

Wie gut kennt man sich selbst? Ich scheue die Sonne und suche Zuflucht im Schatten. Meine Brillengläser sind so dick, dass ich leicht einen Waldbrand damit entfachen könnte. In grellem Licht muss ich die Augen zukneifen. So bin ich aufgewachsen. Es hat mich nie gestört. Aber es hat mich geprägt. Ich bin ein zäher Teufel, einer, der von draußen zuguckt. Ein farbloser Harlekin mit roten Augen und dem unerreichbaren Traum dazuzugehören. Mama hat das nie verstanden. Mithilfe von Alkohol und Pillen hat sie einen Vorhang zwischen mein Handicap und die Wirklichkeit gezogen. Geh raus und spiel mit den anderen Jungs, hat sie gesagt und nie deren höhnisches Lachen gehört, das Grölen von Jungen, die noch nicht im Stimmbruch sind, voller Glassplitter und Verachtung. So ergab es sich, dass ich mir immer selbst der beste Freund war. Ja, ich bin anders. So ist es eben. Nicht sehr, aber ein wenig, Was oft reicht.

»Du hast früh deine Eltern verloren«, sage ich, halb fragend. Ich will nicht aufdringlich sein, bin aber neugierig auf ihr Leben.

»Mama konnte nicht mit Papas Verschwinden leben, sie ist nie wieder die Alte geworden, nachdem er weg war. Ich weiß nicht, was in ihr vorgegangen ist, es muss einen Kurzschluss in ihrem Kopf gegeben haben. In den ersten Wochen war sie einfach nur verzweifelt. Sie rief bei der Polizei an und beschimpfte sie, weil sie nicht vorankamen. Von morgens bis abends. Schier unerträglich! Sie rief die Universität an, Papas Geschwister in Be'er Sheva, sie begann sogar mit eigenen Ermittlungen. Alles umsonst. Sie versteifte sich darauf, dass er vom Militär entführt worden war und irgendwo im Gefängnis saß. Dass er etwas entdeckt hatte, von dem die Welt auf keinen Fall erfahren durfte. Noch heute stelle ich mir immer wieder meinen Vater in der Zelle eines Hochsicherheitsgefängnisses irgendwo auf der Welt vor. Der vergessene Gefangene. Bei meiner Mutter wurde es zur Manie. Sie hatte mit einer Menge Dämonen zu kämpfen. Als Dreizehnjährige war sie von einem Soldaten vergewaltigt worden. Es hat mich immer beeindruckt, wie gut es Papa gelungen ist, mit ihr zusammenzuleben.« Sie lächelt mich traurig an. »Ich nehme an, die nahen und fernen Ausgrabungsprojekte waren kurze Atempausen für ihn, Freiräume von Mamas Stimmungsschwankungen. Weder sie noch er haben wohl geahnt, wie abhängig sie von ihm war. Anderthalb Monate nach seinem Verschwinden, nach Wochen frenetischer Aktivität, gab sie plötzlich auf, von einem Tag auf den anderen. Sie stand nicht mehr auf. Ich musste Razeen und Razi bitten, aus Tel Aviv herzukommen, um sie morgens aus dem Bett zu kriegen. Sie rutschte in eine Psychose ab, wurde eingewiesen, nach Hause geschickt, eingewiesen, nach Hause geschickt. Schließlich hat sie sich mit Tabletten das Leben genommen. Ich habe sie gefunden, zu Hause in ihrem Schlafzimmer. Das habe ich ihr nie verzeihen können. Sie hatte doch mich. *Mich!* Ich war vierzehn. Wie egoistisch muss man sein, seine Tochter allein zurückzulassen, weil das Leben so schwer zu ertragen ist? Sie besaß nicht einmal den Anstand, sich einen anderen Ort dafür zu suchen, sie musste es zu Hause machen, wohlwissend, dass ich sie dort finden würde.«

»Was hast du gemacht? Hinterher?«

»Ich bin nach Tel Aviv zu meinen Großeltern und Onkel Razi und Razeen gezogen. Ich will nicht ungerecht sein, meine Großeltern waren lieb zu mir, haben sich um mich gekümmert, haben mich unterstützt und meine Ausbildung finanziert. Onkel Razi und Razeen wurden meine besten Freunde. Ich habe bei ihnen gewohnt, bis ich neunzehn war, dann bin ich zum Studium in eine Studentenbude in Jerusalem gezogen. Inzwischen lebt nur noch Onkel Razeen, er betreibt ein Café in Tel Aviv.«

»Das kann nicht leicht für dich gewesen sein.«

»Nein … Wie ist es bei dir? Leben deine Eltern noch?«

»Meine Mutter ist vor einiger Zeit gestorben. Krebs.«

»Und dein Vater?«

Mein Vater … Wenn ich mich erinnere, sehe ich ihn mit den Augen eines Kindes vor mir. Ich war dabei, als er starb. In meiner Erinnerung hallt immer noch sein Schrei nach. Ich erinnere mich an seinen Körper auf dem Steinhaufen. Ein Unfall, haben wir lange gedacht.

»Ich war noch ein Kind, als er starb.«

»Oje, das tut mir leid.«

»Er ist beim Klettern in den Tod gestürzt.«

»Wie furchtbar.«

»Das Ironische daran ist, dass er ein Opfer seiner eigenen Falle wurde. Er hat versucht, seinen besten Freund umzubringen.«

»*Was* hat er?«

»Sein Freund ist mein Chef. Trygve Arntzen. Er hatte ein Verhältnis mit Mama.«

Sie weiß nicht, was sie sagen soll. Ich kann sie verstehen.

»Papa hatte irgendwas am Klettergeschirr manipuliert. Materialermüdung, stand im Untersuchungsbericht.«

»Was ist dann passiert?«

»Nichts.«

»Nichts?«

»Ein halbes Jahr später hat Trygve Arntzen meine Mutter geheiratet. Das ist passiert.«

»Er hat sie geheiratet?«

»Oh yes. Die Witwe seines Freundes.«

Papas Kollegen sagen, er sei ein guter Archäologe gewesen.

Einer der besten. Ein kritischer Sucher, ein von Neugier Getriebener. Der tatsächlich Antworten gefunden hat. Als Kind wusste ich nicht genau, was er eigentlich machte, unter Archäologie habe ich mir vorgestellt, dass man tiefe Löcher gräbt und Skelette, Schwerter und Wikingerschiffe freilegt. Erst später habe ich begriffen, dass sie nach der Wahrheit graben.

»Da ist noch etwas, was du vielleicht wissen solltest«, sage ich.

»Was denn?«

»Ich will lieber ganz offen damit umgehen.«

»Was meinst du?«

»Ich war eingewiesen.«

»Und?«

»Mehrmals.«

»Eingewiesen?«

»Ich wollte es nur sagen. Damit du weißt, woran du mit mir bist.«

»Jetzt kann ich nicht ganz folgen. Warst du krank?«

»Die Nerven.«

»Oh.«

»Es geht mir inzwischen aber ganz gut.«

»Verstehe.«

»Angekratzte Nerven.«

»Wer hat die nicht?«

V

Wir sitzen ein paar Minuten schweigend auf dem Felsen. Sie hat etwas, das ich nicht genau benennen kann. Ich weiß nicht, ob es ihre schüchternen, ausweichenden Blicke sind, die mich ansprechen, oder ihr Lachen. Am stärksten wohl ihre Verletzlichkeit. Es ist, als habe ich endlich jemanden gefunden, den ich beschützen und auf den ich aufpassen kann.

Nach einer Weile wird es zu kühl, um noch länger auf dem Felsen zu sitzen. Wir gehen zur Hütte zurück. Rebecca öffnet auf ihrem Tablet das Faksimile eines der amateurtheologischen, englischsprachigen Texte ihres Vaters, mit der Schreibmaschine und ausgelutschtem Farbband geschrieben.

Wer hat die Evangelien des Neuen Testamentes geschrieben?
Eine archäologische Perspektive
auf eine theologische Kontroverse

Von Moshe Mendelssohn
Hebräische Universität zu Jerusalem - 1977

Wie Theologen seit Jahrhunderten wissen, ist das Heranziehen der Evangelien als historische Quelle problematisch. Gleichzeitig wird die moderne Bibelforschung von populären und zählebigen Mythen verfälscht, zum Beispiel, dass Kaiser Konstantin die Texte ausgewählt habe, die das Neue Testament ausmachen sollten, und dass den Frauen in einem Beschluss beim ersten Konzil von Nicäa 325 eine Seele zugesprochen wurde. Ich selber bin kein Theologe. Aber mein Hintergrund als Archäologe trägt hoffentlich zu einer Annäherung an die Frage bei: Wer hat die Evangelien geschrieben?
Die Antwort kennen wir nicht. Basierend auf den Texten können wir festhalten, dass die

vier Evangelien von hoch gebildeten, des Griechischen mächtigen Christen mit einer umfassenden Kenntnis der Theologie und Philosophie sowie literarischer Gestaltungsmöglichkeiten verfasst worden sind.

Im Folgenden einige der Probleme, zu denen wir uns verhalten müssen:

1)
Es gibt keine Primärquellen. Weder die vier Evangelien noch der Rest des Neuen Testamentes liegen in Originalform vor. Die ältesten schriftlichen Kopien oder Abschriften, auf die wir die Bibeltexte gründen, liegen in unterschiedlichen Versionen vor.

2)
Die Evangelien stecken voller inhaltlicher Abweichungen und Widersprüche. Über ihren eigentlichen Stoff hinaus haben sich Matthäus und Lukas auf Markus bezogen (das älteste Evangelium) und eine hypothetische Quellenschrift, abgekürzt als »Q« bezeichnet.

3)
Wir wissen nicht, wer die vier Evangelien verfasst hat. Bei der Zuweisung der Evangelien auf Matthäus, Markus, Lukas und Johannes handelt es sich um eine qualifizierte Vermutung. Traditionell begründet wurden die Evangelien von zweien der Jünger Jesu

geschrieben - Matthäus und Johannes - sowie von zweien der Gefolgsmänner von Petrus und Paulus: Markus und Lukas. Aber es ist wenig wahrscheinlich, dass sie die tatsächlichen Verfasser der Evangelien sind.

4)
Ein Teil der historischen Informationen in den Evangelien sind nachweislich falsch. Beispielsweise gibt es keine Beweise für Lukas' Behauptung, dass ein Gebot vom Kaiser Augustus ausging, dass alle Welt sich schätzen lassen müsse. Wenn dem tatsächlich so gewesen wäre, hätten die Galiläer Josef und Maria sich nach Nazareth in Galiläa aufgemacht und nicht in die Stadt Davids, Bethlehem. Ein Teil der neutestamentarischen Geschehnisse sind den messianischen Erwartungen aus den alttestamentarischen Prophezeiungen angepasst.

5)
Die Evangelien beinhalten viel Legendenstoff. Auch wenn viele der historischen Grundlagen in den Evangelien bestätigt oder entkräftet werden können, liegt keine unabhängige Dokumentation zu irgendeinem der Wunder oder dem explizit religiösen Stoff vor.

VI

»Was meinst du?«, fragt Rebecca.

»Ich bin natürlich kein Experte, aber ich kann darin nichts Kontroverses entdecken.«

»So geht es mir auch. Ich habe es mehreren Theologen vorgelegt, die genau das Gleiche sagen.«

»Kann er auf etwas gestoßen sein, das Jesus gehört hat?«

»Was sollte das sein?«

»Das Kreuz? Die Dornenkrone?«

»Und aus welchem Grund sollte der Staat Israel einen Fund, der mit Jesus zusammenhängt, aktiv geheim halten?« Sie lacht säuerlich. »Was denkst du denn von uns?«

»Nicht weil es Jesus zuzuordnen ist, sondern weil es unser Wissen über Jesus verschiebt und den Staat Israel in ein schlechtes Licht rückt«, denke ich laut nach. Dabei höre ich aber selbst, wie hohl die Logik klingt. »Haben sie vielleicht das Grab der Patriarchen gefunden?«

»Die Höhle von Machpela? Nein, die liegt in Hebron.«

»Was aber, wenn das gar nicht stimmt? Wenn die Grabstätte sich nicht in dem Grabkomplex in Hebron befindet, sondern in Kapernaum?«

»Aber welche Bedeutung sollte das haben?«

Sie hat natürlich recht. Ich taste mich weiter vor.

»Haben sie möglicherweise etwas entdeckt, dass an Israels Fundament rüttelt? Kanaan ...«

»Was meinst du?«

Ich bleibe ihr die Antwort schuldig und lasse meine Gedanken schweifen. In das Gelobte Land, den Traum der Israeliten während ihrer Versklavung in Ägypten, Jahves Versprechen an die Patriarchen, das Land, das Gott Abraham versprochen hatte, als jener das Haus seines Vaters verließ und aus der Stadt Ur aufbrach. Was, wenn Kanaan gar nicht westlich vom Jordan liegt, sondern ganz woanders? Was, wenn die alten Texte falsch sind oder manipuliert?

»Bjørn?«

»Was, wenn Kanaan eigentlich Ägypten bedeutet?«

»Ägypten?«

»Oder Jordanien? Oder Saudi-Arabien?«

Rebecca lacht. »Okay…«

»Im Ernst: Was würde passieren, wenn Archäologen auf jahrtausendealte Texte stoßen, die aufdecken, dass Israels geografische Lage auf Manipulation oder Fehldeutung der Originaltexte basiert? Und dass das biblische Kanaan – Israel – eigentlich ganz woanders liegt? Was, wenn die Redakteure, die zusammen all die Texte überarbeitet haben, die am Ende die Mosebücher wurden, an den Inhalten herummanipuliert haben? Die Grenzen verschoben? Was hieße das für die Situation im Mittleren Osten, wenn Israel sich eigentlich ganz woanders befindet?«

»Sag du es mir. Israel ist so viel. Eine Nation, eine Vision, eine Idee, ein Traum.«

»Aber ist es wirklich Gottes Gelobtes Land?«

Darauf hat Rebecca keine Antwort. Wie ich glaubt sie an keinen Gott.

»Wahrscheinlich ist die einfachste und banalste Antwort die richtige: Mein Vater wurde von palästinensischen Terroristen entführt und ermordet. Jedenfalls ist das wahrscheinlicher als die Theorie, dass der Mossad ihn aus dem Weg geräumt hat.«

»Der Staat Israel steht hinter mehr als hundert politischen Morden, wenn wir den Quellen glauben können. Selbst hier in Norwegen. 1973 wurde Ahmed Bouchikhi in Lillehammer von Mossad-Agenten ermordet, weil sie ihn für einen der Terroristen des Olympia-Attentats von München 1972 hielten. Aber das war ein Irrtum.«

»Der Mossad tötet Terroristen und gewaltsame Feinde Israels, nicht die eigenen Bürger.«

»Was ist mit Mordechai Vanunu?«

»Der wurde nicht ermordet, sondern wegen Verrat und Spionage verurteilt, nachdem er Informationen über Israels Atomwaffenprogramm hatte durchsickern lassen.«

»Er wurde in Rom entführt, betäubt und wie ein Naziverbrecher nach Israel transportiert. Und zu wie vielen Jahren in israelischen Gefängnissen wurde er verurteilt? Achtzehn? Zwölf Jahre davon hat er in Isolation verbracht.«

»Das ist eine ganz andere Sache.«

»Klar. Nichtsdestotrotz zeigt es, wie weit Israel zu gehen bereit ist, um seine Interessen zu schützen.«

Ich mache den Kamin an, hauptsächlich, um eine heimelige Atmosphäre zu schaffen. Und weil ich mir vorstellen kann, dass Rebecca ein Kaminfeuer romantisch findet. Aber sie gähnt nur. Ich frage sie, ob sie müde ist. Sehr intelligent, Bjørn. *Bist du müde?* Natürlich ist sie müde.

VII

Es gibt kein Bad in der Hütte, also gehe ich raus zu den Mücken und Fliegen, während Rebecca sich in der Küche wäscht.

Ich bin innerlich nicht ganz im Lot. Das liegt an Rebecca. Ich hätte Lust, sie zu berühren, sie zu küssen, sie an mich zu drücken und ins obere Stockwerk mitzunehmen. Ich fand Frauen schon immer toll. Damit meine ich nicht auf die geile, sabbernde Art. Ich liebe das Wesen der Frau – ihre Sanftheit, Zärtlichkeit und Fürsorglichkeit. Und alles, was dazugehört.

Mit sechzehn habe ich zum ersten Mal ein Mädchen geküsst. Ich erinnere mich noch heute an jede Sekunde, jeden Atemzug. Sechzehn Jahre lang war ich der blasse und ausgestoßene Sonderling des Viertels gewesen, und plötzlich begegnet mir jemand, der mich witzig und interessant findet. Sie hieß Suzy. Und war blind. Ich weiß nicht, warum, aber Rebecca ruft in mir die Erinnerung an Suzy wach. Das Schicksal ist voller Fingerzeige. Es brauchte ein blindes Mädchen, um mich zu sehen. Ich wünsche mir, dass Rebecca mich sieht wie Suzy. Rebeccas Wesen – und da denke ich nicht zuerst an ihr Äußeres, sondern an ihre Ausstrahlung – berauscht und verwirrt mich. Sie ist so … fein. So liebenswert und zart, einfach wunderbar. In meinen Augen ist die Verletzlichkeit der Frau eine geheime Tür zu ihrem Herzen.

Gestatten, Bjørn, Fürst des Pathos.

Und, wie findest du sie, Papa?

Klasse Frau, Bjørn. Klasse!

Glaubst du, ich habe eine Chance?

Aber natürlich.

Ich bin vermutlich nicht ihr Typ.

Nach kurzer Plauderstunde mit Papa gehe ich wieder rein zu Rebecca. Sie ist gerade fertig. »Soll ich dich nach oben bringen?«, frage ich dreist, aber ihr fällt die Doppeldeutigkeit nicht auf. »Ich finde schon den Weg«, sagt sie und kommt zu mir, um mich zu umarmen. Eine kurze Umarmung, eine freundliche Geste, aber die Wärme ihrer Wange und der sanfte Druck ihres Körpers, als sie sich an mich lehnt, löst einen saugenden Wirbel in mir aus, der mir fast die Besinnung raubt. Mein Blick folgt ihr aus der Küche. Die uralten Holzstufen protestieren unter ihrem Gewicht, das nun wirklich nicht die Welt ist. Ich höre sie die Tür öffnen und gleich darauf wieder schließen. Dann knarrt der Lattenrost.

Da ich nicht die Bohne müde bin, schalte ich das Kurér-

Reiseradio ein, das vermutlich seit 1958 an exakt der gleichen Stelle auf dem geblümten Wachstuch auf dem Küchentisch steht. Das Radio hat ein rotes Gehäuse mit weißen Knöpfen. Aus dem Lautsprecher strömt *All I Have to Do Is Dream* von The Everly Brothers, als wäre das Radio in der Zeit hängen geblieben. Durch die gewölbten Scheiben sehe ich den Sternenhimmel und die Lichter unten im Ort.

Hier lässt es sich wunderbar über Gott und die Welt sinnieren; seien es der Schöpfergott Jahve oder die Kräfte des Universums, die unseren Planeten erschaffen haben; ob der Weltraum unendlich und die Seele des Menschen unsterblich ist, und ob die Grefsenbahn jemals pünktlich kommen wird.

Ich bin ein Sinnierer vor dem Herrn.

All diese Gedanken.

Zu Zeiten Jesu war die Erde voller böser, aus dem Himmelreich verstoßener Geister, die auf die Erde verwiesen worden waren, wo sie ohne Rast und Ruh wehrlose Menschen jagten, die, sobald sie von dem Teufelspack besessen waren, anfingen zu fauchen und rückwärts zu sprechen, in den merkwürdigsten Sprachen. Es gab zwar einen Gott, aber es wimmelte nur so von Dämonen, meine Güte, wie viele Teufel es gab!

Wie sind die alten judäischen Mythen zu verstehen, die sich unbemerkt in unsere gemeinsamen Glaubensvorstellungen geschlichen haben? Wie konnten sich diese uralten Abenteuer in die Wahrheit gläubiger Menschen verwandeln?

Jahve, der allmächtige Gott, der Schöpfer des Universums – das muss man sich mal auf der Zunge zergehen lassen: der allmächtige Schöpfer des Universums –, kommt also daher und sucht sich einen winzigen Hirtenstamm in der Wüste im Mittleren Osten als *sein Volk* aus. Und die Quelle? Putzigerweise ist das Moses, ein Nachfahre vom Stammvater des Hirtenstammes, Abraham.

Hm.

Wie wahrscheinlich ist es, dass eine omnipotente Kraft – Schöpfergott des Universums und Zentrum des Weltalls – unter den Zehntausenden lebenden Stämmen auf dieser Erde, die er selber geschaffen hat, einen kleinen Stamm auserwählt? Wie kann das sein? Warum sollte der mächtige Schöpfer von seinem prächtigen Himmelsthron herabschauen und diesen unseligen Wüstenstamm zu seinem auserwählten Volk machen? Wie glaubwürdig sind die Quellen? Moses, der 120 Jahre alt wurde und seinen eigenen Tod und seine Beerdigung schildert, berichtet, dass Abraham (der 175 Jahre alt wurde) ein Nachfahre von Noah war, der eine Arche gebaut hatte, auf der alle Tiere, wirklich alle Tiere der Welt Platz fanden, bevor … Nein, vergiss es. Vergiss es einfach.

Für mich ist völlig klar, dass es die Menschen waren, die sich ihren Gott auserwählt haben. Gott hat den Menschen nicht nach seinem Bilde geschaffen, sondern der Mensch Gott nach seinem. Gott brauchte diesen Stamm nicht – aber sie brauchten ihn. Jemanden zum Anlehnen, zu dem man beten, an den man glauben konnte – in der Hoffnung auf die Gnade dieses exklusiven Gottes.

Was für eine Logik steht dahinter, dass der Herrscher des Universums, der sogenannte namenlose Gott – der genannt wurde Er Der Ist, Jahve, YHVE, Jehova, Elohim, El Elaha, Adonai, der Herr, Unser Herr, Der Heilige Geist, ja, sogar Gott –, sich dem armen Hirten Abraham offenbart und einen Pakt mit ihm schließt? *Einen Pakt? Zwischen einem Gott und einem Menschenwurm?* Über Vorhäute und Sklaven? Und ihm ein Land verspricht?

Warum? Warum in Himmels Namen?

Ich sitze noch ein Stündchen in der Küche, ehe auch mich die Müdigkeit übermannt. Rebeccas Schlafzimmer passiere ich langsamer, für den Fall, dass sie mich mit heiser schnurrender

Stimme zu sich ruft. Aber sie sagt kein Wort, schon gar nicht schnurrend.

Ich taumele in meinen Verschlag mit der klammen Decke, in der die Wände nach Vergangenheit riechen.

VIII

Rebecca steht vor mir auf. Ich werde wach, weil sie in der Küche rumhantiert. Als ich die Treppe herunterkomme, hat sie Kaffee gekocht und begonnen, den Frühstückstisch zu decken. Ich gehe nach draußen und pinkele ins Gras. Wasche meine Hände in einem halb mit Regenwasser gefüllten Gummieimer, trockne sie an der Hose ab.

Zusammen frühstücken hat etwas Intimes, als hätten wir die Nacht zusammen verbracht. Das haben wir ja auch irgendwie. Wenn auch in getrennten Betten.

Nach dem Frühstück schicke ich Siri Schau eine kurze SMS wegen des Botschaftswagens, der mir nicht aus dem Kopf gehen will. Gibt es da neue Erkenntnisse? Sie antwortet nicht. Dafür bekomme ich eine SMS von Morten. Er entschuldigt sich, dass er nicht eher geantwortet hat, aber er war im Fjell in einem Funkloch. Etwas später schickt er eine weitere Nachricht. *Bin jetzt bei Jakob*, schreibt er. Mehr nicht.

Wir sitzen den ganzen Vormittag am Küchentisch und arbeiten, diskutieren, recherchieren im Internet. Wir telefonieren. Aber nichts bringt uns einem Verständnis oder einer Lösung näher.

Rebecca zeigt mir den fünfundzwanzig Jahre alten Brief des anonymen Archäologen, der behauptet hat, die Ausgrabung in Kapernaum habe etwas mit dem Propheten Daniel zu tun.

Gestern Abend haben wir beide nicht mehr daran gedacht. Am oberen Rand des handschriftlich verfassten Briefes stehen ein paar hebräische Zeichen:

דָּנִיֵּאל

»Daniel«, übersetzt Rebecca. »Das bedeutet: Gott ist/sei mein Richter.«

Daniel ist die Hauptperson in dem alttestamentarischen Buch Daniel. Laut Überlieferung wurde Daniel von Judäa nach Babylon ins Exil geschickt, wo er Traumdeuter an Nebukadnezars Hof wurde. Vermutlich hat dieser Daniel nie wirklich gelebt. Er ist einer der vielen erdichteten Vorbilder, ein jüdischer 007, eine Heldengestalt der Gefangenen in Babylon. Viele Forscher sind der Meinung, dass Daniels Geschichte ein oder zwei Jahrhunderte vor Christus erdichtet wurde – ein bunter historischer Thriller, der in den Tanach eingebettet wurde, die hebräische Bibel.

»Laut Briefschreiber finde ich die Erklärung für Papas Verschwinden in der Erzählung über Daniel«, sagt Rebecca. »Glaub mir, dass ich es versucht habe, aber es ergibt keinen Sinn.«

»Was ist mit dem Archäologen?«

»Ich weiß nicht, wer er ist. Ich weiß ja noch nicht einmal, ob ich dem Brief glauben kann.«

»Warum hat er den Brief geschrieben und an dich geschickt, was denkst du?«

»Bjørn, du stellst genau die Fragen, die ich mir schon tausendmal gestellt habe, ohne einer Antwort auch nur einen Schritt näher gekommen zu sein.«

Wir trinken Kaffee. Wir surfen im Netz. Wir schauen aus dem Fenster. Wir denken nach. Irgendwann bekommt Rebecca eine Mail von Ben Goldberg. Sie beinhaltet eine ziemlich lange Liste über alle Kongresse und Symposien, an denen Moshe Mendelssohn zwischen 1975 und 1978 teilgenommen hat. Die Liste sagt uns gar nichts. Wir Akademiker fahren gerne von Symposien zu Konferenzen, um uns à jour zu halten, Veranstaltungen, die selten epochal sind, uns aber davon überzeugen, trotz allem etwas Wesentliches zu leisten, das unser Verständnis einen Millimeter weiter voranbringt. Dinge, die wesentlich genug sind, um unsere Existenz auf Erden zu rechtfertigen.

Rebecca und ich versuchen, das Ende eines Fadens in die Finger zu bekommen, an dem wir uns weiter entlanghangeln können. Ich google verschiedene Varianten von Victorias Namen, mit und ohne Anführungszeichen, ich google ihren Mann und ihren Sohn, schreibe verschiedene Wortkombinationen in das Suchfeld, aber nicht ein Treffer in der Liste erregt meine Aufmerksamkeit. Frustriert gehe ich raus in die Sonne und setze mich zu den Fliegen auf die Bank mit der Aussicht über das Tal und die Berge. Hoch oben am Himmel sehe ich einen Falken, der auf der Thermik gleitet. Ich folge ihm mit dem Blick. Als ich ihn nicht mehr sehe, kommt eine Mail auf mein Mobiltelefon. Von der Freundin in der Universitätsverwaltung, die mir eine Übersicht über alle internationalen Wissenschaftskonferenzen geschickt hat, an denen Victoria vor 1978 teilgenommen hat. Ich gehe rein zu Rebecca, und wir setzen uns nebeneinander an den Tisch, um diese Auflistung mit Bens Liste zu vergleichen.

Nach ein paar Minuten haben wir die Verbindung. Im August 1977 haben Moshe und Victoria am *International Congress of Biblical Archaeology* in London teilgenommen. Moshe als Referent, Victoria als Beobachterin, was immer das bedeutet. Ein halbes Jahr später ist Victoria – offenbar inkognito – als Teilnehmerin an Moshe Mendelssohns Ausgrabung in Kapernaum nach Israel gereist. Eine Ausgrabung, die mit Moshes spurlosem Verschwinden endete.

Ich denke: Hier in Juvdal werden wir dieses Mysterium niemals lösen, genauso wenig wie in Oslo. Wir müssen nach Israel. Wir müssen herausfinden, wonach Victoria und Moshe 1978 in Kapernaum gesucht haben. Und nicht zuletzt: was sie gefunden haben.

Der Einbruch

1

Ich bemerke es sofort. Jemand war in meiner Abwesenheit in meiner Wohnung. Ich spüre es, auch wenn es keine deutlichen Hinweise gibt, keine Spuren. Ich bin mir ganz sicher.

»Es war jemand hier«, sage ich zu Rebecca.

»Woher weißt du das?«, fragt sie ängstlich.

Wir stehen im Flur. Rebecca ist müde von der Fahrt. Ich kann ihr keine Antwort geben. Es ist nur ein Gefühl. Ein vager Hauch von etwas Fremden, den nur mein Unterbewusstsein registriert. Wie der Geruchssinn erahnt, dass lange vor einem ein Raucher im Zimmer war.

Vorsichtig gehe ich durch die Wohnung. Zuerst ins Wohnzimmer. Das frühe Abendlicht fällt durch die Gardinen. Dann Schlafzimmer, Bad, Arbeitszimmer. Das Gefühl hält an. Ein Buch ragt einen Zentimeter zu weit aus dem Regal. Der Zeitungsstapel auf dem Wohnzimmertisch ist verschoben. Eine Schublade ist nicht ganz zu. Ich rufe Siri Schau an und informiere sie über den Einbruch. Sie kommt sofort. Mit ihr kommt ein Kriminaltechniker, der die Klinken mit einem Schminkpinsel pudert. Ich erkläre ihnen, welche Veränderungen ich bemerkt habe.

Dann stelle ich Siri Schau Rebecca vor. Aber nicht einmal, als ich ihr sage, dass Rebecca Moshe Mendelssohns Tochter ist, zeigt sie besonderes Interesse. Ich frage, wie es Jakob geht.

Sie sagt, die Ärzte würden seinen Zustand jetzt nicht mehr als lebensbedrohlich, sondern nur noch als ernst einstufen.

»Ist er wieder bei Bewusstsein?«

»Die Ärzte halten ihn noch im künstlichen Koma.«

»Wie lange noch?«

»Das wird kurzfristig entschieden, sagen sie. Es kommt wohl auf den Blutdruck oder die Schwellung im Hirn an, was weiß ich, ich bin ja kein Arzt.«

»Haben Sie herausgefunden, wer Jakob wegen seiner Mutter angerufen hat?«

»Ja, das ist bei dem Durchgang seiner Handyverbindungen klar geworden.«

»Und?«

»Dazu darf ich mich nicht äußern.«

»Was ist mit dem Diplomatenfahrzeug?«

»Ich habe das Auswärtige Amt um Unterstützung gebeten, sie nehmen Kontakt mit den Botschaften auf.«

»Wenn die in die Sache verwickelt sind, werden sie kaum freiwillig antworten.«

»Wir werden es schon herausfinden. Die Wagen müssen ja auch den Mautring passieren …«

Ich informiere sie, dass ich vorhabe, mit Rebecca nach Israel zu fliegen. Sie starrt uns an.

»Das ist doch in Ordnung, oder?«

»Natürlich. Darf ich fragen, was Sie da wollen?«

Ich erzähle ihr von den vielen Spuren und offenen Fragen.

»Die in Zusammenhang mit Victorias Arbeit 1978 stehen?«

»Ja.«

»Es deutet wenig daraufhin, dass das Geschehnis in Israel wirklich etwas mit dem Überfall zu tun hat.«

Ihre Stimme klingt irgendwie anders.

»Ich will herausfinden, was die Archäologen damals gefunden haben«, sage ich. »Und was mit Moshe Mendelssohn passiert ist. Und nicht zuletzt – warum Victoria das all die Jahre verschwiegen hat.«

Siri Schau hat etwas auf dem Herzen, bringt es aber nicht heraus.

»Seien Sie vorsichtig«, sagt sie schließlich. Eine seltsame Aufforderung. Weiß sie etwas, das ich nicht weiß?

Sie und ihr Kollege bleiben nicht lange. Vermutlich glauben sie, dass ich mir den Einbruch nur eingebildet habe.

Haben die Einbrecher nach Victorias Schlüssel gesucht? Glücklicherweise trage ich den in meiner Geldbörse bei mir. Oder glauben sie, dass ich schon im Besitz von etwas bin? Etwas, das Victoria hinterlassen hat.

Aber was?

Und wer war das?

II

Ich mag unmögliche Gedankenspiele.

Wie dem, was wäre, wenn es die Zeit nicht gäbe? Wenn die Zeit eine Illusion wäre – genau wie Gott –, ein intellektuelles Konstrukt. Begriffe wie *Götter* und *Zeit* haben viel gemeinsam. Sie lassen sich nicht definieren, sind in erster Linie Ideen. Die Erklärungen sind ebenso vage wie die Begriffe selbst. Man muss sie nur im Lexikon nachschlagen. Was ist ein Gott? Was ist die Zeit? Eine übernatürliche Macht, eine Periode von unbestimmter Dauer. Also wirklich, solche Definitionen sind nichtssagend. Gott und Zeit sind abstrakte Vorstellungen, die sich jeder logischen Worterklärung entziehen. Wir sind uns lediglich einig, wie wir sie – ungefähr – verstehen können. Ohne dass auch nur einer von uns das wirklich tut.

Und dabei habe ich den Begriff Ewigkeit noch gar nicht ins Rennen gebracht. Oder die Frage, wo die Socken bleiben, die in der Waschmaschine verschwinden.

Wolltet ihr nicht Victoria besuchen?, fragt Papa.

III

Der kleine Kopf scheint vollständig in dem großen Kissen versinken zu wollen. Ihre Augen sind geschlossen. Ihr Atem rasselt und pfeift, als hielte er sie nur noch widerwillig am Leben.

»Victoria«, sage ich leise. »Ich habe einen Gast aus Israel mitgebracht.«

Keine Reaktion. Sie kämpft mit einem weiteren Atemzug.

»Sie heißt Rebecca. Sie ist die Tochter eines Mannes, an den du dich bestimmt erinnerst. Er hieß Moshe Mendelssohn.«

Ahne ich da ein Zucken im Augenlid?

»*Hello Victoria, I am Rebecca.*«

Rebecca streichelt ihre Hand.

»Wir wollen dir helfen«, sage ich. »Wir versuchen herauszufinden, was ihr damals gefunden habt und was du mir sagen wolltest.«

Eine Krankenwagensirene beginnt zu heulen. Ich warte, bis sie verstummt, und fahre fort.

»Rebecca ist den weiten Weg aus Jerusalem gekommen. Du kanntest ihren Vater, Moshe Mendelssohn. Er hat die Ausgrabung in Kapernaum geleitet. Erinnerst du dich, Victoria? Rebecca versucht herauszufinden, was mit ihm passiert ist. Vielleicht hat das, was mit Moshe Mendelssohn passiert ist, ja auch einen Zusammenhang mit dem, das ich für dich tun soll.

Was auch immer das ist. Du bist so voller Geheimnisse. Aber irgendwie gefällt mir das, das muss ich zugeben.«

Ich streichle ihre Wange. »Was habt ihr da unten gefunden? Was ist passiert? Warum hat dich diese Sache all die Jahre nicht losgelassen?« Ich halte inne. »Da ist noch etwas, das ich dir sagen muss. Rebecca und ich werden nach Kapernaum fahren. Wir fliegen morgen nach Israel, ich hoffe, du …«

Mehr sage ich nicht.

Sie antwortet nicht, natürlich nicht, das hatte ich auch nicht erwartet, aber vielleicht hört sie mich irgendwo tief in dem unendlichen Dunkel ihres Komas.

IV

Kristine Keller ist in Archäologenkreisen so etwas wie eine Legende. In den Siebzigern schrieb sie das Standardwerk, mit dem Hunderte von uns aufgewachsen sind: *Spuren in der Erde: Archäologische Methodik und Analyse*. Sie war die jüngste Archäologieprofessorin an der Universität Oslo. Dann hatte sie einen Streit mit der Institutsleitung, der damit endete, dass sie aus Trotz kündigte. In ihren letzten Berufsjahren arbeitete sie als Abteilungsdirektorin im Zentralinstitut für Denkmalspflege für die Bewahrung des historischen Kulturerbes.

Schon seit Tagen versuche ich, sie zu erreichen. Auf dem Rückweg vom Krankenhaus rufe ich sie noch einmal zu Hause an, und dieses Mal geht sie ans Telefon. Sie war für eine Woche in einer Reha, etwas mit der Hüfte, ich dürfe aber gerne kommen, wenn ich glaube, dass sie mir helfen kann. Rebecca fährt mit einem Taxi zurück zu meiner Wohnung. Ich gebe ihr meinen Schlüssel. Ich selbst fahre zu Kristine Keller.

Sie empfängt mich mit dem für sie so typischen Blitzen in den Augen. Das kenne ich noch aus ihren Vorlesungen Ende der Achtziger. Sie war eine wunderbare Dozentin, verstand sich genau auf die richtige Mischung aus Humor und Seriosität. Sie ist klein und blass, und ihre Haare sind dünn geworden, irgendwie macht sie den Eindruck, als hätte sie lange nichts Ordentliches mehr zu essen bekommen. Auf dem Weg in ihr Wohnzimmer erzählt sie mir, dass sie ihr Haus in Vinderen nach dem Tod ihres Mannes verkauft und sich dafür diese Wohnung zugelegt hat. Mit Fahrstuhl von der Tiefgarage bis zur Wohnungstür.

Sie fragt, wie es Victoria geht, und ich muss ihr die Wahrheit sagen. Sie beißt sich auf die Lippe, sie waren über viele Jahre enge Kollegen.

»Kollegen oder Freunde, manchmal ist die Grenze fließend«, sagt sie wie zu sich selbst.

»Kristine, was weißt du über die Ausgrabung 1978 in Israel?«

»Tja, was weiß ich? Nicht viel, Bjørn, nicht viel. Viel zu wenig. Sie hat sich da nie in die Karten schauen lassen.«

»Weißt du, wer Victorias Reise nach Israel finanziert hat?«

»Ich hatte damals den Eindruck, dass sie von jemandem im Institut gebeten worden war, die norwegischen archäologischen Behörden zu vertreten. Aber das kann nicht stimmen. Sie war damals noch nicht mal dreißig. Es wäre äußerst seltsam gewesen, ausgerechnet sie zu schicken. Ich war sehr neugierig. Ich erinnere mich sogar noch daran, dass ich die Rechnungen des Instituts überprüft habe. Ich wollte wissen, ob ihre Reisekosten über die Uni abgerechnet worden sind. Aber das war nicht der Fall. Es muss also jemand anderes bezahlt haben. Aber wer? Und vor allem, warum?«

»Hast du eine Idee, wer das gewesen sein könnte?«

»Entweder jemand auf israelischer Seite oder eine norwegische Instanz außerhalb der Archäologie. Das Zentralinstitut war es jedenfalls nicht, das habe ich überprüft, als ich später dort gearbeitet habe. Das Umweltministerium? Das Außenministerium? Die israelische Botschaft? Ein Museum? Das theologische Institut? Alles nicht wirklich wahrscheinlich.« Sie lacht. »Ich bin da nicht weitergekommen.«

»Es gab Gerüchte …«

»Pff, denkst du an diese bescheuerten Beschuldigungen, sie hätte mit Terroristen sympathisiert? Der PLO oder anderen Gruppierungen? Ich erinnere mich genau daran. Klar, das war damals eine andere Zeit. Andere Strömungen. Aber Victoria hatte so etwas gar nicht in sich. Sie war viel zu naiv. Und das weißt du, Bjørn. Viel zu naiv. Ich habe diese Gerüchte damals nicht eine Sekunde geglaubt, und ich glaube heute noch weniger daran.«

»Hast du schon mal von Moshe Mendelssohn gehört?«

»Nein, wer ist das?«

»Der israelische Archäologe, der die Ausgrabung 1978 geleitet hat und mittendrin verschwand.«

»Kenne ich nicht.«

»Ich habe versucht, mehr darüber in Erfahrung zu bringen. Es macht den Eindruck, als wäre die gesamte Ausgrabung geheim gewesen.«

»Eine *geheime* archäologische Ausgrabung?« Sie schüttelt lächelnd den Kopf.

»Vielleicht wussten die israelischen Behörden etwas, das der Rest der Welt nicht erfahren durfte.«

Ein schnelles Lächeln. »Du mit deinen Verschwörungstheorien. Weißt du, sie hat mir damals wirklich ein Geheimnis anvertraut. Abends, als wir mal zu viel Beaujolais getrunken hatten.«

»Was?«

»Sie hat mir gesagt, dass sie etwas mitgenommen hat.«

»Von der Ausgrabung?«

»Ich habe das so verstanden, ja.«

Ich spüre, dass ich mich etwas nähere. Lillemor Prøitz hatte ebenfalls angedeutet, dass Victoria etwas aus Israel mitgebracht hatte.

»Was?«

»Das ist die Frage. *Was* hat sie nämlich nicht gesagt. Sie hat immer nur von *etwas* gesprochen. Das hat mich sehr neugierig gemacht.«

»Sie hat wirklich nur von *etwas* gesprochen?«

»Ja, genau. *Ich habe etwas mitgenommen*. Mehr wollte sie nicht sagen. Kein Wort. Als ich tags darauf noch einmal nachgebohrt habe, meinte sie, ich hätte da etwas missverstanden und dass sie niemals etwas von einer Ausgrabung im Ausland mitnehmen würde. Ich weiß aber, was ich gehört habe. Sie hat gesagt, dass sie etwas mitgenommen hat.«

Dieses *etwas* muss Victorias Geheimnis sein. Der Schlüssel, den sie mir gegeben hat, ist für einen Schrein, in dem sie dieses *Etwas* all die Jahre versteckt hat.

»Aber um was kann es sich handeln?«, frage ich.

»Ich habe mir diese Frage auch immer wieder gestellt. Besonders wenn ich mit israelischen Kollegen zusammen war. Aber keiner wollte über diese Ausgrabung sprechen. Die ist in der israelischen Archäologie einfach gestrichen worden. Das Ganze ist ein Mysterium. Als läge ein Fluch auf dieser Ausgrabung.«

Ein Fluch? Kleiner geht's nicht?

III

Kapernaum

Der Bunker

1

Der zweieinhalb Meter hohe, stromführende, von nagelneuem Stacheldraht gekrönte Zaun lädt nicht zum Klettern ein.

Viel zu erkennen ist nicht. Über Moshe Mendelssohns Ausgrabungsstätte von 1978 ist ein Bunker aus Stahlbeton errichtet worden, ein riesiger Klotz. Es gibt keine Fenster, aber an der Südwand ein großes grünes Stahltor. Darum herum der Zaun mit der Stacheldrahtspirale. Sonst nichts.

Auf dem Dach brummt eine Lüftungsanlage. Um den Betonkoloss herum zieht sich ein breiter Streifen mit vertrockneten Büschen.

Schon nach wenigen Minuten kommen sie. Fünf uniformierte, bewaffnete Männer in einem camouflagegrünen Jeep Wrangler.

»Tzva Haganah le-Yisra'el«, sagt Rebecca auf Hebräisch. »IDF. Israelisches Militär.«

Der Jeep kommt wenige Meter vor uns zum Stehen. Einer der Soldaten ruft etwas. Rebecca antwortet. Sie wechseln ein paar Worte. In der Begegnung mit den Soldaten strahlt sie ein Selbstbewusstsein aus, das ich vorher nicht an ihr wahrgenommen habe; distanzierte Erhabenheit wie Kleopatra vor ihren Untertanen. Der Soldat ruft mir etwas zu. Ich antworte nicht, weil ich nicht verstehe, was er sagt. Rebecca antwortet ihm an meiner Stelle auf Hebräisch.

»Norwegian?«, fragt der Soldat an mich gewandt.

»Yes!«

Er will wissen, was ich hier mache, worauf ich antworte, dass ich nach Kapernaum gekommen bin, um die Landschaft zu sehen, durch die Jesus gewandert ist.

»Genau hier wird er kaum unterwegs gewesen sein«, sagt der Soldat mit einem Nicken in Richtung Betonkonstruktion. Die anderen Soldaten lachen.

»Was ist das?«, frage ich mit meinem unschuldigsten Lächeln.

»Ein Basisstation.«

»Für Mobiltelefone?«

»Yes.«

»Und warum der Stacheldraht? Und die militärische Bewachung? Das ist ungewöhnlich für eine Basisstation.«

»Kann sein, dass es noch anderweitig genutzt wird«, sagt der Soldat mit einem Zwinkern.

Ich spiele mit. »Verstehe. Wie auch immer, wir haben nicht vor einzubrechen.«

Die Soldaten lachen. »Gut! Dann müssen wir ja nicht…« Der eine Soldat hebt seine Maschinenpistole an.

»Sind wir festgenommen, oder dürfen wir gehen?«, flachse ich.

Mit einem Lächeln und einer legeren Handbewegung winkt er uns weiter. Rebecca und ich gehen zur Straße, wo wir geparkt haben. Der Militärjeep wendet und fährt zurück zu seinem Standplatz.

II

Von der Ausgrabungsstätte – einer als Basisstation getarnten Militärinstallation – fahren wir weiter zum See Genezareth. Das ist nicht irgendein See. Hier hat Jesus den Sturm gestillt, ist über das Wasser gegangen und hat die fünftausend gespeist. In der näheren Umgebung haben fünf seiner Jünger gelebt: Petrus, Andreas, Jakob, Johannes und Matthäus. Der Weg ist schmal und staubig. Trockene Büsche und Gestrüpp. Karge Äcker. Wir befinden uns auf historischem Grund. Ich stelle mir vor, dass es zu Zeiten Jesu nicht wesentlich anders ausgesehen haben dürfte.

Als nun Jesus hörte, dass Johannes gefangen gesetzt worden war, zog er sich nach Galiläa zurück. Dort verließ er Nazareth und wohnte nun in Kapernaum, das am See im Gebiet von Sebulon und Naftali liegt.

Evangelium nach Matthäus
Kap. 4, Vers 12–13

Hier in Kapernaum heilte Jesus den Diener eines römischen Hauptmannes und danach vor den Augen der Schriftgelehrten einen Lahmen. Erstaunlicherweise war die Lokalbevölkerung nicht sonderlich von den Wundern beeindruckt. Aber damals gab es ja auch noch kein CNN. Das erzürnte Jesus.

Und du, Kapernaum, wirst du etwa bis zum Himmel erhoben werden? Du wirst bis in die Hölle hinuntergestoßen werden!

Evangelium nach Matthäus
Kap. 11, Vers 23

Ein bisschen überreagiert, vielleicht.

Auf unserer Rundtour fahren wir an der Ruine der Synagoge vorbei, die der römische Centurio errichten ließ, dessen Diener Jesus geheilt hatte. Die Tochter des Vorstehers der Synagoge erweckte er übrigens auch zum Leben:

> *Sie weinten aber alle und klagten um sie. Er aber sagte: »Weint nicht! Sie ist nicht gestorben, sondern sie schläft.« Doch sie verlachten ihn, denn sie wussten sehr wohl, dass sie gestorben war. Er aber nahm sie bei der Hand und rief: »Kind, steh auf!« Da kam ihr Geist wieder, und sie stand sogleich auf.*

Evangelium nach Lukas
Kap. 8, Vers 52–55

III

Die Sonne hängt schwer und träge über der Landschaft. Oben am Berghang bleiben wir stehen und schauen über den See. Das könnte die Stelle gewesen sein, an der Jesus seine Bergpredigt gehalten hat. Ich sehe es regelrecht vor mir. Exakt hier. An einem Tag wie diesem, an dem die Sonne von einem klarblauen Himmel scheint. Jesus eilte ein Ruf voraus, Gerüchte rankten sich um seine Person. Die Menschen kamen mit siechen und kranken Verwandten herbeigeströmt. Lahme, Mondsüchtige, von bösen Geistern Besessene. Eine große Menschenmenge folgte ihm von Galiläa und Dekapolis, von Jerusalem und Judäa aus sowie aus dem Land jenseits des Jordangrabens. Als Jesus die Volksmenge sah, begab er sich hoch in die Berge. Vielleicht genau hierher, wo Rebecca und ich jetzt stehen. Er setzte sich, und seine Jünger scharten sich um ihn. Er ergriff das Wort und lehrte sie: *Selig sind, die da geistlich arm sind, denn ihnen gehört das Himmelreich. Selig sind, die Leid tragen, denn sie sollen getröstet werden. Selig sind die Sanftmütigen, denn sie werden das Erdreich besitzen.* Wer weiß, vielleicht hat das exakt an dieser Stelle stattgefunden. Warum nicht? *Bittet, so wird euch gegeben,* sagte er. *Suchet, so werdet ihr finden.*

Ein paar Minuten stehen Rebecca und ich stumm staunend nebeneinander und schauen über die Landschaft, über den See, in dem sich der Himmel spiegelt. Rebecca macht einen Schritt nach vorn, der Wind greift ihr ins Haar, und sie legt den Kopf in den Nacken. Ich kann den Blick nicht von ihr nehmen. Wie kann ich es anstellen, sie zu erobern?, frage ich mich. Meine erste Freundin hatte ich mit zweiundzwanzig. Davor hatte ich jahrelang versucht, die Mädchen und Frauen zu verführen, bei denen ich mir eine Chance erhoffte, Abiturientinnen, Studentinnen, Professorinnen. Erst als ich aufgab und mich entspannte, hatte ich Erfolg.

»Unmittelbar nach Papas Verschwinden war ich das erste Mal hier«, sagt Rebecca. »Onkel Razi ist mit mir hergefahren. Alles, was wir wollten, war, uns die Landschaft anzuschauen, in der Papa gearbeitet hat. Als wir hier oben standen, hat Onkel Razi mir von der Bergpredigt erzählt. Er nannte sie eine Gebrauchsanweisung für das Leben. Ich erinnerte ihn daran, dass wir Juden nicht an Jesus glaubten. Seine Antwort darauf werde ich nie vergessen: Ich glaube nicht an Jesus wie die Christen, sondern auf meine persönliche Art. Wie an einen Wächter der Weisheit.«

In diesem Augenblick, im blendenden Widerschein des Sees Genezareth, sehe ich Rebeccas ganz spezielle innere Schönheit. *Das Auge ist das Licht des Leibes*, sagt Jesus. Ich verstehe, was er meint. Er beschreibt damit die Glut in Rebeccas Augen. Ich bekomme unbändig Lust, sie in den Arm zu nehmen; ganz still dazustehen und sie dicht an mich zu drücken. Ein mikroskopischer Punkt Zärtlichkeit inmitten der Monumentalität des Universums.

IV

Wer war Jesus?

Christen – genauso wie Heiden – streiten seit zweitausend Jahren um die Antwort. Nicht weiter verwunderlich. Theologen und Gläubige brauchten drei-, vierhundert Jahre, um sich auf eine annähernde Antwort zu einigen. War Jesus ein halb göttlicher Menschensohn, der von Gottvater auf die Erde geschickt worden war? Oder war Jesus ein Gott in Menschengestalt? Als Mensch war Jesus durch und durch Jude, kein Christ. Das Christentum gab es noch nicht. Das kam erst später – errichtet auf einem Fels aus Worten und Weisheit, die Jesus hinterließ.

Jesu Auflehnung gegen das Gesetz war eine Auflehnung gegen die Traditionen des Judentums. Für die Juden zentrierten sich der Glaube an Gott und die Glaubenspraxis um die von oben gegebenen Gesetze. Im Laufe der Jahrhunderte beschränkte eine Flut an religiösen Geboten die Möglichkeiten der Juden, was in ihrem Erdenleben erlaubt (und nicht erlaubt) war. Ich persönlich verstehe diesen Gott nicht. Streng genommen so wenig wie die Juden selbst. Und die setzen sich schon seit dreieinhalbtausend Jahren mit ihm auseinander. In Teilen der heiligen Schriften der Juden wird Gott als zorniger und gnadenloser Hitzkopf dargestellt, der sich nicht scheut, Säuglinge zu töten oder all denen das Leben zur Hölle zu machen, die ihn nicht innig genug verehren. Dieser Gott ist mir fern.

Warum hat er uns nicht gleich beschnitten erschaffen, wenn es ihm so wichtig war? Wozu dieser Pakt mit Abraham? Wieso hat ein Gott – das mächtigste Wesen im Universum – so ein irres Bedürfnis nach Verehrung, Anbetung, Bewunderung, Furcht? Als Gott, also *der* eine und einzige Gott, sollte man doch wohl über solchen Trivialitäten stehen? Und dann kommt da von der Seitenlinie ein armer Schlucker in Sandalen – ein cooler Rebell, den die Künstler der Nachwelt als attraktiven, langhaarigen Hippie darstellen, der so aussieht, als hätte er gerade einen Joint geraucht – und behauptet, er sei der Sohn dieses Gottes, den er als gutgelaunten Vater Unser präsentiert. Das kann unmöglich der gleiche Gott sein, der wie ein wildgewordener Stier durchs Alte Testament gewalzt ist. Dieser neue Gott – oder der alte Jahve nach einer theologischen Generalüberholung – ist ein allmächtiger, von Barmherzigkeit und Gnade, Wärme und Liebe erfüllter Geist. Wo ist der mächtige Himmelsherrscher des Patriarchen Abraham? Wo der selbstherrliche Herr, der Moses und die gefügigen Propheten bis ins letzte Detail instruierte, dirigierte und kommandierte? Ist es da verwunderlich, dass die Juden verwirrt waren? Der altkirchliche Reformator Markion – Luzifers gehorsamer Lehrling, Erzketzer der katholischen Kirche – war so von gnostischer Schlacke verseucht, dass er behauptete, der Gott der Juden, der Brummbass des Alten Testamentes, Jahve, könne unmöglich Jesu Vater sein. Gnadenlos zerschnitt Markion die ach so zarte Nabelschnur zwischen altem und neuem Glauben. In dem ständigen Konflikt mit dem Alten wuchs nach und nach das Christentum heran. Unter dem Applaus der Kirchenväter stieg der neue Gott der Christen in die oberen Sphären des Himmelreiches auf, umgeben von munteren Engeln, Hymnenklängen, Sonnenschein, flatternden Cherubim, Gnade und Barmherzigkeit – während der mürrische Altgott der Juden, Jahve, brummelnd in der schattigsten Talsohle hockte, unverdrossen neue

Gesetze erließ und rachsüchtig alle und jeden verfolgte und strafte, der gegen seine Gebote verstieß.

Welcher dieser Götter, fragt man sich da doch, hat Maria ein Kind gemacht?

Über solche Dinge zerbreche ich mir den Kopf.

Ich muss niesen.

V

Gegen zwei Uhr kehren wir in unser topmodernes und im Zentrum von Tiberias, südlich von Kapernaum, gelegenes Hotel zurück. Fast hätte ich Herberge geschrieben. Wir nehmen ein spätes Mittagessen zu uns und machen anschließend eine Ruhepause. Rebecca und ich haben Einzelzimmer. Natürlich.

Nach endloser Aufwachphase und einer schnellen Dusche wähle ich Siri Schaus Nummer in Oslo. Die Verbindung ist ganz klar und nah. Sie verabschiedet sich gerade von jemandem in ihrem Büro. »258, das ist gut«, höre ich eine Stimme im Hintergrund sagen. Eine Tür geht zu. Sie räuspert sich.

»Schau!«

»Hallo. Bjørn Beltø. Ich rufe aus Israel an.«

Ich habe mit ein wenig Enthusiasmus ihrerseits gerechnet, von mir zu hören, aber weit gefehlt.

»Ja?«, sagt sie nur. Ich fühle mich, vermutlich nicht ganz grundlos, wie ein aufdringlicher Störenfried.

»Ich wollte nur kurz hören, ob es was Neues gibt?«

»Nein.«

»Haben Sie das Botschaftsfahrzeug aufgespürt?«

»Noch nicht. Wie läuft es in Israel?«

Fairerweise muss ich sagen, dass auch ich nichts Neues beizutragen habe. Ich erzähle ihr, dass wir Jesus' früheren Wirkungsbereich besucht haben, was Siri Schau nur mäßig interessiert. Stattdessen fragt sie mich, ob ich etwas über Ragnvalds Vergangenheit weiß, das den Überfall erklären könnte.

»Was sollte das sein?«

»Egal was.«

Aber ich weiß nichts über Ragnvalds Vergangenheit. Stattdessen erzähle ich ihr, dass Moshe Mendelssohns ehemalige Ausgrabungsstätte eingezäunt und zu einem Militärbunker umfunktioniert wurde und dass wir als Nächstes eine Verabredung mit einem griechisch-orthodoxen Priester in der Kirche der Sieben Apostel haben. Aus ihrer Antwort höre ich heraus, dass ihre und meine Welt sich momentan auf zwei verschiedenen Seiten des Universums befinden, getrennt durch eine Milliarde Galaxien und gierige schwarze Löcher.

Pater Simon

1

Pater Simons schwarzer, knöchellanger Umhang flattert in den Windstößen, die über den See Genezareth ziehen. Er wartet vor der Apostelkirche mit den roten Kuppeln auf uns. Auf dem Kopf trägt er einen zylinderförmigen Hut, einen *Kamilavkion*, und an der Kette um den Hals hängt ein schweres Kreuz. Der graue Bart ist lang und bauschig. Er begrüßt erst Rebecca, dann mich. Alles an ihm strahlt sanftmütige Freundlichkeit aus. Er weiß, warum wir gekommen sind. Sein Händedruck ist fest, die Stimme mild, und in seinen Augen schimmert eine neugierige Wärme, die entweder etwas über sein Gemüt oder über meine deutlich ausgeprägte Fantasie aussagt.

»Willkommen in der *Knessiath haShlichim*«, sagt er. »Der Kirche der Sieben Apostel.«

»Sieben?«, frage ich. »Warum nicht zwölf?«

»Das fragen alle«, erwidert er mit einem Lächeln. »Der Name bezieht sich auf einen Hinweis im Evangelium des Johannes. Als der gekreuzigte Jesus sich hier am See Genezareth zeigte, waren nur sieben Jünger anwesend: Simon Petrus, Thomas, Nathanael, die Söhne des Zebedäus und zwei weitere nicht namentlich genannte.«

Pater Simon führt uns in der griechisch-orthodoxen Kirche herum, die üppig verziert ist mit kräftigen Farben und Gold, Wandmalereien und Dekorationen. Er erklärt, dass der Begriff *Jünger* einen Menschen beschreibt, der einem Lehrmeister folgt, einen Schüler sozusagen, während ein *Apostel* ein Verkünder ist, ein Sendbote, wobei der Begriff in der Regel eng mit den zwölf Jüngern und ihrem Wirken nach der Kreuzigung verbunden ist. Mitten in der Führung gesellt sich ein anderer Geistlicher zu uns. Pater Thomas ist jünger als Simon, eindringlicher, sowohl was seinen Blick als auch sein Wesen angeht.

Von der Kirche nehmen uns die beiden mit hinunter zum Seeufer.

»Im Johannes-Evangelium lesen wir, dass nach der Kreuzigung Jesus eines Morgens am Strand stand, wo einige der Jünger ihm begegneten, ohne ihn zu erkennen. Das soll an diesem Ort hier gewesen sein«, sagt Pater Thomas.

Pater Simon fügt mit einem Lächeln hinzu: »Eigentlich etwas weiter oben. Der Wasserstand war zu Zeiten Jesu nicht so niedrig.«

II

Auf einer Terrasse unten am See setzen wir uns an einen Tisch mit zwei Bänken. Der Himmel spiegelt sich im Wasser.

Hier, denke ich im Stillen, ist Jesus über das Wasser gelaufen. Was für eine Geschichte: Nachdem er fünftausend Hungernde mit fünf Broten und zwei Fischen gesättigt hatte, bat Jesus seine Jünger, mit dem Boot schon einmal vorauszufahren. Er wollte die Leute noch verabschieden. Die Jünger fuhren nach Kapernaum. Als Jesus sich verabschiedet hatte, ging er in die Berge, um allein zu sein und zu beten. Als der Abend kam, war Jesus allein an Land. Es war bereits dunkel, das Wasser aufgewühlt, denn ein heftiger Wind war aufgekommen. Das Boot war weit vom Land entfernt, mitten auf dem See. Er sah, dass die Jünger mit ihren Rudern kaum vorwärtskamen. Das Boot kämpfte gegen die von vorn anrollenden Wellen an. Irgendwann am Morgen, es muss zwischen drei und sechs Uhr gewesen sein, lief Jesus über das Wasser zu ihnen. Als die Jünger ihn sahen, erschraken sie. Ein Geist!, riefen sie voller Angst. Doch da sprach Jesus zu ihnen: Seid guten Mutes! Ich bin es, fürchtet euch nicht! Er stieg zu ihnen ins Boot, und der Wind flaute ab. Bald darauf erreichten sie mit dem Boot das andere Ufer. Wirklich eine verrückte Geschichte.

Ich frage Simon und Thomas, ob die Jünger in jener Nacht genau hier angelegt haben.

Pater Thomas lacht verhalten. »Wer weiß?«

»Die Evangelisten sind sich da nicht einig«, erklärt Pater Simon. »Wieder einmal. Glauben wir Johannes, sind sie an Bord eines Bootes gegangen, um nach Kapernaum zu fahren, also hierher. Während Markus schreibt, dass Jesus sie gebeten habe, ins Boot zu steigen und schon einmal auf die andere Seite zu fahren, nach Betsaida, das liegt ein Stück nördlich.«

»Nur ein Detail«, sagt Pater Thomas. »Wir lesen die Evangelien nicht, weil sie präzise sind, sondern weil sie eine höhere Wahrheit beinhalten.«

»Amen«, sagt Pater Simon.

»Können Sie uns etwas über die archäologischen Ausgrabungen erzählen?«, fragt Rebecca.

Pater Thomas verneint, er hat keine Ahnung, was die Archäologen 1978 gefunden haben könnten. Er sei damals noch nicht einmal auf der Welt gewesen.

»Ich habe damals bereits als junger Pater hier gelebt«, sagt Pater Simon. »Aber mit den Archäologen hatte ich nichts zu tun.«

»Was haben sie gefunden?«, insistiere ich.

Er sieht mich fragend an. »Ein Grab. Genauer gesagt, eine Grabkammer. Ich dachte, das wäre bekannt.«

»Natürlich«, sagt Rebecca. »Aber wer lag in der Krypta?«

Pater Simon zögert, sieht Thomas an.

»Haben sie Jesus gefunden?«, fragt Rebecca. »Ist das der Grund für die Geheimniskrämerei?«

Ich denke mir meinen Teil, sage aber nichts.

»Das wäre mal was gewesen«, sagt Pater Simon mit einem breiten Lächeln.

»Nein, Jesus haben sie nicht gefunden«, stellt Pater Thomas mit Nachdruck klar. »Die *Ascensio Domini* – also Jesu Himmelfahrt – ist buchstäblich und physisch zu verstehen, nicht nur geistig. Als die Frauen, angeführt von Maria, nach dem Ende des Sabbats zum Grab gingen, war Jesus nicht mehr da. Es lag kein Leichnam im Grab. Und wo kein Leichnam ist, kann es auch keine sterblichen Überreste geben.«

»Du weißt genau, dass die letzten sieben Verse des Markus-Evangeliums von anderen Schreibern hinzugefügt wurden, lange nachdem das eigentliche Evangelium geschrieben war«, wendet Pater Simon ein. »Aber ich bin trotzdem deiner Meinung – ich glaube auch nicht, dass das Grab in Kapernaum den Leichnam von Jesus beinhaltet hat.«

»Warum nicht?«, fragt Rebecca.

»Wenn wir davon ausgehen, dass Jesus nach seinem Tod nicht gen Himmel aufgefahren ist, würde ein Grab hier bedeuten, dass jemand den Leichnam auf einem Karren zweihundert Kilometer von Golgatha vor den Toren Jerusalems bis nach Kapernaum transportiert haben müsste. So eine Reise hätte damals vier, vielleicht fünf Tage gedauert. Und das bei der Hitze. Den Rest können Sie sich denken.«

»Sollte Jesus an einem anderen Ort als Jerusalem begraben sein, dann wäre vermutlich Betlehem naheliegend«, sagt Pater Thomas. »Oder Nazareth.«

Ich sage noch immer nichts.

»Nicht notwendigerweise«, wirft Pater Simon ein. »Ich glaube an Jesu Auferstehung am dritten Tage, aber rein theoretisch hatte er viele Anknüpfungspunkte in Kapernaum. Nicht nur, dass er hier gewirkt hat, sondern auch, weil Kapernaum die Heimat mehrerer Apostel war. Wenn Jesus gekreuzigt und zu Grabe getragen wurde, könnten sie den Wunsch gehabt haben, seinen Leichnam in die eigene Heimat zu bringen, um sein Grab bewachen zu können.«

»Wir haben alle unseren eigenen Jesus«, sagt Pater Thomas. »Wer von uns kann schon, Hand aufs Herz, sagen, dass er Jesus kennt? War er Gottes Sohn oder Gott selbst? Ein Rebell? Ein Politiker? Ein Philosoph? Wir kennen ihn, wie wir ihn kennen wollen, wir passen Jesus unserem Bild von ihm an, machen ihn zu dem, den wir haben wollen.«

Amen, denke ich.

III

Eine Taube kommt herbeigeflattert und lässt sich ein paar Meter entfernt von uns nieder.

»Es gibt Leute, die sagen, Jesus sei ein Terrorist gewesen«, sagt Pater Thomas. »Sie reden beschönigend von einem politischen Rebellen, aber in unserer Zeit würde man sicher von einem Terroristen sprechen. Das Wort gab es damals nur noch nicht. Nicht in der heutigen Bedeutung. Einige Historiker gehen davon aus, dass Jesus einer Rebellengruppe angehörte. Politische Freiheitskämpfer, die sich gegen die römische Übermacht aufgelehnt haben. Sie hielten sich in den Bergen rund um Magdala auf. Sie setzten Gewalt nicht nur gegen die

Römer ein, die sie als Besatzer betrachteten, sondern auch gegen die Repräsentanten des Landesfürsten Herodes und die jüdische Elite. Vielleicht war ja in der Grabkammer irgendetwas, das mit diesen Rebellen zu tun hat?«

Ich versuche, die Relevanz in Pater Thomas Theorie zu erkennen, es gelingt mir aber nicht.

»Wer ist Jesus für Sie?«, frage ich Pater Simon.

»Für mich ist er alles, was ich brauche. Aber der akademisch gebildete Theologe in mir sieht ihn als apokalyptischen Propheten«, er lächelt. »Jesus war überzeugt davon, im Laufe seines Lebens das Jüngste Gericht zu erleben. Die Kreuzigung machte dem brutal einen Strich durch die Rechnung. Seine Jünger waren ebenso überzeugt wie er, und mit ihnen alle, die an ihn glaubten. Noch Jahrhunderte nach Jesus glaubten die Christen mit ganzer Seele daran, dass das Jüngste Gericht kurz bevorstehe. Seit zweitausend Jahren warten wir nun geduldig auf diesen Tag. Wie die Juden nicht minder geduldig auf ihren Messias warten.« Mit nach innen gekehrtem Blick sieht Pater Simon über den See Genezareth. »Die apokalyptischen Züge des Christentums haben sich mit den Jahren etwas abgeschliffen. Die Prophezeiungen traten nicht ein. Selbst die Zeugen Jehovas glauben nicht mehr daran, dem Jüngsten Tag ein Datum zuordnen zu können.«

»Das ist sicher richtig«, sage ich. »Jesus hat die Erwartungen, die die Juden an ihn als Messias gestellt haben, nicht erfüllt. Die Juden haben keinen Messias erwartet, der Gott ist. Für die Juden war der Messias ein König, ein Krieger. Gott sollte ihnen den König Israels senden, einen mächtigen Herrscher.«

»Genau«, bemerkt Pater Thomas. »So paradox das erscheinen mag, aber Jesus' Schwäche ist gerade ein Indiz dafür, dass er wirklich existierte. Denn hätten seine Anhänger einen Messias erfunden, wäre der sicher nicht so gewesen wie Jesus. Dann hätte er den Erwartungen der Juden entsprochen, wäre ein

Kriegsherr gewesen, der sein Volk anführt, die Feinde vertreibt und sich auf seinen rechtmäßigen Thron in Jerusalem setzt. Kein armer Vagabund, der seine Tage in unvorstellbarem Leid an einem römischen Kreuz beendet.«

»Die Kreuzigung als solche bestätigt die Glaubwürdigkeit der Evangelien«, sagt Pater Simon. »Hätten die Anhänger Jesu die ganze Geschichte von Jesus nur erfunden, hätten sie niemals dieses erniedrigende Ende gewählt, denn am Kreuz landeten nur die wirklich erbärmlichen Kreaturen. Ein erdichteter Jesus wäre in einem ehrenwerten Kampf für das Reich Gottes auf Erden durchs Schwert gefallen. Am Kreuz zu sterben war eine Demütigung, beschämend und ehrlos. Im Fünften Buch Mose steht, dass derjenige, der durch Todesstrafe ums Leben kommt und an einem Baum aufgehängt wird, von Gott verdammt ist. Jesus hat alle Erwartungen, die an Messias geknüpft waren, gebrochen.«

»Trotzdem ist das Neue Testament randvoll mit wohlwollenden Anspielungen auf die Prophezeiungen und jüdischen Erwartungen aus dem Alten Testament«, sage ich.

Die beiden Pater nicken zustimmend.

»Maria und Josef wandern nach Bethlehem, um sich zählen zu lassen«, sagt Pater Simon. »Warum? Weil Bethlehem die Stadt Davids war. Die verschiedenen Ahnenreihen von Jesus' Stiefvater Josef führen alle zurück zu David.« Er kratzt sich den Bart. »Oh ja. Die Evangelisten und frühen Christen haben sich darauf verstanden, die Vorstellungen von Jesus an die jüdischen Prophezeiungen von dem kommenden Messias anzupassen.«

IV

»Jesus' Mutter ist natürlich auch eine zentrale Figur«, sagt Pater Thomas. »Aber wer war diese Frau? Die Katholiken huldigen ihr wie einer Göttin. Die katholische Doktrin ist hysterisch besessen davon, dass Maria eine Jungfrau war. *Semper Virgo* – Marias immerwährende Jungfräulichkeit –, wie die Katholiken es nennen. In den Prophezeiungen des Alten Testaments steht angeblich geschrieben, dass der Messias von einer Jungfrau geboren wird. Bei Jesaja heißt es, dass eine *alma* einen Sohn gebären wird. Die christlichen Theologen waren schnell zur Stelle, *alma* mit *Jungfrau* zu übersetzen, die Unbefleckte. Aber *alma* bedeutet nur junges Mädchen. Also nicht notwendigerweise Jungfrau.«

»Die christliche Glaubensvorstellung ist mit alten heidnischen Mythen über Menschen, die von Göttern befruchtet werden, verschmolzen«, sagt Pater Simon. »Aus der Bibel geht klar hervor, dass Maria Kinder von Josef bekommen hat, nachdem sie Jesus geboren hatte. Ja, die Brüder Jesu werden sogar namentlich genannt. Die Katholiken halten trotzdem an ihrer Vorstellung fest. Maria war und blieb Jungfrau. Sie meinen, dass der Hinweis auf die Brüder Jesu im übertragenen Sinne gemeint war – Brüder im Geiste. Obwohl in der Bibel definitiv das griechische Wort für leiblicher Bruder und nicht für Bruder im Geiste verwendet wurde. Die Katholiken meinen, dass Maria unmöglich die Mutter dieser namentlich genannten Brüder sein kann. Wie sollte das möglich sein? Denkbar war allenfalls, dass Josef diese Brüder aus einer früheren Ehe mitgebracht hat und Maria nur ihre Stiefmutter war. Laut katholischer Lehre waren Josef und Maria nie körperlich vereint. Gott bewahre. Maria war ja eine immerwährende Jungfrau. *Semper Virgo.*«

»Aber«, fügt Pater Thomas mit einem Lächeln hinzu, »du hast deine ganz eigenen Theorien, Simon.«

Rebecca und ich sehen ihn fragend an, und Pater Simon lächelt verlegen.

»Welche Theorien?«, frage ich.

»Ach, nur Hirngespinste.«

»Lassen Sie hören!«, bittet Rebecca.

Pater Simon zögert, bevor er das Wort ergreift. »Ich glaube, Ihr Vater hat die sterblichen Überreste von einem der zwölf Apostel Jesu gefunden.«

Auf diesen Gedanken war ich noch nie gekommen. Wenn die Überlieferungen stimmen, liegen die zwölf Apostel weit verteilt: drei in Rom, ein paar in Jerusalem, in Patras und Patmos in Griechenland, in Santiago de Compostela in Spanien, in Hierapolis in der Türkei, in Ortona und Salerno in Italien. Ja sogar das britische Glastonbury behauptet, bei sich das Grab eines Jüngers zu haben.

»Warum glauben Sie das?«, frage ich.

Er breitet die Arme aus. »Wir sind in Kapernaum. Hier hat es früher von Jüngern nur so gewimmelt«, sagt er und rezitiert lächelnd aus der Bibel:

»Und da es Tag ward, rief er seine Jünger und erwählte ihrer zwölf, welche er auch Apostel nannte: Simon, welchen er Petrus nannte, und Andreas, seinen Bruder, Jakobus und Johannes, Philippus und Bartholomäus, Matthäus und Thomas, Jakobus, des Alphäus Sohn, Simon genannt Zelotes, Judas, des Jakobus Sohn, und Judas Ischariot, den Verräter.

Evangelium nach Lukas,
Kap. 6, Vers 13–16.

»Aber wer könnte hier in Kapernaum sein Grab haben? Simon Petrus? Matthäus? Thomas? Jakob? Simon? Judas? Oder der Letzte – Judas Ischariot, der sich das Leben nahm, nachdem er Jesus verraten hat?«

Rebecca schnappt erstaunt nach Luft. »Kann das das Grab von Judas Ischariot sein?«

»Durchaus möglich«, sagt Pater Simon. »Obgleich er laut Überlieferung in einem Massengrab in Jerusalem liegt.«

»Wenn er nicht direkt in die Hölle geholt worden ist«, murmelt Pater Thomas.

»Was ist mit Maria Magdalena?«, schlägt Rebecca vor.

»Auch nicht unwahrscheinlich«, sagt Pater Thomas. »Sie ist in der Gegend aufgewachsen. *Magdalena* bedeutet, dass sie aus dem Dorf Magdala kam – Migdal –, etwa zehn Kilometer südlich zwischen Tiberias und Kapernaum.« Er schüttelt den Kopf. »Sie ist vermutlich die am stärksten missverstandene und diskreditierte Frau in der gesamten Kirchengeschichte. Wir kennen sie als Dirne – dabei hat sie diesen Ruf einer katastrophalen Fehldeutung von Papst Gregor I. im Jahr 591 zu verdanken. Erst 1969 korrigierte Papst Paul VI. den Irrtum, indem er endlich unterschied zwischen den drei Frauen: Maria Magdalena, Maria von Bethanien und der namenlosen Sünderin, die Jesus im Haus der Pharisäers Simon die Füße wusch.«

»Maria Magdalena war keine Dirne«, erklärt Pater Simon. »Im Gegenteil. Maria Magdalena entstammte einer wohlhabenden Familie. Viele frühere Theologen betrachteten sie überdies als den Apostel der Apostel. Sie war die Erste, die Jesus nach seiner Auferstehung gesehen hat. Wie ein Engel erhielt Maria Magdalena den Auftrag, den Jüngern die Botschaft zu überbringen.«

»Die christliche Kirche hat sie immer schlechtgemacht«, sagt Pater Thomas, »während die Gnostiker sie überhöht haben.«

»Sie wurde von den frühen Christen geopfert, die alles daran setzten, die Frauen aus den leitenden Funktionen der Glaubensgemeinschaften zu vertreiben«, sagt Pater Simon.

V

Wir sitzen eine ganze Weile zusammen und diskutieren verschiedene Theorien und christliche Dogmen. Der Wind, der vom See herüberweht, ist mild und angenehm. Bevor wir uns verabschieden, fragt Rebecca, ob es eventuell noch andere Menschen gibt, die uns helfen könnten und mit denen wir reden sollten.

»Der griechisch-orthodoxe Patriarch von Jerusalem hat sich auch seine Gedanken gemacht«, sagt Pater Thomas.

»Und dann vielleicht noch …« Pater Simon unterbricht sich und lacht traurig. »Nein, vergessen Sie's.«

»Wer?«, fragt Rebecca.

»Amos. Aber mit dem wollen Sie nicht reden.«

»Amos?«

»Amos Quecksilber. Er wohnt neben der Ausgrabungsstätte.«

»Ach der! Der Händler. Ein verrückter Kauz.«

»Ja, der. Ich rate Ihnen dringend davon ab, mit ihm zu reden.« Leises Lachen.

»Ich bin einmal zu ihm gegangen. Er scheint seine Sinne nicht recht beisammen zu haben.«

»Hm, ich weiß nicht. Wie gesagt …« Bedauerndes Lächeln. »Er kommt mit sich und der Welt einfach nicht zurecht.«

Ich sende Maria einen freundlichen Gedanken. Die arme Jungfrau.

Ich verstehe die Umwege nicht, die Gott sich ausgedacht hat. Wenn man Gott ist, allmächtig und perfekt, kann man Jesus doch selbst erschaffen, mit allem Drum und Dran, wie damals Adam? Welche göttliche Logik besagt, dass man erst ein unschuldiges Mädchen schwängern muss, damit der großartige Plan aufgeht, seinen Sohn – der ja streng genommen ein Teil seiner selbst ist – auf die Erde zu schicken, um ihn dort für unsere Sünden sterben zu lassen?

Für unsere Sünden sterben?

Warum?

Das ist mir unbegreiflich.

Der Wirrkopf

1

»Ich weiß, was die gefunden haben«, sagt Amos Quecksilber.

Es heißt, der biblische Methusalem sei 969 Jahre alt geworden. Amos Quecksilber scheint ein Altersgenosse von ihm zu sein. Das sonnengegerbte, tief zerfurchte Gesicht erinnert an den Hodensack eines Dromedars. Die tiefbraunen Augen mustern uns mit unverhohlener Neugier. Das lückenhafte Gebiss sieht aus wie eine Klaviertastatur mit fehlenden Tasten.

Wir stehen auf dem Platz vor dem verfallenen Steinhaus. Er ist der nächste Nachbar der eingezäunten Installation, die die Ausgrabungsstätte verbirgt. Er trägt nur eine fleckige, vermutlich noch nie gewaschene Arbeitshose. In der Hand hält er einen Hahn, dem er gerade den Kopf abgehackt hat. Blut tropft aus dem offenen Hals. Ab und zu flattert das Tier mit den Flügeln, als wollte es noch nicht ganz loslassen und dem Schicksal davonfliegen, das ihn längst eingeholt hat.

»Das ist eine Tatsache«, sagt er. »Ich weiß, was die gefunden haben. Aber glaubt mir, das wollt ihr gar nicht wissen.«

Wegen der vielen Zahnlücken lispelt er. Wäre er nicht so alt, könnte das richtig charmant sein. Natürlich spricht er Hebräisch, weshalb ich kein Wort verstehe und Rebecca dolmetschen muss.

»Doch, wir würden gerne mehr darüber erfahren«, sage ich. »Was haben sie gefunden? *What did they find?*«

»Das, junger Mann, willst du gar nicht wissen.«

»Bitte.«

»Sie haben ein Grab gefunden.«

»Das wissen wir bereits.«

»Eine Grabkammer aus uralten Zeiten.«

»Aber was war in der Grabkammer?«

»Aus uralten Zeiten …« Er schüttelt sich und schaut sich um. »Kommt mit rein.«

II

In dem finsteren Aufenthaltsraum des Steinhauses riecht es streng. Amos Quecksilber legt den Hahn auf eine zerbrochene Holzbank.

»Ich erinnere mich an alles, was damals geschehen ist«, sagt er. Der Hahn flattert mit den Flügeln und zuckt.

Rebecca übersetzt flüsternd, was er sagt, ehe sie ihn fragt: »Sie erinnern sich? 1978? Das ist lange her, Amos. Das Militär ist gekommen und …«

»Warum fragst du, wenn du die Antwort schon weißt?«, unterbricht er sie mürrisch.

»Tut mir leid. Eigentlich weiß ich nicht sehr viel.«

»Dann leg mir die Worte nicht in den Mund.«

»Wollen Sie uns erzählen, was passiert ist?«

»Sie haben eine Krypta gefunden. Die Archäologen. Das haben sie gefunden. Ein Grab. Ich hab zu der Zeit hier einen kleinen Gemischtwarenladen betrieben. Keinen Supermarkt, einfach einen kleinen Lebensmittelladen. Eier, Milch, Kaffee, Mehl. Coca Cola, Tabak. Vor allem Tabak. Die Archäologen haben bei mir eingekauft.«

»Erinnern Sie sich an den einen oder anderen?«

»Klar! Natürlich erinnere ich mich an die. Denkst du, ich wär vergesslich? Gute Leute. Haben immer bar bezahlt, da gab's nie Ärger. Nette Leute.«

»Wer …?«

»Moment!«, bellt er und schlurft zu einem Wandschrank. Rebecca übersetzt das Gespräch für mich. Er zieht eine Schublade auf und kommt mit einer alten Fotografie zurück. Das Bild ist verblichen, als wäre die Zeit selbst verblasst. Eine Gruppe Männer und ein paar wenige Frauen stehen auf dem Platz vor dem Steinhaus, in dem Amos einmal seinen Laden hatte. Sie tragen Khakianzüge und Overalls, Tropenhelme und Schirmmützen. »Papa«, sagte Rebecca mit belegter Stimme. Und dann überrascht: »Gidon!«

»Wer?«

»Mein Chef!« Sie zeigt auf einen rundlichen Mann mit langen Haaren und Bart. »Ein Kollege von Papa. Ich hatte keine Ahnung, dass auch er an der Ausgrabung teilgenommen hat. Er stand nicht auf der Liste und hat niemals auch nur mit einem Wort erwähnt, dass er dabei war.«

Ich überlege, was diese Geheimnistuerei zu bedeuten hat, als mein Blick auf das Profil eines Mannes fällt, der sich gerade vom Fotografen abwendet. Überrascht stelle ich fest, dass ich ihn kenne. Ich hatte vor fünfzehn Jahren mit ihm zu tun, nach der Ausgrabung im Kloster Værne in Østfold. Er lebt nicht mehr. Sein Name war Michael MacMullin.

»Haben sie was erzählt?«, fragt Rebecca.

»Nicht viel«, sagte Amos Quecksilber. »Meist nur Geplauder, du weißt schon. Ich war schließlich nur der Kaufmann. Aber das eine oder andere habe ich natürlich schon aufgeschnappt.«

»Zum Beispiel …?«

»Sie waren sehr aufgeregt, haben aber immer nur von *dem*

Fund gesprochen. Mir war schnell klar, dass es sich um ein Grab handelte.« Er schüttelt sich. »Und dann kamen *die.*«

»Wer?«

»Na, das Militär.«

»Sie kamen ...«

»... mit ihren Panzern. Eine ganze Kolonne Militärfahrzeuge.« Er schüttelt den Kopf. Sein schwarzer Blick scheint in die Vergangenheit gerichtet zu sein. »Man hätte meinen können, es wäre eine Bande palästinensischer Terroristen in der Krypta versteckt.«

»Waren Terroristen in dem Grab?«

»Nein. Etwas viel, viel Schlimmeres.«

»Schlimmer als palästinensische Terroristen?«

Er senkt den Blick und schüttelt sich.

»Es liegt ein Fluch auf dieser Grabkammer.«, flüstert er.

Rebecca flüstert ebenfalls, als sie mir übersetzt: »The tomb is cursed.«

»Was für ein Fluch?«, frage ich gereizt. Ich hab meine Probleme mit Flüchen.

Amos begegnet meinem Blick. »Cursed!«, platzt er heraus und schlägt mit der geballten Faust in die Handfläche der anderen Hand. »Yes? Understand? Cursed!«

»Was haben die in dem Grab gefunden, Amos?«, fragt Rebecca, die sich nur noch schwer im Zaum halten kann.

Bei der Frage zuckt der Alte zusammen. »Das willst du nicht wissen.« Abweisendes Lächeln, ängstlich und zahnlos. »Immerhin hielt das Militär es für nötig einzuschreiten. Aber nicht nur wegen des alten Fluches. Nein, da war noch mehr. Sie haben die Grabkammer nicht umsonst eingemauert, den Betonbunker darüber gebaut und das Ganze mit einem Stacheldrahtzaun gesichert, nicht wahr?«

»Warum haben sie das getan?«, fragt Rebecca.

»Sie haben es eingesperrt.«

»Es?«

»Ja. Sie haben es eingemauert…«

»*Was* haben sie eingemauert?«

»Und das ist gut so!«

»*Was* haben sie eingesperrt?«

Er schüttelt den Kopf.

»Amos? Was haben die eingemauert?«

»Geht jetzt! Ich hab schon viel zu viel gesagt…«

»Amos?«

»Viel zu viel! Ihr müsst jetzt gehen!«

III

Meine Fingerkuppen tun weh, ich hab mal wieder meine Nägel zu weit runtergekaut.

Rebecca und ich haben uns auf einen Sundowner in der Hotelbar verabredet. Ich bin nervös. Bars wecken alle nur erdenklichen Minderwertigkeitskomplexe in mir. Coole Männer kippeln weltgewandt auf hohen Barhockern, während sie an einem Glenlivet on the rocks nippend nonchalant die anwesenden Frauen scannen und sich überlegen, wen sie zu sich winken wollen. Eine komplexe Hierarchie an Männlichkeit. Ich passe da nicht rein. Ich kann nicht flirten, werde immer gleich so formell. Sachlich, verlegen und formell. Das Spielerische beim Flirten hat sich mir nie erschlossen. Ich würde mir so wünschen, dass Rebecca mich sieht. *Mich!* Nicht den linkischen, schüchternen Albino, sondern den Bär in mir. Na ja, ich bin mir selber nicht immer ganz sicher, wer ich eigentlich bin.

Ich bin vor Rebecca da. Typisch. Bestelle einen Gin Tonic und Erdnüsse. Eigentlich mag ich keine Erdnüsse, aber Nüsse kauend sieht man wenigstens beschäftigt und einigermaßen entspannt aus. Mein Handy vermeldet eine Textmeldung. Sie ist von Jakob: *Hallo Bjørn. Ich bin wach! Was Neues?* Eine Welle der Erleichterung überkommt mich. Ich tippe so schnell ich kann seine Nummer, aber nicht schnell genug; ich werde direkt zur Mailbox weitergeleitet. »Jakob«, sage ich. »Wie schön, von dir zu hören! Ich bin in Israel!« In diesem Augenblick sehe ich Rebecca. »Ruf mich an, wenn du die Nachricht hörst!« Sie hat sich schick gemacht. Kurzer, enger Rock. Ich sehe erstmals ihre Figur und ihre Formen. Das Haar ist hochgesteckt. »Toll siehst du aus!«, platze ich vielleicht etwas zu begeistert heraus; ich will nicht überrascht wirken. »Du auch«, sagt sie. Natürlich nur aus Höflichkeit. Ich komme mir in Jeans und Hemd ein bisschen zu salopp vor. Ich erzähle ihr als Erstes, dass Jakob wieder bei Bewusstsein ist und mir gerade eben eine SMS geschickt hat. »Das ist ja fantastisch«, sagt sie. Ich frage, was sie trinken möchte. Sie bittet um einen trockenen Weißwein. Der Barkeeper empfiehlt einen Chablis Grand Cru. Warum nicht. Für irgendetwas muss man sein Geld ja ausgeben. Ich schaue sie an, sie lächelt, ich senke den Blick, der Barkeeper kommt mit dem Weinglas und schenkt ein.

»Hier sitzen wir also jetzt«, sagt Rebecca in den Raum.

Hier sitzen wir also jetzt …

»Weißt du«, sagt sie, »ich glaube, dass wir zwei uns in vielerlei Hinsicht ziemlich ähnlich sind.«

»Inwiefern?«

»Wir sind wie zwei Wölfe, die ihr Rudel verlassen haben. Wir wollen allein zurechtkommen.«

Aha.

Wir unterhalten uns eine Weile über solche Dinge. Das Leben. Wer wir sind oder zu sein glauben. Über unseren Fall.

»Was, glaubst du, könnte Amos Quecksilber gemeint haben?«, fragt sie. »Was haben sie dort eingesperrt?«

Ich stoße gurgelnde, fauchende Laute aus und kratze mit gekrümmten Fingern durch die Luft. Rebecca lacht, ihre Augen funkeln lebhaft.

»Nein, im Ernst«, sagt sie. »Was glaubst du?«

»Keine Ahnung. Es hat sich irgendwie nach einem lebenden Wesen angehört. Aber wenn es ein Lebewesen ist, hat es nichts in einem Grab verloren.«

»Ich fand, das hörte sich einfach nur unheimlich an.«

Schlag ihr einen Schlummertrunk auf dem Zimmer vor, schlägt Papa vor.

Bist du wahnsinnig?

Sei kein Frosch. Mach schon!

Außerdem sagt heute niemand mehr Schlummertrunk.

Meine Unsicherheit macht mich zögerlich und unentschlossen. Sie merkt mir das an, fragt, ob ich müde bin. Erschöpft, antworte ich. »Das bin ich auch«, sagt sie. »War ja auch ein langer Tag.«

Ich frage sie, ob sie noch ein Glas Wein möchte. Sie verneint.

Jetzt aber, Junge!, sagt Papa. *Ein kleiner Schlummertrunk auf dem Zimmer.*

Aber ich trau mich nicht.

Menashe Frum (III)

ZWISCHENSPIEL

TIBERIAS

Menashe saß abseits in einer Ecke der Bar und nahm einen alkoholfreien Drink zu sich, während er Bjørn Beltø und Rebecca Mendelssohn beobachtete. Ein ungleiches Paar. Er: blass, rastlos, fühlt sich sichtbar unwohl. Sie: geschminkt, frisch gewaschenes Haar, Funkeln im Blick. Eine klasse Frau, dachte er. War etwas zwischen den beiden? Wohl kaum. Männer wie Bjørn Beltø bekamen keine Frauen wie Rebecca Mendelssohn. So einfach war das. Die Rebeccas und Tamars dieser Welt wählten keine Männer wie Bjørn Beltø oder Menashe Frum.

Die beiden redeten nicht viel über den Fall, stattdessen über alles Mögliche andere. Als wüssten sie ganz genau, dass er dort saß, mit Ohrstöpseln und ins Brillengestell installiertem Richtmikrofon, das klar und deutlich jedes Wort auffing, das sie sagten.

Menashe kam dieser Fall immer sinnloser vor. Tzafir Drach war überzeugt davon, dass die beiden etwas zu verbergen hatten. Dass ihre sogenannten Ermittlungen nur der Deckmantel für etwas ganz anderes waren. Was, konnte Drach auch nicht sagen. Er vermutete, dass sie dem auf der Spur waren, was 1978 verschwunden war. Aber das waren wie gesagt alles nur vage Vermutungen, nicht mehr.

Menashe selber fand, dass Beltø und Mendelssohn sich genauso benahmen, als ob sie genau das täten, was sie zu tun vorgaben. Sie versuchten, dem Rätsel auf den Grund zu gehen. Nicht mehr und nicht weniger. Und sie waren genau so verwirrt, wie sie sich gaben.

Vor einigen Tagen hatte Tzafir Drach Menashe aufgefordert, nicht so gutgläubig zu sein. Menashe seinerseits war der Meinung, dass übertriebenes Misstrauen eine Berufskrankheit war. Und vielleicht eine Voraussetzung, um die Position eines Abteilungsleiters zu bekleiden.

Bisher hatte die Observierung nicht das Geringste gebracht. Menashe war jetzt seit Tagen an ihnen dran. In Begleitung von drei weiteren Agenten war er mit Rebecca Mendelssohn nach Oslo geflogen. Der norwegische Sicherheitsdienst war sehr entgegenkommend gewesen. Sie wussten, in welchem Hotel sie ein Zimmer reserviert hatte, und hatten noch vor Rebeccas Eintreffen versteckte Mikrofone installiert. Was keine Ergebnisse gebracht hatte, weil sie ihr Zimmer nie bezogen hatte.

Wie sich zeigte, hatte Bjørn Beltø es zustande gebracht, sich in einen Osloer Mordfall verwickeln zu lassen. Was war bloß mit dem Mann los? Die norwegische Polizei verdächtigte ihn zwar nicht – das hatten sowohl die Ermittlungsleiterin als auch der Verbindungsmann vom PST bestätigt –, aber dass es irgendeinen obskuren Zusammenhang zwischen Bjørn Beltø, dem Mendelssohn-Fall und dem Überfall in Oslo geben könnte, wurde weder von der Polizei noch von ihm ausgeschlossen. Aber wie konnte dieser Zusammenhang aussehen? Schwer zu sagen. Die Frau des Mordopfers war eine Universitätskollegin von Beltø. Der Vorläufer des PST, POT, hatte eine Akte über sie, sie hatten sie in den Siebzigerjahren eine Weile unter Beobachtung gehabt. Menashe hatte Übersetzungen der wichtigsten Dokumente aus der Akte bekommen, die ziemlich dünn waren. Nichts Konkretes. Auch im Institut lag nichts gegen sie vor, es gab lediglich einen Hinweis aus dem Jahr 1977, der auf einem

Tipp aus Diplomatenkreisen basierte. Die Norweger behielten sie wegen möglicher kommunistischer und palästinensischer Sympathien im Auge. Nur ein weiteres Beispiel für die überzogene Paranoia der international agierenden Geheimdienste in den Siebzigern. Menashe hielt es für äußerst unwahrscheinlich, dass sie Terroristin war. Außerdem gab es keinen Treffer in der Kombination mit dem Mendelssohn-Fall. Zu allem Überfluss lag diese Frau jetzt nach einem Hirnschlag im Koma. Sicherheitshalber hatte er die Abteilung gebeten, noch einmal zu überprüfen, ob es irgendwelche Berührungspunkte mit der Ausgrabung in Kapernaum gab – was auch immer. Aber vorläufig gab es keine Anhaltspunkte dafür.

Er hatte sich in Norwegen ganz schön blamiert, als er Mendelssohn und Beltø für 24 Stunden komplett aus den Augen verloren hatte. So etwas war unverzeihlich. Das Team war ihnen in südlicher Richtung aus Oslo gefolgt. Sie waren in einem Citroën 2CV unterwegs gewesen und stundenlang gefahren. Nicht einmal die norwegischen PST-Leute, die in zwei Zivilwagen sein Team begleitet hatten, wussten, wohin sie unterwegs waren. Sie landeten in einem gottverlassenen Kaff am Ende eines engen Tales. *Ultima Thule*, hatte er den Ort in seinem Funkspruch an das Institut scherzhaft genannt. Tzafir Drach fand den Scherz nicht komisch. Vermutlich weil Beltø und Mendelssohn dort verschwunden waren. Ihre Mobilgeräte ließen sich nicht orten, und Beltø hatte keinen bekannten Bezug zu dem Ort. Keiner von denen, die sie gefragt hatten, wusste etwas von den beiden. Auch nach der Ente hatten sie erfolglos gesucht. Peinlich. Ein solches Auto war eigentlich nicht schwer zu finden. Aber doch war es samt Insassen verschwunden. Tzafir Drach war außer sich. Absolut verständlich. In Oslo hatte einer der Agenten sich Zugang zu Beltøs Wohnung verschafft, aber nichts von Interesse gefunden. Kein Wunder, wenn man nicht wusste, wonach man eigentlich suchen sollte.

Aber so hatten sie wenigstens die Gelegenheit gehabt, ein paar Mikrofone zu montieren.

Menashe Frum nippte widerwillig an dem alkoholfreien, viel zu süßen Drink. Er spielte ein bisschen mit seinem Reader und lauschte mit halbem Ohr Bjørn Beltøs und Rebecca Mendelssohns Unterhaltung. »Möchtest du noch ein Glas Wein?«, fragte Beltø. Sie verneinte. Beltø bezahlte die Rechnung. Sie gingen zusammen zum Aufzug, sie umarmte ihn kurz, dann ging jeder in sein Zimmer. Beide Räume wurden abgehört.

IV

Jerusalem

Rätsel

I

Rebecca wohnt in einer Zweizimmerwohnung in der dritten Etage eines Mietshauses am Stadtrand von Jerusalem. In der Stadt, die niemandem gehört. Unten im Erdgeschoss liegen rechts und links neben dem Eingang ein Schuhgeschäft und ein Imbiss, der von sich behauptet, die besten Falafel der Stadt zu machen. Der Hausflur ist sauber und riecht nach Putzmittel und Gewürzen. Der Flur in Rebeccas Wohnung ist winzig. Eine Tür führt in ein enges Bad, eine andere ins Wohnzimmer. Die Küche ist ein schmaler Schlauch. In Rebeccas Schlafzimmer steht nur ein schmales Bett. Das freut mich im Stillen, da das ja nur bedeuten kann, dass sie schon seit Längerem keinen Partner mehr hat. Zwei der Wohnzimmerwände stehen voller Bücher. Eine interessante Mischung aus Fachliteratur und Romanen. Im untersten Regalfach ihre Plattensammlung. *Deep Purple, Pink Floyd, Fleetwood Mac, Cream, Led Zeppelin.*

»Nicht sonderlich groß«, sagt Rebecca beinahe entschuldigend, »aber ich brauche ja auch nicht viel Platz. Ich bin ja allein.«

Ich bin ja allein …

Ich entnehme dem kurzen Satz eine gewisse Verbitterung über das, was das Leben ihr beschert hat. Ich erkenne mich in ihr wieder. Rebecca bietet mir an, auf dem Sofa im Wohnzimmer zu schlafen, kann aber natürlich verstehen, wenn ich lieber in ein Hotel gehen würde. Ich sage, dass das Sofa völlig okay ist.

Von dem französischen Balkon des Wohnzimmers sieht man auf eine belebte Hauptstraße. Privatwagen und Taxis, Busse und Motorräder. Das reinste Spektakel. Ich verstehe diese französischen Balkone nicht – eine Tür ins Nichts? Rebecca lacht und kocht Kaffee für uns. Der Küchentisch ist gerade groß genug für zwei. Rebecca und mich. Es gibt mir ein warmes Gefühl von Zweisamkeit, hier gemeinsam mit ihr zu sitzen, als gäbe es auf der Welt nur uns, Rebecca und Bjørn. Der Gedanke tut mir gut. Ich lächele vor mich hin und trinke im Lärm der Straße meinen Kaffee.

»Warum lächelst du?«, fragt sie.

Die Wahrheit sagen kann ich nicht, also lächle ich weiter und murmele etwas von gutem Kaffee und was für ein verrückter Kerl dieser Amos Quecksilber doch ist. Wir rätseln, wovor er solche Angst hatte. Rebecca meint, wir sollten uns nicht zu sehr auf seine Aussage stützen. Es habe sicher einen Grund, dass alle meinten, er habe eine Schraube locker. Ich denke, dass das nicht alles sein kann. Dass da noch mehr ist. Als Rebecca mir Kaffee nachschenken will, lehne ich dankend ab. Mein Herz verträgt nicht so viel Koffein. Sie fragt mich, ob ich eine Dusche nehmen möchte. Es klingt fast nach Anmache, weshalb ich die Tür nicht abschließe, aber sie kommt nicht und streckt auch nicht den Kopf zur Tür rein und fragt, ob ich mehr Seife brauche. Rebecca duscht nach mir. Der Gedanke, dass wir beide splitterfasernackt nur wenige Minuten nacheinander am exakt gleichen Platz gestanden haben, erregt mich. Ich bin wirklich krank im Kopf. Sie kommt in einem dicken Frotteemorgenmantel aus dem Bad und schließt die Tür des Schlafzimmers hinter sich, um sich umzuziehen. Ich muss mich anstrengen, mir jetzt nicht vorzustellen, wie sie den Morgenmantel auszieht und frische Unterwäsche heraussucht. Jesus sagt: Wer eine Frau ansieht und sie begehrt, hat in seinem Herzen bereits Ehebruch mit ihr begangen. Das mag ja alles sein, aber keiner von uns ist verheiratet, so schlimm wäre das also nicht. Meine Gedanken kreisen um Rebecca. »Bist du bereit?«, ruft sie durch die geschlossene Tür. *Bereit?* Ich bin mehr als bereit. Aber so meinte sie das sicher nicht.

Wir haben zwei Verabredungen. Rebecca will mit mir zu Liron Golan, dem Polizisten, der 1978 nach dem Verschwinden von Moshe Mendelssohn die Ermittlungen geleitet hatte. Aber zuerst besuchen wir Gidon Zaller, Rebeccas Chef an der Hebräischen Universität. Er ist Israels führender Kopf in Bibelarchäologie – und jener Mann, der eigentlich nicht auf das Bild gehörte, das Amos Quecksilber uns gezeigt hat.

II

»Rebecca! Endlich zurück aus Norwegen!«

Gidon Zaller ist korpulent, hat einen grauen gepflegten Bart und halblange graue, nach hinten gekämmte Haare. Er hat was von einem in die Jahre gekommenen Bandmanager, der selbst vor vielen Jahren mal Rockstar war. Begeistert ergreift er ihre beiden Hände. Auf dem Weg zur Universität hat Rebecca mir anvertraut, dass sie ihn im Spaß Onkel Gidon nennt.

Er wendet sich an mich. »Bjørn Beltø! Welche Ehre. Ich habe mit großem Interesse viele Ihrer Bücher und wissenschaftlichen Artikel gelesen.« Er zwinkert mir zu. Sein Händedruck ist fest und sein Lächeln herzlich. Ich verstehe, warum Rebecca ihn Onkel nennt. Sie hat mir auch erzählt, dass er ein enger Freund des Archäologen Ehud Netzer war, der das Grab des biblischen Herodes gefunden hat. Basierend auf den Beschreibungen des Historikers Flavius Josephus, brauchte Netzer fünfunddreißig Jahre, um die Grabstelle in der Festungsanlage Herodium im Westjordanland zu finden. Daneben hat Gidon Zaller mit dem Bibelarchäologen Benjamin Mazar zusammengearbeitet, der die Ausgrabungen am Tempelberg und in der *Beit She'arim*, Israels größter jüdischer Katakombe, leitete. Und er kennt Benjamins Neffen Amihai Mazar, aus dessen Feder das Lehrbuch *Archaeology of the Land of the Bible* stammt.

»Wir müssen mit dir reden«, sagt Rebecca.

Er lächelt noch immer. »Dann kommt, kommt. Lasst uns in mein Büro gehen.«

»Ich weiß nicht, wo ich anfangen soll«, sagt Rebecca.

»Am Anfang, in der Regel ist das ein guter Ort.«

»Bjørn und ich kommen gerade aus Kapernaum.«

»Wirklich? – Du hättest dich ruhig melden können, dass du heil zu Hause bist«, sagt er gespielt zurechtweisend. »Hast du in Oslo etwas herausgefunden? Oder in Kapernaum?«

»Gidon, erinnerst du dich an Amos Quecksilber?«

Ein kurzer Anflug von Unsicherheit.

»Amos? Quecksilber? Nein ... Sollte ich?«

»Der Verrückte, der den kleinen Landhandel direkt neben der Ausgrabungsstätte in Kapernaum betrieben hat.«

Er ist auf der Hut. Das sehe ich ihm an. Sagt nichts, wartet ab, was als Nächstes kommt.

»Gidon, ich verstehe das nicht. In all diesen Jahren hast du meine Arbeit verfolgt. Du wusstest die ganze Zeit, wie wichtig es für mich ist herauszufinden, was mit Papa passiert ist. Seit ich hier an der Universität angefangen habe.«

Er sagt noch immer nichts.

»Und nie, nicht ein einziges Mal, hast du mit einer Silbe erwähnt, dass du mit Papa in Kapernaum warst.«

»Das war ich auch nicht.«

»Warum hast du nie etwas gesagt?«

»Da gibt es nichts zu sagen. Ich habe nie zusammen mit Moshe in Kapernaum gearbeitet.«

»Aber du warst da.«

Es braucht schon eine starke Psyche, um diesen Vorwürfen mit Schweigen zu begegnen. Gidon Zaller ist ein starker Mann. Er neigt den Kopf zur Seite und begegnet Rebeccas Blick. Wartet darauf, dass sie preisgibt, was sie sonst noch weiß. Er sieht ihr an, dass sie neue Informationen hat, die er ihr entlocken will, bevor er antwortet. Ich frage mich, ob es Kurse gibt, in denen man so etwas lernen kann. Überraschen würde es mich nicht.

»Du warst dort, Gidon!«

»Warum sagst du das?«

»Weil ich ein Bild von dir gesehen habe!«

Es kommt wie ein Ausruf, wie eine Anklage, sie ist sichtlich aufgewühlt. Gidon Zaller zieht die Stirn kraus, dann lächelt er, und ich sehe, wie er nachdenkt und zu einem Fazit zu kommen versucht.

»Warum macht dich das so wütend, Rebecca?«

»Was verheimlichst du mir? Ich habe meine Arbeit, meine Theorien in all diesen Jahren immer mit dir geteilt. Du weißt, wie ich mir alle Mitarbeiter von Papa in Kapernaum der Reihe nach vorgenommen und einen nach dem anderen abgehakt habe. Ich bin nach Haifa gereist, nach Nazareth, nach Hebron, nach Tel Aviv, nach Bethlehem, nach London, nach San Diego und jetzt zuletzt nach Oslo – einzig und allein, um mit allen zu sprechen, die mit Papa zusammengearbeitet haben und vielleicht irgendetwas über diese Ausgrabung sagen können. Und nicht ein Mal, nicht ein verdammtes Mal hast du mir gesagt, dass du auch dort warst!«

Ihr Temperament treibt ihr die Tränen in die Augen.

»Aber Liebes«, sagt er beruhigend. »Glaubst du wirklich,

dass ich Wissen über Moshe zurückhalte? Er war mein Freund, Rebecca. Er war nicht nur ein guter Kollege, sondern mein bester Freund!«

»Du warst dort.«

»Ich habe nie zu Moshes Gruppe gehört, ich habe damals mit Ehud Netzer beim Herodium gearbeitet. Aber es stimmt, ich bin ein paar Mal nach Kapernaum gefahren, um Moshe und sein Team zu besuchen. Das waren aber mehr private als fachliche Besuche. Es ist mir überhaupt nicht in den Sinn gekommen, dass meine Besuche irgendetwas mit Moshes Verschwinden oder deinen Nachforschungen zu tun haben könnten.«

»Trotzdem hast du nie etwas gesagt.«

»Das tut mir leid. Ich habe das nie als erwähnenswert erachtet. Ich kann dir nichts sagen, was dir weiterhelfen würde.«

In der folgenden Pause werfe ich eine Frage ein.

»Aber eine persönliche Theorie werden Sie doch haben?«

Gidon Zaller lacht glucksend. »Nur Mutmaßungen! Das Grab Jesu, Pontius Pilatus, Lazarus. Einer der zwölf Jünger. Es gibt niemanden in der Bibelgeschichte, der mir nicht in den Sinn gekommen wäre.«

»Und was ist mit Daniel?«

»Daniel?«

»Der Prophet.«

»Er war aus Judäa, nicht aus Galiläa.«

»Ich habe einen Brief bekommen …«, beginnt Rebecca.

Gidon Zaller sieht sie fragend an.

»In dem Brief wird ein Zusammenhang zwischen Papas archäologischer Ausgrabung und Daniel angedeutet.«

»Einen Brief? Von wem?«

»Ohne Absender.«

»Ein anonymer Brief? Wann?«

»1988. Als ich angefangen habe, mich mit Papas Verschwinden zu beschäftigen.«

»Daniel? Ziemlich unbegreiflich. Hast du den Brief noch?«

»Ich kann dir eine Kopie schicken.«

»Tu das, Liebes. Auf jeden Fall. Tu das. Das will ich mir mal anschauen. Daniel? Das muss ein schlechter Witz sein.«

Ich räuspere mich, mehrmals, um einen Themenwechsel zu markieren. »Mister Zaller, wie gut kannten Sie Michael MacMullin?«

»Michael?«, platzt er überrascht hervor. »Unsere Wege haben sich hin und wieder gekreuzt. Ein bemerkenswerter Mann, das muss ich sagen. Sie kannten ihn natürlich auch. Von der Ausgrabung am Oktogon im alten Værne-Kloster in Norwegen, oder?«

Er hat seine Hausaufgaben gemacht.

»Was hat Michael MacMullin 1978 in Kapernaum gemacht?«

Wieder sehe ich, wie er zögert, nicht weiß, was er sagen soll, was er zugeben darf. Er versucht sich zu erinnern, ob auch MacMullin auf dem ihm unbekannten Foto gewesen sein kann.

»Um ehrlich zu sein, ich weiß es nicht. Wenn ich mich richtig erinnere, hat Michaels Organisation *Society of International Sciences* die Ausgrabung finanziell großzügig unterstützt. Sowohl die in Kapernaum als auch die am Herodium. Er hat beide Ausgrabungen besucht. Vielleicht hat er einfach den Fortgang der Arbeiten kontrolliert. Sie kennen Michael, er war ein neugieriger, wissbegieriger Mann, der überall an vorderster Front dabei sein wollte.«

Nichts von dem, was er über Michael MacMullin sagt, ist falsch. So habe auch ich ihn in Erinnerung. Aber Gidon Zaller sagt nicht die ganze Wahrheit. Ich spüre, dass er etwas zurückhält. Ich bin nicht hellsichtig, aber ich empfinde eine intuitive Sicherheit, die sich nicht nur aus Zallers Stimme und Körpersprache ableitet, sondern auch aus meiner Kenntnis von Michael MacMullin. Als aktiver Stiftungsrat der *Society of International Sciences* war er ein extrem beschäftigter Mann. Er wäre niemals einfach zum Spaß von London nach Israel geflogen, um seine Neugier zu befriedigen. Es muss einen konkreten Grund gegeben haben.

Wer überhaupt jemals etwas von der SIS gehört hat, hält sie für eine rein akademische Stiftung. Ich weiß, dass dem nicht so ist. Die *Society of International Sciences* wurde 1900 von den weltweit führenden Forschern und Wissenschaftlern gegründet. Mit dem Ziel, das Wissen der unterschiedlichen Fachgebiete in einer Datenbank zusammenzufassen. Die SIS überwacht die wissenschaftliche Entwicklung und koordiniert Forschungsprojekte. So lautet die offizielle Version. Ich habe immer mal wieder mit der SIS zu tun gehabt. Die Stiftung ist unendlich mehr als nur eine Stiftung. Sie ist eine Art wissenschaftlicher Geheimdienst. Sie hat unbegrenzte Mittel zur Verfügung und arbeitet mit allen zusammen, von CIA, MI5 und MI6 bis hin zum Mossad, Bundesnachrichtendienst und Direction Générale de la Sécurité Extérieure.

Wir kommen mit Gidon Zaller nicht wirklich weiter. Er sitzt nur da und breitet lächelnd die Hände aus. Entweder hält er etwas zurück, oder er weiß wirklich nicht mehr. Schließlich bedanken wir uns bei ihm und gehen.

Als wir über den langen Flur der Universität laufen, nimmt Rebecca meine Hand. Ich glaube, sie tut das, weil sie aufgeregt ist und Trost sucht, aber eigentlich spielt das keine Rolle. Sie nimmt meine Hand. Nur das hat Bedeutung.

III

Wir fahren nicht direkt zu unserer nächsten Verabredung. Stattdessen nehmen wir den Fahrstuhl in den Keller, in dem das klimatisierte Archiv liegt. Mit Hilfe von Rebeccas ID-

Karte und einer temporären Zugangskarte, ausgestellt auf Bjoern Beltoe/Norway, passieren wir verschlossene Türen und Sicherheitsschleusen.

Das Archiv ist riesig. Gleichmäßige Temperatur und Luftfeuchtigkeit. In einer Kombination aus Trennwand und fahrbaren Regalen findet Rebecca drei braune Pappschachteln, gekennzeichnet mit MOSHE M-SOHN / (1939– ?) / 1959–1978 / I-IX. Darin liegen die hinterlassenen Berichte, Abhandlungen, Briefe und Fotos ihre Vaters. Ein Schwarzweißbild von 1963 zeigt einen bärtigen jungen Mann, der den Fotografen anlächelt. Er hockt in einem Schachbrettmuster aus exakt gleich großen Quadraten und sucht nach der Vergangenheit. Ein Farbfoto aus dem Jahr 1977 zeigt denselben Mann, noch immer lächelnd, aber ohne Bart, dafür mit längeren Haaren, wie er hinter einem Theodoliten steht.

Ein Jahr später verschwand er aus der Geschichte, aus der Zeit.

»Papa war besessen von der Vergangenheit«, sagt Rebecca. »Er wollte immer alles verstehen. Als ich klein war, habe ich das nicht begriffen. Aber als Erwachsene wurde mir dann klar, wie er das meinte.«

Wir blättern uns durch die Stapel von Notizen und Briefen. Einige davon sind in Hebräisch verfasst, aber viele sind auf Englisch. Ich lese einen Auszug aus einem Text über linguistische Spuren in der Bibel:

Die ersten ~~Anbeter~~ Anhänger Jesu sprachen Aramäisch und konnten weder lesen noch schreiben. Sie waren Analphabeten. Die Evangelien sind auf Hoch-Griechisch geschrieben. Die griechischsprachigen Evangelisten gründen sich auf ältere, auf Aramäisch geschriebene Aufzeichnungen und Überlieferungen. Ein Beispiel ist die Geschichte über das Haus des Synagogenvorstehers, dessen Tochter Jesus zum Leben erweckte (Markus

5/41). Markus verwendet hier den aramäischen Ausdruck »Talitha kumi!« (= Mädchen, steh auf) in einem griechischen Text. Oder bei der Schilderung der Kreuzigung (15/34), bei der Jesus auf Aramäisch ausruft: Eloi, eloi, lama sabachthani? (= Mein Gott, mein Gott, warum hast du mich verlassen?) Ein Ausruf, der wortgleich aus dem Buch der Psalmen (22/2) im Alten Testament übernommen wurde.

Ich finde Briefe von amerikanischen und britischen Forschern und Institutionen. Mitten unter den Papieren entdecke ich einen Brief von der *Society of International Sciences*, unterschrieben von Michael MacMullin, der zusagt, einen nicht weiter spezifizierten Betrag für *The Capernaum Project* zu leisten.

Es freut mich ungemein, dass selbst die fleißigen Ameisen des Geheimdienstes nicht unfehlbar sind. Der Brief hätte schon vor fünfunddreißig Jahren entfernt werden sollen.

»Hier!«, ruft Rebecca. »Hier, das habe ich gesucht.«

Who Wrote the New Testament's Gospels?
An Archaeologist's Perspective
on a Theological Controversy
By Moshe Mendelssohn
The Hebrew University of Jerusalem - 1977

»Einen Auszug davon habe ich dir in Juvdal gezeigt. Ich frage mich, ob in dieser Arbeit etwas steht, das uns einen Hinweis gibt, warum er verschwunden ist«, sagt sie. Sie gräbt weiter in den Papieren. »Und das hier.«

The Pauline Epistles:
Deception or Divine Truth?
By Moshe Mendelssohn
The Hebrew University of Jerusalem - 1977

»Das ist der erste Teil einer Arbeit, in der er sich mit der Entstehungsgeschichte des Neuen Testaments auseinandersetzt. Besonders interessierten ihn die Evangelien im Licht der archäologischen Entdeckungen und Methoden.«

»Hm.«

»Aber er wurde nie fertig.«

»Nein …«

»Hat er möglicherweise etwas geschrieben, das … ich weiß nicht, jemanden provoziert hat?«

»Dann würden die Texte wohl kaum hier liegen.«

»Stimmt. Trotzdem frage ich mich das immer wieder.«

IV

Im Auto auf der Fahrt zu Liron Golan reden wir über unsere Kindheit. Ich erzähle von den Wochen und Monaten nach Papas Absturz und von meiner unterdrückten Wut auf meine Mutter und *Onkel Trygve*, wie ich ihn immer genannt habe.

Sie sieht mich mit traurigen Augen an. »Du und ich, wir haben viel gemeinsam.«

Rebeccas Kindheit bestand aus Büchern, Klavierübungen, Jaffa-Apfelsinen und dem Hund Bobo. »Vor all den schrecklichen Ereignissen war ich ein glückliches Kind«, erzählt sie. »An etwas anderes kann ich mich nicht erinnern. Aber es passierte etwas mit mir, als Papa verschwand und Mama sich das Leben nahm. Ich hatte zwei gute Freundinnen, Rina und Sivan. Sie meinten, sie hätten keinen Unterschied bemerkt, weder nach Papas Verschwinden noch nach Mamas Selbstmord. Dass ich die Alte geblieben wäre. Aber das war nur Fassade. Keiner hat verstanden, was wirklich in mir vorging.« Pause. »Nachdem ich zu Oma und Opa nach Tel Aviv gezogen bin, war es, als würden Rina und Sivan und der Rest der Welt erleichtert aufatmen. So jedenfalls hab ich es empfunden. Ich hatte immer das Gefühl, nicht so trauern zu können, wie es alle von mir erwarteten. Es war nur so …« Sie hält inne. »Die Tränen kamen nur nachts.«

Später wurde sie Pfadfinderin, Handballerin und Klassensprecherin.

»Ich weiß nicht, warum ich diesen Drang hatte, meine Tage und Wochenenden von morgens bis abends mit Aktivitäten vollzupacken.«

Nach der weiterführenden Schule wurde sie zum obligatorischen zweijährigen Militärdienst einberufen, was dem ein Ende machte. Außer den Jaffa-Apfelsinen. Danach bekam sie einen Studienplatz an der Universität in Jerusalem, wo sie ihr Archäologiestudium begann. Nach ein paar Semestern unterbrach sie das Studium und lebte eine Zeit lang in einem Kibbuz. Sie brauchte ein Jahr, um zu erkennen, dass das nicht ihre Welt war. Sie teilte die Werte des Kibbuz nicht, war politisch engagiert, aber viel zu individuell, um sich der Autorität der Gemeinschaft zu unterwerfen, weshalb sie mit neuer Energie an die Universität zurückkehrte. Sie nahm an vielen archäologischen Ausgrabungen teil und schrieb ihre Diplomarbeit schließlich über die Schwächen der Konservierungs- und Analysewerkzeuge, die in der Achtzigern und Neunzigern in der israelischen Archäologie zur Anwendung kamen. Mit Mitte zwanzig forderte sie damit ihr eigenes Fachgebiet zum Duell heraus. Ihre Arbeit verschaffte ihr sowohl Verbündete als auch Feinde. Aber die Praxis reagierte tatsächlich auf ihre Kritik, worauf sie sehr stolz ist, was ich gut verstehen kann. Ich habe selbst mit wechselhaftem Erfolg manche archäologische Routine angeprangert. Trygve Arntzen und seine Fachkumpane sind nicht unbedingt offen für konstruktive Kritik und Änderungsvorschläge.

Als wir etwas außerhalb des Zentrums vor dem Altersheim vorfahren, in dem der pensionierte Polizist Liron Golan wohnt, denke ich, wie sehr ich Rebecca für ihren Mut bewundere.

Vergilbte Papierbögen

1

Die Jahre haben ihn gezeichnet. Sein Gesicht ist zerfurcht von Schmerz und ungelösten Fällen, die er nicht vergessen kann. Auf der Kommode steht das Foto einer Familie, die es nicht mehr gibt. Eine Frau und zwei Kinder. Umgekommen bei einem Terroranschlag auf einen Bus vor langer Zeit. Für Liron Golan aber ist der Schmerz noch so stark wie damals, als er als einer der ersten Polizisten bei dem zerfetzten, rauchenden Bus eintraf und die Überreste seiner Frau und seiner beiden Söhne fand.

»Es tut mir leid, Rebecca, aber ich kann Ihnen immer noch nicht weiterhelfen.«

Seine Stimme klingt rau. Aus Rücksicht auf mich spricht er Englisch mit überraschend guter Aussprache. Wir sitzen an einem winzigen Tisch in seinem Zimmer. Er hat Rebecca und mir die Stühle überlassen und sich selber auf die Bettkante gesetzt. Aus dem Transistorradio auf dem Nachtschränkchen dringt gedämpft arabische Musik.

»Danke, dass Sie uns empfangen wollen«, sagt Rebecca.

»Ich hab ja doch nichts Besseres zu tun. Die Tage gehen ins Land. Einer nach dem anderen. Stunde um Stunde.« Er lächelt sanft. »Da fülle ich die Wartezeit doch lieber mit Ihrer Gesellschaft als mit Stille. Obgleich ich nicht mehr sagen kann als das, was ich Ihnen schon so oft gesagt habe.«

»Ich weiß, Liron, und ich weiß Ihren guten Willen sehr zu schätzen. Aber Bjørn kennt Ihre Geschichte noch nicht. Meine Version hat er gehört, aber nicht, wie Sie das Ganze erlebt haben.«

Liron Golan sieht aus wie einer der widerspenstigen Alten aus Amos Quecksilbers alttestamentarischem Klan. Dabei dürfte er kaum einen Tag älter als achtzig sein. Er sieht mich nicht an, als er zu reden beginnt. Jetzt klingt er wie die Aufnahme eines altmodischen Tonbandgerätes.

»Es war der 16. September 1978. Sabbat. Ein stiller Tag. Ich saß rauchend in meinem Büro, hatte nichts zu tun. Der Anruf kam am späten Vormittag. Rebeccas Mutter machte sich große Sorgen. Die Kollegen ihres Mannes hatten aus Kapernaum angerufen und gefragt, wo Moshe blieb, der im Laufe der Nacht zurück sein sollte. Sie war sich sicher, dass ihm etwas zugestoßen war, hatte sie ihn doch persönlich am Vorabend losfahren sehen. Später am Tag fand man Moshes Wagen an der Straße nach Kapernaum. Verlassen. Von ihm selbst keine Spur. Der Schlüssel steckte. Als wir die Ausgrabungsstätte erreichten, sperrte das Militär den Bereich bereits weiträumig ab. Wir konnten alle Archäologen ausfindig machen und sie verhören. Keiner von ihnen hatte wesentliche Informationen für uns. Sie sagten alle das Gleiche: dass sie einen Fund gemacht hätten, wegen dem Moshe Mendelssohn zur Universität gefahren sei. Er hätte ein paar Proben mitgenommen von etwas, das er gefunden hatte. Mehr wussten sie nicht. Was er gefunden hatte, konnten sie nicht sagen. Wir haben alle befragt. Die Kollegen am Institut, Sie und Ihre Mutter, Rebecca, daran erinnern Sie sich doch sicher. Aber wir haben nichts herausgefunden. Einige Tage darauf kam ein Anruf von der Zeitung *Haaretz*. Sie hatten ein Bekennerschreiben bekommen. Sehr dubios, das Ganze. Eine Gruppierung, die sich *Söhne des Halbmondes* nannte, bekannte sich zu der Tat. Noch nicht einmal der Mossad hatte je etwas von denen gehört. Sie schrieben, sie hätten Moshe Mendelssohn entführt, weil seine archäologische Arbeit palästinensischen Interessen widersprach. Sie behaupteten, die Ausgrabung in Kapernaum wäre antipalästinensisch motiviert. Wir konnten keine Beweise für diese Behauptung finden. Aber das Bekennerschreiben der *Söhne des Halbmondes* führte dazu, dass meine Vorgesetzten den Fall nicht mehr prioritär behandelten. Was konkret heißt, dass wir ihn an den Mossad abgegeben haben. Was die weiter unternommen oder nicht unternommen haben, entzieht sich meiner Kenntnis. Die machen ihren Kram. Aber das Resultat ist bekannt. Moshe Mendelssohn ist nie wieder aufgetaucht, wir wissen bis heute nicht, was mit ihm passiert ist.«

»Sie haben einen Fund der Archäologen in Kapernaum erwähnt«, sage ich. »Wissen Sie, was die dort gefunden haben?«

»Nein, keine Ahnung.«

»Nicht mal eine Vermutung? Sie haben sich doch sicher Gedanken darüber gemacht?«

Liron Golan lächelt. »Einer der Archäologen hat behauptet, Lazarus befände sich in dem Grab. Quicklebendig. Zweitausend Jahre, nachdem Jesus ihn wieder zum Leben erweckt hatte.«

»Lazarus?«

»Wer einmal von Jesus wiederbelebt wurde, meinte er, stirbt keines natürlichen Todes. Folglich wurde Lazarus lebendig begraben, und dort war er, bis Moshe Mendelssohn ihn gefunden hat.«

»Das haben Sie mir nie erzählt«, sagt Rebecca.

Liron Golan lacht. »Weil der Archäologe hinterher zugegeben hat, dass es ein Scherz war. Aber ich muss zugeben, dass ich oft daran gedacht habe. Ich bin nämlich überzeugt davon, dass Ihr Vater etwas wirklich, wirklich Aufsehenerregendes in dem Grab entdeckt hat.«

»Aber was?« Ich lasse nicht locker.

»Das weiß ich nicht. Für die Ermittlungen war das nicht relevant.«

»Nicht?«

»Sie sind doch selber Archäologe und wissen besser als ich, was Archäologen so finden.«

Er wirkt weder ängstlich noch eingeschüchtert. Dazu ist er vermutlich zu alt. Aber in seiner Stimme schwingt ein undefinierbarer Unterton mit, der meine Sinne schärft. Die Kombination aus verhaltener Polizeiarbeit und der Geheimniskrämerei des Mossad beginnt ein Muster zu bilden, das erklären könnte, wieso der Fall nie aufgeklärt wurde.

»Sie hat nie wirklich interessiert, auf was Moshe Mendelssohn in dem Grab gestoßen ist?«, frage ich.

»Meine Ermittlungen haben sich auf Moshe Mendelssohns Verschwinden konzentriert – nicht darauf, was er gefunden hat, bevor er verschwand.«

»Aber das Verschwinden könnte doch in direktem Zusammenhang mit diesem Fund stehen!«

»Ich weiß nicht, wie weit Sie mit polizeilicher Ermittlungsarbeit vertraut sind, aber wir folgen gewissen Routinen und Methoden, die sich als durchaus effektiv erwiesen haben.«

»Offenbar nicht effektiv genug.«

»Wie Sie meinen.«

»Nur als Beispiel: Wenn die Archäologen Jesus' Kreuz gefunden hätten, wäre der Fund an sich eine Erklärung für Moshe Mendelssohns Schicksal.«

»Wieso? Soll etwa der Papst den Auftrag gegeben haben, ihn aus dem Weg zu räumen? Oder die Tempelritter? Ein mysteriöser Mönchsorden?«

In dem alten Körper keimt amüsierter Zynismus auf.

»Nein, aber dann hätten Sie bei Schwarzmarkthehlern, Antiquitätenhändlern und Museen nach einer Antwort suchen können.«

»Oh, das haben wir getan.«

»Und dabei hat es Sie zu keinem Zeitpunkt interessiert, was Mendelssohn gefunden hat?«

»Natürlich hat es das. Aber mein guter Herr Beltø, was wissen Sie von den Arbeitsmethoden der israelischen Polizei? Den Hierarchien? Wer was bestimmt? Welche Richtlinien dort gelten? An welche Order ein Ermittler sich zu halten hat? Natürlich habe ich herauszufinden versucht, was Moshe Mendelssohn gefunden hat. Aber alle Spuren in diese Richtung wurden schnell gekappt. Meine Vorgesetzten glaubten nicht an einen Zusammenhang. Das Verschwinden wurde als Kriminalmysterium angesehen, nicht als religiöse oder archäologische Intrige. Die Antworten auf ungelöste Fälle sind selten in irgendwelchen Konspirationstheorien zu finden, sondern in der brutalen und blutigen Realität. Wie ein aus dem Ruder gelaufener Überfall. Ein Mord im Rausch oder ein Mord aus Geldgier, Eifersucht, fachlicher Konkurrenz oder was weiß ich. Wir haben in alle Richtungen ermittelt. *Alle*, Beltø, *alle*!«

»Sie haben gesagt, Sie hätten alle Archäologen befragt.«

»Selbstverständlich. Jeden einzelnen.«

»Haben Sie in dem Zusammenhang auch mit einer norwegischen Archäologin gesprochen, die für Mendelssohn gearbeitet hat?«

Die Zeit bleibt ein paar Sekunden stehen. Zum ersten Mal weicht die Selbstsicherheit einer leichten Unsicherheit. Als wäre es ihm unangenehm, bei einem Fehler oder einer Unterlassung in den Ermittlungen ertappt worden zu sein.

»Eine norwegische Archäologin?«

»Sie hieß Victoria.«

Pause.

»Und sie war bei der Ausgrabung in Kapernaum dabei?«

»Ja.«

»1978?« Seine Augen werden feucht. Er sieht Rebecca an.

Sein Blick und die Lippen zeigen Verwunderung und Verzweiflung. »Was sagen Sie da? Von der höre ich zum ersten Mal. Sehr sonderbar. War wirklich eine norwegische Archäologin dabei?«

»Es ist durchaus möglich, dass sie eine – inoffizielle Teilnehmerin war.«

»Inoffiziell?«

»Als Beobachterin oder so was.«

»Bemerkenswert! Von einer norwegischen Ausgrabungsteilnehmerin höre ich wirklich zum ersten Mal. Das hätte ich wissen müssen. Damals.«

II

Wieder zurück in Rebeccas Wohnung wirkt sie resigniert und desillusioniert. Als hätte sie gehofft, durch meine Beteiligung neue Türen geöffnet und nicht vor der Nase zugeschlagen zu bekommen.

»Was um alles in der Welt hat Papa gefunden?«, fragt sie, ohne mich anzusehen.

Die Frage und unsere Arbeit setzen voraus, dass ein Zusammenhang zwischen dem archäologischen Fund und dem Verschwinden ihres Vaters besteht. In mir klopft immer wieder eine unangenehme Frage an: Was, wenn es einen solchen Zusammenhang nicht gibt?

»Entweder hat er etwas ganz Konkretes gefunden – einen heiligen Gegenstand, eine Reliquie, die sterblichen Überreste einer biblischen Person –, oder er ist auf Informationen gestoßen.«

»Was für Informationen? In einem alten Grab?«

»Eine Steintafel mit einem Text, zum Beispiel. Eine Grabinschrift. Ein Papyrus oder Pergament. Was auch immer.«

»Welche Information aus biblischen Zeiten könnte so folgenschwer sein, dass Papa aus dem Weg geräumt werden muss und die Grabstätte vom Militär beschlagnahmt und versiegelt wird?«

»Pater Simon hat einen Jünger erwähnt …«

»Glaubst du wirklich, dass der Fund eines Jüngers von Jesus so eine Lawine auslösen würde?«

»Nein, besonders naheliegend scheint das nicht.«

»Ich glaube, Papa hat etwas … etwas ganz anderes entdeckt.«

Mehr zum Zeitvertreib schlage ich das Johannes-Evangelium auf und lese die Geschichte von Lazarus.

Jesus sagte: Nehmt den Stein weg! Da antwortete ihm Martha, die Schwester des Verstorbenen: Herr, er stinkt schon; denn er liegt seit vier Tagen. […] Als er das gesagt hatte, rief er mit lauter Stimme: Lazarus, komm heraus! Und der Tote kam heraus, die Füße und Hände mit Binden umwickelt, und sein Gesicht war mit einem Tuch verhüllt. Jesus sagte zu ihnen: Nehmt ihm die Binden ab, damit er weggehen kann!

Evangelium nach Johannes,
Kap. 11, Vers 39–44

Ich grübele. Und denke nach.

Lazarus? Das kann nicht sein.

Mal ehrlich. Unmöglich.

III

Rebecca gibt mir den Stapel Zettel, die Moshe Mendelssohn vor bald vierzig Jahren auf einer Schreibmaschine geschrieben hat. Ich nehme mir die vergilbten Papierbögen vor und lese seine Kritik – nicht weniger als 13 DIN-A4-Seiten – zu den Paulusbriefen im Neuen Testament. Vermutlich hat Paulus nur die Hälfte der Briefe selber verfasst. Die andere Hälfte, in der Paulus sich in zentralen theologischen Fragen widerspricht, ist allem Anschein nach von jemand anderem oder anderen geschrieben worden. Mendelssohn verweist auf die Apokryphen, in denen mehrere Schüler, die an der jüdischen Tempelschule ausgebildet wurden, behaupten, dass Paulus sich in Teilen seiner eigenen Texte auf einen unbekannten Verfasser bezieht.

Aber wen?

Können die Evangelien als zuverlässige Quellen gerechnet werden? Für fundamentalistische Christen sind die Evangelien glaubwürdig, weil sie mit göttlicher Inspiration geschrieben wurden. Atheisten lehnen die Evangelien als zuverlässige Quellen ab, weil sie von Christen verfasst sind. Die Evangelien basieren teilweise aufeinander, teilweise sind sie unabhängig voneinander geschrieben. Es würde jeglicher historischer Tradition widersprechen, grundsätzlich davon auszugehen, dass alle Bibeltexte von Anfang bis Ende erdichtet sind. Es gibt sicher einen Kern historischer Wahrheit in dem Stoff.

Da sagt er etwas. Die Evangelien abzulehnen, weil sie von Männern geschrieben wurden, die in Jesus den Messias gesehen haben, ist genauso oberflächlich, wie Snorre abzulehnen, weil er nichts von dem, was er beschreibt, persönlich erlebt hat.

Was gibt manchen heiligen Schriften Autorität – während andere verworfen werden?, fragt Moshe Mendelssohn. Bereits im ersten Jahrhundert nach Christus begann der römisch-jüdische Historiker Flavius Josephus mit der Abgrenzung des Neuen Testamentes. Er wies darauf hin, dass es nicht darum gehe, gewisse Schriften zu verbieten, sondern zu entscheiden, welche Schriften es wert seien, in einen autoritativen Kanon aufgenommen zu werden. Die Autorität eines Textes hing vom Verfasser ab und wie nah an den Geschehnissen er schrieb. Apostel und Zeitzeugen besaßen eine große Autorität. So auch Paulus, der Jude, der wesentlich dazu beitrug, das Christentum zu einer organisierten Religion zu machen. Ganz zu schweigen von Jesus' Bruder Jakob.

Die ersten christlichen Gemeinschaften hatten keine gemeinsame Theologie, keinen gemeinsamen Glaubensapparat, keine gemeinsamen Schriften. Sie waren sich über viele Dinge uneinig und fanden ihre Antworten bei unterschiedlichen Autoritäten. Aber sie haben deshalb nicht wie verrückt Texte verworfen und verbrannt. Im Gegenteil kamen immer mehr Texte zusammen. Die eine Gemeinschaft hatte einen kleinen Kanon - einige Paulus-Briefe, eine andere einen Text von Lukas. Damit begann der Austausch.

Mendelssohn kommt zu der Auswahl des Kanons für das Neue Testament. Einige Texte sind Fälschungen – von Verfassern erdichtet, die hartnäckig eine bestimmte theologische Sichtweise vermitteln wollten. Die Auswahlarbeit, den Kanon einzugrenzen – also nicht zuverlässig erscheinende Texte auszusortieren –, wurde im Wesentlichen in den Jahren zwischen 150 und 200 n.Chr. durchgeführt.

Wer für die Glaubwürdigkeit und Autorität eines Textes argumentieren konnte, kam weiter. Aber die Uneinigkeit war groß. In einem Osterbrief aus dem Jahr 367 machte der ägyptische Bischof Athanasius klare Angaben, welche siebenundzwanzig Bücher als kanonisch für ~~die Bibel~~ das Neue Testament zu gelten hätten. Seine Autorität erreichte allerdings nur die Empfänger des Briefes - nicht die gesamte Christenheit. Die Glaubensgemeinschaften stützten sich auf ihre Vermutungen, wer was geschrieben hatte. Ein Text, von dem sie glaubten, er sei von einem Jünger Jesu oder einem nahen Freund oder Mitarbeiter jener Jünger verfasst worden, wurde als zuverlässig und wahr eingestuft. Sie gingen davon aus, dass Markus - als Petrus' enger Mitarbeiter und Dolmetscher - sein Evangelium nach Petrus' Zeitzeugenberichten geschrieben hatte. Aber konnten sie wirklich sicher sein, dass der Text aus Markus' Feder stammte? Nein, konnten sie nicht. Sie bezogen sich auf die Tradition und die Merkmale des Textes. Erst in den letzten Jahrhunderten begannen Theologen, diese Schlussfolgerungen kritisch zu hinterfragen. Insgesamt lässt sich festhalten, dass nicht zu viele

Texte aus dem biblischen Kanon ausgeschlossen wurden, sondern im Gegenteil zu wenige.

Aus diesem Prozess entstanden die *Apokryphen*. Texte, die als geheim oder verboten galten, nicht kanonisierte, unzuverlässige Quellen. *Apokryphe* – was *verborgen* bedeutet – war ein vom Kirchenvater Hieronymus um das Jahr 400 herum geprägter Begriff. Apokryphen gibt es viele. Die Evangelien nach Thomas, Philippus, Petrus, Jakobus, Bartholomäus und Nikodemus. Das Evangelium nach Maria Magdalena. Sogar nach Judas. Eins der Probleme mit den Apokryphen – über die Tatsache hinaus, dass viele von ihnen offensichtlich erdichtet sind – ist der Umstand, dass die meisten mehrere hundert Jahre nach den Ereignissen geschrieben wurden, die sie beschreiben. Einige davon – wie das Evangelium der Wahrheit – sind philosophische, mit Jesu Lehre verknüpfte Reflexionen. Das Philippus-Evangelium stellt Jesus aus gnostischer Perspektive dar. Und das Evangelium der Maria enthält Gespräche zwischen den Jüngern und Jesus.

Moshe Mendelssohn schreibt:

Eine Apokryphe, die einen Platz in der Bibel verdient hätte, ist das Thomas-Evangelium. Es besteht aus 114 Logien – sogenannten Jesusworten, die er geäußert haben soll – und könnte tatsächlich älter als die Evangelien der Bibel des Neuen Testamentes sein.

IV

Nach einer ganzen Weile und etlichen Notizen lege ich das letzte Blatt von Moshe Mendelssohns Auslegungen und Zusammenfassungen weg.

Rebecca sieht mich fragend an. »Hast du was gefunden, das eine Erklärung sein könnte?«

Ich zögere. Nur zu gerne würde ich ihr sagen, dass ihr Vater mit seinen scharfsichtigen Analysen an den Grundfesten des Christentums gerüttelt hat. Aber ehrlich gesagt kann ich in seinem Aufsatz keine grundlegend neuen Erkenntnisse finden. Alles, was ich gelesen habe, ist allgemein bekannt in der Theologie, wenn auch manches sicher umstritten. An Universitäten auf der ganzen Welt wird über den Ursprung und die Datierung der Bibeltexte diskutiert. Aber selbst gläubige Theologen würden den meisten Dingen zustimmen, die Moshe Mendelssohn in seinem Aufsatz heranzieht. Für sie ist weniger entscheidend, ob die Bibel bis ins Detail präzise ist. Das Wesentliche ist die vermittelte Botschaft der Bibel, das Gesamtbild, nicht die Abweichungen und Unklarheiten.

»Bjørn?«, hakt sie nach.

»Ich weiß es nicht. Ich kann in dem Aufsatz deines Vaters nichts Kontroverses oder wirklich Neues finden. Vielleicht sollten wir einen Theologen einen Blick darauf werfen lassen.«

»Das hab ich natürlich längst getan. Sie sagen das Gleiche wie du.«

Ich frage mich im Stillen, ob Moshe in Kapernaum vielleicht eine Sammlung originaler Bibeltexte gefunden hat. Eine lokale Variante der Nag-Hammadi-Schriften, sozusagen. 1945 stießen zwei Brüder beim Graben nach natürlichem Dünger am

Fuß des Jabal-al-Tarif-Hanges in Oberägypten auf einen versiegelten Krug mit dreizehn in Leder gebundene Papyrus-Kodizes. Die Texte aus dem 1. oder 2. Jahrhundert mit hauptsächlich gnostischen Schriften umfassen etwa tausend Seiten koptischer Übersetzungen noch älterer griechischer Texte. Der bekannteste ist das Thomas-Evangelium. Die Brüder hofften, die Texte zu Geld zu machen, und meldeten den Fund deshalb nicht. Ihre Mutter, die befürchtete, dass ein Fluch auf den uralten Schriftstücken lag, verbrannte einige. Ein koptischer Priester aus dem Ort nahm sich der verschonten Schriftstücke an. Sein Schwager verkaufte einige der Kodizes an das Koptische Museum in Kairo. Die noch verbliebenen Papyrustexte kaufte ein zypriotischer Antiquitätenhändler in Kairo, der sie wiederum ans ägyptische Altertumsmuseum verkaufte. Erst 1975 vereinte das Koptische Museum die komplette Sammlung unter ihrem Dach.

Die Schriftrollen vom Toten Meer sind ein weiteres Beispiel. Fast tausend alttestamentarische Handschriften und andere Texte, die zwischen 1946 und 1956 in zwölf Höhlen am Westufer des Toten Meeres gefunden wurden. Der älteste Text wurde 400 Jahre vor Christus verfasst, der jüngste ist tausendsiebenhundert Jahre alt.

Hat Moshe Mendelssohn vielleicht die ältesten Bibelhandschriften gefunden?

Was, wenn er die älteste schriftliche Version des Neuen Testamentes gefunden hat? Das Original? Die Texte der Bibel sind in einem langen und mühsamen Kopier-, Übersetzungs- und erneuten Kopierprozess entstanden. Einige Versionen wurden korrigiert, andere ausgeschmückt. Theologen arbeiten noch heute daran, sich zu den originalen Ursprungstexten zurückzuanalysieren.

In manche Kopien und Übersetzungen haben sich Fehler eingeschlichen, in anderen wurden kontroverse theologische

Ansichten gestrichen. Ganze Sätze und Passagen wurden nachträglich eingefügt. Die Geschichte von Jesus und der Ehebrecherin – die mit Jesus' weisen Worten abschließt, dass derjenige, der ohne Sünde sei, den ersten Stein werfen solle – stand nicht in den ältesten Versionen des Johannes-Evangeliums. Das hat jemand eingefügt, um zu illustrieren, wie elegant Jesus das Gesetz Moses' zu umschiffen verstand.

V

Mir geht durch den Kopf, dass Mendelssohns Text auch etwas über Rebecca verrät. Wir nehmen einen Teil unserer Eltern mit in unser Leben. Ich hoffe, dass ich hauptsächlich Papa in mir trage.

Wie ich hat Rebecca die Neugier ihres Vaters geerbt, sie ist in seine beruflichen Fußstapfen getreten und ihm an staubige archäologische Ausgrabungsstätten gefolgt. Auch das kritische Hinterfragen teilt sie mit ihm. Ich bin Moshe Mendelssohn nie persönlich begegnet, habe aber das Gefühl, ihn durch Rebecca zu kennen. Von Neugier getrieben wie die meisten Archäologen, systematisch, fantasievoll und kritisch. Wir arbeiten in Teams, sind aber im Grunde einsame Wölfe. Viele von uns. Das war Moshe auch, glaube ich. Wie Rebecca.

Ich versuche, ihr Leben zu verstehen. Alleinstehend. Keine Kinder. Sie ist wie ich eine Einzelgängerin, hartnäckig und eigenwillig. Jemand, der sich in Bücher und Musik vertieft. Aber wovor hat sie Angst? Oder, Moment. Ich bin mir nicht sicher, dass es Angst ist. Manche Menschen wählen bewusst das Leben, in das andere von uns getrieben werden. Ein Teil von mir hat Angst vor ihr. Zwischendurch wirkt sie so unnahbar, scharfkantig, unerreichbar. Aber unter der harten Schale erahnt man eine andere Rebecca, die wirkliche Rebecca, die sich nach einer Schulter zum Anlehnen sehnt. Gibt es etwas in ihrer Vergangenheit – etwas, das sie mir nicht anvertraut hat –, das Rebeccas Entscheidungen beeinflusst? Es fühlt sich nicht richtig an, sie direkt danach zu fragen. Sie könnte die Frage als indirekten Vorwurf auffassen, die falsche Wahl getroffen zu haben. Auch wenn es gar nicht so von mir gemeint ist.

Die Archäologin

I

»Bjorn Belto?«

Die Stimme am Telefon hat den warmen, einschmeichelnden Klang eines Fremden, der dir etwas verkaufen will, was du nicht brauchst und von dem du noch nie etwas gehört hast, inklusive Reserveteile und Etui. Ich liege ausgestreckt auf dem Sofa in Rebeccas Wohnzimmer. Sie kramt in der Küche herum.

»Am Apparat«, bestätige ich zögernd.

»My name is Peter Cornell. Haben Sie einen Augenblick Zeit?«

Er spricht ein perfektes Englisch, wie der Rektor eines Internats für verwöhnte Oberklasseknaben.

»Worum geht es?«

Er räuspert sich mehrmals. »Ich betreibe eine spezialisierte Firma in der Antiquitätenbranche.«

»Ich sammle keine Antiquitäten.«

»Mr. Belto, ich bin im Besitz einer Reliquie, von der ich glaube, dass sie von mehr als akademischem Interesse für Sie und Ihre Begleiterin Rebecca Mendelssohn ist.«

Begleiterin?

»Was für eine Reliquie?«

»Bedaure, das kann ich am Telefon nicht sagen. Können wir uns treffen?«

Ich zögere, lange, und höre, dass er die Hand auf die Sprechmuschel legt und sich erneut räuspert.

»Ich habe darüber hinaus«, fährt er fort, »Informationen über den Zusammenhang zwischen dem Propheten Daniel und Moshe Mendelssohns Ausgrabung.«

Ich richte mich auf. »Wer sind Sie?«

»*I'm Peter Cornell.* Ich hoffe, Sie haben die Möglichkeit, mich morgen zu treffen?«

»Wir befinden uns in Jerusalem.«

»*No problem, Mr. Belto, so do I.* Wann passt es Ihnen?«

II

Die Mehrzahl der Archäologen, die 1978 an der Ausgrabung teilgenommen haben, sind mittlerweile tot.

Vorname	**Name**	**Funktion**	**Geb.**	**Gest.**	**Todesursache**
Miri	Alferov	Archäologin	1944	2004	Krankheit
Dvora	Biram	Archäologin	1947	1992	Verkehrsunfall
Teo	Buchman	Archäologe	1933	2009	Krankheit
Yinon	Dorn	Assistenz	1955	-	-
Gabriella	Horwitz	Archäologin	1936	-	-
Elazar	Katzman	Archäologe	1931	2011	Herzinfarkt
Gal	Mintz	Archäologe	1927	1981	Unbekannt
Orit	Sarfati	Archäologin	1951	-	-
Amir	Sobol	Catering	1955	-	-
Hagar	Vogel	Archäologin	1930	1979	Suizid
Son	Voinovich	Assistenz	1958	1983	Verkehrsunfall
Dana	Werfel	Archäologin	1950	-	-
Yaniv	Yadin	Transport	1954	2013	Hirnschlag
Golda	Zinn	Archäologin	1952	-	-

»Am häufigsten und engsten hatte ich Kontakt zu Gabriella Horwitz«, sagt Rebecca. »Sie würde dich sehr gerne treffen.«

Gabriella Horwitz wohnt in einem der ruhigen Vororte Jerusalems. Die Jahre haben ihren Rücken gebeugt, aber ihr Lächeln und das Blitzen in ihren Augen ist offen und freundlich.

»Ich habe von Ihnen gelesen«, sagt sie und berührt mich am Arm. »Unglaublich, in was Sie sich alles verstrickt haben.«

Ich murmele, dass ich für mein eigenes Wohl vermutlich zu neugierig bin. Sie serviert grünen Tee und Kekse, und ich erzähle ihr, dass Victoria einen Hirnschlag erlitten hat.

»Uff«, stöhnt sie. »Aber diesen Weg werden wir alle gehen.«

»Kannten Sie sie?«

»Natürlich. Die gute Victoria. Ganz reizend. Fleißig und arbeitsam. Ich erinnere mich gut an sie. Ein liebenswertes Wesen.«

»Aber offenbar wusste niemand von ihr?«

»Wie meinen Sie das?«

»Sie war auf keiner der Teilnehmerlisten, und sie wurde damals auch nicht von der Polizei vernommen, die hatten keine Ahnung von ihr.«

Ein Lächeln huschte über ihre Lippen. »Ach das. Keine große Sache. Im Nachhinein mag das wichtig wirken. Moshe hat uns seinerzeit erklärt, dass sie das gemacht haben, um sich Bürokratie und Formalitäten zu ersparen. Victoria war in erster Linie als Beobachterin dabei, aus purem Interesse. Sie hat natürlich auch mitgearbeitet, schließlich war sie vom Fach, aber sie hatte eben keine formelle Funktion oder Aufgabe. Und als Moshe verschwand, verschwand auch sie. Es ging damals nicht um bewusste Geheimhaltung. Wir wollten Moshe und Victoria nur Probleme vom Hals halten, als die Polizei mit den offiziellen Ermittlungen begann.«

»Was können Sie Bjørn über die Ausgrabung erzählen?«, fragt Rebecca.

Gabriella Horwitz lehnt sich auf ihrem Stuhl zurück und schließt die Augen.

»Kapernaum … vor einer Ewigkeit … Für mich war es eine Ehre, gemeinsam mit deinem Vater an dieser Ausgrabung teilnehmen zu dürfen, Rebecca. Ja, für viele von uns war es das. Ich glaube, alle Frauen, die dabei waren, hatten ein Auge auf Moshe geworfen. Er war ein gut aussehender Mann, das weißt du, aber nicht deshalb wollten wir mit ihm arbeiten. Er war ein genialer Archäologe, neugierig, ideenreich und klug. Er konnte eine Landschaft lesen, wie wir anderen ein Buch lesen. Dort, konnte er sagen, wäre der natürlichste Platz, eine Burg zu bauen. Oder einen Stall. Und tatsächlich, wenn wir gruben, fanden wir oft das, wonach wir suchten. Er war nicht nur fachlich hoch begabt, auch wegen seiner Intuition und Fantasie wurde er von vielen Archäologen geschätzt.«

»Was war der Hintergrund für die Ausgrabung in Kapernaum?«, frage ich.

»Das Projekt stand schon seit Jahren auf einer Liste. Aber Sie wissen, wie das ist – knappe Ressourcen und andere Prioritäten. Ich glaube, Moshes Engagement hat das Projekt erst möglich gemacht.«

»Wusste er, wonach er suchte?«

»Ich hatte den Eindruck, ja.«

»Und dann haben Sie ein Grab gefunden?«

»Vermutlich!« Sie schüttelt lachend den Kopf. »Es ist wirklich tragisch, aber nur Moshe wusste, was wir wirklich gefunden haben. Er war es, der sich hineinwagte, als wir den schmalen Eingang fanden. Als er wieder herauskam, unterstrich er mehrmals, dass niemand, absolut niemand in den Schacht hinuntersteigen dürfe, bevor dieser nicht gesichert sei. Ich glaube, seine Sorge war sowohl unserer Sicherheit als auch archäologischen Motiven geschuldet. Ein historischer Fund darf ebenso wenig verunreinigt werden wie der Tatort eines Verbrechens, wer weiß das besser als Sie. Deshalb haben wir Moshes Worte auch respektiert. Tags darauf – wir warteten auf seine Rückkehr aus Jerusalem – war plötzlich das Militär da und übernahm die gesamte Ausgrabungsstätte.«

»Warum?«

»Glauben Sie, ein israelischer Offizier lässt sich dazu herab, einem dummen Archäologen in staubigem Overall und Gummistiefeln auch nur irgendetwas zu erklären? Wir wurden weggejagt. Das war's.«

»Haben Sie sich nicht gefragt, warum?«

»Natürlich haben wir uns das gefragt. Aber was sollten wir machen oder wen sollten wir fragen? Den Mossad? Die *Haaretz* schrieb ein paar Artikel über den Fall. Darin war unter anderem von einem geheimen Waffenlager die Rede. Aber das war absoluter Blödsinn. Wir haben zwei Monate gebraucht, um die Stelle zu lokalisieren und uns bis zum Grabschacht vorzugraben. Die Behauptung, wir wären auf ein Terroristenlager gestoßen, führt sich da doch selbst ad absurdum.«

»Und was glauben Sie persönlich?«

»Dass wir ein altes Grab gefunden haben, ist ziemlich offensichtlich. Aber wer oder was in diesem Grab lag, ich weiß es nicht. Alle, die weggeschickt wurden, haben natürlich die wildesten Spekulationen angestellt. Zum Beispiel, dass etwas ganz anderes als ein Leichnam in dem Grab war … Das Kreuz Jesu? Die Bundeslade? Der Heilige Gral? Der Stab des Aaron? Die Dornenkrone? Der purpurrote Mantel? Die Steintafeln mit den Zehn Geboten? Die Nägel, mit denen Jesus ans Kreuz genagelt wurde? Der magische Ring des Salomon? Oder die verhöhnende Tafel, die am Kreuz hing. INRI – *Jesus von Nazareth, König der Juden*? Die Lanze des Longinus, das war der Soldat, der Jesus nach seinem Hinscheiden die Seite geöffnet hat? Der Schwamm, mit dem Jesus' Lippen befeuchtet wurde? Biblische Texte? Suchen Sie sich einfach etwas aus.«

»Oder menschliche Überreste ...«

»Natürlich. Das Skelett Jesu. Aber was hätte das in Kapernaum zu suchen? Oder das Skelett von Johannes dem Täufer? Einem der zwölf Jünger? Ja, warum nicht Judas Ischariot? Nichts davon würde den Einsatz des Militärs erklären. Welches Interesse hätten die jüdischen Behörden daran, einen Fund geheim zu halten, der die Geschichte des Christentums entweder bestätigte oder entkräftete?«

»Die Juden haben nie geglaubt, dass Jesus der Messias ...«

»Genau! Ich kann mir nur schwer vorstellen, dass in diesem Grab etwas war, das unzweideutig beweisen konnte, dass Jesus tatsächlich ein Gott war. Aber selbst wenn, welches Interesse sollte der Staat Israel daran haben, eine derart sensationelle Information unter Verschluss zu halten? Sollte Israel – ausgerechnet Israel – dem Willen des Herrn trotzen? Und sollten wir wirklich die sterblichen Überreste von Jesus gefunden haben, würde das ja nur die jüdische Version der Geschichte stärken. Warum sollte der Staat dann etwas dagegenhaben, das zu veröffentlichen?«

Dornen

I

Der Antiquitätenhändler Peter Cornell tritt im Maßanzug auf, er ist frisch frisiert, glatt rasiert und duftet nach Dior Homme und einer exklusiven Hautcreme.

»*Mr Belto, Ms Mendelssohn. I'm delighted.*«

Er streckt die Hand aus und drückt meine mit exakt der richtigen Intensität. Auch ich gebe an, *delighted* zu sein, was sollte ich auch sonst sagen? Seine Nägel sind makellos. Maniküre? Vermutlich. Ich selbst kaue Nägel. Eine schlechte Angewohnheit. In einer Krise könnten meine Nägel mich über Wochen am Leben erhalten.

»Was möchten Sie uns zeigen, Mr Cornell?«, fragt Rebecca. »Was wissen Sie über den Propheten Daniel?«

Ihre gestrige Skepsis über ein Treffen mit ihm ist geblieben. Ich verstehe sie gut. Bin selbst skeptisch. Männer wie Peter Cornell tauchen nicht einfach auf und lösen die Rätsel des Lebens. Es muss einen Hintergedanken geben. Ich weiß nicht welchen, aber meine Erfahrung sagt mir, dass man keine Türen zuschlagen sollte, die sich einen Spaltbreit öffnen. Auch wenn es einem widerstrebt, muss man sich in diese Räume vorwagen.

Er lächelt zuvorkommend, sein Blick bittet aber um Geduld.

»Wo ist die Reliquie, die Sie uns zeigen wollen?«, frage ich.

»In einem Haus außerhalb der Stadt.«

Rebeccas Skepsis wird nur noch größer. Auch wenn sie kein Wort sagt, ich sehe es ihr an.

»Ich komme gerne mit, um mir anzusehen, was Sie haben«, sage ich, »Rebecca hat leider ein paar andere Dinge zu erledigen.«

Eine Sicherheitsmaßnahme, auf die wir uns am Vorabend verständigt haben. Wenn Peter Cornell nicht der ist, für den er sich ausgibt, sind wir sicherer, wenn Rebecca zurückbleibt. Nicht wesentlich sicherer, aber ein bisschen ist ja schon mehr als nichts.

Er protestiert nicht, was mein Vertrauen in ihn stärkt. Als Schmied finsterer Pläne hätte er darauf bestanden, dass Rebecca mitkommt.

Cornells übergroßer Ford Expedition parkt in einer Seitenstraße. Wir fahren durch das Zentrum, die Vorstädte und dann über Land, eine staubige Straße entlang. Ich habe keine Ahnung, wo ich mich befinde. Aber ich habe mir eine App heruntergeladen, die brav Kontakt hält mit diversen geostationären Satelliten und uns als Punkt auf einer winzigen Karte verorten kann.

Mitten auf einem Feld, zwischen Eseln, Olivenbäumen und karger Trostlosigkeit, steht eine alte Bretterbude. Eine Schar Hühner gackert aufgeregt, umgeben von zahnlosen Arabern mit Maschinenpistolen unter ihrem Kaftan.

Peter Cornell bemerkt meine Blicke. »Keine Sorge«, sagt er. »*I'm sorry*. Ich brauche den Schutz dieser Menschen.«

Wir gehen ins Haus. Er hat eine alte Aktentasche mit Zahlenschloss bei sich. Auf dem Boden steht ein surrender Ventilator.

»Den meinen Sie ja wohl nicht?«, frage ich im Scherz und zeige auf den Ventilator.

»Nein«, antwortet er ernst.

»Fangen wir mit Daniel an?«, frage ich in einem plumpen

Versuch, die Führung in der absurden Situation zu übernehmen.

»Gerne.« Er öffnet seine Aktentasche und nimmt eine dicke Pappmappe heraus. Als er sie öffnet, registriere ich, dass das Deckblatt mit CTS markiert ist – *Cosmic Top Secret* –, ergänzt durch eine Reihe handschriftlicher Notizen und verblichener, blauer Stempel. In der Mappe, zwischen zwei dicken Hartplastik- oder Plexiglasplatten, steckt ein uraltes Papyrusfragment. Zuoberst, wie eine Überschrift, erkenne ich den hebräischen Schriftzug des Namens Daniel:

לאֱינָד

»Dieser Papyrus wurde 1978 gefunden«, sagt er. »Er ist unmittelbar auf dem Schwarzmarkt gelandet.«

»Warum zeigen Sie mir das?«

»Der Text ergibt keinen unmittelbaren Sinn. Er verweist auf den biblischen Propheten Daniel. Das Spannendste«, er zeigt auf ein paar Zeichen in der Mitte des Textes, »ist diese Zahl: 5528. Infolge des Textes ist die Zahl heilig und beinhaltet ein göttliches Geheimnis.«

»Warum zeigen Sie mir das?«, wiederhole ich meine Frage.

»Es wurde in Kapernaum gefunden.«

»Im Grab?«

»In einer Höhle nicht weit entfernt.«

»Und was ist die Verbindung?«

Er schüttelt den Kopf.

»Was wissen Sie über die Zahl 5528?«, frage ich.

»Nichts. Aber die Frage hat bereits alle Vorbesitzer dieses Textfragments beschäftigt.«

»Und warum soll das relevant sein?«

»Der Prophet Daniel könnte etwas vorhergesehen haben, das mit der Reliquie zu tun hat, die ich Ihnen zeigen will.«

»Und das wäre?«

»Augenblick«, sagt er und verlässt den Raum.

In seiner Abwesenheit versuche ich, meine Gedanken zu ordnen und eine Logik zu finden, aber das passt alles irgendwie nicht zusammen. Wer ist dieser Cornell? Ein Brite in Jerusalem? Wie hat er mich gefunden? Und warum trägt ein altes Papyrusfragment die höchste Sicherheitsstufe der NATO? *Cosmic Top Secret* fällt unter Fragen, die mit der nationalen Sicherheit zu tun haben. Atomwaffenprogramme, solche Dinge. Warum wird ein uralter israelischer Papyrus – eine Referenz zu noch älteren Bibeltexten – der höchsten NATO-Geheimhaltungsstufe zugeordnet? Blufft Cornell, oder will er mir imponieren?

II

Er kommt mit einem stabilen, nicht sonderlich großen Pappkarton zurück, den er vorsichtig auf den Tisch stellt.

»Warum …«, beginne ich.

»Schhhh.«

»Aber …«

»Ich weiß, dass Sie viele Fragen haben. Ich kann sie nicht beantworten. Es tut mir leid.«

Er nimmt den Deckel ab. Ein weißes Seidentuch kommt zum Vorschein. Ich denke sofort an das Turiner Grabtuch, aber er schlägt den Stoff einfach zur Seite.

Zuerst verstehe ich nicht, was ich sehe. Krümel und Fasern. Reste verflochtener Zweige, das meiste zerbrochen.

»Ja«, sagt er. »Sie ist es.«

Ich verstehe nicht.

Sie?

Langsam, sicher auch beeinflusst durch den Ernst, den er ausstrahlt, wird mir bewusst, was wir da vor uns haben – oder besser gesagt: Was ich glauben soll, dass wir vor uns haben.

Die Dornenkrone.

Jesu Leidenskranz.

III

In der Bibel flechten die römischen Soldaten vor der Kreuzigung einen Kranz aus Dornen und drücken ihn Jesus aufs Haupt.

Soll das hier wirklich *der* sein?

Im Laufe der Geschichte haben immer wieder Könige und Geistliche behauptet, im Besitz der Krone oder einzelner Dornen davon zu sein. In der enormen Sammlung *Patrologia Latina* – die gesammelten Schriften der Kirchenväter, herausgegeben von Jacques-Paul Migne zwischen 1844 und 1855 – wird in diversen Texten aus den ersten sechs Jahrhunderten nach Christus auf die Dornenkrone verwiesen. Unter anderem hat Paulinus von Nola geschrieben, dass der Kranz samt Kreuz und Pfosten, an den Jesus gefesselt war, als er ausgepeitscht wurde, aufbewahrt wurde. Wer's glaubt. Der Historiker und Bischof Sankt Gregorius von Tours, der um 500 n. Chr. lebte, behauptet in der Schrift *De gloria martyri*, dass die Dornen zu seiner Zeit noch grün und frisch waren. Zur gleichen Zeit sagte der Pilger Antoninus von Piacenza, dass die Dornenkrone sich auf dem Berg Zion in der Nähe Jerusalems befinde. Der oströmische Kaiser Justinian I. prahlte damit, Bischof Germain in Paris die Dornenkrone zum Geschenk gemacht zu haben. Aufbewahrt wurde sie angeblich im Benediktinerkloster Saint-Germain-des-Prés. Und so geht es immer weiter ... Die byzantinische Kaiserin Irene von Athen behauptete, Teile der Dornenkrone Karl dem Großen um das Jahr 800 zum Geschenk gemacht zu haben. So sollen acht der Dornen im Dom zu Aachen gelandet sein, wo auch Karl der Große beerdigt liegt. Aber wer weiß? Vier der acht Dornen wurden 877 vom westfränkischen König Karl II. an die französische Abtei Saint-Corneille de Compiègne abgetreten. Während Hugo der Große 927 einen Dorn dem angelsächsischen König Adalstein verehrte, der später in der Abtei Malmesbury landete. Ein zweiter wurde 1160 der spanischen Prinzessin geschenkt, und einer soll im Besitz des deutschen Benediktinerklosters Andechs sein. Die Geschichte ist damit noch nicht zu Ende. 1238 kaufte der französische König Ludwig IX. die Dornenkrone von Balduin I. von Konstantinopel. Ludwig IX. baute Sainte-Chapelle für seine Kleinodien. Angeblich ist es diese Dornenkrone, die noch heute Tausende von Touristen Tag für Tag in der Kirche Notre-Dame in Paris bewundern.

Aber welche von all diesen Kronen ist die echte? Existieren überhaupt noch »echte« Dornen von dieser Krone?

Bei der letzten wissenschaftlichen Aufarbeitung all der angeblich echten Dornen kamen die Wissenschaftler auf etwa siebenhundert Dornen, aber trotzdem wollen noch heute Kirchen und Museen in ganz Europa Teile der Dornenkrone bei sich wissen: je eine in Tschechien und der Ukraine, zwei in Belgien und Frankreich, drei in Deutschland, England und Spanien und nicht weniger als fünf in Italien.

IV

Aber in Wahrheit ist sie also hier.

Im Besitz von Peter Cornell.

Das will er mich auf jeden Fall glauben lassen.

»Sie denken natürlich: eine Fälschung«, sagt er.

Er ahnt gar nicht, wie recht er hat.

»Ich verstehe das«, fährt er fort, ohne auf meine Bestätigung zu warten. »Als mein Kunde sich an mich wandte, hielt auch ich ihn lange für einen Betrüger. Es gibt so viele Geschichten über die Irrwege der Dornenkrone durch Europa. Die Wahrheit ist ganz einfach. Jesus' Mutter Maria hat die Dornenkrone nach der Kreuzigung an sich genommen. Mütter tun so etwas. Und sie endete in der Grotte in Kapernaum, wo Moshe Mendelssohn sie 1978 gefunden hat.«

»Wie wollen Sie wissen, dass sie wirklich auf dem Kopf von Jesus saß?«

»Verschiedene Indizien im Grab legen diesen Schluss nahe.«

»Was für Indizien?«

»Darauf kann ich leider nicht eingehen.«

»Wenn Moshe Mendelssohn die Dornenkrone gefunden hat – wie kann sie dann auf dem Schwarzmarkt gelandet sein? Er war ein seriöser Wissenschaftler, kein Spekulant.«

»Moshe Mendelssohn wurde getötet. Was ich sehr bedaure. Ich weiß nicht, ob seine Tochter sich damit inzwischen abgefunden hat. Ihr Vater hat die Dornenkrone gefunden und sie mit nach Jerusalem genommen. Jemand von der Universität muss ihm auf dem Rückweg nach Kapernaum gefolgt sein und ihm die Krone gestohlen haben.«

»Wissen Sie vielleicht auch, wer das gewesen ist?«

»Leider nein. Mein Kunde ist seit 2012 im Besitz der Krone.

Bevor sie in seine Hände kam, ist sie quer durch Europa und die USA gereist. Daher der bedauernswerte Zustand. Natürlich hätte sie unter kontrollierten Bedingungen in einem Museum aufbewahrt werden sollen, in dem die ganze Welt Freude an ihr gehabt hätte. Aber so war es nicht. Leider. Und deshalb habe ich jetzt Kontakt zu Ihnen aufgenommen.«

»Warum zu uns?«

»Weil es Rebecca Mendelssohns Vater war, der die Krone gefunden hat. Vor allem aber, weil Ihr Status in der Welt der Archäologie mir Kontakt zu den richtigen Käufern verschaffen wird.«

»Ich habe im Leben nicht vor, eine Rolle im Schwarzmarkthandel von Reliquien zu spielen.«

»Nein, nein, Sie verstehen mich falsch. Mein Kunde wünscht, dass eine seriöse Universität, ein anerkanntes Museum oder Forschungsinstitut die Krone übernimmt.«

»Warum?«

»Ich verlange nicht, dass Sie mir glauben. Darf ich trotzdem sagen, dass es … eine Gewissensfrage ist. Er will die Dornenkrone mit der Welt teilen.«

Ich halte mit Mühe ein *Pffft* zurück.

Als er sich umdreht, um etwas aus einer Schublade zu nehmen, nutze ich die Gelegenheit, mir das Fragment eines Dorns zu sichern, das abgeknickt ist und nur noch lose an der Dornenkrone hängt. Ich stecke es in die Tasche. Peter Cornell dreht sich mit einer Schachtel in der Hand um.

»Ich verstehe Ihre Skepsis, Sie haben keinerlei Grund, mir zu vertrauen. Deshalb möchte ich Ihnen einen Dorn geben …«, er reicht mir die Schachtel, »und Sie bitten, ihn datieren zu lassen.«

»Radiokarbonmethode?«

»Das wäre das Beste.«

»Das kostet ein kleines Vermögen.«

»Rebecca hat bestimmt Kontakte, die Sie nutzen können.«

Guter Gedanke, aber auch ich habe Kontakte. Kurt Wiik von der Technisch-Naturwissenschaftlichen Universität in Trondheim. Er datiert organisches Material für mich, wenn ich eine Analyse brauche.

»Ich weiß, dass wir noch viele Stunden diskutieren könnten, und respektiere Ihre Skepsis. Aber vertrauen Sie mir. Ich verlange heute selbstverständlich kein Geld von Ihnen. Ich werde Sie jetzt zurück in die Stadt fahren. Lassen Sie die Krone datieren. Ich rufe Sie im Laufe der nächsten Tage an, wenn Sie das Ergebnis haben. Und dann, *Herr Belto*, sind Sie zweifelsohne bereit, weiter mit mir über diese Sache zu reden.«

V

Er setzt mich an einer Bushaltestelle unweit des Crown Plaza ab. Ich habe Rebecca bereits auf dem Weg informiert, sie wartet in ihrem Auto auf mich. Ich erkläre ihr, was ich von Peter Cornell bekommen habe.

»Ein Stück der *Dornenkrone*?«, schnaubt sie.

Sie strahlt eine Aura kühler Distanz aus, als betrachte sie die Welt von einer höheren Warte aus, als hätte sie nur wenig mit unserer Wirklichkeit zu tun. Als ich sie das erste Mal vor der Tür meines Büros sah, dachte ich, dass sie Selbstvertrauen und Stärke ausstrahlt. Aber das ist nur Fassade, so viel weiß ich mittlerweile. Deshalb ignoriere ich den unterschwelligen Vorwurf, der in ihrer Frage mitschwingt.

»Ich weiß, wie unwahrscheinlich das klingt«, sage ich. »Und ich glaube auch nicht daran.«

»Was hat er gesagt? Welche Verbindung gibt es zwischen dem Propheten Daniel und der Dornenkrone Jesu?«

»Davon hat er nichts gesagt. Aber er hat mir etwas gezeigt. Das Fragment eines Papyrus.«

»Warum sollte er dir die Dornenkrone geben?«

»Uns. Die Frage lautet: Kennst du jemanden, der die Dorne, die er mir gegeben hat, mittels Radiokarbonmethode für uns datieren kann?«

»Natürlich. Das Kimmel-Zentrum in Rehovot.«

»Ist das weit weg?«

»Außerhalb von Tel Aviv. Aber nutzen wir in diesem Fall lieber die Universität, das geht schneller und ist billiger.«

Noch aus dem Auto ruft sie Gidon Zaller an und informiert ihn, dass wir unterwegs sind. Rebecca parkt direkt vor dem Institut, wir gehen hoch in sein Büro und geben ihm das Kästchen. »Angeblich ist das ein Stück der Dornenkrone«, sagt Rebecca.

Gidon Zaller lacht. Ich würde gerne mitlachen.

»Gidon …«, sagt Rebecca.

Sein Lachen verstummt. Er sagt: »All die Dornenkronen und Kreuzsplitter, die im Laufe der Geschichte auf dem Schwarzmarkt aufgetaucht sind, ergeben zusammen mittlerweile einen ganzen Wald.«

»Das wissen wir, Gidon, wir sind weder dumm noch leichtgläubig«, sagt Rebecca kühl. »Das Problem ist nur: Woher weiß der Antiquitätenhändler, der uns die Dornenkrone anbietet, überhaupt von Bjørn und mir? Und warum macht er ausgerechnet uns dieses Angebot? Ein richtiger Schwarzmarkthändler, der im Besitz der echten Dornenkrone ist, würde sie bestimmt nicht in die Hände unvermögender Archäologen geben. Er würde sie an einen reichen Sammler verkaufen. Oder an ein Museum, das bereit ist, für ein derartiges Unikat den Schwarzmarktpreis zu zahlen. Kannst du dir vorstellen, was die Dornenkrone wert ist? Man könnte dieses Exponat in einem Panzerglaskasten auf der ganzen Welt zeigen. Das Publikum würde kilometerlang Schlange stehen und ein Vermögen zahlen, um einmal die echte Dornenkrone zu sehen.«

»Genau!«

»Warum also wir? Warum Bjørn und ich?«

»Da ist noch mehr«, sage ich. »Etwas, das ich noch nicht klar in Worte fassen kann. Deshalb ist es wichtig, wirklich *ausschließen* zu können, dass das die Dornenkrone Jesu ist. Nur so können wir herausfinden, um was es wirklich geht.«

Das Leben hat mich gelehrt, dass man sich nie sicher sein sollte.

In einem Kiosk kaufe ich mir einen großen Umschlag mit Luftpolsterfolie und die passenden Briefmarken. In eine leere, solide Zigarrenschachtel, die ich vom Kioskbesitzer bekomme, lege ich den in Zeitungspapier eingeschlagenen Dorn, den ich unbemerkt abgebrochen habe. Der Adressat ist Kurt Wiik im Nationallabor der Technisch-Naturwissenschaftlichen Universität in Trondheim. *Wie alt? Ruf an! Gruß BB*, schreibe ich auf eine Karte.

Engelsgrab

I

Er hätte sich der Einfachheit halber Patriarch von Jerusalem nennen können. Vielleicht mit dem Zusatz griechisch-orthodoxer Patriarch, um sich von dem armenisch-apostolischen, dem lateinisch-katholischen, dem anglikanischen und nicht zuletzt dem melkitisch-katholischen zu unterscheiden. Dabei lautet sein vollständiger Titel beeindruckend *Patriarch der Heiligen Stadt Jerusalem und ganz Palästinas, Syriens, der Gebiete jenseits des Jordanflusses, Kanas in Galiläa sowie des Heiligen Zion.*

Ich bin froh, nicht in der Telefonzentrale des Patriarchen zu arbeiten.

Beim Patriarchen vorsprechen zu dürfen ist, wie eine Audienz beim Papst gestattet zu bekommen. Er ist nicht irgendwer. Der Patriarch kann, ähnlich dem römisch-katholischen Papst, auf eine ungebrochene Linie bis zur Urkirche zurückblicken. Pater Simon von der Kirche der Sieben Apostel in Kapernaum muss ein gutes Wort für uns eingelegt haben.

Unser Treffen mit dem Patriarchen ist jedoch nicht sonderlich sakral. Er trifft uns in einem Straßencafé gleich neben der Kirche vom Heiligen Grab. Ohne den imposanten Bart hätten wir ihn wahrscheinlich gar nicht erkannt. In der Regel trägt er einen schwarzen Mantel, ein schwarzes Kamilavkion und so viele schwere Ketten um den Hals, dass es an ein Wunder grenzt, dass er überhaupt noch aufrecht stehen kann. Bei hochzeitlichen Zeremonien schimmert er in Gold und Seide und kostbarsten Kleidern. Heute trägt er Jeans und T-Shirt. Während wir auf das Mineralwasser warten, betont er mehrfach, dass es sich um ein privates Treffen und nicht um kirchliche Angelegenheiten handelt.

Fliegen schwirren um uns herum, es ist heiß. Auf dem Bürgersteig stehen drei Männer und streiten, als der Kellner das Mineralwasser bringt.

»Pater Simon hat Ihnen also von seiner Theorie erzählt?«, fragt der Patriarch.

»Ja. Er glaubt, dass in Kapernaum einer der Jünger Jesu gefunden wurde«, fasse ich zusammen. »Das wäre selbstverständlich eine Möglichkeit.«

Ich bin unsicher, wie man einen Patriarchen korrekt anspricht, aber da er in Zivil auftritt und betont, dass er als Privatperson gekommen ist, traue ich mich, informell zu sein. »Pater Simon hat angedeutet, dass Sie eine ganz andere Theorie vertreten?«

»So ist es.«

»Darf ich raten? Daniel!«

»Daniel?«

»Der Prophet.«

»Ich weiß, wer Daniel ist. Aber ich verstehe nicht, wie Sie darauf kommen?«

Ich mustere ihn. Hält er was zurück?

»Daniel stammte aus Judäa«, sagt er, »und wurde nach Babylon ins Exil geschickt. Mir ist keine Verbindung zwischen Daniel und Kapernaum bekannt.«

»Dann habe ich das wohl missverstanden«, murmele ich. »Tut mir leid. Wie lautet denn Ihre Theorie?«

»Sie werden schockiert sein.«

»Sagen Sie das nicht«, sage ich. »Sie wissen nicht, was ich in diesem Leben alles schon erlebt habe.«

»Was glaubt Eure Seligkeit?«, fragt Rebecca.
Eure Seligkeit? Ich sehe sie bewundernd an.
»Ich glaube, dass in dem Grab ein Engel ruht.«

II

Ein Engel. Wenn's weiter nichts ist. Ein Engel, meine Güte.

Ich habe Engel schon immer gemocht. Nicht dass ich an sie glauben würde, aber die Vorstellung dieser nicht göttlichen Geisterwesen, die in sakraler Erhabenheit durch den Glauben schweben, gefällt mir. Cherubim und Seraphim und all die Engel mit den unbegreiflichen Namen. Gott hat alle Dinge erschaffen, die sichtbaren wie die unsichtbaren – *visibilium omnium et invisibilium* –, und mitten in dem Unsichtbaren gibt es eine komplexe Hierarchie der Engel. Die, denen wir Menschen in glücklichen Momenten begegnen, stehen ganz unten auf der Rangleiter. Erzengel und gemeine Engel, etwa Schutzengel, gehören der dritten Ordnung an. Ganz oben, in der höchsten Ordnung, finden wir die Seraphim, die sich in unmittelbarer Nähe des Herrn tummeln, und die weisen, wohlgesonnenen Cherubim und natürlich die Throne, von denen ich nicht hundertprozentig weiß, was das eigentlich ist.

Woher wissen wir das? Alles, was man schon immer über Engel wissen wollte, sich aber nie zu fragen getraut hat, steht in einem Werk aus dem 6. Jahrhundert mit dem treffenden Titel *De Coelesti Hierarchia*, verfasst vom Kirchenvater Pseudo-Dionysius Areopagita. Trotzdem gibt es noch jede Menge offene Fragen zu Engeln, die nicht einmal die Gelehrten beantworten können oder wollen. Haben Engel Flügel? Und warum? Haben die Flügel Federn? Daunen, Deckfedern, Flügelfedern und

Flugfedern? Was machen all diese Engel den lieben langen Tag? Laut Überlieferung hat Gott ihnen zwei Aufgaben gegeben. Zuallererst einmal sollen sie ihn ehren, lieben, ihm dienen und ihn anbeten. Kein Kleinkram. So einen Fanclub kann man sich nur wünschen. Dabei ist Gottes Begründung eigentlich ganz selbstlos, denn indem die Engel ihren Gott ehren, verspricht er ihnen ultimatives Glück und Seligkeit. Wow. Danach fungieren die Engel als Sendboten zwischen Gott und den Menschen. Das Wort Engel bedeutet schlicht und ergreifend Bote.

Man kann sich vorstellen, dass die Engel ziemlich lange Tage haben.

Ein Engel …

Ich betrachte die im Wasser aufsteigenden Kohlensäurebläschen.

Rebecca sagt nichts. Was soll sie auch sagen?

»Ich kann Ihre Skepsis gut verstehen«, sagt der Patriarch. »Aber wenn man schon an Gott glaubt, ist der Glaube an Engel nur eine Verlängerung des Glaubens an Gott. Warum sollten Engel weniger glaubwürdiger sein als Unser Vater im Himmel? Was ist eigentlich ein Engel? Haben Sie darüber schon mal nachgedacht?«

»Ich habe nie verstanden, wieso sie Flügel haben«, sage ich.

Der Patriarch lacht leise. »Wir stellen sie uns als beflügelte Wesen vor, ja, aber die Flügel sind vor allen Dingen eine kunsthistorische Konstruktion, um sie heil vom Himmel auf die Erde zu bringen. Die Bibel präsentiert die Engel als geschlechtslose, geistige Wesen, Boten zwischen Gott und uns Menschen; erhaben über den Menschen, aber selbst nicht göttlich. Die meisten Christen sehen in den Engeln Geschöpfe Gottes. Für die Mormonen sind sie die Geister noch nicht geborener oder verstorbener Menschen. Theorien gibt es viele. Sie kennen doch sicher einige Namen von Engeln?«

»Gabriel«, sage ich.

»Michael«, sagt Rebecca.

»Genau! In der römisch-katholischen Kirche gibt es drei namentlich genannte Erzengel: Gabriel, Michael und Raphael. In unserer orthodoxen Kirche glauben wir an Tausende von Erzengeln, aber nur sieben werden namentlich genannt: Gabriel, Michael, Raphael, Uriel, Jehudiel, Barachiel und Sealtiel.«

»Aber gibt es sie wirklich?«, frage ich.

»Für die, die an sie glauben, sind sie so wirklich wie Gott und Jesus.«

»Und sie bewegen sich hier unten bei uns auf der Erde?«

»In der Bibel gibt es unzählige Erzählungen über Begegnungen zwischen Engeln und Menschen.« Der Patriarch trinkt einen Schluck Mineralwasser. »Die bekannteste Geschichte ist wohl die im Lukas-Evangelium, wo Gott den Engel Gabriel nach Galiläa in ein Dorf namens Nazareth schickt, zu einer Jungfrau, die Josef versprochen war.«

»Maria«, sage ich.

»So ist es.«

»Das ist lange her.«

»Oh, sagen Sie das nicht. Auch lange nach biblischen Zeiten haben uns Erzengel besucht. Immer wieder. 1751 hat sich der Karmeliternonne Antonia d'Astonac der Erzengel Michael offenbart, eine Begegnung, die exakt hundert Jahre später von Papst Pius IX. anerkannt wurde.«

»Das erklärt aber noch nicht, wie ein Engel in dem Grab von Kapernaum gelandet sein kann«, sage ich.

»Vielleicht wurde er ja aus dem Himmelreich verstoßen …?«

»Mit anderen Worten: Luzifer? Also Satan?« Ich denke mir meinen Teil.

»Warum nicht? Jesus hatte mehrere Begegnungen mit Satan. Unter anderem auf dem Berg Hermon nordöstlich von Kapernaum.«

»Wollen Sie damit sagen, dass Jesus ihn gefangen und eingesperrt hat?«

»Wohl nicht buchstäblich.«

»Sind Engel keine Geisterwesen?«

»Engel sind Gottes Geschöpfe, geschaffen nach seinem Bilde. Sie können menschliche Gestalt annehmen und sich uns als Menschen zeigen.«

»Aber glauben Sie denn wirklich, dass die Archäologen 1978 die Überreste von Satan gefunden haben? Einem Dämon? Einem der biblischen Nephilim*?«

»Wer weiß. Oder einen ganz gewöhnlichen Engel.«

»Sind selbst ganz gewöhnliche Engel nicht unsterblich?«

»Wer«, sagt der Patriarch leise, »hat gesagt, dass der Engel tot ist?«

III

Ich muss an Mamas letzte Tage denken. Als sie zum Sterben ins Hospiz verlegt wurde, saß sie am liebsten in einem Sessel am Fenster, zugedeckt mit der grauen Klinik-Wolldecke, mit einem winzigen bisschen Aussicht auf eine viel befahrene Straße. So saß sie da, halb weggedämmert, wenn ich sie besuchte. Der Krebs fraß sich an ihr satt und wurde immer gieriger. Als sie zu schwach war, um noch aus dem Bett aufzuste-

* Nephilim werden in Bibelübersetzungen als »Riesen« bezeichnet: »Zu der Zeit und auch später noch, als die Gottessöhne zu den Töchtern der Menschen eingingen und sie ihnen Kinder gebaren, wurden daraus die Riesen auf Erden. Das sind die Helden der Vorzeit, die hochberühmten.«
Genesis, Kap. 6, Vers 4

hen, bat sie die Pfleger, sie näher ans Fenster zu schieben, damit sie die unbedeutende Aussicht behielt. Auf eine viel befahrene Straße.

»Aber Bjørn«, sagte sie, als ich sie darauf ansprach, »verstehst du nicht, so halte ich die Wirklichkeit fest.«

Ich verstehe noch immer nicht, was sie mit diesen Worten gemeint hat. Welche Wirklichkeit?

Jetzt ist sie hier bei mir, sagt Papa. Aber das ist wahrscheinlich nur Wunschdenken von uns beiden.

IV

»Hat dir schon mal jemand gesagt, wie süß du bist?«

Rebecca beugt sich zu mir vor und stupst mich leicht an die Nase. Ich will die Stimmung nicht kaputtmachen, indem ich ihr verrate, dass das auch schon andere Frauen angedeutet haben. Es ist nicht mein Äußeres, was sie anspricht, das ist mir schon klar. Eine von ihnen meinte, ich wäre so unbeholfen und nett in Gesellschaft von Frauen, dass das durchaus einen gewissen Charme hätte. Dabei wünsche ich mir alles andere, als unbeholfen und nett zu wirken. Rebecca findet mich süß. Damit kann ich leben, auch wenn mir männlich und cool eindeutig besser gefiele.

Sie sitzt mit angezogenen Beinen neben mir auf dem Sofa. Es liegt etwas in der Luft. Die Hoffnung stirbt zuletzt, dass es Sex ist. Das letzte Mal ist eine Weile her. Rebecca hat etwas Gurrendes an sich. Ich bin leider kein Meister im Deuten weiblicher Signale. Plötzlich springt sie auf und läuft in die Küche. Wenige Minuten später kommt sie mit zwei dampfenden Bechern Tee zurück. Ich weiß nicht, wie ich die Situation interpretieren soll. Ist das eine Einladung zum gemütlichen Kuscheln, oder will sie nur Tee trinken? Die Antwort ist eigentlich klar. Aber sie setzt sich dicht neben mich, als wäre gemeinsames Teetrinken Teil eines vergessenen romantischen Rituals, das erotische Vorspiel für Eingeweihte.

Wir pusten in die Tassen, um den Tee zu kühlen.

»Gefällt es dir hier?«, fragt sie. Schlägt sie mir als Nächstes vor, bei ihr einzuziehen? Ich weiß nicht, ob sie mit »hier« zusammen mit ihr meint, hier in ihrer Wohnung, hier in Jerusalem oder hier in Israel. Sicherheitshalber antworte ich einfach mit Ja.

»Es ist alles so anders«, sagt sie, und es dauert einen Moment, ehe ich begreife, dass sie damit auf Norwegen und Oslo anspielt, vermutlich hauptsächlich auf Juvdal.

»Was hältst du von dem Engel des Patriarchen?«, fragt sie.

»Ich verstehe nicht ganz, was er meint. Ein Engel ist ein Geisterwesen. Um einen Engel einzusperren, müsste er einen Körper haben, und um einen Körper zu haben, müsste er ein biologisches Geschöpf aus Fleisch und Blut sein.«

Sie pikst mich hänselnd mit dem Finger in die Seite.

»Sei doch nicht so rational.«

»Wenn ich an Gott und Engel oder Satan und Dämonen glauben soll, müssen die schon irgendeiner geistigen oder biologischen Kategorie zuzuordnen sein.«

»Ja? Wirklich?«

»Entweder sind das körperlose Geisterwesen ohne äußere Gestalt oder physische Wesen. Physische Wesen leben kraft ihrer Biologie. Sie brauchen Sauerstoff, etwas zu essen und zu trinken. Und sie brauchen Blut, das durch den Körper gepumpt wird.«

»Was ist, wenn die Geisterwesen die Gestalt annehmen, von der sie glauben, dass wir sie erwarten? Eigentlich gibt es sie in unserer Welt nicht, aber sie passen sich an unsere Vorstellungen an.«

»Warum um alles in der Welt so kompliziert? Und wie gelangt so etwas in eine abgeschlossene Grabkammer?«

»In der Bibel steht, dass wir nach Gottes Ebenbild geschaffen wurden. Dann sehen wir ja wohl alle aus wie Gottes Geschöpfe.«

»Ich glaube eher, dass wir uns Gott nach unserem Bild geschaffen haben. Egal wie, ich glaube nicht daran, dass in der Grabkammer in Kapernaum ein Engel liegt.«

»Auf was ist Papa dann gestoßen?«

Ihre Frage ist in gleichem Maße ein frustrierter Ausruf, da wir mindestens so weit von einer Antwort entfernt sind wie zu Anfang.

Selbst wenn die Theorie des Patriarchen weit hergeholt wirkt, der Gedanke ist bestechend. Ein Engel oder Naphil – quicklebendig? Quatsch. Aber das Gedankenspiel gefällt mir. Ein altertümliches Wesen – von den Zeitgenossen als Engel angesehen, vielleicht gar als außerirdisches Wesen – eingesperrt in der Krypta. Hat Moshe Mendelssohn wirklich ein solches Wesen entdeckt? Ist er möglicherweise – zusammen mit diesem Wesen – an einem streng geheimen und ausbruchssicheren Ort eingesperrt? War deshalb der Pappumschlag des Papyrusfragmentes mit *Cosmic Top Secret* beschriftet?

Entschuldigung, meine Fantasie geht mit mir durch.

V

Seit Peter Cornell mir das Papyrusfragment von Daniel gezeigt hat, versuche ich, die Zahl 5528 zu deuten. Es gibt einen Planetoiden im Asteroidengürtel mit dieser Ziffer, eine Vollverkleidung für Motorräder und ein menschliches Protein mit der Gen-ID 5528. Aber keine dieser Lösungen scheint mir in irgendeinem Zusammenhang mit einem mehrere tausend Jahre alten Text zu stehen.

Ich brauche peinlich lange, um zu der offenbaren Lösung zu kommen. 5528 ist eine Bibelstelle. Kapitel 5, Vers 5-28.

So was Dummes. Wissenschaftler – Theologen, Historiker, Linguisten – müssen den Zusammenhang schon vor langer Zeit gesehen haben. Oder haben sie überhaupt von dem Zusammenhang gewusst? Ich bekomme keine relevanten Treffer, als ich Daniel und 5528 in die Suchmaschine eingebe. Das hieße entweder, dass das Papyrusfragment der akademischen Welt nicht bekannt ist oder dass die Kombination keine Bedeutung hat.

Laut Peter Cornell soll das Fragment uralt sein. Wie alt auch immer das ist. Die Antwort ist allerdings entscheidend für die Deutung der Zahl. In der protestantischen Tradition ist die Bibel in zwei Testamente eingeteilt, 66 Bücher, 1189 Kapitel und 31 173 Verse. Aber das ist eine relativ moderne Einteilung. Vor 2400 Jahren haben die Juden die Mosebücher in 54 Abschnitte aufgeteilt. Verse gab es damals noch nicht. Die heute noch gültige Kapitelaufteilung der Bibel wurde im 13. Jahrhundert begonnen. Der Erste, der die über tausend Kapitel in Verse aufteilte, war der Buchdrucker Robert Estienne 1551.

Sollte die Zahl 5528 auf eine konkrete Bibelstelle verweisen, kann das Papyrusfragment nicht älter als 463 Jahre sein.

Ich öffne das Buch Daniel auf dem Tablet und blättere ins 5. Kapitel. Gespannt lese ich über den babylonischen König Belsazar, der ein großes Festmahl für seine tausend Mächtigen gab. Begierig tranken sie Wein aus goldenen und silbernen Gefäßen, die die Babylonier aus dem Tempel in Jerusalem gestohlen hatten.

Im gleichen Augenblick gingen hervor Finger wie von einer Menschenhand, die schrieben gegenüber dem Leuchter auf die getünchte Wand in dem königlichen Saal. Und der König erblickte die Hand, die da schrieb.

Das Buch Daniel,
Kap. 5, Vers 5

Daher der Ausdruck »Zeichen an der Wand«. Was hatte die Hand geschrieben? Der Text war unleserlich und unbegreiflich.

Und der König rief laut, dass man die Weisen, Gelehrten und Wahrsager herbeiholen solle. Und er ließ den Weisen von Babel sagen: »Welcher Mensch diese Schrift lesen kann und mir sagt, was sie bedeutet, der soll mit Purpur gekleidet werden und eine goldene Kette um den Hals tragen und der Dritte in meinem Königreich sein.« Da wurden alle Weisen des Königs hereingeführt, aber sie konnten weder die Schrift lesen noch dem König die Deutung kundtun. Darüber erschrak der König Belsazar noch mehr und verlor seine Farbe ganz, und seinen Mächtigen wurde angst und bange.

Das Buch Daniel,
Kap. 5, Vers 7–9.

König Belsazar rief Daniel zu sich, der den Geist der heiligen Götter und Einsicht und göttliche Weisheit in sich trug. König Nebukadnezar II. hatte ihn eingestellt, um die Traumdeuter, Geisterbeschwörer, Sterndeuter und Wahrsager am Hof anzuleiten. Daniel erkannte sofort, was dort stand:

מנא, מנא, תקל, ופרסין

Es bedeutete:

MENE, MENE, TEKEL, UPHARSIN

Daniel lieferte direkt die Übersetzung: *gezählt, gewogen, geteilt.*

Und sie bedeutet dies: Mene, das ist, gezählt hat Gott die Tage deiner Herrschaft und macht ihr ein Ende. Tekel, das ist, gewogen wurdest du auf der Waage und zu leicht befunden. Peres, das ist, geteilt wird dein Reich und den Medern und Persern gegeben.*

Das Buch Daniel,
Kap. 5, Vers 25-28

Tatsächlich waren die Tage Babylons gezählt. Die Perser standen bereit, die Macht zu übernehmen. Noch am selben Abend wurde der König ermordet, das babylonische Reich ging unter, und die Juden gewannen ihre Freiheit zurück.

Mene, mene, tekel, upharsin.

Ich schreibe die Worte und lese sie mehrmals hintereinander. Vier Worte. Oder drei, wenn man so will. *Gezählt, gewogen, geteilt.* Liegt darin vielleicht ein ganz anderer Sinn verborgen?

Wir alle werden mit einer Vorstellung von Gott geboren, mit der Sehnsucht nach jemandem, der auf uns aufpasst; in der Hoffnung, dass das Leben mehr als nur eine Aneinanderreihung von Tagen ist, sondern hinter alldem ein Sinn ist.

Die Religionen sind der Rahmen für unsere Gottesvorstellung. Der Rahmen und der Regelkatalog. Ob man an den jüdischen Jahve oder den Jesus des Christentums glaubt, an den

---

* Peres = upharsin.

muslimischen Allah, den buddhistischen Buddha oder den hinduistischen Krishna, sie alle sind Verlängerungen unserer inneren Gottesvorstellung und dem religiösen Rahmen unserer Kultur untergeordnet. Dein Glaube ist deine Hoffnung. Eine Hoffnung, dass es einen Gott gibt, der sich um dich kümmert.

So stelle ich mir das vor.

Die Vernehmung

1

Rebecca verschwindet am nächsten Morgen.

Sie will nur kurz nach unten und etwas einkaufen, während ich den Tisch decke und Kaffee koche.

Nach zwanzig Minuten werde ich unruhig. Ich rufe sie an. Sie geht nicht ans Telefon. Ich öffne die Tür des französischen Balkons und werfe einen Blick nach unten auf die stark befahrene Straße. Ich sehe sie nicht. Ich rufe sie noch einmal an. Überprüfe, dass ich keine SMS bekommen habe. Nach weiteren zehn Minuten gehe ich sie suchen.

Als ich zu dem kleinen Lebensmittelladen laufe, komme ich mir dumm vor; eigentlich erwarte ich förmlich, dass Rebecca sich irgendwo angeregt mit einem Bekannten unterhält. Aber sie ist nicht da. Das junge Mädchen an der Kasse hat keine Ahnung, wer Rebecca ist, und zuckt gleichgültig mit den Schultern, als ich sie beschreibe. Ist sie in einen anderen Laden gegangen? Vielleicht. Aber warum sollte sie das tun? Sie wollte nur ein Brot und eine Flasche Saft kaufen. Ich versuche erneut, sie anzurufen. Habe ich die Sirene eines Krankenwagens gehört, nachdem sie gegangen ist? Ich erinnere mich nicht. Mitten auf dem Bürgersteig stehend schreibe ich ihr eine SMS: *Wo bist du? Melde dich!* Dann laufe ich die breite Querstraße hinunter. Aber so weit kann sie unmöglich gegangen sein. Ich biege nach links ab in eine schmale Gasse, aber was sollte

Rebecca dort machen? Ich habe von Geburt an einen schlechten Orientierungssinn, weshalb ich wieder zurück zur Hauptstraße muss. Ich komme mir vor wie ein Kompass in einer Magnetfabrik. Noch einmal überprüfe ich das Handy, überquere die Straße und versuche, durch die Schaufenster ins Innere der Läden zu blicken.

II

Jedes Jahr verschwinden Menschen. Manche sind Opfer einer Gewalttat, andere eines Unfalls. Wieder andere werden krank oder nehmen sich das Leben. Und dann gibt es noch die, die aus freien Stücken verschwinden, sich aus der Gesellschaft zurückziehen und nicht gefunden werden wollen. Diese Leute wollen von ihrem alten Leben nicht mehr eingeholt werden.

Die meisten Vermissten tauchen irgendwann wieder auf. Im Wasser. In irgendeinem Gehölz, versteckt unter einer Plane. Hinter zugezogenen Gardinen in einer Wohnung. In einem Krankenhaus, einer Zelle, einer fremden Stadt, einem anderen Land.

Aber manche werden nie gefunden. Sie verschwinden aus der Zeit. Vielleicht sind sie tot, oder sie haben ihren Vorsatz in die Tat umgesetzt und ihr Leben, wie es war, hinter sich gelassen, um ein neues zu beginnen.

All diese Gedanken gehen mir bei der Suche nach Rebecca durch den Kopf. Keiner davon ergibt Sinn.

Von Unruhe getrieben begebe ich mich zurück in Rebeccas Wohnung. Trabe von der Küche ins Wohnzimmer, vom Schlafzimmer in den Flur. Hin und her. Überprüfe immer wieder das Telefon. Dann bleibe ich an dem Tisch stehen, auf dem unsere

Papiere liegen, und blättere nervös durch den Stapel. Wie ferngesteuert finde ich eines der Schriftstücke, die Moshe Mendelssohn verfasst hat, und überfliege den Text.

Es gibt Menschen, die Jesus für ~~erfunden~~ erdichtet halten. Sie sehen Jesus' Herkunft in alten ägyptischen und mesopotamischen Mythen, andere verorten sie in den Religionen des Ostens, während wieder andere glauben, Jesus sei von den Juden in Galiläa erfunden worden oder von den jüdischen Gnostikern in Alexandria, als eine Art Konglomerat aus mythologischen Figuren wie Deus Sol Invictus, Osiris, Adonis und Mithra, angepasst an die alttestamentarischen Prophezeiungen vom Messias. Meiner Meinung nach spricht vieles dafür, dass es tatsächlich einen Juden namens Jesus gegeben hat, einen Lehrmeister des Glaubens, einen Reformator, einen Endzeitpropheten, der eine kleine Anhängerschar angeführt hat und unter Pontius Pilatus gekreuzigt wurde. Warum? Er wird in frühchristlichen Quellen auch außerhalb der Bibel erwähnt, zum Beispiel bei Papias von Hierapolis, Ignatius von Antiochien und Clemens I. Der Römer Plinius der Jüngere - welcher auch den Vulkanausbruch beschrieb, dem Pompeji zum Opfer fiel - hat in einem seiner Briefe an Kaiser Trajan etwas über Jesus geschrieben. Im Jahr 112 musste er sich als Abgesandter Roms mit verbotenen Versammlungen von Menschen auseinandersetzen, und in einem seiner Briefe verweist er auf eine lokale christliche Gemeinde. Weil die Christen vorgeblich den Leib des Gottessohnes aßen und sein Blut tranken, glaubte die Ortsbevölkerung, es mit Kannibalen zu tun zu haben. Weiter, schreibt Plinius, lobten die Christen Christus in ihren Liedern wie einen Gott. Ein anderer Römer, Sueton, schreibt in seiner Biografie über Kaiser Claudius, dass einige Anhänger *Chrestus'* Unruhen in der jüdischen Gemeinschaft Roms heraufbeschworen hätten. Noch konkreter ist die Beschreibung des Römers Tacitus, der über die Christen schreibt, die Christus anbeten, welcher auf Befehl von Pontius Pilatus unter der Herrschaft des Tiberius hingerichtet worden sei. Der römisch-jüdische Historiker Flavius Josephus erwähnt Jesus zwei Mal. In einem der Abschnitte - unter Historikern bekannt als *Testimonium Flavianum* - schreibt er so ausführlich und positiv über den Weisen Jesus, dass viele, vermutlich mit Recht, glauben, die Christen hätten seinen Text im Nachhinein bearbeitet. Wie auch immer, Flavius Josephus schreibt in diesem Abschnitt über einen Jesus, Bruder des Jakob, der die Urgemeinde in Jerusalem angeführt hat. Aus dem Text geht weiter hervor, dass Jesus einen gewissen Zulauf hatte, der aber nicht größer war als jener der anderen Messias-Kandidaten. Hätten die Christen das alles nur erfunden, hätten sie doch wohl eher behauptet, dass Jesus eine große Anhängerschar hatte?

Ja, sogar ~~in der Bibel~~ in den Evangelien werden die Anhänger Jesu als nicht zahlreich beschrieben. Warum? In meinen Augen stärkt es die Glaubwürdigkeit und Autorität dieser Texte, dass sie die Aufmerksamkeit, die Jesus zu Lebzeiten erregte, nicht aufblähen. Trotzdem glaube ich, dass Teile der Evangelien erdichtet sind. Zum Beispiel die Wunder. Ich glaube, die Evangelisten haben den Philosophen, Theologen und Reformator Jesus in etwas verwandelt, das er nicht war - zuerst in einen Propheten, dann in einen Gott.

Tja, was soll man dazu sagen? Ehrlich gesagt ist mir das im Moment völlig egal. Ich mache mir viel zu große Sorgen um Rebecca. Ich trete aus der Wohnung, schließe die Tür ab und gehe nach unten auf die Straße. Es ist besser zu suchen, als zu Hause zu sitzen und zu warten. Ich laufe noch einmal zum Laden. Jerusalem ist eine merkwürdige Stadt. Pochende Ungeduld. Kalte, misstrauische Blicke. Eine Atmosphäre aus Angst, gekränkter Gereiztheit. Oder spielt sich das alles in meinem Kopf ab?

Das Handy klingelt.

Endlich.

»Rebecca?«, rufe ich.

»Hier ist Trygve Arntzen.«

Immer dieser formelle Ton. Ich bleibe auf dem Bürgersteig stehen und lehne mich an eine Laterne.

»Um was geht es?«

»Wo bist du?«

»Ich ... arbeite.«

»Ach so? Ich stehe vor deinem Büro.«

»Ich bin in Jerusalem.«

»*Jerusalem?* Hast du Jerusalem gesagt?«

»Ja.«

»Ich hoffe nur, dass du mir dann nicht wieder mit einer Reisekostenabrechnung kommst.«

»Entspann dich.«

»Was machst du in Jerusalem?«

»Das ist eine lange Geschichte.«

»Kannst du mir eine Kurzversion geben?«

»Lass uns darüber reden, wenn ich zurück bin. Ich bin gerade ziemlich beschäftigt.«

»Es geht ... um die Professur.«

»Ja?«

»Es ist jetzt eine Auswahlkommission benannt worden.«

Ich traue meinen Ohren nicht. Solche Prozesse dauern mitunter Jahre.

»Sie haben den Wunsch geäußert, ein Gespräch mit dir zu führen. Am Mittwoch. Du solltest dann hier sein. Drei Sachverständige. Ein Schwede, ein Brite und ein Franzose. Willst du wissen, wer?«

»Im Moment nicht.«

»Nicht? Die Zusammensetzung ist nicht gerade unwesentlich für den Beschluss der Kommission.«

»Also wer ...?«

In diesem Moment gerät die Welt um mich herum aus den Fugen. Zwei Männer kommen auf dem Bürgersteig auf mich zugelaufen und packen mich an den Armen. Ein Auto bremst abrupt ab.

Trygve Arntzens Stimme: »Bjørn? Bist du noch da?«

Einer der Männer nimmt mir das Handy aus der Hand. Sie schieben mich zum Wagen, einem großen schwarzen SUV mit getönten Scheiben. Die hintere Tür geht auf. Die Männer drücken mich auf die Rückbank.

»*A pleasure to meet you, Mr Belto*«, sagt einer der Männer auf den vorderen Sitzen. Ich habe das vage Gefühl, ihn schon einmal gesehen zu haben.

III

»Ihren Papieren entnehme ich, dass Sie als Tourist in Israel sind, Herr *Belto*?«

Er blättert wie willkürlich durch einen dünnen Stapel offizieller Formulare. Ich erkenne, dass das ein Spiel ist. Eine Technik. Erlernt und antrainiert.

Sein weißes Hemd hat Schweißränder unter den Armen. Der Schlips saß wahrscheinlich noch straff, als er am Morgen zu Hause aufgebrochen ist, jetzt hängt ihm der gelockerte Windsorknoten tief vor der Brust. Die drei oberen Hemdenknöpfe sind offen und entblößen ein Netzhemd, durch das sich Haare bohren.

Ich weiß nicht, wer er ist. Er hat sich nicht vorgestellt. Ich weiß auch nicht, wo ich bin. Ist Rebecca hier? In einem anderen Raum? Oder haben sie sie in eine Zelle gesperrt und den Schlüssel weggeworfen?

Der Mann stiert mich mit hochgezogenen Brauen an.

»War das eine Frage?«, will ich wissen. »Falls ja, lautet die Antwort, ja. Ich bin als Tourist in Israel. Ist es üblich, Touristen zu verhaften und zu verhören, die Interesse an den Sehenswürdigkeiten und der Kulturgeschichte Ihres Landes zeigen?«

»Wir sind eine junge Nation, Herr Belto, nicht einmal siebzig Jahre alt. Wir sind gezwungen – nun, sagen wir, aufmerksam zu sein. Ich bin sicher, Sie verstehen das.«

»Ich denke, es gibt Menschen, die sagen würden, dass Ihre Nation viele tausend Jahre alt ist.«

Er lächelt. »Die Idee …«

»Ist Rebecca hier?«

»Hier sind viele Rebeccas. Sie meinen bestimmt die mit dem Nachnamen Mendelssohn. Ja, sie ist hier.«

»Warum werden wir hier festgehalten?«

»Ach, ich würde nicht von Festhalten sprechen. Das klingt so formell, so ernst. Sagen wir doch lieber, wir haben Sie zu einem … Gespräch eingeladen.«

»Gespräch?«

»Ich kenne Ihre wissenschaftlichen Meriten und bin überzeugt davon, dass Sie kooperationswillig sind.«

»Habe ich eine Wahl?«

Er tippt mit seinem Kugelschreiber auf den Schreibtisch und lächelt vor sich hin. »Eine existentielle Frage. Wann haben wir Menschen schon die Wahl?«

Das scheint eine rhetorische Frage zu sein. Ich schweige.

Wie ich ist er es gewohnt, die Stille auf seine freiwilligen und unfreiwilligen Gesprächspartner wirken zu lassen. Er stellt rasch fest, dass ich ein harter Brocken bin, auf den die Stille keinen Einfluss hat.

»Ich will mich nicht verstellen. Sie sind ein kluger Mann, *Bjorn Belto*. Genauso wenig will ich Sie in Verlegenheit bringen und den Unwissenden spielen. Sie und Rebecca Mendelssohn sind von Oslo über Tel Aviv und Jerusalem nach Kapernaum gereist, wo Sie die archäologische Ausgrabungsstätte besucht haben, die 1978 vom israelischen Militär übernommen wurde.«

Er schiebt ein paar Fotografien zu mir herüber. Gestochen scharfe und verwackelte Fotos durcheinander. Alle zeigen Rebecca und mich. Einige sind noch aus Oslo. Andere von den Überwachungskameras auf dem Flughafen Ben Gurion. Von der Überwachungskamera des Taxis, das uns ins Hotel in Tiberias gebracht hat. Vom Militärbunker in Kapernaum. Von der Apostelkirche. Sogar unser Treffen mit dem Patriarchen wurde überwacht.

»Wir ...«

»Sie brauchen sich nicht zu erklären. Wir wissen selbstverständlich, warum Sie hier sind. Sie fragen sich, was die Archäologen 1978 gefunden haben und was aus Moshe Mendelssohn wurde. Höchst verständlich. Rebecca will wissen, was mit ihrem Vater passiert ist. Sie wollen ihr gerne helfen. Ihre fachliche Neugier richtet sich auf das Rätsel des Grabes. Sie verstehen den Zusammenhang zwischen dem Grab in Kapernaum und dem Propheten Daniel nicht. All das ist mir klar.«

»Warum sind wir dann hier?«

»Meine Frage ist einfach: Wie – oder warum – ist es zu alldem gekommen?«

Der Vorteil von vagen Fragen ist der, dass man sich leicht daran vorbeiwinden kann. Sie wissen offensichtlich eine Menge. Aber Victoria scheinen sie absolut nicht auf dem Radar zu haben. Selbst jetzt, fünfunddreißig Jahre später, wissen sie weder von ihrer Existenz, noch dass sie 1978 mit in Kapernaum war.

»Ich habe ihr versprochen, diesem Rätsel ... auf den Grund zu gehen.«

Ich sage nichts über Victoria. Seiner Meinung nach rede ich über Rebecca. Ohne zu lügen, habe ich ihn in die Irre geführt.

»Warum haben Sie Ben Goldberg kontaktiert?«

»Ich habe nicht so viele Bekannte in Israel.«

»Aber warum?«

»Ich dachte, dass er vielleicht etwas über Moshe Mendelssohn weiß.«

»Was wissen Sie über Moshe Mendelssohn?«

»Nichts, was über das hinausgeht, was allgemein bekannt ist.«

»Wie haben Sie von ihm erfahren?«

»Ich habe im Internet einen Artikel über ihn gefunden. In *The Jerusalem Post*.«

»Rein zufällig?«

»Ich bin Archäologe. Er war Archäologe.«

»Warum lesen Sie die *Jerusalem Post*?«

»Ich halte mich gern auf dem Laufenden.«

Der Schlüssel zu guten Lügen ist, so wenig wie möglich zu lügen. An der Grenze zur Wahrheit zu bleiben. Streng genommen lüge ich gar nicht – ich habe nur nicht die ganze Wahrheit gesagt.

Er mustert mich. Geht in seinem konspiratorischen Kopf alle Möglichkeiten durch, ob ich in der Jerusalem Post tatsächlich zufällig über den Artikel über Moshe Mendelssohn gestolpert bin. Dann die Frage, ob ein solcher Zufall zu der Mail an Ben Goldberg, Rebeccas Reise nach Oslo und unserer Exkursion nach Kapernaum geführt haben kann. Er weiß, dass es so sein könnte, dass es nicht unmöglich ist. Die Welt ist voller seltsamer Zufälle. Aber er glaubt nicht daran.

»Ja, ja, ja …«, seufzt er langgezogen. »Wenn ich richtig informiert bin, hatten Sie auch Kontakt zu dem Antiquitätenhändler Peter Cornell?«

Denen entgeht wirklich nicht viel. Ich sehe keinen Grund zu antworten, da er es ohnehin schon weiß.

»Hat er Ihnen das Papyrusfragment gezeigt?«

Er fragt nicht nach der Dornenkrone, was mich überrascht. Wenn sie keine Fälschung ist – was sie jedoch wahrscheinlich ist –, dann wäre der Fund der Dornenkrone deutlich spektakulärer als der Hinweis auf Daniel und die Schrift an der Wand.

»*Mene, mene, tekel, upharsin*«, sagte er. »Gezählt, gewogen, geteilt.« Er bleibt sitzen und sieht mich an. »Nicht wahr?«

»Ja, das sagt man so.«

»Daniel muss im Licht des jüdischen Selbstverständnisses

des Jahrtausends vor unserer Zeitrechnung gelesen werden. Im Lichte Babylons.«

Ich betrachte ihn, wie ein Psychiater einen interessanten Patienten betrachten würde.

»Daniels prophetische Übersetzung ist nur eine mögliche Deutung der Worte, die der Finger an die Wand des Königs schrieb«, fährt er fort. »Im Nachhinein gab es viele andere Deutungen. Gewisse Leute halten die Botschaft für Atbash. Wissen Sie, was Atbash ist?«

Ich nicke. Im Mittelalter fanden Mönche zu ihrer großen Faszination verschlüsselte Texte im Alten Testament. Atbash ist eine hebräische Verschlüsselungsmethode. Indem man jedem Buchstaben eine Nummer zuordnet, kann man ihn durch den Buchstaben ersetzen, der im Alphabet von hinten gerechnet die gleiche Nummer hat. Im europäischen Alphabet wird aus A dann Z, aus B wird Y, und so weiter.

»Andere«, sagt er, »deuten den Text als Gematrie.«

Buchstabenmystik. Ich erinnere mich, dass man dabei jedem Buchstaben einen Wert zuwies und dass die Ziffern mit Hilfe einer Zahlensymbolik entschlüsselt werden. Gematrisch können der Titel des Papstes *Vicarius Filii Dei (Stellvertreter des Gottessohnes)*, Kaiser Nero (auf Hebräisch) und auch Hitler allesamt dem Zahlencode 666 zugeordnet werden – der Zahl des Tieres aus der Offenbarung des Johannes.

Ich verstehe noch immer nicht, worauf er hinaus will.

»Dechiffrierungsspezialisten haben verschiedene Deutungen von *mene, mene, tekel, upharsin* mit Großcomputern analysiert«, sagt er.

»Wirklich?«

»Als Archäologe sind Sie ja vielleicht vertraut mit den sechs Orten, die von sich behaupten, Daniels Grab zu beherbergen?«

»Nicht genau.«

»Susa im Iran wird am häufigsten genannt. Das iranische

Dezful ist eine weitere Alternative. Kirkuk im Irak, Muqdadiyyah in Kurdistan. Samarkand in Usbekistan, und infolge des Werkes *Martyrologium Romanum* aus dem Jahre 1583 liegt Daniels Grab im alten Babylon.«

»Damit Daniel ein Grab haben kann, muss er überhaupt existiert haben.«

Kurzes Lachen. »Genau! Es wird mehr oder minder allgemein akzeptiert, dass Daniel eine literarische Figur ist. Können Sie sich die Durchschlagskraft vorstellen, wenn jetzt plötzlich sein wahres Grab gefunden würde?«

»In Kapernaum?«

»Zum Beispiel.«

»Die meisten Menschen würde das vermutlich vollkommen kaltlassen.«

»Sagen Sie das nicht. Die jüdische Bibel – wie auch die christliche – wird von Fachleuten immer wieder auseinandergenommen. Stellen Sie sich vor, was passieren würde, wenn jetzt wirklich Daniels Grab gefunden würde. Mit Daniels sterblichen Überresten. Welch ein Triumph!«

Ich habe Probleme, die Reichweite eines solchen Fundes zu sehen. Eine große Neuigkeit für Gläubige, für Historiker, Theologen und Archäologen. Aber dem Durchschnittsmenschen wäre das vollkommen gleichgültig. Daniel ist in der Bibelgeschichte keine wichtige Figur.

Etwas im Blick meines Gegenübers lässt mich aufmerksam bleiben.

»Sie wissen, wo ich bin«, sage ich.

»Wer?«

»Die Leute zu Hause. Meine Kollegen an der Universität.«

»Wissen Sie das?«

»Wenn ich plötzlich während eines Besuchs in Israel verschwinde, würde das einen ziemlichen Aufruhr geben.«

»Wie meinen Sie das?«

»Nicht einmal norwegische Behörden würden einfach darüber hinwegsehen.«

Er schüttelt den Kopf und tippt mit dem Kugelschreiber auf den Tisch. »Was glauben Sie denn von uns, Herr *Belto*? Sie haben zu viele Bücher gelesen, zu viele Filme geschaut. Wir sind eine freundlich gesinnte Demokratie. Ich dachte, Sie wüssten das?«

»Die Touristen von der Straße holt und sie hierherbringt?«

»Auch freundlich gesinnte Demokratien haben ihre Besonderheiten.«

»Zum Beispiel, Touristen zum Gespräch zu bitten?«

»Genau! Sie haben es verstanden. Gespräch!« Er steht auf und schüttelt mir die Hand. »Danke für das interessante Gespräch, Herr *Belto*.«

»Der Dank ist ganz meinerseits, Herr …? Ich glaube, ich habe Ihren Namen nicht mitbekommen?«

Rebecca steht unten an der gut bewachten Rezeption. Wir bekommen unsere Handys zurück. Ein Soldat geleitet uns zu einem silbergrauen Lexus. Zwei zivil gekleidete Männer fahren uns nach Hause.

Dämonen

I

Zeit ist wie ein Spiegel. Alles existiert nur im Augenblick. Im Jetzt.

Wenn ein Spiegel ein Gedächtnis hätte, uns zeigen könnte, was er alles gesehen hat, alles speichern könnte, was er reflektiert hat.

Wenn ein Spiegel die Zeit einfangen könnte.

Aber das kann er nicht. Der Spiegel zeigt uns nur den aktuellen Moment, der in der nächsten Sekunde vergessen und fort ist. Es gibt kein Morgen.

Bjørn, alles in Ordnung mit dir?, fragt Papa.

Amos Quecksilber erwartet uns vor dem Hauseingang. Der 969-Jährige. Er steht vor den Klingeln wie ein aus einem Märchen gepurzelter standhafter Zinnsoldat. Ich erkenne ihn kaum wieder. Er hat sich schick gemacht. Weißes Hemd. Schlips. Cordhose. Sandalen. Hut. Sein Blick ist um ein paar weitere Jahrhunderte gealtert.

»Amos!«, ruft Rebecca. »Ist etwas passiert?«

Er sagt nichts. Sie schließt die Tür auf.

II

»Sie waren bei mir«, sagt er, als wir auf dem Sofa im Wohnzimmer sitzen.

»Sie waren bei ihm«, übersetzt Rebecca.

»Wer?«, frage ich.

»Wer?«, wiederholt sie auf Hebräisch.

»Das Militär. Die ohne Uniform. Aber ich hab gleich gewusst, wer das ist.«

»Was wollten die von Ihnen?«

»Sie haben nach euch gefragt.«

»Was wollten sie wissen?«

»Sie haben gefragt, was ihr wollt.«

»Was haben Sie gesagt?«

»Ich hab mich dumm gestellt.«

»Was heißt das?«

»Das war in den letzten dreißig Jahren meine Rolle.«

»Amos, ich ...«

»Immer mit der Ruhe. Sie haben kein Wort aus mir rausgekriegt. Keine Sorge. Ich hab nichts verraten. Aber ich bin ausgerastet.«

»Ausgerastet?«

»Das Militär hat mich schon immer bis aufs Blut genervt. Sie haben über mich gelacht. Mich behandelt wie ... den, für den sie mich halten. Aber dieses Mal sind sie zu weit gegangen, sie sind in mein Haus eingedrungen, ohne zu fragen. Sie haben in meinen Sachen gewühlt. Ohne zu fragen. Haben das Bild mitgenommen, das ich euch gezeigt habe. Mag sein, dass ich ein einfältiger Bauer und einfacher Kaufmann bin, aber ich habe meinen Stolz. Ich lasse nicht alles mit mir machen.« Er hält inne. »Als ihr bei mir wart, wollte ich nicht verraten, was in dem Grab liegt.«

Rebecca und ich warten stumm ab.

»Ihr wollt es nicht wissen. Aber ich werde es euch trotzdem sagen. Dann könnt ihr euch selbst ein Urteil bilden.«

Unten auf der Straße hupt ein Wagen. Ein Motorrad gibt wütend Gas.

»Auch 1978 ist das Militär gekommen. Unmittelbar nach der Entdeckung. Sie haben die Archäologen nach Hause geschickt und es in ein Gefängnis aus Stahlbeton gesperrt.«

»Es?«

Seine Augen werden feucht.

»Was meinen Sie mit *es*, Amos?«

»Habt ihr eine Bibel? Eine christliche Bibel?«

Rebecca sieht ihn fragend an, ehe sie aufsteht und eine Ausgabe des Neuen Testaments aus dem Regal zieht.

Mit dreckigen Fingern, gegen die weder Seife noch Nagelbürste etwas ausrichten können, blättert er in dem Buch, bis er den gesuchten Text findet. Er liest laut vor, und Rebecca übersetzt für mich:

Und Jesus ging hinab nach Kapernaum, einer Stadt in Galiläa. [...] Und in der Synagoge war ein Mann, besessen von einem unreinen Geist; der schrie laut: Halt, was willst du von uns, Jesus von Nazareth? Du bist gekommen, um uns zu vernichten. Ich weiß, wer du bist: der Heilige Gottes! Jesus aber herrschte ihn an: Sei still und fahre aus von ihm! Und der böse Geist warf ihn mitten unter sie, fuhr von ihm aus und tat ihm dabei keinen Schaden an. Und es kam eine Furcht über sie alle, und sie sagten zueinander: Was ist das für ein Wort? Er gebietet mit Vollmacht und Kraft den unreinen Geistern, und sie fahren aus.

Evangelium nach Lukas,
Kap. 4, Vers 31–36

Rebecca und ich sehen ihn skeptisch an. Worauf will er hinaus?

»Und?«, fragt sie.

»Versteht ihr nicht?«

»Nein, nicht wirklich ...«

»Das, was sie in dem Grab in Kapernaum gefunden haben«, sagt Amos langsam und mit gedämpfter Stimme, »war ein unreiner Geist.«

»Ein... böser... Geist?«, sagt Rebecca mit noch leiserer Stimme.

Wir sehen uns an.

Amos wendet uns die Handflächen zu wie ein Priester vor seiner Gemeinde.

»Sie haben einen Dämon gefunden«, sagt er fast flüsternd. »Einen in einem Menschenkörper gefangenen Dämon.«

»Aber, Amos ...«

»Jesus hat Menschen die unreinen Geister ausgetrieben und die Dämonen sozusagen obdachlos gemacht. Also sind die Dämonen in andere Menschenkörper eingezogen und haben diese besetzt und aus ihnen Dämonen gemacht.«

»Aber ...«

»Ein solches Wesen hat dein Vater in Kapernaum gefunden, Rebecca Mendelssohn. Einen Dämon! Darum ist das Militär gekommen.« Er hält einen Augenblick inne. »Und sie haben den Dämon in ein Betongefängnis gesperrt.«

III

Rebecca bläst auf ihren Kaffee. Wir sitzen vor dem offenen französischen Balkon. Amos hat seine Dämonen mit sich genommen und ist gegangen. Wer weiß, vermutlich sitzt in einem der parkenden Fahrzeuge dort unten an der Straße jemand und fotografiert uns. Ich winke, damit sie ein fröhliches Foto bekommen.

»Was hältst du von Amos'Theorie?«

»Von dem Dämon?«

»Hm.«

»Interessant.«

»Das ist doch krank.«

»Mit Dämonen kenne ich mich ziemlich gut aus. Echt.«

Sie lacht. »Das kann ich mir vorstellen.«

»Ich habe mich vor ein paar Jahren näher mit dem Thema beschäftigt«, erkläre ich. »Als wir in al-Hillah im Irak waren. Das alte Babylon.«

»Ah ja, verstehe. Dann …« Sie stützt die Ellbogen auf dem Tisch ab, legt das Kinn auf die verschränkten Hände und fragt aufgesetzt ernst. »Was können Sie mir über Dämonen erzählen, Privatdozent Beltø?«

»Sie sind nicht ganz richtig im Kopf.«

Sie lacht erneut. Hört gar nicht mehr auf. Ich würde sie gerne küssen.

»Es ist ratsam, sich von ihnen fernzuhalten«, sage ich. »Wenn möglich.«

IV

Und dann halte ich einen kurzen Vortrag über Dämonen.

Dämonen sind ziemliche Chaoten. Während Unser Herrgott sich mit munteren Engeln umgeben hat, waren die Dämonen die Handlanger des Satans.

Die Dämonen sind alle mal Engel gewesen. Engel, die sich für eine Bad-Boy-Karriere entschieden haben. Kann man irgendwie verstehen. Die toughen, coolen Jungs kriegen die tollsten Frauen.

Im *Testament des Salomon* – irgendwann vor dem Jahr 400 geschrieben – werden einige Dämonen vorgestellt. Ihr Anführer ist Beelzebub, Prinz der Hölle und davor ranghöchster Engel im Himmel. Nach jüdischer, christlicher und islamischer Tradition besaß König Salomon einen Siegelring – Salomons Ring –, der ihm Macht über die Dämonen gab. Ist es vielleicht dieser Ring, den Moshe Mendelssohn gefunden hat?

Im dreizehnten Jahrhundert rechnete Papst Johannes XXI. aus, dass 133 306 668 Engel auf Satans Seite standen und damit zu Dämonen wurden, während sich 266 613 366 Engel weiterhin loyal zu Gott verhielten. 1467 rechnete Bischof Alfonso de Spina das noch einmal genau durch und korrigierte die Anzahl der Dämonen auf 133 316 666. Laut Dämonenkatalog *Clavicula Salomonis (Salomons kleiner Schlüssel)* aus dem siebzehnten Jahrhundert – der auf dem noch älteren Werk *Clavis Salomonis (Salomons Schlüssel)* basiert – sind die Dämonen hierarchisch aufgeteilt in Könige, Prinzen, Herzöge, Grafen, Marquis, Präsidenten und einen Ritter. Das Werk *Pseudomonarchia Daemonum (Die Hierarchie der Dämonen)* wurde vor der *Clavicula Salomonis* herausgegeben und erstmals als Anhang in dem Werk *De praestigiis daemonum* (1577) des holländischen Okkultisten und Dämonologen Johann Weyer veröffentlicht. Weyer verweist auf ein Quellendokument mit dem Namen *Liber officiorum spirituum, seu Liber dictus Empto. Salomonis, de principibus et regibus daemoniorum*. Weyer kam zu dem Schluss, dass die totale Anzahl Dämonen sich auf 44 435 622 belief, verteilt auf 666 Legionen.

All dies erzähle ich Rebecca.

Ich kann nicht ausschließen, dass es etwas zu viel Information auf einmal ist.

V

»Viele Menschen betrachten Dämonen als alten Aberglauben«, sage ich. »Aber Dämonen sind absolut gegenwärtig, nicht nur in der Bibel, auch im modernen Glauben. Die katholische Kirche praktiziert nach wie vor Exorzismus, Teufelsaustreibung.«

»Darüber habe ich gelesen«, sagt Rebecca.

»Selbst die norwegische Synode hat vor Kurzem eine *Liturgie zur Segnung von Haus und Heim* erlassen. In der Realität ist das die Anleitung der Kirche, wie böse Geister aus heimgesuchten Häusern zu vertreiben sind. So absurd ist Amos Quecksilbers Vorstellung von einem Dämon in dem Grab in Kapernaum also gar nicht, oder?«

»Glaubst du ihm etwa?«

»Rebecca, ich glaube nicht an Gott. Warum also sollte ich an Dämonen glauben? Was ich sagen will, ist, dass die Theorie für einen religiösen Menschen nicht absurd ist.«

»Natürlich ist sie absurd.«

»Wenn du an Gott und Engel glaubst, an Wunder, wenn du glaubst, dass Jesus von einer göttlich geschwängerten Jungfrau geboren wurde – dann sind doch Satan und die Dämonen nur die logische Verlängerung des Glaubens an nicht greifbare Geisterwesen.«

»Niemand glaubt noch an böse Geister.«

»Nicht? Oh doch! Die christliche Kirche, auch die Juden, glauben nach wie vor an böse Geister. Sie glauben, dass der

Mensch von Dämonen besessen sein kann. Und dass böse Geister sich mit Hilfe heiliger Rituale austreiben lassen. Ja, die Kirche lässt sogar zu, das speziell ausgebildete Teufelsaustreiber mit mittelalterlichen Praktiken gegen böse Geister in den Kampf ziehen.«

»Das ist aber alles ziemlich weit weg von dem, womit wir es hier zu tun haben.«

»Was, wenn sie uns anlügen?«

»Inwiefern?«

»Was, wenn sie gar kein Grab gefunden haben? Keine Engel, keine Dämonen, keine Jünger, sondern etwas ganz anderes?«

»Die Dornenkrone, zum Beispiel?«

»Oder eine andere biblische Reliquie. Auswahl gibt's genug.«

»Würde man die nicht am ehesten im Museum ausstellen?«

»Na ja. Warum? Die Juden negieren seit zweitausend Jahren Jesus als den Messias.«

VI

Gegen fünf Uhr ruft Gidon Zaller an. Rebecca stellt ihr Handy laut und bittet ihn, Englisch zu sprechen.

»Das Ergebnis der Radiokarbonuntersuchung ist da«, sagt er. Seine Stimme klingt irgendwie seltsam.

»So schnell?« Rebecca legt die Stirn in Falten.

»Tut mir leid, wenn ich skeptisch war.«

»Wie meinst du das?«

»Das ist unglaublich.«

»Was?«

»Die Radiokarbonmethode ist nicht die allerpräziseste, es

gibt einen ziemlich breiten Fehlerspielraum. Trotzdem ist das hier zu gut, um wahr zu sein.«

»Komm zur Sache«, sagt Rebecca ungeduldig amüsiert.

»Der Dorn stammt von einem sogenannten Sisyphus-Baum aus der Familie der Kreuzdorngewächse. Diese Bäume oder Sträucher bilden lange, spitze Dornen. Aber das Bemerkenswerte ist das Alter. Die Karbonanalyse weist nach, dass das Material des Dornbusches zwischen 1975 und 2075 Jahren alt ist.« Er hält inne. »Theoretisch könnte der Kranz also im Jahr 33 auf Jesus' Kopf gesessen haben.«

Das Geständnis

1

Gemeinsam mit Rebecca fahre ich zu dem abgelegenen Haus.

Es ist niemand da. Kein Peter Cornell, keine zahnlosen Araber, kein Esel, kein Huhn. Was habe ich erwartet?

Die Hütte ist leer und verlassen, der Ventilator ist weg. Keine Spuren des gestrigen Tages. Als hätte es ihn nie gegeben, ja, als gäbe es Peter Cornell und die Dornenkrone nur in meiner Fantasie.

Wir gehen Zimmer für Zimmer durch das windschiefe Haus. Es ist wie in einem Traum. Überall liegt irgendwelcher Müll. Staub und Spinnweben. Reste der Vergangenheit.

»Bist du dir sicher, dass es hier war?«, fragt Rebecca.

Ich verstehe ihre Frage, erkenne aber alles wieder. Ich war in diesem Haus.

Erst gestern.

Wir fahren zum nächsten Nachbarn, der ein Stück entfernt wohnt. Er sagt, dass das Haus seit Jahren leer steht. Ich frage ihn, ob er gestern jemanden bemerkt hat, aber er verneint.

Etwas geht hinter unserem Rücken vor. Etwas Großes. Ich verstehe es nicht. Was versuchen sie vor uns zu verbergen? Und warum?

»Ich bin immer mehr davon überzeugt, dass das Militär Papa entführt hat«, sagte Rebecca im Auto auf dem Rückweg nach Jerusalem.

Wie ich ist sie unruhig und hängt ihren Gedanken nach. Auch sie spürt die Maschinerie, die irgendwo im Hintergrund läuft. Unsichtbar. Nicht zu greifen.

Man könnte Rebecca vorwerfen, übertrieben paranoid zu sein. *Das Militär*. Der Heilige Gral aller Verschwörungsfanatiker. Aber die Tatsache, dass sie Rebecca und mich überwacht, festgenommen und verhört haben – ich finde einfach keine anderen Worte dafür, auch wenn es vielleicht nicht zutreffend ist –, haben dem Ganzen einen anderen Charakter gegeben. Was auch immer 1978 in diesem Grab gefunden wurde, Überwachung und Ermittlung sind noch höchst aktiv.

»Möglich«, sage ich.

II

Auf dem Rückweg entscheiden wir uns, essen zu gehen. Rebecca kennt ein nettes Restaurant nicht weit von ihrer Wohnung entfernt. Der Kellner schaut mich missbilligend an. Ich kann ihn verstehen. Aber Rebecca zuliebe bekommen wir trotzdem einen Tisch am Fenster.

Früher war ich Vegetarier. Als mir das zu anstrengend wurde, habe ich mich dem Fleisch verschrieben. Rebecca empfiehlt mir das Lammragout. Da ich die Speisekarte ohnehin nicht lesen kann, stimme ich zu. Wir bestellen Lamm und Rotwein.

»Ich habe eine Theorie«, sagt Rebecca.

Wenn wir irgendetwas nicht brauchen, dann noch mehr Theorien. Wir brauchen Fakten, handfeste Tatsachen. Trotzdem lege ich fragend den Kopf zur Seite.

»Was, wenn sie wirklich Jesus gefunden haben?«, sagt sie.

»In einem Grab in Kapernaum?«

»Warum nicht?«

»Wir haben doch schon darüber gesprochen.«

»Das würde alles erklären. Die Geheimnistuerei. Papas Verschwinden.«

»Ja, aber …«

»Die Auferstehung ist das wichtigste Dogma der Christen. Wenn es wirklich Jesus war, den sie in diesem Grab gefunden haben, würde alles passen.«

»Trotzdem …«

»Wenn Jesus nach der Kreuzigung nicht von den Toten auferstanden wäre – was bliebe dem Christentum dann noch?«

Ich zögere einen Moment, bevor ich antworte. »Ich weiß nicht, ob das Christentum mit der Entdeckung des Grabes Jesu und seiner sterblichen Überreste steigen oder fallen würde. Die derzeitige Auslegung der Himmelfahrt ist natürlich, dass er mitsamt Körper zu seinem göttlichen Vater aufgestiegen ist. Aber die meisten Christen könnten sicher damit leben, dass die Himmelfahrt nur geistig war und die irdische Hülle hier auf der Erde zurückgeblieben ist.«

»Das würde alles erklären«, wiederholt sie, als hätte sie mir nicht zugehört.

»Rebecca, es gibt etwas, das ich dir anvertrauen muss.«

»Ja?«

»Du wirst das vermutlich für haarsträubende Spinnerei halten. Aber es ist tatsächlich wahr.«

»Was meinst du?«

Und damit weihe ich sie in die Geschichte ein, in den Wahnsinn, der vor fünfzehn Jahre passiert ist.

III

»Ende der Neunzigerjahre war ich als Beobachter der norwegischen Behörden bei einer internationalen archäologischen Ausgrabung am Værne-Kloster in Østfold in Norwegen dabei. Das ist ein altes Johanniterkloster.«

»Johanniter?«, fragt Rebecca. »In Norwegen?«

»Ungewöhnlich, aber wahr. Der norwegische König Sverre Sigurdsson hat das Gut 1190 an die Johanniter überschrieben. Der Orden war 350 Jahre dort ansässig – bis 1532.«

»Was hatten die Johanniter in Norwegen verloren?«

»Du bist nicht die Einzige, die sich das fragt. Auf einem der Felder des Klosters haben wir die Ruine eines Tempels gefunden. Achteckige Grundmauer, ein Oktogon. Kennst du den Mythos? *The Shrine of Sacred Secrets*? Darin wird behauptet, die Johanniter hätten einen achteckigen Tempel um eine Reliquie gebaut, die eine Botschaft von göttlicher Natur beinhaltet…«

»Natürlich kenne ich die Geschichte.« Ungeduldig fordert sie mich auf weiterzuerzählen.

»Infolge des Mythos hat ein Kreuzritter den goldenen Schrein mit der Reliquie 1186 in Jerusalem den Johannitern übergeben. *The Shrine of Sacred Secrets*. Papst Clemens III. befahl den Johannitern, den Schrein mit allen Mitteln zu bewachen. Ein Jahr später nahm Saladin Jerusalem ein. Die Johanniter flohen. Alle Spuren verschwanden. Es gab nur einen Hinweis: Der heilige Schrein sollte in einem Oktogon versteckt sein, einem achteckigen Tempel.«

»Den ihr gefunden habt?«

»Ja.«

»In Norwegen?«

»Ja. Im Oktogon im Værne-Kloster haben britische Archäologen einen goldenen Schrein gefunden.«

»*The Shrine of Sacred Secrets.*«

»Genau. Und sie haben versucht, damit abzuhauen.«

»Die Briten?«

»Mit Unterstützung der norwegischen Behörden. Was gegen alle Gesetze und Regel verstieß.«

»Und was ist dann …?«

»Sie haben sich verrechnet.«

»Wie?«

»Sie haben mich vergessen.«

»Was hast du gemacht?«

»Ich habe ihnen den Schrein entwendet.«

»Bjørn? Wie bitte?«

»Ich habe ihn gestohlen und versteckt. Und dann habe ich mich auf die Suche nach einer Erklärung gemacht.«

»Was war in dem Schrein?«

»Dazu komme ich noch. Es kursierten so viele Gerüchte. Unter anderem, dass die Merowinger einen Schatz ungeahnter Größe versteckt hätten.«

»Klingt nach einem Thriller von Dan Brown.«

»Meine Untersuchungen haben mich um die ganze Welt geführt. Ich war in London. Im Schimmer Institute in Israel und schließlich in einem Schloss in dem südfranzösischen Dorf Rennes-le-Château, bei einem Mann namens Michael MacMullin, dem Vorstandsvorsitzenden der wissenschaftlichen Stiftung *Society of International Sciences. SIS*.«

»Ich bin neugierig, ich weiß. Aber erzählst du mir noch irgendwann, was in diesem Schrein war?«

»Unter anderem eine Karte.«

Enttäuschung spricht aus ihrem Blick. »Eine Karte?«

»Die Karte wies den Weg zu einem Grab.«

»Noch ein Grab.«

»Das Grab von Jesus Christus.«

Ihr Mund öffnete sich.

»Ja«, sage ich, weil auch mir die Worte fehlen. »Sein irdisches Grab.«

»Du meinst das in Jerusalem? Unter der Heiligen Grabeskirche?«

»Nein, ein ganz anderes Grab. Vor fünfzehn Jahren haben französische, britische und amerikanische Archäologen das Skelett Jesu in einem Sarkophag unter dem Steinboden der französischen Kirche Le Lieu gefunden. Im Volksmund auch bekannt als Christi Ruhe.«

»In *Frankreich*?«

»Ja, das Grab Jesu wurde in Frankreich gefunden.«

»Aber …«

»Jesus ist nie am Kreuz gestorben. Er wurde gekreuzigt, aber er hat das überlebt. Er ist nicht am dritten Tage wieder auferstanden. Er ist nicht zum Himmel aufgefahren, sondern nach Frankreich.«

»Ich …«

»Rebecca, es kann nicht Jesus Christus sein, der im Grab in Kapernaum gefunden wurde. Sein Skelett wurde bereits vor fünfzehn Jahren gefunden. In einem Grab in Béziers in Frankreich.«

»Und warum habe ich nie davon erfahren?«

Ich lächle. »Was glaubst du?«

Das Paket

I

Nacht. In der Dunkelheit kommt sie zu mir aufs Sofa. *Bist das wirklich du, Rebecca?* Ich lege meinen Arm um sie und atme ihr Parfüm ein, spüre ihre warme Haut auf meiner. Mich überwältigt nicht in erster Linie ihre Nacktheit, sondern der Rausch unserer Intimität und die Gewissheit, dass sie endlich mein ist. Ihr Körper ist so zerbrechlich. Wenn ich sie zu fest anfasse, wird sie in tausend Stücke zerbrechen. Sie sagt nichts. Ich starre in die Dunkelheit, schaue nach draußen. Auf einem Zweig vor dem Fenster erkenne ich im Licht der Straßenlaternen einen grünen Papagei. Ich spüre Rebeccas spitze, kleine Brüste, die sich weich gegen meine Haut drücken. Warum?, möchte ich fragen, will die Magie des Augenblicks aber nicht zerstören. Das kleinste Geräusch, die geringste Bewegung kann alles kaputtmachen. *Oh Rebecca, warum jetzt? Warum ich?* Von allen Menschen auf dieser Erde ausgerechnet ich. Meine Fingerkuppen streicheln ihren Körper. Sie sagt noch immer nichts. Keine Geräusche. Ich höre nicht einmal ihre Atemzüge. Still lässt sie sich von meinen Fingern erforschen. Dann legen sich ihre Lippen auf meine. Die suchende Zungenspitze.

Das Telefon klingelt.

Oh nein, nicht jetzt. Geh nicht, Rebecca, geh nicht! Mit einem Stöhnen richte ich mich auf. Es ist dunkel. Ich bin allein.

Keine Rebecca. Unten auf dem Fußboden liegt mein Handy, es hängt am Ladekabel, blinkt und vibriert. Ich hebe es auf und halte es mir vor die Augen.

Jakob, lese ich.

Es ist vorbei. Sie ist tot. Warum sollte er sonst mitten in der Nacht anrufen?

Ich ziehe das Kabel heraus und nehme das Gespräch an.

»Hier ist Bjørn«, sage ich. In meiner Stimme schwingen Müdigkeit und Gewissheit mit.

Er bringt kein Wort heraus.

»Jakob?«

»Ich …«

»Victoria?«

»Sie …«

Ich spüre, dass seine Stimme nicht tragen wird.

»Ist es vorbei?«

»Ja.«

Ich habe viele Fragen, weiß aber nicht, wie ich sie stellen soll. Ist sie noch einmal zu sich gekommen? Hat sie etwas gesagt? Ist sie friedlich eingeschlafen oder hat sie bis zur letzten Sekunde gekämpft? Ist sie gestern oder heute Nacht gestorben? Es gelingt mir nicht, auch nur eine meiner Fragen zu formulieren.

»Es tut mir schrecklich leid.«

Ich höre nur seinen Atem.

»Mein Beileid«, fahre ich fort.

»Danke.«

»Du weißt noch nichts über die Beerdigung, oder?«

»Nein, ich …«

»So schrecklich traurig.«

Er antwortet nicht.

»Ich komme zu dir, sobald ich zurück bin«, sage ich.

Eine ganze Weile liege ich wach da und denke an Victoria.

Ich weine leise.

Wir sind alle nur Gäste in der Zeit. Früher oder später lässt sie uns fallen.

II

»Kaffee?«

Rebecca trägt einen Morgenmantel, als ich in die Küche schlurfe. Es ist halb neun. Ich wage es kaum, ihrem Blick zu begegnen, als fürchtete ich, sie könne meine Gedanken lesen.

»Gut geschlafen?«, fragt sie.

»Ich habe einen Anruf bekommen.«

»Heute Nacht?«

»Victoria ist tot.«

Sie dreht sich zu mir um. Sagt nichts. Dann kommt sie zu mir, nimmt mich in die Arme und drückt sich an mich, fast wie im Traum.

Wir essen ein leichtes Frühstück und trinken Kaffee. Sie fragt, ob ich weiß, wann Victoria beerdigt wird. Ich sage, dass ich es nicht weiß. Sie meint, dass sie sicher Zeit brauchen, um alles zu regeln. Wir spülen und nehmen unsere Kaffeetassen mit ins Wohnzimmer, wo ich das Bettzeug schon vom Sofa geräumt habe. Ich bin verlegen, als hinge der Geruch meiner Fantasien noch in den Laken.

»Gibt es in Israel Papageien?«, frage ich.

»Papageien?« Sie muss lachen. Die Erinnerungen an die Nacht versetzen mir einen süßen Stich. »Ein paar wenige Arten vielleicht, ich weiß nicht. Warum fragst du?«

»Nur so.«

Wieder klingelt das Telefon. Eine unbekannte Nummer.

»Spreche ich mit Bjørn Beltø?«

Die Stimme ist fremd und tief. Er stellt sich als Anwalt Vegard Weidemann vor.

»Beltø?«, wiederholt er.

Die Antwort ist eigentlich logisch, da er ja meine Nummer gewählt hat, trotzdem bejahe ich seine Frage.

»Entschuldigen Sie die Formalitäten, aber sind Sie Bjørn Beltø, wohnhaft im Betzy Kjelsbergs vei in Oslo und arbeiten Sie als Dozent am Institut für Archäologie, Geschichte und Konservierung der Universität Oslo?«

»Privatdozent«, korrigiere ich ihn, um ebenso peinlich korrekt zu sein wie er.

»Entschuldigen Sie«, ich höre, dass er sich die Korrektur notiert. Dann sagt er etwas Seltsames: »Ich rufe an, weil Victoria mir dazu die Vollmacht erteilt hat. Sie wissen über die letzten Entwicklungen Bescheid?«

Die letzten Entwicklungen. Er hätte auch sagen können, dass sie tot ist. Aber er ist rücksichtsvoll und diskret.

»Ihr Sohn hat mich heute Nacht angerufen.«

»Dann darf ich Ihnen mein Beileid aussprechen? Wenn ich das richtig verstanden habe, waren Sie sehr eng befreundet.«

Sehr eng befreundet. Zweifelsohne eine Übertreibung. Wir haben einander viel bedeutet, aber sehr enge Freunde waren wir nicht. Trotzdem bin ich gerührt, da Victoria sich offensichtlich so ausgedrückt hat.

»Worum geht es?«, frage ich.

»Die Sache ist die. Victoria hat sich vor zehn Jahren mit einem besonderen Anliegen an mich gewandt. Ich bin seither im Besitz eines Päckchens, das ich beauftragt bin Ihnen direkt nach ihrem Ableben zu überreichen.«

Das ist wirklich seine Wortwahl.... *beauftragt bin* ... *Ableben*.

»Vor zehn Jahren?«

»Ja, 2004.«

»Was befindet sich in dem Päckchen?«

»Das weiß ich nicht.«

Plötzlich kapiere ich, wofür der Schlüssel ist.

»Sie sagen also, dass Victoria Sie vor zehn Jahren aufgesucht und Ihnen ein Päckchen gegeben hat, dass Sie mir nach ihrem Tod überreichen sollen?«

»Korrekt.«

»Aber …«

»Beltø, es tut mir leid, das sagen zu müssen, aber über diese Vereinbarung hinaus weiß ich nichts. Wann passt es Ihnen, zu mir zu kommen?«

»Wohin denn genau?«

»Mein Büro liegt in der Dronningens gate.«

»Ich bin zurzeit in Jerusalem.«

»Oh, das ist natürlich ungünstig. Es war Victoria sehr daran gelegen, dass Sie das Päckchen unmittelbar nach ihrem Tod bekommen.«

Ich bin überzeugt davon, dass in dem Päckchen etwas ist, das mich weiterbringt. Deshalb sage ich, dass ich den nächsten Flieger nehmen und ihn anrufen werde, sobald ich in Oslo bin. Er bedankt sich. Ich danke ihm. Wir legen auf. Eine Last legt sich auf mich. Nicht weil ich nach Hause muss, sondern weil ich Rebecca verlassen muss.

»Das war ein Anwalt«, sage ich.

Sie sieht mich neugierig an, den Mund halb geöffnet. Sie ist so unglaublich süß. Ich habe Lust, sie zu küssen. Und gar nicht mehr damit aufzuhören.

»Ich muss zurück nach Norwegen.«

»Oh.« Pause. »Hat das mit Victoria zu tun?«

Ich fühle mich leer. Sehe ein, dass sich zwischen Rebecca und mir nie irgendetwas Ernsthaftes entwickeln wird. Ein paar E-Mails, vielleicht ein Telefonat. Aber mein Abenteuer mit

Rebecca Mendelssohn ist vorbei, noch ehe es überhaupt angefangen hat.

»Ja«, sage ich.

»Darf ich mitkommen?«, fragt sie.

V

Oslo

Siri Schau (III)

ZWISCHENSPIEL

Erst gestern hatten die Ärzte ihr endlich grünes Licht gegeben, Jakob zu vernehmen. Aber dabei ist nichts herausgekommen. Er konnte sich an nichts erinnern. An so gut wie nichts.

Sein Gesicht war aufgedunsen, die Unterlippe geplatzt und geklammert, die halbe Oberlippe von Schorf bedeckt. Das linke Auge blau und zugeschwollen.

Sie hatte eine ganze Stunde bei ihm verbracht und versucht, seinem Gedächtnis auf die Sprünge zu helfen. Hatte es an der Tür geklingelt? Hatte er jemanden im Haus überrascht? Konnte er sich an ein Gesicht erinnern? Eine Stimme? Wer waren die Täter? Wie viele?

Leerer Blick. Schwache, fast flüsternde Stimme: »Tut mir leid. Ich erinnere mich an nichts.«

Immer und immer wieder.

»Hat Ihr Vater Ihnen gegenüber jemanden erwähnt, zu dem er ein angespanntes Verhältnis hat? Dem er Geld schuldet? Gab es Konflikte in der Firma? Was auch immer …«

»Nein.«

»1960, da war Ihr Vater 13 Jahre alt, war er in einen Rechtsstreit verwickelt.«

»Mein Vater?«

»Ja, wussten Sie das nicht?«

»Nein. Als Dreizehnjähriger?«

»Er hat nie davon erzählt?«

»Nein. Was war denn damals?«

»Er hat seinen Sportlehrer wegen sexueller Übergriffe angezeigt.«

»Was sagen Sie da?«

»Er ...«

»Nein!«

»Der Sportlehrer wurde freigesprochen.«

»Ich will das nicht wissen!«

»Ich denke, das sollten Sie aber.«

»Nein!«

»Tut mir leid. 1987 ...«

»Ich weiß nichts davon!«

»1987 ist der Sportlehrer Ihres Vaters ermordet worden.«

Keine Reaktion.

»Hat Ihr Vater Ihnen davon erzählt?«

»Nein.«

»Er war als Zeuge vorgeladen ...«

»Ich sag doch, dass ich nichts davon weiß. Sind wir fertig?«

»Nicht ganz.«

»Ich bin erschöpft.«

»Was ist das Letzte, an das Sie sich von jenem Abend erinnern können?«

»Ich weiß nicht. Doch. Bjørn. Ich habe Bjørn Beltø gebeten, sich mit mir bei Vater zu treffen.«

»Warum?«

»Um einige Unterlagen meiner Mutter durchzugehen.«

»Was für Unterlagen?«

»Irgendwas mit Israel. Sie wollte Bjørn irgendetwas mitteilen.«

»Haben Sie eine Ahnung, was das sein könnte?«

»Leider, nein. Fragen Sie Bjørn.«

»Und was ist das Letzte, woran Sie sich in Bezug auf Bjørn Beltø erinnern?«

»Der Dachboden.«

»Dachboden?«

»Ja, wir waren auf dem Dachboden. Meine Mutter hat dort oben eine Kommode. Voll alter Papiere. Wir haben etwas gesucht. Das ist das Letzte, woran ich mich erinnere.«

In dieser Art verlief auch der Rest des Gesprächs. Resultatlos. Entgegen ihrer Hoffnung konnte er keine einzige relevante Information beitragen. Die Vernehmung brachte den Fall keinen Zentimeter voran. Keinen Millimeter. Status quo. Hinterher hatte der Arzt gemeint, dass es nicht ungewöhnlich sei, nach einem traumatischen Erlebnis vorübergehend das Gedächtnis zu verlieren. Dann hatte er ihr einen Vortrag über retrograde Amnesie, anterograde Amnesie und psychogene Amnesie gehalten. Das einzige Wort, das bei ihr hängen blieb, war *vorübergehend*.

»Das heißt, es ist gut möglich, dass er sich später wieder erinnert?«, hatte sie hoffnungsvoll gefragt.

»Alles ist möglich.«

»Nur möglich?«

»Nicht unwahrscheinlich.«

Nicht unwahrscheinlich klang in ihren Ohren ein wenig erbaulicher als *möglich*.

*

Aus dem Krankenhaus fuhr sie zu dem pensionierten Polizisten, der 1987 die Ermittlungen in dem Mordfall des Sportlehrers geleitet hatte und in diesem Zusammenhang auch den Fall von 1960 noch einmal aufgerollt hatte. Er konnte berichten, dass Ragnvald 1960 nach dem Urteil und der Freisprechung des Lehrers die Schule gewechselt hatte. In den Folgejahren häuften sich die Anzeigen junger Schüler zu Übergriffen des Sportlehrers – von Betatschen bis Vergewaltigung. Es kam nie zu einem neuerlichen Prozess, auf Anraten der Schulbehörde entschied der Lehrer sich aber 1968 dazu, seine Stelle zu kündigen. Bis zu seiner Ermordung 1987 lebte er von Arbeitslosengeld, kleineren Jobs und irgendeiner inoffiziellen Abfindung, die er für das freiwillige Quittieren seines Dienstes offensichtlich bekommen hatte.

»Natürlich hatten wir Ragnvald nach dem Mord im Visier«, sagte der ehemalige Polizist. »Wir hatten zwar nichts Konkretes gegen ihn in der Hand, aber es konnte nicht ausgeschlossen werden, dass er nachträgliche Rachegelüste hatte. Mein Gott, ich kann ihn verstehen. Im Nachhinein war ziemlich offensichtlich, dass der Freispruch des Lehrers 1960 ein fatales Fehlurteil war. Aber der Sachverhalt war kompliziert. Ragnvald hat mir irgendwann anvertraut, dass noch nicht einmal seine Frau von den Übergriffen und dem Urteil wusste. Dieses Geheimnis hatte er mit niemandem geteilt. Was sagen Sie dazu? Noch nicht einmal seiner Frau hat er was erzählt.«

»Gab es andere Verdächtige?«, fragte Siri.

»Nicht offiziell. So weit sind wir nie gekommen. Aber der Sohn war natürlich von besonderem Interesse.«

»Jakob?«

»Nein, der Sohn des Sportlehrers.«

»Warum?«

»Der hat eine fette Akte. Verurteilt wegen Gewalt, Raub, Einbruch und Vergewaltigung. Es ist uns leider nicht gelungen, ihn mit dem Mord in Verbindung zu bringen.«

*

Sobald sie zurückkam, brachte sie als Erstes die Fahndung nach dem Sohn des Sportlehrers auf den Weg. Danach unterhielt sie sich mit Jakobs Lebenspartner Morten, der unten in der Rezeption auf sie wartete. Er war in den Bergen gewesen und hatte nichts zu den Ermittlungen beizutragen. Sie hatte das Gefühl, dass irgendetwas nicht ganz stimmte, aber keinen

Anhaltspunkt, was das sein mochte, außer seiner leicht zitternden Stimme und dem ausweichenden Blick. Was er gejagt hätte, wollte sie wissen. Ruhe, antwortete er.

Vor der Mittagspause rief sie ihren Kontakt im Auswärtigen Amt an und hakte nach, ob es etwas Neues über das Diplomatenfahrzeug gebe, das Bjørn Beltø vor dem Tatort gesehen hatte. Gab es nicht. Aber sie hatten noch nicht von allen Botschaften die Antworten. Es fuchste sie, dass sie der Beobachtung Beltøs so großes Gewicht beimaß. Sie dachte an den Fall, als israelische Agenten 1973 einen marokkanischen Kellner liquidiert hatten, der in Lillehammer lebte. Im Jahr darauf wurde eine Amerikanerin wegen Mordes an der spanischen Ehefrau eines Diplomaten im Dagaliveien in Slemdal beschuldigt, aber der Fall wurde nie aufgeklärt. Sollten auch in diesen Fall Diplomaten verstrickt sein, die im Schutz ihrer Immunität operierten?

Eine eigene Gruppe von drei Ermittlern war auf die potenzielle Spur verschmähter Ehemänner und Lebensgefährten von Frauen angesetzt, mit denen Ragnvald eine Affäre gehabt hatte. Sie hatten dreiundzwanzig Freunde und Kollegen verhört und eine Liste von nicht weniger als fünfzig Namen erstellt. Aber das war prekäres Material. In den meisten Fällen wussten die Partner der Frauen nichts von dem Seitensprung. Und um einen gehörnten Ehemann zur Vernehmung zu bestellen, brauchte man etwas Handfesteres. Androhung von Gewalt, einen fundierten Verdacht. Bislang war noch nichts dabei herausgekommen.

*

Menashe Frum war zurück in Oslo. Sie sah ihn in der Kantine, zusammen mit einem Kollegen vom PST. So wusste sie wenigstens, dass auch Bjørn Beltø wieder in Norwegen war.

Etwas später klopften Frum und der PST-Kontakt an ihre Bürotür.

»Ich dachte, ein Blick hierauf könnte Sie vielleicht interessieren«, sagte Frum und reichte ihr einen in Englisch abgefassten Bericht, in dem im Detail stand, was Bjørn Beltø in Israel getrieben hatte.

Zusammen mit Rebecca Mendelssohn, bei der er in Jerusalem gewohnt hatte, hatte er eine Reihe Geistlicher in Kapernaum und Jerusalem aufgesucht. Dann hat er den Polizisten interviewt, der 1978 im Moshe-Mendelssohn-Fall ermittelt hatte, und schließlich auch noch mit Archäologen und Schwarzmarkthändlern gesprochen.

Meine Güte, dachte sie, wo nimmt er bloß die Zeit her?

In dem Bericht stand allerdings kein Wort darüber, worum es ihm ging, wonach er eigentlich suchte und ob er etwas gefunden hatte.

Später hatte sie den Kollegen vom PST angerufen und gefragt, worum es bei der ganzen Sache *eigentlich* ging. Aber der Kollege konnte ihr nichts Erhellendes sagen. »Die Israelis, weißt du«, hatte er amüsiert geantwortet. »Die tun doch immer so geheimnisvoll.« Dann hatte er sie gefragt, ob sie an einem der nächsten Abende vielleicht Lust auf ein Glas Wein hätte. Sie überhörte die Frage und fragte stattdessen, ob Menashe Frum glaube, dass Bjørn Beltø – oder der Fall in Israel – in irgendeiner Form etwas mit dem Überfall auf Ragnvald und Jakob zu tun haben könne. Der Kollege antwortete, dass er das bezweifelte. Aber man könnte ja nie wissen.

Ist es vielleicht möglich, von irgendjemandem auf dieser Welt mal eine konkrete Antwort zu kriegen?, dachte sie.

Auch die Suche nach dem Sohn des Sportlehrers war bisher erfolglos verlaufen. Er war unter keiner festen Adresse gemeldet, saß nicht im Gefängnis, lag in keinem Krankenhaus, hatte kein Bankkonto, keinen Mobilvertrag, nicht einmal Sozialleistungen bezog er – als würde er gar nicht existieren.

Der Anwalt

1

Ein Schild kann eine täuschende Fassade sein. Oder verraten, wer man ist oder gerne wäre.

ANWALTSKANZLEI
WEIDEMANN

Ich habe Anwalt Weidemann noch nie gesehen, das Schild neben der Eingangstür lässt aber keinen Zweifel an seinem Selbstbild. Der Firmenname ist mit autoritären Buchstaben auf ein so blankes Bronzeschild graviert, dass die Autofahrer auf der Dronningens gate geblendet werden. Ich drücke den Klingelknopf. Die Linse der ferngesteuerten Kamera unter dem Dach bewegt sich und erinnert mich an das Auge eines monströsen und übertrieben neugierigen Insekts. Automatisch heben Rebecca und ich den Blick. Ich lächele dämlich. Der Türsummer geht.

Der Treppenaufgang strahlt die Pracht vergangener Zeiten aus. Die Kanzlei Weidemann liegt in der ersten Etage hinter einer soliden Mahagoni-Doppeltür. Wir betreten ein Vorzimmer, in dem wir uns wie Besucher eines englischen Lords aus vergangenen Zeiten vorkommen. Holzvertäfelte Wände, burgunderfarbene Tapete und Ölgemälde von Männern, die möglicherweise Weidemanns Urahnen sind und aussehen, als hätten sie allesamt an Verstopfung gelitten. Eine hübsche junge Frau nimmt uns unsere Jacken ab. Eine nicht ganz so hübsche Frau mittleren Alters heißt uns willkommen, obwohl der Unterton ihrer Stimme etwas anderes vermittelt. Sie heißt Gjermundseth und ist die Chefsekretärin des Anwalts.

»Und wer sind Sie?«, fragt sie mit einem kritischen Blick auf Rebecca.

Ich stelle ihr Rebecca vor, aber Frau Gjermundseth drückt nur ihr Bedauern aus. Anwalt Weidemann hat klar zum Ausdruck gebracht, dass er Privatdozent Beltø unter vier Augen sprechen will.

»Warum das?«, frage ich.

»Das geht in aller Deutlichkeit aus den Anweisungen und dem letzten Willen der Erblasserin hervor«, sagt Frau Gjermundseth.

II

Während wir warten, dass Anwalt Weidemann sich von zweifelsohne wichtigeren Aufgaben losreißt, bekommen Rebecca und ich eine Tasse Kaffee serviert. Dann werde ich zur Audienz gerufen. Am hinteren Ende des Korridors erwartet uns eine weitere Mahagoni-Doppeltür, hinter der Unser Herr thront. Frau Gjermundseth klopft vorsichtig an und tritt einen Schritt zur Seite. Und siehe, die Tür öffnet sich, und eine Donnerstimme ertönt: »Herein!« Hinter dem gigantischen Schreibtisch ragt ein Stuhl auf wie ein Thron, der Mann darauf muss Anwalt Weidemann sein. Und die Stimme, die ich vorher mit Donner- und Posaunenhall habe sprechen hören, sagt zu mir: »Beltø, treten Sie ein, treten Sie ein.«

Furchtsam betrete ich das Allerheiligste. Anwalt Weidemann ist ein Hüne von einem Mann, mindestens zwei Meter groß, mit Schultern wie ein Bär. Sonnengebräunt und kerngesund. Bestimmt ist er als Säugling in einen Kessel mit Zaubertrank gefallen. Der dunkelgraue und fraglos maßgeschneiderte Anzug schimmert silbern im durch die Bürofenster fallenden Sonnenlicht. Er streckt mir eine Pranke entgegen, in der meine Hand verschwindet und zu Knochenmehl zermahlen wird. »Weidemann«, sagt er. Das sitzt. Der Name, in dröhnendem Bassbariton ausgesprochen, umfasst alles, was ich über den Mann vor mir wissen muss: ein vor Selbstbewusstsein und Testosteron strotzendes Alphatier, zweifellos Großmeister des 12. Grades der Norwegischen Freimaurerloge, Vorstandsvorsitzender der Rechtsanwaltskammer, bester Freund und einfühlsamer Liebhaber seiner hingebungsvollen Gattin, geduldiger Vater seiner Kinder und größter Schrecken jedes Schneehuhns.

»Setzen Sie sich!«

Er zeigt mit seiner Riesenpranke auf einen ledergepolsterten Stuhl, der vor dem gigantischen Schreibtisch steht. Wie ferngesteuert kommt Frau Gjermundseth mit zwei Tassen Kaffee auf einem Silbertablett hereingeschlichen.

»Ich habe über Sie gelesen«, sagt Anwalt Weidemann, ohne eine Antwort zu erwarten, als wäre es ihm wichtig zu unterstreichen, dass er mehr über mich weiß als ich über ihn. »Ich will Sie kurz in den Hintergrund unseres heutigen Treffens einweihen. Im November 2004 wurde ich von unserer gemeinsamen Freundin Victoria aufgesucht. Ich kannte ihren Vater aus meiner Zeit in der Konservativen Partei, von daher war es naheliegend, dass sie bei mir Rechtsbeistand suchte.«

Er erhebt sich, geht zu der holzvertäfelten Wand und öffnet eine Geheimtür (ja, wirklich), hinter der sich wahrhaftig ein Tresor befindet. Ein altmodischer Geldschrank der Marke

Franz Jäger mit Zahlenkombinationsschloss. Er dreht den Knopf hin und her und öffnet die schwere Tür. Schließlich entnimmt er dem Schrank ein Kästchen und platziert es zwischen uns auf dem Schreibtisch.

»Victoria hat mir folgenden Auftrag gegeben: Meine Kanzlei sollte diese Kassette bis zu ihrem Tod verwahren. Unmittelbar danach sollte ich Sie kontaktieren, einen Termin mit Ihnen vereinbaren und Ihnen die Kassette überreichen. Mein Auftrag ist hiermit erfüllt.«

Ich sehe ihn fragend an.

»Den Rest, hat sie gesagt, würden Sie selber herausfinden«, schiebt er hinterher.

Der Nachsatz kommt wie eine unausgesprochene Frage, als hätte Anwalt Weidemann all die Jahre darüber nachgedacht, was um alles in der Welt in diesem Kästchen sein kann.

»Weiter hat sie nichts gesagt?«, frage ich.

»Ich wollte nicht fragen. Sie hat gesagt, dass sie Ihnen voll und ganz vertraut und dass Sie der einzige Mensch sind, der dem Geheimnis auf den Grund gehen kann.« Er schiebt die Kassette über die glatte Oberfläche des Tisches auf mich zu und fügt wie einen missglückten Gnadenstoß hinzu: »Ich habe leider keinen Schlüssel.«

III

Rebecca und ich fahren auf direktem Weg zu meiner Wohnung. Ich stelle die Kassette auf den Wohnzimmertisch und begebe mich in die Küche, um den Schlüssel zu holen, den ich mit Klebeband an einem Esslöffel in der Besteckschublade befestigt habe.

Ich stecke den Schlüssel in das Schloss. Er passt. Natürlich passt er.

Zuoberst in dem Kästchen: ein handschriftlicher Brief. Unter dem Brief: zwei Streichholzschachteln.

Ich falte die Blätter auseinander und übersetze für Rebecca direkt beim Lesen ins Englische.

Victorias Brief

Oslo, November 2004

Mein lieber Bjørn,

Du hast schon immer einen Hang zum Melodramatischen gehabt, weshalb dir das hier sicher gefällt: Wenn du diese Zeilen liest, gibt es mich nicht mehr. Meine Anweisung an Anwalt Vegard Weidemann, der meiner Familie bei vielen Gelegenheiten zur Seite stand, lautet wie folgt: Wenn ich tot bin, soll er (oder sein Nachfolger) Kontakt mit dir aufnehmen und dich in seine Kanzlei bitten, um dir persönlich eine Kassette zu überreichen.

Das Leben ist voller unerwarteter Wendungen. Wir haben nicht immer alles unter Kontrolle. Manch einer mag das Schicksal nennen. Andere sehen darin die Konsequenzen der Fehler unserer eigenen Entscheidungen und Handlungen. Ich glaube, die Wahrheit liegt irgendwo dazwischen. Ich will dir erzählen, was ich weiß – auf jeden Fall das meiste –, und lege dann alles Weitere in deine Hände. In deine sachkundigen, kompetenten Hände, möchte ich hinzufügen. Denn wie ich es dir bereits auf der Karte geschrieben habe, die Jakob dir ausgehändigt hat – wenn es jemanden auf der Welt gibt, der diesem Mysterium auf den Grund gehen kann, dann du.

Im August 1977 habe ich einen israelischen Archäologen namens Moshe Mendelssohn kennengelernt. Er hat eine faszinierende Vortragsreihe über Bibelarchäologie auf einem internationalen Kongress in London gehalten. Ich war damals als

Vertretung unserer lieben Kollegin Grethe Lid Wøien dort, die im letzten Moment absagen musste. Weil Lid Wøien Professorin war und ich nur Stipendiatin, nahm ich als Beobachterin teil, was mir sehr entgegenkam.

Die Vorträge von Professor Mendelssohn wurden mit Spannung erwartet. Er hatte gemeinsam mit einem anderen berühmten israelischen Archäologen, Ehud Netzer, an den Ausgrabungen in Jericho teilgenommen, und vor ihm lag ein großes und ungemein spannendes Projekt: die Ausgrabung einer möglichen Grabanlage in Kapernaum im Norden von Jerusalem. Um es kurz zu machen: Ich machte mich mit Professor Mendelssohn bekannt, und da ich auf dem Kongress als Beobachterin strenggenommen keine Funktion hatte, ergab sich, dass ich dem Professor im Vorfeld seiner Vorträge bei ein paar praktischen Dingen zur Hand ging. Vermutlich hat er bemerkt, wie neugierig ich auf das Projekt in Kapernaum war, weshalb er mich schließlich einlud, doch die norwegischen archäologischen Fachkreise als Beobachterin zu repräsentieren. Ich bin daraufhin im Herbst 1977 und im Frühjahr 1978 nach Israel gereist, bevor die Ausgrabung am 15. Juli 1978 begann.

Du weißt selbst, wie viel Spannung und Aufregung mit jeder Ausgrabung verbunden ist, aber diese war wirklich etwas ganz Besonderes. Professor Mendelssohn wollte nicht preisgeben, wonach wir suchten, aber die meisten von uns waren sich ziemlich sicher, dass es sich um ein Grab handelte – eine typisch israelische Grabhöhle mit Ossarium, also einem Beinhaus aus Sandstein. Da der Professor für seine bibelarchäologische Forschung bekannt war, gingen wir davon aus, dass es sich um das Grab einer in der Bibel genannten Person handelte. Aber wer? Der Professor ließ uns in quälender Ungewissheit.

Der Sommer 1978 war ungewöhnlich heiß, aber wir arbeiteten trotzdem vom frühen Morgen bis zum späten Abend. Die Stimmung war fantastisch. Professor Moshe Mendelssohn war ein inspirierender Ausgrabungsleiter, der nicht davor zurückschreckte, sich selbst die Finger schmutzig zu machen. Er war eine entschlossene Autorität, aber nicht so von oben herab, wie es andere Ausgrabungsleiter sein können (du weißt, wen ich meine). Wir arbeiteten zwei Monate und lebten in dieser Zeit in unserer ganz eigenen Welt – weitab von allem, was ansonsten in der Welt passierte. Wir haben nicht mitbekommen, dass der ägyptische Präsident Anwar El Sadat und der israelische Staatspräsident Menachem Begin in Camp David in den USA verhandelten. Dass in London das erste Retortenbaby der Welt geboren und im Vatikan der venezianische Kardinal Albino Luciani zum Papst gewählt wurde. Er wählte den Namen Johannes Paul I. und starb nur dreiunddreißig Tage später. All das ging vollkommen an uns vorbei. Aber eigentlich spielt das alles keine Rolle. Ich erzähle dies nur, um dir vor Augen zu führen, wie abgeschieden vom Rest der Welt wir gelebt haben, in unserer eigenen Blase. Für uns war nur die Arbeit von Bedeutung. Die Ausgrabung. Das, was uns unter unseren Maurerkellen und Pinseln erwartete.

Mitte September kam der Durchbruch. Wir fanden ein Grab. Genauer gesagt, den Eingang zu einer Grabkammer. »Wir«, schreibe ich. Eigentlich wäre es richtiger zu schreiben, Moshe Mendelssohn. Ich habe ihn nie so erregt gesehen. Er war der Einzige, der nach unten in die Krypta gestiegen ist. Er war tief bewegt, als er wieder nach oben kam. So hatte ich ihn noch nie gesehen. Ich fragte ihn, was er drinnen gesehen hatte, aber er wollte nichts sagen. Er müsse sofort in die Universität, sagte er, um seinen Fund zu melden. Das fand ich seltsam. Warum rief er nicht einfach dort an? Er meinte nur, dass das in Israel so üblich wäre. Ich hatte den Verdacht, dass er seine Frau und Tochter vermisste, die in Jerusalem wohnten, und dass er die Gelegenheit nutzen wollte, bei ihnen vorbeizuschauen. Auch den anderen Ausgrabungsteilnehmern war es vollkommen neu, dass ein Fund persönlich an der Universität gemeldet werden musste.

Da ich tags darauf einen Arzttermin in Nazareth hatte, bat Moshe mich, etwas für ihn untersuchen zu lassen. Er vertraute mir zwei Knochen aus dem Grab an. Die sollte ich einem israelischen Kollegen bringen, Levi Rahmani, einem Experten für Grabkammern und Beinhäuser. Moshe hatte für mich eine Verabredung mit Rahmani getroffen. Rahmani wurde später Chefkurator des Israel Department of Antiquities, das heute Israel Antiquities Authority heißt.

Auf beiden Knochen steckten Ringe mit alten gnostischen Symbolen. Ich weiß nicht, ob diese Symbole in irgendeinem Zusammenhang mit Moshes Schicksal stehen können. Ich bin keine Expertin für Gnostizismus, und ich kann mir kaum vorstellen, dass der Fund gnostischer Symbole in einem Grab der Grund für eine fachliche Kontroverse darstellte oder gar für das Verschwinden eines Archäologen.

Ich selbst habe mich nicht in die Grabkammer hineingewagt, was ich im Nachhinein bereue. Aber ich muss gestehen, dass ich zumindest einen Blick hineingeworfen habe, nachdem Moshe abgereist war. Für mich sah es aus wie eine ganz normale Grabkammer.

Moshe kam nie wieder zurück.

Wir erwarteten ihn am Abend oder im Laufe der Nacht, aber er tauchte nicht auf. Was war passiert? Wir riefen seine Familie in Jerusalem an, das Institut, seine Kollegen. Niemand wusste etwas. Dass etwas nicht stimmte, war uns in dem Moment klar, als oben auf der Straße oberhalb des Ausgrabungsfeldes ein Streifenwagen hielt und die Polizisten uns observierten. Einige der Archäologen gingen zu ihnen hoch, um zu erfahren, was passiert war, aber sie bekamen keine Antwort.

Ich selbst bin mit den Knochen, die Moshe mir gegeben hat, nach Nazareth gefahren und habe mich nach meinem Arzttermin zu dem mit Rahmani vereinbarten Treffpunkt begeben.
Ich habe ein paar Stunden auf Levi Rahmani gewartet, aber er kam nicht. Später habe ich erfahren, dass er bei einer Ausgrabung aufgehalten worden war. Ich nahm also die Knochen wieder mit und fuhr zurück in Richtung Kapernaum. Auf dem Weg blieb ich hinter einer Militärkolonne hängen. Sie fuhren langsam, aber ich traute mich trotzdem nicht, sie zu überholen. Die Kolonne hielt am Ausgrabungsplatz. In diesem Moment wusste ich, dass irgendetwas überhaupt nicht stimmte. Überall waren Polizisten und Militärs. Ich wagte es nicht anzuhalten. Ich hatte keine Arbeitsgenehmigung. Stattdessen fuhr ich weiter bis zum Dorf Hatzor HaGlilit, eine halbe Stunde nördlich von Kapernaum. Ich hatte Angst. Mir war klar, dass irgendetwas passiert sein musste, aber was? Ich wusste nicht, wohin ich sollte. Ich traute mich nicht, mich dem Militär zu zeigen, schließlich war ich nur mit einem Touristenvisum in Israel. Außerdem waren da die Gerüchte über mich und die PLO.
Von den anderen Archäologen erfuhr ich, dass die Ausgrabung gestoppt worden war – mit Verweis auf das neue israelische Law of Antiquities, das im gleichen Jahr erlassen worden war. Aber das ergab alles keinen Sinn. Eine Kapazität wie Moshe Mendelssohn hätte niemals eine derartige Ausgrabung begonnen, ohne sich vorher um alle formellen Genehmigungen zu kümmern. Alle anwesenden Archäologen wurden überprüft und verhört und dann nach Hause geschickt. Ohne jede Erklärung. Da ich auf keiner der offiziellen Listen stand, wurde ich auch nicht gesucht. Für die israelischen Behörden gab es mich nicht. Mir war das nur recht. Ich fuhr nach Jerusalem und parkte den Institutswagen vor der Universität. Die Schlüssel ließ ich stecken. Ich überlegte, ob ich hineingehen und die Kno-

chen untersuchen lassen sollte, wie Moshe mich gebeten hatte, aber ich traute mich nicht. Irgendetwas stimmte da nicht, und ich wollte nicht in die Sache hineingezogen werden. Den ganzen Tag versuchte ich, über Kollegen mit Moshe in Kontakt zu kommen, erfuhr aber nur, dass er noch immer nicht zurückgekommen und offiziell vermisst gemeldet worden war. Gegen alle Gesetze, Regeln und wissenschaftliche Sitten – ganz zu schweigen von meinem eigenen, schlechten Gewissen – wickelte ich die zwei Knochen in meine Seidenbluse ein und legte sie in meinen Koffer. Ich bestellte Flugtickets zurück nach Oslo – heim nach Oslo und zu meinem Ragnvald.

Und damit war die Sache für mich erledigt.

Viele Jahre lagen die beiden Knochen sicher verwahrt in meinem Schrank in einer der Konservierungswerkstätten der Universität. Ich hatte keine Ahnung, was ich damit machen sollte. Ich durchforstete die israelischen Medien nach irgendwelchen Informationen. Gab es jemanden, dem ich sie schicken konnte? Aber die Ausgrabung in Kapernaum wurde totgeschwiegen. Niemand schrieb über Moshe Mendelssohn oder die Grabkammer. Deshalb behielt ich die Knochen. Ich weiß noch immer nicht, was ich damit anstellen soll. Von wenigen fatalen Ausnahmen abgesehen habe ich diese Knochen nie auch nur erwähnt. Die fatalen Ausnahmen sind meine Freundinnen Lillemor und Kristine sowie dein Stiefvater. Zum Glück habe ich keinem der drei erzählt, was genau sich da in meinem Besitz befindet. Ich habe mich ihnen in einem Moment der Schwäche anvertraut und bereue das zutiefst. Lillemor, die Herzensgute, ist danach nie mehr darauf eingegangen. Aber Trygve Arntzen hat mich immer wieder bedrängt, du kennst ihn ja. Aber er hat nicht mehr erfahren. Irgendwann bin ich mit mir ins Gericht gegangen und habe den Entschluss gefasst, die Knochen dir zu übergeben. Aus dem Grund, den ich dir geschrieben habe: Wenn irgend-

jemand diesem Mysterium auf den Grund gehen kann, dann du. Für mich ist es leider zu spät.
Was ist mit Moshe Mendelssohn passiert?
Ich weiß es nicht. Das ist die brutale Wahrheit. Nicht ein Tag ist seitdem vergangen, an dem ich mich nicht gefragt habe, was mit ihm passiert ist. Aber ich habe keinen Finger krumm gemacht, um es herauszufinden. Dafür hatte ich meine Gründe. Ganz davon abgesehen glaube ich nicht, dass ich eine Antwort auf diese Frage hätte finden können. Ich weiß nicht, warum er verschwand, aber ich glaube nicht, dass es aus freien Stücken geschah. Offiziell hieß es, er sei entführt und ermordet worden. Das ist möglich. Aber ich glaube nicht daran. Ich habe mich oft gefragt, ob er nicht noch am Leben ist und in irgendeinem Gefängnis sitzt, weil er etwas weiß, wovon die Welt nichts wissen soll. Aber was?
Du fragst dich bestimmt, warum ich es so kompliziert mache: Anwalt … Kassette … Umschlag … Schlüssel … Auch dafür gibt es eine Erklärung. Aber die will ich mit niemandem teilen. Was du herausfinden wirst, wird Ereignisse in Gang setzen, die ich nicht unter Kontrolle habe. Deshalb will ich nicht hier sein, wenn das passiert. Es gibt Menschen, denen ich nicht in die Augen schauen kann. Geschehnisse, für die ich keine Rechenschaft ablegen will. So gesehen bin ich ein schwacher Mensch. Schwächer als du, Bjørn. Dir fehlt es an Selbstvertrauen, aber ich kenne dich, Bjørn. Du bist, selbst in deiner Schwäche, stärker, als ich es jemals war.
In meinen jüngeren Jahren war der Glaube mein sicherer Hafen. Du fragst dich vielleicht, ob ich dort, wo Jesus in seinen staubigen Sandalen gewandelt ist, zurück zu meinem Kindheitsglauben gefunden habe. Meine Eltern waren Katholiken, und erst gegen Ende meiner Teenagerzeit ist es mir gelungen, dieses jahrtausendealte Joch abzuschütteln. Der Katholizismus ist kein Glaube, sondern ein Zustand. Wie die Muslime

weben die Katholiken ihren Glauben in den Alltag ein, es ist nicht möglich, das eine vom anderen zu trennen. Für mich war das zu viel. Nein, meinen Kindheitsglauben habe ich verloren. Manchmal vermisse ich ihn. Aber ich schweife ab. Ich versuche nur, dich in meine Vorstellungswelt einzuweihen, wo der Glaube an allmächtige Götter und magische Rituale keinen Platz mehr hat. Ich selbst bin glücklicherweise tot, wenn du zu graben anfängst. Ich weiß, was du zu finden riskierst. Gleichzeitig habe ich keine Ahnung, was du finden wirst. Was ich sage, klingt verwirrend, ich weiß, und das tut mir leid.
Bjørn, lass es uns so sagen: Ich bereue vieles in meinem Leben – mehr, als du dir vorstellen kannst – und vor allem, dass ich die Knochen aus Kapernaum mitgenommen habe. Und lass uns sagen, dass ich ein viel zu korrekter Mensch bin – bei Studenten und Kollegen als Pedantin und Regelfetischistin bekannt –, um jetzt noch die Verantwortung für den Diebstahl von Fundstücken aus einer archäologischen Ausgrabung in einem fremden Land zu übernehmen. Ich weiß, dass du, lieber Bjørn, aus meinen Zeilen herausliest, dass meine Begründung so einfach nicht ist. Aber kannst du den anderen, die dich sicher fragen werden, nicht sagen, dass es so war? Dass ich einfach keine Kraft hatte, für meine Handlungen geradezustehen. Ein Quäntchen Wahrheit steckt ja auch darin.
Mehr gibt es nicht zu sagen. Oder? Es gibt immer mehr zu sagen. Auch jetzt. Aber das muss reichen. Ich habe dir gesagt, was ich dir sagen wollte, den Rest musst jetzt du herausfinden.

Alles Liebe
Deine Freundin & Kollegin
Victoria

Die Knochen

I

Zwei Knochen. In jeder Streichholzschachtel einer. In Baumwolle und Seidenpapier verpackt.

Heiliger Strohsack.

Bei den Knochen liegen zwei Ringe. Jeweils mit einer Gravur. Auf dem einen ein Kreuz, ein rechtwinkliges, von einem Kreis eingefasstes Kreuz, auf dem anderen eine Darstellung des Gottes Abraxas.

Gnostische Symbole.

Weder Rebecca noch ich sagen etwas. Wir wissen beide, dass der Gnostizismus eine komplizierte Mischung aus Religion und Philosophie ist, aus heidnischen Hirngespinsten und hellenistischem Gedankengut. Die Gnostiker glaubten an etwas viel Größeres als einen einzelnen Gott, sie glaubten an ein Kraftfeld voller Energien und göttlicher Erkenntnis. Die universelle Wahrheit. In diesem Kraftfeld der Weisheit schwirrt unser Herrgott mit einer Handvoll anderer verirrter Götter herum, *Demiurgen*, aber sonderlich weise ist er nicht. Im Großen und Ganzen eher ein erfolgloser Gott, wofür seine Schöpfung – die Erde und wir Menschen – ein trauriges Beispiel sind. So dachten die Gnostiker. Nach ihrer Lehre trug jeder Mensch Fragmente der göttlichen Kraft in seiner Seele, religiöse Sehnsucht war für sie die Sehnsucht nach der Erkenntnis des Kraftfeldes, *Gnosis*. Für viele Gnostiker war Jesus der Weg zurück zu der verlorenen Erkenntnis und damit der Schlüssel zur Harmonie der Seele.

Victorias Brief ist nicht sehr erhellend, er wirft mehr Fragen auf, als er Antworten gibt. Mich macht einiges stutzig. Zum Beispiel ihre Formulierung, dass Moshe Mendelssohn Victoria als Beobachterin und Repräsentantin der norwegischen archäologischen Fachkreise zu der Ausgrabung eingeladen hat. Welche Fachkreise? Die Universität? Das Zentralinstitut für Denkmalpflege? Die Umweltschutzbehörde, der wir unterstellt sind? Selbst wenn Victoria im Verlauf ihrer Karriere eine angesehene und respektierte Professorin wurde, 1978 war sie noch eine junge Stipendiatin. Es ist ziemlich unwahrscheinlich, dass sie da drei-, viermal nach Israel geschickt wurde, um schließlich sogar inoffiziell – also praktisch geheim – als norwegische Repräsentantin an der Ausgrabung teilzunehmen. Ich rufe meine Bekannte in der Personalabteilung der Universität an und bitte sie, im Archiv nach einem Antrag von Victoria oder den israelischen archäologischen Behörden zu suchen.

Was sollen wir mit den Knochen machen? Gibt es jemandem, dem wir sie anvertrauen können? Die Knochen müssen datiert und auf DNA untersucht werden. Das volle Programm.

Ich schaue mir die beiden Ringe an. Was bedeuten die Gravuren? Gut, sie sind gnostisch. Und? Die Ringe sind zweifelsohne von großem antiquarischem Wert. Aber werfen sie auch ein neues Licht auf den Platz des Gnostizismus im Judentum und frühen Christentum? Kaum. Der Gnostizismus als Glaubenslehre war in den Jahrhunderten um Jesus herum bekannt, sein Einfluss wurde von neuchristlichen Theologen Stück für Stück demontiert. Das alles sind keine umwerfenden Erkenntnisse für die Religionsgeschichte und Theologie. Nichts Kontroverses. Nichts, wofür man mordet.

II

Lebenslüge hat Ibsen es genannt. Die Illusion, die uns als Menschen formt. Was war Victorias Lebenslüge? Ich erkenne die Konturen, aber nicht den Kern. Den ganzen Tag grübele ich über alle Unstimmigkeiten nach. Warum war es Victoria so wichtig, mit diesen Dingen bis nach ihrem Tod zu warten? Was hatte sie zu verbergen?

Später am Nachmittag meldet sich meine Bekannte aus der Personalabteilung. Sie hat nichts gefunden, was Victoria als Repräsentantin der Universität oder der norwegischen Denkmalfachbehörden bestätigt. Dafür hat sie ein paar Anträge von Victoria auf unbezahlten Urlaub gefunden. Die Daten stimmen mit ihren Besuchen in Israel überein.

Die Informationen erstaunen mich. Victoria hat unbezahlten Urlaub genommen und wird folglich auf eigene Kosten nach Israel gereist sein, um an der Ausgrabung teilzunehmen. Warum vermittelt sie dann in ihrem Brief den Eindruck, dass ihre Besuche im Namen der norwegischen Fachwelt stattgefunden haben?

In mir keimt ein Verdacht auf.

Ich ahne, aber weiß es nicht.

Victorias Brief ist in mehrfacher Hinsicht bemerkenswert. Kein Wort über den Propheten Daniel, kein Wort über Dämonen und Engel, nicht ein Wort über irgendwelche Jünger. Hatte sie eine Vermutung, was Moshe Mendelssohn in dem Grab gefunden hat? Ich weiß es nicht, und sie kommt mir nicht mit der leisesten Andeutung entgegen.

Sie verschweigt etwas, und ich weiß nicht, was.

III

Bei mir zu Hause ist es Rebecca, die auf dem Sofa schläft. Es wäre reichlich Platz in meinem Doppelbett, aber wie um Himmels willen bietet man das einer Frau an, ohne wie ein plumper, geiler Bock zu wirken?

Wir surfen den ganzen Nachmittag im Internet auf der Suche nach Material über die Gnostiker. Der Gnostizismus hatte in den Jahrhunderten vor und nach Christus viele Anhänger. Sie hatten einige Gedanken aus dem Buddhismus entliehen, aber viele Gnostiker waren auch Christen oder Juden. Allen gemeinsam war, dass sie sowohl bei christlichen Kirchenvätern als auch Rabbinern extrem unbeliebt waren.

Zum Abendessen mache ich Spaghetti carbonara, die sich nicht hinter den Restaurantvarianten verstecken müssen, die ich bisher verkostet habe. Dazu trinken wir einen kräftigen Chianti.

»Wie geht es dir eigentlich, Bjørn?«, fragt Rebecca.

»Wie es mir geht?«

»In deinem Leben? Du arbeitest viel, das weiß ich. Dann fährst du nach Hause in deine Wohnung. Aber wie geht es dir dabei?«

Ich ziehe die Schultern hoch. Ehrlich gesagt denke ich selten auf diese Weise über mein Leben nach. Die Frage ist mir eine Nummer zu groß.

»Mir geht's gut«, sage ich nach kurzer Bedenkzeit. Meine Medikamente halten die Nerven im Zaum. »Meine Arbeit ist interessant. Ich habe die Musik und Bücher …«

»Aber es gibt keine Frau in deinem Leben.«

Was will sie damit sagen? Will sie prüfen, ob ich noch zu haben bin? Oder ist sie nur höflich interessiert?

»Keine Frau. Nicht mehr.«

Ich bin mir nicht sicher, ob es sonderlich schlau ist, diesen Punkt zu vertiefen.

»Gab es … viele?«

Höre ich da Spott?

»Entschuldige«, sagt sie eilig, »das geht mich natürlich überhaupt nichts an.«

Es gab schon einige. Doch. Aber es ist mir nie gelungen, den Code zu knacken. Was ist es, das eine Frau für mich einnimmt – und zwar über einen kurzen Flirt hinausgehend? Keine meiner Beziehungen hat sonderlich lange gehalten.

»Und was ist mit dir?«, frage ich.

»Ich hatte nie eine Beziehung, von der ich das Gefühl hatte, dass sie ein Leben lang hält«, sagt Rebecca. »Meine erste große, erwachsene Liebe hieß Moshe. Ja, wie Papa. Ich habe ihn an der Universität kennengelernt, unmittelbar nachdem ich aus dem Kibbuz ausgezogen war. Wir waren fünf Jahre zusammen. Für mich waren fünf Jahre ein ganzes Leben. Anfangs waren wir nur ein Liebespaar. Dann sind wir zusammengezogen, auch wenn von Anfang klar war, dass das nur eine Durchgangsstation sein würde. Wir wollten beide weiter, hatten noch nicht begriffen, dass Leben das ist, was hier und jetzt passiert. Nach Moshe war ich ein paar Jahre Single. Bis ich Boaz traf. Er war fünfzehn Jahre älter als ich. Wir haben drei Jahre zusammen gelebt, bis alles zur Hölle ging. Die Beziehung mit Moshe ist sozusagen im Sand verlaufen, mit Boaz war das anders. Wir haben uns in einem Vulkanausbruch aus Schimpftiraden und Hass verlassen. Ja, Hass. Ich habe ihn seitdem nicht mehr gesehen oder mit ihm gesprochen. Danach hatte ich den einen oder anderen Liebhaber, aber niemanden, mit dem ich zusammengezogen wäre. Und keine der Beziehungen hat länger gedauert.«

Wie ein Echo meines eigenen betrüblichen Liebeslebens.

»Und – wie geht es dir damit?«, frage ich sie.

Sie lächelt traurig und wiegt den Kopf hin und her.

»Wie du lebe ich von Tag zu Tag. Es passiert nicht viel Aufregendes. Ich gehe zur Arbeit. Ich arbeite lange. Ich mache mir etwas Einfaches zu essen. Ich schaue Fernsehen, lese. Am Wochenende treffe ich mich ab und zu mit Freunden, aber immer seltener. Das Merkwürdige ist…«, sie sucht nach den passenden Worten, »dass ich das Gefühl habe, auf etwas zu warten. Ich warte auf etwas, das niemals eintrifft. Ich fühle mich auserwählt, aber ich weiß nicht, wofür auserwählt. Ich warte und warte auf eine Wendung in meinem Leben, die allem einen Sinn gibt.«

Sie breitet die Arme aus, sieht mich an und verdreht die Augen.

»Sorry, was soll ich sagen?«

Ich weiß genau, was sie meint. Was soll man dazu sagen.

Die Einladung

1

Er sitzt aufrecht im Bett, als ich ins Zimmer komme. Das Gesicht zerschlagen, geschwollen, blaugrün. Erst als ich direkt neben seinem Bett bin und vorsichtig seine bandagierte Hand nehmen kann, spreche ich ihm mein Beileid für den Verlust von Vater und Mutter aus. Seine Augen werden blank.

»Ich war nicht einmal bei ihr, als sie von uns ging«, sagt er. »Und Vater …«

»Du darfst dir keine Vorwürfe machen.«

»Trotzdem.«

»Wie geht es dir?«

»Geht so. Ich habe ständig Kopfschmerzen. Die Ärzte geben mir Tabletten, sie meinen, dass sich das wieder gibt.«

»Das wird sicher bald besser.«

»Was mich am meisten quält, sind die Gedanken, nicht die Schmerzen.«

»Das verstehe ich gut.«

»Mutter und Vater … Dass ich nicht bei ihr war, als sie einschlief. Und dass ich nicht verhindern konnte … was mit Vater passiert ist.«

Ich schweige und senke für einen Moment den Blick. Dann frage ich, was passiert ist.

»Ich kann mich an nichts erinnern. An rein gar nichts. Die Polizei hat mich das auch schon gefragt. Sie meinen, wir wären von Osteuropäern überfallen worden. Es spricht wohl vieles dafür. Aber ich weiß nicht … warum wir?«

»Hast du mit Siri Schau gesprochen?«

»Ja.«

»Was hast du ihr gesagt?

»Die Wahrheit … Ich erinnere mich an nichts.«

»Glaubst du, es gibt irgendeinen Zusammenhang mit …«, ich breite die Arme aus, »… alldem anderen?«

»Mit Mutter und Israel, meinst du?«

»Ist das denkbar?«

Plötzlich schiebt sich so etwas wie ein Schleier vor seine Augen. Er weiß etwas, denke ich. Mir liegen noch weitere Fragen auf der Zunge, aber er kommt mir zuvor.

»Ich habe natürlich auch schon in diese Richtung gedacht. Aber wie sollte so ein Zusammenhang aussehen? Das liegt fünfunddreißig Jahre zurück, Bjørn. Das ist eine lange Zeit. Hast du in Israel etwas gefunden?«

Ich erzähle ihm von Rebecca und den neuen Informationen, die mehr verwirren als aufklären.

»Was ist mit der Nachricht, die Mutter hinterlassen hat? Und dem Schlüssel?«

»Der Schlüssel passt zu einer kleinen Kassette, die sie in der Kanzlei von Weidemann deponiert hatte.«

»Eine Kassette? Und was war drin?«

»Ein Brief und zwei Knochen.«

»Zwei *Knochen*?«

»Uralt. Aus dem Grab in Kapernaum. Und zwei Ringe.«

»Uih, zwei Knochen und zwei Ringe …«

»In die Ringe sind gnostische Symbole eingraviert.«

»Was stand in dem Brief?«

Ich nehme eine Kopie aus der Innentasche meiner Jacke. Aber er ist noch nicht in der Lage, selber zu lesen. Also lese ich ihm den Brief vor. Anschließend ist er lange still.

»Danke, Bjørn«, sagt er. »Für alles. Für all das, was du für Mutter tust. Und für mich. Ich ...« Er will etwas sagen, überlegt es sich dann aber anders.

»Ich gehe davon aus, dass Morten die meiste Zeit bei dir ist?«

»Morten, er ...« Etwas in seinem Blick verändert sich. »Ach, vergiss es.«

Was soll ich vergessen? Ich frage nicht nach, will ihn nicht unter Druck setzen.

»Noch eine Sache, Jakob. Du hast mir erzählt, dass ein Mann Kontakt mit dir aufgenommen hat.«

»Ein Mann?«

»Du wolltest mir nicht sagen, wer. Es ging um irgendetwas in der Vergangenheit. Du hast gesagt, er habe darauf bestanden, dass du niemandem etwas sagst.«

»Ach das, ja, jetzt erinnere ich mich wieder.«

»Er hat gesagt, er hätte eine wichtige Information über deine Mutter.«

»Ich weiß, was du jetzt denkst. Aber das hat nichts mit dem Überfall zu tun. Er ist nicht gekommen. Wir hatten an dem Abend aber auch keine Verabredung.«

»Wer war er?«

»Er hat mich gebeten, das niemandem zu sagen.«

»Warum?«

»Er hatte seine Gründe – und ich habe versprochen, das zu respektieren, Bjørn.«

Ich sehe ihn lange an und suche in seinem geschundenen Gesicht nach einer Erklärung. Vergeblich.

»Kenne ich ihn?«

Er tut so, als hätte er meine Frage überhört, aber ich sehe es ihm an und weiß, wer der Mann ist. Dabei hat Jakob gar nichts gesagt.

II

Victoria wartet in der Kapelle auf mich.

Ich habe vorher im Krankenhaus angerufen und gefragt, ob es noch möglich ist, Abschied zu nehmen. Sie waren sehr entgegenkommend.

Sie liegt in einem offenen Sarg. Die Hände gefaltet. Die Augen geschlossen. *So klein…* Wie ein Vogeljunges. Ich streichle ihre eingesunkenen Wangen.

Wie kalt du bist, Victoria.

Dann erzähle ich ihr alles, was passiert ist. Nicht weil ich glaube, dass sie davon etwas mitbekommt. Im Grunde spreche ich mit mir selbst. Über die Reise nach Kapernaum, über all das, was in Jerusalem geschehen ist. Ich erzähle ihr von meiner Verwirrung und meinen Theorien. Ich lege meine Hand auf ihre. Dann spreche ich über Rebecca.

»Ich habe mich für die Professur beworben«, vertraue ich ihr an. »Deinetwegen, Victoria.«

Die Stille hüllt uns ein. Die Schwestern haben überall in der Kapelle weiße Kerzen angezündet. Stille Flammen. Steif und kalt liegt sie da. Das ist nicht mehr Victoria. Ich kann den Begriff Seele nicht definieren, aber all die Toten, von denen ich Abschied genommen habe, lagen wie stumme Zeugnisse des Unterschiedes zwischen Körper und Seele in ihren Särgen.

Der Krankenbesuch bei Jakob hat ein leicht schales Gefühl hinterlassen, schwer zu sagen, was genau mich stört. Etwas in seinem Ton. Etwas zwischen uns – die Schicksalsgemeinschaft, die gegenseitige Neugier – war verschwunden. Woran lag das? Es ist nur ein vages Gefühl, nicht mehr, aber trotzdem.

Was meinst du? Was soll ich jetzt tun, Victoria? Ich blicke auf ihren entseelten Körper. Dort ist keine Antwort zu finden.

Mein Handy klingelt.

Ich zucke zusammen, beiße die Zähne fest aufeinander. Es ist doch zum Heulen. Obwohl ich mit Victoria allein bin, ist die Unterbrechung wie eine lärmende Kränkung.

Ich werfe einen Blick aufs Display. Eine lange 44er-Nummer. London. Ich trete ein paar Schritte vom Sarg zurück, ehe ich antworte:

»Beltø.«

»*Bjorn*? Ich bin's.«

Eine Stimme aus der Vergangenheit. Sie hat es nie gelernt, meinen Namen richtig auszusprechen. Nicht einmal dann, wenn sie ihn in mein Ohr stöhnte.

III

Sie braucht nicht mehr zu sagen als *Ich bin's*, dass ich sie erkenne. Es gab einmal eine Zeit, in der wir zusammen waren. Geliebte. Ein Liebespaar? Ich habe es nie herausgefunden.

»Diane?«, sage ich nur.

Sie hat mich in Rennes-le-Château verlassen, das ist jetzt fünfzehn Jahre her. Ich sah sie gehen. Mitten in der Nacht trug jemand ihre Koffer zu einem Kleinbus und fuhr mit ihr davon. Minutenlang habe ich dem kleiner werdenden Lichtfleck nachgesehen, bevor er vollends im Dunkeln verschwand. Und sie mit ihm. Sie hat mich aus ihrem Leben geschnippt wie eine lästige Fliege. Es gibt Menschen, die meinen, ich würde immer alles zu persönlich nehmen, aber ich glaubte damals wirklich, dass wir ein Paar waren, uns liebten. Diane war da wohl anderer Meinung. Ich habe sie schon mal gesehen, seit sie mich verlassen hat, das ist es nicht. Aber wir haben nie darüber geredet. Ich habe nie eine Erklärung bekommen. Hatte sie das Interesse an mir verloren, oder war ich nicht der, für den sie mich gehalten hatte? Keine Ahnung. Aber klar, ich bin natürlich nicht gerade George Clooney.

»Wie ich höre, bist du einer spannenden Sache auf der Spur?«, sagt sie.

Sie kommt direkt zur Sache. Redet nicht um den heißen Brei herum.

Ich weiß nicht, wie ihr Titel ganz konkret lautet, sicher Großmeisterin oder irgendetwas Pompöses. Vermutlich ist sie im Leitungsgremium der SIS. *Society of International Sciences.* Die Internationale Wissenschaftsgesellschaft. Verstehe das, wer will. Ihr Vater war Michael MacMullin, das sagt alles.

»Wo hast du das gehört?«, frage ich.

»Ich habe meine Quellen«, sagt sie. Sie meint es scherzhaft, dabei ist es so. Sie hat auf der ganzen Welt ihre Quellen.

»Was weißt du, Diane?«

»Wenn ich nicht falschliege, bist du im Besitz von zwei Knochen …?«

Es hört sich wie eine Frage an, ist es aber nicht.

Sie weiß es.

Dianes schlecht getarnte Frage jagt mir einen kalten Schauer über den Rücken. Ich werde überwacht. Nicht nur in Israel. Auch hier in Oslo. Sie observieren alles. Was wir tun, sagen … und denken? Sie hören uns ab. Deshalb weiß sie von den Knochen. Aber wer sind sie? Mossad? CIA? PST? Natürlich könnte auch Weidemann – theoretisch – das Kästchen aufgebrochen haben. Aber wenn Weidemann Teil der Verschwörung ist, hätte er das Kästchen, die Knochen und den Brief dann nicht längst an seine Leute übergeben? Er kann nicht Dianes Quelle sein, das wäre unlogisch. Jakob könnte angerufen haben, aber das ist auch nicht wahrscheinlich. Bleiben also Rebecca und ich. Ich glaube aber nicht, dass Rebecca mich so abgrundtief täuscht. Deshalb bleibt nur eine Möglichkeit: Wir werden abgehört.

Dianes Stimme: *»Bjorn?«*

»Woher weißt du von den Knochen?«

»Du weißt, dass ich dir darauf keine Antwort geben kann.«

»Mit wem arbeitest du zusammen?«

»Du hast genug Fantasie, um dir das auszurechnen.«

»Mit wem?«

»Bjorn, du weißt doch, dass ich dir auf solche Fragen nicht antworten kann, nicht hier und jetzt. Ich ...«

»Weißt du, was mit Moshe Mendelssohn passiert ist?«

»Was ich dir jetzt sage, ist die Wahrheit: Ich weiß es nicht. Die SIS hat in den Achtzigern und Neunzigern alles versucht, um das herauszubekommen. Parallel zu den Nachforschungen deiner Freundin Rebecca.« Ich höre das neckende Lächeln in ihrer Stimme. *Deine Freundin.* »Aber wir sind da nie weitergekommen. Seither lag die Sache brach. Bis *du* aufgetaucht bist.«

»Dann vergammelt er nicht irgendwo in einem israelischen Gefängnis?«

»Warum sollte er das?«

»Um nicht zu verraten, was er gefunden hat.«

»Wenn dem so wäre, wüsste ich das.«

Dieses Mal scherzt sie nicht. Und ich habe auch keine Zweifel.

»Victoria«, sagt sie leise. »Eine unglaubliche Geschichte. Niemand – und damit meine ich wirklich niemand – hatte auch nur die leiseste Ahnung, dass sie zu Mendelssohns Stab in Kapernaum gehört hat. Niemand! Nicht einmal die SIS. Kannst du mir erklären, wie das möglich ist? Erst als du angefangen hast, dich in die Sache einzumischen, begannen wir den Zusammenhang zu ahnen.«

»Welchen Zusammenhang? Und woher wusste die SIS, das ich mich für die Ausgrabung interessiere?«

»Bjorn … Du weißt, dass ich unsere Quellen nicht preisgebe. Aber so viel Fantasie brauchst du dafür wirklich nicht. Wie gesagt – wir haben gute Kontakte.«

»Und jetzt?«

»Würde ich dich gerne nach London einladen.«

»London?«

»Du kannst Rebecca gerne mitbringen.«

»Und welche Rolle spielst du bei dem Ganzen?«

»Nun, Rolle …« Sie zögert. »Betrachte mich als Unterhändlerin. Als eine Art Strohfrau. Du hast etwas, das andere Leute gerne zurückhätten.«

»Interessante Perspektive. *Zurück …*«

»Nenn es Verhandlungsvorgabe. Werdet ihr kommen?«

»Auf jeden Fall ich. Rebecca muss das selbst entscheiden.«

Ich glaube aber schon, dass sie mitkommen wird. Irgendwo in diesem Wirrwarr ist schließlich das Schicksal ihres Vaters verborgen.

Victoria liegt da, als würde sie zuhören; lächelnd und geheimnisvoll. In meiner Fantasie. In Wahrheit liegt sie so kalt und steif und tot da, wie das nur möglich ist.

IV

Rebecca sitzt auf dem Sofa und blättert durch alte Papiere ihres Vaters, als ich zurückkomme. Der Anblick von ihr auf *meinem* Sofa, in *meinem* Wohnzimmer, erfüllt mich mit Wärme und Zärtlichkeit. Als gehörten wir zusammen.

In nur wenigen Stunden werde ich von der Auswahlkommission für die Professur gegrillt werden. Ich bin etwas nervös, aber nicht sehr. Oder – eigentlich doch.

»Wie ist es gelaufen?«, fragt Rebecca. Dabei weiß sie gar nicht, wo ich war.

»Gut«, sage ich.

Sie wartet auf mehr, und ich verrate ihr, dass ich bei Jakob war und mich von Victoria verabschiedet habe.

»Hast du Lust auf einen Ausflug nach London?«, frage ich.

»London? Warum das?«

Ich erzähle ihr von dem Anruf von Diane von der SIS. Von dem kurzen Verhältnis, das wir vor Jahren hatten, sage ich nichts.

»Was sollen wir in London? Was wollen die von uns?«

»Die Knochen.«

»Und?«

»Die kriegen sie natürlich nicht. Nicht so ohne Weiteres.«

»Wie meinst du das?«

»Wenn wir die abgeben, dann nur an jemanden, der uns weiterhilft.«

V

Alle Papiere von Victoria sind in einem Schuhkarton verstaut, der auf dem Couchtisch steht. Ich nehme den Stapel aus dem Ordner, der mit ISRAEL 1978 bezeichnet war, und gehe noch einmal ihre Notizen durch. Seite für Seite. Da die meisten auf Norwegisch sind, kann Rebecca mir nicht helfen. Aber ich gebe ihr die Briefe von ihrem Vater und von Victoria. Vielleicht kann sie denen ja etwas Neues entnehmen. Ich suche nach einem Detail, einer Formulierung, etwas, das ich möglicherweise übersehen habe, das aber trotzdem Bedeutung hat. Wie Sherlock Holmes schaue ich mir jede der Fotografien mit der Lupe an. Ich blättere durch ihren Pass und überprüfe jeden Stempel, jedes Datum. Mein Handy unterbricht mich. Ich nehme das Gespräch an.

»Herr Beltø?«, sagt eine Stimme, die sich im ersten Moment norwegisch anhört. Der Tonfall stimmt, aber die Art, wie der Mann am anderen Ende »Beltø« sagt, lässt mich erkennen, dass Norwegisch nicht seine Muttersprache ist. Das ø stimmt irgendwie nicht. Den wenigsten Ausländern gelingt es, den spitzen Laut im ø richtig zu treffen.

»Ja, am Apparat«, sage ich. Er antwortet nicht. Stattdessen höre ich ein elektronisches Surren.

»Hallo?«

»Entschuldigen Sie. Ich rufe von Eurocard an, wir haben gesehen, dass Sie Abbuchungen in Israel haben, und wollten nur sichergehen, dass Ihnen die Karte nicht gestohlen wurde?«

Im gleichen Augenblick wird mir bewusst, wie unglaublich naiv ich bin. Natürlich ist das kein Anruf von Eurocard. Jemand hat gerade ein Spy-Programm auf meinem Handy installiert. Ich breche das Gespräch ab.

Ich weiß noch immer nicht, was wir gefunden oder was die beiden Knochen zu bedeuten haben, aber wir sind nicht die einzigen Neugierigen. Jemand ist auf der Jagd nach den Knochen. Und diese Leute wissen, wo ich bin.

Ich sehe zu Rebecca. »Wir müssen hier weg«, sage ich.

»Wer war das?«, fragt sie beunruhigt.

»Keine Ahnung, aber es ist nicht mehr sicher, die Knochen hier aufzubewahren. Frag nicht, warum.«

Sie fragt nicht, warum. Gut. Ich könnte ihr auch keine Antwort geben, habe nur das vage Gefühl, dass sich die Schlinge langsam zuzieht.

Was für eine Schlinge das ist und wer daran zieht, weiß ich nicht.

Ich stecke die Sim-Karte in mein altes Handy und hoffe,

das Programm damit überlistet zu haben. Dann wickele ich die Knochen in Seide, Baumwolle und Luftpolsterfolie, lege sie zurück in die Kassette und schließe sie ab. Ich packe die Kassette in Packpapier. Im Schrank finde ich eine Schultertasche, in die ich das Paket stecke. Ich nehme Rebeccas Hand und ziehe sie aus der Wohnung und die Treppe nach unten.

»Bjørn, ich habe Angst«, sagt sie. Ich zeige ihr nicht, dass es mir nicht anders geht. Bolla steht direkt vor dem Eingang, Wir fahren los. »Wohin fahren wir? Was passiert jetzt?«, will Rebecca wissen. Ich sage, dass jemand hinter uns her ist, oder genauer gesagt: hinter den Knochen.

»Mossad?«, fragt Rebecca. Ich sehe in den Rückspiegel. Ein Auto ist schon eine ganze Weile hinter uns, biegt dann aber nach links ab. Ich bitte Rebecca, zwei Flugtickets nach London zu buchen, während ich auf den Verkehr hinter uns achte. Ich kann nicht erkennen, dass uns jemand folgt. Das heißt aber nicht, dass sie nicht da sind. Eine ganze Weile kurve ich durch die gediegenen Wohngebiete von Grefsen. Als ich mir sicher bin, dass wir nicht verfolgt werden, biege ich in Richtung Storosenter ab. Dort, in Oslos größtem Einkaufscenter, habe ich ein paar Sachen zu erledigen. Ich muss zur Post. Aber zuerst muss ich ins Steakhouse »Egon« und Spareribs bestellen.

»Spareribs?«, fragt Rebecca.

Inquisition

I

»So«, beginnt Chefinquisitor Trygve Arntzen mit butterweicher Stimme. »Du willst also Professor werden?«

Lass dich von dem Drecksack nicht aus der Ruhe bringen, sagt Papa.

Ich habe so viele Spareribs gegessen, wie ich konnte, und noch eine Reihe praktische Dinge organisiert. Jetzt sitze ich vor Professor Arntzen und dem internationalen Sachverständigen-Ausschuss, der mich irgendwie an ein Kriegsverbrechertribunal erinnert. Soweit ich weiß, gehört Arntzen offiziell nicht zum Ausschuss der Sachverständigen, der sich aus den Professoren Alexander MacNamara aus Oxford, Elizabeth Johannsson aus Lund und Pierre Turenne von der Sorbonne zusammensetzt. Aber Arntzen hat es irgendwie geschafft, sich dazwischenzumogeln. Als selbsternannter Koordinator. Zweifellos, um die drei in tadellosem Englisch mit kritischen Fragen zu unterstützen oder den Ausschuss auf den für ihn zweckdienlichsten Kurs zu lenken.

»Es geht weniger um meinen persönlichen Wunsch, Professor zu werden, als um das Gefühl, es jemandem schuldig zu sein«, sage ich.

Ich sitze wie ein Angeklagter vor den vieren, vor mir ein kleines Schulpult für meine Unterlagen. Sie haben sich hinter einer Wand aus Aktenordnern, die auf zwei zusammengeschobenen Schreibtischen aufgebaut ist, verschanzt.

»Und wem schuldest du es, Professor zu werden?«, fragt Arntzen, noch immer lächelnd.

»Victoria.« Ich schiebe leise auf Norwegisch hinterher: »Was wolltest du Jakob erzählen?«

Sein Blick flackert.

Die drei Sachverständigen räuspern sich und sehen uns fragend an.

»Wie aus den Unterlagen hervorgeht«, sagt Arntzen, »hat Privatdozent Beltø sich um eine Beförderung zum Professor beworben auf der Grundlage seiner …«, er räuspert sich, »wissenschaftlichen Produktion und fachlichen Meriten.«

Ich sehe sie an. Alexander MacNamara ist der neutralste der Truppe, Elizabeth Johannsson lächelt, Pierre Turenne mustert mich mit einer Miene, die ich, ohne zu zögern, als feindlich einstufen würde.

»In Norwegen ist der geschützte Titel *Professor* das höchste akademische Niveau, das man erreichen kann«, sagt Arntzen. »Der Titel setzt voraus, dass man in der Forschung aktiv ist und seine Resultate auf hohem wissenschaftlichem Niveau in Einklang mit den etablierten internationalen und nationalen Standards publiziert hat. Die Universität Oslo weiß sehr zu schätzen, dass Sie …«, er nickt den drei Sachverständigen anerkennend zu, »… sich bereit erklärt haben, uns bei der Einschätzung von Beltøs Qualifikationen zu unterstützen. Sie haben seine gesamte wissenschaftliche Produktion zugeschickt bekommen, und ich habe Sie hierher eingeladen, um Ihnen die Gelegenheit zu geben, Beltø Fragen zu stellen.«

Unausgesprochen bleibt die Frage: *Beruht Bjørn Beltøs Erfolg auf seinem undiskutablen fachlichen Talent oder auf reinem Glück?*

»Ich schlage vor, dass wir chronologisch vorgehen«, sagt Professor Arntzen und schaut die drei Sachverständigen über den Brillenrand an. »Wollen wir vorweg einen raschen Durchgang der zentralen Themen vornehmen, ehe wir dann detaillierter auf die einzelnen Punkte eingehen?«

Räuspern und Papiergeraschel.

Elizabeth Johannsson eröffnet das Gespräch: »Vor fünfzehn Jahren waren Sie bei der Entdeckung des *Shrine of Sacred Secrets* dabei – einem goldenen Schrein mit aufsehenerregenden Informationen darüber, was angeblich mit Jesus nach seiner Kreuzigung geschah. Was können Sie uns zu Ihrem Beitrag erzählen?«

Okay. Es gibt viel, was die Welt nicht weiß. Beispielsweise, dass eine international zusammengesetzte Forschergruppe bei Le Lieu in Béziers die sterblichen Überreste von Jesus gefunden hat. Das weiß niemand. Und schon gar nicht der Sachverständigenausschuss. Es dürfte wenig vorteilhaft für meine Bewerbung sein, wenn ich ihnen die Wahrheit serviere. Also probiere ich mich an einer ausweichenden Antwort.

»Ehrlich gesagt war nicht ich es, der die Reliquie entdeckt hat. Die Ausgrabung wurde aus London geleitet – von Michael MacMullin von der *Society of International Sciences* – und vor Ort von Professor Graham Llyleworth betreut. Ich habe den Schrein nur als wissenschaftlicher Kontrolleur der norwegischen Behörden an mich genommen, als ich dahinterkam, dass Llyleworth und seine Kooperationspartner …«, an dieser Stelle bedenke ich Trygve Arntzen mit einem diskreten, jedoch vernichtenden Blick, »… planten, den Schrein aus Norwegen herauszuschmuggeln.«

»Sie gelten als nicht sehr kooperativ den norwegischen Behörden, der SIS oder Ihren Kollegen im Allgemeinen gegenüber«, bemerkt Pierre Turenne säuerlich.

»Das hängt immer davon ab, wem ich trauen kann. Leider sind das nicht immer sehr viele Menschen.«

»Einige Jahre später haben Sie eine Mumie entdeckt, über deren Ursprung die Historiker nach wie vor streiten«, sagt

Alexander MacNamara. »Es heißt, Sie hätten Moses gefunden. Was können Sie uns dazu sagen?«

»Dass die Mumie wirklich Moses war, wäre zu weit gegriffen. Moses ist eine fiktive Figur des Alten Testamentes, zusammengesetzt aus verschiedenen Gestalten der ägyptischen Altertumsgeschichte.« Ich erzähle ihnen die Vorgeschichte, die für mich mit dem Mord an Sira Magnus auf Snorres altem Hof Reykholt auf Island ihren Anfang nahm. Sira Magnus hatte ein Pergament gefunden, den *Codex Snorri*, der eine Verbindung zwischen altägyptischer Mythologie, Christentum und norröner Gotteslehre enthüllte.

»Und ganz nebenbei haben Sie nichts Geringeres als das sechste Buch Mose gefunden«, sagt Pierre Turenne.

»Nun, in Thingvellir auf Island haben wir die Originaltexte gefunden, auf denen die Bücher Mose basieren. Nicht fünf, sondern sechs. Norwegische Wikinger waren bei der Plünderung einer ägyptischen Grabkammer darüber gestolpert. Wie sich zeigte, war die redigierte Fassung der originalen Bücher im Alten Testament höchst mangelhaft und unpräzise.«

Elizabeth Johannsson beugt sich über den Tisch. »Und was hat es mit dem grotesken Geschöpf auf sich, das Sie im Irak gefunden haben?«

Ich erzähle frei von der Leber weg von dem riesigen Skelett, das wir in der Ruine eines gestuften Tempelturms in dem Dorf al-Hillah, zehn Meilen südlich von Bagdad, im Irak gefunden haben. In früheren Zeiten war al-Hillah unter dem Namen Babylon bekannt. Bei den Überresten der Tempelpyramide, auf die wir unter mehreren Metern Sand- und Erdschichten gestoßen sind, handelte es sich um den Turm von Babel.

»War es Ihr Verdienst, dass der Tempelturm gefunden wurde?«, fragt Pierre Turenne.

Ich muss einräumen, dass ich im Kielwasser der Arbeit für eine internationale Gruppierung dazugestoßen war, die sich

The Lucifer Project nannte und sich aus Theologen, Historikern und nicht zuletzt Nachrichtendienstlern zusammensetzte. Ich war zu der Zeit mit der Untersuchung einer uralten kryptischen Handschrift beschäftigt, die in den Höhlen von Pechersk Lavra in Kiew gefunden worden war und die, wie sich später zeigte, von dem Geschöpf verfasst worden war, dessen Überreste wir in dem Turm gefunden hatten.

»Und zu guter Letzt haben Sie also zum Fund der verborgenen Schätze der legendären Bibliothek in Alexandria beigetragen – verteilt auf 24 in Europas ältesten Bibliotheken versteckten Kisten?«, fragt Elizabeth Johannsson.

»Dem ging ein Brief voller Chiffren und Codes von dem französischen Weissager Nostradamus an die mächtige Medici-Familie in Florenz voraus«, erkläre ich. »Ich habe einer Italienerin geholfen, ihren Ehemann aufzuspüren – einen Chiffreexperten –, der von dem Mönchsorden *Vicarius Filii Dei* entführt worden war. Diese Gruppierung wollte das Geheimnis der Codes in dem Brief lösen. Sie glaubten an einen direkten Kommunikationskanal zu Gott über die Bundeslade, aber das ist eine ganz andere Geschichte.«

Sie mustern mich gleichermaßen skeptisch und verwundert. Aus Trygve Arntzens unterdrücktem Grinsen schließe ich, dass jetzt der anstrengende Teil kommt. Bin ich ein Vollblut-Akademiker oder ein feiger Actionheld? Bin ich genial oder einfach nur ein Glückspilz? Schwer zu sagen.

Nach dem einleitenden und zusammenfassenden Durchgang der Höhepunkte meiner archäologischen Karriere beginnt die Tiefenbohrung. Das akademische Kreuzverhör. Ich habe eine Reihe kontroverser Artikel in internationalen wissenschaftlichen Zeitschriften veröffentlicht. Halten sie stand? Sind meine Analysen und Theorien nur Hirngespinste oder fundiert auf solidem empirischem Boden gebaut? Zitiere ich die richtigen Experten, gebe ich die Theorien anderer präzise wieder? Die drei Sachverständigen stellen kritische Fragen. Alexander MacNamara, Elizabeth Johannsson und Pierre Turenne bringen Perspektiven ins Spiel, an die ich selber nicht gedacht habe. Sie hinterfragen die Dokumentation zweifelhafter Behauptungen, klopfen meine Analysen ab, haken an allen Stellen nach, an denen ich selbst unsicher war.

Trygve Arntzen kann sich zurücklehnen und genießen.

Das hier, denke ich, als die Veranstaltung vorbei ist, ging wohl geradewegs den Bach hinunter.

II

Ich bin auf dem Weg zu meinem Auto, als Trygve Arntzen mich einholt.

»Bjørn!«, kläfft er. »Was hast du mit der Andeutung auf Victoria und Jakob gemeint?«

»Du weißt, dass er aus dem Koma aufgewacht ist?«

»Natürlich. Ich lese auch Zeitung.«

»Ich finde es einfach interessant, dass du Jakob am Abend vor dem Überfall angerufen hast.«

Reiner Bluff von meiner Seite. Jakob hat mit keiner Silbe gesagt, wer ihn angerufen hat. Aber ich bin schließlich nicht auf den Kopf gefallen.

»Was unterstellst du mir da?«

»Du hast Jakob angerufen, weil du eine wichtige Information über seine Mutter hast. Aus der Vergangenheit. Warum hast du darauf bestanden, dass er niemandem etwas von dir sagen soll?«

»Das geht nur Jakob und mich etwas an.«

Das war die Bestätigung.

»Schon möglich. Aber ich bin mir nicht sicher, ob die Polizei das auch so sieht.«

»Die Polizei?«

»Die wollen natürlich wissen, wer Jakob wegen einer wichtigen Information zu seiner Mutter angerufen hat, am Abend, bevor er angeschossen und sein Vater umgebracht wurde.«

»Und?«

»Du wolltest ihm sagen, dass Victoria dir vor vielen Jahren ein Geheimnis anvertraut hat. Nämlich, dass sie von einer Ausgrabung etwas mitgenommen hatte, von dem du allerdings nicht weißt, was es ist.«

Sein Mund öffnet sich. Er kann sich nicht überwinden, mich zu fragen, woher ich das weiß.

»Du warst der Anrufer«, sage ich bestimmt.

»Ja. Und? Die Polizei hat bereits mit mir gesprochen. Und mich als Verdächtigen ausgeschlossen.«

»Vielleicht haben sie nur nicht die richtigen Fragen gestellt.«

»Das ist absurd, Bjørn, und das weißt du.«

»Ich stelle nur eine gewisse Logik im Ablauf der Ereignisse fest.«

»Du glaubst doch nicht etwa, dass ich auf Jakob geschossen und seinen Vater erschlagen habe?«

Natürlich glaube ich das nicht. Aber ich genieße es, ihn leiden zu sehen.

»Was wolltest du ihm erzählen? Worum sollte es in dem Gespräch gehen?«

»Ich habe aus Respekt vor Victoria angerufen.«

»Wie bitte?«

»Sie hat mir etwas anvertraut, wie du offenbar weißt.«

»Ja?«

»Ich dachte, dass Jakob das wissen sollte. Weil sie doch im Sterben lag.«

»Wie kam es überhaupt, dass Victoria dir dieses *Etwas* anvertraut hat?«

»Sie hatte ein Glas zu viel getrunken. Wir waren auf einem Kongress in Reykjavik. Da hat sie erzählt, dass sie – ungeplant – etwas von einer archäologischen Ausgrabung in Israel mitgenommen hatte. Etwas, das möglicherweise von großer historischer Bedeutung war. Sie sagte, dass sie es zu Hause bei sich aufbewahrte.«

Die Knochen. Und die Ringe. Bevor sie das Ganze dann bei Anwalt Weidemann in Gewahrsam gegeben hatte.

»Hat sie auch gesagt, was sie – ungeplant – mitgehen hat lassen?«, frage ich.

»Glaubst du, ich hätte sie nicht danach gefragt? Immer wieder. Als ich sie am nächsten Tag angerufen habe, war sie verschlossen wie eine Auster. Kein Wort war aus ihr herauszukriegen. Ich habe in den folgenden Jahren immer wieder neue Anläufe unternommen, etwas zu erfahren. Ihre Aussage hat mich natürlich neugierig gemacht. Aber sie hat mir nie verraten, um was es ging. Vermutlich hat sie es zutiefst bereut, mir überhaupt etwas anvertraut zu haben. Na ja, jedenfalls dachte ich, es könnte Jakob interessieren, jetzt, wo die Dinge waren, wie sie waren.«

Ich unterdrücke ein Grinsen. Er weiß nichts. Nichts von den Knochen, den Ringen und dem Kästchen. Nichts von Victorias Geheimnis.

»Ich hätte eine Frage«, sage ich. »Zu etwas ganz anderem.«

Er sieht mich skeptisch an.

»Der Prozess der Beförderung zum Professor zieht sich normalerweise locker ein oder zwei Jahre hin. Warum diese Express-Behandlung?«

»Was hast du gegen Effektivität?«

»Du hast doch Hintergedanken?«

Es verstreichen einige Sekunden bis zu seiner Antwort.

»Ich habe das um deinetwillen so geregelt, Bjørn. Bevor ich selbst abtrete. Warum denkst du immer nur das Schlechteste von mir?«

III

Abend. Rebecca und ich sind in meiner Wohnung. Das Handy klingelt. Das alte. Es ist Kurt Wiik vom Nationallabor der NTNU, der Technisch-Naturwissenschaftlichen Universität in Trondheim.

»Es geht um deinen Dorn«, sagt er, ein aufsteigendes Lachen unterdrückend.

Aha. Mal sehen, was er zu Peter Cornells Dornenkrone meint, von der ich einen Dorn mitgeschmuggelt und an Kurt geschickt hatte. Das Labor der NTNU führt Altersbestimmungen archäologischer und naturwissenschaftlicher Proben organischen Materials durch. So die offizielle Version. Fragt man Kurt, womit er sich beschäftigt, bekommt man zur Antwort, dass die Datierung auf Teilchenbeschleuniger-Massenspektrometrie-Messungen radioaktiven Karbons basiert. Für Normalsterbliche ausgedrückt: Er misst, wie alt irgendetwas ist. Über die Methode kann organisches Material datiert werden, das bis zu vierzigtausend Jahre alt ist.

»Hast du was rausbekommen?«

»Lass es mich so ausdrücken: Den Fehlerspielraum unserer Methode mit einkalkulierend und ausgehend von der Tatsache, dass diese sich nicht für Material eignet, das jünger als 300 Jahre ist, kann ich in jedem Fall konstatieren, dass der Dorn definitiv keine zweitausend Jahre alt ist.«

»Geht es etwas genauer?«

»Der Dorn, den du mir geschickt hast, ist weit davon entfernt, zweitausend Jahre alt zu sein.«

»Und wie alt ist er?«

»Schwer zu sagen. Hundert Jahre, schätze ich.«

»Hundert Jahre?«, platzt Rebecca heraus.

»Hat er gesagt.«

»Wieso behauptet Gidon dann, dass er aus der Zeit Jesu stammen könnte?«

»Ist das nicht offensichtlich?«

»Welches Interesse sollte er daran haben, uns eine Lüge aufzutischen?«

»Um die Wahrheit zu verschleiern?«

»Die da wäre?«

»Keine Ahnung.«

»Du glaubst also, Gidon und Peter Cornell machen gemeinsame Sache?«

»Offenbar.«

»Du bist ja noch paranoider als ich. Als Nächstes kommst du wahrscheinlich damit, dass Gidon für den Mossad arbeitet?«

Der Gedanke hat mich durchaus schon gestreift.

»Aber Bjørn, *wir* haben uns an Gidon gewandt, um den Dorn datieren zu lassen. *Wir*!«

»Sicher. Aber denk doch mal nach. An wen wendest du dich für eine Karbondatierung? In Norwegen haben wir dafür Kurt Wiik an der NTNU, der Technisch-Naturwissenschaftlichen Universität in Trondheim. Eine Archäologin wie du wendet sich natürlich an ihr eigenes Institut. Peter Cornell und seine Komplizen scheinen selbstverständlich davon ausgegangen zu sein, dass du mit dem Dorn zu Gidon gehst. Völlig logisch. Wieso solltest du ein anderes Labor aufsuchen und eine teure Karbondatierung aus eigener Tasche zahlen? Sie wussten, dass wir zu Gidon gehen würden.«

»Sind die wirklich so abgebrüht?«

»Die sind wirklich so abgebrüht.«

Gidon Zaller hat uns angelogen, so viel steht fest. Die Frage ist nur, warum.

IV

Bevor ich ins Bett gehe, stehe ich noch eine Weile in meinen Boxershorts am Fenster und schaue auf Oslo hinunter. Das tue ich oft. Ich mag den Überblick, die Aussicht über die Stadt gibt mir ein Gefühl von Kontrolle. Im Osten bilden die Berge der Østmarka eine dunkle Silhouette vor dem Abendhimmel. Ich sehe Lambertseter und Ekeberg, das Zentrum und Nesodden. Der Fjord ist eine schwarze, leere Fläche. Ich stehe da, lasse den Blick über die Stadt schweifen und denke über biblische Trivialitäten nach. In der protestantischen Bibel tauchen einhundertzwanzig Tiere auf, aber die Hauskatze nicht ein einziges Mal. Das längste Wort in der Bibel ist der Name Maher-Schalal-Hasch-Bas, zu finden bei Jesaja. Das Johannes-Evangelium beinhaltet den kürzesten Vers: »Jesus weinte.« In Esters Buch wird Gott nicht ein einziges Mal erwähnt. Auch nicht im Hohelied. Ist das nicht sonderbar? Über solche Dinge grübele ich gerne nach, während ich das Lichtermeer der Stadt betrachte.

Rebecca ist nach mir ins Bad gegangen. Ich höre die Spülung rauschen, dann geht die Badezimmertür auf und zu. Das Klicken des Lichtschalters auf dem Flur. Ihre nackten Füße auf dem Boden. Ich warte auf das Knarren des Sofas, wenn sie sich hinlegt. Aber die Barfußschritte gehen weiter. Zögernd. Auf mein Schlafzimmer zu. Direkt vor der Tür bleiben sie stehen.

Ich drehe mich um. *Passiert es jetzt?* Wird sie anklopfen? Oder leise die Tür öffnen und einfach reinkommen? Ich warte. *Komm rein, Rebecca, komm schon rein!* Ich halte den Atem an. *Komm rein!* Aber es passiert nicht. Die Schritte entfernen sich, und schließlich höre ich wie einen abschließenden Punkt am Ende des Satzes das Knarren des Sofas.

Verdammt, sagt Papa.

Menashe Frum (IV)

ZWISCHENSPIEL

OSLO

Nicht zu glauben, Bjørn Beltøs verstorbene Kollegin Victoria hatte tatsächlich an Moshe Mendelssohns Ausgrabung teilgenommen, war sogar monatelang seine Assistentin gewesen, ohne dass irgendein Außenstehender – das Institut eingeschlossen – etwas davon geahnt hatte. Wie war das möglich? Menashe Frum war sprachlos. Einfach unter dem Radar durchgeflogen. Das war definitiv keine Sternstunde der Arbeit des Instituts.

Menashe und das Observationsteam waren wieder zurück in Oslo. Zu ihrer Überraschung hatte Rebecca Mendelssohn Bjørn Beltø begleitet. Interessant. Menashe wusste nicht, wie er das deuten sollte. Bahnte sich zwischen den beiden etwas an?

Die Überwachung hatte jedenfalls zu Ergebnissen geführt: Bjørn Beltø war in Oslo als Erstes zu einem Anwalt gegangen. Dort hatte er zwei Knochen, einen Brief und zwei Ringe ausgehändigt bekommen. Danach hatte Beltø einen Anruf von der SIS erhalten. Menashe hatte sofort Tzafir Drach Bescheid gegeben, der bereits die nächsten Schritte mit Diane MacMullin abstimmte. Das Institut arbeitete eng mit der SIS zusammen. Alles deutete darauf hin, dass Beltø die Knochen und Ringe mit nach London zur SIS nehmen würde. Drach hatte längst das Flugzeug requiriert.

Bald würde das Institut sich die Knochen gesichert haben. *Mission accomplished.* Eine fünfunddreißig Jahre alte Akte konnte dann endlich geschlossen werden. Neue Aufträge warteten.

*

Ein Einsatz im Feld war eine echte Herausforderung. Nichts für die Theoretiker im Büro, die Schreibtischtäter. Im Feld mussten die Agenten sich der Wirklichkeit stellen, die nicht immer mit den Analysen, Theorien und Plänen des Hauptsitzes übereinstimmten. Bjørn Beltø war kein Krimineller, dachte Menashe. Da konnte Tzafir Drach glauben, was er wollte. Menashe entwickelte immer mehr Sympathien für Beltø. Ihm gefiel Beltøs Hartnäckigkeit. Der Mut. Beltø war wie ein Terrier, der sich in seiner Beute festbiss und diese nicht mehr losließ. Viele der Menschen, die er im Laufe der Jahre observiert hatte, waren simpel, fanatisch, eindimensional gewesen. Einfach zu lesen. Bjørn Beltø aber war ein Mensch mit Tiefgang. Jemand, in dem er sich selbst wiedererkannte. Nicht auffällig, aber taff genug, wenn es darauf ankam. Kein Superman. Aber klug.

Tzafir Drach war überzeugt davon, dass Beltø etwas verbarg, dass er ein verdecktes Spiel trieb, viel mehr wusste, als er vorgab. Menashe war nicht dieser Meinung, Er glaubte, dass Beltø genauso suchend und verwirrt war, wie er wirkte. Aber er hatte sich festgebissen. Wie ein Terrier.

Natürlich war Beltø nicht auf den Bluff mit der Dornenkrone hereingefallen. Menashe musste lächeln, er hatte es Tzafir Drach gesagt: Die beiden sind nicht dumm, die lassen sich nicht so einfach hinters Licht führen. Sie werden herausfinden, dass die Dornenkrone falsch ist. Drach war das nicht so wichtig gewesen, ihm kam es nur darauf an, Zeit zu gewinnen. Das Gleiche galt für den alten Brief über Daniel. *Mene, mene, tekel, upharsin.* Auch das war natürlich nur Unsinn. Aber das konnte Bjørn Beltø ja nicht wissen.

Tzafir Drach wollte sie verwirren, sie auf eine falsche Fährte locken. Unsicherheit verbreiten und dann einen Keil zwischen sie treiben. Alles tun, damit sie nicht den richtigen Theorien folgten, den richtigen Spuren und Hinweisen. Menashe war überzeugt davon, dass Drach sich verrechnete. Beltø war klug. Tzafir Drach war bei seinen Nachforschungen und Intrigen den Umgang mit ganz anderen Menschen gewohnt. Bjørn Beltø gehörte nicht in die undurchschaubare Welt der Geheimdienste mit ihren Illusionen, Lügen und falschen Fährten. Im Gegenteil. Er näherte sich still und langsam dem eigentlichen Kern der Sache. Menashe Frum mochte das. Sollte das Institut ruhig einmal Lehrgeld zahlen. Wenn einem blassen Archäologen aus Norwegen etwas gelang, was dem Institut in fünfunddreißig Jahren nicht gelungen war, so war dies auf jeden Fall ein Sieg des Individuums gegen das System.

*

Verschlüsselte nachrichtendienstliche Funkmitteilung:

Ort:	Oslo, Norwegen	Fall:	3414/12a
Priorität:	Mittel	Kanal:	23/3414
Von: MK-19272	An:	OE&TD	

Vorläufige Aktualisierung der Meldung 22/3414:

BB hat eigene C14-Datierung der Dornenkrone vornehmen lassen. Das bedeutet, dass BB & RM erkannt haben, dass sie Gidon Zaller nicht mehr trauen können und dass auch Peter Cornell unglaubwürdig ist. Auch die falsche Daniel-Fährte ist damit obsolet.

BB & RM sind Moshe Mendelssohns hinterlassene Texte und Abhandlungen durchgegangen. Die institutseigenen Analysen des Materials (1979 [Aktenzeichen:WYNYR-3021-14b – Protokoll 1gaz] und 1988 [Aktenzeichen: OWEZI-2202-12e – Protokoll 3opi] besagen jedoch, dass sie darüber keine wesentlichen Informationen erhalten haben können (weder Klartext noch verschlüsselt).

Ich verweise auf Funkspruch 0945/22 betreffend der Aktivitäten von BB & RM in Kapernaum und Umgebung. In Jerusalem haben sie später Gespräche mit dem Polizisten Liron Golan geführt, mit der Archäologin Gabriella Horwitz, dem Patriarchen von Jerusalem und mit Amos Quecksilber (Nachbar des Ausgrabungsgeländes). Später dann auch noch mit dem Leiter der Außenabteilung des Instituts, wohin man sie gebracht hatte. Das Verhör hat nichts ergeben.

BB hat zwei Telefonate aus Norwegen erhalten: Eines von Jakob, der im Krankenhaus aus dem Koma aufgewacht ist, das andere von Anwalt Vegard Weidemann. Durch ihn wurde klar, dass Victoria seit ihrem Besuch in Israel 1978 im Besitz von zwei Knochen war sowie von zwei Ringen mit gnostischen Symbolen, die jetzt in die Hände von BB & RM gelangt sind.

Unsere Agenten haben BBs Büro und seine Wohnung durchsucht, ohne die Knochen und Ringe zu finden. Daraus ist vermutlich abzuleiten, dass er sie bei sich trägt. Da der Auftrag keine körperliche Konfrontation vorsieht, bitte ich das Institut um Anweisung, ob es gewünscht ist, Beltø zu stellen und einer Leibesvisitation zu unterziehen. (Da er die Knochen aller Voraussicht nach mit nach England nehmen wird, schlage ich vor, dass wir den britischen Zollbehörden die Leibesvisitation überlassen.)

In Oslo hat BB Anwalt Weidemann und Jakob aufgesucht. Des Weiteren hat er sich den Fragen der Auswahlkommission für seine Bewerbung um eine Professur gestellt. Nur das erste der hier genannten Treffen scheint für das Institut von Interesse zu sein.

Wie in Funkspruch 0943/23 angekündigt, haben BB & RM Flugtickets nach London gebucht. Sie fliegen übermorgen, Landung in Gatwick um 08:55 Uhr Ortszeit). Maßnahmen in London sind eingeleitet.

— ENDE —

VI

London

SIS

I

In London werden wir von den Zollbeamten buchstäblich erwartet. Sie mögen gute Zöllner sein, aber gute Schauspieler sind sie nicht. Unsere Steckbriefe stehen ihnen geradezu auf die Stirn geschrieben: *Weißhäutiger Mann (Albino) mit roten Augen (Bjoern Beltoe, geb. 1968) in Begleitung einer etwa gleichaltrigen Jüdin (Rebecca Mendelssohn, geb. 1964) mit langen, lockigen, kastanienbraunen Haaren.*

Willkommen in jolly London.

Die Beamten geben sich Mühe, uns möglichst unauffällig aus der Reihe zu winken. Irgendjemanden erwischt es halt immer. Aber sie sind etwas zu eifrig.

»Excuse me? Sir? Madam?« Professionelles Lächeln. »Haben Sie etwas zu verzollen?«

Nichts, außer zwei Knochen aus einer Grabkammer in Kapernaum, die zu beschlagnahmen sie angewiesen sind, würde ich am liebsten entgegnen.

»Nothing«, sagt Rebecca mit ihrem charmantesten Lächeln.

»Nothing«, echoe ich mit längst nicht so charmantem Lächeln.

»Haben Sie etwas dagegen, wenn wir einen Blick in Ihr Gepäck werfen?«

Was für ein Theater. Mir war natürlich klar, dass irgendjemand versuchen würde, die zwei Knochen zu ergaunern, sobald wir in London eintreffen. Und dass diejenigen keine Mittel scheuen würden, sie in die Hände zu bekommen. Dass auch die Zollbeamten in ihrer Mannschaft spielen, zeigt nur, wie mächtig unsere Gegner sind.

Die Schachtel liegt in meinem Handgepäck. Sie finden sie sofort.

»Was ist das?«, fragt der Zollbeamte.

»Knochen.«

Die Gesichter hellen sich auf

»Wie Ihnen sicher bekannt ist«, sagt der Zöllner, »ist von der EU und der britischen Gesetzgebung vorgeschrieben, was aus dem Ausland nach Großbritannien eingeführt werden darf…«

»Nehmen Sie sie ruhig.«

»Die Gesetzgebung betrifft Frischfleisch, keine antiquarischen Knochen!«, sagt Rebecca.

»Wenn die Knochen antiquarisch sind«, sagt der Zollbeamte mit trainierter Autorität, »fallen sie unter unser *Cultural Property Law*, das…«

»Nehmen Sie sie!«, wiederhole ich.

»Aber Bjørn…«

Von Gatwick nehmen wir den Zug nach London und ein Taxi zum Thistle Marble Arch, meinem Stammhotel in der Stadt. Bei der Reservierung habe ich mich nicht getraut, etwas anderes als zwei Einzelzimmer zu buchen. Hätte ich ein klein wenig mehr von einem Casanova in mir, hätte ich ein Doppelzimmer bestellt und die Schuld aufs Hotel geschoben.

II

Ich habe kaum ausgepackt, als sie an die Tür klopft. Diane. Nicht Rebecca. Da war sie doch schneller, als ich dachte.

»Diane…«

Ich öffne die Tür und lasse sie eintreten. Sie hat sich gut gehalten. Diane ist in den Dreißigern, sieht aber immer noch aus wie eine Studentin. Sie hat die sanfte, vertrauensvolle Aura eines arglosen Mädchens, das dir nur Gutes will, aber das ist nur Fassade. Genauer gesagt: ein Zipfel ihrer Persönlichkeit.

»Bjorn.«

»Lange nicht gesehen!«

»Spareribs.« Sie lacht. »Du Schlauberger!«

»Du wirst dich vermutlich an viele meiner Schwächen erinnern. Aber *Dummheit* ist hoffentlich keine davon.«

»Ich hab wirklich nicht gewusst, dass sie die Zollbeamten instruiert haben, Bjorn. Ich hab erst davon erfahren, als mir mitgeteilt wurde, was du ihnen gegeben hast. Spareribs statt Menschenknochen.«

Sie lacht glucksend.

Nichts davon gewusst? Ich weiß nicht, was ich glauben soll. Es kann kein Zufall sein, dass die Zollbeamten die vermeintlich menschlichen Knochen beschlagnahmt haben, nachdem Diane mich nach London eingeladen hat. Diane pflegt so etwas zu wissen. Da sie in diese Sache involviert ist, muss sie gewusst haben, dass der Zoll vorgewarnt war. Oder?

»Wie ich höre, wird gerade deine mögliche Zukunft als Professor geprüft«, sagt Diane.

Typisch. Die SIS weiß alles. Wirklich alles.

»Aha?«, sage ich bemüht gleichgültig »Und was hast du gehört?«

»Dein Stiefvater hat offensichtlich ein paar Fäden gezogen.«

»Was meinst du damit?«

»Ein solcher Prozess dauert normalerweise Jahre.«

»Vermutlich will er die Sache so schnell wie möglich aus der Welt haben.«

»Wenn ich recht verstanden habe, gönnt er dir die Professur.«

»Trygve Arntzen? Im Leben nicht. Er hält mich für viel zu opportunistisch und unsystematisch in meiner akademischen Arbeit. Er glaubt, ich schwimme mit dem Strom und lasse mich von den Begebenheiten treiben wie ein Korken. Weißt du, was die Sachverständigen meinen?«

»Nein, das weiß ich nicht. Sie haben noch keine Entscheidung gefällt.«

Sie sieht mich mit einem liebevollen Lächeln an. »Ach, Bjorn.«

»Mit wem arbeitest du zusammen, Diane?«

»Du bist immer so konspiratorisch.«

»Mit wem?«

»Das ist eine lange Geschichte.«

»Das glaube ich gern.«

»Kommst du mit?«

»Wohin?«

»In die SIS.«

»Und was passiert dort?«

»Ich möchte dich jemandem vorstellen.«

»Warum?«

»Vielleicht verfolgen wir ja alle ein gemeinsames Interesse?«

»Das kann ich mir nicht vorstellen.«

»Gibst du uns eine Chance?«

»Ich will Rebecca mitnehmen.«

»Selbstverständlich.«

Ein Hauch von Eifersucht? Kaum. Das ist reines Wunschdenken. Aber ich frage mich nach wie vor, wieso Diane mich verlassen hat. Damals vor fünfzehn Jahren.

III

Die *Society of International Sciences* hat ihren Sitz an der ehrwürdigen Whitehall. Das Institut thront in einem imposanten roten Backsteingebäude wie in einem Fürstenpalast, der sich zwischen die Ministerien und Regierungsbüros gedrängelt hat. Eine gediegene Treppe führt in den Eingangsbereich hoch. Säulen, Marmor, Messing. Noch bevor wir das Ende der Treppe erreicht haben, öffnete sich die doppelflügelige Eingangstür aus blutroter Buche automatisch. Simsalabim. Wir gehen durch die pompöse Rezeption in den Verwaltungsflügel, steigen eine breite Treppe hinauf und folgen einem Korridor mit Kronleuchtern und weichen Teppichen.

Ich werde nicht schlau aus der SIS. Aber vermutlich ist genau das ihr Bestreben. Ich habe mal jemanden die SIS als die CIA der Wissenschaft bezeichnen hören, also als eine Art akademischen Geheimdienst. Sie haben ihre Tentakel in allen Universitäten und Forschungsbereichen der Welt. Wenn sie etwas interessiert – und damit meine ich epochale Theorien und Entdeckungen –, schwärmen sie mit ihrem Heer an Fachleuten und ihren offensichtlich unbegrenzten finanziellen und technischen Ressourcen aus. Die SIS mischt überall mit, wo es um moderne Forschung geht.

»Sie erwarten uns im Spiegelsaal«, sagt Diane.

Noch hat sie mit keiner Silbe erwähnt, wer »sie« sind, aber ich sehe es, als sie die Tür öffnet – und bin nicht überrascht.

IV

Gidon Zaller steht neben einem großen Mann in den Fünfzigern und einem jüngeren, untersetzten Exemplar mit Halbglatze und Hornbrille.

»Gidon?«, sagt Rebecca verblüfft.

»Rebecca«, erwidert Gidon kurz und formell.

Der große Mann schüttelt mir die Hand. »Mr. Belto.« Er hält die beschlagnahmte Schachtel mit den Knochen in der Hand und schüttelt sie. »Spareribs ... Smart. Wirklich smart.«

»Und Sie sind ...?«

»Tzafir Drach.« Auf Hebräisch ausgesprochen klingt es eher wie ein verärgerter Ausruf als ein Name.

Ich sehe ihn fragend an.

Er räuspert sich. »Ich verrate Ihnen kaum zu viel, wenn ich zugebe, dass ich für die Behörden arbeite.«

Die Behörden ...

Der Untersetzte mit der Halbglatze tritt einen Schritt auf mich zu und streckt mir die Hand entgegen. »Menashe Frum. Ich arbeite für ihn.« Er nickt resigniert in Tzafir Drachs Richtung. Sein Gesichtsausdruck weckt unmittelbar meine Sympathie für ihn. Ich drücke seine Hand. Er lächelt schief. Ich hab das Gefühl, er schickt geheime Signale an meine Adresse, die ich nicht deuten kann.

»Was machst du hier, Gidon?«, fragt Rebecca.

»Bitte, nicht in diesem Ton.«

»Was soll das? Was geht hier vor?«

»Ich kenne dich. In deinen Augen bin ich jetzt ein Landesverräter. Aber das Gegenteil ist der Fall. Ich bin eine winzige Ameise in einem riesigen Ameisenhaufen.«

»*Ameisenhaufen*?«

»Dem Ameisenhaufen, den wir Israel nennen. Und ich bin stolz darauf.«

»Du arbeitest mit … denen zusammen?« Rebecca mustert Tzafir Drach und Menashe Frum, als wären sie zwei Orks.

»Die? Was redest du da? Die sind wir, Rebecca. Du hast das nie verstanden. Sie sind nicht gegen uns. Sie sind eins mit uns! Sie repräsentieren dich und mich. Wir alle sind Teil einer Gemeinschaft. Ich arbeite nicht mit ihnen zusammen, ich bin ein Teil von ihnen. Genau wie du und alle loyalen Landsmänner und -frauen Teil von ihnen sind.«

Wir setzen uns um einen Tisch, der mit Kaffee, Keksen und Gebäck gedeckt ist. Ich komme mir vor wie bei einem Besuch bei Großmutter. Wir messen einander mit Blicken. Diane versucht, die Gegensätze und Rebeccas Empörung mit munteren Kommentaren zu glätten.

»Ich habe eine Menge Fragen«, sage ich.

»Ich befürchte, wir können Ihnen nicht auf alles eine Antwort geben«, sagt Tzafir Drach.

»Sie haben uns observiert.«

»Selbstverständlich.«

Das Geständnis kommt überrumpelnd rasch und ehrlich.

»Warum?«

»Wir hätten unseren Job nachlässig gemacht, wenn wir Sie nicht im Auge behalten hätten.«

»Waren Ihre Leute auch in meiner Wohnung, als Rebecca und ich in Juvdal waren?«

Tzafir Drach schaut Menashe Frum an. Letzterer antwortet.

»Einer meiner Außendienstmitarbeiter. Auf meine Order. Tut mir leid. Wir haben nichts entwendet. Ich bin Ihnen persönlich bis in dieses *Juvdal* gefolgt.« Aus seinem Mund klingt es wie *Chuwdal*. »Aber da sind Sie uns entkommen.«

»Woher wussten Sie, dass ich nach Oslo fliege?«, fragt Rebecca.

»Weil Sie Flugtickets gebucht haben«, sagt Drach.

»Bedeutet das, dass Sie mich seit fünfunddreißig Jahren observieren?«

»Um Himmels willen, natürlich nicht. Aber wir folgen routinemäßig allen Unternehmungen, die vom Alltäglichen abweichen. Wie bei vielen anderen auch. Nichts Dramatisches. Wir wollen nur informiert sein, falls etwas auftaucht. Was ja durchaus hin und wieder vorkommt.«

»Ich verstehe das nicht. Woher wissen Sie, wann ich ein Flugticket bestelle?«

»Ganz einfach. Alle Reisebuchungen laufen routinemäßig durch unsere Filter. Namen von Personen, die wir observieren, werden rausgezogen und zur Analyse weitergeleitet. Die meisten Reisen sind für uns uninteressant. Urlaub. Geschäftsreisen. Kongresse. Wenige Ausnahmen sehen wir uns genauer an.«

»Inwiefern war Rebeccas Reise nach Oslo interessant für Sie?«, frage ich.

»Weil Sie nur wenige Tage vorher Ben Goldberg geschrieben und nach Moshe Mendelssohn gefragt haben.«

Mir wird kalt. »Hat Ben Ihnen das erzählt?«

»Nein, nein.« Menashe Frum hebt abwehrend die Hände. »In keinster Weise. Sie können Ben Goldberg absolut vertrauen.«

»Aber ...«

Tzafir Drach übernimmt. »Sie werden verstehen, dass ich nicht ins Detail gehen kann. Aber viel Fantasie brauchen Sie eigentlich nicht. Elektronische Überwachung ... Heutzutage erledigt die Elektronik die halbe Arbeit. Und als Ben Goldberg eine Mail von *Bjoern Beltoe* aus Norwegen bekam, wussten wir, dass etwas im Busche ist. Nachdem wir wussten, dass Sie nach Moshe Mendelssohn gefragt hatten, haben wir ein Analyseteam auf die Sache gesetzt. Sie wissen, wie das funktioniert. *Bjoern Beltoe? Norwegen? Moshe Mendelssohn? Rebecca Mendelssohn? Was ist los?* Da mussten wir dranbleiben.«

»Dranbleiben? Sie sind ihr bis nach Oslo gefolgt!«

»So arbeiten wir«, sagt Menashe Frum mit seinem schiefen Lächeln.

»Wo fangen wir an?«, frage ich. »Was sollte zum Beispiel der Quatsch mit Jesus' Dornenkrone?«

Tzafir Drach sieht mich fragend an, danach Menashe Frum. *Wie viel weiß er eigentlich*?, sagen ihre Blicke. Also erzähle ich, was ich weiß.

»Gidon Zaller hat behauptet, der Dorn sei zweitausend Jahre alt. Ich war so frei, einen anderen Dorn der Krone prüfen zu lassen. In Norwegen. Die sind richtig gut im Nationallabor an der NTNU in Trondheim. Und wir sind uns doch wohl einig, dass diese Dornenkrone weder zweitausend Jahre alt ist noch je auf Jesus' Kopf gesessen hat.«

Gidon Zaller errötet. Menashe Frum gluckst und kassiert einen mahnenden Blick von Tzafir Drach.

Zaller seufzt.

»Ich hab ihnen gesagt, dass Sie nicht so leichtgläubig sind.« Er nickt Tzafir Drach und Menashe Frum zu. »Fragen Sie die beiden. Die sind dafür zuständig.«

»Ich nicht«, sagt Menashe Frum leise, aber nicht leise genug.

»Dem modernen Nachrichtendienst steht ein gut bestückter Werkzeugkasten zur Verfügung«, sagt Drach. »Eine Methode ist die mentale Manipulation. Manchmal funktioniert es. Manchmal nicht. Wir wollten Sie glauben lassen, dass Moshe Mendelssohn bei seiner Ausgrabung auf etwas ganz Sensationelles gestoßen ist. Wie eben diese Reliquie. Oder das Grab des Propheten Daniel.«

»Und Peter Cornell? Der Antiquitätenhändler?«

»Ein britisch-israelischer Schauspieler, der für den Zweck engagiert wurde. Wir wollten Ihnen einreden, dass die Dornenkrone echt ist, in der Hoffnung, dass Sie sich im besten Fall mit dieser Erklärung zufriedengeben. Unabhängig vom Ausgang hätten Sie nie wieder etwas von Cornell gehört.«

»Und all das Gefasel vom Propheten Daniel und den Zeichen an der Wand?«

Tzafir Drach tut etwas, was er sehr selten tut: Er lächelt.

»Da haben wir tatsächlich Hilfe aus der Vergangenheit erhalten. Von unseren Vorgängern. Bereits 1988, als Rebecca begann, in dem Mysterium um das Verschwinden ihres Vaters zu graben, beschloss das Institut, die Sache mit dem Ausstreuen falscher Informationen zu vertuschen. Ihre ewigen Fragen an zentrale Fachbereiche wurden langsam lästig. Wir wollten endlich Ruhe in der Angelegenheit. Also haben wir den Brief des anonymen Archäologen fingiert, in dem wir nachdrücklich andeuteten, dass die Lösung zu Moshe Mendelssohns Verschwinden beim Propheten Daniel zu finden wäre. Für uns keine große Sache, ehrlich gesagt, das Ganze war an einem halben Tag erledigt. Wir entwarfen einen Brief und brachten ihn zur Post. Im schlimmsten Fall hätte der Brief keinen Effekt, im besten Fall lenkte er Rebecca auf eine falsche Fährte und ihre Aufmerksamkeit weg vom eigentlichen Inhalt der Grabstätte.«

»Der da wäre …«, beginne ich, werde aber von Tzafir Drach unterbrochen.

»Als Sie Gidon Zaller auf Daniel angesprochen haben, verstand er nur Bahnhof. Er wusste nichts von der Operation 1988, was nicht weiter verwunderlich ist. Wir entschieden uns trotzdem, die Frage weiterzuverfolgen. Menashe Frum hat daraufhin in den Archiven den fingierten Brief aus dem Jahr 1988 gefunden. Uns war sofort klar, dass wir das um jeden Preis nutzen sollten, um Sie zu verwirren und auf eine falsche Fährte zu locken. Zeit zu verschwenden.«

»Aber warum?«, fragt Rebecca mit einer Intensität, die ihre Gemütsbewegung verrät.

»Weil die Fragen – und nicht zuletzt die Antworten – in

Zusammenhang mit dem archäologischen Fund in Kapernaum nicht an die große Glocke gehängt werden dürfen.«

»Was ist es, das wir nicht herausfinden sollen?«

»Dazu kommen wir noch«, sagt Tzafir Drach. »Lassen Sie mich zuerst die Erklärung zu Daniel und der Dornenkrone abschließen. Wir wussten, dass wir Bjørn Beltøs Interesse für alte Verschlüsselungen und Mysterien wecken konnten, wenn wir ihm einen allem Anschein nach uralten Papyrus mit mystischen Zahlen und Ziffern und versteckten Hinweisen in die Hände spielen. 5528 war ein Hinweis auf Daniel und *die Zeichen an der Wand*. Uns war klar, dass Bjørn sehr schnell einen Zusammenhang herstellen würde. Ein Volltreffer, oder?«, platzt er mit plötzlicher Jovialität heraus. »Wir wollten Ihre Neugier wecken.«

»Als ob das nötig wäre …«, murmele ich.

»Wir wollten Sie verführen, Ihre eigenen und völlig falschen Schlussfolgerungen zu ziehen.«

»So arbeiten wir«, fügt Menashe Frum lakonisch hinzu und verbirgt sein Grinsen hinter der Hand. Tzafir Drach sieht aus, als würde er ihm am liebsten eins auf die Finger geben.

»Und indem Sie mir einen alten Papyrus und eine scheinbar waschechte Dornenkrone vorlegen, hoffen Sie, dass ich ohne Weiteres die Erklärung schlucke?«

»Na ja«, sagt Drach. »Schon.«

»Dann kennen Sie mich aber schlecht.«

»Offensichtlich.«

»Ich verstehe das trotzdem nicht«, sagt Rebecca. »Sie haben Bjørn einen verhältnismäßig jungen Dorn zur Datierung gegeben.«

»Aus einem ganz einfachen Grund: Wem würden Sie den Dorn geben, um ihn möglichst schnell und verlässlich datiert zu bekommen? Natürlich Gidon Zaller. Was Sie ja auch getan haben. Aber wir haben nicht damit gerechnet, dass Beltø so misstrauisch ist, dass er noch ein Dornfragment mitgehen lässt, um es an einem anderen Ort datieren zu lassen.«

»Als ich dich angerufen und dir von dem Dorn erzählt habe«, sagt Rebecca empört zu Gidon Zaller, »wusstest du bereits von diesem Possenspiel.«

»Rebecca …« Er breitet die Arme aus.

»Und du hast den Dorn natürlich nie analysieren lassen.«

»Was ja streng genommen nicht nötig war.«

»Und die Knochen?«, frage ich. »Was ist mit denen?«

Schiefes Lächeln. »Wo sind sie?«, fragt Tzafir Drach.

»In meinem Besitz.«

Tzafirs Blick durchbohrt mich, vermutlich denkt er jetzt an irgendwelche Methoden, die wir uns in unseren wildesten Träumen nicht vorstellen wollen. Aber mich schüchtert er nicht ein. Wir sind in London. Unter Aufsicht Dianes und der SIS.

»Die Knochen an sich sind wertlos«, sagt Gidon Zaller. »Wir brauchen sie, um …«

»Was wollen Sie damit?«, fällt Tzafir Drach ihm ins Wort und sieht mich an.

Er wird mir immer sympathischer. Während Gidon Zaller kriecherisch und berechnend ist, kommt Drach direkt zur Sache. Zaller ist Akademiker, er versucht zu argumentieren, Position zu beziehen, schleicht um den heißen Brei herum, während er meine schwachen Punkte sucht. Drach ist unverkennbar vom Militär. Konkret, analytisch, Kosten/Nutzen-Rechnung. Ich zweifele keinen Augenblick daran, dass er zuschlagen würde, wenn er sicher wäre, dass ihn das weiterbringt. Aber er glaubt nicht daran. Darum entscheide ich mich für Drachs Taktik und nicht für Zallers und bin grundehrlich.

»Die Knochen haben ihren Preis«, sage ich.

»Wie viel?«, fragt Zaller erleichtert. Er denkt, dass Geld das geringste Problem ist.

»Bjørn?«, sagt Rebecca ungläubig.

Diane versteht als Einzige, was ich vorhabe. Das sehe ich an ihrem Lächeln.

»Wie viel wollen Sie dafür?«, fragt Tzafir Drach.

»Ich will kein Geld. Nein. Ich will Informationen.«

»Wozu?«

»Ich will alles wissen, was Sie wissen.«

»Streng genommen wissen wir nicht sehr viel.«

Ich überhöre seinen Einwand. »Alles, was Sie wissen.«

Die Anwesenden wechseln Blicke.

»Da haben wir's«, sagt Diane. »Ich hab's euch gesagt!«, fügt sie mit einem Blick auf Zaller, Drach und Frum hinzu. »Ich habe von Anfang an gesagt, dass Sie es nicht schaffen werden, Bjorn Belto zu täuschen. Spielt mit ihm in einer Mannschaft, habe ich gesagt. Und wer hat recht behalten?« Sie lächelt honigsüß.

Dann wendet sie sich an Rebecca und mich. »Wenn ihr alles wissen wollt, was wir wissen, müsst ihr euch mit uns auf eine Reise begeben.«

»Wohin?«, frage ich.

»Als Erstes nach Florenz.«

»Florenz?«

»Um jemanden zu treffen, der mehr über den Hintergrund dieser Angelegenheit weiß als irgendeiner von uns. Wir brechen morgen früh auf. Der SIS steht ein Flugzeug zur Verfügung.«

»Jemand, der mehr als irgendwer von uns weiß?«, frage ich. »Wer? Ein Archäologe? Oder noch ein Geheimagent?«

»Weder noch«, sagt Diane. »Er ist Theologe.«

VII

Florenz

Project Codex

1

Florenz, die Geburtsstadt der Renaissance. Durch diese Straßen sind sie gewandelt, über Pflaster, das sich über die Jahrhunderte abgeschliffen hat – Leonardo da Vinci und Vasari, Michelangelo und Machiavelli, Dante und die Medici. Wie ich diese Stadt liebe. Hier atmet die Vergangenheit aus jedem Stein. Der morgige Tag ist ein Versprechen; etwas Ungesehenes, Unbekanntes erwartet uns nach der nächsten Dämmerung.

Für einige ist es eine Ahnung, für andere eine Hoffnung.

Oder eine Furcht.

»Das hier«, sagt Salazar Nucci, »ist das Fragment eines Textes, der im Jahr 368 von dem ägyptischen Bischof Athanasius von Alexandria verfasst wurde.«

Der brüchige Papyrus liegt zwischen zwei Glasplatten. Die gleichmäßige Schrift ist verblasst. Zwei Spalten. Koptisch und griechisch. Irgendwann einmal – genauer gesagt vor 1646 Jahren – saß Bischof Athanasius oder einer seiner Schreiber über diesen Papyrus gebeugt. Sorgfältig formte er jeden Buchstaben mit seinem Schilfrohr.

Salazar Nucci ist Theologe. Ein kleiner, schmächtiger Mann mit dünnem Haar, großer Nase und fleischigen Lippen. Seine glasigen Augen flehen um Aufmerksamkeit. Er ist nicht nur Theologe, sondern auch Historiker, Paläograf, Experte für alte

Papyri und Pergamente und Leiter eines Forschungsprojektes, das von der SIS finanziert wird: *Project Codex.*

Natürlich ist die SIS involviert, wie sollte es anders sein.

»Athanasius war ein bekannter Theologe und Kirchenvater«, fährt Salazar Nucci fort. »Beim Ersten Konzil von Nicäa im Jahr 325 gehörte er zu denen, die den Arianismus verbannten, die Glaubensrichtung, die besagte, dass Jesus von Gott geschaffen, aber nicht selbst Teil Gottes sei. Der vielleicht größte theologische Streitpunkt in den ersten Jahrhunderten war das Verständnis von Jesus. War er Mensch oder Gott? Laut dem alexandrinischen Priester Arius war Jesus ein von Gott erschaffenes Wesen, ein Vorbild für uns alle. Arius hatte damit die Christenheit gegen sich. Und auf dem Konzil von Nicäa wurde ein für alle Mal festgehalten, dass Jesus nicht nur von Gott geschaffen wurde, sondern *selbst* Gott war. Athanasius' Sicht der Dinge setzte sich durch und damit die Dreieinigkeit aus Vater, Sohn und Heiligem Geist. Spiritus Sanctus. Gleichzeitig trug Athanasius zur Kanonisierung des Neuen Testaments bei. Er war in der frühen Kirche eine mächtige Person. Als Dank wurde er später heiliggesprochen.«

II

Über uns rauscht die Klimaanlage und sorgt für gleichmäßige Temperatur und Luftfeuchtigkeit. Durch die Fenster sehen wir die Kuppel der Basilica di Santa Maria del Fiore. Und direkt hinter dem Dom erhebt sich der Glockenturm des Vecchio-Palastes. Mitten in der Vergangenheit, umgeben von Glas und Aluminium, von glänzenden Flächen und rechten Winkeln, von hochtechnologischen Apparaten und summenden Computern. Im Labor des *Project Codex* fühlt man sich wie ein Teil einer glänzenden, frisch gewaschenen Zukunft. Wir sind sechs Besucher: Rebecca, Diane, Gidon Zaller, Tzafir Drach, Menashe Frum und ich. Alle haben wir weiße Overalls übergezogen.

»Das Textfragment«, sagt Salazar Nucci, »ist aller Wahrscheinlichkeit nach Teil eines Briefes an die Christengemeinden im Bistum Alexandria. Das Manuskript wurde in einer Höhle in Minya am Nil gefunden. In diesem Fragment lesen wir, dass Athanasius auf eine ketzerische Schrift verweist – er nennt sie das Evangelium der Rachel –, in der nicht nur von mehr als zwölf Jüngern die Rede ist, sondern in der auch ein abweichendes Bild von Jesus und seiner Lehre skizziert wird. Die Theologen streiten seit Jahrhunderten über Rachels apokryphes Evangelium. Niemand hat es in seiner Gänze gelesen, aber es wird in mehreren Texten aus den ersten Jahrhunderten zitiert.«

»Was schreibt Athanasius über diese Rachel?«, frage ich.

»Er ist gnadenlos. Er verdammt sie und bezeichnet sie als Hure Satans, die Jesus entehrt und schandhafte Lügen über seine Lehre verbreitet. Er fährt schweres Geschütz auf.«

»Was macht Athanasius' Textfragment so interessant?«

»Theologen und Geistliche haben immer wieder darauf hingewiesen, dass es sich bei dem Rachel-Evangelium nicht einfach nur um eine nicht kanonisierte apokryphe Schrift handelt, sondern um eine erdichtete Fälschung der Gnostiker, um den Flügel der Christenheit zu treffen, der sich dem Arianismus widersetzt hat. Das Rachel-Evangelium steht aber auf der Liste der apokryphen Schriften, und einzelne Forscher meinen sogar, es könne sich tatsächlich um das älteste aller Evangelien handeln. Das Rachel-Evangelium ist bekannt, seit Bischof Ireneus von Lyon es im Jahre 180 als ketzerische Schrift verdammte. Athanasius tat das Gleiche dann noch einmal 368. In der modernen Zeit hat es niemand komplett gelesen.«

»Warum nicht?«

»Weil es nicht existiert.«

»Ist es verloren gegangen?«

»Wir haben nie Zugang zum Original gehabt, nicht in seiner ursprünglichen Form. Wir konnten einzelne, kurze Auszüge lesen, aber die stammen wiederum von anderen Texten, die auf Rachel verweisen und einzelne Verse aus ihrem Evangelium zitieren. Im Großen und Ganzen wurde dieses Evangelium von keinem Theologen ernst genommen.«

»Was wissen Sie über den Inhalt?«, fragt Rebecca.

»Aus dem, was wir zusammensetzen konnten, besteht das Evangelium aus Schilderungen des Lebens Jesu – von seiner Kindheit bis zur Kreuzigung. Aus Gesprächen zwischen Jesus und den Jüngern und aus einer Schilderung seiner letzten Tage. Im Gegensatz zu den vier anerkannten Evangelien geht Rachels Evangelium detailliert auf Jesu Jugend ein. Und am Ende geht daraus hervor, dass Jesus die Kreuzigung überlebt und heimlich flieht.« Er wirft mir einen amüsierten Blick zu. »Aber das gehört zu den Verschwörungstheorien.«

»Unterscheidet sich das Evangelium von anderen apokryphen Schriften?«, frage ich.

»Es herrscht kein Mangel an mehr oder weniger glaubwürdigen Apokryphen, aber dieses hier ist anders. Das Evangelium wurde angeblich von einer schriftgelehrten Frau auf Aramäisch verfasst.«

»Zeichnet es ein anderes Bild des Christentums?«

Überraschend beginnt Salazar Nucci zu lachen. »Das Christentum? Was soll das sein? Es ist so viel mehr als die Lehre Jesu. Das Christentum ist das, was die Theologen sich vorstellen. Was sie in Jesus hineininterpretieren. Ein fachlich-religiöser Konsens.«

»Und die Bibel?«

»Das Neue Testament der Bibel ist der Versuch der Menschen, ihr Verständnis von der Lehre Jesu in Worte zu fassen. Die Theologen wissen ganz genau, dass verschiedene Teile des Neuen Testaments bewusst geschrieben wurden, um bestimmte Gruppen zu erreichen – Juden, Griechen, Türken, Römer –, und die Texte wurden entsprechend der jeweiligen Mythologie und Denkweise angepasst.«

»Wollen Sie damit sagen, dass durch die Anpassungen die ursprüngliche Lehre Jesu in den Hintergrund geriet?«

»Natürlich. Das Christentum ist eine Interpretation, ein Sammelsurium theologischer Kompromisse, eine autorisierte Rahmengeschichte – ausgehandelt, debattiert und akzeptiert. Das Christentum wurde von den Theologen erschaffen. Jesus und der Judaismus haben ihnen den Rohstoff geliefert, aber nicht die Antworten.«

Ein Fundament, denke ich, auf dem die Theologen und Kirchenväter ihre Kathedralen errichtet haben.

»Wer war diese Rachel?«, frage ich.

»Eine Jüngerin.«

»Eine … was?«

»Rachel war – infolge anderer apokrypher Schriften – eine weitere Jüngerin. Nur dass diese Information niemand ernst genommen hat. Inzwischen deutet aber wirklich viel daraufhin, dass es genauso war.«

»Eine dreizehnte Jüngerin?«

»Die Evangelien sprechen natürlich nur von zwölf. Aber ist diese Zahl historisch korrekt oder nur im Nachhinein konstruiert, damit sie alttestamentarischen Traditionen entspricht?«

»Warum sollte die Zahl zwölf konstruiert sein?«

»Tja, was hat es mit dieser Zahl auf sich? Das Jahr hat zwölf Monate. Tag und Nacht haben zwölf Stunden. Zwölf ist die perfekte Zahl in der Mathematik und im Judentum. In der Astrologie gibt es zwölf Sternzeichen. Die Bibel ist voller Zahlen, die immer wieder auftauchen. Darunter die zwölf. Jakob, der Patriarch des hebräischen Volkes, hatte zwölf Söhne, aus denen die Stämme Israels hervorgingen. Im vierten Buch Mose sendet Mose zwölf Späher aus, um Kanaan zu erkunden. In der Offenbarung heißt es, 144 000 Knechte Gottes hätten sein Siegel auf der Stirn empfangen – dieselben 144 000, von denen die Zeugen Jehovas glauben, dass sie den Tag des Jüngsten Gerichts überleben. Und diese Zahl kommt zustande, indem man zwölf vom alten Pakt mit zwölf vom neuen und dann mit tausend multipliziert, was das perfekte Ganze symbolisiert. In der Offenbarung hat die Stadtmauer des heiligen Jerusalem zwölf Grundsteine, und weiter heißt es, dass die zwölf Tore zwölf Perlen waren.«

Salazar Nucci zitiert aus dem Gedächtnis:

Und sie hatte eine große und hohe Mauer und hatte zwölf Tore und auf den Toren zwölf Engel, und Namen darauf geschrieben, nämlich der zwölf Geschlechter der Kinder Israel. Vom Morgen drei Tore, von Mitternacht drei Tore, vom Mittag drei Tore, vom Abend drei Tore. Und die Mauer der Stadt hatte zwölf Grundsteine und auf ihnen Namen der zwölf Apostel des Lammes.

Offenbarung des Johannes,
Kap. 21, Vers 12–14

»Wenn in der Bibel von zwölf Jüngern die Rede ist und nicht von elf oder dreizehn, kann das also eine Anpassung an den alten Glauben sein?«, frage ich.

»Ist es nicht auffällig, dass Jesus exakt *zwölf* Jünger um sich versammelt? Warum ausgerechnet zwölf?« Salazar Nucci breitet die Arme aus. »Die Zahl hat einen wichtigen Symbolwert in der Heiligen Schrift. Und die Anhänger des Neuen Christentums gaben sich alle Mühe, Verbindungslinien zwischen dem alten und neuen Glauben zu finden, um zu beweisen, dass Jesus Christus der wahre Messias war.«

Die Zwölf

I

Wer waren die Zwölf? Die Evangelisten widersprechen sich selbst.

Markus:

Und er setzte die Zwölf ein und gab Simon den Namen Petrus; weiter setzte er Jakobus, den Sohn des Zebedäus, und Johannes, den Bruder des Jakobus, ein und gab ihnen den Namen Boanerges, das heißt: Donnersöhne; ferner Andreas und Philippus und Bartholomäus und Matthäus und Thomas und Jakobus, den Sohn des Alphäus, und Thaddäus und Simon Kananäus und Judas Ischariot, der ihn dann verriet.

Kap. 3, Vers 16–19

Matthäus:

Die Namen aber der zwölf Apostel sind diese: an erster Stelle Simon, genannt Petrus, und sein Bruder Andreas; Jakobus, der Sohn des Zebedäus, und sein Bruder Johannes; Philippus und Bartholomäus; Thomas und Matthäus der Zöllner; Jakobus, der Sohn des Alphäus, und Thaddäus; Simon Kananäus und Judas Iskiarot, der ihn verriet.

Kap. 10, Vers 2–4

Lukas:

Simon, den er auch Petrus nannte, und seinen Bruder Andreas; Jakobus und Johannes; Philippus und Bartholomäus; Matthäus und Thomas; Jakobus, den Sohn Alphäus, und Simon, genannt der Zelot; Judas, den Sohn des Jakobus, und Judas Ischariot, der zum Verräter wurde.

Kap. 6, Vers 14–16

Die Evangelisten sind sich mit anderen Worten nicht einig darüber, wer sie waren. Thaddäus fehlt bei Lukas, der stattdessen Jakobs Sohn Judas vorstellt. Also einen Judas – um die Verwirrung komplett zu machen –, der nicht der Gleiche ist wie der Verräter Judas Ischariot.

Und dann selbstverständlich Matthias, der Nachzügler, der beim Loseziehen der Apostel gewonnen hat, wer den Platz des Verräters Judas einnimmt.

Dass sich auf diesen Listen Frauen befanden, wird in den Jahrhunderten nach Christus immer undenkbarer. Trotzdem stellt Lukas unzweifelhaft fest, dass in Jesus' Gefolge auch viele Frauen mit ihm gereist sind.

Danach zog er durch Städte und Dörfer und predigte und verkündete das Evangelium vom Reich Gottes; und die zwölf waren mit ihm, dazu einige Frauen, die er von bösen Geistern und Krankheiten gesund gemacht hatte, nämlich Maria, genannt die Magdalenerin, von der sieben böse Geister ausgefahren waren, und Johanna, die Frau des Chusa, eines Verwalters des Herodes, und Susanna und viele andre, die mit dem, was sie besaßen, zum Unterhalt Jesu und seiner Jünger beitrugen.

Evangelium nach Lukas,
Kap. 8, Vers 1–3

Und viele andre, steht da.

Wer waren diese Frauen? Ist es denkbar, dass eine von ihnen den Status als Jüngerin hatte? In dem Fall haben die Kirchenväter diesen gefährlichen Gedanken unterdrückt. Jesus hat sich mit Frauen umgeben und sie als gleichwertig betrachtet. Trotzdem entwickelte sich die christliche Urkirche zunehmend frauenverachtend. Jesus spricht nie herablassend über Frauen. Bei ihm rangieren sie nicht unter Männern.

Aber wie aus dem Hut gezaubert tauchen die chauvinistischen Wadenbeißer auf, wie Paulus:

Eine Frau soll lernen in der Stille und der Unterordnung. Einer Frau gestatte ich nicht, dass sie lehrt, auch nicht, dass sie den Mann zurechtweist, sondern sie sei still. Denn Adam wurde zuerst geschaffen, dann Eva.

Erster Brief des Paulus an Timotheus,
Kap. 2, Vers 11-13

Wie in allen christlichen Gemeinden sollen die Frauen in der Gemeindeversammlung schweigen; denn es ist ihnen nicht gestattet zu reden, sondern sie sollen sich unterordnen, wie auch das Gesetz sagt. Wollen sie aber etwas wissen, so sollen sie daheim ihre Männer fragen. Es steht der Frau schlecht an, in der Gemeinde zu reden.

Erster Brief des Paulus an die Korinther,
Kap. 14, Vers 34-35

Und in diesem Ton geht's weiter.

Wo haben die das frauenfeindliche Gewäsch her? Nicht von Jesus. Jesus hat Frauen mit Respekt behandelt. Paulus hingegen hat sein verächtliches Gedankengut aus den verstockten Traditionen patriarchalischer Stammeskulturen – eben jene Stammeskulturen, gegen die Jesus rebelliert hat.

Interessanterweise haben viele Christen eher auf Paulus als auf Jesus gehört.

II

»Rachels Text zeichnet ein ganz anderes Bild von Jesus als die vier Evangelien«, sagt Salazar Nucci. »Wir wollen jetzt nicht unnötig Zeit auf theologische Details verschwenden, aber lassen Sie mich zusammenfassen: Jesus hat sich selbst nicht als Gottessohn im buchstäblichen, sondern im geistigen Sinn verstanden. An einer Stelle heißt es:

Und Jesus sagte: ›Wir alle sind Kinder Gottes.
Gottes Söhne. Gottes Töchter.‹

Evangelium nach Rachel
[nicht indexiert]

Und damit meinte er Kinder, Söhne, Töchter im übertragenen Sinn. Glauben wir Rachel, war Jesus vor allem anderen ein Endzeitprophet, ein apokalyptischer Visionär des Jüngsten Gerichts. Er sagte den baldigen Weltuntergang voraus. Und er wünschte sich, dass alle Menschen darauf vorbereitet waren.«

»Es ist ja nun keine Neuigkeit, jedenfalls nicht für euch Theologen, dass Jesus' prophetische Visionen eindeutig apokalyptische Züge hatten«, wende ich ein.

»Wohl wahr. Aber Rachel legt sehr viel größeres Gewicht auf die Endzeitvisionen als die Evangelisten. Wirklich aufsehenerregend ist Rachels Darstellung von Jesus' Ansichten, die, besonders im Rückblick, als gnostisch charakterisiert werden müssen. Der Gnostizismus wurde früh von den Kirchenvätern bekämpft, die viele der gnostischen Dogmen als ketzerisch ansahen. In einer Szene, die später in das Lukas-Evangelium kopiert wurde, lacht Jesus, weil die Jünger zu einem Gott beten, offenbar dem fehlbaren Schöpfergott der Gnostiker. Seht mich an, sagt Jesus zu seinen Jüngern, seht mich, wie ich wirklich bin. Er rügt seine Jünger, dass sie in seinem Namen Bäume pflanzen, die keine Früchte tragen. Schändlich!, sagt er.«

»Du sagst also, im Rachel-Evangelium wird Jesus als Gnostiker dargestellt?«

»Nein. Kein seriöser Theologe – und ganz sicher nicht die Kirche – betrachtet Jesus als Gnostiker. Auch Rachel nicht. Nein, nein, nein. Und das war er auch nicht. Der uns bekannte Gnostizismus hat sich Jahrhunderte nach Christus entwickelt. Und doch könnte man sagen, dass Jesus' eigene Gedanken zum Göttlichen, wie sie von Rachel beschrieben werden, dem Gnostizismus näher stehen, als die heutige Theologie es anerkennt. Wo die Theologie und das Neue Testament enger werden, öffnet Rachel sich.«

»Bleibt also die Frage: Welche Autorität hat Rachels Evangelium? Ist es eine von einem Gnostiker verfasste Apokryphe oder ein glaubwürdiges Evangelium?«

»Genau das ist die theologische Kernfrage. Wenn sich erweisen sollte, dass das Rachel-Evangelium von einem Zeitgenossen Jesu verfasst wurde – möglicherweise sogar von einem Jünger, der ihm nahestand –, hat es eine ganz besondere Autorität. Die vier neutestamentarischen Evangelisten haben ihre Erzählungen über Jesus lange nach der Kreuzigung geschrieben. Das Markus-Evangelium, das wahrscheinlich das älteste ist, wurde vermutlich um das Jahr 70 herum verfasst. Wenn also Rachels Evangelium noch älter und eine zuverlässige Quelle ist, müssen wir das Neue Testament in einem ganz neuen Licht lesen. Jesus gnostisches Gedankengut zu unterstellen ist natürlich unerhört, für Theologen und für Christen im Allgemeinen. Darum sind auch nicht alle, die versucht haben, ein Bild von Jesus als Gnostiker zu zeichnen, ernst genommen worden. Die Wege des Christentums und des Gnostizismus haben sich früh getrennt. Jesus' gnostische Gedanken wurden früh und effektiv aus den Texten und dem Glaubensfundament verbannt, das sich weiter zum Christentum entwickelte.«

III

Archäologen graben in Erde, Theologen graben in Worten.

Seit zweitausend Jahren haben Theologen ihre Gedanken und Kreativität darauf ausgerichtet, alle kritischen Fragen zur Bibel abzuwenden und ein Gerüst zu entwickeln, das nicht nur alle Merkwürdigkeiten der Schrift erklärt, sondern auch das Unmögliche logisch werden lässt. Die kollektive Gedankenkraft kluger Theologen pariert die zahlreichen Fehler und Widersprüche der Bibel mit intellektuellen Schwingern und theologischen Uppercuts. Es seien keine *eigentlichen* Fehler, nur wir Menschen interpretierten sie auf unserer Jagd nach Fehlern auf unsere unverständige Weise. Gleichzeitig behaupten ein paar Gläubige, die Bibel sei mit göttlicher Inspiration und göttlichem Überblick geschrieben. Die Bibel, so sagen sie, sei perfekt. Sie sei nicht nur von Gott inspiriert, sondern Gottes Wort. Buchstäblich. Wie der Koran für die Muslime. Dass ein solch göttlicher Chefredakteur Fehler und Abweichungen zulässt, geht über meinen Verstand. Wie können die Evangelien, die alle die gleiche Geschichte zu erzählen vorgeben – die

Wahrheit über Jesus Christus –, in vielen Bereich übereinstimmen und in anderen total abweichen? Die Theologen sprechen in diesem Zusammenhang von dem *synoptischen Problem.* Zumindest sehen auch sie ein Problem darin. Ich kapiere die Zusammenhänge nicht. Es gibt Stimmen, die sagen, Gott hätte als Teil eines größeren Plans mit Absicht Fehler in die Bibel eingebaut. Dann gibt es wieder die, die behaupten, die Bibel sei frei von Fehlern. Und die, die sagen, die Originalbibel sei fehlerfrei gewesen, aber die Übersetzer und Kopisten hätten hinterher welche eingebaut. Und dann sind da noch die, die sagen, die Bibel sei im Großen und Ganzen *wahr*, aber nicht unbedingt frei von Fehlern.

Wie, fragen die Kritiker, kann ein allmächtiger Gott all das Böse in der Welt zulassen, all das Leid und den Schmerz, Kriege und Mord? Schwups, sind auch schon die Theologen mit ihrer Wunderantwort auf dem Plan: die Theodizee. *Das Problem des Bösen.* Die Theodizee versucht zu zeigen, dass das Böse und das Leid nicht unvereinbar sind mit dem Glauben an einen guten, allmächtigen Gott. Gott steht über solchen Begriffen. Gott hat dem Menschen einen freien Willen gegeben, argumentieren die Theologen. Sünde, Schmerz und Leid sind eine Folge unseres Mangels an Perfektion. Aus der Sünde entspringt das Böse.

Ich kratze mich am Kopf, verstehe nichts.

IV

Salazar Nucci räuspert sich diskret, um mich zurückzuholen.

»Fragen, Herr Beltø?«

»Ich verstehe, dass eine Handschrift aus dem Jahr 368 –

besonders eine von Bischof Athanasius von Alexandria verfasste – von fachlichem Interesse ist. Aber worin genau besteht nun eine Verbindung zu der Ausgrabung in Kapernaum oder Moshe Mendelssohns Schicksal?«

Salazar Nucci und Diane tauschen Blicke.

»Das ist ein Missverständnis«, sagt er. »Wir forschen hier in Florenz nicht vorrangig an dem Textfragment des Bischofs. Athanasius' Schrift dient der Bestätigung der Autorität des Originalmanuskriptes, das Moshe Mendelssohn 1978 gefunden hat und das sich inzwischen in unserer Obhut befindet.«

»Von was für einem Manuskript sprechen wir nun?«

Ich frage wider besseres Wissen – will ihn aber gerne die erlösenden Worte aussprechen hören.

»Wir sprechen vom Originaltext!«, sagt Salazar Nucci. »Uns liegt der Originaltext des Rachel-Evangeliums vor.«

Das Evangelium

I

Der Codex mit dem Rachel-Evangelium liegt in einem brutkastenähnlichen Glasschrank mit konstanter Temperatur und Luftfeuchtigkeit. Nach zweitausend Jahren ist der lederne Umschlag erstaunlich gut erhalten. Die Klappe ist gebrochen und durch ein Band ersetzt.

»Das Rachel-Evangelium«, sagt Salazar Nucci andächtig. »Wir sind gerade mit der Konservierung des Codex fertig geworden. Wir haben jede Seite abfotografiert und Arbeitskopien hergestellt.« Er reicht mir einen Ausdruck. »Frisch übersetzt.«

Ich kenne die Armut und ich kenne den Reichtum. Fremd sind mir weder Sattheit noch Hunger. Ich kenne die Freuden des Überflusses und die Leiden der Not. Alles vermag ich durch Jesus, der mich stark macht.

Rachel-Evangelium
[nicht indexiert]

»Zehn Seiten müssen noch übersetzt werden. Aber das, womit wir bereits fertig sind, ist bemerkenswert.«

»Seit wann ist das Manuskript … verfügbar?«, frage ich.

»Seit einem Jahr. Das heißt, eigentlich bereits seit 1978.« Salazar Nucci räuspert sich mehrmals, bevor er weiterredet.

»Als Moshe Mendelssohn im September 1978 aus der Grabkammer in Kapernaum trat, hatte er zwei Knochen und einen Codex bei sich. Den Codex mit dem Original des Rachel-Evangeliums. All die Jahre wussten wir weder, was mit den Knochen, noch, was mit dem Manuskript passiert ist. Er fuhr direkt in sein Institut, um den Fund vorschriftsmäßig zu melden, lieferte aber weder die Knochen noch den Codex ab. Er sagte nicht einmal etwas davon. Warum nicht? Darüber kann ich nur Vermutungen anstellen. Ein paar Jahre zuvor hatte Moshe Mendelssohn einen heftigen Streit mit der noch immer amtierenden Institutsleitung. Es ging dabei um eine andere, deutlich unwichtigere apokryphe Schrift. Vielleicht – auch das alles nur Spekulationen – war er der Meinung, das Manuskript würde in der Forschung besser gewürdigt, wenn ein anderes Institut sich darum kümmerte. Er war ein kluger Mann und Stratege. Er wusste ganz genau, was mit dem Codex passieren würde, wenn er ihn seinen Vorgesetzten überließ. Das Manuskript würde untersucht werden, der Forschung daran aber keinerlei Priorität eingeräumt werden, so dass der Text wie viele andere apokryphe Schriften und alte Manuskripte schnell in einem klimaregulierten Gewölbe enden würde. Der Wissenschaftler, vor dem er den größten Respekt hatte, war Lev Gefen von der *Israel Biblical Archaeology Association*. Im Nachhinein ist davon auszugehen, dass Moshe den Codex am Tag vor seinem Verschwinden Gefen übergeben hat. Ob sie irgendeine Vereinbarung getroffen haben, was damit passieren soll, weiß niemand. Lev Gefen starb 1981, und er hat nie auch nur ein Wort gesagt. Aber aus anderen Quellen können wir mit großer Sicherheit schließen, dass er den Codex an einen Professor für Semiotik in Bologna übergeben hat.«

»Die SIS wurde 2013 involviert«, sagt Diane. »Zu dieser Zeit lag der Codex seit Jahren unangetastet in der Universität von Kiew. Sie hatten den Text für wenig Geld von einem Schwarzmarkthändler in Rom gekauft, der allem Anschein nach keine Ahnung hatte, was er da verkaufte. Moshe Mendelssohn und Lev Gefen hatten sicher ehrenhafte Absichten, aber irgendwann verschwand der Codex aus der Akademie und landete auf dem Schwarzmarkt. 2013 kaufte die SIS den Codex der Uni in Kiew ab. Das *Projekt Codex* wurde ins Leben gerufen und eine Forschungsgruppe eingerichtet, die in Florenz ansässig ist. Wir haben Wissenschaftler von der Laurenziana, der Gregoriana und einige der führen Köpfe von den fortschrittlichsten Manuskriptlaboren der Welt hier versammelt. Sowie Theologen, Historiker, Religionsforscher, Paläografen, Linguisten und Restauratoren.«

»Lesen Sie, was sie über Jesus schreibt«, sagt Salazar Nucci und reicht mir ein Blatt:

Und Jesus sagte: Wie in allen Gemeinden der Heiligen sollen die Unwissenden schweigen in der Gemeinde. Es ist ihnen nicht erlaubt zu reden; sie sollen sich den Weisen unterordnen, wie es das Gesetz verlangt. Wollen sie lernen, so lasst sie fragen. Es steht den Unwissenden übel an, vor der Gemeinde zu reden.

Rachel-Evangelium
[nicht indexiert]

»Die *Unwissenden*!«, wiederholte Diane. »Nicht die Frauen. Paulus hat den Text verändert! Es hieß nicht, dass die Frauen in der Gemeinde schweigen sollen, sondern die *Unwissenden*.«

»Im Gegensatz zu Paulus«, sagt Salazar Nucci, »hat Rachel mit eigenen Ohren gehört, was Jesus gesagt hat. Die Unwissenden, nicht die Frauen.«

»Bemerkenswert!«, sagt Menashe Frum.

»Das ist noch nicht alles«, sagt Salazar Nucci.

»Dann raus damit«, fordere ich.

»Das …« Er ringt nach Worten, »das Sensationellste ist sicher Rachels Schilderung der Kreuzigung.«

Salazar Nucci reicht uns ein anderes Blatt:

So führten sie Jesus weg, um ihn zu kreuzigen. Sie kamen zu einem Ort mit Namen Golgatha, die Schädelstätte. Dort kreuzigten sie ihn, und die Soldaten teilten seine Kleider zwischen sich auf. Am Kreuz standen seine Mutter, seine geliebte Maria Magdalena und ich. Etwas entfernt standen viele Frauen und sahen zu. Sie waren Jesus aus Galiläa gefolgt und dienten ihm. Auch ein Mann stand dort mit Weinessig. Sie füllten einen Schwamm mit Wein, vermischt mit Galle, den sie Jesus an den Mund hielten. Aber als er es schmeckte, wollte er nicht trinken. In der neunten Stunde rief Jesus mit lauter Stimme: »Mein Gott, mein Gott, warum hast du mich verlassen?« Einige der Umstehenden hörten es und lachten.

Rachel-Evangelium
[nicht indexiert]

Salazar Nucci zeigt auf einen Abschnitt weiter unten.

»Hier beschreibt Rachel den – gelinde gesagt – aufsehenerregenden weiteren Verlauf.«

Nach der zwölften Stunde hielten alle ihn für tot. Es war der Abend vor dem Sabbat, so dass die Leichname nicht an den Kreuzen hängen bleiben durften. Jesus lebte, aber sein Schlaf war tief und seine Wunden zahlreich. Es kam ein reicher Mann mit Namen Josef von Arimathäa. Er ging zu Pilatus und bat um den Körper Jesu. Pilatus ordnete daraufhin an, ihn freizugeben. Auch Nikodemus war dort. Er hatte eine Mischung aus Myrrhe, Aloe und Medizinkräutern bei sich. Josef und Nikodemus nahmen den Körper Jesu und brachten ihn in das Haus des Josef, wo sie ihn in Leintücher hüllten und seine Wunden mit der heilenden Salbe versorgten. Gemeinsam mit Maria, seiner Mutter, und seiner geliebten Maria Magdalena pflegte ich ihn drei Tage und drei Nächte, bis er stark genug war, dass man ihn auf eine Trage legen und fortbringen konnte. Fort ins Licht.

Rachel-Evangelium
[nicht indexiert]

Was habe ich gesagt, hätte ich am liebsten laut ausgerufen.

Aber ich sage nichts.

II

»Die wichtigste Frage lautet nun«, sagt Salazar Nucci, »ob Rachels Text Autorität hat. Ist er eine zuverlässige Quelle? Oder handelt es sich um eine Fälschung? Zeichnet er ein glaubwürdiges Bild von Jesus, seinem Leben und Sterben? Darum kümmern sich im Moment natürlich unsere Theologen und Historiker. Ein wesentliches Kriterium ist das Alter des Codex. Bischof Irenäus von Lyon und Athanasius von Alexandria sind beide davon ausgegangen, dass der Text rund hundert Jahre nach Christus verfasst wurde. Wir haben verschiedene Materialien, von der Tinte bis zum Ledereinband, vier unabhängigen Tests unterzogen, um das Alter festzustellen. Alle vier Datierungen kommen zweifelsfrei zu dem Schluss, dass die Tiere, von denen das Leder stammt, zur Zeit Jesu gelebt haben. Die Tinte konnte auf das letzte Lebensjahr Jesu bis etwa zehn Jahre nach der Kreuzigung datiert werden. Die vierte und letzte

Datierung wurde von unabhängigen Wissenschaftlern der Universität Arizona durchgeführt, die keine Ahnung davon hatten, was sie datierten. Sie kamen zu demselben Alter. Sowohl die Tinte als auch das Pergament stammen nachweislich aus der Zeit Jesu. Auch die Linguisten und Historiker bestätigen diese These: Die Wortwahl, der Gebrauch bestimmter Sätze und die Verweise zu zeitgleichen Geschehnissen deuten darauf hin, dass der Verfasser des Textes in der Zeit Jesu gelebt hat. Im Gegensatz zu den vier biblischen Evangelien, die auf Griechisch geschrieben wurden, wurde dieser Originaltext auf Aramäisch verfasst. In der Muttersprache Jesu. Aber es wird in dem Codex auch auf griechische Texte verwiesen, des Weiteren gibt es griechische Zitate, was mehr als nur andeutet, dass Rachel Griechisch konnte und eine Gelehrte gewesen sein muss.«

»Hm«, sage ich. Mehr kommt mir nicht in den Sinn.

»Wenn wir die gleichen Prämissen und Ansprüche zugrunde legen wie die Kirchenväter, als sie das Neue Testament kanonisierten«, sagt Salazar Nucci, »zeichnet das Rachel-Evangelium ein noch autoritativeres Bild von Jesus als jedes der vier biblischen Evangelien oder andere Bibeltexte.«

»Inwiefern?«

»Die Kirchenväter hatten strenge Kriterien, welche Texte als autoritativ eingestuft wurden. Ein zentrales Kriterium war die Nähe zu Jesus. Wenn Rachel eine Jüngerin Jesu war, muss sie die gleiche – wenn nicht eine höhere – Autorität haben als die anderen Evangelisten.«

»Was bedeutet das?«

»Um die Relevanz des Rachel-Evangeliums zu verstehen, muss man die Bibel als Ganzes betrachten«, erklärt Salazar Nucci. »Im Alten Testament finden sich mehrere Paralleltexte. Die Zehn Gebote finden sich im zweiten und fünften Buch Mose. Die Erzählung über König David finden wir in unterschiedlichen Versionen sowohl im zweiten Buch Samuel als auch im ersten Buch der Chronik. Die Schöpfungsgeschichte steht leicht abgeändert im ersten und zweiten Kapitel des ersten Buch Mose. Aber auch in den Sprüchen Salomos finden wir eine Schöpfungsgeschichte – bekannt als die personifizierte Weisheit. Interessant ist daran, dass die Weisheit bei Gott ist, als er die Erde erschafft. Ein Anklang an die Gnostiker? Und wie wird die Weisheit beschrieben? Sie ist weiblich. Die Weisheit ist eine Frau. Weisheit ist ein zentrales Thema in der gnostischen Lehre. Aber beim Übergang vom Alten zum Neuen Testament passiert dann etwas. Die Evangelien des Neuen Testaments führen die Traditionen weiter, dass verschiedene Texte, trotz unterschiedlicher Inhalte, Seite an Seite in dem kanonischen Text stehen durften. Aber hier gibt es keine führenden Frauen. Alle weiblichen Heldenfiguren wurden entfernt. Die feminine Bibelsprache verschwindet, und übrig bleibt nur Maskulines. Der Mann steht fortan im Zentrum allen Geschehen.«

III

Salazar Nucci sieht an die Decke, als suchte er dort nach den richtigen Worten.

»Unter den Evangelisten haben die Texte, die wir Matthäus zuschreiben, die meisten Verweise auf das Alte Testament. Wer aber war Matthäus? Wer schrieb das Evangelium des Matthäus? Die Theologen streiten über diese Frage. Traditionell wird der Text dem Apostel Matthäus zugeschrieben, auch als Levi bekannt. Aber es gibt keinen Grund, das auch zu glauben. Der Evangelist Matthäus scheint nicht nur seine eigene Muttersprache Aramäisch, sondern auch Griechisch und Hebräisch zu beherrschen. Er präsentiert sich als Gelehrter – vermutlich war er ein Schriftgelehrter und Jude –, und er ist vertraut mit der rabbinischen Bibelauslegung, die von dem jüdischen Geschichtsverständnis ausgeht. Matthäus zitiert das Alte Testament am liebsten auf Hebräisch, nicht auf Griechisch. Der Autor der Matthäus-Texte hatte eingehende Kenntnis des Alten Testaments und wusste damit auch Bescheid über die weiblichen Heldinnen und die feminine Bibelsprache. Dabei ist das Matthäus-Evangelium der deutlich maskulinste Text im Neuen Testament. Hier finden wir die häufigsten Schilderungen von Verdammnis, Kampf und Krieg. Warum ist Matthäus so rau, kriegerisch und von Endzeit und Verdammnis besessen? Wo bleiben Nähe und Liebe? Nun, die Antwort lautet, dass das Matthäus-Evangelium nie für sich allein stehen sollte. Es war ursprünglich als Paralleltext zum Rachel-Evangelium vorgesehen. Vermutlich kannte der Autor des Matthäus-Evangeliums das Rachel-Evangelium ganz genau. Wie Gott und die Weisheit in den Sprüchen Hand in Hand gehen, sollten auch die Evangelien von Matthäus und Rachel zusammen gelesen werden. Matthäus mit seinem maskulinen Blickwinkel, Rachel mit dem femininen. Wo Rachel Jesus mit Nähe und Wärme beschreibt, nutzt Matthäus die sprachlichen Mittel, die wir aus Kampf und Krieg kennen. Liest man die Texte im Zusammenhang, sehen wir, wie die Parallelevangelien einander ergänzen und zu einem großen Ganzen werden, während Matthäus allein unvollendet wirkt.«

»Warum«, frage ich, »steht das Matthäus-Evangelium eigentlich als erstes in der Bibel, wenn doch das des Markus offenbar das älteste ist?«

»Weil das Matthäus-Evangelium bei den ersten Christen so populär und wichtig war. Bei Matthäus finden wir Belege, dass der Papst das Oberhaupt der Kirche ist. Diesen Text nutzt die katholische Kirche als Argument für die Unfehlbarkeit des Papstes und die patriarchalische Herrschaft. In Rachels Paralleltext ist nicht nur Petrus der Fels, auf dem Jesus seine Kirche errichten will, sondern auch Maria Magdalena. Jesus wollte seine Kirche auf Petrus und Maria Magdalena bauen – Mann und Frau gemeinsam.«

Er sucht eine Seite mit einer gerade erst erstellten Übersetzung heraus.

Wahrlich, ich sage euch: Ihr seid Petrus und Maria, und eure Schultern bilden einen Felsen und auf diesem Felsen – den Schultern von Mann und Frau – will ich meine Kirche errichten, und die Mächte der Unterwelt werden sie nicht überwältigen.

Rachel-Evangelium
[nicht indexiert]

IV

»Kommen wir zurück zu Moshe Mendelssohn«, sage ich. »Was ist mit ihm passiert? Wusste er zu viel? Wurde er getötet? Von wem? Führte die Entdeckung des Rachel-Evangeliums zu seinem Tod? Oder wurde er irgendwo eingekerkert, weil er zu viel wusste?«

Ich wende mich von Salazar Nucci an Tzafir Drach. Sein Blick weicht meinem nicht einen Millimeter aus.

»Die Wahrheit ist«, sagt Drach, »dass wir noch immer nicht wissen, was mit Moshe Mendelssohn passiert ist. Wir haben wirklich keine Ahnung. Ich habe das Bekennerschreiben der Gruppierung gesehen, die sich *Söhne des Halbmonds* nennt, von der wir vor Mendelssohns Entführung nie gehört hatten.

Ich glaube nicht, dass es eine solche Gruppierung jemals gab. Wenn, dann war es eine Splittergruppe irgendwelcher Fanatiker. Aber das ist nicht wahrscheinlich. Das hätten wir gewusst. Wir haben einen guten Überblick über dieses Milieu. *Die Söhne des Halbmonds*? Nein, ich glaube nicht, dass es die gibt oder jemals gab. Weder jetzt noch 1978.«

»Was ist dann mit ihm passiert?«

»Tut mir leid, aber ich weiß auch nicht mehr als Sie. *Wir* haben ihn jedenfalls nicht.«

»Aber *irgendwas* müssen Sie doch wissen!«

Allgemeines Kopfschütteln.

Das Schlimmste ist, dass ich ihnen zu glauben beginne. Es gibt sicher vieles, was sie mir nicht erzählen, aber über Moshe Mendelssohn scheinen sie die Wahrheit zu sagen.

»Die Knochen?«, frage ich. »Was hat es damit auf sich?«

Salazar Nucci blickt zu Tzafir Drach und Gidon Zaller hinüber, bevor er antwortet:

»Das Manuskript dokumentiert, dass die Evangelistin Rachel die dreizehnte Jüngerin war. Aber nicht nur das. Und an diesem Punkt kommen die Knochen ins Bild.« Er hält inne. »Rachel war Jesus' Schwester.«

Die Schwester

1

Rebecca und ich verlassen gegen Abend das *Project Codex*.

Tzafir Drach hat uns nach Israel eingeladen, um uns entgegenzukommen, wie er sagt, und um zu zeigen, dass er keine Informationen unter Verschluss hält. Diane wiederum hat um ein privates Treffen mit Nucci, Drach, Frum und Zaller gebeten.

Auf dem Weg ins Hotel rufe ich Peder Skipsvold an, einen mir bekannten Theologen aus Oslo, und frage ihn, ob er jemals etwas von Jesus' Schwester Rachel gehört hat. Er klärt mich auf, dass die Bibel zwei Schwestern erwähnt, aber keine von ihnen mit Namen.

»Aber amüsant, dass du das gerade jetzt fragst«, sagt Peder. »Neulich bei einem theologischen Symposion in Mailand war eine Rachel Gegenstand einer heftigen Debatte. Sie ist für eine äußert umstrittene Apokryphe bekannt. Sowohl Irenäus als auch Athanasius verurteilen sie aufs Schärfste.«

»Warum?«

»Weil diese Rachel ein ganz anderes Bild von Jesus vermittelt als das uns vertraute, sie stellt die vier Evangelien auf den Kopf, operiert sogar mit mehr Jüngern, als uns bekannt ist. Aber der entscheidende theologische Einwand ist der, dass sie ein Evangelium der Liebe präsentiert, in dem Gott weniger Platz einnimmt als die dem Menschen innewohnende Liebe zum Leben. Mann und Frau Hand in Hand! Sie war ohne

Frage eine begabte Lyrikerin. Das Problem ist nur, dass kein Text vorliegt. Niemand hat Rachel gelesen. Alles, was wir über sie wissen, stammt aus anderen Quellen, die sie zitieren und von ihr berichten, um sie schließlich abzukanzeln.«

»Wieso ist Rachel so umstritten?«

»Vorrangig sicher, weil sie von der sogenannten wahren Lehre der Theologen abweicht. Aber ich glaube, es gibt noch einen weiteren Grund. Rachel behauptet, Jesus habe Mann und Frau als gleichwertige Partner in einer Form universeller Balance betrachtet, die jüdische Antwort auf das chinesische Yin und Yang sozusagen. Diese Balance sollte, wie Rachel Jesus wiedergab, alle Lebensbereiche prägen, den Alltag und das Familienleben, die Politik und die großen sozialen Strukturen. Als Mann huldigte Jesus dem Weiblichen in einer Weise, wie die Bibel es eher nicht berichtet.«

»Im erotischen Sinne?«

»Ganz und gar nicht. Er fand die Frau herzlicher und klüger als den Mann. Mann und Frau ergänzten einander in seinen Augen zur Perfektion. Laut Rachel. Sie war sozusagen die Ur-Feministin.« Er gluckst. »Aber sie hat Jesus nicht als Feminist in unserem heutigen Verständnis dargestellt. Ihre Schilderungen handelten wie gesagt von Balance – einem Gleichgewicht, das Paulus und die Kirchenväter nachdrücklich zum Vorteil des Mannes und des maskulinen Anteils im Leben aushebelten.«

»Wenn ich Ihnen jetzt sage, dass ich gerade den Originaltext des Rachel-Evangeliums gesehen habe?«

Er wartet einen Augenblick, ehe er antwortet.

»Jeden anderen als Sie würde ich als Spinner und Scharlatan abtun. Ist das wirklich wahr, Bjørn?«

»Und wenn ich Ihnen weiter sage, dass diese Rachel Jesus' Schwester war?«

Es ist lange still.

»Jetzt hoffe ich doch sehr, dass Sie einen Scherz machen«,

sagt Peder Skipsvold. »Sonst muss nämlich die gesamte Bibelgeschichte umgeschrieben werden.«

II

Ich lade Rebecca zum Essen in ein ungezwungenes, aber dennoch exquisites Restaurant direkt hinterm Dom ein.

Wir bestellen Pasta als Vorspeise und Flunder als Hauptspeise. Und in der Wartezeit ein Glas Bier. Rebecca hebt das Glas und sagt »Skål« auf Norwegisch. Sie sieht mich durch das Glas an.

»Hast du Geschwister?«, fragt sie.

Ich erzähle ihr von meinem Halbbruder. Steffen. Professor Arntzens Sohn und Augenstern. Wir haben so gut wie keinen Kontakt. Nach Mamas Tod zerriss der dünne Faden, der unser beider Leben miteinander verbunden hat. Ich war fast fünfzehn, als er geboren wurde. Ein schreiendes, kleines Wesen, welches, wie der Professor es pathetisch in der feierlichen Rede nach der scheinheiligen Taufe formulierte, das Ergebnis wahrer Liebe zwischen zwei Menschen verkörperte. Ich war auf einem Stuhl so weit entfernt von Mama wie nur möglich platziert worden, zwischen drei Tanten und einer Cousine aus der Peripherie des Familienuniversums. Weder der Professor noch Mama erwähnten Steffens bleichen großen Bruder auch nur mit einer Silbe in ihren rührenden Reden. Steffen ist Immobilienmakler. Er hat Mamas Schönheit und die unerträgliche Selbstgefälligkeit des Professors geerbt. Folglich ist er ein Schürzenjäger und Don Juan von Rang, der alle kriegt, die er haben will. Er war gerade erst vierzehn, als ich ihn mit einer Frau im Bett überrascht habe, und seitdem sind da sicher ein paar Hundert dazugekommen. Einmal hat er ein paar Monate mit einer Frau zusammengelebt, vielleicht ein Jahr, sie hieß Mari. Sie bekamen ein Kind, aber die Beziehung ging in die Brüche. Es ist nicht so, dass ich Steffen nicht mag, er interessiert mich einfach nicht. Für mich ist er so fremd wie der Fahrgast, der mir in der Straßenbahn gegenübersitzt. Wir haben dieselbe Mutter, aber ansonsten liegt zwischen Steffen und mir ein Graben ungeahnter Dimension, über den eine Brücke zu bauen keiner von uns das Bedürfnis verspürt. Es ist fünf, sechs Jahre her, dass er mir eine Weihnachtskarte geschickt hat. Ich habe ihm noch nie geschrieben.

»Diane …«, sagt Rebecca. »Wer ist sie eigentlich?«

Die Frage ist verzeihlich, aber ahne ich in ihrer Stimme nicht eine gewisse Wachsamkeit? Ich erzähle ihr, was ich über Diane weiß. Dass ich sie bei einem Besuch bei der SIS in London kennengelernt habe, in meiner Funktion als Kontrolleur der internationalen Ausgrabung im Kloster Værne. Ich hatte Diane zuerst für eine der ganz gewöhnlichen Büroangestellten gehalten, bis ich erfuhr, dass sie die Tochter des einflussreichen SIS-Vorstandsvorsitzenden Michael MacMullin und meiner Professorin und Freundin Grethe Lid Wøien war.

Diane und ich begannen eine Affäre.

Aber das erzähle ich Rebecca nicht. Hat ja auch nicht sehr lange gehalten.

»Du scheinst sie gut zu kennen«, sagt Rebecca. *Höre ich da einen Hauch von Eifersucht, Rebecca*? Die Hoffnung stirbt zuletzt.

Ich erzähle ihr nicht alles über Diane. Das wäre zu viel des Guten. Dafür erzähle ich ihr, dass die Position des Vorstandsvorsitzenden der SIS interessanterweise von Michael MacMullin an Diane weitervererbt wurde. Alles hat seine Gründe.

Und da, ungeplant und unverhofft, purzelt mir die Wahrheit aus dem Mund.

»Wir hatten mal eine Art Beziehung.«

»Habe ich es doch geahnt.«

»Ich weiß nicht, ob sie mich als wirklichen Liebespartner gesehen hat oder nur als Flirt. Es hat nur wenige Wochen gehalten. Dann hat sie mich verlassen. Ohne ein Wort.«

»Hat dich das schwer getroffen?«

Ich zucke mit den Schultern. Natürlich hat mich das schwer getroffen. Aber das will ich nicht zugeben.

»Als ich dreizehn war, kam ich mit einem Jungen zusammen, der damals bereits siebzehn war. Ich war schon seit Monaten in ihn verknallt gewesen, und als er mir schließlich sagte, dass er mich mochte und süß fand, überschritt ich diese unsichtbare, aber ungeheuer wichtige Grenze zwischen Kindheit und Jugend. Er hieß Mordechai. Verflixt, wie ich den Typen geliebt habe! Keine Ahnung, was er in mir gesehen hat. Ich war ein linkisches, spindeldürres Mädchen mit Sommersprossen und Zahnspange. Vielleicht war für ihn einfach ausschlaggebend, dass ich verfügbar war. Er war außergewöhnlich hübsch und hätte jedes Mädchen haben können. Aber er wollte mich. Drei Monate lang waren wir ein Paar. Für mich hat es sich wie ein ganzes Leben angefühlt.«

»Und dann hat er Schluss gemacht?«

»Er wurde von einem Motorrad angefahren. Anfangs dachte keiner, dass es so ernst war. Er war bei Bewusstsein, als der Krankenwagen kam. Sie fuhren ihn ins *Hadassah* und behandelten seine Verletzungen. Sicherheitshalber behielten sie ihn über Nacht im Krankenhaus. In der Nacht fiel er ins Koma. Er ist nie wieder zu Bewusstsein gekommen. Sechs Jahre lang lag er im Koma und ist dann an einer Infektion gestorben. Jeden Mai, am Jahrestag unserer Beziehung, habe ich ihn im Krankenhaus besucht. Ich hatte immer eine Rose dabei, eine rote Rose, die ich auf seinen Nachttisch gestellt habe. Ich habe seine Hand gehalten und mit ihm geredet. Vermutlich hat er kein

Wort von dem gehört, was ich sagte, aber wer weiß? Es heißt, dass Komapatienten mehr mitbekommen, als wir denken.« Sie lächelt. »Er war noch ein Junge. Ein Junge wie alle anderen. Aber ich habe nie wieder einen Menschen so geliebt, wie ich Mordechai geliebt habe, und ich habe nie so gelitten, wie ich gelitten habe, als er starb. Nicht einmal Papas Verschwinden und Mamas Selbstmord haben mich so stark berührt wie Mordechais Tod.«

Rebeccas Beichte weckt zu gleichen Teilen Mitgefühl und Eifersucht in mir. Sie hat nie mehr jemanden so geliebt wie Mordechai. Ich würde sie am liebsten fragen, was sie über mich und Diane denkt, sehe aber ein, dass die Frage so privat und aufgeladen ist, dass es peinlich für uns beide werden könnte.

»So sehr habe ich wohl noch nie jemanden geliebt«, sage ich. Ich schaue ihr tief in die Augen, damit sie versteht, dass sie die unausgesprochene Ausnahme ist.

»Und ich war nur ein dummer Backfisch von dreizehn Jahren«, sagt sie schnell.

Unser Essen kommt. Spaghetti mit Tomatensugo und Knoblauch. Das Flunderfilet badet in frisch gepresstem Zitronensaft und Dill. Es schmeckt unglaublich gut. Wir seufzen vor lauter Genuss und schauen uns in die Augen.

Go for it!, feuert Papa mich an.

III

Wir treten aus dem Restaurant auf die schmale Gasse hinaus und bahnen uns einen Weg durch die lärmende Menschenmenge, die in lamentierenden und gestikulierenden Grüppchen vor den Bars, Cafés und Gelaterias stehen. Rebecca hat einen leichten Schwips und stützt sich auf mich. Ich nutze die Gelegenheit, den Arm um sie zu legen. Sie schlingt ihren Arm ebenfalls um meine Taille. So spazieren wir an der flutlichtbestrahlten *Basilica di Santa Maria del Fiore* vorbei und schieben uns durch die Menschenmenge. Rebecca und Bjørn. Für die Touristen sehen wir aus wie ein Liebespaar. *The Beauty and the Beast*. In der Fußgängerzone knien Kunststudenten auf dem Pflaster und erschaffen Meisterwerke der Renaissance mit bunten Kreiden. Rebecca lehnt sich an mich. Heute Abend wird es also passieren, denke ich. Heute Abend wird sie mir vorschlagen, noch ein Gläschen auf dem Zimmer zu trinken. Und dann wird es passieren. *Lieber Gott im Himmel, lass es heute Abend geschehen!* Wir queren die Piazza della Signoria vor dem Vecchio-Palast.

»Was für ein Kerl«, sagt Rebecca kichernd mit einem Blick hoch zu Michelangelos David. Er ist so kalkweiß wie ich, aber die Proportionen des Riesen machen mich etwas beklommen. Wieso hat er solche Pranken? Es heißt, Michelangelo hätte es mit der Größe mancher Körperteile übertrieben, weil die Statue eigentlich für einen Platz am Dach der Kathedrale geplant gewesen war. Wir schleichen an dem Skulpturenpark in der *Loggia dei Lanzi* vorbei und erreichen den Innenhof der Uffizien, der voller Straßenkünstler und Straßenmusikanten ist. Karikaturenzeichner wollen uns für wenig Geld zu einem Doppelporträt überreden. »Das ist bestimmt so günstig, weil sie für mich keine Farbstifte brauchen«, flüstere ich Rebecca ins Ohr. Sie gluckst.

IV

Aber an diesem Abend passiert nichts zwischen Rebecca und mir. Wir kommen noch nicht einmal dazu, vorm Schlafengehen einen kleinen Absacker zusammen zu trinken.

Als wir uns dem Hotel Degli Orafi am Ufer des Arno nähern, stoßen wir auf Diane. Rebecca löst sich mit diskreter Eleganz aus meiner Umarmung. Diane lässt sich nichts anmerken. Sie ist offensichtlich aufgebracht.

»Ich hätte mich niemals auf ihn verlassen dürfen!«

»Wen meinst du?«, frage ich.

»Tzafir Drach!«

»Oder Gidon Zaller«, fügt Rebecca hinzu.

»Zaller ist nur ein kleiner Fisch«, sagte Diane. »Ein gehorsamer Diener. Tzafir Drach hat die Hand am Hebel. Die ganze Zeit.«

Aber wer steht hinter Tzafir Drach?, denke ich bei mir.

»Was hat er getan, dass Sie so wütend auf ihn sind?«, fragt Rebecca.

»Er hintergeht mich«, antwortet Diane. »Die ganze Zeit. Buchstäblich die ganze Zeit.«

»In welcher Weise?«

»Dauernd verspricht er irgendetwas. Und dann macht er wieder Rückzieher, jedes Mal. Oh, ich bin diesen Mann so leid.«

»Vermutlich eine Berufskrankheit«, sage ich. »Worin auch immer sein Beruf besteht.«

»Tzafir Drach ist Geheimdienstoffizier beim Mossad. So viel habt ihr sicher auch schon mitbekommen. Er leitet eine Abteilung, die unter anderem für Bibelarchäologie und Religionsgeschichte zuständig ist.«

»Der Mossad hat eine eigene Abteilung für Bibelarchäologie?«

»Der Mossad«, sagt Rebecca, »hat für alles eine Abteilung.«

»Drach ist aalglatt«, sagt Diane. »Zuerst sorgt er ohne meine Kenntnis dafür, dass die Zollbeamten euch aufhalten und die vermeintlichen Knochen aus Kapernaum konfiszieren. Die Götter wissen, was er getan hätte, wenn du nicht clever genug gewesen wärest, die Knochen nicht mitzubringen, Bjorn. Und dann kommt heute ganz zufällig durch Salazar Nucci ans Licht, wer Rachel ist. Nur durch einen Zufall erfahre ich von Jesus' Schwester! Tzafir Drach hat das die ganze Zeit gewusst und sich den Teufel drum geschert, mich zu informieren. Obgleich wir eng zusammenarbeiten. Nicht nur das, er hat Nucci sogar aufgefordert, die Information zurückzuhalten, bis zuverlässigere Beweise vorlägen. Er hat Salazar Nucci ausgenutzt. Er hat mich glauben lassen, dass das Aufsehenerregendste an Rachel die Tatsache ist, dass sie nachweislich eine Jüngerin war. Es waren insgesamt also dreizehn Apostel. Dass sie daneben auch Jesus' Schwester ist, hat er ganz zufällig vergessen zu erwähnen. Vergessen! Ich könnte platzen vor Wut. Und komme mir so dumm vor. Schlicht und ergreifend dumm. Ausgenutzt! Hintergangen! Das lasse ich mir nicht bieten! So lasse ich mich nicht behandeln.«

»Und – was jetzt?«, frage ich.

»Ich hasse dieses Gefühl. Ich kann es nicht leiden, außen vor gehalten zu werden. Sie halten Informationen zurück. Habt ihr verstanden? Traut ihnen nicht über den Weg.«

»Tu ich ja auch gar nicht.«

»Gut!«

»Diane, was halten sie, deiner Meinung nach, unter Verschluss? Was sollen wir nicht wissen?«

Sie sieht mich mit dem Blick an, an den ich mich noch von vor fünfzehn Jahren erinnere.

»Du weißt es also nicht …«, murmele ich.

»Was glaubst du, wieso Tzafir Drach uns nach Israel eingeladen hat?«, sagt Diane. »Ich werde es dir sagen. Er weiß, dass seine einzige Chance, an die zwei Knochen zu kommen, darin besteht, dein Vertrauen zu gewinnen. Und er ist clever. Er wird dir genau so viel Information geben, dass du glaubst, er hätte dir alles erzählt. Glaub mir. Aber das ist natürlich nicht der Fall. Oh nein. Er erzählt dir nur so viel wie unbedingt nötig. Und ich garantiere dir: Er erzählt dir nicht alles. Nicht alles. Er ist ein windiger Fisch.«

»Und aalglatt.«

Sie sieht mich verständnislos an.

»Das hast du vorhin selber gesagt.«

»Wenn du Tzafir Drach die Knochen überlässt«, sagt Diane, »haben wir verloren. Er wird sich nur noch eine weitere Geschichte ausdenken. Eine glaubwürdige, aber trotzdem erfundene Geschichte. Einzig und allein, um an die Knochen zu kommen. Du darfst sie ihm nicht überlassen, Bjorn!«

»Was hat es mit diesen Knochen auf sich?«

»Ich weiß auch nicht mehr als du. Der hochwohlgeborene Tzafir Drach hat mich nicht in die volle und ganze Wahrheit eingeweiht. Er versorgt mich in regelmäßigen Abständen mit Informationen, die es seiner Meinung nach braucht, um mich bei der Stange zu halten und sich meine Loyalität zu sichern. Das irritiert mich maßlos. Vertraust du mir, Bjorn?«

Ich weiß nicht so recht, was ich darauf antworten soll. Sie hat mich damals ohne ein Wort verlassen. Aber sie ist inzwischen älter geworden und nicht mehr meine Geliebte.

»Selbstredend«, sage ich.

»Dann lasst uns gemeinsam eine Lösung finden«, sagt sie leise, fast im Flüsterton, und ergreift meine und Rebeccas Hand.

»Wir drei«, sagt sie. »Rebecca, du und ich.«

Man weiß nie genau, woran man mit Diane ist. Ob sie auf deiner Seite steht, oder ob sie dir was vorspielt. Sie ist eine gute Schauspielerin.

Aber in diesem Moment, hier im Schein der Straßenlaternen und umgeben von dem Duft, der vom Arno herüberweht, spüre ich so deutlich ihre Neugier und ihre Wut auf die Idioten, die uns immer nur mit den notdürftigsten Informationsfetzen füttern, dass ich mir zum ersten Mal Dianes Loyalität sicher bin.

Dieses Mal blufft sie nicht. Dieses Mal wird sie sich nicht im Schutz der Nacht in Luft auflösen und mich als Wrack voller zerplatzter Träume und Selbstverachtung zurücklassen.

Dieses Mal spielen Diane und ich im selben Team.

Das ist ein gutes Gefühl.

VIII

Tel Aviv
Kapernaum
Jerusalem

Das Institut

1

Das Institut. Kurz und knapp.

Auf Hebräisch bedeutet Mossad schlicht und ergreifend: Institut. *HaMosad leModi'in uLeTafkidim Mejuchadim*: Institut für Aufklärung und besondere Aufgaben. Eine Wortmauer, um eine mächtige, gefürchtete und höchst effiziente Spionagemaschine zu beschreiben. Wie ein Gott aus der Höhe verfolgt der Mossad alles, was passiert. Er weiß, was du tust, was du denkst, was in deinem Herzen wohnt. Deshalb empfinde ich tatsächlich so etwas wie Ehrfurcht, als ich auf die Fassade des Hauptsitzes des Mossad etwas nördlich des Zentrums von Tel Aviv schaue. Das Privatflugzeug der SIS ist vor einer halben Stunde auf dem Flughafen Ben Gurion gelandet. Ein Chrysler 300 Executive erwartete uns am Fuß der Gangway. Hier wird nichts dem Zufall überlassen. Nach einer flüchtigen Passkontrolle rauschten wir direkt auf die Autobahn. Die Fahrt von Ben Gurion zum Hauptsitz des Mossad dauerte nicht lang.

»Sollen wir?«

Tzafir Drach, ganz aufmerksamer Gastgeber, führt Diane, Rebecca und mich in die Rezeption und durch mehrere Sicherheitskontrollen. Gidon Zaller ist weiter nach Jerusalem gefahren und Menashe Frum direkt in sein Büro geschickt worden, das irgendwo in dieser Galaxie der Geheimnisse verborgen liegt.

»Ich bedauere diese Sicherheitsvorkehrungen«, sagt Drach, als wir ein weiteres Mal an einem Checkpoint kontrolliert werden. »Aber es gibt Menschen, die uns nicht so gern haben.«

Wir fahren mit dem Aufzug in die dritte Etage. Die Türen öffnen sich lautlos. »Folgen Sie mir«, sagt Drach. Der Weg nimmt kein Ende. Mir wird schwindelig. Wir befinden uns in einem Labyrinth aus identisch aussehenden Korridoren, Türen und Teppichen. Die Wirklichkeit gibt es hier nicht mehr, sie ist irgendwo draußen geblieben. Für den Mossad ist die Welt eine Bühne, deren Kulissen bis ins letzte Detail die Wirklichkeit darstellen und auf der uns allen bestimmte Rollen zugedacht sind. Ein Schauspiel, von dem wir nichts wissen und das wir folglich auch nicht überblicken können. Wir sehen nur die uns zugedachten Repliken in dem Skript, dessen Autor niemand kennt. Ein bisschen wie im richtigen Leben. Für die Männer und Frauen des Mossad ist die Welt Theorie, reduziert auf Analysen und Statistiken, Risikokalkulation und Wahrscheinlichkeitsrechnung. Die Wirklichkeit draußen, wo die Agenten ihre schmutzigen Jobs erledigen und in der du und ich unsere sinnlosen Leben führen – nichtsahnend von der wahren Wirklichkeit –, ist ein ganz anderer Ort. In der klimaregulierten Landschaft aus Korridoren und Büros, Treppen und Vestibülen haben sie sich eine Parallelwelt erschaffen, die fast wie unsere ist. Aber eben nur fast.

Wir gehen durch eine Bürotür in ein Vorzimmer, in dem drei Frauen und ein Mann arbeiten. Alle vier heben die Köpfe und mustern uns. Sie erinnern mich an Lemuren. Tzafir Drach stellt eine Frage auf Hebräisch. Eine der Frauen antwortet ihm. Der junge Mann gibt etwas per Funk durch, und eine leuchtend rote Lampe über einer Tür schaltet auf Grün. Ein Schloss summt. Wir werden willkommen geheißen.

II

Abteilungsdirektor Oz Eisner ist in den Sechzigern. Er ist nicht so groß und kräftig wie Drach, strahlt aber trotzdem Stärke und Autorität aus. Ich tippe darauf, dass er im Jom-Kippur-Krieg mit Spezialaufträgen betraut war.

»*Bjorn*! Rebecca! Diane!«

Seine Stimme ist scharf und überraschend tief. In seinem Büro könnte man Sportveranstaltungen ausrichten. Die Größe des Raumes und die Lemuren im Vorzimmer lassen vermuten, dass Oz Eisner ein wichtiger Mann im Mossad ist. Er gibt Rebecca und Diane die Hand. Dann bin ich an der Reihe. Er bewegt seine Hand auf und ab, rhythmisch, als wären unsere Arme an der Deichsel einer Maschine befestigt. Sein Lächeln ist warm. Die blaugrünen Augen hinter den Brillengläsern aufmerksam und hellwach.

Eine der jüngeren Frauen aus dem Vorzimmer kommt mit Kaffee herein, als wir auf einer Sitzgruppe am Fenster Platz nehmen.

»Schön, Sie endlich zu treffen«, sagt er.

Weder Rebecca noch Diane oder ich erwidern etwas. Er kennt uns besser als wir ihn. Vermutlich kennt er uns besser, als uns lieb ist.

»Worauf sind Sie aus?«, frage ich. Es gibt keinen Grund für freundliches Drumherumgerede.

»Die beiden Knochen.«

»Warum?«

»Das erkläre ich Ihnen gerne.«

»Was wollen Sie damit?«

»Darauf komme ich noch.«

»Woher wissen Sie überhaupt, dass zwei Knochen fehlen?«

Er schiebt die Brille auf den Nasenrücken und sieht mich mit gespielter Enttäuschung an.

»Für wie dumm halten Sie uns eigentlich? Dass zwei Knochen fehlen, haben wir bereits 1978 bemerkt. Natürlich. Ein menschliches Skelett besteht aus 206 Knochen. Eine Hand allein aus siebenundzwanzig. Ein Finger aus … Sie verstehen schon. Die Wissenschaftler haben rasch festgestellt, dass an zwei Skeletten je ein Knochen des Ringfingers fehlte. Natürlich ist es theoretisch möglich, dass beide Menschen die Finger bereits zu Lebzeiten verloren haben. Oder dass sie bei der Bestattung verschwunden sind. Theoretisch. Viel wahrscheinlicher ist es aber, dass Moshe Mendelssohn sie entfernt hat, als er 1978 die Krypta entdeckt hat. Es deutet nichts darauf hin, dass Grabräuber den Ort entdeckt haben. Nein, wir wissen seit damals, dass Moshe Mendelssohn die Knochen mitgenommen hat.«

»Aber warum setzt der Mossad Himmel und Hölle in Bewegung, um die zwei Knochen zurückzubekommen?«, frage ich.

»Himmel und Hölle? Tun wir das? Ich glaube nicht, dass wir das tun. Vielleicht sieht das für Sie so aus. Für den Mossad ist das eine ziemlich … überschaubare Operation.«

»Waren das Ihre Leute, die vor Victoria und Ragnvalds Haus in dem Diplomatenfahrzeug gesessen haben, als ich an dem Abend gegangen bin?«

»Interessant, dass Sie das fragen. Die norwegische Polizei hat eine gleichlautende Anfrage an unser Auswärtiges Amt gerichtet. Die Antwort lautet natürlich Nein.«

»Was sollten Sie sonst auch antworten.«

»Da Sie mir nicht glauben, möchte ich auf zwei Schwachpunkte in Ihrer Schlussfolgerung hinweisen. Zum einen würden wir bei einer derartigen Aktion niemals ein Diplomatenfahrzeug einsetzen. Außerdem haben unsere Diplomatenwagen wie die der Amerikaner und Briten seit 2002 keine CD-Kennzeichen mehr. Alle Wagen der israelischen Botschaft in Oslo haben ganz normale norwegische Kennzeichen.«

Ich muss gestehen, dass die Information mich etwas verlegen macht. Ich war mir so sicher, dass es ein israelisches Fahrzeug war. Aber er hat vermutlich recht. So dumm wären sie nicht.

»Sie sprechen von einer überschaubaren Operation«, sage ich. »Warum sind Sie überhaupt interessiert an dieser Sache?«

»Kurz und bündig, weil es wichtig für uns ist, vollständige Skelette zu haben.«

»Ich frage noch einmal: Warum?«

»Gilt das nicht für Forschung generell?«

Er weicht der Frage aus. Offensichtlich. Das »Warum« bleibt unbeantwortet.

»Diese Sache beschäftigt den israelischen Geheimdienst jetzt seit fünfunddreißig Jahren!«, sage ich. »Seit 1978. Wegen zweier fehlender Knochen leiern Sie jetzt, 2014, eine aktive Operation an und sind in Bereitschaft, weil ich einen Kollegen in einer E-Mail frage, ob er Informationen über Moshe Mendelssohn hat? Sie folgen Rebecca Mendelssohn nach Oslo. Ich muss mich wiederholen: wegen zweier Knochen?« Ich bin mit meiner Zusammenfassung recht zufrieden und hole noch einmal aus: »Was läuft hier eigentlich?«

Aber ich schlage ins Leere, mein Todesstoß geht Oz Eisner am Arsch vorbei. Er lehnt sich auf seinem Stuhl zurück und legt die Fingerspitzen aneinander.

»Lassen Sie mich fünfunddreißig Jahre in der Zeit zurückgehen. Ich war einer der Ersten vom Institut, der zu der Ausgrabungsstätte in Kapernaum geschickt wurde. Im September 1978. Ich erinnere mich noch gut daran. Es war ein warmer Sommer. Damals hatte ich nicht nur meinen militärischen Offiziersgrad, sondern auch ein Theologieexamen in der Tasche. Außerdem hatte ich gerade begonnen, Architektur zu studieren. Deshalb wurde ich gebeten, nach Kapernaum zu fahren und mir die Sache anzusehen.« Sein Blick schweift von mir über Diane zu Rebecca. »Und dieser Fall hat mich in gewisser Weise meine ganze Karriere hindurch begleitet.«

»Sie sind an dem Tag nach Kapernaum gefahren, an dem Papa vermisst gemeldet wurde?«, fragt Rebecca.

»Ja, gemeinsam mit der Polizei und einem Offizier vom IDF war ich einer der ersten Behördenvertreter am Ausgrabungsort. Als ich in Kapernaum ankam, waren die Arbeiten bereits ins Stocken geraten. Moshe Mendelssohn hatte auf das Strengste untersagt, in die Grabkammer zu gehen, und seine Worte wurden respektiert. Deshalb wusste auch niemand, auf was sie gestoßen waren. Abgesehen davon, dass es sich um ein altes Grab handelte. Da Mendelssohn schon am Abend zuvor zurückerwartet worden war, machten sich alle Sorgen. Die Polizei hatte bereits Ermittlungen aufgenommen …«

»Liron Golan«, flüstert Rebecca.

»Genau. Ein gründlicher, pflichtbewusster Mann. Wie wir alle erkannte er gleich, dass das kein normaler Vermisstenfall war. Dafür waren die Umstände viel zu speziell. Außerdem war Moshe Mendelssohn kein Niemand. Liron Golan zog sich, wie die meisten, etwas zurück, als er realisierte, dass das Institut eigene Ermittlungen anstellte. Er wollte uns nicht im Weg stehen.«

»Was ist mit Papa passiert?«, unterbricht Rebecca ihn.

Oz Eisner nimmt einen exklusiven Füllfederhalter vom Tisch und dreht ihn zwischen den Fingern.

»Nach allem, was geschehen ist, erwarte ich nicht, dass Sie mir glauben, aber ich weiß es wirklich nicht. Das ist die Wahrheit. Ich habe keine Ahnung, was mit Ihrem Vater passiert ist.« Er hält einen Augenblick inne. »Gemeinsam mit der Polizei untersuchten wir den Fall so gründlich wie möglich, das können Sie mir glauben. Wir hielten es für sehr wahrscheinlich, dass Moshes Verschwinden mit dem Fund zu tun hatte. Und wir fragten uns, wer ein Interesse an seinem Verschwinden haben könnte.«

»*Die Söhne des Halbmonds?*«, schlage ich vor.

»Sollte es jemals eine solche Gruppierung gegeben haben, was ich bezweifle, muss das eine isolierte Zelle gewesen sein, ohne jeden Kontakt zu anderen palästinensischen, islamistischen oder arabischen Verbänden. Wir haben da einen ziemlich guten Überblick, das kann ich Ihnen versichern. Und das war auch schon 1978 so. *Die Söhne des Halbmonds* haben vor oder nach dem Verschwinden von Moshe Mendelssohn nicht mehr von sich hören lassen.« Sein Blick ruht auf Rebecca. »Es tut mir leid. Ich kann Ihnen keine Erklärung geben, was mit Ihrem Vater passiert ist. Aber ich versichere Ihnen, dass der Mossad weder direkt noch indirekt mit seinem Verschwinden zu tun hat.«

»Sie wissen natürlich, was damals gefunden worden ist?«, frage ich.

»Natürlich.«

»Was?«

»Ich war nach Moshe Mendelssohn der zweite Mensch, der nach zweitausend Jahren diese Grabkammer betreten hat. Ich weiß genau, was er dort gefunden hat und warum er direkt nach Jerusalem gekommen ist.«

»Nicht ganz unwesentlich an dieser Stelle: Sie wissen auch, was die Archäologen vor fünfzehn Jahren im Grab in Le Lieu in Béziers gefunden haben?«, frage ich spitz.

»Natürlich. Die sterblichen Überreste desjenigen, der als Jesus Christus in die Geschichte eingegangen ist.« Er zieht eine Augenbraue ein wenig hoch.

»Wen oder was hat Moshe Mendelssohn in Kapernaum gefunden?«, fragt Diane.

»Tzafir Drach hat Ihnen dazu die volle Wahrheit gesagt. Sie haben ein Grab gefunden. Eine Krypta. Mit Skeletten. Und eine Handschrift. Das Rachel-Evangelium. Weitere Geheimnisse gibt es nicht.«

Ein Grab, ein paar Skelette. Eine Handschrift.

Keine Lügen, aber auch nicht die ganze Wahrheit.

Oz Eisner reicht uns einen Zettel mit folgendem Text:

Lied der Liebe

Sei gepriesen, Liebe. Wenn ich mit Menschen- und mit Engelzungen redete, und hätte die Liebe nicht, so wäre ich ein tönendes Erz oder eine klingende Schelle. Und wenn ich weissagen könnte und wüsste alle Geheimnisse und alle Erkenntnis und hätte allen Glauben, also dass ich Berge versetzte, und hätte die Liebe nicht, so wäre ich nichts. Und wenn ich alle meine Habe den Armen schenkte und wenn ich meinen Leib hingeben würde, und hätte die Liebe nicht, so wäre mir's nichts nütze.

Die Liebe ist langmütig und freundlich, die Liebe neidet nicht, die Liebe treibt nicht Mutwillen, sie bläht sich nicht auf. Die Liebe kränkt nicht, sie stellt sich nicht ungebärdig, sie suchet nicht das Ihre. Die Liebe lässt sich nicht erbittern, sie trägt das Böse nicht nach. Die Liebe freut sich an der Wahrheit. Die Liebe erträgt alles, sie glaubt alles, sie hofft alles, sie duldet alles und hört niemals auf. Da ich ein kleines Mädchen war, da redete ich wie ein Kind, dachte wie ein kleines Mädchen und urteilte wie ein junges Mädchen. Doch als ich zur Frau wurde, tat ich ab, was kindlich war. Jetzt sehe ich nur undeutlich wie in einem trüben Spiegel, dann aber von Angesicht zu Angesicht. Und sehe die drei: Glaube, Hoffnung, Liebe. Aber die Liebe ist die Größte unter ihnen.

»Kommt Ihnen das bekannt vor?«, fragt Eisner.

»Natürlich«, erwidere ich. »Paulus. *Das Hohelied der Liebe*. Aus seinem ersten Brief an die Korinther, wenn ich mich nicht irre.«

»Ich verstehe, warum Sie das sagen. Aber diese Übersetzung ist nicht von Paulus. Das ist eine direkte Abschrift von Rachel.«

»Sie hat Paulus kopiert?«

»Umgekehrt.«

Stille.

»Sie meinen, dass Paulus Rachels Text kopiert hat?«

»Kopiert und – aus seiner Sicht – verbessert. Bei genauem Hinsehen werden Sie feststellen, dass die Texte nicht identisch sind. Und dieser hier ist von einer Frau geschrieben worden. Teile von Paulus' Texten stammen aus Rachels Evangelium. Nicht wortgetreu. Er hat alle weiblichen Aspekte entfernt und alles, was er als ungöttlich erachtet hat.«

Ich sehe Oz Eisner lange in die Augen und erkenne, dass er noch immer etwas zurückhält.

»Das ist noch nicht alles, oder?«

Er lächelt entwaffnend.

»Oder?«, wiederhole ich etwas lauter.

»Natürlich, es gibt immer noch mehr.«

»Was?«

»Bjorn, Rebecca und Diane, erlauben Sie mir, Sie alle nach Kapernaum einzuladen. Dann werde ich Sie persönlich in die Grabkammer führen und Ihnen zeigen, was Moshe Mendelssohn vor fünfunddreißig Jahren gefunden hat.«

Die Grabkammer

1

Die Militärfahrzeuge erwarten uns ungefähr zehn Kilometer vor Kapernaum. Zwei Humvees, drei Jeeps und ein Storm Mark III. Aus welchen Gründen auch immer wird unser Minibus bis direkt an die Grabstätte heran von diesen Fahrzeugen eskortiert. Unser Chauffeur, der seit Tel Aviv nichts gesagt hat, bleibt vor dem grünen Tor in dem Stacheldrahtzaun stehen.

Wir steigen aus und treten in die brütende Hitze. Oz Eisner, Tzafir Drach, Menashe Frum, Diane, Rebecca und ich. Ich setze meine Sonnenbrille auf und atme den fremdartigen Duft nach Kräutern und Sandstaub ein. Menashe Frum schiebt den Schirm seiner Baseballkappe tiefer in die Augen und murmelt etwas, das ich nicht verstehe. Rebecca umklammert meinen Arm. Ein Soldat schließt das Tor auf.

Langsam, beinahe zögerlich, betreten wir die alte Ausgrabungsstätte. Der Schotter knirscht unter unseren Schuhsohlen. Die Lüftungsanlage auf dem Dach des Bunkers brummt. Ein Vogel, der auf einer Antenne sitzt, beobachtet uns.

Ich stelle mir die Aktivitäten vor fünfunddreißig Jahren vor. Damals sah es hier natürlich ganz anders aus. Kein Bunker und kein Stacheldraht, stattdessen eine Baracke am Rand des Ausgrabungsfeldes. Provisorische Holzbänke mit allerlei Ausrüstung. Farbige Schnüre, die markierten, wo man nicht hintreten sollte. Ein Transistorradio, das vielleicht »A-Ba-Ni-Bi« spielte. Der Song hatte damals gerade den Grand Prix gewonnen. Thermoskannen mit Kaffee. Winkelmess- und Nivelliergeräte. Gummieimer, Schläuche. Auch die Menschen sehe ich lebhaft vor mir. Victoria, Moshe Mendelssohn, Gabriella Horwitz, Dvora Biram und wie sie alle hießen. Gespannt, eifrig.

II

Um die große Stahltür zum Bunker zu öffnen, muss Oz Eisner zwei Codes eingeben und nicht weniger als drei Sicherheitsschlösser aufschließen. Ich höre, wie hinter der Tür schwere Bolzen zur Seite gleiten. Oz Eisner drückt den Handgriff nach unten. Er braucht Kraft, um die Tür zu öffnen.

»Treten Sie ein«, sagt er.

Wir kommen in einen Vorraum mit Überwachungskameras unter der Decke. An einer Wand hängen orange Overalls und Schutzhelme, davor sind Gummistiefel aufgereiht. Die Stahltür schließt sich hinter uns, und Oz Eisner fordert uns auf, die Schutzkleidung anzuziehen.

Die innere Tür sieht aus, als würde sie in einen Tresorraum führen. Eisner gibt einen Code ein, und etwas beginnt zu piepsen. Als er beide Hände auf eine Glasplatte legt, leuchtet eine grüne Lampe auf. Vor seinem Gesicht öffnet sich eine Luke. Er legt das Kinn auf einen Kunststoffbügel. Iris-Scanner. Der Piepton wiederholt sich, gefolgt von einem hydraulischen Zischen, als die Gewölbetür langsam aufgeht.

Die Halle dahinter ist kahl und leer. Grauer Beton. Drei parallele Leuchtstoffröhren an der Decke blinken auf und werfen ihr Licht auf das Geländer einer Stahlwendeltreppe, die in den Untergrund hinabführt.

Keiner von uns sagt etwas, Rebecca klammert sich noch immer an meinen Arm.

Wir gehen in einer Reihe die Treppe hinunter. Oz Eisner vorweg, gefolgt von Tzafir Drach, danach Menashe Frum, Diane. Rebecca und ich bilden die Nachhut.

Das Geländer liegt kalt unter meinen Fingern. Rebecca muss mich loslassen, als wir die schmale Wendeltreppe hinabgehen. Neunzehn Stufen.

Die Treppe endet auf felsigem Untergrund. Ein ziemlich kleiner Raum umgibt das Loch, das weiter in die Grabkammer führt.

Ich merke, dass ich den Atem anhalte.

»Sollen wir?«, fragt Oz Eisner. Er geht als Erster.

Die Öffnung zu dem Grab ist eng und niedrig. Ich muss mich bücken, schramme an den Steinwänden entlang.

Die weiter hinunter in die Krypta führenden Stufen sind schmal und alt und direkt in den Fels gehauen. Ich stütze mich an der Wand ab. Hinter mir höre ich Rebeccas schweren Atem.

Was erwartet uns hier unten?

Oz Eisner leuchtet mit einer kräftigen Taschenlampe um sich, aber ich bekomme keinen richtigen Eindruck von der Grabkammer.

»Bereit?«, fragt Oz Eisner und schaltet den Bauscheinwerfer ein.

III

Die Grabkammer ist nicht groß. Die Wände sind nackt. Ich hatte sie mir viel größer vorgestellt. Spektakulärer. Etwas Gewaltiges. Voller verblasster Wandmalereien und Inschriften. Ich muss peinlich berührt zugeben, dass ich mir so etwas wie ein ägyptisches Königsgrab vorgestellt habe.

Die Grotte ist rechteckig, sie misst vielleicht zehn bis fünfzehn Quadratmeter. Eine in den Fels geschlagene Höhle.

Nichts deutet auf etwas Heiliges hin.

In einem *Arkosolium* am hinteren Ende – einer Grabnische in der Felswand – sind zwei *Ossuarien* eingelassen, Beinhäuser. An den Längsseiten erkenne ich sechs schmalere Ausschachtungen, in die sechs Steinsärge geschoben wurden. Acht Särge insgesamt.

Ich gehe zu den Ossarien, deren Steindeckel zur Seite geschoben sind.

Von Moshe Mendelssohn? Hat er hier die beiden Knochen geholt?

In die Beinhäuser sind Zeichen eingeritzt. Ich muss mich konzentrieren, um sie zu entziffern. Althebräisch und Aramäisch.

Auf dem einen Steinsarg steht:

Maryām

Maria.

Auf dem anderen Sarg steht:

Yôsēp

Josef.

Mein Herz beginnt zu hämmern.

Wir befinden uns im Grab von Maria und Josef.

Rebecca greift nach meiner Hand. Sie zittert. Oder bin ich das?

Oz Eisner geht zu den sechs Ossuarien an den Längsseiten und zeigt auf die Inschrift eines der Steinsärge:

Ya'akov bar-Yôsēp akhui di Yeshua

»Aramäisch!«, sagt er so laut, dass Rebecca und ich zusammenzucken. Als würden wir rücksichtslos den jahrtausendealten Grabfrieden stören.

»Jakob, Sohn von Josef, Bruder von Jesus«, übersetzt er.

Er zeigt nacheinander auf die sechs Namen auf den Steinkisten:

»Jakob! Joses! Judas! Simon! Jesus' vier Brüder. Und Rachel und Sara! Jesus' zwei Schwestern.«

Unter jedem Namen ist der Text eingeritzt: Sohn oder Tochter von Josef und Maria, Bruder oder Schwester von Jesus.

»Das Familiengrab von Jesus' Eltern und seinen Geschwistern«, flüstere ich, ohne zu wissen, wieso ich flüstere.

»Minus Jesus, selbstverständlich«, sagt Oz Eisner und blinzelt mir zu. »Der wie bekannt in Le Lieu in Béziers in Frankreich beigesetzt wurde.«

Rebecca murmelt etwas und drückt meine Hand.

»So ist es, meine Freunde. Moshe Mendelssohns Entdeckung im September 1978«, sagt Oz Eisner. »Die Grabstätte von Jesus' Familie. Ein Familiengrab. Das höchst irdische Grab von Josef, der gestorben ist, lange bevor Jesus erwachsen war, seiner Frau Maria und ihren gemeinsamen Kindern Jakob, Joses, Judas, Simon, Rachel und Sara.« Er klopft mit der flachen Hand auf Rachels Sarg. »Auf diesem Sarg stand der Krug mit dem Originaltext des Rachel-Evangeliums. Anders als ihre Eltern und Geschwister war Rachel schriftkundig. Sie konnte nicht nur lesen, sondern auch schreiben. Rachel war Jesus' Schwester, aber sie war auch seine enge Beraterin und Jüngerin. Der dreizehnte Apostel.«

IV

Tzafir Drach und Menashe Frum stehen stumm hinten bei der Treppe. Ich weiß nicht, ob sie schon mal hier waren oder ob sie jetzt ähnliche Gefühle haben wie ich. Ihre Gesichter sind emotionslos, als wäre es für sie ein Tag wie jeder andere. Vielleicht können sie aber auch nur besser als ich ihre Fassade wahren.

Langsamen Schrittes geht Oz Eisner zu den mit Maria und Josef markierten Särgen und legt die Hand auf Josefs Ossuarium.

»Wir wissen nicht allzu viel über den guten Josef«, sagt er. »Im Altgriechischen wird er als *tektōn* bezeichnet, das heißt, dass er mit Holz arbeitete. Wahrscheinlich war er Zimmermann oder Schreiner. Paulus und Markus erwähnen Josef mit keiner Silbe. Matthäus und Lukas strengen sich an, die Prophezeiung zu erfüllen, dass der Messias vom Stamme Davids ist. Sie vollbringen das Meisterwerk, die Ahnenreihe von Josef bis zu König David zurückzuverfolgen. Dass die beiden Ahnenreihen nicht übereinstimmen, ist ein kleineres Problem als die Tatsache, dass beide Jesus für Gottes Sohn halten. Warum verfolgen sie die Ahnenreihe von David bis zu Jesus' Stiefvater, wenn sie eigentlich meinen, dass sein leiblicher Vater kein Geringerer als Gott ist? Laut Matthäus befolgt Josef den Rat eines Engels, die schwangere Maria zu ehelichen und mit ihr nach Ägypten zu fliehen, um Herodes' geplantem Massaker an Säuglingen zu entkommen. Nach Herodes' Tod taucht der Engel noch einmal auf. Dieses Mal fordert er Josef auf, nach Galiläa zu reisen. Gehorsam lässt Josef sich mit seiner Familie in Nazareth nieder. Josef starb vermutlich, als Jesus noch jung war. Die Evangelien verraten nichts über seinen Tod. Als er zum letzten Mal erwähnt wird, ist Jesus zwölf Jahre alt.«

Er legt die Hand auf Marias Sarg.

»Wer war Maria? Den Überlieferungen nach war sie die Tochter eines älteren Paares namens Anna und Joachim aus Nazareth in Galiläa. Nach Apokryphen wie Jakobs Proto-Evangelium waren Marias Eltern so dankbar, endlich ein Kind zu bekommen, dass sie ihre Tochter Gott geweiht haben. Im Alter von drei Jahren wurde sie deshalb zur Ausbildung in den Tempel von Jerusalem gebracht. Dort diente sie laut Legende elf Jahre. Das Problem ist, dass es in Jerusalem keine Tempeljungfrauen gab. Wahrscheinlich ist das Ganze frei erfunden. Wir wissen so gut wie nichts über sie. Wenn wir nach den jüdischen Traditionen jener Zeit gehen, war sie möglicherweise zwölf oder dreizehn Jahre alt, als sie mit dem sehr viel älteren Josef verlobt wurde und Jesus gebar. Laut Matthäus und Lukas war sie Jungfrau. Wenn Jesus ein Gott war, musste seine Mutter unbedingt unbefleckt sein. Eine Gottesmutter kann sich nicht den sündigen Genüssen der Sexualität hingeben.«

»Unfassbar«, sagt Diane andächtig. »Wir stehen im Grab von Maria und Josef.«

»Und von Jesus' Geschwistern«, flüstert Rebecca.

»Moshe Mendelssohns war sofort klar, was er da gefunden hatte«, sagt Oz Eisner. »Und was für eine Sensation es wäre, wenn die Entdeckung an die Öffentlichkeit käme. Natürlich würde nach der Echtheit der Grabstätte gefragt werden. Denkt an das Jahr 2002, als eine von Oded Golan geleitete Forschergruppe verkündete, sie hätten das Grab und das Ossuarium von Jesus' Bruder gefunden. Die fachliche Debatte hat die bibelarchäologischen Fachkreise gespalten. Moshe Mendelssohn hingegen wusste, dass das Grab echt ist. Er hatte es selbst gefunden. Und er wusste, dass die Entdeckung Debatten nach sich ziehen würde. Hat er deshalb die Knochen und die Handschrift an sich genommen?«

Ich räuspere mich, um die Aufmerksamkeit der anderen auf mich zu ziehen, und trete einen Schritt vor.

»An dieser Stelle kann ich etwas hinzufügen. Moshe Mendelssohn hat die beiden Knochen Victoria gegeben, da sie ohnehin etwas in Nazareth zu erledigen hatte. Diejenigen von Ihnen, die die Observationsberichte aus meiner Wohnung gelesen haben, wissen das vermutlich bereits. Moshe Mendelssohn hatte mit einem Kollegen, dem Archäologen Levi Rahmani, vereinbart, dass dieser die Knochen untersuchen sollte. Rahmani wurde aufgehalten und tauchte nie an dem vereinbarten Treffpunkt in Nazareth auf. Darum hat Victoria die Knochen mit nach Norwegen genommen.«

Oz Eisner mustert mich ausgiebig. »Die Knochen sollten Levi Rahmani übergeben werden, die Handschrift Lev Gefen. Zwei Forscher, denen Moshe hundertprozentig vertraute. Es hat ihn vermutlich umgetrieben, wie eine solche Neuigkeit aufgenommen würde. Dass es Skepsis und Unruhe geben würde, war klar. Alle möglichen Scharlatane kommen in regelmäßigen Abständen mit sensationellen Funden, um dann doch als Betrüger und Lügner entlarvt zu werden. Aber Moshe wäre sicher nicht mit solchen Betrügern über einen Kamm geschert worden. Er war kein Blender. Er war seriös.«

»Ich verstehe gut, dass der Fund dieses Familiengrabs eine archäologische Sensation ist«, sagt Diane. »Und ich verstehe selbstverständlich, dass Rachels Evangelium in höchstem Maß kontrovers ist. Es will mir aber trotzdem nicht in den Kopf, warum es für Sie so wichtig ist, dieses Grab und alles, was damit zu tun hat, so streng geheim zu halten?«

»Der Fund dieses Grabes – und der Inhalt von Rachels Evangelium – würden ganz grundlegende Vorstellungen auf den Kopf stellen, nicht nur in religiöser und theologischer Hinsicht, sondern auch historisch und archäologisch«, sagt Oz Eisner. »Moshe Mendelssohns Vorgesetzter an der Universität hat diese Aufregung damals offenbar nicht gespürt. Er war jedoch, wie seine Vorgänger und Nachfolger, ein loyaler Staatsdiener, der sich verpflichtet sah, einen Fund dieser Kategorie weiter oben im System zu melden. Wenige Stunden später wurde im Mossad Alarm geschlagen. Deshalb wurde ich in der Folge einer ansonsten höchst trivialen Vermisstenmeldung nach Kapernaum geschickt.«

V

»Ich verstehe die Aufregung trotzdem nicht«, sage ich. »Warum all diese Strapazen, um den Fund von Marias und Josefs Familiengrab und Rachels Evangelium geheim zu halten?«

»Rachels Text ist an und für sich nicht gefährlich. Es gibt so viele Apokryphen mit fantasievollen Versionen der Bibelgeschichte. Die Grabkammer als solche ist hingegen eine ganz andere Hausnummer ... Es gibt selten eindeutige, präzise Antworten auf komplexe Fragen. In diesem Fall aber kann ich Ihnen gleich zwei ganz konkrete Gründe nennen. Der erste hieß Matt Cole, Sektionsdirektor bei der CIA und verantwortlich für das Sammeln und die Analyse von allem, was mit historischen, archäologischen und religiösen Fragen zu tun hatte. Gelinde gesagt keine sonderlich wichtige Position oder Sektion bei der CIA. Aber Matt Cole und seine Abteilung sollten eine zentrale Rolle spielen, als im September 1978 die Grabstätte entdeckt wurde.«

»In welcher Weise?«, frage ich.

»Cole gehörte einer aktiven, fundamentalistischen Gemeinde an, die katholische und anglikanische Thesen vereinte. Die Sicht der Katholiken und Anglikaner auf Maria ist sehr rigoros. Sie sehen sie als ewige Jungfrau, *Semper Virgo*, die niemals so etwas Anstößiges wie Sex hatte. Darum hat sie auch nur Jesus geboren, glauben die Katholiken. Jesus' Geschwister waren nicht ihre Kinder, sondern Josefs aus einer früheren Ehe. Ein anderes Dogma ist nicht weniger wichtig: *Assumptio Mariae*. Mariä Aufnahme in den Himmel. Dieses in der katholischen, orthodoxen und teilweise anglikanischen Überlieferung zentrale Dogma beinhaltet, dass Maria wie Jesus mit Körper und Seele ins Himmelreich aufgenommen wurde. Buchstäblich. Marias physische, irdische Hülle war so heilig, dass sie in himmlische Sphären geholt wurde.«

Er hält ein paar Sekunden inne.

»Verstehen Sie? Als der israelische Archäologe angelaufen kam und behauptete, er hätte ein Grab mit den sterblichen Überresten Marias gefunden, riss er damit eine Mauer von Matt Coles persönlichem religiösem Glauben ein. Das widersprach allem, woran dieser Mann glaubte, so dass er die Behauptung als reine Blasphemie empfand.«

»Ja und? Ein religiös verklärter Sektionsdirektor von der CIA hat ja wohl kaum die Vollmacht und Autorität, Abläufe und Beschlüsse des Mossad und des israelischen Militärs zu beeinflussen«, wende ich ein.

»Sie haben recht. Was Matt Cole über archäologische Funde in Israel dachte oder über Maria und das Christentum, wäre in jedem anderen Zusammenhang ziemlich egal gewesen. Und das bringt uns zum zweiten Grund: Camp David.«

VI

Die Wege des Schicksals sind mitunter verschlungen. Fasziniert lausche ich Oz Eisners Zusammenfassung des Einflusses der Camp-David-Verhandlungen auf die Entdeckung der Grabstätte in Kapernaum.

Moshe Mendelssohns Ausgrabung fiel mit dem Endspurt der Verhandlungen zwischen Israels Ministerpräsident Menachem Begin und Ägyptens Präsident Anwar Sadat zusammen. Der Präsident der Vereinigten Staaten, Jimmy Carter, war als Vermittler an dem schwierigen Prozess beteiligt. Nichts durfte die Verhandlungen stören, da so viel auf dem Spiel stand. Begin und Sadat verhandelten vom 5. bis zum 17. September 1978. Mehrmals drohten sie damit, das Ganze abzubrechen, aber Carter untersagte ihnen aufzugeben. Punkt für Punkt arbeiteten sie ein Friedensabkommen aus. Am zehnten Verhandlungstag drohte trotzdem alles zusammenzubrechen. Begin und Sadat stritten um Sinai und die Westbank. Die Fronten schienen unversöhnlich. Zur gleichen Zeit stieg ein Archäologe namens Moshe Mendelssohn in eine zweitausend Jahre alte Grabkammer in Kapernaum. Während die Staatsmänner auf dem besten Weg waren aufzugeben, ging der Alarm los. CIA und Mossad hatten keine Wahl. Sie mussten eingreifen. Etwas so Abwegiges wie eine umstrittene archäologische Entdeckung an einem abgelegenen biblischen Flecken Erde durfte auf keinen Fall eine historische Einigung auf Frieden im Mittleren Osten gefährden. Als der Sektionsdirektor Matt Cole dem CIA-Direktor Stansfield Turner berichtete, dass ein israelischer Archäologe angeblich die sterblichen Überreste der Jungfrau Maria gefunden hätte, war die Order klar: Der Endspurt der Verhandlungen durfte nicht gestört werden, schon gar nicht durch einen drohenden Konflikt um eine der wichtigsten Figuren der Christenheit, die Jungfrau Maria. Matt Cole bekam die Order, alle nötigen Maßnahmen zu ergreifen, um eine Krise zwischen den unterschiedlichen Glaubensgemeinschaften in einer derart sensiblen Angelegenheit abzuwenden. Der Mossad stand im Schulterschluss mit der CIA. Sie wollten weder die Amerikaner noch Ministerpräsident Begin provozieren, so dass weder Mossad noch der israelische Staatsapparat zögerten, als die Amerikaner sie baten, die Sache unter Verschluss zu halten. Kurioserweise waren *die Amerikaner* in diesem Fall gleichbedeutend mit dem tiefreligiösen Matt Cole, der zum ersten und letzten Mal in seinem Leben das Mandat hatte, im Namen der gesamten amerikanischen Staatsverwaltung zu agieren. So kam die Ausgrabung im wahrsten Sinn des Wortes unter Verschluss, indem die Israelis in Rekordzeit einen Betonbunker über die Grabstätte bauten.

Wir wissen, wie es ausging. Camp David war ein Erfolg. In dem Maße, wie überhaupt etwas an dem Konflikt im Mittleren Osten als Erfolg bezeichnet werden kann. Ägypten wurde aus der Arabischen Liga gekickt, aber als Belohnung wurden die Kriegsherren Begin und Sadat mit dem Friedensnobelpreis ausgezeichnet.

Und Moshe Mendelssohn verschwand.

Geile Götter

I

Göttlicher Sex. Träumen wir nicht alle davon?

Als wir mit dem Kleinbus zurück nach Jerusalem fahren, denke ich an all die Götter, die im Laufe der Religionsgeschichte menschliche Frauen geschwängert haben. In den heidnischen Mythen sind immer wieder geile Götter auf die Erde herabgestiegen und hatten Sex mit unseren Müttern und Schwestern. Herrscher und Reiche prahlten damit, ihre Ahnenreihe bis zu einem waschechten Gott zurückverfolgen zu können. Die Mutter von Alexander dem Großen hat angegeben, ihr Sohn sei das Resultat göttlicher Kräfte. Einige Leute hielten gar Zeus-Ammon für den Vater. In der griechischen Götterwelt war der Charme der Menschenfrauen weithin bekannt. Angeführt von Zeus stiegen sie immer wieder auf die Erde herab. Die Reihe ist endlos. Auch Kaiser Augustus behauptete hartnäckig, seine Mutter habe ihn mit Apollo gezeugt. Und Cäsar gab an, von der Göttin Venus abzustammen.

Im Alten Testament heißt es:

Die *nəfilîm* waren auf der Erde in diesen Tagen, und auch danach noch, als die Göttersöhne zu den Menschentöchtern eingingen und ihnen Kinder gebaren.

Die Vorstellung, dass ein himmlischer Gott eine irdische Frau schwängern konnte, war also nicht neu, als unser Herrgott ein Auge auf Maria warf.

II

»Jetzt haben wir Ihnen alles gezeigt, was wir wissen«, sagt Oz Eisner. »Geben Sie uns jetzt die Knochen?«

Der flehende Unterton hat keinen Effekt auf mich. Ich bin erschöpft nach der Rückfahrt von Kapernaum. Wir haben die ganze Zeit in unseren Sitzen gedöst. Jetzt stehen wir vor dem Haus, in dem Rebecca wohnt. Tzafir Drach öffnet die Schiebetür und lehnt sich an die Karosserie. Ein Schwall Wärme dringt in den klimatisierten Bus.

Alles, was wir wissen.

Ich bin mir nicht sicher, was Oz Eisner ausgelassen hat, wohl aber, *dass* er etwas ausgelassen hat. In vollem Bewusstsein, die gute Stimmung kaputt zu machen, frage ich:

»Warum haben Sie das Grab in einen Betonbunker verwandelt?«

»Liegt das nicht auf der Hand? Um das Geheimnis zu wahren.«

»In alle Ewigkeit?«

»Beltø, mit Ihrer Erfahrung und Einsicht verstehen Sie doch sicher, dass die israelischen Behörden es nicht zulassen können, dass Kapernaum zu einer Pilgerstätte für Millionen von Christen wird.«

»Die ganze Deckoperation nur aus Angst vor Touristen?«

»Ganz so einfach ist die Antwort nun auch wieder nicht.«

»Statt das Grab zu einer Touristendestination und einem

religiösen Heiligtum zu machen, bauen Sie lieber einen Betonkoloss darüber und tun so, als würde es gar nicht existieren?«

Oz Eisner muss lächeln. »Wenn Sie so wollen.«

»Da ist doch noch mehr«, sage ich.

»Mehr?«

»Was wissen Sie sonst noch?«

»Was meinen Sie?«

»Sie haben uns nicht alles gesagt. Sie wissen *mehr*.«

»Tun wir das?«

Er ist wirklich ein guter Schauspieler.

»Sie müssen noch etwas wissen, sonst wäre es nicht so wichtig für Sie, in den Besitz der Knochen zu kommen, die Victoria mitgenommen hat. Warum sonst hätten sie eine solche Bedeutung? Die Friedensverhandlungen in Camp David liegen lange zurück. Trotzdem wird das Grab noch immer vom Militär bewacht. Und beim Mossad geht ein Alarm los, wenn ein norwegischer Archäologe eine E-Mail an einen israelischen Kollegen schickt. Ihr lasst die Tochter von Moshe Mendelssohn von Agenten überwachen. Warum das alles?«

»*Mister Belto …*«

»Es geht Ihnen gar nicht um diese beiden Knochen. Schließlich haben Sie ja die kompletten restlichen Skelette und vermutlich auch das aus Béziers. Sie kennen die Wahrheit, wollen sie mit uns aber nicht teilen.«

»Und was soll das für eine Wahrheit sein?«

»Etwas, das wir um keinen Preis herausfinden sollen. Und deshalb wollen Sie uns die Knochen abnehmen.«

Oz Eisners Blick versprüht Gift und Galle, und Tzafir Drach sieht aus, als wollte er meinen Schädel am liebsten mit seinen bloßen Händen zerquetschen. Menashe Frum wendet sich ab und unterdrückt ein Lächeln. Ich sehe so etwas wie Respekt, ja, Bewunderung in seinem Blick.

»Wir haben Ihnen die Grabkammer gezeigt«, sagt Oz Eisner

und hört sich an wie ein Vater, der seine Wut nicht zeigen will. »Wir haben Ihnen verraten, was Moshe Mendelssohn 1978 gefunden hat. Was wollen Sie denn noch?«

»Die Wahrheit.«

»Wir haben Ihnen die Wahrheit gesagt.«

»Nur einen Teil davon. Wir wollen die volle und ganze Wahrheit.«

Ich weiß, ich klinge pathetisch. Aber ich erwarte wirklich die Wahrheit von ihnen.

Ganz einfach.

»Wo sind die Knochen?«, fragt Tzafir Drach.

»Am sichersten Ort der Welt«, antworte ich, Meister der Zweideutigkeit.

»Lieber Herr Beltø«, sagt Oz Eisner. »Bekommen wir jetzt die Knochen?«

»Danke für die Führung.«

Das ist keine Antwort. Oder vielleicht doch?

Tzafir Drach will noch etwas sagen, mit einer Handbewegung signalisiert Oz Eisner ihm aber zu schweigen. *Nicht jetzt, Tzafir,* lese ich aus der Bewegung, *es gibt andere Methoden.*

»Wir bleiben in Kontakt«, sage ich.

Ein Versprechen, eine Andeutung, dass die Hoffnung noch nicht ganz vergebens ist. Soll er sie deuten, wie er will. Oder seine Sturmtruppen auf mich hetzen.

III

Es vergeht eine halbe Stunde, dann klingelt das Telefon.

Mein Handy tanzt über den Wohnzimmertisch wie eine Kakerlake mit Nervenzusammenbruch.

Es ist weder Oz Eisner noch Tzafir Drach. Es ist Trygve Arntzen. Vermutlich wegen der Professur.

Ich reiße mich zusammen und bereite mich seelisch auf die Absage und die Schadenfreude vor, die er an den Tag legen wird.

Er will aber etwas ganz anderes.

»Stimmt es, dass du dich weigerst, die Knochen abzugeben?«

Das hätte ich mir ja denken können! Was für ein Vasall. Er ruft für Drach und Eisner an.

»Deine Frage geht von ein paar Prämissen aus, mit denen ich nicht ganz einverstanden bin. Ich weigere mich nicht, die Knochen an jemanden abzugeben, der wirklich Anspruch darauf hat. Aber da gibt es ungeheuer viele Interessenten. Und ich habe vor herauszufinden, warum sie so begehrt sind.«

»Sie gehören nicht dir.«

»Nicht? Victoria hat sie mir überlassen. Wem gehören sie dann?«

»Der internationalen Forschung.«

Wie ich hat er einen Hang zum Pathos.

»Witzig, dass du das sagst«, antworte ich. »Bis jetzt hat mich noch kein einziger Wissenschaftler um die Knochen gebeten, stattdessen der Mossad und noch andere Geheimdienste.«

»Ich habe mit dem Präsidenten der SIS gesprochen, er war nicht gerade freundlich gestimmt.«

»Mich hat der noch nicht angerufen.«

»Mach keine Spielchen, Bjørn. Du weißt ganz genau, dass du verpflichtet bist, die Knochen zurückzugeben.«

Ich verstehe nicht, was er meint. Verpflichtet?

»Wer hat dich angerufen?«, frage ich.

»Mehrere.«

»Darf ich raten, wer?«

»Wer angerufen hat, spielt keine Rolle.«

»Und warum rufst du dann mich an?«

»Weil ich ihrer Meinung nach der Richtige bin, um dich zur Vernunft zu bringen.«

»Die kennen mich aber schlecht.«

»Ich hatte wirklich gehofft, dich umstimmen zu können. Du nimmst das Gesetz in die eigenen Hände, aber da gehört es nicht hin, Bjørn. Das Gesetz muss über uns allen stehen.«

»Gibt es Neuigkeiten wegen der Professur?«

Er legt auf, ohne zu antworten.

Der Eindringling

1

Der ungebetene Besucher kommt vor Morgengrauen.

Die Privatsphäre darf nicht verletzt werden. Es macht etwas mit dir, wenn jemand in dein Zuhause eindringt. Wenn man die Tür seiner Wohnung schließt, sperrt man die Welt und alle Gefahren aus. Man kriecht in sein Bett, deckt sich zu und übergibt sich mit einem Gefühl der Sicherheit dem Schlaf.

Rebecca und ich schlafen beide noch, als er kommt. Sie im Schlafzimmer, ich im Wohnzimmer. Ich träume von Papa, der eine Felswand hochklettert, umringt von den schönsten Schmetterlingen. Argus-Bläuling, Schwalbenschwanz, Blutströpfchen, kreideweiße Pappelspinner. Wie ein Schwarm aus Federn und Papierschnipseln hüllen sie Papa in eine Wolke aus Farbe.

In meinem Traum registriere ich, dass eine Tür aufgeht. Ich schlage die Augen auf. Zuerst verstehe ich nicht, was nicht stimmt, dann spüre ich, dass etwas nicht so ist, wie es sein soll. Vielleicht nehme ich unbewusst den Duft des Aftershaves wahr.

II

Er steht mitten im Zimmer.

Ohne Brille sehe ich nur seine Konturen im Halbdunkel. Beim Versuch, meine Brille vom Couchtisch zu nehmen, schiebe ich sie mitsamt Wasserglas vom Tisch. Ich taste den nassen Teppich ab, bis ich sie schließlich finde und zitternd aufsetze.

Er legt den Zeigefinger an die Lippen und breitet die Arme aus, als wollte er mir signalisieren, dass ich keine Angst zu haben brauche. Wie der Engel des Herrn vor den Hirten auf dem Felde.

Dann geht er in Rebeccas Zimmer.

III

Eine Viertelstunde später sitzen wir am hintersten Tisch in der Art-déco-inspirierten Cafébar in der Nachbarschaft. Andy Warhols Porträts und Suppendosen prangen an der Wand. Ich habe einen doppelten Espresso bestellt, Rebecca einen Cappuccino.

Menashe Frum entschuldigt sich wieder und wieder, dass er uns erschreckt hat.

»Aber ich muss Ihnen etwas sagen, bevor ich zurück nach Tel Aviv ins Büro fahre«, sagt er. »Wie Sie sicher inzwischen verstanden haben, wird Rebecca Mendelssohns Wohnung abgehört.«

»Wie sind Sie reingekommen?«, fragt Rebecca etwas streng.

»Liebe Frau Mendelssohn, das ist nun wirklich eine meiner

leichtesten Übungen«, sagt Menashe Frum, ohne weiter darauf einzugehen.

»Warum sind Sie gekommen?«, frage ich.

»Ich muss Ihnen etwas erzählen.«

»Was?«

»Seit ich mit diesem Fall betraut wurde, empfinde ich großes Unbehagen. Ich kann es nicht richtig definieren, es hängt aber sicher mit dem Selbstverständnis des Instituts zusammen. Wir stehen über allem und jedem. Wenn wir gegen Terroristen oder Verfassungsfeinde vorgehen, stört mich das nicht, aber in diesem Fall …«

Rebecca und ich sehen ihn verwundert an. Ein Geheimagent mit Gewissensbissen? Rebecca nimmt einen Schluck von ihrem Cappuccino, ihre süße Zungenspitze leckt den Schaum von den Lippen.

»Also?«, frage ich. »Was wollen Sie uns sagen?«

»Oz Eisner hat tatsächlich eine ganze Menge verschwiegen.«

Warum überrascht mich das nur nicht?

Er reicht mir das Blatt, das Eisner uns in seinem Büro gezeigt hat – der Auszug des Rachel-Evangeliums, den Paulus kopiert und umgeschrieben hat.

»Ich nehme an, Eisner hat Ihnen das hier gezeigt?«

»Ja.«

»Hat er auch gesagt, wer Rachel war?«

»Jesus' Schwester.«

»Ja …«

»Hat er gelogen?«

»Nein, eine Lüge ist das nicht. Aber eben auch nicht die ganze Wahrheit.«

Dachte ich es mir doch.

Menashe Frum macht eine Pause, bevor er fortfährt: »Rachel war nicht nur einfach Jesus' Schwester. Sie war seine Zwillingsschwester.«

IV

Stille.

Zwillingsschwester?

Ich habe genau verstanden, was er gesagt hat. Aber irgendwie kommt es nicht richtig bei mir an. Jesus soll eine Zwillingsschwester gehabt haben? Wie der billigste *deus ex machina* so vieler Horrorfilme: der unbekannte Zwilling.

Mehr Klarheit bringt das in unserem Fall aber nicht. Im Gegenteil. Ein Zwilling macht alles nur noch komplizierter.

»Es gibt viele antike Quellen dafür, dass Maria Zwillinge geboren hat«, sagt Menashe Frum. »Aus offensichtlichen Gründen sind die von Seiten der Theologen aber nie gestützt worden.«

»Wie war es möglich, Jesus' Zwillingsschwester Rachel aus der kompletten Bibelgeschichte herauszuhalten?«

»Die Ersten, die die Geschichte von Jesus Christus erzählten – die Evangelisten und Paulus –, hatten kein Interesse daran, sie in den Vordergrund zu rücken. Im Gegenteil. Sie passte nicht in das Bild, das sie zeichnen wollten. Wenn Jesus von Gott geschaffen war, musste das dann ja auch für Rachel gelten. Rachel hatte in dem gewaltigen Mythos von dem Gottessohn, der auf die Welt hinabstieg, um für unsere Sünden zu sterben, einfach keinen Platz.«

»Dann wurde sie aus der Bibel herauszensiert, obwohl sie Jesus' Jüngerin und Mitstreiterin war?«, fragt Rebecca.

»Und seine Zwillingsschwester …«, füge ich hinzu.

»Sie passte ganz einfach nicht ins Bild«, sagt Menashe Frum. »Die Geschichte ist verworren und traurig. Rachel erzählt sie in ihrem Evangelium.«

»Ja?«

»Rachel ist nicht bei Maria und Josef aufgewachsen.«

»Warum nicht?«

»Aus der Bibelgeschichte wissen wir, dass Maria und Josef nach Ägypten geflohen sind, als sie erfuhren, dass König Herodes Jesus nach dem Leben trachtete. Der wahre Grund für diese Reise ist ein anderer, deutlich weniger spektakulär – Josef bekam Arbeit als Schreiner bei der Erweiterung der Bibliothek von Alexandria. Das Bauvorhaben sollte ein paar Jahre dauern, weshalb er Maria mitnahm. Aber die lange Reise durch die Wüste wäre mit zwei Säuglingen sehr riskant und strapaziös geworden. Deshalb überließen sie Rachel einer Verwandten.«

»Wem?«

»Einer Frau, der sie voll und ganz vertrauten: der heiligen Elisabeth, der Mutter von Johannes dem Täufer. Elisabeth wohnte mit ihrem Mann Zacharias in einem Bergdorf in Judäa. Bei Elisabeth und Zacharias wuchs die kleine Rachel als Stiefschwester von Johannes auf. Zacharias war Geistlicher und Schriftgelehrter, und er wurde wie ein Vater für Rachel. Im Geheimen brachte er ihr Lesen und Schreiben bei.«

Draußen vor dem Café rasen drei Feuerwehrwagen vorbei. Zwei junge Frauen setzen sich mit großen Milchkaffeebechern an den Nebentisch.

»Im Geheimen?«, frage ich leise.

Auch Menashe Frum senkt die Stimme: »Zu jener Zeit erhielten in Israel nur Jungen eine solche Ausbildung. Von Zacharias lernte Rachel Aramäisch, Griechisch und Hebräisch. Wie ihr Zwillingsbruder Jesus war sie klug und fromm. Bereits als junges Mädchen erwies Rachel sich als große Denkerin, Dichterin und Autorin. Zacharias nutzte Rachels Texte als Beispiele für gute Poesie in der jüdischen Tempelschule.«

»Das Lied der Liebe …«

»Genau! Einer von Zacharias' Schülern in der Tempelschule – ein eitler, aber hart arbeitender Student, der die jüdischen Gesetze und Vorschriften studierte – hieß Saulus. Er hatte keinen Sinn für Poesie. Als Saulus Rachels Lied über die Liebe las, protestierte er lautstark und sprach von Blasphemie. Wo war Gott in diesem Text? Für ihn war es ein gottloses Pamphlet über die Liebe. Innerlich war er aber wohl doch beeindruckt. Denn er sicherte sich Kopien aller Texte, die Zacharias so sehr lobte: Rachels Texte. Später nahm er sich diese Texte noch einmal vor. Nur dass Saulus da einen neuen Glauben und einen neuen Namen hatte …«

»Paulus«, flüstere ich.

»Genau. Paulus nutzte viele von Rachels Texten als Grundlage für seine eigenen Briefe und Schriften.«

»Das hat Oz Eisner sogar gesagt.«

»Aber das Wichtigste hielt Eisner zurück. Deshalb will ich ja mit Ihnen reden.«

»Ist das noch nicht alles?«

Menashe Frum lächelte. »Es gibt immer mehr.«

V

In diesem Moment betritt eine Gruppe Männer das Lokal. Sie sind zu fünft oder sechst und bewegen sich für Cafégäste, die einen doppelten Latte macchiato bestellen wollen, viel zu zielstrebig. Menashe Frum erstarrt. Die Männer bauen sich vor unserem Tisch auf. Rebecca und mich beachten sie gar nicht. Sie sagen kein Wort.

Menashe lächelt matt und steht auf. Er nickt Rebecca und mir zu und verlässt gemeinsam mit den Männern das Café.

VI

Verlassen zu werden war die große Angst meiner Kindheit.

Kinder sind sensibel, empfindsam. Sie stehen mit einem Bein in der Wirklichkeit und mit dem anderen in der Welt der Fantasie, in der alles möglich ist.

Ich war immer ein ängstlicher Knirps, der überall Gefahren witterte. Im Keller unter unserem Haus wohnten Ungeheuer, denen ich mich niemals allein stellte, die sich aber grundsätzlich hinter den verschlossenen Türen versteckten, wenn ich mich mal mit Mama oder Papa nach unten wagte.

Ich habe nie offen über meine Angst gesprochen, von Mama oder Papa verlassen zu werden, als fürchtete ich, mit meinen Worten das Schreckliche heraufzubeschwören. Jeden Abend ging ich mit der Angst ins Bett, allein zu sein, wenn ich wieder aufwachte, allein in einem leeren Haus. In meiner Vorstellung waren meine Eltern verschwunden, ohne Erklärung, ohne Grund, sie hatten sich in Luft aufgelöst und mich der Stille überlassen.

IX

(Oslo)
London
Oxford
(Thailand)

Siri Schau (IV)

ZWISCHENSPIEL

Und es kam, wie es kommen musste: Die drei Osteuropäer waren definitiv raus aus der Sache. Siri Schau hatte selten so ein wasserdichtes Alibi gesehen. Als die drei begriffen, dass sie unter Mordverdacht standen, dokumentierten sie unwiderlegbar ihre extrem effektiv geplante Einbruchsserie im Grorudveien, an eben dem Abend, als Jakob und Ragnvald überfallen wurden. Die hinterlassenen Fingerabdrücke, die Uhrzeiten an den Mautstationen in Alfaset und Rødtvet, eine Quittung aus einem Imbiss im Kalbakkveien – alles stimmte. Dem Gesichtsausdruck des Anwaltes nach zu urteilen war den dreien gerade der Friedensnobelpreis zugesprochen worden. Siri erinnerte ihn daran, dass die Männer nach wie vor wegen der Einbrüche angeklagt waren und dass Paragraf 258 dafür einen Strafrahmen von bis zu sechs Jahren vorsah. *Also wischen Sie sich das schleimige Grinsen aus dem Gesicht*, lag es ihr auf der Zunge. Der Anwalt hatte seine Brille auf die Nasenspitze geschoben und sie lächelnd angesehen. *Sechs Jahre? Ich bitte Sie, Siri, für Bagatell-Einbrüche? Niemals!*, sagten Lächeln und Blick.

Sie wusste, dass er recht hatte, was sie wurmte.

Doch damit nicht genug. Auch die Botschaft, deren Wagen vor dem Tatort gestanden hatte, hatte sich endlich gemeldet. Ein Diplomat der Südkoreaner hatte einen Kontakt in der

Nachbarschaft besucht, während der Chauffeur im Auto gewartet hatte. Völlig harmlos.

Mit jeder Theorie, die sich in Luft auflöste, trat Jakobs Lebenspartner Morten als potenzieller Verdächtiger mehr in den Vordergrund. Ihre Intuition hatte ihr gesagt, dass er etwas zurückhielt, und normalerweise war auf ihre Intuition Verlass. Er hatte angegeben, in den Bergen gewesen zu sein, meilenweit entfernt von jedem Funknetz oder irgendwelchen Zeugen. Aber auch er hatte ein Alibi: Er war mit einem Liebhaber dort gewesen, einem Anästhesisten aus Ahus, der die Aussage bestätigte. Morten hatte erst mit Jakob reden wollen, ehe er zur Polizei ging.

Morten und Jakob hatten sich getrennt, und der Liebhaber aus Ahus war Morten zu einem Einsatz von Ärzte ohne Grenzen ins kongolesische Herz der Finsternis gefolgt.

Laut PST – der mit dem Mossad in Verbindung stand – war Bjørn Beltø auf dem Weg von Israel nach London. Die Israelis waren alles andere als zufrieden. Beltø zeigte in keiner Weise Kooperationsbereitschaft. Was genau das bedeutete, darauf gingen sie allerdings nicht weiter ein. Ihr war nach wie vor nicht ganz klar, was für ein großes Interesse der Mossad an Beltø hatte.

Der gute Beltø hatte mittlerweile eine beeindruckende Rundreise hinter sich: Von Oslo nach London, danach weiter nach Florenz und Tel Aviv, Jerusalem und Kapernaum. Und nun landete er bald wieder in London. Der Mossad schäumte offenbar vor Wut. Der PST verstand nicht, was da lief oder was Beltø vorhatte. Und wieso fühlten sich die Israelis so provoziert?

*

»Ich habe ihn gefunden!«

Børre – der dynamische, junge Ermittler – stand in ihrer Tür.

Sie musste zwei Sekunden nachdenken, wen er gefunden hatte. Dann fiel ihr wieder ein, dass sie ihn gebeten hatte zu überprüfen, ob der Sohn von Ragnvalds früherem Sportlehrer vielleicht irgendwo im Ausland im Gefängnis saß.

»Er sitzt in Thailand ein. Lebenslänglich. Wegen eines bewaffneten Überfalls mit Schusswaffengebrauch, bei dem ein Wachmann schwer verletzt wurde.«

»Wie lange schon?«

»Zwei Jahre.«

»Zwei Jahre?«

»Leider. Er ist also nicht unser Mann.«

»Offensichtlich.« Siri dachte nach. Aber vielleicht gab es dennoch einen Zusammenhang? Sie ahnte einen seidenen Faden zwischen den Fällen. »Ich denke, wir sollten trotzdem mit ihm reden.«

Sie fuhr nach Hause, nachdem sie eine Dreiviertelstunde darauf verwendet hatte, ihren Chef vom Dezernat für Gewaltverbrechen davon zu überzeugen, dass sie mit der billigsten Fluggesellschaft nach Bangkok fliegen durfte, wenn sie keine Überstunden aufschrieb.

Ihr Mann und ihr Sohn nahmen kaum wahr, dass sie nach Hause kam. Sie saßen vor dem Fernseher und schauten ein Fußballspiel. Sie ging in die Küche und schenkte sich ein Glas Wein ein. Was für ein sonderbarer Mann, dieser Bjørn Beltø, dachte sie. Trotzdem war er ihr irgendwie sympathisch. So verschroben und schrullig er auch wirkte, hatte er doch eine bewundernswerte Willensstärke.

Das Handy piepste. Eine SMS von Menashe Frum. Du liebe Güte. Er war wegen eines Disziplinarverfahrens von den Ermittlungen abgezogen und beurlaubt worden. Er bedankte sich für die Zusammenarbeit und wünschte ihr Erfolg bei den weiteren Ermittlungen in Oslo. Höhere Mächte versuchen weiterhin, Bjørn Beltø zur Übergabe der Knochen zu überreden, schrieb er, aber er ist eine harte Nuss ohne übertriebenen Respekt vor höheren Mächten.

Was für Knochen?, dachte Siri Schau. Gott, das fehlte ihr gerade noch.

Das Skelett

I

Jesus ist ein Kumpel. Unser bester Freund. Ist es so einfach? Suchen wir seine Nähe, weil er all das verkörpert, was wir bei einem Freund suchen? Ein nachsichtiger, herzlicher, freundlicher und kluger Kamerad, der auf uns aufpasst und es gut mit uns meint und der für uns in den Tod geht, wenn es sein muss. Wer hätte nicht gerne so einen Freund. Und alle haben wir unseren höchst persönlichen Jesus.

Die Glaubenden füllen ihn mit göttlicher Kraft. Für sie ist er nicht nur Gottes Sohn, der Eingeborene, sondern ebenso sehr Teil von Gott. Für sie ist er empfangen vom Heiligen Geist, geboren von der Jungfrau Maria, hat gelitten unter Pontius Pilatus, wurde gekreuzigt und begraben. Für sie sitzt er zur Rechten Gottes und wird von dort kommen, zu richten die Lebenden und die Toten.

Und für uns andere? Die wir nicht an die Erlösung der Seele glauben, an Götter, die den Himmelsraum besiedeln? Die wir nicht an Engel und Dämonen glauben und uns nicht mit der Vorstellung von Gottes Launen, Allmacht und Gnade abfinden? Was ist mit uns?

Auch wir haben unseren Jesus. Den Rebellen. Den Hippie. Den Friedensfürst. Das Vorbild des Westens, ein Che Guevara der Gnade, der sich getraut hat, der Vergangenheit zu widersprechen, Autoritäten und Machtmissbrauch zu trotzen, und der uns auf die Schulter klopft und einlädt, mit ihm zu kommen. Kein Gott, sondern ein selbstloser Freund, der mir ins Ohr raunt: Du schaffst das, Bjørn.

Auf meine Weise bin ich wohl auch so was wie ein Glaubender.

Was konnte Menashe Frum uns nicht mehr erzählen, bevor seine Kollegen ihn aus der Cafébar in Jerusalem geholt haben?

Es gibt immer noch mehr, hat er gesagt.

Mehr...

Als ob es nicht schon völlig reichte, dass Jesus eine Zwillingsschwester hatte, die ein Evangelium hinterlassen hat, das ein aufklärendes Licht auf das gesamte Neue Testament wirft.

Als ob es nicht reichte, dass seine Mutter und Geschwister in dem Familiengrab in Kapernaum ruhen.

Was kann es noch geben?

Etwas, das mit Moshe Mendelssohn zu tun hat? Wusste der Mossad doch etwas?

Und was in aller Welt wollte Menashe Frum uns sagen?

II

Ich lege die Stirn an das Fenster der Gulfstream G450 von der SIS und lasse den Blick über das wogende Wattewolkenmeer schweifen. Rebecca ist still. Sie sitzt auf dem Sitz vor mir und hängt ihren eigenen Gedanken nach. Woran denkt sie gerade? An mich vielleicht? Hoffen ist erlaubt. Sie hat die Arme um den Oberkörper geschlungen, als würde sie frieren.

Ich war immer der Fleißige, der Clevere, der sich fachlich hervortat, nie aber sozial. Schon in der Schule und das ganze

Studium hindurch war ich immer der, der sich zuerst meldete. War das meine Art von Kompensation? Die Mädchen sahen mich nicht. Den Jungs war ich egal. Ich konnte nicht Fußball spielen, war ein Tollpatsch, war der blasse Sonderling mit Fistelstimme und schrägem Lachen. Darum erinnere ich mich auch so gut an das erste Mal, als jemand über meinen Albinismus und all meine Macken hinweg schlicht und einfach mich gesehen hat. *Mich.* In meinem zweiten Jahr an der Uni. Ich hatte meinen Kommilitonen gerade einen humoristischen Vortrag über die Höhepunkte in der Geschichte der Archäologie gehalten, und auf dem Weg zurück zu meinem Platz sah ich in dem Lächeln und den Blicken der Anwesenden, dass sie nicht aus Höflichkeit klatschten, sondern weil sie beeindruckt waren. Das war ein ganz neues Gefühl für mich. Ein gutes Gefühl. Selbst die Mädchen aus dem Kurs – diese anbetungswürdigen und unerreichbaren Göttinnen in ihren engen Jeans und halb transparenten Blusen – sahen mich mit, wie ich es erst später verstand, bewundernden Blicken an. Ich habe Tage gebraucht, das zu verdauen. Ihre Sympathie galt mir. *Mir.*

Welchen Bjørn sieht Rebecca? Den albernen Spaßmacher? Den schüchternen Außenseiter? Den pathetischen Phrasendrescher? Den seriösen Wissenschaftler?

Das Flugzeug ruckelt, vermutlich eine Kurskorrektur. Ein unangenehmer Gedanke schießt mir durch den Kopf. Die wollen uns doch nicht abschießen? Weil wir zu viel wissen? Weil wir irgendetwas nicht herausfinden sollen? Ich sehe schon die Schlagzeilen: *Israel bedauert den Abschuss eines Privatjets, der Pilot hat nicht auf einen Funkspruch reagiert – das Flugzeug wurde nach einem Missverständnis abgeschossen.*

So was kommt vor. Das sind die Artikel, die man kopfschüttelnd liest, bevor man zum Sportteil weiterblättert.

Ich denke darüber nach, was es bedeutet, dass Jesus einen Zwilling hatte. Was würden die Theologen dazu sagen? Gesetzt den Fall, sie erfahren überhaupt davon und beschließen, es zu glauben. Theologen gehören nicht zu denen, die als Erste ihre Standpunkte überdenken.

Diane erhebt sich von ihrem Platz und setzt sich neben mich.

»Was jetzt?«, fragt sie.

»Ja … was jetzt …«

Die Frage bleibt zwischen uns hängen wie eine Seifenblase, die jeden Augenblick zu platzen droht.

»Die Israelis verschweigen uns eine Menge«, sage ich.

Ich höre mich an wie der reinste Verschwörungstheoretiker. Was ich vermutlich auch bin. Darum überrascht mich Dianes Antwort.

»Das denke ich auch.«

»Ich unterstelle ihnen nicht, dass sie lügen. Aber sie sagen nicht alles.«

»Was, wenn … Ach nein.« Sie bricht den Satz ab, lächelt und schüttelt den Kopf.

»Was?«

»Ich habe eine Theorie.« Sie zögert. »Aber die ist ziemlich wild.«

»Lass hören.«

»Ich warne dich. Ich klinge schon ganz so wie du.«

»Damit kann ich leben.«

»Es hat nichts mit Moshe Mendelssohn zu tun.«

»Okay.«

»Also. Was, wenn Maria gar nicht Jesus' Mutter ist? Oder Rachels?«

Wir tauschen Blicke. Maria nicht Jesus' Mutter? Der Gedanke ist mir noch nie gekommen.

»Maria? Wieso sollte sie nicht Jesus' Mutter sein?«

»Was, wenn etwas in dem Grab beweist, dass das Dogma der Jungfrau Maria und Mutter Jesu erfunden ist? Was, wenn die

Knochen in dem Grab beweisen, dass Jesus überhaupt nicht mit Maria verwandt ist?«

Ich lasse den Gedanken auf mich wirken.

»Warum sollte jemand so eine Geschichte erfinden?«, frage ich.

»Wir, die wir nicht glauben, meinen, dass die Geschichte, so wie sie ist, erfunden ist. Sie war schwanger vom Heiligen Geist, steht es in der Bibel. Wie glaubwürdig ist das denn?«

»Wer sonst sollte seine Mutter sein?«

»Ich kann nur raten. Wie wäre es mit Vipsania Agrippina? Oder Julia, die Ältere?«

»Eine der Frauen von Kaiser Tiberius? Der wurde aber doch erst im Jahre 14 Kaiser.«

»Vergiss nicht, dass Tiberius' Mutter Livia Drusilla war, die mit Kaiser Augustus verheiratet war, das ist der aus dem Weihnachtsevangelium. Sie galt als die einflussreichste Frau im frühen römischen Kaiserreich.«

»Aha? Und?«

»Bjorn, denk doch mal nach! Was, wenn die Geschichte von Jesus eine ganz andere ist als die, mit der wir groß geworden sind? Was, wenn Jesus ein ganz anderer war? Der revolutionäre Sohn eines römischen Kaisers! Vielleicht ist das Christentum ja die gigantische Deckoperation eines Skandals ungeahnten Ausmaßes.«

Ich kann mir ein Lächeln nicht verkneifen. Der Gedanke ist faszinierend. Aber ich krieg nicht richtig Hand und Fuß in Dianes gelinde gesagt wilde Theorie. Jesus als rebellischer Sohn eines römischen Kaisers? Hat man wirklich eine ganze Religion konstruiert, nur um zu vertuschen, dass ein Kaiser seinen aufmüpfigen Sohn mit Hippieidealen von Nächstenliebe und Frieden nicht im Griff hatte? Das hört sich nicht sehr wahrscheinlich an. Nicht einmal für einen fortgeschrittenen Konspirationstheoretiker meines Kalibers.

»Warum lächelst du?«, fragt sie.

»Diane... Du glaubst nicht ernsthaft, dass Jesus der rebellische Sohn eines römischen Kaisers war?« Ich betone jedes Wort ironisch.

Diane lacht und wedelt mit den Händen. »Ohhh!«

Der Ausruf veranlasst Rebecca, sich in ihrem Ledersitz zu uns umzudrehen.

»Was ist los?«, fragt sie.

»Diane überlegt, ob es sein könnte, dass Maria gar nicht Jesus' Mutter ist«, erkläre ich.

Rebecca zieht eine Augenbraue hoch. »Was bedeutet das?«

»Wie meinst du das?«

»Na, was bedeutet das? Hat das theologische oder religiöse Konsequenzen?«

»Die Katholiken verlieren eine ihrer wichtigsten Figuren, die einer Göttin am nächsten kommt«, sage ich.

»Und das tragende Fundament des Christentums – die Tatsache, dass Maria ohne Erbsünde geboren wurde, um dann von unserem Herrgott geschwängert werden zu können und den Messias zur Welt zu bringen – steht vor dem Einsturz«, fügt Diane hinzu.

»Die christliche Kirche ohne Maria...«, sage ich leise. »Das könnte die Panik von Matt Cole und der CIA erklären.«

»Ich kann mir nicht vorstellen, dass jemand Maria eine derart große Bedeutung beimisst«, sagt Rebecca.

»Christen auf der ganzen Welt huldigen Maria, als wäre sie Teil der Dreieinigkeit«, sage ich. »Für viele Glaubende ist Maria die Göttin schlechthin.«

»Der Fund ihres Grabes, mit Knochen und Schädel und allem, würde zweifellos an der Vorstellung von Maria als Himmelskönigin kratzen.«

Ich finde Geschmack an der Theorie. Aber irgendetwas Spezielles muss da noch vorgefallen sein 1978. Ich kann durchaus nachvollziehen, dass die Camp-David-Verhandlungen einen gewissen Druck auf den israelischen wie amerikanischen Geheimdienst ausgeübt haben. Aber wieso heute noch diese Hysterie?

»Wo sollen wir anfangen zu graben?«, frage ich.

»In Israel kriegen wir keine Antwort«, sagt Rebecca.

»Wir wissen ja noch nicht einmal, wonach wir eigentlich suchen oder wo wir suchen sollen.«

Diane starrt gedankenverloren vor sich hin und streicht sich mit den Fingern durchs Haar. »Sag das nicht.«

»Was meinst du damit?«

Diane wendet sich Rebecca zu.

»Ich gehe davon aus, dass Bjorn dir von dem Grab in Le Lieu in Béziers erzählt hat?«

»Ja. Er sagt, ihr hättet dort Jesus' Skelett in einem Sarkophag gefunden.«

»Komplett mit Nagelresten in den Knochen und allem, was man sich nur wünschen kann. Die sterblichen Überreste wurden beschlagnahmt und die ganze Sache vertuscht. Vor den Medien behaupteten die Archäologen, das Grab des römisch-jüdischen Historikers Flavius Josephus gefunden zu haben. Damit war das Interesse der Medien sehr schnell erloschen.«

»Was ist mit dem Skelett passiert?«

»Die Amerikaner haben es mitgenommen, um es zu konservieren. Dass ich nicht lache. Natürlich haben wir es nie wiedergesehen. Inzwischen sind auch keine Informationen mehr zu bekommen, absolut nichts. Die SIS hat es über viele Jahre immer wieder versucht. Die Amerikaner und Israelis tun so, als hätte es nie existiert. Die Amerikaner behaupten, die Israelis hätten das Skelett aus Le Lieu mitgenommen. Blödsinn, welches Skelett?, sagen die Israelis. So geht es unablässig hin und her. Vermutlich liegt das Skelett in einem Lager in Fort Knox oder Langley. Die Amerikaner und Israelis halten in dieser Angelegenheit natürlich zusammen. Bjorn hat ganz recht: Der Mossad will die beiden Knochen, damit wir nicht herausfinden, was sie vor langer Zeit entdeckt haben.«

»Dass Maria nicht Jesus' Mutter ist…«, sagt Rebecca nachdenklich.

»Ohne Jesus' Skelett kommen wir nicht weiter«, sage ich.

Diane lächelt. »Glücklicherweise haben damals bei der Entdeckung von Jesus' Skelett nicht nur die Amerikaner eigenmächtig gehandelt. Eine der Archäologinnen der SIS hat geahnt, was die Amerikaner vorhaben, und einen Teil der *columna vertebralis* sichergestellt, ehe das Skelett verpackt und in die USA verschickt wurde.«

»Was hat sie sichergestellt?«

»Einen Knochen. Präziser: einen Rückenwirbel.« Diane schaut von Rebecca zu mir. »Die SIS ist im Besitz eines Knochens aus Jesus' Skelett.«

Ich kann mir ein Grinsen nicht verkneifen.

»Dann haben wir nicht nur die Knochen aus Kapernaum – sondern auch noch einen Rückenwirbel von Jesus.«

»Und mit ein bisschen Glück auch DNA«, flüstert Rebecca.

III

DNA. Die Bauklötze der Götter.

Das Grundrezept allen Lebens.

Wie endlose Wendeltreppen streben die DNA-Spiralen geradewegs gen Himmelreich. Die DNA ist der Erbstoff, der die Rezeptur jedes lebenden Organismus beinhaltet. Mensch oder Regenwurm. Mann oder Frau. Die DNA-Helix flüstert den Zellen ein, zu was sie uns formen sollen. Und wie.

Sie ist wunderschön, diese sich im ewigen Reproduktionstanz windende Doppelhelix. Als Forscher im letzten Jahrhundert die Struktur des DNA-Moleküls aufdeckten, erhaschten sie einen Blick in das Labor der Götter. Fünfzig Trillionen Zellen haben wir in unserem Körper, und in jeder einzelnen von ihnen liegen die aufgerollten DNA-Ketten, randvoll mit Genen und Geheimnissen.

Jetzt sind also wir an der Reihe, mit Hilfe der DNA den Göttern in die Karten zu schauen.

Die Verfolger

1

Nicht weniger als vier Repräsentanten der britischen Behörden erwarten uns, als das Flugzeug auf dem Flughafen Heathrow landet. Drei Männer und eine Frau. Während Zollfahnder mit Hunden in die Gulfstream strömen, werden wir in Einzelkabinen einer Leibesvisitation unterzogen. Danach geht es in eine Art Sitzungsraum im VIP-Bereich der Ankunftshalle.

»Ich bedauere das alles sehr«, sagt der Mann, der anscheinend höchste Autorität genießt und deshalb als Erster das Wort ergreift. »Aber ich denke, Sie verstehen das.«

Ich verstehe überhaupt nichts und frage, von welcher Behörde sie kommen.

»Unterschiedlich«, antwortet einer der anderen Männer ausweichend.

»Sie wissen natürlich, warum wir mit Ihnen reden wollen«, stellt die Frau fest. Sie ist um die fünfzig und trägt ein formelles blaues Kostüm.

Weder Diane noch Rebecca oder ich antworten.

»Mein Name ist Ann Rowles«, sagt sie. »Ich bin Abteilungsleiterin im Auswärtigen Amt. Mein israelischer Kollege hat mich wegen einer Sache, die für unser beider Länder von Interesse ist, angerufen. Ich brauche das wohl nicht weiter zu erläutern.«

»Nicht?«, frage ich.

»Sie müssen uns die Knochen aushändigen.«

»Müssen wir?«

»*Mister Belto*, ich weiß nicht, wie gut Sie sich mit den britischen Gesetzen auskennen. Insbesondere mit dem *Cultural Property and Heritage Law*, einem der vielen Gesetze, die archäologische Funden von internationalem und historischem Interesse betreffen.«

Ihr arroganter Ton weckt das bockige Kind in mir.

»Ich kenne natürlich die imperialistischen Tendenzen Großbritanniens, wusste aber nicht, dass die britischen Gesetze auch das norwegische Gesetz zum Schutz der Kulturgüter aus dem Jahr 1978 tangieren.«

Als Reaktion auf meine fundierte Bockbeinigkeit kneift Rowles die Lippen zu einem Strich zusammen.

»Schluss mit dem Unsinn«, sagt der autoritär auftretende Mann – *let's cut the crap* – und richtet seinen Blick auf mich. »Wo sind die Knochen?«

My man! Trotzdem antworte ich störrisch: »Ich bin nicht verpflichtet, Ihnen oder jemand anderem darüber Auskunft zu erteilen.«

»Das Gesetz…«, beginnt Ann Rowles.

»*Madam*«, unterbricht der Mann sie. »Ich glaube, ein Archäologe von Mister Beltos Kaliber kennt die internationalen Gesetze und Übereinkünfte über die Weitergabe von Kulturgütern.«

»*Quite right*«, werfe ich ein.

»Wir stehen in engem Kontakt mit den norwegischen Behörden – sowohl mit Regierungskreisen als auch mit dem Zentralinstitut für Denkmalpflege und natürlich mit Ihren Vorgesetzten an der Universität in Oslo«, sagt der kleinste der Männer.

»Soll ich das als Drohung verstehen?«

»Ich will nur unterstreichen, dass wir deren volle Unterstützung genießen. Es geht hier weder um eine britische noch um eine norwegische Angelegenheit, sondern um einen Fall von internationaler Bedeutung. Ich habe mit…«, er wirft einen Blick auf den Zettel in seiner Hand, »Dekan Trygve Arntzen gesprochen, der mir in Ihrem Namen zugesagt hat, dass Sie natürlich jedweden Fund dieser Größenordnung den zuständigen Behörden übergeben werden.«

Dachte ich es mir doch. Trygve Arntzen war schon immer ein loyaler Untertan der Macht, ein selbstaufopfernder Idiot, der devot mit dem Schwanz wedelt, wenn jemand mit mehr Streifen auf den Schulterklappen mit ihm redet.

»Was sind die zuständigen Behörden?«, frage ich.

»In diesem Fall: wir«, sagt Ann Rowles.

Erst jetzt durchschaue ich ihre Taktik. Sie haben keine Ahnung, wo ich die Knochen habe. Sie hoffen, dass sie an Bord des Flugzeugs sind – oder in meinem persönlichen Besitz –, registrieren aber allmählich, dass ich nicht so dumm war, sie auf meine Rundreise mitzunehmen. Deshalb erhöhen sie jetzt den Druck. Sie drohen mir nicht mit Gewalt, sie versuchen es subtiler, indem sie mir zeigen, dass ich mutterseelenallein gegen die ganze Welt dastehe.

Die Professur geht gerade den Bach herunter, das ist mir klar.

»Internationale Experten warten ungeduldig auf die archäologischen Proben, die – bei allem Respekt für Ihre Ermittlungen und Ihren Einsatz – der Weltgemeinschaft gehören und nicht Ihnen persönlich«, sagt der dritte Mann.

Durch meine flaschenbodendicken Brillengläser mustere ich sie, einen nach dem anderen.

»Ich weiß weder, wer von Ihnen den Geheimdienst repräsentiert«, sage ich, »noch wie viel Sie über die Hintergründe wissen. Aber ich denke, es ist vollkommen klar, dass Sie hier nicht die Ideale und die Offenheit der Wissenschaft verkörpern. Sie wollen die Knochen, weil Ihre jeweiligen Vorgesetzten Ihnen den Befehl gegeben haben, diese zu beschaffen. Vermutlich wissen Sie noch nicht einmal, warum. Und Sie wissen auch nicht, dass Ihre Vorgesetzten die Knochen unterschlagen werden, sobald sie sie haben. Ein letztes Mal: warum? Es sind nicht die Knochen, für die Sie sich interessieren. Die sind als solche nämlich wertlos. Es geht um die Informationen, die in ihnen verborgen liegen. Informationen, die Ihre Vorgesetzten – aus Gründen, über die ich nur spekulieren kann – nicht verbreitet haben wollen.«

Meine Tirade klingt ein paar Sekunden in ihren Ohren nach, bis der Mann, der als Erster gesprochen hatte, sich an Diane wendet.

»Ms MacMullin, als Vorsitzende der SIS wissen Sie selbstverständlich, welch enge Bande es seit Kriegstagen zwischen Ihrer Organisation und dem britischen Geheimdienst gibt. Ihre Verbindungsoffiziere erwarten von Ihnen, dass die SIS die gleiche Bereitschaft zur Zusammenarbeit zeigt wie in den zurückliegenden Jahren.«

»Wie rührend«, sagt Diane.

»Ich finde, Sarkasmus ist hier fehl am Platze.«

»Zehn Jahre! Seit zehn Jahren bittet die SIS darum, endlich Teile des Skelettes ausgehändigt zu bekommen, das in dem Sarkophag in Le Lieu in Béziers gefunden wurde. Britischer Geheimdienst. Amerikanischer Geheimdienst. Israelischer Geheimdienst. Und jetzt fordern Sie diesen Diensten gegenüber unsere Loyalität ein?«

Die vier versuchen, sich nichts anmerken zu lassen. Mit wenig Erfolg.

»Seit zehn Jahren erhält die SIS die immer gleiche Antwort: nein. Und wieder nein. Und nein. Bereitschaft zur Zusammenarbeit? Ich muss eingestehen, dass ich etwas unsicher bin, auf welche Bereitschaft zur Zusammenarbeit meine sogenannten Verbindungsoffiziere da anspielen.«

»Sie wissen ganz genau, dass Sie nicht das Recht haben, die beiden Knochen zu behalten oder sie zu untersuchen«, sagt der dritte Mann.

Es fällt mir nicht leicht, ein Lächeln zu unterdrücken. Von dem dritten Knochen – den Dianes Archäologin in Béziers an sich genommen hat – wissen sie definitiv nichts. Sie haben mit Sicherheit festgestellt, dass ein Knochen fehlt. Nur wissen sie nicht, wer ihn hat.

»Wir hatten gehofft, Sie würden den Ernst der Lage und die Wichtigkeit dieser Angelegenheit erkennen«, sagt Ann Rowles. »Aber wie ich sehe, haben wir Sie falsch eingeschätzt. Das enttäuscht mich. Dann bleibt uns keine andere Wahl, als formell zu Werke zu gehen.«

»Hören Sie mir einen Moment zu«, sage ich. »Das ist doch Unsinn. Sie können nicht einmal beweisen, dass ich im Besitz dieser Knochen bin. Für eine Anklage oder einstweilige Verfügung auf Herausgabe der Knochen ist die Beweislage, dass ich diese Knochen überhaupt habe, viel zu schwach.« Ich bin richtig stolz, dass mir an dieser Stelle der Ausdruck *circumstantial evidence* einfällt. »Und noch dazu basieren diese Indizien auf illegalen Abhöraktionen. *That's it.* Sie haben nichts in der Hand. Nichts! Ich weiß natürlich, dass Sie viel mehr wissen, als Sie sagen. Und Sie wissen, dass ich mehr weiß, als ich Ihnen gegenüber zugeben werde. Aber der formelle, gerichtliche Weg ist ziemlich aussichtslos.«

Ich sehe ihnen an, dass sie das wissen.

II

Am Flughafen werden wir von einer weißen Limousine der SIS abgeholt.

Diane ist aufgebracht. Sie fühlt sich gekränkt. Nicht nur persönlich, auch im Namen der SIS. Rebecca ist still. Ich selbst frage mich, wie ich es schaffen soll, die Knochen unbemerkt zu holen.

Natürlich verfolgen sie uns. MI5, tippe ich. *The Security Service*. Während der etwas bekanntere MI6 für internationale Ermittlungen zuständig ist, ist der MI5 mit Inlandsaufgaben betraut. Zum Schutz der britischen Demokratie und ihrer wirtschaftlichen Interessen und zur Bekämpfung organisierter Kriminalität. Ich tippe also, dass wir gleich zwei oder drei Wagen hinter uns und sicher auch einen vor uns haben, ganz zu schweigen von denen in den Seitenstraßen. Vielleicht ist sogar ein Helikopter in der Luft.

Wir sehen sie nicht. Sie verstehen ihr Handwerk. Trotzdem weiß ich, dass sie da sind und jeden unserer Schritte verfolgen.

Mitten in meine Gedanken platzt ein Anruf von Trygve Arntzen.

»Ich bin's«, meldet er sich.

Seine Stimme klingt angespannt. Das verheißt Gutes. Zumindest, wenn er wegen der Professur anruft. Bei schlechten Nachrichten klingt er immer fröhlich.

»Ich muss sagen, dass ich enttäuscht von dir bin, Bjørn.«

Wann war er mal nicht enttäuscht von mir?

»Es ist nicht gerade angenehm, von ausländischen Kollegen zurechtgewiesen zu werden, weil du dich weigerst, diese Knochen auszuhändigen.«

Aha. Er ist nur sauer, weil ich nicht tue, was er will.

»Aber es nützt sicher nichts, noch einmal in Ruhe mit dir darüber zu reden?«, sagt er.

Stimmt genau.

Die Limousine setzt uns vor dem Haupteingang der SIS ab. Ich drehe mich zur Straße um und versuche zu erraten, in welchen Autos unsere Verfolger sitzen. Unmöglich.

III

Diane hat das Büro ihres Vaters übernommen. Michael MacMullin war ein ganz besonderer Mensch. Es erfüllt mich mit Stolz, ihn gekannt zu haben. Aber bescheiden war er nie. Dianes Name steht auf einem glänzenden Messingschild, das auf das dunkle Holz der gewaltigen Doppeltür geschraubt ist.

Es ist fünfzehn Jahre her, dass ich zuletzt hier war. Nichts ist verändert. Das Parkett im Vorzimmer ist frisch gebohnert, zwei Sekretärinnen sehen von ihren Computern auf und lächeln uns freundlich an. Die Tür zu Dianes Büro ist nur mit einem Code zu öffnen. Sie tippt ihn ein, und ein Summen begrüßt uns.

Bei meinen Besuchen vor fünfzehn Jahren war ich nie in Michael MacMullins Büro. Bevor es so weit kam, hatte ich Reißaus genommen.

Ich kann mir vorstellen, wie das Büro zu Michaels Zeiten aussah: dunkle Vertäfelungen an den Wänden, burgunderrote Textiltapete. Ölgemälde – mehr oder weniger legale Leihgaben aus der Nationalgalerie. Persische Teppiche. Ein Rokokosalon mit zimmerhohen Bücherregalen.

Jetzt sieht es nicht mehr so aus.

Das Büro ist riesig. Groß genug, um darin Golf zu spielen.

Eine Studie in Minimalismus, weiß und schwarz, glatte, glänzende Flächen wie in einem hochtechnologischen IT-Betrieb. Diane setzt sich an ihren Glasschreibtisch, während Rebecca und ich auf zwei Designerstühlen Platz nehmen. In der glattpolierten Umgebung machen wir Pläne für den Rest des Tages. Diane ruft einen guten Bekannten im *GenTechLab* in Oxford an. Die SIS finanziert einen Teil ihrer Forschungsarbeiten. Rebecca überprüft die Abfahrtszeiten der Züge.

»*Bjorn*«, sagt Diane. »Wo hast du die Knochen?«

»Die sind hier in London.«

»Eure Koffer wurden durchsucht, bevor sie aufs Gepäckband gingen. Ihr wurdet beide einer Leibesvisitation unterzogen. Und trotzdem ist es dir gelungen, sie ins Land zu schmuggeln?«

»Ohne Probleme.«

»Aber wie?«

Genau diese Aufmerksamkeit mag ich, ihre pure Verblüffung. Sie ist beeindruckt.

»Wenn du etwas an einem Ort verstecken willst, an dem niemand es findet, musst du deine Fantasie benutzen.«

»*Bjorn* …«

»Kennst du die Novelle *Der entwendete Brief* von Edgar Allen Poe?«

»Nicht dass ich wüsste.«

»Alle suchen darin verzweifelt nach einem verschwundenen Brief – nur nicht da, wo er natürlich hingehört: in der Briefablage.«

Diane sieht mich verwirrt an.

»Als mir klar wurde, dass es jemand auf die Knochen abgesehen hat, habe ich mich für einen ebenso frechen Zug wie Poe entschieden. Wo ist der sicherste Ort für etwas, von dem du weißt, dass alle es suchen? Natürlich dort, wo niemand es sucht.«

»Unter anderen Knochen?«, fragt Rebecca.

»Wo denn nun?« Diane ist ungeduldig.

»Die Knochen sind nur fünf Minuten von hier entfernt.«

»Fünf Minuten von der SIS entfernt? Wie ist das möglich?«, fragt Diane.

IV

Verfolger abzuschütteln ist kein Problem.

Diane, Rebecca und ich nehmen dasselbe Taxi von der SIS. Ich steige als Erster aus – mitten auf der stark befahrenen Oxford Street – und steuere die Filiale von Marks & Spencer an. Es ist gut möglich, ja wahrscheinlich, dass jetzt jemand aus dem Auto springt und mir nachrennt. Sehen tue ich niemanden. Aber es wird schon so sein. Wie gewöhnlich ist das Kaufhaus überfüllt. Im Laufe nur einer Minute bin ich durch einen Seitenausgang wieder draußen auf der Orchard Street und gehe mit schnellen Schritten zum Portman Square und von dort weiter zur Baker Street, in der Sherlock Holmes wohnte. Nach ein paar Abstechern durch stille Seitenstraßen, in denen ich sicher sein kann, nicht verfolgt zu werden, nehme ich vor Madame Tussauds in der Marylebone Road ein Taxi.

Rebecca und Diane unternehmen ähnliche Ablenkungsmanöver in anderen Ecken von London. Diane fährt mit der U-Bahn weiter, Rebecca nimmt einen Bus. Unsere Handys haben wir in Dianes Büro liegen lassen, damit es nicht möglich ist, uns elektronisch aufzuspüren.

V

Exakt um 15 Uhr treffen wir uns am Fuß der Nelson-Säule am Trafalgar Square, der ganz in der Nähe der SIS liegt. Wir sind uns sicher, unsere unsichtbaren Verfolger abgeschüttelt zu haben.

»Und wohin jetzt?«, fragt Diane ungeduldig. Rebecca scheint sich zu amüsieren.

Vom Trafalgar Square gehen wir zwei Blocks weiter. Ich bleibe stehen.

»Hier!«, sage ich mit einem zufriedenen Lächeln. Die Adresse kenne ich in- und auswendig.

Bjoern Beltoe
c/o Post Office
24/28 William IV St
Trafalgar Square,
London WC2N 4DL
Großbritannien

»Hier?«, fragt Diane. »Aber du wohnst doch gar nicht hier.«

Ist sie schwer von Begriff?

»Natürlich nicht. Ich habe mir die Knochen mit der Post zugeschickt. *Poste restante.*«

DNA

I

Nach einer Viertelstunde haben wir den gepolsterten Umschlag mit den Knochen ausgelöst und nehmen ein Taxi vom Postamt nach Paddington und von dort den Zug nach Oxford.

Das *GenTechLab* liegt einen kurzen Fußmarsch vom Bahnhof entfernt. Die Privat-Gesellschaft ist an die Universität Oxford angeschlossen und in einem modernen Bürogebäude mit spitzen Winkeln und Spiegelglasfassade untergebracht.

»Genial, dass die uns so kurzfristig helfen«, sage ich.

»Normalerweise beträgt die Wartezeit bis zu einem Jahr«, sagt Diane.

»Warum diese Sonderbehandlung für uns?«

»Weil die SIS ihre Forschung finanziert.«

II

»Ms MacMullin!«

Dianes Kontakt ist ein Biochemiker namens Alexander Stockham, ein rotwangiger, leicht untersetzter Mann Ende dreißig. Er strahlt Diane an, als er uns an der Rezeption abholt. »Es ist mir eine Ehre, Sie persönlich bei uns begrüßen zu dürfen! Und Mr Belto ...« Er dreht sich zu mir um und reicht mir die Hand. »Ich habe selbstverständlich alle Ihre Publikationen gelesen. Ms Mendelssohn, es ist mir eine Freude!«

Wir registrieren uns bei einem Sicherheitsposten und nehmen den Fahrstuhl hoch in die vierte Etage. Alexander Stockham führt uns durch eins der antiseptischen Labore, ehe wir uns in den Sitzungsraum begeben, wo schon eine Kanne Tee auf dem Tisch steht.

»Wie ich höre, haben Sie einen spannenden Auftrag für uns!«

Ich weiß nicht, wie viel Diane erzählt hat, weshalb ich mich mit einem Lächeln und linkischen Nicken begnüge.

»Wenn ich es richtig verstanden habe, sollen wir drei ungefähr zweitausend Jahre alte Knochen analysieren.«

Ich überreiche ihm den gepolsterten Umschlag mit den verpackten Knochen aus dem Grab in Kapernaum. Diane öffnet ihre Tasche und gibt ihm die Schachtel mit dem Rückenwirbel von Jesus.

»Wir suchen nach einer möglichen Verwandtschaft zwischen diesen drei Knochen«, sagt Diane. »Alternativ nach dem Fehlen ebendieser Verwandtschaft.«

»Spannend! Sehr spannend! Wie ich bereits in unserem Telefonat erwähnt habe, ist es nicht ganz unkompliziert, so altes Material auf DNA zu untersuchen. Aber wir haben eine Technologie entwickelt, die ich ganz unbescheiden als weltführend bezeichnen darf. Wenn in den Proben DNA-Material vorhanden ist, werden wir es herausfiltern. Aber ich muss Sie vorwarnen: In so alten Knochen kann die DNA auch schon einmal komplett zerstört sein.«

»Hoffen wir das Beste«, sagt Diane.

»Ist es korrekt, dass die Knochenreste in dunkler, trockener und kühler Umgebung gefunden wurden?«

»Korrekt«, sage ich. »Sie haben alle in geschlossenen Steinsärgen gelegen.«

»Die Knochenreste waren also nicht in direktem Kontakt mit Erde?«

»Nein. Die Särge standen in unterirdischen Grabkammern.«

»Optimal! Sehr gut.«

»Wie weisen Sie über eine DNA-Analyse die Verwandtschaft zweitausend Jahre alter Knochen nach?«, frage ich.

»Das ist schwierig, aber machbar. 2012 wurde unter einem Parkplatz in Leicester ein Skelett gefunden. Vielleicht haben Sie davon gelesen? Die Archäologen vermuteten darin das Skelett von Richard III. Aber wie sollte man das beweisen? Sie haben sich zuerst die DNA eines Nachkommen von Richard III. besorgt und dann eine Karbondatierung der Skelettknochen vorgenommen, um den Zeitraum zu bestimmen, in dem die Person gelebt hat. Am Ende haben sie die DNA des Skelettes mit der des Nachkommen verglichen. *Full match.*«

»Es ist also möglich, eine Verwandtschaft in alter DNA nachzuweisen?«

»Absolut – soweit die Proben nicht zerstört sind. Nach dem Tod zerfallen DNA-Ketten in immer kürzere Stücke, bis nichts mehr da ist für eine Analyse. aDNA steht für *ancient* DNA, also alte DNA. aDNA, die aus kühler, dunkler, sauerstoffarmer und trockener Umgebung stammt, ist in der Regel volltauglich für eine Analyse. So konnten wir beispielsweise fast den kompletten Erbstoff aus Knochen von Mammuts und Neandertalern bestimmen. Wir glauben, dass die Grenze, wie lange DNA zu finden ist, bei einer Million Jahre liegt.«

»Wonach suchen Sie?«

»Nach etwas, das wir mitochondriale DNA nennen: mtDNA.«

Über ein in den Konferenztisch eingelassenes Kontrollpanel aktiviert er einen Projektor, der das Bild einer DNA-Spirale an eine Leinwand wirft.

»In jeder Zelle befindet sich reichlich mtDNA, die weniger anfällig für Verunreinigungen ist und mehr Informationen liefert, wenn auch nicht unbedingt die detaillierteste Information. Beispielsweise wird mtDNA nur von mütterlicher Seite weitervererbt. Um sichere Ergebnisse von Mutter und Vater zu bekommen, müssen wir sogenannte nukleare DNA finden: nDNA. Darin sind Informationen von Mutter und Vater enthalten.«

Da meine Kenntnisse von mtDNA und nDNA nur unwesentlich besser sind als mein Talent, mit acht Apfelsinen zu jonglieren, entscheide ich mich zu schweigen.

»Dauert die Analyse lang?«, fragt Rebecca ungeduldig.

»Jedes andere Labor würde diese Frage eindeutig mit einem Ja beantworten. Wochen! Unsere neu entwickelte Methode und die Computerkapazitäten, über die wir verfügen, machen es möglich, die Analysezeit zu verkürzen. Und es ist natürlich von Vorteil, dass die Anfrage von der SIS kommt.« Er räuspert sich. »Gestatten Sie mir die Frage, wem die Knochen gehören?«

»Sie gehören der SIS«, sagt Diane schnell.

»Selbstverständlich. Ich meinte eher, zu welchem Menschen die Knochen einmal gehört haben.«

Wenn es drauf ankommt, bin ich ein begnadeter Lügner.

»Wir glauben«, sage ich mit vorgetäuscht atemloser Stimme, »dass wir die Skelette von Pontius Pilatus, seiner Frau Claudia Procula und deren Sohn gefunden haben.«

Die Notlüge verschlägt Alexander Stockham die Sprache.

»Wow!«, platzt er heraus.

Die Frage

1

Zurück in London. Rebecca und ich haben im Thistle Marble Arch eingecheckt, Diane ist zurück zur SIS gefahren.

Ich grübele über all das nach, worüber wir gestolpert sind. Jesus' Zwillingsschwester. Rachels Evangelium. Marias Grab. Und das letzte Geheimnis, das Menashe Frum nicht mehr geschafft hat, uns zu erzählen. Das, was wir nicht wissen.

Meine Gedanken und Theorien werden immer wieder abgelenkt von Rebecca. Ist es überhaupt vorstellbar, dass sie meine Geliebte wird? Oder verhalte ich mich wie ein lächerlicher Vierzehnjähriger, der in die schärfste Lehrerin der Schule verknallt ist? Rebecca hat nichts gesagt. Auch ihre Blicke verraten nichts. Ich ertrage diese Unsicherheit nicht länger, muss meinen Mut zusammennehmen.

Ich war schon immer ein Feigling. Die Initiative habe ich immer den Frauen überlassen. Ich habe Angst, abgewiesen, gewogen und als zu leicht befunden zu werden. Angst, ausgelacht zu werden. Meine Gefühle zu offenbaren. Aber das Risiko muss ich eingehen. Ich versuche mich zu erinnern, was ich in den Fällen, in denen ich Erfolg hatte, getan habe. War ich authentisch? War ich besonders geistreich? Die traurige Wahrheit ist, dass ich es nicht weiß. Ich erinnere mich nicht, ich kann es nicht sagen. Ich kann nur versuchen, mein Bestes zu geben.

Rebecca und ich haben uns verabredet, in einem Restaurant in Soho essen zu gehen. Dort werde ich sie fragen. Sie erobern.

Ich habe Angst. Aber ich habe keine Wahl.

II

Die Concierge im Hotel hat einen Tisch für uns reserviert. Wir bestellen ein Fischgericht und eine Flasche Wein. Wir essen im Großen und Ganzen schweigend, ab und zu unterbrochen von einer kurzen Bemerkung.

Komm schon, sagt Papa.

Was meinst du?

Spiel nicht den Dummen.

Sie wird mich auslachen.

Natürlich nicht. Sei kein Feigling!

Ich weiß nicht…

Keine Angst, Bjørn. Das geht gut. Glaub mir.

Als wir gegessen haben, nehme ich all meinen Mut zusammen. Ich räuspere mich mehrmals. Aus der Pianobar klingt »As Time Goes By« herüber. Ich höre den Text in meinem Kopf: *You must remember this, a kiss is just a kiss, a sigh is just a sigh.*

Verdammt, wie mein Herz hämmert!

»Rebecca?«

»Ja?«

»Ich möchte dir was sagen…«

»Ja?«

»Versprich mir, mich nicht auszulachen.«

Erst jetzt habe ich ihre volle Aufmerksamkeit.

»Natürlich nicht. Worum geht es?«

»Ich würde dich gerne etwas fragen.«
»Ja?« Pause. »Frag.«
Pause.
»Willst du die Frau an meiner Seite sein?«

Als die Worte meine spröden, bleichen Lippen verlassen, höre ich, wie monumental die Frage klingt, und wie verkehrt die Direktheit ist. Ich hätte es anders formulieren sollen. *Ich möchte dich näher kennenlernen*, hätte ich sagen können, oder *Willst du mich besser kennenlernen*? So was in der Richtung. Meine direkte Frage klang wie tumbe Anmache. Ich sehe Rebecca an, dass die Frage sie überrumpelt. Sie schaut mir in die Augen. Ich habe wohl gehofft, dass sie sich mir um den Hals wirft, mich leidenschaftlich küsst und *Ja, ja, ja!* haucht. Aber ihr Blick ist leer. Sie sieht mich mit halb offenem Mund an.

»Bjørn …«, flüstert sie.

Mein Name löst sich in Luft auf.

Gefolgt von einem Kuss wäre das eine Antwort gewesen. Aber es folgt nichts außer diesem leeren, überrumpelten Blick.

»Sorry. Das war eine dumme Frage von mir«, murmele ich.

»Nein, nein, nein …« Die Worte kommen schnell, wie eine Maschinengewehrsalve. »Deine Frage ist sehr schön, ich … Bjørn, was soll ich sagen … Ich …«

Ich bereue, keine Spitzhacke dabeizuhaben, dann hätte ich mir ganz schnell ein Loch in Londons Untergrund graben und darin verschwinden können.

Rebecca sieht aus, als schnappe sie auf der Suche nach einer passenden Antwort nach Luft.

»Vergiss es, du musst mir nicht antworten«, sage ich. »Es war dumm von mir zu fragen.«

Eine neue Salve aus der Maschinenpistole.

»Nein, nein, nein, nein, nein!«

»Ich dachte nur …«

»Nein, nein, nein, versteh mich bitte nicht falsch. Ich bin froh, dass du das fragst. Ich mag dich sehr. Ich weiß nur nicht …«

… wie ich dir einen Korb geben soll, ohne dich zu verletzen.

Tief in meinem Hals verspüre ich einen dicken Kloß, aber ich darf jetzt auf keinen Fall in Tränen ausbrechen. Es wäre die totale Erniedrigung, vor einer Frau zu heulen, die dir gerade einen Korb gegeben hat. Ich muss mein Gesicht wahren. Also lächele ich. Der verständnisvolle, herzensgute Bjørn. Ich strecke den Arm aus und lege meine Hand auf ihre.

»Ist schon okay«, sage ich. »Denk in Ruhe darüber nach, ich brauche nicht gleich eine Antwort, denk einfach drüber nach.«

Sie sieht mich an, ihre Augen sind feucht.

»Ich werde darüber nachdenken. Ganz bestimmt. Bitte, versteh mich nicht falsch … Das kommt nur etwas … plötzlich … Ich …«

Jetzt bin ich es, der sie beruhigt. Der Kellner kommt mit der Dessertkarte, aber keiner von uns hat Appetit. Wir trinken unseren Wein aus und bezahlen. Während der Taxifahrt zurück zum Hotel reden wir nicht. Rebeccas Zimmer ist in der vierten, meins in der sechsten Etage. Sie küsst mich auf die Wange, ehe sie aus dem Fahrstuhl tritt. Auf dem Flur setzt sie an, etwas zu sagen, schluckt es dann aber runter. Als die Fahrstuhltür zugleitet, murmelt sie *Goodnight* oder *Goodbye*, es ist schlecht zu verstehen.

Siri Schau (V)

ZWISCHENSPIEL
PROVINZ NONTHABURI,
THAILAND

Im Zellengang war es dunkel und warm. Unerträglich warm. Es stank so beißend nach Urin und Exkrementen, dass sie würgen musste.

Der uniformierte Wachmann blieb vor Zelle 221 stehen.

»*Here, ma'am.*«

Er schloss auf und baute sich mit zwei weiteren Wachleuten mit auf dem Rücken verschränkten Armen am Rand der Zelle auf.

Drinnen war es dunkel, sie sah aber, dass der Mann sich von der Pritsche erhob.

»Das ging aber fix!«, sagte er mit rauer, heiserer Stimme.

Erst aus der Nähe erkannte sie seine Züge. Er war klein und mager. Die Haut gelblich. Die langen grauen Haare hatte er zu einem Pferdeschwanz zusammengefasst.

»Ja, fix«, sagte sie. »Danke, dass Sie bereit sind, mit mir zu reden.«

»Ich hab seit sechs Jahren kein Norwegisch mehr gesprochen.«

»Sechs Jahre?«

»Ja, das letzte Mal mit dem Seemannspfarrer. Vor sechs Jahren, zwei Monaten und drei Wochen. Ich hab ihm gesagt, dass er verschwinden soll.«

»Verschwinden? Wohin?«

»Zur Hölle.«

»Das war vielleicht nicht so klug.«

»Norwegisch reden ist okay. Aber nicht über so eine Bibelscheiße. Ich kann diese Pfaffen nicht ausstehen.«

»Und was ist mit Bullen?«, fragte sie lächelnd. Humor half oft weiter.

Er lachte. »Solange die nix gegen mich haben.«

»Ich habe nichts gegen Sie. Nur ein paar Fragen.«

»Zu einem Mordfall?« Er breitete lachend die Arme aus. »Ich habe ein Alibi, sogar ein verdammt gutes.«

»Der Ermordete hatte Ihren Vater wegen sexueller Übergriffe angezeigt.«

Sein Blick verfinsterte sich.

»Vor langer Zeit. 1960, um genau zu sein.«

»Das war vor meiner Zeit. Ich bin erst 65 auf die Welt gekommen.«

»Haben Sie davon gehört?«

»Nein.«

»Er hat Ihren Vater beschuldigt, dass ...«

»Ich verstehe schon.«

»Sie wissen, dass Ihr Vater ...«

»Ein Scheißpädophiler war? Und ob ich das weiß. Ein Päderastenarschloch!«

»Ihr Vater wurde freigesprochen.«

»Ha!«

»Ich dachte ...«

»Nein. Sie haben nicht gedacht. Das ist es ja eben, Sie haben *nicht* nachgedacht. Sie glauben, dass man unschuldig ist, wenn das Gericht einen freigesprochen hat. Verdammt, wie naiv. So ist das aber nicht. Das sollten Sie als Bulle wirklich wissen.«

Der Gestank schien schlimmer zu werden. Sie atmete durch

den Mund und versuchte krampfhaft, gegen den Drang anzukämpfen, sich zu übergeben.

»Man gewöhnt sich daran«, sagte er.

»An was?«

»An den Gestank. Von Scheiße, Pisse, Kotze.«

Sie antwortete nicht.

»Er war schuldig, ohne Frage. Wenn er angezeigt wurde, war er auch schuldig.«

»Das können Sie doch gar nicht wissen.«

Er starrte sie an. »Doch, das kann ich.«

»Inwiefern?«

Er stand auf und lief in der Zelle herum.

»Ich war zehn Jahre«, sagte er.

»Zehn Jahre?«

»Beim ersten Mal ...«

Sie sah ihn an.

»Zehn Jahre«, wiederholte er und begann unvermittelt zu weinen. Sie wusste nicht, was sie sagen oder tun sollte.

»Sie verstehen vielleicht, warum ...«, begann er.

»Warum was?«

»Warum er getötet wurde.«

»Der Fall wurde nie aufgeklärt ...«

»Mann, verdammt ... Shit! Er hat gekriegt, was er verdient hat. Das Rechtswesen hat versagt, die Gerechtigkeit hat gewonnen.«

»Wissen Sie, wer ...?«

»Na klar! Was glauben Sie denn? Aber sicher weiß ich, wer ihn niedergestochen hat. Kaltblütig. Eiskalt. Wer ihm in die Augen gesehen hat, während das Blut aus ihm rauspumpte, bis er tot war.«

»Sie?«

»*You bet*! Und wissen Sie, was? Ich bereue es keine Sekunde. Keine Scheißsekunde. Im Gegenteil, ich bin stolz darauf! Verdammt stolz. Für all die anderen, die dieses Arschloch kaputtgemacht hat.«

»Warum gestehen Sie das jetzt?«

»Warum nicht? Ich hab doch nichts mehr zu verlieren.«

*

Auf dem Weg aus dem Gefängnis kam Siri Schau die Verjährungsfrist in den Sinn. Er hatte vollkommen recht. Er hatte nichts zu verlieren. Der Mord war seit 2012 verjährt.

Und exakt im selben Augenblick – als sie endlich frische Luft in ihre Lungen saugte – kam ihr wie aus dem Nichts ein weiterer Gedanke.

Etwas *ganz* anderes.

Plötzlich verstand sie, was an dem Abend passiert war, an dem Jakob niedergeschossen und Ragnvald erschlagen wurde.

Eine nach der anderen hatte sie alle Theorien ad acta gelegt. Abgehakt. Gestrichen. Bis sie nichts mehr in den Händen hielt. Aber auch nichts ist etwas. Denn nur aus dem Nichts entsteht ein neuer Verdacht. Eine wilde Theorie. Vielleicht die schwierigste von allen. Aber trotzdem.

Sie hatte nichts, das ihre Theorie stützte. Nur diesen Gedanken, der nicht mehr weichen wollte. Und die Gewissheit, dass sie endlich verstanden hatte, was geschehen war.

Die Libelle

I

Rebecca ist weg.

Sie geht nicht ans Telefon, als ich sie am nächsten Morgen in ihrem Zimmer anrufe. Das Handy ist ausgeschaltet. An der Rezeption sagen sie mir, dass sie ausgecheckt, mir aber eine Nachricht hinterlassen hat.

Das ist keine Nachricht, es ist ein Brief.

Ich nehme den Brief mit an die Bar und bestelle ein Bier. Lese ihn mehrere Male. Erst schnell. Dann langsam. Ein merkwürdiger Brief. Wirklich. Ich weiß nicht, wie ich Rebeccas Worte deuten soll, glaube aber, dass sie beim Schreiben geweint hat.

Mein liebster Bjørn, beginnt sie, *My dearest Bjørn.* Ihre Handschrift ist luftig und gleichmäßig, ein Faden, der ihre Gedanken zusammenhält.

Du darfst nicht schlecht über mich denken. Aber ich brauche Zeit. Zeit, mich zu sammeln. Um nachzudenken. Ich habe dich sehr gern, Bjørn. Es hat nichts mit dir zu tun, glaub mir.

Diese Klischees hätte sie sich sparen können. Natürlich hat es mit mir zu tun, mit wem denn sonst! Es hat mit *uns* zu tun*!* Mit Rebecca und mir. Wenn jemand so etwas sagt – *es hat nichts mit dir zu tun* – dann hört sich das immer so an, als wollte der andere edelmütig eine ganze Traktorladung Asche über seinem Haupt auskippen. Wie viele Menschen haben ihre Partner schon mit diesen verlogenen Worten verlassen?

Sie schreibt, dass meine Frage, ob sie ihr Leben mit mir teilen möchte, sich für sie anfühlt wie ein existenzieller Faustschlag. *Das Leben teilen? Mit mir?*, schreibt sie. *Dass mich jemand lieben kann, habe ich schon vor langer Zeit abgeschrieben. Wer,* schreibt sie, *würde jemanden wie mich wollen?*

Ich! Ich, Rebecca. Ich will dich.

Sie schreibt, dass meine Frage ihr die Augen geöffnet hat. Dass sie endlich erkennen muss, was für ein Leben sie führt.

Wer bin ich, Bjørn? Wie du stehe ich außerhalb der Gemeinschaft. Wer will ich für den Rest meines Lebens sein? Was ist meine Identität? Bin ich mir selbst genug, oder will ich die Partnerin von jemandem sein? Mein Lieber, ich erwarte nicht, dass du das verstehst, und wenn ich dich richtig kenne (und ich glaube, das tue ich), deutest du meine kläglichen Worte jetzt bereits als Ablehnung, wie ein brutales NEIN!!!!! Dem letzten unterstrichenen Wort folgen fünf Ausrufezeichen, als wäre ich schwer von Begriff. *Aber so ist das wirklich nicht gemeint; deine Frage macht mich unheimlich glücklich, gleichzeitig bekomme ich aber auch eine Wahnsinnsangst und fühle mich total klein. Die Frage zwingt mich zu einer Selbstanalyse, die ich dir ersparen will.*

Sie fährt wirklich die ganz großen Geschütze auf. Ein Ja oder Nein hätte mir völlig gereicht. Am liebsten natürlich ein Ja. Okay, sie will nachdenken. Auch eine Antwort. Und sie schreibt, dass sie Angst hat. Angst vor ihren Gefühlen. Angst vor meinen. Angst davor, eine Beziehung einzugehen, die scheitern könnte. Ich in Oslo, sie in Jerusalem. Sie hat viele gute Argumente. Die es mir allerdings nicht leichter machen, dass sie nicht unmittelbar gejubelt und ja gesagt hat. Damit muss ich jetzt leben.

Ich verstehe den Brief nicht. Auch nicht nach fünfhundert Mal lesen. Hält sie die Tür einen Spaltbreit auf? Viel deutet nicht darauf hin. Ich verstehe nicht, was sie meint. Die Summe der Worte ergibt keinen Sinn.

II

Ich habe einmal zwei Libellen im Paarungsflug über einem See beobachtet. Hin und her, immer wieder, ein wollüstiger Tanz, seit Jahrtausenden kodiert, hin und her, immer wieder. Als sie sich für wenige Sekunden voneinander lösten, kam ein Vogel angeschossen und schnappte sich eine der Libellen. Die andere Libelle kam erwartungsvoll wieder angeflattert. Aber wo war die Auserwählte? Verwirrt flog sie über den Teich, und ich spürte förmlich ihre Verzweiflung. Sie wusste nicht, was passiert war. War sie verlassen worden? War eine andere, schnellere Libelle mit der Herzallerliebsten davongeflogen?

Ich werde diese Szene nie vergessen.

X

Oslo

Der Judaskuss

1

Was ist Zeit? Abgerissene Blätter eines Kalenders. Durchgestrichene, abgelaufene Daten. Alte, vergilbte Zeitungsseiten mit den Nachrichten von gestern.

Zeit ist etwas Vergangenes. Und etwas, in dem wir uns mittendrin befinden.

Zeit sind all die kleinen und großen Augenblicke, die in unerbittlicher Chronologie oder chaotischer Symmetrie sich zu Ketten halbvergessener Erinnerungen aneinanderreihen. Die Summe all dieser Augenblicke nennen wir – in Ermangelung von Worten, die den zerbrechlichen, dünnen, roten Faden, der sich von der Geburt bis zum Tod zieht, wirklich charakterisieren – Leben.

Es reicht jetzt, sagt Papa.

Ich nehme einen Linienflug zurück nach Oslo. In meinem Bauch ist ein schwarzes Loch, das gerade alle Organe und Gedanken aufsaugt. Rebecca und Rachel. Jesus und Jakob. Maria und Josef. Victoria und Ragnvald. Alles scheint verworren und ineinander verwoben. Ich ringe nach Atem. Meine Hände umklammern die Armlehnen so fest, dass sich meine Sehnen anspannen. Rebecca. Ich habe sie verloren. Sie ist nach Hause gefahren. Es ist nicht auszuhalten. Was bin ich nur für ein Idiot! Unerträglich. *Jetzt beruhige dich mal, Bjørn,* flüstert Papa. Guter

Papa. Aber wie soll das gehen? Mich beruhigen? Mein Herz hämmert. Rebecca, denke ich. *Bjørn*, raunt Papa. Über der Nordsee nehme ich eine Xanor, um zur Ruhe zu kommen. Ich werfe diese Pillen nicht oft ein, so gut wie nie, habe aber immer welche bei mir. Für den Notfall. Als Rettungsring. Ich schließe die Augen, während ich auf den Effekt warte. Es dauert etwa eine Stunde, bis das Mittel richtig wirkt, doch schon jetzt spüre ich, wie mein Herz sich zögernd beruhigt. Der Kapitän sagt etwas über den Lautsprecher. Ich bekomme es nicht mit. Das Kabinenpersonal schiebt Wägelchen herum. Kaffee oder Tee? Ein Kind weint. Langsam beruhigt sich auch mein Atem. Ich schließe die Augen. Mein Herz findet seinen alten Rhythmus. Ich lehne mich zurück und versuche, mich zu konzentrieren. Im Kielwasser der Panikattacke kommt mir die Erkenntnis, was mit Jakob und Ragnvald passiert ist. Sicher bin ich mir natürlich nicht, ich war ja nicht dabei. Aber ein Bild – oder eher eine Sequenz von Bildern – fügt sich in meinem Kopf zusammen. Ich habe die letzten Tage viel nachgedacht. Die Summe dieser Gedanken – Bruchstücke von Informationen, Theorien, Zusammenhänge, Mutmaßungen – führen mich zu einer Hypothese. Ja, ich glaube zu wissen, wer Jakob niedergeschossen und Ragnvald erschlagen hat. Und auch, warum. Ich glaube zu wissen, wie das Ganze auf absurde Weise zusammenhängt. Natürlich, so muss es gewesen sein.

II

Ich schließe die Tür meiner Wohnung auf. Rebeccas Duft hängt noch in den Räumen, oder bilde ich mir das nur ein? Ich stelle den Koffer im Flur ab.

Ich habe ihr eine SMS geschrieben, aber sie hat nicht geantwortet. Nun, vermutlich ist auch das eine Antwort. Ich habe sie gefragt, ob sie in London geblieben oder zurück nach Jerusalem gereist ist. Keine große Sache. Sie hätte ruhig antworten können, ohne sich was zu vergeben. Oder sitzt sie gerade im Flugzeug und kann deshalb nicht schreiben?

Bedenkzeit? Was will sie mit Bedenkzeit? Ein Ja oder Nein könnte ich verstehen, aber Bedenkzeit?

All das, was wir gemeinsam erlebt haben, geht mir durch den Kopf. Alle Theorien, die uns präsentiert wurden – bewusst platzierte falsche Fährten oder Irrläufer der eigenen Überzeugung. Jünger und Propheten, Engel und Dämonen – es war wirklich alles dabei. Was werden die DNA-Proben ergeben? Nichts?

Ich war da, als sie Hilfe brauchte. Der dumme, liebe Bjørn. Dabei hat sie gar nicht mich gebraucht. Ich muss der Wahrheit ins Auge sehen. Jeder Idiot hätte das leisten können. Der Zufall hat sie in meine Arme getrieben, sie brauchte meine Hilfe, war aber nie mein.

Mein Blick fällt auf das Sofa, auf dem sie geschlafen hat. Ich sollte es austauschen. Ich kann es nicht behalten. Es kann nicht da in meiner Wohnung stehen, in meinem Zuhause, und mich für immer und ewig daran erinnern, dass sie bei mir geschlafen hat und dann einfach verschwunden ist.

Ich hätte niemals fragen dürfen. Das Resultat wäre dasselbe gewesen, aber dann hätte ich mir wenigstens den Glauben bewahrt – die flammende Hoffnung, dass – trotz alledem – ein *Wir* möglich gewesen wäre.

Man sollte den Glauben und die Hoffnung niemals unterschätzen.

III

Ich gehe in mein Büro und schalte den Computer ein, um einen Blick in mein E-Mail-Postfach zu werfen. Zwischen Angeboten für Rolex-Uhren und Viagra finde ich eine Mail von Salazar Nucci, dem Leiter des Codex Project in Florenz, die Diane an mich weitergeleitet hat.

Von: Salazar Nucci [salazar.nucci@projectcodex.it]
An: Diane MacMullin [diane.macmullin@sis.co.uk]
Betreff: Judaskuss

Liebe Diane,
danke für euren Besuch. Und lass mich dir nochmal sagen, wie leid es mir tut, dass ich in meiner Naivität Tzafir Drach mehr und ausführlichere Informationen gegeben habe als der SIS. Der Grund dafür ist nicht mangelnde Loyalität meinerseits. Ich habe mich einfach von Drach blenden lassen, weil ich dachte, er handele in deinem Auftrag. Ich hoffe, du akzeptierst diese E-Mail als Entschuldigung. Das Ganze tut mir von Herzen leid. Folglich überlasse ich es auch dir, ob du die Informationen, die jetzt folgen, an Drach weiterleitest oder für dich behältst.
Wie schon bei eurem Besuch in Florenz erwähnt, stand die Übersetzung der letzten Seiten noch aus. Wahrhaft eine interessante Lektüre. Es geht darin um niemand Geringeren als Judas Ischariot. Laut Bibel war Judas der Jünger, der Jesus für dreißig Silberlinge mit einem Kuss verraten hat – weil Satan in ihn gefahren war. Das Ganze klingt verdächtig nach einer theologischen Anpassung des Bildes, das die Evangelisten von Judas zeichnen wollten: als Inkarnation des Bösen – verblendet, gierig, durchtrieben. Rachels Text lässt uns an einer ganz anderen Geschichte teilhaben. Aber lass

mich vorher noch kurz auf die derzeit herrschende theologische Sicht eingehen.
Kurz vor dem Pessachfest ließen die Hohepriester nach Jesus suchen, um ihn zu verhaften. Sie hatten nicht mehr viel Zeit und fürchteten einen Aufstand, wenn sie ihn während der Feiertage festnahmen. Laut Bibel finden die Hohepriester in Judas einen willigen Alliierten.
Da ging hin der Zwölf einer, mit Namen Judas Ischariot, zu den Hohepriestern und sprach: Was wollt ihr mir geben? Ich will ihn euch verraten. Und sie boten ihm dreißig Silberlinge. Und von dem an suchte er Gelegenheit, dass er ihn verriete.

Evangelium nach Matthäus
Kapitel 26, Vers 14-16

Bei Lukas liest sich die gleiche Geschichte wie folgt:

Und die Hohepriester und Schriftgelehrten trachteten, wie sie ihn töteten; und fürchteten sich vor dem Volk.
Es war aber der Satanas gefahren in den Judas, genannt Ischariot, der da war aus der Zahl der Zwölf. Und er ging hin und redete mit den Hohepriestern und Hauptleuten, wie er ihn wollte ihnen überantworten. Und sie wurden froh und gelobten, ihm Geld zu geben. Und er versprach es und suchte Gelegenheit, dass er ihn überantwortete ohne Lärmen.

Evangelium nach Lukas
Kapitel 22, Vers 2-6

Glauben wir Johannes, versammelte Jesus seine Jünger zu einer letzten Mahlzeit um sich und sagte: »Einer von euch wird mich verraten.« Die Jünger sahen einander an, sie verstanden nicht, wen er meinte. Einer von ihnen fragte: »Herr, wer wird das sein?«

Jesus antwortete: »Der, dem ich das Stück Brot gebe, das ich jetzt eintauche.«
Und er tauchte den Bissen ein und gab ihn Judas, Simons Sohn, dem Ischariot. Und nach dem Bissen fuhr der Satan in ihn.

Evangelium nach Johannes
Kapitel 13, Vers 26-27

In dem ältesten Evangelium aber, dem nach Markus, ist Judas' Motiv unklar:

Und Judas Ischariot, einer von den Zwölfen, ging hin zu den Hohepriestern, dass er ihn verriete. Da sie das hörten, wurden sie froh und verhießen, ihm Geld zu geben. Und er suchte, wie er ihn füglich verriete.

Evangelium nach Markus
Kapitel 14, Vers 10-11

Hier wird das Geld als Belohnung dargestellt, nachdem Judas Jesus verraten hat. Bei Lukas und Johannes werden Satan und die Geldgier als direkte Ursachen genannt.

Warum wird Jesus von einem seiner engsten Vertrauten verraten? Für die Beantwortung dieser Frage gibt es viele theologisch-religiöse Theorien. Eine davon lautet, dass Judas religiös desillusioniert war, eine andere, dass er das Gefühl hatte, Jesus habe in seiner Aufgabe, die römische Besatzung zu beenden, versagt. Andere wiederum meinen, dass Judas' Verrat ein notwendiger Teil von Gottes großem Plan war; Judas als Werkzeug höherer Mächte sozusagen. Die Festnahme und Kreuzigung war notwendig, damit Jesus für unsere Sünden sterben konnte. Schenken wir der apokryphen Schrift Judas-Evangelium (Euangelion Ioudas) Glauben – was nicht unbedingt anzuraten ist –, hat Jesus Judas aufgefordert, ihn zu verraten. Wie auch immer, hat Jesus Judas' Verrat vorhergesehen – und sein Schicksal akzeptiert. Die Evangelisten nehmen indirekt die Position ein, dass Judas' Verrat eine Erfüllung der Schrift war. Judas war nur eine notwendige Spielfigur – und ein Verdammter.

Dann gibt es noch die Version, dass der Judaskuss und der Verrat erdichtet sind. Sogar Linguisten spielen bei der Deutung des Judasverrates eine Rolle. Wie ist das griechische Wort paradidomi zu deuten? Es kann durchaus als »Verrat« übersetzt werden. Die primäre Bedeutung jedoch ist »Übergeben/Ausliefern«. In der Logienquelle Q wird Judas überhaupt nicht erwähnt, und Paulus verweist nur indirekt auf ihn. Andere sind der Meinung, dass niemand eine so herabwürdigende Geschichte erfinden würde, die auch ein schlechtes Licht auf Jesus' Urteilsvermögen wirft. War der Vertraute Judas wirklich so zynisch und schlecht?

Bei Rachel wiederum finden wir eine ganz andere Schilderung der Ereignisse. Sowohl sie als auch Judas hatten erkannt, dass sich das Netz immer enger um Jesus zusammenzog. Es folgt ein Zitat aus dem Evangelium der Rachel – gestern übersetzt –, das unser Verständnis von Judas grundlegend auf den Kopf stellt:

Es ging aufs Pessachfest zu. Wir, die wir Jesus liebten, fürchteten, dass sich die Stunde näherte, in der er diese Welt verlassen würde. Wir wussten, dass die Hohepriester und die Schriftgelehrten darüber berieten, wie sie ihn aus dem Weg räumen konnten. Gemeinsam mit Judas, der den Beinamen Ischariot trug, machte ich mich auf den Weg, um mit den Hohepriestern und Offizieren der Tempelwache zu sprechen, wie Jesus gerettet werden könnte. »Bringt ihn zu uns!«, sagten sie. »Aber Ihr wollt ihm doch nichts Gutes«, sagte Judas. Ich sagte: »Wir sind nicht gekommen, weil wir unseren Herrn Jesus ausliefern wollen, wir bitten um sein Leben.« Aber die Hohepriester und Schriftgelehrten hörten nicht zu und wiesen uns ab. Sie warfen uns Silbermünzen hinterher, verhöhnten uns und sagten, wir würden noch mehr bekommen, wenn wir unseren Herrn verrieten und ihnen sagten, wo sie ihn finden könnten. Wir ließen die Münzen im Staub liegen, und Judas sagte: »Sie glauben immer das Schlimmste von uns!«

Evangelium nach Rachel

Wenn Rachels Version stimmt, ist Judas das unschuldige Opfer einer der hässlichsten Verleumdungskampagnen seiner Zeit. Der reinste Rufmord. Judas war kein Verräter. Rachel und Judas haben die Römer und Hohepriester aufgesucht, um Jesus' Leben zu retten. Sie wollten ihn zu keinem Zeitpunkt verraten oder ausliefern.

Liebe Diane – unsere Theologen und Historiker sind noch eifrig dabei, Rachels Text und ihre Formulierungen zu analysieren. Diese aufsehenerregende Neuigkeit wollte ich aber gleich mit dir teilen.

Mit Hochachtung und Respekt
Salazar Nucci

Jakob

1

Jakob liegt blass und noch immer von den Schlägen gezeichnet im Krankenhausbett. Er schläft. Infusions- und Drainageschläuche sind an seinen Körper angeschlossen.

Ich habe Weintrauben mitgebracht, eine Schachtel Konfekt und eine Zeitung.

Ich wecke ihn vorsichtig.

»Bjørn«, murmelt er mit trockener Stimme.

Ich erzähle ihm, was in den letzten Tagen alles passiert ist. Er wirkt seltsam desinteressiert. Vermutlich hat er genug eigene Probleme. Ich fühle ein ungeheures Unbehagen, ihn mit meinem Verdacht zu konfrontieren. Aber ich habe keine Wahl.

»Jakob?«

Keine Reaktion.

»Ich muss dich etwas fragen.«

Er begegnet meinem Blick.

»Es gibt da eine Sache, über die ich mir Gedanken gemacht habe.«

Er legt den Kopf etwas zur Seite.

Ich lasse die Bombe platzen.

»Ihr wurdet gar nicht überfallen, oder?«

Er sieht mich an, scheint zu überlegen, was er antworten soll.

Ich komme ihm zuvor. »Ich glaube, ich weiß, was passiert ist.«

Er muss sich räuspern, bevor er antworten kann.

»Wirklich?«

»Da war niemand. Keine Osteuropäer. Keine Einbrecher. Niemand, der auf der Jagd nach der Kassette war, die deine Mutter hinterlassen hat.«

Er sieht mich lange an und lächelt schließlich traurig.

Ich weiß ungefähr, wie es abgelaufen ist. Trotzdem gebe ich Jakob die Gelegenheit, es mir selber zu erzählen.

II

Jakob richtet sich im Bett auf.

»Nachdem du mit den Papieren aus Mamas Büro bei uns warst, sind Vater und ich noch eine Weile sitzen geblieben und haben uns die Unterlagen und die Bilder angeschaut. Vater war aufgebracht und wütend. Auf mich. Auf Mutter. Ich habe nicht verstanden, warum. Er hatte diesen Zorn und diese Wut immer in sich, man wusste nie, wann es aufflackerte. An diesem Abend spürte ich die alte Angst meiner Kindheit, dass Papa die Beherrschung verlieren könnte. Er konnte schrecklich wütend werden. Ich habe nie verstanden, warum, oder was ihn so in Rage brachte. Wir saßen zusammen und blätterten durch die Unterlagen, die du gefunden hast. Wir lasen die Briefe, die Notizen. Irgendwann nahm Vater ein paar der Papiere mit in sein Büro. Er war eine ganze Weile weg. Ich weiß nicht, was er dort gemacht hat. Vielleicht hat er jemanden angerufen oder etwas gegoogelt. Als er zurückkam, war er nicht mehr wiederzuerkennen, er war völlig außer sich. Schäumte vor Wut. Ich habe ihn gefragt, was los ist, und er begann sofort, mich anzubrüllen, mir die schlimmsten Schimpfwörter an den Kopf zu werfen. Es war schrecklich. Erniedrigend. Ganz fürchterlich. Er sagte, er habe schon immer einen Verdacht gehabt. Was für einen Verdacht, wollte ich wissen. Er war total rabiat, ein Wort gab das andere. Ich habe eigentlich gar nicht mitgekriegt, was er gesagt hat. Sein Ton war so hasserfüllt, so verdammend. *Homo* war noch das Netteste, was er gesagt hat. Wir waren beide nicht rational. All die Jahre aufgestauter Aggression. Auch in mir erwachte die Wut. Ich schäme mich, das zu sagen, aber ich war wie Vater, genau wie er. Ich beschimpfte ihn, verhöhnte ihn, sagte alles, was mir in den Sinn kam, um ihn zu provozieren. Dass er ein verkappter Homo sei, der sich nur nie getraut habe, sich zu outen. Ich hab das alles nur gesagt, um ihn zu verletzen. Irgendwann konnte er sich nicht mehr zusammenreißen und schlug mich mit der flachen Hand. Eine Ohrfeige. Da hab ich die Beherrschung verloren, weniger wegen des Schmerzes, sondern wegen der Demütigung. Ich habe die Faust geballt und ihm so hart an den Kiefer geschlagen, dass ich etwas knacken hörte. Er taumelte nach hinten und sackte auf die Knie. Ich glaube, er war ein paar Sekunden weg, aber er kippte nicht um. Ich habe wieder zugeschlagen. An den Kopf, ich habe ihn irgendwo an der Schläfe getroffen. Dieses Mal ging er zu Boden. Als er wieder zu sich kam, blutete er aus Ohr und Nase. Wir gingen aufeinander los. Er konnte ein paar gute Treffer setzen, das siehst du ja. Zum Schluss hatten wir beide kaum noch Kraft. Trotzdem beschimpfte er mich unablässig weiter. Hau ab, verschwinde!, sagte er. Ich rührte mich nicht vom Fleck. Ich will dich nicht mehr sehen! Nie mehr!, schrie er. Was ist denn mit mir?, habe ich zurückgeschrien. Du hast dich doch nie um mich gekümmert, sagte ich. Und das ist die Wahrheit. Die verfluchte Wahrheit. Er hat sich wirklich nie für mich interessiert. Ich hab ihm noch mehr hässliche Dinge an den Kopf geworfen, wollte ihn demütigen, ihn verhöhnen, wie er immer mich verhöhnt hat. *Glaubst du, ich habe deine Bli-*

cke nicht gesehen? Du bist hinter deiner noblen Fassade doch genau so ein Homo wie wir. Ja, vielleicht ein Päderast der schlimmsten Sorte. Du hast es auf jeden Fall in dir, du alter Heuchler. Ich redete immer weiter, ohne darüber nachzudenken, wollte ihm einfach nur wehtun. Ich wusste ja nicht, dass er … Er antwortete nicht, aber ich sah seine Augen feucht werden. Vielleicht war die Ader in seinem Hirn bereits geplatzt! Er taumelte aus dem Wohnzimmer. Ich wusste in diesem Moment genau, dass wir nie wieder miteinander reden würden, wenn ich jetzt ging. Wir sind beide zu stolz. Ich hätte gehen sollen, aber ich tat es nicht. Als er zurückkam, hielt er eine Pistole in der Hand. Kannst du dir das vorstellen? Eine Pistole! Er hatte erkannt, dass ich stärker war als er, und sich bewaffnet. Hau ab!, sagte er und wedelte mit der Pistole herum. Seine Augen waren ganz blank. Ich hatte ihn noch nie so aufgewühlt gesehen. Er wollte mich nicht nur aus seinem Haus, sondern aus seinem Leben werfen. Ein für alle Mal. Er führte sich auf wie ein Psychopath. Das war nicht mehr mein Vater, in diesem Moment war er ein Mann, der den Blick für die Wirklichkeit verloren hatte. Ich zeigte auf die Pistole und sagte zu ihm, dass das doch nicht sein Ernst sein könnte. Er hat auf mich gezielt. Verstehst du? Er hat auf mich gezielt. Mein Vater hat mit einer Pistole auf mich gezielt. *Raus mit dir!*, sagte er wieder und wieder. Ich entgegnete nur, dass er sich niemals trauen würde zu schießen. Aber sicher war ich mir nicht, er war nicht er selbst. Wir standen nur wenige Meter auseinander, dann ging ich langsam auf ihn zu. *Hau ab! Verschwinde!*, sagte er. Hätte er in diesem Moment abgedrückt, ich hätte keine Chance gehabt. Aber ich wollte einfach nicht glauben, dass er abdrückt. Schließlich standen wir so dicht voreinander, dass ich seine Hand zur Seite schieben konnte. Ich hatte nicht vor, ihm die Waffe zu entwenden, wollte sie nur zur Seite schieben. Vater verstand das falsch. Es gab ein Handgemenge. Er versuchte, die Hand wegzuziehen, und ich, ihm die Waffe aus der Hand zu drehen. Der Schuss löste sich unbeabsichtigt, davon bin ich überzeugt. Ein Unfall. Ich sah das in seinem Blick. Er war schockiert. Zuerst habe ich gar nichts gemerkt. Vater ließ die Pistole fallen, und ich hob sie auf. Er trat einen Schritt zurück. Dann spürte ich, dass ich getroffen war. Das Blut... aber keine Schmerzen. Ich sah Vater an. Ich weiß nicht, was er dachte, er sagte nichts. Keine Entschuldigung, dass es unbeabsichtigt geschehen war, nichts dergleichen. Wäre er er selbst gewesen, hätte er einen Krankenwagen gerufen. Aber er sah nicht seinen Sohn. Er sah einen verzweifelten Mann mit einer Pistole in der Hand. Er taumelte nach hinten und hielt die Hände schützend vor den Körper, als glaubte er, dass ich auf ihn schießen wollte. Schließlich verschwand er in seinem Büro, warf die Tür zu und schloss ab. Sicher, damit ich ihm nicht folgen und auf ihn schießen konnte. Ich stand einfach nur da. Irgendwann gaben meine Knie nach, und dann kam der Schmerz. Danach erinnere ich mich an nichts mehr.«

Ein paar Sekunden lang gelingt es Jakob, ruhig zu bleiben. Dann löst sein Gesicht sich auf. Das Zucken beginnt am Mundwinkel, dann an der Stirn und schließlich um die Augen herum. Die Tränen kommen vor dem Schluchzen. Ich setze mich auf die Bettkante, lege meine Arme um ihn und spüre, wie der muskulöse Körper zittert.

III

Als ich aus dem Fahrstuhl trete, begegne ich Kommissarin Siri Schau. Sie sieht müde aus.

Wir bleiben stehen.

Sie weiß es, denke ich.

Er weiß es, lese ich aus ihrem Blick.

Ich denke: Sie ist ein guter Mensch. Ganz bestimmt, ein guter Mensch.

Sie lächelt mich an, als würde sie gerade dasselbe über mich denken.

Aber das tut sie sicher nicht.

»Wie geht es ihm?«, fragt sie.

»Ich habe ihn schon in besserem Zustand erlebt.«

Sie nickt. »Ich komme direkt aus Thailand.«

»Urlaub?«

»Arbeit.«

»Er …«, beginne ich.

»Ja …«

Pause.

»Nun«, sage ich schließlich. »Sie wissen ohnehin, was ich sagen wollte.«

»Ja, ich denke schon.«

Ich halte den Fahrstuhl auf und sehe sie an. Es gibt nichts zu sagen. Sie geht hinein. »Viel Glück dann«, murmele ich. Wofür, weiß ich nicht, aber ich glaube, sie hat das auch gar nicht mitbekommen.

IV

Draußen auf dem Parkplatz glaube ich, Rebecca zu sehen. Ein Gesicht. Einbildung? Zwischen den Autodächern. Ein Blick, der meinen sucht. Oder war das jemand anderes? Ich blinzele, versuche, klar zu sehen. Ich muss mich geirrt haben. Das Gesicht ist bereits verschwunden. Außerdem kann sie das gar nicht gewesen sein, sie ist längst zurück in Jerusalem. In ihrem Land, in ihrem Leben. Mir ist schwindelig. Halluziniere ich? Ich weiß nicht, was ich glauben soll. Soll ich es wagen zu hoffen? Als sie hinter einem Lieferwagen zum Vorschein kommt, sehe ich, dass es nicht Rebecca ist. Natürlich nicht.

Aus der Einbildung erwächst schließlich die Erkenntnis, dass ich nicht aufgeben kann und will. Ich bin immer der gewesen, der sich zurückzieht, der sich den Niederlagen des Lebens beugt.

Aber dieses Mal nicht. Nein, ich kann Rebecca nicht aufgeben. Ich muss zu ihr. Das erfordert mehr Mut, als ich habe, aber ich muss. Auf die Gefahr hin, dass sie mir die Tür vor der Nase zuknallt.

Ich kann nicht aufgeben.

XI

Jerusalem

Geheimnisse

I

»Du?«

Ich.

Ihre Stimme kommt entfernt, flach und kratzig aus der Gegensprechanlage. Ich habe einen kleinen Koffer in der linken und eine Tasche in der rechten Hand. Ich stehe unten auf der Straße, hinter mir heult ein Krankenwagen vorbei. Ich weiß nicht, ob sie mich reinlassen oder zum Teufel schicken wird.

Die Sekunden ziehen sich wie Kaugummi.

Dann summt das Türschloss.

Ein erster Schritt.

II

Mit jeder Stufe nach oben habe ich das Gefühl, meinem persönlichen Abgrund einen Schritt näher zu kommen.

Es war dumm von mir hierherzukommen. Ich sehe das jetzt ein. Ich war mir so sicher, dass sie schon nachgeben wird, wenn ich nur energisch genug bin. Dass sie mich liebt, wenn sie meine ehrliche Hingabe spürt. Ist es nicht so, wie Männer ihre Frauen rumkriegen – mit ihrer Hartnäckigkeit? Indem sie ihren Widerstand brechen, Stück für Stück, Tag für Tag?

Dabei hat sie ihre Entscheidung längst getroffen. Sie hat mich verlassen. In London. Das sollte als Antwort eigentlich genügen. Sie ist gefahren, ohne ein Wort. Okay, sie hat einen Brief hinterlassen. Aber weg war sie.

Wahrscheinlich ist es mein Schicksal, dass die Frauen aus meinem Leben verschwinden. Früher oder später sind sie weg. Sogar Mama hatte irgendwann genug.

Was fehlt mir nur? Bin ich zu dumm, zu gutgläubig, zu selbstmitleidig, zu heuchlerisch, zu schwülstig?

Was stimmt mit mir nicht?

Mit jedem Schritt fühle ich mich schwerer. Mein Herz läuft Amok. Auf halber Strecke bleibe ich stehen. Am liebsten würde ich jetzt eine Xanor schlucken.

Aber nein. Diesen Kampf muss ich gewinnen!

»Bjørn?«

Ihre Stimme erreicht mich von oben. Sie fragt sich, wo ich bleibe. Aber es sind immerhin drei Stockwerke. Gefühlt hundert.

»Komme!«

Meine Stimme ist kraftlos, sie zittert, pfeift. Schon das eine Wort entlarvt meine Seelenlage.

Sie steht vor mir in der Tür.

Und sie weint.

Ehrliche, echte Tränen.

Trotzdem ringt sie sich ein Lächeln ab.

»Hallo«, schluchzt sie.

»Hallo«, quäke ich.

III

Wir reden den ganzen Tag.

Es klingt wie eine Tonaufnahme ihres Briefes. Sie braucht Zeit. Zeit zum Nachdenken. Sie mag mich. Aber sie ist sich nicht sicher, ob sie eine Beziehung eingehen will. Ich sei nicht das Problem, sie findet mich besonders, spannend, humorvoll und nett. Es erfüllt sie mit Stolz, dass ich sie gefragt habe. Aber sie weiß es nicht. Bla bla bla. Trotzdem verstehe ich ein bisschen besser, was sie meint, was sie fühlt und denkt. Ihre Angst, gar nicht ungleich der meinen, paralysiert sie zeitweise. Ihre Unsicherheit. Die Panik, sich etwas hinzugeben, um am Ende enttäuscht zu werden. All die Gefühle, mit denen ich selbst gerungen habe und ringe. All das hat sich an jenem Abend in London vor ihr aufgetürmt, weshalb sie keinen anderen Ausweg als Flucht gesehen hat. Sie gebraucht diesen Ausdruck: *Flucht*. »Ich habe Panik gekriegt, Bjørn!« Sie sagt, dass sie nicht stolz auf ihren Abgang ist, dass sie aber keine andere Wahl hatte.

Das Schlimme ist, dass ich sie verstehe.

Es hätte durchaus sein können, dass ich in jener Nacht Reißaus genommen hätte.

IV

Wir einigen uns darauf, das Thema erst einmal ruhen zu lassen. Bis auf Weiteres. Wir haben viel zu tun. Dem geheimnisvollen Verschwinden ihres Vaters sind wir noch nicht auf die Spur gekommen. Wir wissen, was er gefunden hat. Aber noch immer nicht, warum er verschwunden ist. Und wohin. Wir wollen unsere Ermittlungen abschließen, bevor ich zurück muss, zu Victorias Beerdigung.

Wir haben keine Zeit zu verlieren.

Rebecca will noch eine Waschmaschine anstellen. Ich nehme die Mappe mit Victorias Unterlagen aus meiner Tasche. Breite sie auf dem Tisch aus. Der alte Pass, die Briefe von Moshe, die Notizen und Fotos, das dünne Blatt mit der blauen Schrift, die Anstellungsbestätigung von der Uni. Ich blättere durch ihren Pass. Sehe mir die Fotos an. Gibt es da irgendetwas, das nach den Entwicklungen der letzten Tage anders aussieht? Ich suche, ohne zu wissen, wonach – ein Muster, einen Zusammenhang oder irgendetwas, das heraussticht.

Rebecca geht mit einem Korb voll Schmutzwäsche an mir vorbei.

»Die Papiere aus Victorias Vergangenheit?«, fragt sie und stellt den Korb auf den Tisch. »Findest du etwas?«

Ich beschreibe ihr die unterschiedlichen Papiere und Fotos.

»Was ist mit der Quittung?«

»Quittung?«

Sie nickt und zeigt auf den blauen Zettel mit dem Äskulapstab. Ich reiche ihn ihr. Sie runzelt die Stirn und zeigt auf den Text: דליימ אפור ,גולק בוהא.

»Seltsam«, sagt sie.

»Was?«

»Rofe meyaled, Ahuv Klug«, sagt sie auf Hebräisch.

»Und das bedeutet?«

»Ahuv Klug ist ein Name. Rofe heißt so viel wie Doktor, oder präziser: Arzt. Ein Rofe meyaled ist ein Frauenarzt.«

Die Zeit bleibt stehen.

Warum habe ich den Zusammenhang nicht erkannt? Der Äskulapstab ist ja ein medizinisches Symbol.

»Victoria war in Israel bei einem Frauenarzt?«

»Offensichtlich, in Nazareth. Datiert 15. September 1978. Das ist eine Quittung für eine gynäkologische Untersuchung samt Schwangerschaftstest.«

Ich muss schlucken und sehe Rebecca an. Noch ist ihr der Zusammenhang nicht aufgegangen.

Ich sage deshalb nichts, kein Wort.

Noch nicht. Vielleicht nie.

Aber ich verstehe.

Deshalb war Ragnvald so wütend, so außer sich. Die Prügelei hatte nichts mit der Homosexualität seines Sohnes zu tun. An dem Abend, an dem Jakob angeschossen wurde und Ragnvald starb, muss ihm die Wahrheit aufgegangen sein.

Die grausame Wahrheit.

Er hat Victorias Unterlagen einem Freund gefaxt, der Hebräisch spricht, und die Übersetzung der blauen Quittung aus Nazareth bekommen. Die Angst, die er nicht hatte verdrängen können, seit Victoria aus Israel zurückgekehrt war und ihm einen Sohn geboren hatte, war nicht unbegründet gewesen, das sah er nun ein.

Die brutale Wahrheit lautete: Jakob war nicht sein Kind.

Es gibt für alles Gründe, hat Victoria mir geschrieben. Ich will dich damit nicht belasten. Sie haben mir schon genug kaputtgemacht.

Endlich verstehe ich. Deshalb wollte Victoria nicht, dass ich vor ihrem Ableben in ihrer Vergangenheit grabe.

So ergibt alles einen Sinn.

Endlich.

Natürlich hätte ich die Quittung übersetzen lassen sollen. Aber ich bin nicht einmal auf die Idee gekommen. Ein blauer Zettel unter so vielen anderen Zetteln. Wie Poes *Entwende-*

ter Brief war er für mich unsichtbar geworden. Dabei hatte die Lösung die ganze Zeit vor meinen Augen gelegen.

Der Arzt, den sie 1978 in Nazareth aufsuchte, war ein Frauenarzt. Sie wurde im Sommer 1978 in Kapernaum schwanger. Moshe – der geheimnisvolle M – war nicht nur ihr Mentor und guter Kollege.

Moshe Mendelssohn war Victorias Geliebter.

Und Jakobs Vater.

V

Ich verstehe nicht, warum Rebecca das Offensichtliche nicht sieht. Will sie nicht verstehen? Den Zusammenhang nicht sehen? Sie geht leise vor sich hin summend mit der Schmutzwäsche ins Bad.

Ich logge mich in Facebook ein. Gehe zu dem Profil der Zwillinge von Lillemor Prøitz, finde aber nur Claus. Sein Profil ist frei zugänglich. Geboren am 1. Juli 1979. Ich bin über Facebook mit Jakob befreundet. Sein Geburtstag ist der siebzehnte Mai.

Ich rufe Rebecca zu, dass ich mal raus muss, frische Luft schnappen.

»Frische Luft?«, fragt sie lachend. »Da bist du hier wirklich am richtigen Ort!«

Ich gehe runter auf die Straße und wähle die Nummer von Victorias Freundin. Lillemor meldet sich sofort.

»Hier ist Bjørn Beltø.«

Sie antwortet nicht. Aber ich höre, dass sie noch da ist. Ich höre ihren Atem. Ihre Angst.

»Ich habe eine interessante Information bekommen«, sage ich und stelle mir vor, wie ihr Gesicht zuckt, sich verändert.

Sie antwortet noch immer nicht.

Die Stille zwischen uns wächst.

»Ich rufe aus Jerusalem an«, sage ich.

Sie weiß ganz genau, warum ich anrufe. Deshalb schweigt sie.

Schließlich sagt sie doch etwas: »Dann … ist es vorbei?«

Zuerst glaube ich, sie meint die Geheimnisse. Dass der Kampf verloren ist. Dann wird mir klar, dass wir seit Victorias Tod noch nicht miteinander gesprochen haben.

»Mein Beileid«, sage ich.

»Gleichfalls.«

»Ich bin auf eine wichtige Information gestoßen.« Stille. »Sie wissen vielleicht schon, warum ich anrufe? Es geht um Victoria und um das, was damals in Kapernaum passiert ist. Und vor allem um den Grund, weshalb Victoria mit alldem bis nach ihrem Tod gewartet hat. Sind Sie noch da?«

»Ja.«

»Als ich bei Ihnen war, haben Sie mir gesagt, dass Sie damals mit den Zwillingen schwanger waren.«

»Ja.«

»Das heißt also, dass Victoria nach Ihnen schwanger wurde?«

»Also bitte, die genauen Daten weiß ich nicht, so vertraut waren wir damals nun auch nicht.«

»Ihre Zwillinge wurden am 1. Juli 1979 geboren.«

»Ja.«

»Anderthalb Monate nach Jakob.«

»Ja?«

»Victoria war also vor Ihnen schwanger.«

»Das kann sein …«

»Ich bin stutzig geworden, weil Sie sagten, dass Victoria nach Ihnen schwanger geworden ist.«

»Lieber Herr Beltø, das geht doch weder Sie noch mich etwas an.«

»Sie ist tot, Lillemor.«

Sie beginnt zu weinen.

»Victoria wurde im Sommer 1978 in Israel schwanger«, sage ich. »Jakob wurde dort gezeugt.«

»Ist das denn so wichtig? Für irgendjemanden von uns?«

»Ja, das erklärt Victorias Geheimnistuerei. Und warum sie wollte, dass ich mit meinen Ermittlungen bis nach ihrem Tod warte.«

»Was soll ich dazu sagen? Ja, es kann stimmen, was Sie da gefolgert haben.«

»Hat Ragnvald nie einen Verdacht gehabt?«

Sie zögert, bis ihr klar wird, dass ich keine Ruhe geben werde, bis sie zusammenbricht und die Wahrheit sagt.

»Sie hat Ragnvald gesagt, der Termin sei im Juni. Als Jakob dann im Mai kam, ist Ragnvald davon ausgegangen, dass der Junge ein bisschen zu früh gekommen ist. Das ist ja nicht ungewöhnlich. Er war ein zierliches, kleines Baby.«

»Ragnvald hat es nie erfahren?«

»Nicht dass ich wüsste. Victoria und ich haben nie darüber gesprochen. Als wäre es nie geschehen. Jakob war immer Ragnvalds Sohn. Jakob muss das nicht wissen.«

»Dann ist Moshe Mendelssohn Jakobs Vater, oder?«

Lillemor Prøitz seufzt. Schließlich antwortet sie: »Sie haben sich auf einem Kongress in London kennengelernt. Sie war bis über beide Ohren verliebt. Sie hat sich mir aber nicht gleich anvertraut. Aber als sie nach Israel ging, war mir klar, dass da irgendetwas im Busche war. Ragnvald und mir hatte sie gesagt, sie sei im Auftrag der Uni dorthin entsendet worden. Dass es sich um eine Dienstreise handele. Aber das war es natürlich nicht. Kurz vor Weihnachten 1977 hat sie dann erwähnt, dass sie einen anderen getroffen hat. Ragnvald hatte keine Ahnung davon. Dieser israelische Professor war verheiratet und hatte eine junge Tochter. Sie hatten beide beschlossen, ihre Partner zu verlassen und gemeinsam ein neues Leben zu beginnen. So hat sie es mir jedenfalls gesagt. Aber wie Sie wissen, wurde nichts daraus. Im Gegenteil.«

Ich räuspere mich, um ihr zu zeigen, dass ich noch zuhöre.

»Als sie aus Israel zurückkam, war sie schwanger. Moshe war verschwunden. Was sollte sie tun? Eines Abends kam sie zu mir und erzählte mir die ganze Geschichte. Ich habe in all diesen Jahren kein Wort gesagt. Zu niemandem. Sie war meine beste Freundin, ich schuldete ihr das. Sie haben inzwischen das eine oder andere verstanden, aber ich bitte Sie, es gibt keinen Grund, Jakob etwas davon zu sagen. Einen solchen Schlag hat er nicht verdient.«

Anschließend rufe ich Diane an, um sie nach den Ergebnissen der DNA-Untersuchung zu fragen. Sie hat noch keine Neuigkeiten, rechnet aber damit, im Laufe des nächsten Tages von Alexander Stockham zu hören.

VI

Jakob … Rebecca …

Soll ich sie in das Geheimnis einweihen? Habe ich das Recht, mit Scheinwerfer und Lautsprecher in das dunkle Schicksal anderer Menschen einzumarschieren? Ist es meine Pflicht, die Wahrheit zu sagen? Ich weiß es wirklich nicht. Sie sind Halbgeschwister. Aber wollen sie das wirklich wissen? Würde es die Bilder zerstören, die Rebecca von ihrem Vater und Jakob von seiner Mutter haben? Ich weiß nicht, was ich tun oder sagen soll. Ob ich überhaupt etwas sagen soll.

Ich bin mir nicht sicher, ob Ragnvald die Wahrheit ahnte, bevor sie ihm an dem schicksalsträchtigen Abend, an dem ich mit Victorias Geheimnissen in ihr Leben eindrang, ins Gesicht geklatscht wurde. Natürlich hatte er an jenem Abend aus den Papieren herausgelesen, dass Jakob nicht sein Sohn und Victoria schon schwanger war, als sie aus Israel zurückkehrte. Vielleicht hatte er aber auch bereits viel früher verstanden, wie die Dinge lagen, so dass die Gewissheit all die Jahre wie ein Geschwür zwischen Victoria und ihm stand, unausgesprochen, aber so groß, schmerzhaft und unsichtbar, dass sie Einfluss nicht nur auf seine Beziehung zu Frauen hatte – zu Victoria im Speziellen, die ihn betrogen hatte –, sondern auch zu Jakob, seinem verlorenen Sohn, nein schlimmer: dem Sohn eines Fremden.

Hatte auch Josef in all den Jahren gedacht: Der Sohn eines Fremden?

Die Erkenntnis

I

Jeder bescheißt jeden. So ist es einfach. Wir haben alle unsere Motive, unsere schmutzigen, kleinen Geheimnisse.

Die Erkenntnis kommt langsam, Stück für Stück. Die Einsicht. Das Wissen. Ich sehe die Konturen bereits vor mir. Wenn auch noch schemenhaft. Ich glaube zu verstehen, was mit Moshe Mendelssohn passiert ist. Ich kann nichts beweisen, aber das wird auch nicht nötig sein. Manchmal reicht es nachzudenken und sich den logischen, rationalen, fantasievollen Schlussfolgerungen hinzugeben.

Fünfunddreißig Jahre lang fragt Rebecca sich nun bereits, was an jenem Septembertag 1978 mit ihrem Vater passiert ist. Trotzdem sieht sie das große Ganze noch nicht. Sie steht zu dicht davor.

II

Ich weiß nicht, was ich sagen soll. Oder wie viel sie verstanden hat.

»Du bist so still«, sagt Rebecca halb fragend, halb anklagend. *Verstehst du das denn wirklich nicht?*, würde ich am liebsten rufen. Victoria war bei einem Frauenarzt, da ist es doch klar, was passiert ist. Aber Rebeccas Fantasie reicht dafür nicht aus. *Du bist so bezaubernd naiv, liebe Rebecca, so unglaublich gutgläubig*. Sie geht vermutlich davon aus, dass Victoria schon schwanger war, bevor sie nach Israel gekommen ist. Sie weiß ja auch nicht, wann Jakobs Geburtstermin war. Was soll ich ihr sagen? Soll ich sie selbst ihre Schlüsse ziehen lassen? Die langsame Erkenntnis nagt an meiner Seele.

Als es Abend wird, ruft sie in einem Restaurant in der Nähe an und bestellt einen Tisch. Das Essen ist wunderbar. Ich bestelle ein Putenschnitzel mit Reis und Gemüse, Rebecca ein würziges Fischkebap. Arm in Arm gehen wir vom Restaurant nach Hause. Wir sind beide etwas beschwipst, auf angenehme Weise. Rebecca schließt die Tür ihrer Wohnung auf. Ich fühle mich wie ein Schuljunge, der nach dem Abschlussball das schönste Mädchen der Schule nach Hause begleiten durfte.

»Rebecca«, sage ich. »Wir müssen reden.«

»Worüber?«

Ich zögere meine Antwort hinaus. Ich habe keine Lust, der Überbringer von schlechten Nachrichten zu sein.

»Ich habe einen Verdacht, was mit deinem Vater passiert sein könnte.«

Ihr Mund öffnet sich langsam.

»Es ist nicht so einfach«, sage ich. »Ich habe keine Antwort, aber eine Theorie, einen Verdacht.«

»Und worauf basiert der?«

»Lass mich mit einer Frage anfangen. Du darfst das aber nicht falsch verstehen.«

»Natürlich nicht. Also, was willst du wissen?«

»Seit du mir das erste Mal von dem Tag im September erzählt hast, an dem dein Vater verschwunden ist, wundere ich mich darüber, dass deine Onkel Razeen und Razi ausgerechnet da bei euch übernachtet haben.«

»Aber … du hast doch nicht etwa sie in Verdacht?«

»Nein, warte …«

»Für mich gibt es da überhaupt nichts Geheimnisvolles. Sie haben zufällig bei uns übernachtet. Sie haben oft bei uns geschlafen, wenn sie in Jerusalem waren und es spät wurde. Sie hatten sogar eigene Schlüssel. Dass Onkel Razeen und Onkel Razi in Jerusalem waren, als Mama und ich an diesem Morgen aufwachten, war eine Erleichterung. Für uns beide. So hatten wir jemanden um uns, der uns helfen konnte. Was sie auch getan haben. Wenn du glaubst, dass Razeen und Razi etwas mit Vaters Verschwinden zu tun haben, bist du auf dem Holzweg, Bjørn.« Ihr Ton wird schärfer. »Was willst du damit eigentlich andeuten? Dass Razeen und Razi Papa entführt haben? Oder gar getötet? Ist es das, was du sagen willst?«

Man wird schnell blind für das Offensichtliche. Das geht uns allen so.

»Rebecca«, beginne ich und suche nach den richtigen Worten, um meiner Botschaft die Spitze zu nehmen.

III

Was ist in jener Nacht vor langer Zeit geschehen? Rebeccas Wirklichkeit ist, dass ihr Vater von seiner Ausgrabung nach Hause gekommen ist, bei der ein bemerkenswerter Fund gemacht wurde. Vater und Mutter gingen abends feiern, während Rebecca ins Bett gegangen ist. Als sie wach wurde, lagen ihre Onkel Razeen und Razi auf dem Schlafsofa im Wohnzimmer. Wie so oft. Ihre Mutter war müde und schlief bis weit in den Vormittag hinein. Dann kam der Anruf aus Kapernaum, und der Albtraum begann.

Fünfunddreißig Jahre lang hat Rebecca die Geschehnisse aus dieser Perspektive betrachtet und zu deuten versucht. Sie war damals vierzehn Jahre alt. An dem Bild ist auch nichts Falsches. Ihre Beobachtungen stimmten mit der Wirklichkeit überein. Das Bild ist nur nicht vollständig. Rebecca war viel zu nah am Kern des Geschehens, um das Ganze sehen zu können. Wäre sie einen Schritt zurückgetreten – und hätte berücksichtigt, dass Moshe und Victoria ein Paar waren und die junge Frau aus Norwegen ein Kind von Moshe erwartete –, hätte vermutlich auch sie das Gesamtbild gesehen. Mit all seinem Schrecken.

Ich weiß nicht, was für eine Beziehung Rebecca zu ihrer Mutter, zu ihrem Vater und zu ihren beiden Onkeln hatte. Ich kann mich nur auf das beziehen, was sie selbst erzählt und nicht erzählt hat. Ausgehend von ihren sparsamen Beschreibungen habe ich mir ein Bild gemacht und sehe eine Rebecca, die ihren Vater – den großen Archäologen – vergöttert hat, während der Umgang mit ihrer Mutter eher schwierig war. Für Rebecca war ihr Vater ein abwesender Halbgott, der manchmal auf die Erde herabstieg und sie mit seiner Nähe beehrte. Während die Mutter sich durch das Elend des Alltags kämpfte und dabei Selbstmitleid und Ungeduld ausstrahlte. Das Verschwinden des Vaters und der Selbstmord der Mutter machten Rebecca deutlich, wie grundverschieden die beiden waren. Dazu kam dann noch Rebeccas Beziehung zu ihren Onkeln Razeen und Razi, die regelmäßig frischen Wind in ihr Dasein brachten: lebensfrohe junge Männer aus Tel Aviv, immer mit einem Scherz auf den Lippen, einem Lächeln, einer liebevollen Umarmung.

So sehe ich das alles vor mir. Ich weiß nicht, ob dieses Bild stimmt. Wie ich so vieles andere auch nicht weiß.

»Rebecca«, sage ich schließlich. »Ich muss dir etwas erzählen.«

Und dann sage ich, wie es ist.

IV

Erst wird sie wütend. Richtig wütend. Zeigt mir ihr Temperament. Dann wird aus der Wut Verachtung. Sie wirft mir die schlimmsten Sachen an den Kopf. Ich glaube nicht, dass sie das so meint. Ich kann es nur hoffen. Sie behauptet, ich hätte keine Menschenkenntnis, keine Empathie, kein psychologisches Einfühlungsvermögen, keine sozialen Antennen. Vielleicht hat sie recht. Es gibt Tage, da fühle ich mich genau so, wie sie es mir vorwirft. Dann fragt sie mich, mit welchem Recht ich ihr Leben zerstöre. Sie bereut es, mich aufgesucht zu haben. Sie habe gewusst, dass ich sie kaputtmachen würde. Dass ich rücksichtslos sei, ein jämmerlicher Loser, der sich an den Qualen anderer aufgeilt. Ja, das sagt sie. Ich weiß nicht, wo sie das alles herholt. Aber Hand aufs Herz: Es ist nicht auszuschließen, dass sie in manchen Punkten recht hat. Ich neige dazu, mich immer irgendwo zwischen Selbstverliebtheit und Selbstvernichtung zu bewegen, trotzdem gehen ihre Anschuldigungen etwas weit. Schließlich versuche ich ja nur, ihr zu helfen, auch wenn sie das im Moment nicht wahrhaben will.

Nach ihrer Schimpftirade beginnt sie zu weinen. Kein leichtes, erlösendes Weinen, sondern ein schweres Schluchzen, das seine Nahrung aus Jahrzehnten des Schmerzes zieht. Sie weint und weint. Irgendwann fühle ich mich geradezu gezwungen, meine Arme um sie zu legen. Nach der Standpauke bin ich zwar sicher nicht derjenige, bei dem sie Trost suchen würde, aber ich bin der Einzige, der da ist, und spüre, wie sie allmählich nachgibt und sich an mich schmiegt. Sie schluchzt und entschuldigt sich abwechselnd. Ich antworte nicht, versuche einfach nur, Ruhe auszustrahlen. Ich hab das alles nicht so gemeint, sagt sie. Ich weiß nicht, was ich glauben soll. Warum hat sie es gesagt, wenn sie es nicht so meint? Aber das spielt keine Rolle. Ihre Erkenntnis der Wahrheit ist schmerzhafter als die Nadelstiche, die sie mir zugefügt hat.

Nach einer guten halben Stunde kommt sie zur Ruhe. Ihr Atem geht noch stockend, und immer wieder schluchzt sie kurz auf. Sie sagt, dass wir morgen nach Tel Aviv fahren und Onkel Razeen zur Rede stellen müssen. Ich flüsterte ihr zu, dass das eine gute Idee ist.

V

Rebecca holt eine Flasche Wein und zwei Gläser. Sie gießt uns ein und setzt sich zu mir. In ihren Blick hat sich etwas Undefinierbares geschlichen. Wir sitzen dicht beieinander. *Was willst du, Rebecca? Was soll ich jetzt tun?* Unten auf der Straße beschleunigt ein Motorrad. »Entschuldigung«, sagt sie noch einmal. Ich lege meine Hand auf ihre und drücke sie. Sie neigt den Kopf und lächelt mich an. Dann beugt sie sich ganz unerwartet vor und küsst mich. Sie schmeckt schwach nach Menthol. Nachdem ich die erste Überraschung überwunden habe, erwidere ich den Kuss, unsere Zungenspitzen spielen miteinander.

Ohne ein Wort nimmt sie meine Hand und zieht mich hinter sich her ins Schlafzimmer. Wir ziehen uns aus, nicht atemlos und gierig, sondern langsam, Kleidungsstück für Kleidungsstück. Sie knöpft mein Hemd auf und öffnet meinen Gürtel. Ich ziehe ihr die Bluse aus und öffne ihren BH. Zum Schluss stehen wir nackt voreinander. Das Licht ist aus, nur das Mondlicht fällt durch den Spalt zwischen den Vorhängen.

»Rebecca«, sage ich und höre an meiner Stimme, wie sehr

mein Herz hämmert. »Schhh«, sagt sie, nimmt meine Hand und zieht mich zum Bett.

Anschließend liegen wir eng aneinandergeschmiegt, eingehüllt in unseren Duft, in dem schmalen Bett. Mir fehlen die Worte. *Sind wir jetzt … ein Paar, Rebecca?*

Die Schlucht

1

Rebeccas Onkel Razeen betreibt ein Café in einem von Tel Avivs heruntergekommenen Arbeitervierteln. Das Café ist voller Gäste, die sich auf dem alten Fernseher, der unter der Decke hängt, ein Quiz ansehen. Ich erkenne Razeen, sobald wir das Café betreten haben. Obwohl er von kleiner Statur, untersetzt und kahl ist, sehe ich Rebecca in ihm. In seinem Blick, in der Mimik, als er Rebecca erblickt. Erst strahlt er breit. Dann erkennt er, dass etwas nicht stimmt, und realisiert, dass sie in Begleitung eines kreideweißen Typen kommt, der unmöglich gute Nachrichten bringen kann. Etwas in ihm bricht zusammen. Trotzdem brummt er eine freundliche Begrüßung, als er Rebecca in die Arme nimmt und mir die Hand gibt. Er überlässt das Café seinem Sohn und lädt uns in seine kleine Wohnung ein. Er schickt sein Enkelkind, das im Wohnzimmer sitzt und dieselbe Quizsendung schaut, nach unten ins Café und stellt den Fernseher ab. Wir nehmen auf einem durchgesessenen Sofa Platz. Razeen dreht sich zur Seite und mustert Rebecca. Sein Blick verrät alles. Er weiß, warum wir hier sind. Er fürchtet diesen Tag seit fünfunddreißig Jahren.

»Onkel Razeen«, sagt Rebecca mit überraschend ruhiger Stimme. »Ich muss dich etwas fragen.«

»Frag, mein Mädchen. Was ich nicht weiß, ist auch nicht wissenswert.«

Er versucht, munter zu wirken, klingt aber eher hohl und unsicher. Auf mich wirkt er wie ein Mann, der seine inneren Dämonen mit Hilfe von Lachen im Schach hält.

»Was hast du mir verschwiegen?«

Eine ganze Weile sagt er nichts, sucht nach Worten, will das Unausweichliche aufschieben. Die Wahrheit. Er weiß, dass er nicht mehr leugnen oder den Unwissenden spielen kann. Aber wenn man ein Geheimnis fünfunddreißig Jahre bewahrt hat, kann man es nicht ohne Weiteres preisgeben.

»Onkel Razeen, bitte.«

Seine Augen laufen über. Ein unfreiwilliges Hicksen kommt über seine Lippen, bevor er antwortet.

»Du solltest es nie erfahren, Rebecca. Nie. Razi und ich haben immer gehofft, dass dir das erspart bleibt und dieser Tag nie kommt.«

»Aber ich muss es wissen. Jetzt. Was ist damals passiert, Onkel Razeen? Warum ist Papa verschwunden?«

»Ich weiß nicht, was Moshe gefunden hat. Das ist die Wahrheit.«

»Ich weiß, was er gefunden hat, Onkel. Aber was ist mit ihm passiert?«

»Was passiert ist, hat nichts mit diesem Grab zu tun.«

Er hält inne. Aus dem Café schallt Jubel nach oben.

»*Was passiert ist*?«, wiederholt sie leise.

II

Razeen nimmt mehrmals Anlauf, bis es ihm gelingt, es zu erzählen.

»Razi und ich waren zu Hause bei Mutter und Vater, als

deine Mutter anrief. Es war spät am Abend. Sie war vollkommen außer sich, hysterisch. Wir konnten nicht ein Wort verstehen. Sie schrie nur herum. Razi und ich haben uns sofort ins Auto gesetzt. Wir brauchten eine halbe Stunde, bis wir in Jerusalem waren und sie fanden. Sie saß im Auto in der Nähe eines Restaurants am Stadtrand. Dort hatten sie gegessen, und von dort hatte sie auch angerufen. Wir versuchten, etwas Vernünftiges aus ihr herauszubekommen, aber sie war nicht sie selbst, Rebecca. Es ist wichtig, dass du das weißt.«

»Was ist passiert, Onkel Razeen?«

Von unten hören wir einen vielstimmigen Protest.

»Nach einer Weile hatte sie sich etwas beruhigt und nahm uns mit zu einem Gebüsch in der Nähe der Müllcontainer.« Er hält die Luft an. »Dein Vater war bereits tot.«

»Tot?«

»Tot.«

Vor dem Fenster schwirrt eine Fliege. Hin und her, her und hin. Es steht auf Kipp, die Fliege ist nur Zentimeter von der Freiheit entfernt, weiß davon aber nichts. Ihre Welt ist zu klein. Voller Hoffnung fliegt sie immer wieder gegen das Glas. Wieder und wieder.

»Deine Mutter war nicht leicht zu verstehen. Sie war nicht sie selbst. Sie ...«

»Papa war tot?«

Er nickt. Sein Blick findet keine Ruhe.

»*Tot?*«

»Ja.«

»Was ist passiert? Wie ist er gestorben?«

Er schüttelt den Kopf, kann nicht sprechen.

Ein paar Minuten sitzen wir still da. Rebecca weint. Razeen weint. Ich halte Rebecca im Arm. Die Fliege im Fenster surrt unablässig.

»Anschließend habe ich deine Mutter in ihrem Wagen nach

Hause gefahren, während Razi unseren Wagen genommen hat«, sagt Razeen. »Wir haben ihr reichlich Beruhigungsmittel gegeben – deshalb hat sie am nächsten Tag so lang geschlafen.

Dann fuhren wir mit dem Auto deines Vaters nach Norden in Richtung Kapernaum und ließen es auf einem einsamen Abschnitt einfach stehen, bevor wir zurück nach Jerusalem fuhren. Wir hielten es für das Beste, in der Nähe deiner Mutter zu sein.«

»Aber was war mit Papa?«

Jubel und Lachen aus dem Café. Razeen wirft einen sehnsüchtigen Blick zur Tür.

»Haben Sie dann auch dieses Bekennerschreiben verfasst?«, frage ich.

Er sieht mich überrascht an. Zögert. Er hat die Lüge schon seit Langem verinnerlicht, sie ist ein Teil von ihm geworden. Schließlich nickt er.

»Razi und ich haben das zusammen geschrieben und an die *Haaretz* geschickt. Damals schien uns das eine gute Idee zu sein. Es passte in den Zeitgeist, in die damalige Gesellschaft. Die Polizei und die Behörden schienen es jedenfalls zu schlucken.«

Pause. Ich sehe zum Fenster. Die Fliege ist verschwunden. Razeen kratzt mit den Fingernägeln über den Stoff seiner Hose.

»Du musst das verstehen, Rebecca, wir haben das alles nur getan, um dich und deine Mutter zu schützen.«

Sie begegnet seinem Blick.

»Ich will dahin«, sagt sie.

»Wohin?«

»Dahin, wo es passiert ist.«

III

Razeen spricht mit seinem Sohn, rasiert sich und zieht sich seine besten Sachen an. Dann setzt er einen Hut auf. Er riecht nach Rasierwasser. Wir fahren schweigend hinter ihm her von Tel Aviv nach Jerusalem. Wir machen ein paar Abstecher und Umwege, für den Fall, dass uns jemand folgt. Rebecca hat ihn gewarnt. Dann geht es weiter in Richtung Norden.

Als er auf den offenen Platz fährt, an dem sie Rebeccas Vater gefunden haben, beginnt Rebecca zu schluchzen. Das Restaurant ist mittlerweile geschlossen, die Fenster vernagelt. Wir parken und steigen aus. Ich nehme ihre Hand. Sie drückt meine.

»Da wären wir«, sagt Razeen.

Eine warme Brise streicht über die Landschaft. Ein Eiscremepapier flattert in einem Busch.

»Ich war seit fünfunddreißig Jahren nicht mehr hier«, sagt er wie zu sich selbst.

»Was ist damals passiert, Onkel Razeen? Sag es mir.«

»Es war ein Unfall.«

Er nimmt uns mit in den Schatten eines Baumes, der in den Jahren größer geworden ist.

»Genau hier stand damals der große Müllcontainer des Restaurants.«

Ich drücke Rebeccas Hand.

»Ja?«, sagt sie.

»Es war ein Unfall.«

»Was?«

»Deine Mutter hat ihn überfahren.«

Es fühlt sich an, als verwelkte ihre Hand in meiner. Sie schluchzt auf. Dann drückt sie fest zu.

»So war das«, sagt er leise, ohne sie anzusehen.
»Mama hat ihn überfahren?«
»Ja?«
»Mit dem Auto?«
»Ein Unfall, Rebecca. Ein tragischer Unfall.«
»Sie hat ihn umgebracht?«
»Nicht absichtlich! Sie hat irgendwas von Problemen mit dem Gas und der Kupplung gestammelt. Dein Vater stand vor dem Wagen. Irgendwie muss er zwischen den Wagen und den Container geraten sein. Sie hat wieder und wieder gesagt, dass es ein Unfall war und dass sie es nicht absichtlich getan hat.« Er schüttelt den Kopf. »Wir wussten nicht, was wir tun sollten. Was macht man in einer solchen Situation?«
»Und was habt ihr gemacht?«, fragt Rebecca.
»Tja, was haben wir gemacht? Was macht man da? Du musst versuchen, das zu verstehen. Razi wollte die Polizei rufen. Aber was dann passiert wäre, ist doch klar, oder? Mit deiner Mutter. Und mit dir. Wir wussten genau, was passieren würde, wenn wir die Polizei riefen. Dann hättest du Vater und Mutter verloren. Also haben wir es gelassen, lebendig hätte ihn das ja auch nicht wieder gemacht. Aber wir hätten anrufen sollen.«
Rebecca sieht ihn fragend an. Er zündet sich eine Zigarette an.
»Onkel?«, fragt Rebecca.
»Sie war so aufgeregt, hatte zu viel getrunken. Hatte wirklich nichts hinter dem Steuer verloren.«
Razeen starrt vor sich hin, Tränen in den Augen. Dann schneidet er eine Grimasse, als wollte er all diese Fragen am liebsten nicht beantworten.
»Onkel? Was verschweigst du mir?«
»Deine Mutter ... nun, ein paar Tage später kam sie mit einer Art Erklärung.«
»Was hat sie gesagt?«

»Es ist nicht leicht, Rebecca …«

»Sag es bitte trotzdem.«

»Moshe hatte ihr erzählt, dass er ein Verhältnis mit einer anderen Frau hatte und dass diese Frau ein Kind von ihm erwartete.«

Rebecca sieht mich an. Genau das habe ich ihr am Abend gesagt.

»Das heißt aber noch nicht, dass sie ihn mit Absicht getötet hat«, fährt Razeen fort. »Bis zum Schluss hat sie darauf bestanden, dass es ein Unfall war. Sie hatten gestritten. Deine Mutter war natürlich total aufgebracht. Moshe war aus dem Auto ausgestiegen, um sich eine Zigarette anzuzünden. Er hat sich vor das Auto gesetzt, das heißt, gegen die Motorhaube gelehnt. Deine Mutter blieb hinter dem Steuer sitzen. Das Auto stand nur einen Meter vom Container entfernt. Sie hat nicht vorgehabt, ihn zu überfahren. Aber sie war außer sich, war in dieser Situation nicht sie selbst. Sie war wütend und aufgewühlt. Es kann gut sein, dass es genauso passiert ist, wie sie sagte: Sie ließ das Auto an, aber der Gang war eingelegt, so dass der Wagen einen Satz nach vorne machte. Dein Vater hatte keine Chance. Er wurde zwischen Auto und Container eingeklemmt. Ein Unfall …«

»Warum habt ihr keinen Krankenwagen gerufen?«

»Rebecca … er war tot.«

»Was habt ihr mit ihm gemacht?«

»Wir haben ihn versteckt.«

»*Versteckt*?«

»Ja.«

»Ihr habt Papa versteckt?«

»Ja, wir haben ihn versteckt, Razi und ich. Was sollten wir denn tun? Wir konnten ihn da doch nicht einfach im Staub liegen lassen? Bedeckt von Fliegen und Sand? Nein … wir haben ihn versteckt. Ja.«

»Wo?«

Razeen führt uns zwischen Bäumen und Büschen hindurch, wo ein schmaler Pfad in eine Schlucht hinunterführt.

»Wir haben ihn hier runtergetragen, in die Schlucht«, sagt er. »Razi hat seine Arme genommen, ich die Beine.«

IV

Die Schlucht ist fünfzehn bis zwanzig Meter tief und ziemlich breit. Razeen führt uns vorbei an Pistazienbäumen und wildwachsenden Senfpflanzen.

Ich sehe Razeen und Razi vor mir, wie sie Moshe Mendelssohns leblosen Körper schleppen.

Die Landschaft ist karg. Stein und Sand. Einzelne Felsen und Schotter. Büsche mit harten Zweigen und kleine Bäumchen. Die Sonne brennt gnadenlos vom Himmel. Bei jedem Schritt wirbelt Staub auf.

Rebecca hält die ganze Zeit meine Hand. Oder halte ich ihre Hand?

»Woher weißt du …«, beginnt Rebecca.

»Ich weiß es!«, unterbricht Razeen sie und bleibt an einem ausgetrockneten Graben stehen.

»Hier«, sagt Razeen leise.

»Bist du dir sicher?«, fragt Rebecca.

»So etwas vergisst man nicht.«

Rebecca drückt meine Hand.

»Hier haben wir ihn begraben. Ein ärmliches, ungeweihtes Grab, aber immerhin ein Grab. Außerdem war dein Vater ja auch nicht gläubig.«

Man kann sich nur schwer vorstellen, dass der Steinhaufen

am Boden des Grabens die sterblichen Überreste von Moshe Mendelssohn birgt. Aber laut Razeen ist es so. Ich stelle mir sein Skelett vor.

Wir bleiben stehen und starren zu Boden, auf die Steine von Moshe Mendelssohns einfachem Grab.

Razeen dreht sich zu Rebecca und nimmt den Hut ab.

»Ich weiß nicht, was ich sagen soll, Rebecca. Du solltest das nie erfahren. Wir haben es nur gut gemeint. Wir haben das nur getan, um deine Mutter und dich zu schützen. Aber das ist eine schlechte Entschuldigung. Ich weiß, wir haben einen Fehler gemacht. Wir konnten nicht klar denken, waren in Panik. Wir waren noch jung, waren nicht in der Lage, reif und besonnen zu handeln. Razi und ich haben es zu verdrängen versucht. All die Jahre. Aber es ging nicht. Es ging überhaupt nicht.«

»Sollten wir nicht …«, beginnt Rebecca, verstummt dann aber und sieht ihren Onkel an. Razeen senkt den Blick.

Sie nimmt ihr Handy und macht ein paar Bilder von der Grabstätte und der näheren Umgebung.

»Ich werde das Oz Eisner melden«, sagt sie.

»Wem?«, fragt Razeen.

»Jemandem, der das regeln kann. Diskret. Dann können sie die Akte endlich schließen.«

Ein paar Meter entfernt flattert ein Vogel auf, ich sehe ihm nach, bis er hinter dem Rand der Schlucht verschwindet.

»Für Moshe hat das alles keine Bedeutung mehr«, sagt Razeen mit rauer Stimme. Er hebt den Blick und lässt ihn über die Schlucht schweifen. Seine Augen sind von Tränen erfüllt. »Aber dann muss er wenigstens nicht mehr hier liegen.«

Zwei Worte

I

Schweigend fahren wir zurück zu ihrer Wohnung. Sie setzt Kaffee auf. Sie verhält sich seltsam, kein Wort, kein Blick. Als wäre ich nicht da, ein nerviges, aber ungefährliches Gespenst, das sich irgendwo im Augenwinkel festgesetzt hat. Als sie zum dritten Mal an mir vorbeigeht, ohne meinem Blick zu begegnen, halte ich sie am Arm fest.

»Rebecca …«

»Nein, nicht jetzt!«

Was glaubt sie denn? Dass ich jetzt mit ihr schlafen will? Ich versuche nur, sie in die Arme zu nehmen, aber sie weicht einen Schritt zurück.

»Nein.«

»Ich will dich nur mal in den Arm nehmen.«

»Nein, das ist … alles … falsch.«

Die Worte rutschen ihr über die Lippen, *alles falsch.* Wie kleine, wohlplatzierte Bomben, die in meiner Seele explodieren.

Falsch?

»Ich habe Angst.«

»Angst, Rebecca? Wovor?«

»Vor … allem. Vor uns.«

»Angst vor *uns*?«

»Du und ich, das geht nicht, Bjørn. Du musst das verstehen.«

»Warum nicht?«

Sie zögert. Ich fürchte mich vor dem, was jetzt kommt: *Ich liebe dich nicht. Ich finde dich nicht anziehend genug. Ich will nicht mit jemandem wie dir zusammen sein.* Schließlich sagt sie:

»Du in Oslo, ich in Jerusalem… das geht nicht. Das verstehst du doch sicher.«

Nein, Rebecca, das verstehe ich nicht.

»Du darfst das nicht missverstehen, Bjørn.«

Da gibt es nichts misszuverstehen. Ich lasse sie los. Und sie scheint vor Erleichterung aufzuatmen.

II

Trotzdem schläft sie in dieser Nacht in meinen Armen. Mehr passiert aber nicht. Sie braucht nur jemanden, der sie festhält. Wir beide brauchen das, jeder für sich. Ich bin gerade da, deshalb ist die Wahl auf mich gefallen. Rebecca legt ihren Kopf auf meinen Arm und schläft schnell ein. Ihr Atem geht gleichmäßig. Manche Leute können in jeder Lebenslage schlafen. In dieser Nacht ist keine Leidenschaft in ihr, nur die Verzweiflung über das Stückchen Wahrheit, das sich ihr offenbart hat. Ihr Vater ist tot. Getötet von ihrer Mutter. Ein Unfall? Vorsatz? Wir werden es nie erfahren. Ich liege da, ihren weichen Körper im Arm, umgeben vom sanften Duft ihres Parfüms und Shampoos, und lausche ihrem Atem. Ich selbst kann nicht schlafen. Ich denke nach. Streichle sanft ihren Rücken und ihre Haare. Wir liegen dicht beieinander. Sie auf meinem Arm, an mich geschmiegt. Vielleicht träumt sie jetzt von ihren Eltern, als sie beide noch glücklich waren, was immer dieses Wort bedeuten mag.

Weiß ich, ob Mama und Papa jemals glücklich waren?

Irgendwann muss es doch so gewesen sein? Bestimmt. Ich erinnere mich an ihr Lachen. Ich erinnere mich an ziemlich viel. Aber wann das alles kaputtging, weiß ich nicht. Es ging mich ja auch nichts an. Ich habe nie mit Mama darüber gesprochen, warum sie ein Verhältnis mit Papas bestem Freund begonnen hat. Hatte sie kein Schamgefühl? Es gibt so vieles, was ich Mama hätte fragen wollen, aber nie gefragt habe. Sie entfernte sich von mir, als sie in Trygve Arntzens mächtiges Gravitationsfeld geriet und ein Satellit auf einer stationären Bahn um sein selbstzufriedenes Ego wurde. Mama hat dabei viel von sich selbst verloren, aber das ist nur ein Grund, warum ich diesen Mann nicht ausstehen kann. Ich kann mich nicht daran erinnern, je von den beiden geträumt zu haben. Aber von Papa träume ich oft.

Ich lausche Rebeccas Atem und frage mich, was in der Beziehung ihrer Eltern schiefgelaufen ist. Manchmal kann man niemandem die Schuld geben, niemanden zur Verantwortung ziehen. Man nennt das Schicksal. Leben. Als wären wir alle Marionetten höherer Mächte. Willenlose Opfer eines vorherbestimmten Lebenslaufs, in dem alle schicksalsträchtigen Entscheidungen und Wendepunkte dem Lauf der Sterne und den Launen der Götter untergeordnet sind.

III

Wir wachen beide vom Klingeln meines Telefons auf. Ich brauche ein paar Sekunden, um mich aus meinem Traum zu befreien und in die Wirklichkeit zurückzukehren.

»*Bjorn?*« Eine bekannte Stimme. Wer? Ich bin noch immer zur Hälfte im Traumland.

»Hier ist Diane.«

Diane. Immer Diane.

»Guten Morgen, Diane.«

»Habe ich dich geweckt?«

»Nein, nicht doch.«

»Die DNA-Analyse ist fertig.«

»Schon? Mit welchem Ergebnis?«

»Kannst du kommen?«

»Wohin?«

»Nach London.«

»Ich bin in Jerusalem …

»Ich schicke dir ein Flugzeug.«

»… bei Rebecca.«

Diane sagt nichts. Ich höre, dass sie Luft holt, als wollte sie etwas fragen, sich dann aber besinnt.

»Victoria wird übermorgen beerdigt. Aber ich kann auf dem Heimweg in London einen Stopp einlegen.«

»Rebecca kann natürlich mitkommen.«

»Ich weiß nicht, ob sie das will.«

Ich drehe mich zu Rebecca um.

Sie sieht mir in die Augen und sagt: »Ich will.«

XII

London

Das Dogma

I

Ich will.

Zwei Worte.

Ich will.

Mehr will ich gar nicht wissen.

II

Diane und Alexander Stockham vom *GenTechLab* warten in ihrem Büro auf mich. Wir begrüßen uns. Diane sieht mich an – lächelnd, fragend –, als erwarte sie eine Erklärung, weshalb Rebecca dabei ist.

»Wir hatten Glück«, berichtet Alexander Stockham. »Die Knochenproben waren von guter Qualität, so dass es möglich war, verwertbare DNA zu extrahieren.«

Diane lächelt ihn erwartungsvoll an.

»Lassen Sie mich zuerst die Prozedur beschreiben«, sagt Alexander Stockham. »Zuerst nehmen wir Bohrproben. Die Reinheit ist dabei von entscheidender Bedeutung, die Proben sind überaus sensibel. Tatsächlich wurden bei den ersten Untersuchungen der DNA ägyptischer Mumien die Ergebnisse von der

DNA der Forscher im Labor und der Archäologen beeinflusst. Wenn wir das Knochenpulver haben, versetzen wir es mit einer Reihe von Stoffen, die die Knochenstruktur aufbrechen und die DNA freisetzen. Wir entfernen alles, was wir nicht brauchen. Dann kopieren wir wieder und wieder den Teil der DNA, die für uns interessant ist. In letzter Zeit sind neuere Methoden hinzugekommen, die unter dem Titel *Next generation sequencing* zusammengefasst werden.«

Komm zur Sache!

»Ich will Sie mit den technischen Details nicht weiter langweilen«, fährt er fort. »Dank der finanziellen und fachlichen Unterstützung der SIS ist das *GenTechLab* in diesem Punkt führend. Um nachzuweisen, dass so alte DNA zu Mutter, Vater und Kind gehört, sind Computer vonnöten, die enorme Datenmengen bearbeiten können. In Zusammenarbeit mit dem *Departement of Computer Science* der Universität Oxford und dank der durch die SIS zur Verfügung gestellten Ressourcen können wir mit dem *Government Communication Headquarter* zusammenarbeiten. Im Keller unter dem Hauptsitzt des GCHQs in Cheltenham befinden sich einige der weltgrößten Computer. Dort können wir im Laufe von Stunden Berechnungen durchführen, die sonst Tage oder Wochen dauern würden.«

Komm zur Sache!

»Und die Ergebnisse?«, fragt Diane.

»Wir hatten drei Knochen zur Analyse.« Alexanders Ton ist formell und feierlich. Es hört sich an, als läse er aus einem schriftlichen Bericht vor. »Zwei Fingerknochen und einen Rückenwirbel. Die C14-Analyse hat bei allen Knochen ergeben, dass sie Menschen gehört haben, die zwischen 50 vor und 50 nach Christus gelebt haben. Ausgehend davon wäre es möglich, dass es sich um Pontius Pilatus und seine Familie handelt. Einer der Fingerknochen gehörte einem Mann. Der andere einer Frau. Der Rückenwirbel wiederum einem Mann.«

Komm zur Sache.

»All das wissen wir«, sage ich geduldig. »Wir fragen uns nun, ob mit Hilfe der DNA-Analyse dokumentiert werden kann, dass es sich bei der Frau um die Mutter des Mannes handeln kann, dessen Rückenwirbel wir haben.«

»Dass Claudia Procula die Mutter von Pilatus' Sohn war?« Alexander Stockham bezieht sich auf meine Notlüge. »Ja, was das angeht, haben wir ein positives Match.«

Eines der Skelette war wirklich das von Maria, der Mutter Jesu.

Ich muss schlucken, als er fortfährt: »Wir haben auch ein Match zwischen dem Mann mit dem Fingerknochen und dem Sohn. Der eine Fingerknochen gehörte also der Mutter des Mannes. Der andere Fingerknochen seinem Vater.«

Ich sage nichts.

Alexander Stockham sieht uns nervös an, als spürte er, dass etwas nicht in Ordnung ist. Dann sagt er, dass er Diane den Bericht mit den technischen Analysen zuschicken wird.

Ich sage noch immer nichts.

»Mister Belto?«

Ich bedanke mich für die Hilfe. Ich weiß nicht, was ich sonst sagen soll.

Dann sehe ich zu Diane und begegne Rebeccas Blick.

Ich sehe ihnen an, dass auch sie verstehen.

Der andere Fingerknochen gehörte dem Vater des Mannes.

Mit acht Worten hat Alexander Stockham – ohne es zu ahnen – das zentralste Dogma des Christentums pulverisiert.

III

Jesus war nicht der Sohn Gottes.
Jesus' Vater war Josef.
Der Zimmermann Josef.
Die DNA-Analysen beweisen das Unausweichliche.
Maria und Josef waren die Eltern von Jesus.

XIII

Oslo

Die Beerdigung

I

»Victoria – so sagen alle, die sie kannten – war eine Frau, die ihre Prinzipien und Werte nie aufgegeben hat.«

Die Hauptrednerin auf der Beerdigung ist eine Frau vom Humanistischen Verband. Wo Victorias katholischer Kinderglaube geblieben ist, weiß niemand. Sie wollte nichts mehr davon wissen. Aber die Kontrolle wollte sie bis in den Tod behalten. In ihrem Testament, das bei Anwalt Weidemann hinterlegt war, hat sie um eine weltliche Bestattung gebeten. Sie hat auch eine Liste von Liedern angegeben, die gespielt werden sollen. Eröffnet worden ist die Zeremonie mit Albinonis »Adagio in g-Moll«.

Es wäre das Einfachste gewesen, Ragnvald und sie gemeinsam zu beerdigen, aber Ragnvald war gläubig und wollte eine christliche Beerdigung durch einen Pastor. Vielleicht hoffte er auf einen Freifahrtschein ins Paradies.

Außerdem war es ihnen sicher nie in den Sinn gekommen, dass sie zeitgleich sterben könnten.

Ich drücke Rebeccas Hand und sehe mich um. Fremde Gesichter. Kein Wunder. Victoria hatte einen großen Freundes- und Bekanntenkreis. Auf der Beerdigung sind mehrere Hundert Menschen. Victorias Freunde, Kollegen von der Universität und aus Archäologenkreisen.

Jakob sitzt ganz vorn, im Rollstuhl. Neben ihm der weiße Sarg.

II

Ich bin auf Victorias Beerdigung und denke an das blutjunge jüdische Mädchen Maria, das angeblich von Gott schwanger war.

Mehr als eine Milliarde Christen halten es für logisch und glaubwürdig, dass ein Gott – der allmächtige Schöpfer des Universums mit seinen Milliarden von Galaxien samt der Erde, den Menschen, Tieren, Quallen und Tausendfüßlern – sich entschieden hat, ein armes Mädchen zu schwängern, um so seinen großartigen Plan, seinen Sohn für unsere Sünden sterben zu lassen, in die Tat umzusetzen. Sterben für unsere Sünden. Wer weiß, vielleicht bin ich nur ein verschrobener, rational denkender Skeptiker, der sich irrt. Trotzdem liegt mir die DNA-Analyse wie ein Stein im Magen und lässt mich verzweifeln. Meine Gedanken sind ein einziges Chaos. Gibt es einen Gott? Götter? Gibt es einen Schöpfer, den keine Religion mit ihren Heiligen Schriften zwischen den Buchdeckeln bannen konnte? Im Westen gehen wir von Abrahams Vorstellung aus: Das Pantheon der Götter der Vergangenheit wurde ersetzt durch den einen, allmächtigen Gott, der die anderen Götter in die Vergessenheit drängte. Dieser selektive Atheismus ließ keinen Raum für mehr als einen Gott. Ich erinnere mich an einen koptischen Mönch, den ich in einer Klosterkirche in einer Wüste einige Kilometer vom ägyptischen Luxor entfernt getroffen habe. Er zählte der Reihe nach die Götter der Vergangenheit auf: Osiris. Odin. Zeus. Ptah. Bacchus. Thor. Pan. Poseidon. Cupido. Ashtoreth. Bellona. Isis. Jupiter. Anubis. Balder. Nebo. Loke. Amon-Ra. Aphrodite. Baal. Ahijah. Freya. Hades. Muluhursang. Njord. Mu-ul-lil. Frigg. Venus. Seth. Er hätte endlos weitermachen können. Eine endlose Reihe toter Götter. Früher einmal, sagte der Mönch, bestimmten sie das Leben von Millionen gottesfürchtiger Menschen. Sie wurden angebetet. Tempel wurden ihnen zu Ehren errichtet, Zivilisationen entstanden und gingen in ihrem Namen zugrunde. Kriege wurden gekämpft, Generationen von Priestern und Mönchen widmeten ihre Leben dem Studium der Götter, um sie zu verstehen, sie richtig zu deuten, ihnen zu opfern und sie anzubeten. Und jetzt?, fragte der Mönch. Jetzt glauben wir nicht mehr an sie. Jetzt sind sie alle tot. Was also bedeutet ein Gott mehr oder weniger? Nur ein Gott mehr im großen Buch des Vergessens.

Unser ganzes westliches Kulturerbe basiert auf dem Christentum. Es beeinflusst unsere Art zu denken, unsere Moral, unseren Menschenverstand, ob wir gläubig sind oder nicht. Wie würde die Nachricht von Maria, Josef und Jesus aufgefasst werden? Im Matthäus-Evangelium sagt ein Engel des Herrn zu Josef, dass *das in ihr geborene Kind vom Heiligen Geist ist und sie einen Sohn gebären wird, dessen Name Jesus sein soll und der sein Volk selig machen wird von seinen Sünden*. Dabei war das die ganze Zeit Josefs leiblicher Sohn. Wie würde das aufgenommen werden? Viele würden vermutlich ihren Glauben verlieren. Andere würden ihn anders ausrichten, ihn anpassen, wie die Theologen das Christentum immer wieder den Erwartungen und Hoffnungen der Menschen angepasst haben. Tja, würden sie sagen, dann war Josef also Jesus' Vater. Na und? Josef war Gottes demütiges Werkzeug, um den göttlichen Samen in Maria einzupflanzen. So in der Art.

Langsam würde der Glauben aber doch verwittern. Kein Gott ist unsterblich. Auch nicht der christliche.

III

»Auch wir Humanisten glauben an das ewige Leben«, sagt die Rednerin überraschend, bevor sie fortfährt: »Das ewige Leben ist keine Gabe, die wir beherrschen, sondern die Werte, die wir durch unsere Gene und Nachkommenschaft weitervermitteln. Für Victoria war Jakob das Liebste und Wichtigste in der Welt, jetzt lebt sie in ihm und seinen Nachkommen weiter.«

Sie weiß sicher nicht, dass Jakob schwul ist und es mit Victorias Ewigkeit nicht gut bestellt ist.

Nach der Rede wird das Largo aus Vivaldis Piccolokonzert in C-Dur gespielt. Victorias Schwester Edvarda tritt ans Pult und sagt ein paar Worte im Namen der Familie. Sie ist den weiten Weg aus Buenos Aires gekommen.

Jakob hat das Gesicht in die Hände gelegt.

Dann hält Lillemor Prøitz eine Rede im Namen von Freunden und Kollegen, bis schließlich Jakob das Mikrofon erhält und mit brüchiger Stimme ein Gedicht vorliest. Bei der nachfolgenden Musik brechen bei ihm alle Dämme, und er beginnt zu schluchzen. Es ist das Weinen eines Menschen, der seine Mutter nie wiedersehen wird, und weiß, dass er seinen Vater getötet hat. Nicht mit Absicht, aber doch getötet. Und es ist das Weinen eines Menschen, der nie einen Vater gehabt hat, nicht wirklich. Jedenfalls nicht den Vater, den er gebraucht und sich gewünscht hat. Er hat ihn nicht einmal gekannt.

Wie ich ist Jakob streng genommen ohne Vater aufgewachsen.

IV

Erst als wir draußen stehen und der Sarg in den Wagen geschoben wird, kommen mir selbst die Tränen. Rebecca streichelt mir zärtlich über den Rücken. Ich nehme die Brille ab und lasse den Tränen freien Lauf. *Mach's gut, Victoria.* Die Sonne glänzt auf der Heckscheibe. Und danke für alles, denke ich, danke für alles.

Ich drücke Jakobs Hand. Spreche ihm mein Beileid aus.

»Danke, Bjørn«, sagt er. Zwei Worte nur, aber trotzdem bricht seine Stimme. Sein Gesicht ist grau, mitgenommen. Er sieht schrecklich aus.

Rebecca zupft an meinem Ärmel.

»Hier ist jemand, den ich dir gerne vorstellen würde«, sage ich.

Er lächelt matt. »Ich habe mich schon gefragt, wer das ist.«

»Rebecca Mendelssohn aus Israel. Sie ist die Tochter des Archäologen, mit dem deine Mutter 1978 zusammengearbeitet hat.«

Mehr wage ich nicht zu sagen, Jakob weiß noch nicht, dass seine Mutter von Moshe schwanger war und Rebecca seine Halbschwester ist.

»Hello, Jakob«, sagt sie warm und reicht ihm die Hand, »it's a pleasure.«

»Nice to meet you«, sagt Jakob. Sie sehen einander an. Als wüssten sie es. Aber nur Rebecca weiß Bescheid. Sie lächelt, ihre Augen werden feucht, und ich sehe, dass Jakob verwirrt ist. Etwas an Rebeccas Ausdruck verunsichert ihn. Früher oder später müssen wir all unseren Mut zusammennehmen und ihm die Wahrheit sagen.

Früher oder später. Aber nicht jetzt.

Ich weiß nicht, was das mit ihm machen wird. Er ist wegen Totschlags angeklagt. Sein Anwalt meint aber, dass der Staatsanwalt die Klage fallen lassen wird. Die Polizei hat noch nicht einmal Untersuchungshaft beantragt. Die Ärzte haben angedeutet, dass die direkte Todesursache eine latente Hirnblutung war, so dass auch die Zeit auf die Anklagebank gesetzt werden könnte.

Unter den Trauergästen erkenne ich Anwalt Weidemann, Lillemor Prøitz, Kristine Keller, Joachim Wangberg aus Tromsø, Terje Storberget. Kollegen und Freunde. Der ganze Haufen. Auch Siri Schau ist da. Ich weiß nicht, ob aus Respekt vor der Toten oder um nach potenziellen zwielichtigen Komplizen von Jakob Ausschau zu halten. Sie lächelt mir kurz zu, als unsere Blicke sich begegnen. *Wir haben es verstanden*, sagt ihr Blick. Ich erwidere ihr Lächeln.

Siri ist etwas seltsam, aber das bin ich auch. Ich mag sie. Ich mag alle, in denen ich etwas von mir wiedererkenne.

V

Ich ziehe mich etwas von den anderen zurück, als der Bestattungswagen davonrollt, der Ewigkeit entgegen.

Mit tränennassen Augen sehe ich ihm hinterher. *Mach's gut, Victoria.* Ich glaube nicht, dass sie im Himmel ist, aber ich hoffe, dass sie es auf ihre Weise trotzdem gut hat. Warum, fragt sich der Schriftsteller Vladimir Nabokov, betrachten wir den Abgrund vor der Geburt mit größerer Ruhe als den, auf den wir uns alle zubewegen? Ich klammere mich an die existentielle Erkenntnis der Frage.

Hinten an der Kirchentreppe stolziert Trygve Arntzen durch

die Trauer der Anwesenden, als wäre er selbst die Hauptattraktion des Tages. Er kommt zu mir, spricht mir sein Beileid aus und gratuliert mir im gleichen Atemzug. Er lächelt verhalten, blinzelt, vielleicht hat er etwas im Auge.

Dann klopft er mir auf die Schulter und sagt: »Gut, Bjørn, wirklich gut.«

Was meint er denn mit gut?

»Ich habe die Beurteilung der drei Experten der Auswahlkommission erhalten.«

Pause. Ich frage nicht, wie es gelaufen ist, weil ich ihm das Zittern in meiner Stimme nicht gönne. Warum muss er mir ausgerechnet auf Victorias Beerdigung die schlechte Nachricht überbringen? Das hätte er wirklich bei einer anderen Gelegenheit tun können.

»Mein Glückwunsch, Bjørn«, wiederholt er.

»Glückwunsch wozu?«

»Die Auswahlkommission hat sich einstimmig für deine Berufung ausgesprochen. Es wurde sogar Verwunderung darüber geäußert, dass dies nicht schon längst geschehen ist.«

Er nimmt das Wort Professor nicht in den Mund. Aber was er sagt, heißt nichts anderes, als dass ich die Stelle bekommen habe.

Gratuliere, mein Junge, jubelt Papa.

Dann sagt Arntzen etwas Seltsames: »Ich habe mich persönlich für dich eingesetzt.«

»Du?«

»Natürlich.«

Meine Gedanken fahren Karussell.

»Warum?«, frage ich.

Trygve Arntzen sieht mich lange an, dann lächelt er traurig.

»Du hältst nichts von mir, Bjørn. Das hast du noch nie. Und ich kann dich verstehen, nach allem, was passiert ist. Ja, ich verstehe das.« Wieder ruht sein Blick auf mir. »Ich bin nicht perfekt. Ich weiß das. Ebenso wenig perfekt wie alle anderen. Aber glaub mir. Ich will dir nur Gutes.« Seine Stimme versagt für einen Moment, kaum hörbar, aber ich bekomme es mit. »Du glaubst mir nicht, das weiß ich, aber ich meine es wirklich ernst, wenn ich sage, dass ich dir nur das Beste wünsche. Ich habe dich gern, weißt du. Auch wenn du mir das nicht glaubst, es stimmt.«

Mit diesen Worten klopft er mir auf die Schulter und geht.

Hast du das gehört, Victoria? Wenn du nur wüsstest. Ich bin kein Privatdozent mehr.

Ich bin Professor.

Epilog

Die Welt reagiert langsam. Am Anfang glaubt niemand wirklich an die Neuigkeit. Sie fügt sich ein in die Reihe unseriöser Funde von spekulativen Scharlatanen. Ich selbst stehe als Hauptautor eines wissenschaftlichen Artikels, publiziert in der Zeitschrift *Nature*.

THE MESSIAS MYTH
by professor Bjørn Beltø

An dem Tag, an dem das Journal erscheint, legen wir das gesamte Material bei einer internationalen Pressekonferenz in London vor – Bilder, Dokumentationen, Analyseresultate. Gleichzeitig werden die drei Knochen von Jesus, Maria und Josef mitsamt der beiden Ringe im British Museum ausgestellt. Die Schlange der Besucher ist fünfhundert Meter lang.

Die Medien haben keine Ahnung, wie sie mit der Neuigkeit umgehen sollen. Das Ganze ist zu groß, zu gewaltig. Die meisten berichten mit gehöriger und verständlicher Skepsis – wieder so eine kuriose und nicht ganz nachvollziehbare Behauptung irgendwelcher Wissenschaftler. Der Titel der britischen *The Sun* ist repräsentativ:

JESUS CHRIST !?!

Aber dann beginnen die internationalen Medien das Material, das wir vorgelegt haben, mit der notwendigen Gründlichkeit, die das Thema erfordert, zu studieren.

Die erste Zeitung, die den Fund der Skelette wirklich ernst nimmt, ist *The New York Times*. Unter einem Foto von Le Lieu und einem Gemälde von Jesus prangt die Überschrift:

THE TOMB OF JESUS UNCOVERED,
SCIENTISTS CLAIM

Eine fünfzehn Jahre alte Neuigkeit, die endlich das Licht der Öffentlichkeit erblickt. Noch auf derselben Seite steht etwas weiter unten:

DNA LINKS CHRIST TO BOTH MARY AND JOSEPH

Acht Worte reißen das Bauwerk ein, für dessen Errichtung die Theologen zweitausend Jahre gebraucht haben.

Und noch eine Überschrift:

JESUS' TWIN SISTER RACHEL: THE 13TH DISCIPLE

Und eine weitere:

THE GOSPEL OF RACHEL: JUDAS FAILED HIS
ATTEMPT TO SAVE JESUS CHRIST

Andere Zeitungen folgen. Die Medien schicken Reporterteams aus, um unseren Fußspuren zu folgen – sie reisen zu dem Stacheldrahtzaun am Bunker in Kapernaum, zu dem Handschriftenlabor in Florenz, zum DNA-Labor in Oxford. An die Stelle der Skepsis tritt mehr und mehr Verblüffung.

Mossad und CIA geben keine Kommentare.

Schon in der Woche nach der Pressekonferenz in London folgen die großen Fernsehsender mit Dokumentarsendungen und stundenlangen theologischen Debatten zur besten Sendezeit. In den meisten Beiträgen geht es um die theologische Relevanz, um die Bedeutung der Tatsache, dass Jesus die Kreuzigung überlebt hat. Oder dass Maria und Josef nachweislich Jesus' leibliche Eltern waren.

Die Antworten sind gespalten: Für die einen ist das alles unwesentlich. Sie vertreten die Meinung, dass man die Theologie nur justieren und anerkennen müsse, dass die Theologen der ersten Jahrhunderte sich geirrt und die Arianer möglicherweise doch recht hatten. Jesus war Gottes Sohn, wenn auch geboren durch Maria und Josef, aber er war ein Mensch, kein Teil von Gott. Damit war die Dreifaltigkeit am Ende, aber die hat ja sowieso nie jemand wirklich verstanden. Dass weder Jesus noch Maria in physischer Gestalt in den Himmel aufgefahren sind, bedeutet nur, dass die Himmelfahrt rein geistlich war.

Für die anderen ist die Relevanz des Fundes fundamental. Sie meinen, das Christentum müsse verworfen werden, da seine zentralsten Dogmen als falsch entlarvt wurden. Die Basis des Glaubens sei kein Gott, sondern ein Mensch, ähnlich ärmlich wie du und ich. Und damit sei die gesamte Glaubensbasis auf Sand gebaut.

Einige Theologen und Historiker richten ihren Fokus auf die Glaubwürdigkeit der Funde. Wir könnten, streng genommen, auch die Knochen ganz anderer Menschen gefunden haben. Die Kritiker wenden ein, dass die Funde der Skelette von Jesus, Maria und Josef in keiner Weise wissenschaftlich bewiesen seien. Dass jemand in einem steinernen Sarg liegt, in den ein Name eingemeißelt ist, bedeutet nicht zwangsweise, dass das Skelett auch der Person entspricht, deren Namen auf dem Sarg steht. Das stimmt natürlich alles. Aber keiner der Kritiker problematisiert die Tatsache, dass Jesus und seine

Eltern im Abstand von mehr als zwanzig Jahren in zwei bislang ungeöffneten Gräbern gefunden wurden. Sollte das Ganze eine Konstruktion sein, um Zweifel an der Legitimation von Jesus zu säen, müsste dieser Schwindel seinen Ausgangspunkt schon vor zweitausend Jahren genommen haben. In Béziers und in Kapernaum, was im höchsten Maße unwahrscheinlich ist. Der Betrug müsste damit vorbereitet worden sein, bevor jemand auch nur die geringste Ahnung von Begriffen wie Ascensio Domini, Christi Himmelfahrt, und Assumptio Mariae, Mariä Himmelfahrt, haben konnte. Lange vor den weitläufigen Diskussionen der Theologen über Arianismus oder die Launen des allmächtigen Gottes, der nicht eins, sondern dreieinig ist. Jemand müsste – sollte etwas an den Vermutungen der Kritiker sein – die Entwicklung des Christentums über Jahrhunderte vorhergesehen haben, um dann falsche Gräber in Kapernaum und Béziers zu konstruieren und dort Mitglieder ein und derselben Familie zu platzieren. Wohlgemerkt in einer Zeit, an der man an unreine Geister und vier Körperflüssigkeiten glaubte und noch keine Ahnung von DNA hatte.

Dieselben Kritiker halten es für weitaus wahrscheinlicher, dass Gott – nachdem er vor 13,6 Milliarden Jahren das Universum erschaffen und in der Frühgeschichte etliche Gespräche mit Propheten geführt hat – eine jüdische Jungfrau schwängert und ihren gemeinsamen Sohn an einem römischen Kreuz für unsere Sünden sterben lässt, um dann Mutter und Sohn mit Haut und Haaren in den Himmel zu holen. Und anschließend für 2000 Jahre aus der Geschichte zu verschwinden.

Die ersten Demonstrationen finden in Madrid, Rom, Wien und Straßburg statt; die ersten gewalttätigen Aufmärsche in Paris, Prag und später auch in London. Die Demonstranten sind eine bunte Mischung aus Christen und Muslimen, Anarchisten und Autonomen; eine absurde Allianz, die sich für die Kränkung ihres Glaubens, ihrer Propheten, ihres Gottes und ihrer Lebenslügen rächen will.

Die jüdischen Gemeinden rühren sich nicht. Dort ist es mucksmäuschenstill.

Nach den Demonstrationen, Spekulationen und Diskussionen meldet sich irgendwann auch der Vatikan. Der Papst unterzeichnet eine Bulle, die von mehr als hundert seiner Kardinäle mitunterzeichnet ist. Das physische Dokument trägt ein vergoldetes Siegel, nicht das übliche Bleisiegel, das ansonsten für die Seriosität des Papstes bürgt. Er verliest die Bulle laut vom Balkon über dem Petersplatz. Die Ansprache wird live im Fernsehen und Radio übertragen. In der Bulle erklärt der Papst, dass die heilige christliche Kirche nie zuvor einer derartigen Welle von Angriffen verirrter Ketzer ausgesetzt war. Die verlogenen Behauptungen dieser sogenannten Forscher, betont der Papst, seien nur ein jämmerlicher Angriff auf Gott und sein ganzes Wesen.

Nicht schlecht.

Als der Papst schließlich mit dem Vorlesen fertig ist und mit den Worten schließt: *episcopus, servus servorum Dei* – Bischof, Diener der Gottesdiener –, können die Katholiken der Welt erleichtert aufatmen. Was wir behaupten, ist nicht wahr. Wir haben weder Jesus noch Maria und Josef gefunden, das alles sind nur Erfindungen und Lügen von irgendwelchen dahergelaufenen Scharlatanen. Die katholische Kirche entzieht sich allen Debatten. Indem sie uns als Scharlatane abtut, umgeht sie einen sachlichen Kirchenstreit. Ein eleganter Zug. Für die Gläubigen muss die kategorische Abfertigung, die wir von der päpstlichen Kirche erfahren, eine große Erleichterung sein. Unser Fund ist nur eine weitere kirchenfeindliche Lüge.

Andere Glaubensgemeinschaften gehen einen Mittelweg. Sie verurteilen unsere Funde nicht, halten aber trotzdem an ihrem Glauben fest. Die Funde, behaupten sie, bestätigten in sich selbst all das Heilige. Mithilfe Gottes minutiöser Bausteine, der DNA, sind wir Menschen in der Lage, kritische Fragen bezüglich der Schöpfung zu stellen, von der wir doch selbst ein Teil sind.

Für seriöse Theologen, Historiker und andere Forscher ist die Geschichte weniger einfach. Sie wollen die Knochen weiter untersuchen, die Geheimnisse erforschen, die in ihnen stecken, und Rachels Texte und ihre theologischen Implikationen analysieren.

Die Zeit der Verwunderung ist noch nicht vorbei.

Ich selbst bin in Juvdal – weit weg von dem Lärm, dem Streit, den Debatten und der Aufregung. Weit weg von der Welt und dem göttlichen Zorn. Rebecca und ich bekommen nur die Höhepunkte mit, wenn unsere Handys Netz haben und wir uns ins Internet einloggen können. Auf der Alm haben wir unser eigenes Sanktuarium gefunden. Dieses Mal teilen wir uns das Schlafzimmer und lieben uns im Duft der Vergangenheit. In der Dämmerung schlendern wir mit einer Thermoskanne nach oben zum Denkstein und warten auf die Sterne.

Abend für Abend sitzen wir dort, während die Welt sich langsam wieder zu sammeln versucht.

Gut gemacht, Bjørn, sagt Papa.

So sitzen wir auch jetzt hier. Rebecca und ich. Warten Hand in Hand auf die Sterne. Ihr Lächeln durchsickert jede Zelle meines Körpers. Wir reden über alles und nichts. Über den Einfluss der Religion auf die Menschheit im Laufe der Geschichte. Über die Natur des Glaubens und warum die angeborene Neugier des Menschen ihre Antworten im Glauben sucht, in dem wohlmeinenden Versuch der Religionen, uns Antworten zu geben, einen Grund, ein Ziel des Daseins. Und wir küssen uns. Oft. Führen uns wie Teenager auf. Das muss ich zugeben.

Dabei wagen wir es nicht, uns der großen Frage unserer noch so jungen Beziehung auch nur zu nähern. Oslo oder Jerusalem? Lebensgefährten oder Distanzbeziehung? Eigentlich unwichtig, jedenfalls für mich. Das Wichtigste ist, dass Rebecca sich für mich entschieden hat, oder ich mich für sie, wenn das besser klingt.

Eine Fledermaus flattert durchs Dunkel. Ich folge der Silhouette mit den Augen.

»Tja«, flüstert Rebecca und neigt den Kopf zur Seite. »Sollen wir ins Bett gehen?«

»Ich bin nicht müde.«

»Ich auch nicht.«

Die Fledermaus kommt zurück. Oder eine andere.

Dann kommen die ersten Sterne zum Vorschein. Es verblüfft mich immer wieder, dass der Sternenhimmel ein längst vergangenes Bild zeigt. Einige der am weitesten entfernten Sterne sendeten ihr Licht aus, als Stonehenge gerade errichtet wurde, als die Pyramiden gebaut wurden und Jesus am Kreuz hing. Ja, es blinkte da oben am Himmel schon lange, bevor die Erde entstand.

Das Leben, schreibt Nabokov, ist ein Lichtschein zwischen zwei Ewigkeiten aus Dunkelheit.

Die Ewigkeit. Ich denke immer wieder daran.

»Bjørn?« Rebecca stößt mich sanft an und mustert mich mit ihrem dunklen Blick. »Sollen wir ins Bett gehen, Herr Professor Beltø?«

Der Schluss von etwas ist der Beginn von etwas anderem. Dieser Gedanke hat mir immer gefallen.

Ich weiß nicht, ob Victoria mich in ihrem finsteren Koma jemals gehört hat. Ich mag die Vorstellung, dass es so war. Dass sie dalag – eine gestrandete Seele in dem Krankenhausbett – und dachte: *Ach, Bjørn wird das schon herausfinden*. Ich mag die Vorstellung, dass sie sich sicher gefühlt hat und in der Gewissheit einschlief, dass sich schon alles zum Guten wenden wird und ich den Fall löse. Und das habe ich. Auf meine Weise. Nichts war so, wie ich es geglaubt hatte, wohl wahr, aber gelüftet haben wir das Geheimnis trotzdem. Und nicht nur dieses.

Es heißt, man sei nicht wirklich tot, bevor nicht alle deinen Namen vergessen haben. Dass man erst stirbt, wenn niemand mehr an einen denkt. Für Victoria mag das nicht mehr von Bedeutung sein. Aber ich denke an dich, Victoria. Ich will, dass du das weißt, wo immer du auch steckst. Ich denke an dich.

Tom Egeland,

geboren 1959, gilt als einer der meistgelesenen Thriller-Autoren Norwegens. Sein Bestseller »Frevel« wurde in 18 Sprachen übersetzt. Von 1992 bis 2006 arbeitete Tom Egeland als Nachrichtenchef bei dem norwegischen Fernsehsender TV2 in Oslo, seit 2006 widmet er sich ganz dem Schreiben.

Mehr von Tom Egeland:

Das Nostradamus-Testament
Das Luzifer-Evangelium
Der Pakt der Wächter
Wolfsnacht
Tabu

(alle nur als E-Book erhältlich)

GOLDMANN
Lesen erleben